良寛の探究

塩浦林也著

高志書院刊

はじめに

人の心の奥底から静かに湧き上がってくるものであるはずの、生きていられる幸せや落ち着き、そういうものまでがすべて金《かね》まわりの良し悪しとともに増減すると錯覚しがちの世の中にあって、「こんな時代だからこそ良寛に学ぶ意義がある」と考える人も多い。しかし、たいてい、そういう人は「自分は禅僧でないから良寛には学べない」とすぐに思ってしまう。自分も三十年ほど前まではその一人だった。が、次々と詩集や歌集、研究書が刊行され、高校の教科書にも和歌が入っているのを見ると、「人々が良寛に見出している『良きもの』とは何だろう」と思いはじめ、気の向いたときに和歌や逸話を拾い読みするようになった。そんなことを繰り返しているうちに、それらの和歌や逸話の底に正直に生きる良寛の姿がほの見え、「きっと、この当たり前のことが『良きもの』なんだろう」と考えて良寛を分かった気でいた。当時の自分は、良寛がそのように生きつつ、どんな厳しさを自分に課していたのかという点には、まったく気付かないでいた。

それどころか、漢詩も和歌も、良寛自ら何度か自作の集を編もうとしていることを知って、名欲にとらわれぬほどに修行を積んだ禅僧なら自分の詩集や歌集を残そうとはすまい、と不思議に思うと同時に、「そんなことをする良寛は、実は俗人だったのか?」とさえ思った。

やがて、この「詩集や歌集を残そうとした理由」を知りたくなって主要な良寛研究書に当たってみたが、そこを解明している記述に出会うことはできず、このことは自分で調べて自分で納得するしかないと知った。そこで、最初に立ち戻って思考の仕方を変え、「もしかすると、正直に生きる良寛だからこそ、自作の集を編むべき特別な理由があったのかも知れない」――そう考えてみた。もし、その特別な理由の有無を知ることができれば、そこが入り口となって、良寛の生きようがもっとよく見渡せるかも知れない、まずはそのことから始めよう、と手探りを始めたのである。そして、その手探りを続けてゆくうちに、やがて次の二つの視点を得るに至った。

① 将来、今よりもっと自分に正直に生きるための手がかりとして、現在の良き経験も悪しき経験も可能な限り記録しておく必要があって、もっぱら自分のために漢詩も和歌も作ったのであり、反省のためにはそれらの作の推敲を、また、広がる経験則を保持するためには作の取りまとめを必要とした。

② 後半生においては、禅僧の思考様式は保ちながらも、むしろ、人々とともに生きる一人の人間として、より普遍的な生きようを求める方向に、自己の生き方の重心を移していった。

この①、②のそれぞれに核として存在するのは、①では「自分に正直に」ということであり、②では「人々とともに生きる一人の人間として」ということである。実際に良寛が①、②のように生きたのなら、その二つの核は、程度の差こそあれ、我々社会人たる者なら誰でも心に置いていることだから、良寛は誰にも理解が可能ということになる。だから、禅について知識も経験もない自分でも、良寛を遠望するくらいはできるだろう、そう考えることができた。しかも、良寛の具体的な言動はこの①、②から発していると推測されたし、具体的言動に現れ出る過程には、禅、儒家、道家の考えが通過すべきフィルターとして存することも察せられた。

そして、もし、自分が①、②の生き方に徹するならどうするだろうかと考えてみて、その場合に大切なのは「(自分が)何をどうしたか」であって、「何時《いつ》(その行為を)したか」ではない(「何処《どこ》で」の方は、その場面を想起する際に必要な場合がある)、と思いついた。もし、良寛が①、②の生き方を厳格に生きたのなら、良寛が数多く残した漢詩や和歌には、むしろ「何時《いっ》」は記録されないはず、ということになる。そこで、実際に良寛関係資料を見てみると、他人が記したもの、例えば、良寛示寂の年月日については、どんな疑問も挟む余地は無いが、良寛自筆のものには、逆に何一つ正確な年月日の記入は無い。この状況は、良寛の生き方が正に①、②そのもので、「(自分が)何をどうしたか」にだけ心を向けていたことを証明している。

さらに、その①、②のような良寛の生き方が実生活面に表れ出ると、次のような特徴も生じてくる。

③　周囲の人々の風流、風雅の詠みかけに対しては、良寛も相手に同調して風流、風雅の作を為した。そのために、良寛は風流、風雅を事とした、と誤認される結果になった。

④　相手への同調が徹底すると、良寛のどんな営みも風雅や美醜の尺度を離れ、書作も含めて生み出されたものすべてが書簡のような性質のものとなる。例えば六曲屏風制作のために漢詩を書くのであっても、それを書いて渡す人以外の鑑賞は考慮しないものとなり、不特定多数の鑑賞を念頭に置いて制作する「芸術作品」の場合とは、基本的性格の点で違いが生ずる。

⑤　唱和以外の作、すなわち、独往の生活中から湧き上がった作の中のみに、良寛の真面目《しん》は存在する。

⑥　一般に、和歌や俳句、漢詩というような文学作品は、作者が何かに感動した折に、その感動を表現するのが目的であって、その時の経験を表現してできあがるものだが、良寛の⑤の作品群は、以後の生き方に資すべきポイントを、文学作品の往時復元力によって思い出すことを目的としていた。そのために、過去の経験を掘り起こして作品化することもあって、描写された場面の時点と詠じた時点との間に、大きな隔たりの見られる作も生じていた。

⑦　相手に対する言動に誤り無きを期すため、他に働きかける言動が少なくなる傾向を生ずる。

したがって、良寛作品からその生き方を探るには、良寛が他に同調した風雅の作と生き方に直結した作の入り混じった状況から、的確に後者を選び出す、という手続きが最初に必要となる。

ところで、良寛において一番肝心なのは、良寛が人生を探究しつつ生きた、その生き方そのものなのだから、右のようにして的確に選び出した作品を羅列し、外に現れ出た言動、外から見えた行為や姿を書きとめてみても、それだけでは良寛の思考や目指すところに繋がらないから、良寛の「人生を探究しつつ生きた、その生き方」を捉《とら》えたことにはならない。また、伝わる行為の場面ごとに都合の良い良寛像を描き出して並べてみても、そのやり方ではそれぞれの場面の良寛像ごとに多少の差異が生じてしまって、統一性に欠けたものになりやすい。さらに、記述する視点が肯定的だったり、否定的だったりすると、良寛の生きようも陽光の中に明るかったり曇天の下で暗かったりする。したがって、良寛を言う場合には、良寛の基本像が揺れ動かない確かさを持つと同時に、場面ごとに変化しない視線も必要となる。特に良寛の場合、禅僧、漢詩人、歌人、書家としての世評が高いところから良寛その人を過大に評価する傾向を生じやすい。そこを考えると、良寛の真面目《しん》をいかに正しくとらえるかというある種の節度も必要となる。以上の留意点をまとめると、良寛を正しく見るには「統一性があって過大にも過小にもならず、しかも、揺れ動かない視点」が必要、ということになる。その視点はどうすれば得られるのだろうか。

これまでの良寛論は、不確定要素ばかりの良寛を外から見、論者の尺度で評価したものばかりだった。良寛を他と比較するにはその方法が有効だが、「良寛はどう生きたのか」という最大の不確定ポイントを解明してゆくには、その方法は問題が多い。実際、この方式で考究、提示された良寛像は「人間離れした聖僧」から「僧形の俗人」まで実に多様だった。どうしてそうなるか。それは、各論者がそれぞれの判断基準を良寛の言行に押し当てながら外から見ると、論者の規準が異なるごとに良寛は違って見えるからである。つまり、厳密には論者の数だけ評価の異なる良寛像が出てきてしまうことになる。そのような外から見た良寛像をいくら多く集積して総合、分析してみても、その結果は必ず相対的なものになって、良寛本人が「これはまさしく自分の生きた姿だ」と肯定するような、「真実の良寛像」とはならない。この弊害を大もとから無くして「真実の良寛像」に肉薄するには、良寛の言行を良寛の心の内にある「生き方の原点」から見る方式にしなければならない。そして、その方式をとることによってのみ、「統一性があって過大にも過小にもならず、しかも、揺れ動かない視点」も得られるのではないか。

しかし、良寛を正しく見る視点が内側から見る方式への切り替えで得られると分かっても、その方式でスタートするのは簡単なことではない。それは良寛が「自分の生き方はこれこれだ」と遺墨の中で直接は言っていないからである。そうすると、その「生き方の原点」を探り当てるために、まず、資料中にそれに関する「痕跡」を探し求めてゆくことになる。したがって、その「痕跡」をどこに求めるかということに関して、論者の見識が問われることになろう。

右に言うところの、良寛の言動を生み出す「生き方の原点」とは、良寛が行うべき言行を思考したり選択したりした一番の根幹部分を意味するのだが、そのような根幹は本性から派生して存在するものというよりは、むしろ、本性に融合し、一体化して存したものと言えるだろう。

そのような意味での「本性」を、出家後の良寛が禅修行によってひたすら磨いていったのは事実である。そうだとすると、磨いた「本性」は出家以前に既に身内に具わっていたものということになる。この「既に具わっていた本性」は、大人《おとな》となる以前の幼少年期にまでさかのぼっていって把握することになるが、それをなしうる手がかりはわずかに二つの逸話（「一人遊びはスプリングボード」、「『蝶になる』を信じた八、九歳頃」の項を参照）だけだから、この二つの逸話の内側にこそ、その本性を掬《すく》いとらねばならない。

この二つの逸話の具体的な考察については各項目に譲るが、そこに共通して存在することは、子供の良寛が純朴そのものだったということである。もし、これが良寛の本性だとすれば、禅門に入って本性を磨く修行を続けた後の良

寛においても同じ姿が見えるはず、ということになる。そこで、後年の良寛の姿を見てみると、

ア　自分が各戸をめぐって喜捨を乞《こ》う普通の乞食行を、自分は町中にたたずんでいて、自発的かつ純粋な気持ちで喜捨する人が現れてくるのを待つやり方に変更した。（「乞食行の純化が導き出した毬つき行」の項を参照）

イ　より高次元の生き方があると知ると、迷わずその生き方に自己を進めた。（「仙桂和尚」の項を参照）

ウ　仮名戒語や『論語』による自己研鑽を自分に課した。（「仮名戒語」「合砥としての『論語』」の項を参照）

エ　自分の立場と周囲との調和を常に心がけた。（「生臭ものへの対応」の項を参照）

等があり、自己の本性を磨くに値するものと認定する姿勢、あるいは、そう認めうる本性でありたいと希求する姿勢をそこにうかがうことができる。後年の良寛が懐いていたこのような自己肯定の姿勢を、そのまま子供時代の「純朴そのもの」の有りように結びつけて同一としているのは良寛自身であって、その一貫している姿について、漢詩に「〈四十年前に行脚を始めた頃は虎を目指したが、実際には猫にも似ない有様で故郷に帰り、今、庶民の間に生きていると、その自分は〉只是旧時栄蔵子《ただこれきゅうじのえいぞうし》〈である〉」（三三三）と詠じている。こうしてみると、良寛の本性は幼児期から「純朴そのもの」だったのであり、刻々の反省とともにそれを示寂まで磨き続けたのが良寛の人生だったと判明する。

その「純朴そのもの」という「良寛の本性」が資料中に明確に現れ出ている「痕跡」は、十七、八歳頃とされる逸話の中の「人の生けるや直し」（『論語』第一三六章中の句で、「三峰館入塾から十九歳春までの経緯」の項に掲出した逸話③にある）の一句以外には無かろう。――そのように考えられるがゆえに、それを「良寛の生き方の原点」（本性）として良寛の言行を見、その生まれてくる様や本性と言行の密着度に注目して以下に掲げる各項目を考察し、その結果を記した。したがって、本書において良寛の本性の様子を示す際にはこの「人の生けるや直し」を多用することになった。それは、

一つにはこの句が良寛の本性を表すに簡にして要を得たものだからであり、もう一つには若き良寛が言ったとされる句だからでもある。

以上のようにして成ったのがこの一書であるが、どの項目の場合でも、そのきっかけはほとんどが良寛の和歌や漢詩、あるいは伝わる良寛の行為だった。そこで、考察内容をまとめてゆく際にも、項目の冒頭にそのきっかけとなった作品や行為を掲出し、それに続けて手探りで見えてきた様をそのまま記述した。

そのような記述の仕方をとる本書においては、各所に良寛作品の引用が欠かせなかったが、それらすべての良寛作品引用にあたっては谷川敏朗氏編著の、

『校注 良寛全歌集』(春秋社　一九九六年)
『校注 良寛全詩集』(春秋社　一九九八年)
『校注 良寛全句集』(春秋社　二〇〇〇年)

に依拠した(各書籍に付されている作品番号も付記)。

なお、本書においては以下に列記するような点がある。そこで、あらかじめ、その点の存在をおことわりしておきたい(その旨の記載が必要と思われる箇所には、その都度、注記した)。

1　常用漢字とその音訓表以外の文字や読みを文中に用いているところがある。

2　筆者の視点がそのまま表れるようにするために、漢詩、漢文、書簡等の読みをルビ(現代仮名遣いで記入)とした箇所がある。

3　引用資料との整合性を保つ必要から、「〇月」の言い方も季節の表現も旧暦とした。

4　研究論文の引用にあたっては、敬称をすべて「氏」に揃《そろ》えた。

5　良寛は禅修行中心の生き方から「一人の人間としてどうあるべきか」という方向へ、より根源的なものを探り求めて思いを深めていったと見られるから、本書では、良寛の一生を大きく七章に分けたうえで、各考察項目をそれぞれに配列したが、各項目を記述する際には、その点に配慮しつつも「その後にどうなっていったか」とか「さかのぼると何処に行きつくか」に結びつけて一項目にまとめることが多かった。そのため、項目によっては章の範囲を逸脱した内容を含むこともある。

6　既に記したことだが、良寛の作には、詠じられた内容と実際の創作時期がはるかに離れていると考えないと、理解し難いものがある。そういう成り立ちと考えられる作をめぐっての項目は、内容の表す箇所か、創作時期の方かのいずれかに配列した。したがって、項目の配列順序には多少の違和感があるかも知れない。

あれこれ記してきたが、もともと浅学非才にして老耄《ろうもう》の身、見落としや考え不足もあって、他の資料との間に食い違いが存しているかも知れない。もし、そんなことがあった場合には、批判は潔く受けねばならぬ、と自身に言い聞かせている。なにとぞ大方のご叱正を賜りたいと思う。

目　次

Ⅶ　「一人間として」の生き方を求め続けた晩年

良寛の探究

I　父母のこと、幼少のころ

一　母親「秀《ひで》」（「おのぶ」）のこと

良寛の母の名は、西郡久吾氏『北越偉人　沙門良寛全傳』（目黒書店）以来「秀子」とされ、その名前の入った短冊なども世に出ていた。だから、磯部欣三氏によって「佐渡國略記」から「おのぶ」の名が発見され、良寛の母の名前は「おのぶ」だ、という新説が出されたとき、それは良寛研究者間に大きな驚きと戸惑いをもたらした。この新説が初めて紹介されたのは昭和五十六年四月三十日付『毎日新聞』新潟版だが、広く知られることになったのは氏の著『良寛の母　おのぶ』（恒文社）によってだった。同書によると、「おのぶ」は佐渡の現・相川大間町にあった橘屋（出雲崎の橘屋から分家）の生まれで、寛延三年（一七五〇）には十六歳となり、出雲崎の橘屋の養子で十七歳の新次郎（田中圭一氏『良寛　その出家の実相』によると、新津の桂家の血統で名は「六又」、後の桂家第四代誉章。「新次郎」は養子に入った橘屋での名前）のところに嫁いできた。確かに「佐渡國略記」には、六月八日、父母（父・庄兵衛、母・「おみね」）以下五人で相川を出、婚礼を終わって後、七月十三日に帰ったことが記されている（磯部前出書三五頁に掲載の「佐渡國略記」当該記事写真による）。

実は、「おのぶ」が嫁入りする以前、大間町に分家した橘屋からは、「おのぶ」の義父となった新左衛門のところに「おのぶ」の叔母・「おその」が嫁ぎ、その先代、すなわち「おのぶ」の義祖父・左門良胤のところにも、祖父の妹・「おひさ」が嫁いでいた。これは、義祖父・左門良胤が加茂の中澤家からの養子だったために、本家の橋屋に血筋の近い佐渡の分家から「おひさ」を娶《めあわ》せたのであろう。その夫婦の子供である新左衛門と「おその」との間には息子の新之助がいたが、夭折してまたも跡継ぎが無くなったため、大間町の橋屋から「おのぶ」が嫁入りすることを前提として、それより一歳年上で、新津の桂家の血統の新次郎を養子に迎えていたのである（冨澤信明「加茂中澤家の平治郎は出雲崎橋屋へ養子に入り中興の祖左門良胤となった」〈『加茂郷土史誌』第三十号〉による。同論文に、左門良胤は正徳元〜三年〈一七一一〜一七一三〉に養子に入り、最初「新左衛門」を名乗り、享保六年〈一七二一〉から死去する宝暦十一年〈一七六一〉までの四十一年間は「左門」を名乗った、とある。「良胤」は諱《いみな》）。

「おのぶ」が出雲崎の橋屋の養子・新次郎に嫁入りするについては、生家の橋屋が嫁ぎ先の出雲崎橋屋の分家として廻船業で緊密に結び付いており、叔母の「おその」の住む家のことでもあったから、「おのぶ」にとっては何の不安もない嫁入り先だっただろう。「おのぶ」嫁入り後の出雲崎橋屋の家族は、新婚の新次郎「おのぶ」夫婦、「おのぶ」にとっては義父母となる新左衛門「おその」夫婦、その新左衛門の父親（左門良胤。後に以南の養祖父となる）の併せて五人だった（磯部前出書一八二頁によると、他に、佐渡の寛延一揆で国払いとなった佐渡・後山村の河原与三兵衛〈屋号は久左衛門〉が寛延二年〈一七四九〉から病死する宝暦五年〈一七五五〉二月十九日まで出雲崎橋屋にいたという）。「おのぶ」にはなじみの薄い義父やその父親はいたものの、姑《しゅうとめ》が叔母という安心感もあり、「新次郎」との新婚生活は明るさに満ちていたはずである。

ところが、この「おのぶ」の幸せな結婚生活はたちまち消滅することになった。冨澤信明氏は「おのぶと新次郎はいつ離縁したのか　良寛の父は以南に他ならない」（『良寛だより』第一一七号）と題する論文に「佐渡國略記」中の寛延四年（一七五一）四月十八日記事を「出雲崎橋屋新左衛門方より養娘おのふ《ぶ》　大間町橋屋庄兵衛方江上下三人ニ而来ル（以下略）」と掲出した後に、

（略）寛延四（一七五一）年四月十八日には既に出雲崎橘屋の養女となっている。この里帰りとは、既に夫新次郎に去られ、その後も出雲崎橘屋に残って、その養女となったおのぶの傷心の里帰りではなかったのか。この時、既におのぶは秀子と改名していたものと思われる。

嫁に入った女性を夫が居るのに、何も養娘と言う必要はない。（略）よって、養女となっている寛延四（一七五一）年四月十八日以前に新次郎との離縁があったと考えるのが自然である。（略）

寛延四（一七五一）年四月十八日、おのぶが傷心の里帰りをした頃、新次郎はおのぶへの思いを断ち切るためにも京都へ遊学していたのである。この京都遊学が一年から半年位のものとして、寛延三（一七五〇）年秋から寛延四（一七五一）年春までの間には、二人は離縁していたものと思われる。（冨澤論文中の西暦表記は全て和数字に改めた。以下同。なお、氏の改名時期に関する見解は、極力早い時期と見た場合、ということであろう。）

としておられる。この氏の論証を時間をさかのぼるかたちでたどると、誉章《たかあき》（「おのぶ」の夫の「新次郎」が、「おのぶ」と離婚の後、桂家の第四代となって名乗った名前）の京都遊学期間は宝暦四年（一七五四）七月の桂家家督相続以前であるのはもちろんのこと、後妻・佐誉《さよ》に長女が生まれた宝暦四年（一七五四）をさかのぼること三年とみられる正妻・弥都《やつ》（「佐誉《さよ》」「弥都《やつ》」の草《そう》仮名表記は冨澤氏の論文による。「桂家家譜録」では片仮名表記。弥都《やつ》は佐誉《さよ》の姉で体が弱かったという）との結婚の年（寛延四年に相当）以前のはずとされ、誉章の京都遊学期間のそのさらに前に、おのぶとの離婚は成立していたはずだから、「寛延三（一七五〇）年秋から寛延四（一七五一）年春までの間には、二人は離縁していた」とされたのである。

冨澤氏のこの論文を読むと、「おのぶ」の結婚生活はごく短期間だったと想像される。寛延三年六月八日に佐渡を出て七月十三日までの間に婚礼を済ませ、翌寛延四年四月十八日の「佐渡國略記」記事に「養娘」とあるのだから、その間の結婚生活は最長でも九ヶ月である。婚礼後、桂家から一方的に結婚解消の話が出たのだから、桂家では跡継ぎが無くなるという深刻な事態が急発生したに相違なく、その急変と同時に新次郎は呼び戻されたのに違いない。その場合において「おのぶ」が懐妊していなかったのだから、新婚生活は二、三ヶ月も続かなかった可能性さえある。

急に夫のいなくなった「おのぶ」は、寛延四年(一七五一)四月十八日までの間に家族四人で話し合って、そのまま「養娘」として出雲崎に残ることになった。名主・橘屋の血筋をとだえさせたくなかった新左衛門夫婦は、「おのぶ」に後夫をと即座に考えただろうし、若い「おのぶ」も叔母の「おその」が何かと面倒を見てくれているので将来に希望も持て、すぐに婚家を去るという心情になかっただろう。そうすると、四月十八日の大間町橘屋訪問は、新左衛門・「おその」夫婦が「おのぶ」夫婦の結婚解消の詫びをし、出雲崎橘屋の今後を考えて「おのぶ」を出雲崎にとどまらせておきたいと両親に願うため、ということ以外にはなく、したがって「上下三人」というのは新左衛門「おその」夫婦と「おのぶ」だった、ということになる。

その約二年後の宝暦三年(一七五三)三月十日、「おのぶ」の頼みの綱の「おその」は死去した。その時までの二年間は、「おのぶ」の離婚後間もなくに「おその」が倒れて後夫探しどころではなかったのだろうか。それとも、「おのぶ」の後夫探しは熱心に行われたが、適当な者が見付からず、新左衛門の再従兄弟《はとこ》にあたる「以南」の成長を待っていたのだろうか(「おその」の死後もすぐには後夫が決まらず、一年半たってようやく「以南」が決まったという事実は、若い「以南」以外に候補者がいなかった可能性を示すように思われる)。

宝暦三年の「おその」の死後、橘屋の中で「おのぶ」は常に孤独状態となり、実生活にも自分の人生の行く先にも、常に重苦しさを感じながら過ごすことになったことは、想像に難くない。その心のありようは、おそらく生活の随所に表れ出ていただろうと思われる。それを見ている義父とその父親もまた同様であって、名主としての橘屋の存続を図るためにも、早く「おのぶ」に後夫をと思い、一方では新たな候補者を探しつつも、「以南」の年齢の進むのや本人の婿入り決心が固まるのを待つという状況にあったのだろう。しかも、後夫探しをする義父たちとすれば、まず「おのぶ」自身が前夫への思いを断ち切ることが大切だ、とも考えたに違いない。その思いは「おのぶ」に伝えられただろうし、「おのぶ」も前夫への思いを持ち続けたままで別な人と再出発することは不可能と思っただろう。立場に違いはあっても、家族三人の一致した方向の思いが、「おのぶ」の過去を断ち切るべき改名へと動くのは、小島正芳氏の推測(「良寛と出雲崎」(一)『良寛だより』第七十号)のとおり、自然な成り行きではなかろうか。

『良寛』第五十号に冨澤氏の論文「良寛の母の名はやはり秀《ひで》だった」がある。氏は、橘屋の由之以来七代目の山本家に現存する資料や戸籍から、女性の通称とその神諡《しんし》を抜き出して比較され、神諡は通称と直結していることを発見された。その見地から「おのぶ」の神諡・「秀比米命」を見ると、良寛の母の通称は当然「秀《ひで》」でなければならないとし、さらにそれを補強して、「秀《ひで》」という通称を伝え得たであろう人物の関係から、山本伊織(良寛の母の霊に「秀比米命」の神諡を付けて書きとめ、明治二十年三月、資料を整理した時の当主)にその通称が伝わったのは確実だとしておられる。この冨澤氏の論文によって四半世紀続いた「良寛の母の名論争」には終止符が打たれたといってよい。

この冨澤氏説によって、「おのぶ」十六歳の寛延三年(一七五〇)秋とみられる離婚の後、「以南」と再婚する二十一歳の宝暦五年(一七五五)二月十八日までの間のどこかの時点で、「秀《ひで》」と改名したことが自動的に明らかになったのである。その改名は何時《いつ》が最も自然で、なぜ「秀」だったのか。

磯部欣三氏『良寛の母　おのぶ』四一頁所載の以南の実家・新木家の日記「関守」の写真によると、「秀」と後の「以南」すなわち重内《じゅうない》との結婚について、次の二項目が読み取れる。

①　乍恐以書付奉願候御事《おそれながらかきつけをもつてねがいたてまつりそうろうおんこと》
拙者伜次男十内義《せつしやのせがれじなんじゅうないぎ》　出雲崎橘屋新左衛門方《いずもざきたちばなやしんざえもんがた》江名跡ニ差越申度奉存候《さしこさせもうしたくぞんじたてまつりそうろう》　以御慈悲願之通被仰付《おじひをもつてねがいのとおりおおせつけられ》
被下置候《くだしおかれそうら》ハ、難有奉存候《ありがたくぞんじたてまつりそうろう》　以上

願人 割元

与五右衛門

宝暦四戌　戌年十一月廿五日上ル

与板

御役所

② 一 与五右衛門伜《せがれ》重内《じゅうない》儀《ぎ》 去年中 出雲崎江差越《さしこさせ》申度《もうしたき》願《ねがい》相叶《あいかない》被仰付置《おおせつけおかれ》候得共《そうらえども》 此度《このたび》御《お》断《ことわり》申上《もうしあげ》 二月十八日差遣申候《さしつかわしもうしそうろう》（「与五右衛門」は以南の継父で第十代勝富）

これによれば、最初に与板御役所に願い出た①の記事の日付、宝暦四年（一七五四）十一月廿五日以前に結婚は決まっており、何かの都合で実際の結婚は翌年二月十八日になった、ということになる。この結婚の延引は「秀《ひで》」が再婚だったことによって重内が躊躇したものと考えるのが一般的である。しかし、むしろ、橘屋で引き受けていた佐渡・後山村の河原与三兵衛の病状が、初冬以降、頓《とみ》に悪化したことによる、とみる方が自然であろう。この人の死去は、右の②に「二月十八日差遣申候」とある日付（重内と「秀」の結婚の日か）の翌日、すなわち、二月十九日だった。なお、後夫となった重内が秀の再婚を問題にしていたかどうか、についての私見は、次項「父親『以南』のこと」に記す。

この流れの中で考えると、「秀」への改名は、重内との結婚が決まる宝暦四年十一月の前、過去を断ち切って新たな人生に進もうとする姿勢を明らかにするため、遅くとも一、二ヶ月前までには行われたと判断してよいだろう。もちろんそれは、結婚する重内の希望も踏まえてのことだったに違いない。

ところで、改名した後の名前には、そうすべき必然性がなければならない。その必然性──本人や家族、親類縁者、それに名付け親本人も納得できる何か──が「秀《ひで》」に包含されているとすれば、それは何だろうか。

冨澤氏の論文の題「良寛の母の名はやはり秀《ひで》だった」は、改名に二とおりの筋道を感じさせる。すなわち、仮名二文字で「ひで」に改名したのか、漢字一文字の「秀」にしたのか、という点である。この点に関するヒントも氏の論文中にある。氏によれば、由之の「八重菊日記」には、長女「サチ」を「佐知子」、由之の妻「やす」を大江杜澂「橘母渡氏碩人墓碑銘」に「胥子《やす》」、前川丈雲『天眞佛』に「や春子《す》」（上記のふりがなはすべて引用者）とあるという。これをもって考えると、当時、「子」を付けて少し改まった名前とする習慣があったのは明らかで、改名の際にそういう意識が働いたことも想像される。冨澤氏の示された「秀」という名前の人は、普段は敬称を付けて「おひでさま（さん）」（「秀」の読みが「ひで」以外の読みの可能性もあるが、ここでは「ひで」としておく）と呼ばれる一方で、改まってものに書く場合などには「子」を付けて「秀子」とされるのも常だったのである。そんな状況を踏まえると、次のような改名の道筋が見えてくる。

「おのぶ」が改名することによって、離婚経験を含む橘屋でのすべての過去を切り捨てて「新しい人」となるためには、「新しい名前によって心機一転、新生した」と保証できる、信頼に足る姓名判断とか有識者の言が必要だっただろう。当然、名主職の跡継ぎが必要な出雲崎橘屋としても、「おのぶ」の改名希望を聞いた佐渡の橘屋の実の両親としても、周囲に適任の者がいないかと探すことになり、おそらく、佐渡の橘屋では、分家の山本吉郎左衛門の俳諧の師匠・永宮寺松堂（佐渡相川の浄土真宗・永宮寺十二世）あたりが候補に挙がり、出雲崎の橘屋では、親類の出で禅僧の蘭谷萬秀あたりを候補にしたに違いない。その後、両家による話し合いを経て、最終的には蘭谷萬秀に改名を依頼したのではなかろうか。

出雲崎の橘屋の親類・池田家から出た禅僧・蘭谷萬秀については、渡辺秀英氏『良寛出家考』（考古堂書店）二〇二～二〇三頁に次のようにある。

天明五年十月二十五日に米屋十兵衛、塩屋太左衛門、松永出雲の三名が江戸評定所へ出した返答書に次の通り記してある。

然る処石見義《ママ》……宗旨の儀も代々禅宗にて尼瀬光照寺旦那に候処、光照寺先住は石見肉縁の兄弟に御座候間、右間柄の様を以、石見並倅伊勢両人改宗いたし、神道宗門に相成（後略）

尼瀬町神明社の社掌である池田石見について述べている項である。ここで重要なのは「光照寺先住は石見肉縁の兄弟に御座候間」である。光照寺の当代は第十二代の玄乗破了である。先住は第十一代蘭谷万秀である。この万秀が池田石見の肉親だというのである。早速光照寺の過去帳を調べてみた。

蘭谷万秀の条項を見ると「池田石見守第《ママ》二男たり」とある。（略）池田家の子孫は神明神社境内に現存しているので、詳細を知りたいと思ったが、数度の火災で書類は焼失してしまい、資料を見ることはできなかった。だが、ここでも同じく、光照寺の住職をされた方があったと聞かされた。それが蘭谷万秀にまちがいなかろう。さらに驚いたことは橘屋とは親戚だったということである。橘屋が石井神社の祠官、池田家が神明神社の祠官で、同じ祠官なかまで親戚になったことはわかるが、誰が交流しているのかは古文書のない今では知ることができない。結局、橘屋と池田家は親戚、池田家の二男が光照寺の第十一世蘭谷万秀ということだけはわかった。蘭谷万秀は天明五年（一七八五）二月十二日になくなっており、良寛出家の当時は光照寺の隠居となっていたわけである。

（傍記の「ママ」は引用者）

この渡辺氏の論述から蘭谷萬秀に関することのみをまとめると、

① 尼瀬町神明社の宮司・池田石見の家は、出雲崎の橘家と親戚関係にあった。

② 池田石見の家は、もともと光照寺の檀家だった。

③　池田家の二男が光照寺十一世の蘭谷萬秀である。

④　天明五年（一七八五）十月二十五日時点から見る時、その年の二月十二日に示寂した蘭谷萬秀は「光照寺先住」であった。

の四点となる。残念ながらここには蘭谷萬秀の出家の動機も修行経過も欠けている。そこで、回り道になるが蘭谷萬秀の光照寺十一世晋住までをたどってみたい。

『曹洞宗新潟県寺院歴住世代名鑑』（新潟県曹洞宗青年会）の「香安寺」の項（一一三頁）によると、蘭谷萬秀は宝暦三年（一七五三）五月八日に總持寺に瑞世しており、受業師、本師ともに春山とある。このことは、萬秀が家にも近い旦那寺に自然と関心が向いていって、光照寺十世・春山泰林に就《つ》いて出家したことを表している。ずっと光照寺で修行し続けたことをも想像させる。そうした自然発生的な動機で出家してゆく場合、得度は若い時期が多かろうから、蘭谷萬秀の出家は遅くも元服の年齢頃には行われたのではないか。

渡辺氏の前出書二〇二頁の写真からは、元文四年（一七三九）仲春、十世・春山泰林が現住の時、萬秀が什物の施主となったことが読み取れる。元文四年（一七三九）は、瑞世の宝暦三年（一七五三）をさかのぼる十四年だから、おそらくその年に、萬秀は光照寺において出家得度したのだろう。什物の施入は、そのお礼として池田家から萬秀の名前で為されたものであろう。したがって、萬秀は、光照寺十世・春山泰林の許で禅僧としてのすべてを身につけたのであり、春山も自分の後継住職となるべき僧として指導したと推測される（春山泰林には、蘭谷萬秀の兄弟子として光嚴雷瞰がいたが、寛保三年〈一七四三〉に瑞世し、既に出雲崎町勝海の法持寺十四世となっていた〈『曹洞宗新潟県寺院歴住世代名鑑』三三五頁〉）。しかし、前述の宝暦三年（一七五三）の萬秀瑞世の前後、春山は身体、気力ともに充実していて光照寺住職をまだ継続できたため、萬秀はまず現・長岡市鳥越の香安寺七世となった。おそらく春山が光照寺の本寺・香林寺に相談して世話してやったのだろう。

萬秀の「香安寺七世」が「光照寺十一世」に先立つものであることの証拠は、光照寺と香安寺の本寺である香林寺（長岡市雲出町）に伝わっている過去帳の記録にある。これは、香林寺住職・槇道信氏のご示教によることだが、同寺過去帳には香安寺歴代の項目があって、その歴代住職の名前のうちの「蘭谷萬秀」の文字の右上に、小ぶりの朱文字で「晋山宝暦申年二」と記入されている。思うに、萬秀の弟子で香林寺十五世となり、香安寺の十世でもあった覺應大圓が、我が本師（『曹洞宗新潟県寺院歴住世代名鑑』の記載による）のこととして記入したものであろう。その記入は宝暦年間を下ってからであって、記入の際に「宝暦申年」と書いた後、宝暦十四年間に申年が二回あったことに気付き、「宝暦二年（一七五二）」の意味で「二」を書き添えたのに違いない。このことによって、「佐渡國略記」が「おのぶ」を「養娘」と記した寛延四年（一七五一）の翌年、出雲崎橘屋からそう遠くない現・長岡市鳥越の香安寺に萬秀が七世住職となっていたことが明らかになった。最前、「おのぶ」の自然な改名時期とした宝暦四年（一七五四）は、萬秀香安寺晋山の二年後に当たる。

萬秀が香安寺から光照寺に移ったのはいつか。萬秀瑞世の宝暦三年前後にはまだ光照寺十世であった師の春山は、八年後の宝暦十一年（一七六一）一月二十九日に示寂した。しかし、おそらく示寂以前に、蘭谷萬秀は光照寺十一世となったと思われる。というのは、『曹洞宗新潟県寺院歴住世代名鑑』の香安寺の項（一一三頁）に、八世・龍水石門の示寂が宝暦十三年（一七六三）一月七日、九世・闕了螢禪の示寂が宝暦十一年（一七六一）二月十四日と掲記されており、このことからすると、春山示寂の宝暦十一年一月二十九日以前に、香安寺では龍水石門と闕了螢禪の二人が短期間でも八世、九世になっていなければならないからである。そうすると、春山示寂の宝暦十一年一月二十九日をさかのぼる二、三年、すなわち宝暦八、九年（一七五八、一七五九）頃には、萬秀は光照寺十一世となっていなければならないことになる（もしかすると、九世・闕了螢禪は、十世・覺應大圓が同輩の示寂を悼み、自分の前に書き入れてやったのかもしれない）。

さて、橘屋の親戚の出の蘭谷萬秀は、香安寺七世となった翌年の宝暦三年（一七五三）五月には總持寺に瑞世もはたしていた。瑞世は「おのぶ」に新木家の次男・重内《じゆうない》を新しい婿として迎えることが決まった宝暦四年(一七五四)十一月の一年半前のことである。したがって、「おのぶ」再婚に先立ってまず改名が考えられた場合、親戚の出でもある萬秀にその相談をすることは、むしろ当然と言ってよかろう。

この奇しき依頼を受けた気鋭の禅僧・蘭谷萬秀に、本格的な禅的発想が起動したのは当然で、依頼を聞き終えたその直後に「『秀《ひで》』になさい」と言ったのではなかろうか。

萬秀の発想は次のように推測される——親の付けてくれたこの人の「おのぶ」という名前は大事にしなければならない。「お＋の＋ふ」を「於《お》＋乃《の》＋ふ」とし、さらに「於」の「方」を「オ」の形として二筆目《ふたふで》の縦棒の入りを左下からの逆筆にすると、筆の動きは左下からでも「禾」の上の「ノ」が書かれたように見える。三筆目《みふで》の「ノ」の終わりは右上にはね返して「於」の草書の旁《つくり》部分である「こ」の形の上の点に続け、「こ」の形の下の点から、「フ」を書く如く次の文字「乃」の一筆目《ひとふで》の「ノ」へ直結させて「乃」を完成させれば「秀」という文字になる。「ふ」はそのままで「子」の字形だから何の工夫もいらない。そうすれば、「おのぶ」は「秀子」になる。普段は「おひでさま(さん)」と呼ばれていても、少し改まった書き物に自分が「秀子」と署名したとき、そこに「おのぶ」の三文字を発見することがあるかも知れない。その時は「そんな発想の改名だったのか」と気付くだろう。「秀」は自分の戒名の一字だから、当面、「それを名前にしてくれたのだ」と思ってくれて良い。自分もそのつながりで、この人が問題を抱えて相談に来たときは、相談に乗ろう。この際、安心して新しい人生に進めるように元気づけてやるのが禅僧としての自分のなすべきことだ——と。

萬秀が即座に右のように考えたとき、「『秀《ひで》』になさい」のほかに「以後、何か問題を抱えた時は、遠慮無くこの私に相談すればよい。及ばずながら相談に乗ろう。安心して新しい人生にお進みなさい」ぐらいは言っただろうが、「『おのぶ』は漢字二文字の『秀子』になる」とは言わなかったに違いない。今、「おのぶ」につながっている名前だと本人が知ると、「秀」に改名した新鮮な気分、新たに湧き上がるはずの活力が削《そ》がれるからである。そうした配慮で萬秀が思考内容を秘したため、「秀」への変換の理由が伝わらなかったのだろうし、本人がそれに気付くことも無かったのだろう。萬秀の意図のとおり、「秀」は「萬秀」の「秀」だから、「おのぶ」を新たに萬秀自身の分身として認め、新しい名付け親になってくれた、と新左衛門も「おのぶ」も理解したのだと思う。

萬秀が言い出したものと考えられるこの「秀」の名前は、「おのぶ」にも養父・新左衛門にも想像外の新鮮な名前だっただろう。特に、前に想定したごとく、足かけ三年のうちに離婚と叔母で義母でもある「おその」の死に見舞われていたから、「おのぶ」には自分が婚家に不幸を持ち込んだという自責の念が生まれていたかも知れず、今、「秀」となって、これで悪いものを振り切れる、幸せのツキが戻ってくる、と思えたのではないか。養父・新左衛門も同様にして新たな気力を得、「秀」の夫となる重内を迎えることにしただろう。こうして、宝暦四年(一七五四)秋までには、与板の割元庄屋・新木家から次男の重内を迎えることが決まり、翌五年(一七五五)二月十八日、二十一歳の秀は名を「次郎左衛門」と改めた重内を婿に迎えたのであった(西郡氏『北越偉人　沙門良寛全傳』冒頭に寛政十一年〈一七九九〉に由之が書いた家筋書がある。その最終項目は宝暦九年〈一七五九〉のことを記しているが、そこに「父次郎左衛門」とある)。次郎左衛門は十九歳だった(冨澤信明「以南は養父新左衛門の再従兄弟《はとこ》である」『良寛だより』第一一九号による)。

谷川敏朗氏によると、良寛誕生の二年前(西郡・相馬説では一年前)、秀は二十二歳で長男(山本家の家譜に「長男」とある人で、戒名「知空童子」。良寛が十歳前後の明和五年〈一七六八〉に死去。ただし、菩提寺の過去帳に記録されていないので長男ではないとする磯部氏他の説もある)を生んだ。短気で癇癪持ちの夫・次郎左衛門の気持ちを推し量りながら家事一切を切り盛りし、さらに赤ん坊の面倒をみるのだから、たとえ、下男、下女がいたとしても、心配りという面では、多忙になったことだろう。そして、宝暦八年(一七五八。西郡・相馬説では宝暦七年〈一七五七〉)の榮藏(後の良寛)、それ以後二年ごとに「むら」、由之と生まれてくる。子供が増えて明るくなるのはいいとしても、この上なく多忙になったと想像される。この間に、次郎左衛門の養祖父の左門良胤が死去し、やがて、由之誕生の二年後（再婚後九年の明和元年〈一七六四〉十一月）には義父・新左衛門も亡くなって、橘屋の屋台骨の重みは、直接、秀と「新之助」（「次郎左衛門」を改名）の二人にかぶさることになっていった。そのうえ、「以南」として俳諧にのめり込んでゆく新之助が夫では、家業の采配をすべて夫任せにすることもできなかっただろうから、秀は家事だけでなく、家業全般にも心を配ることになっただろう。したがって、秀には多忙さと一家を支える責任の重さが同時に加わったことが想像される。

そんな生活の中では、父母のいる佐渡の島べを見やることだけが、しばしの間、心の重苦しさから解放される唯一の方途だった、ということになる。その重苦しさの滲《にじ》み出る母の姿を、幼児期以来十八、九歳までの榮藏が見ていないはずはないと考えると、後年の良寛の詠も通説とは異なる内容に見えてくる。例えば、文化八年（一八一一）、所払いになった後の由之（当時、石地に滞在していた）に書き送った和歌三首の書簡の一首目、

　　このごろ　出雲崎《いづもざき》にて
　たらちねの　母《はは》が形見《かたみ》と　朝夕《あさゆふ》に　佐渡《さど》の島《しま》べを　うち見《み》つるかも（一二三八）

という和歌についてである。その当時、我が生を厳しく生きていた良寛が「（佐渡の島影を）母の形見と…見たことだ」の言外で言っているのは、朝晩、佐渡を見るたびにしみじみ思い出したのは、昔、今の自分同様に母が佐渡をじっと見やっていた、その姿だった、というのであり、あの姿は、母が心の重圧をこらえている姿だったのだと知った、ということなのだろう。思い出の中の母の姿がそうなら、幼時期以来、自分がかけた迷惑を悔やむ一方で、あの母の姿に見習って現在の我が生き方を貫かねば、と自分を見つめ直して覚悟を新たにしたということだろう。その思いが良寛にあったからこそ、互いに母の姿に見習って自暴自棄にならずに生きようと伝えるべく、所払いになった由之の許

にこれを書き送った。そうでなくて、今の自分の行動を記録しただけの作なら、わざわざ零落した由之に書き送る必要はなかっただろう。こうしてみると、この和歌の表現の裏には、橘屋に生きた秀の心の重苦しさが書かれていると言える。

母親や主婦としての秀の姿は、子供時代の良寛が読書好きだったことを示す次の逸話の中だけにある。

禪師幼時、讀書瞑想に耽けるを唯一の樂しみとして他出を好まざりき。母は其勤勉なることを心中甚だ喜びつゝも亦欝幽症に罹らざらん事をひそかに憂ふ。

或時、そは盆の夕ぐれにてありき。折柄屋前を廻り過ぐる盆踊の一組あるを見、禪師に踊を見、且少時の散策をとらんことを勸む。蓋し禪師の身體の爲めを思へばなり。されど禪師喜色なく默々として漸くに去る。暫くして日は全く沒し、母所用ありて庭に下り裏木戸に至らんとするや、傍の石燈籠の蔭に怪しき人影の佇むを認め、大に驚き且つ訝り宛矣夜盗の忍び入りたるものと思惟し、倉皇携へ出でたる薙刀を振上げ一下せんとすれば、そのたゞならぬ気配に驚きたるかの人影は、「母よ吾なりゆるし玉へ」と云ふ。その聲に初めて吾子と知りたる母は、近寄りてよく見れば、正しく彼にして、しかも論語一巻を開きたるまゝ手にしてありきと。右は新潟の神職日野徳三郎氏が良寛禪師の實妹より聽き得たる直話なりと云ふ。

（相馬御風『大愚良寛』春陽堂、五八二～五八三頁）

この逸話の最初には我が子の健康を気遣う母の姿があり、後半には、盆踊りの夜、夫以下が外出していた時に入った盗人を自力で追い出そうとする、主婦としての真剣な姿がある。この逸話が、谷川氏が長男としている戒名「知空童子」という子供を亡くした後のことだったとしたら、当然、残った我が子を守ろうという思いも強くなるだろうし、同時に、主婦としての自覚が強まるのも自然なことだと思う。だが、もし泥棒だったとすればそれは男で、よしんば薙刀の心得があったとしても、「女一人では…」と怯むのが普通だろう。それなのに、ここに描出された秀は、躊躇無く泥棒に立ち向かっている。この一途さ、真剣さを創り出す遺伝子が良寛に伝わり、良寛をして希有な生涯を進ませたのではなかろうか。

秀の死去は、良寛が圓通寺で修行中の天明三年(一七八三)四月二十九日、行年四十九歳だった。

二　父親「以南」のこと

良寛の父・「以南」は、与板の割元庄屋・新木家の生まれで、名前を重内(または「十内」)と言った。冨澤信明氏「以南は養父新左衛門の再従兄弟《はとこ》である」(『良寛だより』第一一九号)によると、十九歳の宝暦五年(一七五五)二月十八日、出雲崎橘屋の養子となり、養女で二十一歳だった「秀《ひで》」と結婚した(「重内」が「秀」と結婚することになった理由に関しては、冨澤氏のこの論文に詳しい)。なお、前項にも記したとおり、冨澤信明氏「加茂中澤家の平治郎は出雲崎橘屋へ養子に入り中興の祖左門良胤となった」(『加茂郷土誌』第三十号)に「宝暦十一(一七六一)七月十一日に左門が没した後の九月十八日には、以南は『名代新之助』と出ている(この一文の後半を省略)。何時、『次郎左衛門』から『新之助』と名を改めたかについては正確には分からない」とある。この「新之助」という名前が以南の養父・新左衛門の夭折した子供の名前であったことからすると、以南の養祖父・左門良胤の死去後に養父・新左衛門が夭折した、我が子の名を継いでほしいと言い出し、その願いを入れて、「新之助」の名前を名乗ることにしたと推測される。以南と養父との関係を示す事実なので、ここに再度触れた。

相馬御風氏『良寛百考』(厚生閣)によれば、この重内に具わっていた詩人気質《きしつ》が自身の橘屋での対世間的苦労を増大させ、その苦労から逃避するために俳諧の道に深く踏み込んでいったという。また、磯部欣三氏『良寛の母　おのぶ』

(恒文社)によれば、その詩人気質は、与板の山田家から新木家に入婿した重内の父・富竹から伝わったという。重内の中にもともとあったこの詩人気質の表れとしての心の動き方こそ、良くも悪しくもこの人の個性だったのである。重内の中にもともとあったその個性をいっそう顕著ならしめる作用をしたのは、重内が四歳で父と死別し、十歳で母とも死別したという不幸な幼時経験だろう。父母それぞれの死後には次々と継父や継母が来て、六年の間に血の繋《つな》がらぬ両親と親子の生活をしなければならなくなったのだから、物心の付き始めた少年には、感ずるところが極端に多くなる変化だったに違いない。しかも、その新しい家庭環境では弟に財産分与の無いのが普通で、他家への婿入りだけが将来展望だったのである。このように、幼いとはいえ、常に継父母の思いを推測しつつその範囲内に自分の現在も未来も押し込めねばならなかった重内の心は、繊細かつ多感だっただけに、早くその拘束から逃れたい、と思っただろう。その結果として、当時、一人前の大人と認められた十六、七歳頃からは、父・富竹(俳号は白雉)と同じ師匠(出雲崎の近青菴北溟)に師事して俳諧に親しむこととなった、と見ていいのではないか。

繊細さと才能を秘め持って、そういう幼、少年期を過ごしてきた十九歳の男性が、橘屋で「次郎左衛門」と名前を改めて二歳年上の二十一歳、再婚の女性と結婚し、その先はどうなってゆくものだろうか、と勘ぐる向きは多かろう。磯部氏も前出書で、文学的素養のない妻に対して『無能の妻』という醒めた目が、以南の心のどこかに浸潤していたかも知れません」(二二二頁)と記しておられ、田中圭一氏も、自分の妻が再婚の女性だということについて「最初から一つのこだわりとなってはいなかっただろうか」(『良寛 その出家の実相』三一書房、一二四頁)、「妻おのぶが以南の行動をいさめたとき、以南の口をついてどんな言葉がでたかも想像にかたくない」(同書一二五頁)と、そのことが原因となる不仲を想定しておられ、さらに冨澤氏も前出論文で、「以南は継父の決めた秀子との縁組みを、秀子には先夫が居たことも承知の上で、不本意ながらも受け入れたのかも知れない。このことが以南が名主見習となってからの以南の行動の異常さに反映し、名主となってからも町政は町年寄任せにして、俳諧の道へのめり込んで行く原因となったものと思う」としておられる。

もし、本当に、妻に対する「醒めた目」や「こだわり」が存在していたのだとすれば、自分と妻、自分と舅《しゅうと》との関係その他で具体的な行き違いがあるたびに、無意識世界から浮き上がる不満が火力増強剤となって爆発を大きくしたと見ることは許されるだろう。が、この「勘ぐり」に、別な答えの存在する可能性を見出したのは、俳号「以南」についで考えた、次のことがきっかけだった。

佐藤吉太郎氏『良寛の父　橘以南』（出雲崎史談会〈復刊〉）は、以南の師匠の近青菴北溟が以南のために記した、次のような資料を掲載している。

家門に俳諧の信者ありて、むかしは如翠の號を飾りて曲節に翔り、今はその翠色の艶をぬいて正風のほそくに立かへれば、爰に一人の作者といはん、されや以南と號を改るものは猶又四方にその名を顯し、風雅に千里のよしみを結はゞ《ママ》、はやく老後の樂をしれる人といふべし。

正面はどちらからでも柳かな　　近青菴北　溟

（前出書三八頁。「正風のほそく」は草仮名「支」の誤読で、正しくは「正風のほそき」であろう。）

この北溟の文の方向は、以前、「如翠」と号していた頃には表面を飾る句風だった人が、「以南」となって作風が俳諧の本道である正風に立ち返ったので、一人の俳人と言って良い、と門下の一俳人として認定し、褒めているが、そこからうかがえることは、以南自身に正風への作風変更の意図がまずあったということである。なぜ、その作風変更の気持ちが生じたのか、それはいつの時点だったのか——これが俳号「以南」の第一の問題点だろう。

佐藤吉太郎氏は前出書で、「京屋に一蹴されし以南は餘りに弱かつた」ので「我事茲《ここ》に終れりとして、一切の政争から手を退《ひ》き、憤悶の情を俳諧に藉《か》りて世を韜晦《とうかい》せんと、直ちに如翠の俳号を以南と改め、風雅に千里のよしみを結ぶべく俳三昧に入ったのであります」（五二頁）と述べておられる。この説に従えば「以南」を俳号として俳諧に没入したのは、高札場が尼瀬の京屋前に移された宝暦十三年（一七六三）頃となる。そして、この一件が意識変化を起こさせて俳号を変えさせ、翌年の明和元年（一七六四）十一月十四日の養父死去をうけて名主役を継承し、その後十四、五年、由之に継がせるまでその職にあったという流れとなる。それならば確かに、「以南」の俳号よりも名主職継承が後なのだから、名主職継承の最初から「俳三昧」で、名主職にあるものとして不可欠な深慮を欠きやすかっただろうと肯《うなず》ける。しかし、それでは名主職継承の三年前のことだった宝暦十一年（一七六一）九月十七日の一件（新左衛門の名代として十二所権現の祭礼に出た際、例年と異なって屋躰《やたい》も神輿《みこし》も敦賀屋の前を素通りさせ、さらに、年寄役の任免は名主の了見次第と放言して敦賀屋に訴えられたことをいう）に見える「名代《みようだい》新之助」としての軽率さが理解できなくなる。

そこで、大もとの北溟の文からスタートし直すと、「如翠」と号していた時期に正風への作風変更の明確な意図がまずあって、そのために俳号を「以南」としたわけだから、「以南」という俳号に作風変更の意図が示されていなければならない。「以南」を読み下すと「南《なん》を以てす」となる。俳諧の本道・正風への作風変更にふさわしい「南」とは何か。それは『詩経』の中の「周南」「召南」であろう。『論語』四四四章に、

子《し》謂伯魚曰《はくぎょにいいていわく》「女為周南召南矣《なんじはしゅうなんしょうなんをおさめたる》乎《か》。人而不為周南召南《ひとにしてしゅうなんしょうなんをおさめざれば》、其猶正牆面而立也《それなおまさしくしょうめんしてたつがごとき》与《か》。」

（宮崎市定『論語』、岩波現代文庫、二九六頁）

という章がある。宮崎市定氏の訳では「孔子が子の伯魚に向って言った。お前は詩経の周南・召南の部分を学んだか。人間として周南・召南を学んだこともないようでは、壁に額をぶつけて動けないでいるようなものだ。」とあるが、これは孔子の時代から、『詩経』中の「周南」「召南」の修得が人格形成の基礎だったことを示している。その意味す

ることを俳諧の世界に置き換えて、句作の根源に立ち返る、という覚悟を込めたのが「以南」の俳号ではないか。師匠の北溟は、芭蕉が俳諧に懸けていた姿勢を、そのまま我が姿勢にするという以南の決意を嘉《よみ》して俳号認定の文を書いたのであろう。

　俳号を「以南」と一新して松尾芭蕉同様に事物の本質や人間の真の姿を掴《つか》もうとするには、芭蕉にならって五感を研ぎ澄ましていなければならない。その積極的で澄んだ精神状況への志向は、「憤悶の情を俳諧に藉《か》りて世を韜晦《とうかい》せんと」する逃避の心からは生まれてこないし、自分としては再婚の女性で嫌だったけれど、仕方なく「秀」と結婚したのだ、と思い続けるもやもやした心理からも生まれてはこない。もやもやした心理から、一切の世間的つながりを逃げて俳諧の世界に没入することは可能だが、俳諧へ逃げ込む姿勢で「正風のほそく《ママ》に立かへ」る、つまり、人や物の有りようの根源に迫るという積極的な精神的迫力は持ち得ない。逆に、前向きに生きられるさわやかな精神生活、それを支える穏やかな環境だけがそうした精神状況を作るのではないか。もし、この推測が当を得ているとすれば、「以南」への俳号変更は新木重内時代でもなく、また、「憤悶の情を俳諧に藉《か》りて世を韜晦《とうかい》せん」とした頃でもあり得ない。「以南」の人生において、その生活状況に当てはまる場面があったとすれば、それは唯一、気持ちを新たにした秀と結婚した時点——それは、自分自身、世間的にも橘屋にふさわしい名の「次郎左衛門」となって、やがては橘屋の家督を継ぐ立場となった時であって、その時の状況は、まだ義父・新左衛門もその先代も存命中だから、庄屋職を見習う立場になったとはいえ一面には気楽さもあり、生活にも精神的ゆとりが持てたはずである——であって、その時、ちょうど師匠・北溟と同じ町に住むことにもなったのだから、まさにこの時にこそ、俳諧でも心機一転して精進し、それを究めようという気持ちになった、と考えるのが自然だろう。

　以上の俳号「以南」をめぐることから分かるのは、再婚の秀との結婚が以南にマイナス要素をもたらさなかった、という可能性の高さである。もし、秀を遠ざける気持ちが強かったとすれば、「以南」に妻以外の女性がいてもおかしくはない。しかし、それも無いようであるし、不確実な点もある長男をも併せると、ちょうど二年に一人ずつ四人の子供が次々誕生してくる事実を、どう理解したらよいかも分からなくなる。したがって、過酷な幼、少年期を過ごした「重内」が、今、自分を次郎左衛門または新之助、俳人・以南として解放する一方で、同病相憐れむが如き感情が湧いて、むごい離婚経験をさせられた妻を邪険に扱うことなどできなかった、と考えたい。一方に、以南の俳諧に妻への情愛を詠んだものがないとの論が存在することを考慮に入れつつも、なお、大小の爆発の原因は、妻の離婚経歴の有無とは別のものだった、との推測を変更することはできない。

以南の行動の異常的側面については、残された俳諧から抽出できる心の動きとも併せて総合的に考えねばならないが、大まかには、諸家が言う如きことすべてが詩人気質から来ていると理解したい。繊細で爆発しやすく、一種稜々《りようりよう》とした感性の持ち主だった新之助は、常に名主の権威を笠に着、下位の者に対しては少しの恨みも大きくやり返すようなところもあったらしい。思慮をめぐらせて穏便に納める姿勢に欠け、独善的傾向があったのも確かだろう。その結果、結婚によって自己規制を解き、ほとんど俳人・以南になりきった新之助が、周囲との調和を軽視して自我の赴くままに言動すると、その言動が周囲の反発を生み、その反発が我が身に降りかかってきて心を苛立《いらだ》たせてしまう――そんなことが多かったのではないか。こんどはその苛立つ気分からも逃避して心の平穏を求めるべく、家族や家業、名主の職責、そういった俳人以外のあらゆることを最低限の、それも上べだけの繋がりとして軽く扱うことになっていったのだろう。こうして、結婚時点での俳諧への意気込みとは別の要素が大きく作用して、いっそう俳諧に没入していったかと思う。安永元年（一七七二。名主職を継いでから八年後）に佐渡相川で死去した永弘寺松堂《えいぐうじしようどう》のために追悼句を送っている（磯部欣三『良寛の母 おのぶ』恒文社、二一六頁）ことなども、そういう俳諧重視の生き方の表れに違いない。

この独善的な以南の動きとそれに対する周囲の反感や反発、さらに、それを受けての以南の反応は、橘屋をめぐる評価にマイナス作用を及ぼしただろう。その結果か、やがて、義父・新左衛門が存命中にもかかわらず、橘屋の前にあった高札場が尼瀬に移されるなど、橘屋の栄光はどんどん衰えてゆく事態となっていったのである。

さて、良寛の子供時代は「榮藏」といった（良寛の漢詩中の言い方による。鈴木文臺の霜月二十六日付三宅相馬宛書簡には「源藏」とするが、それは、文化十年〈一八一三〉に文臺に貸し出された漢詩集が「草堂集貫華」編成の元になった癖字の「草堂集」〈伝存せず〉で、そこにあった「四十年前行脚日…」の結句中、「榮」の左の「火」の草体が下に延びて「さんずい」に見えたため、「源」と見誤ったのではないか。「草堂集貫華」にこの詩は無い）。その榮藏について、飯塚久利「橘物語」は「（榮藏が）いはけなかりしほどは、手ならふわざも、ふみよむことも、いみじういなみ聞えて、人のいさめをもつきじろひなど、つゆばかりおもひたまへかけず、おのがじゝありける」と記している。つまり、手習いも素読も拒否していて、人のやった方が良いというのも聞かずに、自分の思い通りにしていた、というのである。「いはけなかりしほど」が何歳を指すかは分からないが、大人の真似《まね》をして盛んに物を書いたり読んだりしたがるのは数え年六、七歳くらい、という普通の発達段階に当てはめると、以南と思われる「人」が榮藏をいさめたのは、榮藏の発達が長男より遅れていたためなのか、その発達段階にならない前にさせようとしたのか、のいずれかだろう。そのいずれであったとしても、以南が榮藏に「手ならふわざ」や「ふみよむこと」をさせようとしていた証拠にはなろう。そして、その働きかけを繰り返すうち、以南の榮藏に対する期待は萎《しぼ》みゆく一方、せめて一人前にだけはしなければ…と思うようにもなって、それを拒む榮藏に習字や素読を押しつけるようにもなっただろう。それを受ける榮藏の方では父の威圧に心を閉ざし、それを拒むばかりか言いたいことも言わなくなってしまう。榮藏のそんな様子に対する以南の苛立ちは随所で表面化し、この頃から、榮藏をして精神的に離反させるような行いを積み重ねることになってしまったのではないか。

このようにして、以南は思考がもともと直覚的、反射的で、問題を温めていて前の経験から新しい対応の仕方を紡ぎ出すことには不得手だったうえに、心中では、自分の俳諧への没入を正当化していたものらしい。こうしたことは誰にもあることではあるが、時折失敗しては反省し、また、近親者から忠告されて少しずつは良くなってゆく。しかし以南の場合、一番身近な秀が一歩退いた立ち位置を保ったせいか、以南の心に変化の起こるきっかけも無かったのだろう。父がそんな様子だったから、幼少期から少年期にかけての榮藏は、以南の頭ごなしの小言をひたすら避けて、もともとあった一人遊びの傾向をますます強めていったのに違いない。

さて、榮藏が地蔵堂で三峰館に入塾して以降における以南のかかわりは、以下の各項目においてそれぞれ触れることにし、ここからは、以南の最後の上洛に関する私見へと進みたい。

以南が京都で入水自殺したとされる最後の旅の出発時期に関しては、冨澤信明氏が「良寛　故郷に還る　円通寺から五合庵へ」(『良寛』四十八号)で、以南の三月二十日付、新左衛門(由之)宛書簡の書かれた年を寛政五年(一七九三)と示された。なお、この書簡中には「良観房」とあり、この点について父親が子供の僧名を間違えるはずがないとする見解がある。至極もっともな見解ではあるが、最初に付けられた戒名が「良観」であり、それを以南が記憶した後に「良寛」に変わったとすると、六十歳近い以南が最初に記憶した名をまず思い出すことはありがちなことだろう。また、四男・宥澄の僧名が「観山」であって、我が子への手紙執筆で内容を深く考えずにメモ書きするような時に、頭が早くも「観山」に行っていると、ついうっかり次の「観山」の「観」に引かれて「良観」と書いてしまうこともあるだろう。

この冨澤氏説に依拠して考えると、寛政五年三月二十日以降にこの書簡の発信地・直江津を発って、北国街道経由で京都に向かったのであり、途中での見物、俳友と会っての滞在等があったとしても、その年のうちには京都に着いただろう。その後、以南は寛政七年(一七九五)七月二十五日に遺書を残して行方が分からなくなるのだが、最短で寛政六年(一七九四)一年間と寛政七年の七ヶ月(寛政五年三月二十日から二ヶ月で京都に着いたとすると二年二ヶ月)の在京期間、俳友との交際等の資料は見付かっていないらしい。以南は何をしていたのだろう。旅に出発の前、由之に旅の目的を告げることもなかったらしいから不思議である。

何も分からない以南の姿からすると、この上洛は、三男・香(寛政六年に二十八歳)を頼った気楽な旅ということにして、実は誰にも言えない（もちろん香にも）一世一代の仕事「隠密裡《おんみつり》に山本家の供養塔を高野山に建てること」を目的としていたのではないか。以下、そのことについて、以南の和歌から入ってゆきたい。

その和歌の伝来については、次の三とおりがある。

① 前川丈雲編『天眞佛』所載のもの
（佐藤吉太郎『良寛の父　橘以南』〈出雲崎史談会《復刊》〉の『天眞佛』復刻箇所、三丁表より引用）

天眞佛の告によりて桂川のなかれに以南をすつ
そめいろの山をしるしにたておけは
わかなきあとはいつらむかしそ

② 香の遺墨中のもの（高橋庄次『良寛伝記考説』春秋社、一五九頁より引用）

天真仏《てんしんぶつ》の仰《おほ》せにより、以南を桂川の流に捨つる
蘇迷盧《そめいろ》の山をしるしに立て置けば我《わ》が亡《な》き跡はいつの昔ぞ

七月二十五日

③ 良寛の遺墨（『良寛墨蹟大観』第三巻、中央公論美術出版、二三二～二三三頁）

天眞佛のすゝめによりて以南を桂川の流にすつ
蘇迷盧の山をかたみにたてぬれは
わかなきあとはいつらむかしそ

これが遺書なら我が身を捨てることが心を占拠しているはずだから、どこで死ぬかよりも「以南を」がまず書かれ

るものだろう。その見方からすると、②と③が①よりも自殺者心理に近い。①は、それを通常人の感覚で直したものなのだろう。すると、以南の遺書を最初に見たのは、京都にいた香であり、良寛もおっつけ京都に出て行って実物を見ただろうという推測が成り立つ。しかし、それにもかかわらず、二人の記した和歌に違いのあるのは、以南の書いた文字が矢立の筆か何かで書いた渇筆の走り書きで、読みにくいものだったからなのだろう。草仮名で「子留之《しるし》」と走り書きすると、「可多三《かたみ》」と読めるし、「於遣《おけ》」と「奴連《ぬれ》」、「能《の》」と「羅《ら》」も誤りやすい形となるから、それぞれの読み取りが違ったまま、寡黙な良寛はもちろん、香も書かれた和歌を口に出して言うことが無かったので、二人の共通認識とならずに右の②と③のような違いが出たのだろう。——以南四十九日忌の香の和歌に「何事もいつらむかしの世の中にわが身ひとつもあるはあるかは」とあるから、この時までには、二人の認識が突き合わされる機会があって、良寛の読み取り方に香が同調するようになっていったらしい。良寛が勝手に手直しすることは、「人の生けるや直し」という本性に合致しないから、二人の書いたものの相違の原因を、良寛の手直しによることとは考えない。

以南が詠んだ和歌の本当の形がどうであったかは分からないが、良寛の伝えている形が掛詞による以南の意図の表明と理解されるがゆえに、今はそれを以南の残した遺言と理解したい。そこで、その考え方に立って良寛の伝える以南の和歌を現代語訳すると、「〈私がいたことの証に〉蘇迷盧の山を形見として立てたので、私の亡き後は、〈蘇迷盧の山すなわち高野山の墓石群の〉何処《どこ》かで〈私の立てた形見が〉出るだろうよ。〈その時には、もはやそのことは〉昔のことだ〈とされているだろうが〉」となる。——この和歌の詞書に「以南を桂川の流にすつ」とあるのによると、以南が捨てたはずのものは俳人「以南」であって、橘屋の主人「新之助」ではない。これは以南の心の中での新之助の存在意義が俳人「以南」よりも軽くなっていたことを示す証拠である。そして、そこからうかがえることは、以南が橘屋を支える重苦しさに耐えられず、いわば、それに目を向けないで過ごしてきていた、ということでもある。——

こうたどってくると、小林新一氏の発見にかかる高野山奥の院の「山本家の墓」（納骨されていない供養塔であろう。よって、以下には供養塔と記す）が注目される。この石塔に記されている内容を見ると、塔の正面は上部の梵字に続けて面の右半分に「碧玉宗泉居士」「玉林宗雲居士」の戒名を一列に刻し、その右側に「碧玉宗泉居士」の忌日を「元禄八乙亥三月廿一日」としてある。梵字の下の左半分には、その二人に対応するように「玉安貞心信女」「松屋壽貞信女」という女性の戒名があって、それぞれの右には「延宝七未八月十二日」「宝永四丁亥正月十日」と忌日がある。碑の左側面には、正面よりもひとまわり大きな文字で、右半分に「施主越後國出雲崎往《ママ》」、左半分の下方に「山本甚三郎」と刻してある。

平成四年にこの供養塔を訪ねた松本市壽氏は、一九九五年一月一日発行の『良寛だより』六十七号に「高野山の山本家墓とさみつ坂をたずねて」という文章を載せ、碑面を、

碧玉宗泉居士
　元禄八年乙亥三月廿一日
玉安貞心信女
　延宝七年己《ママ》未八月十二日
玉林宗雲居士
　享保二年丁酉正月十二日
松屋壽貞信女
　宝永四年丁亥正月十日

と記し、忌日には「年」を加え、「玉安貞心信女」の忌日中には「己《ママ》」を加えて紹介している。これ以外のことで注

目されるのは、碑面には無い「玉林宗雲居士」の忌日を「享保二年丁酉正月十二日」（享保二年は一七一七年）としておられることである。これは、氏の文章中にも記されているとおり、山本家の菩提寺・圓明院の過去帳を小林氏（あるいは筆者の松本氏）が調査された結果なのだろう。そうだとすると、ここに刻された四人は、以南が「桂川のなかれに以南を」捨てた時から約百年前に死去した橘屋の人々ということになるのだが、不思議なことに良寛が書いたという橘屋の過去帳にはほとんど符合しない。――良寛筆過去帳の四日の欄には「法屋壽貞大姉　元文元年／六月」（年月記入は割注形式、／はその改行を示す。元文元年は一七三六年）とある。しかし、一文字相違する上に忌日も異なる。また、磯部欣三氏『良寛の母　おのぶ』（恒文社、一五〇～一五一頁）に掲げられた「相川橘屋系譜」にも「法屋壽貞大姉」はある。その人は「おのぶ」の祖父の後妻に当たり、俗名は不明、寛保元年（一七四一）十月四日に六十七歳で死去した旨記載されている。したがって、これらと碑面の「松屋壽貞信女」とが一致するとは言いがたい。ただ、「松」の偏《へん》を上、旁《つくり》を下にした異体字「木＋公」は、「法」の異体字「水＋大＋ム」に読み誤る可能性はある。――

右の松本氏による紹介の約十年後に、谷川敏朗氏は「前号『橘屋過去帳』についての論考を拝見して」（『良寛』第四十八号）を書かれた。そこには、「高野山に『住出雲崎山本甚三郎墓』があります。出雲崎町で山本の姓を名乗る家は、良寛さまの生家に係わりのあるお宅でしょう。お墓に彫られた戒名からすると、すべて相川の橘屋の方です。すると出雲崎山本家の分家でしょうか」とある。これによれば、谷川氏は、この供養塔に刻された四人は相川の橘屋の人々で、施主の「甚三郎」は出雲崎山本家の分家の者、という見解かと思われる。しかし、ある家から分家した者が別の分家の供養塔を建てるとは一般に考えにくいことだから、相川の橘屋から出雲崎に分家した者がいて、それが甚三郎の家という意味なのだろうか。小林氏による碑の発見、松本氏の戒名の紹介、その後十年を経てもなお、緻密な研究で定評のある谷川氏の言に歯切れの悪さが存することを考えると、碑面の戒名からの人物特定は不可能のようである。

ただ一つ想像されるのは、良寛が見て記憶した橘姓の過去帳の前に、以南が養子に入った頃はさらに古い山本姓の過去帳があって、それによってこの四人の戒名が刻されたのかも知れない、ということである。そうすると、「山本甚三郎」という名の人も存在した可能性が出てくることになる。ただ、二代にわたる不明の戒名が供養塔に刻されているのは、不思議と言えば不思議である。ちなみに一般的には、養子を迎えた家では養子に自分の家をうまく継いでいってほしいから自分の知る限りを語り聞かすものだし、養子は「この家のことを知っておかねばこの家を継げない」と思ってそれを聞き取るから、意外に細々したことまで確実に伝わるものだという。この状況が橘屋にもあったとすると、以南の義父の新左衛門とその父親の左門良胤から、二人の思い出せる見聞のすべてが以南に語られた可能性もある。以南は義理の祖父・左門良胤とは六年、義父とは九年、起居を共にしたのだから。しかも、義理の祖父の左門良胤は加茂の中澤家から養子に入った人だから、その左門良胤も先代や先々代から細々と受け継いでいたはずである。そうすると、以南が義理の祖父の左門良胤から聞いたことの内容は、以南の四代前の人の若い頃の話、つまり、百年ほど昔の話があったことになる。その中に以南の五代または六代前の人の葬式のことがあって、それを以南がメモしていたとすると、そのメモに、忌日が元禄八年(一六九五)の碧玉宗泉居士、延宝七年(一六七九)の玉安貞心信女、宝永四年(一七〇七)の松屋壽貞信女があっても変ではない。したがって、この供養塔の戒名の人は橘屋に実在した可能性もある。

後日、新資料が発見されて明らかになってゆくのを期待するが、とりあえず今、あえて「そめいろの…」の和歌の存在から、碑の左側面にある施主「甚三郎」は、その和歌を残した以南の改名した姿だった、と考えておきたい。

養子として橘屋に入った以南の心には、橘屋の家運を維持すべきところ、むしろ加速度的に衰退させてしまった重苦しさと、正風俳諧の精髄体得を企てながらさしたる作も残し得なかった気分の悪さが凝り固まっていただろう。そこで、せめて山本家の供養塔を弘法大師の御廟近くに建立することで橘屋への埋め合わせとし、その一事を成し遂げて気分を爽快にして、俳諧方面に絞って我が人生を再出発させたい、そのためには…と考えたのではなかろうか。

――自分個人の勝手でやるのだから、家族にも知らせず、旦那寺・圓明院の口利きも無しに成し遂げたい。それには、高野山での折衝だけでも長期に及ぶに違いないし、高野山では、橘屋の主人としての「橘」も「新之助」「次郎左衛門」の名も、俳号の「以南」も、あらゆるところから隠さなければ、我が身の恥を永く曝《さら》すことにもなりかねない。では、供養塔は建てても、その関係方面に一切自分の名前を残さないためにはどうするか――そう考えて思い付いたのが、自分が高野山の担当寺院に日参して信用してもらい、すべてを自分個人で手配して完成まで見届ける、という方策だったのではないか。以南が出発前、そのような供養塔建立のおよその筋道を持っていたとすれば、費用も資料も揃えて出発したことだろう(長期間かかることで無期限の仕事と考えていたから、つい、上京の動きも寄り道の多いものになってしまったのだろう)。

碑面に刻する戒名は初代、第二代の夫婦二組を表すものなら自然だし、二代目の主人は、既に妻を亡くした信心深い人、生前から戒名も得ている裕福な家柄、と想定しておきながら、供養塔を建てる自分は「二代目の主人の忌日は今では不明だから空欄にしたい」と申し出る――これが実行できれば、遙かに後の時代になってこの供養塔を見た人は、二代目がこの供養塔を建立して、その自分の戒名を朱文字にしておいたのだ、と思うに違いない。そうすると、塔の施主の俗名は、橘屋に実在しない、ごく普通の名前の方がむしろ良い――以南はそんな案を思い付いたのではなかろうか。

しかし、ここに一つの懸念があった。それは、この供養塔が近い将来に発見され、親戚の誰か(例えば佐渡の橘屋)が「出雲崎の橘屋が高野山に供養塔を建ててある、などとは聞いたことがない。変だ」と言うかも知れない、という点である。そこで考えたのが、暗に自分のやったことと分かる策、つまり、供養塔への案内地図のような「そめいろの」の和歌を残すことだったのではないか。何十年後でもいい、自分の没後、残した和歌の意味不明の部分が解明された頃になって、初めて、その建立が以南の山本家での仕事だった、と判明すればそれで良い。誰も気付かぬままになってしまったなら、「甚三郎」その人の営みとなる。それもまた自分の立場にふさわしい――そんな思いだったのだろう。佐藤吉太郎氏『良寛の父　橘以南』（出雲崎史談会〈復刊〉）一二七～一二八頁によれば、近江坂本の俳人・三津井干當と小林一茶が以南の脚気《かっけ》罹患を伝えている。当時は不治の病だった脚気を患うことになったのはどの時点からだろうか。さらに、供養塔完成を見届けてからの脚気悪化だったのだろうか。それとも、通説のように、家を出るときから死を覚悟していたのだろうか。あるいはまた、俳人・以南は和歌とともに死したが、秀の夫だった「新之助」は、どこかで長らえていたのだろうか。

以南の入水は寛政七年（一七九五）七月、五十九年間の以南の人生がほとんど苦難の中のみにあった、ということだけは間違いない。

三　一人遊びはスプリングボード

いまはむかし、ゑちこの国に良寛といふ禅師ありけり。いわけなかりしほとは、手ならふわさもふミよむこともいミしういなミ聞えて人のいさめをもつきしろひなと、つゆはかりおもひたまへかけす、おのかしゝありけるを、おやは「いかさまにか」とおもふらんほとに、あるひねすくしなと朝日たかくさしいてゝおきけり。やかて父かりゐさりよりさふらひて聞ゆるやう、「いかてふミともとうてたまひてんな。けさはこゝろミまほしきこと侍り」となん。されと日ころのこゝろくせあなくりしめしなと、むつかりかほにえものせさりつるも、さなからにこゝろにとむへうもなく、「いさ〳〵」とこひわなゝきてやミぬへきけしきもなかりつれハ、つふやきのゝしりなから、十三経とかいへるまきともをとうてさしあたへぬ。やをらひゝらきさふらひてとりむかへたる也けり。はしつかたより声たかうよミもて行ハ、たき川[注1]のよとむへきならひもなく、けにはか〳〵しう、すむへきハ[注2]にこるへきハさりなんまゝにおもひわいためておとろ〳〵しきまてなんかまへさふらひたる。おやは「おもほゆへくもなきわさなり」とむねつふれ、口さへしばしふたかりて、「いかなることそ」とおもひまとふ。（以下略。飯塚久利「橘物語」の冒頭。帆刈喜久男「飯塚久利『橘物語』の翻字と現代語訳」〈『新津郷土誌』一五号〉による。カギ括弧を加え、各文末を句点に変更。「橘物語」は久利が三十四歳の天保十四年〈一八四三〉、新津の桂誉正の書き留めていた良寛の和歌と伝聞とで構成したもの。注1…ここには「よど」の書き入れあり。注2…「すみ」が脱落か。）

当時は六、七歳から寺子屋で習字や素読を学んだのだろうが、榮藏がそういうことをひどく拒んだのには理由があったのだろう。例えば、それ以前、外にいてまわりの元気のいい子供たちに自分の身体的特徴やおとなしさを揶揄《やゆ》されたり、馬鹿にされたり、さらには、いじめられたりした経験があったとすれば（「『曲《マガリ》』という字《あざな》」の項を参照）、その子たちがいる寺子屋には行かないことにもなる。家を出ない榮藏に父の以南が教えようとしたとすると、俳諧を嗜《たしな》む以南が期待するスピーディな身につけ方は幼い榮藏には不可能だったはずで、以南の苛立《いらだ》ちをたびたび呼び起こしたことだろう。榮藏六歳の宝暦十三年（一七六三）は高札場が尼瀬に移された年だから、その前後、以南はいっそう苛立ちやすくなってもいただろう。そうなると榮藏としては、以南のことと思われる「人のいさめ」も「つきじろひ」「おのがじゝありける」、つまり、親からも習うのはごめんだ、ということになって当然と思われる。

そんな状況を発端とする「橘物語」の右の逸話は、「素読をこばんでいた榮藏が、十三経という大部の漢籍をいつの間にかすらすら読めるようになっていた」と記し、並はずれた学習能力を言っているが、事実としては実に荒唐無稽と言わざるを得ない。それにもかかわらず、あえてそんな逸話をここに掲げたのは、その大もとに潜む榮藏の考え方が重要だからである。

第一には、いったんは拒否した後に「親が言うのだから何か意味があるのだろう、それは自分にもやれることなのかどうか」——そう考え直す心の動きについてである。そこには、乳児期以来の経験の積み重ねから自然と導き出されたところの「親の意向に副《そ》うことは自分にとって意味あること」とする基本姿勢が存在する。この両親と結びつく思考の有りようは、父親から自分の思いを無視する扱いを受けた後も、自分が俗縁を断ち切るべき禅僧となっても、さらには、両親が亡くなって、両親へ配慮がほとんど意味を成さなくなった後も、ずっと持ち続けていたもの（「在りし昔のこと」、「常哀れみの心持し《ママ》」等の項を参照）であって、後年の良寛が異色の禅僧となってゆく本性の一面を、早くもこの一事が示している。

次に重要なのは、家人に秘して続けた素読の試みが、積み木や輪投げ遊び同様、自分一人でなし得て自分一人で喜びを感じ得る一人遊びの一つだったことである。こうした一人遊びが鋭敏な榮藏にもたらしたのは、清澄にして穏やかな気分、今の自分にできる範囲が拡大してゆく喜び、自分の思うままに行える満足感、一心に行ってゆく充実感等だったはずで、榮藏の本性がそうした心穏やかで明るい、しかも充実した気分にいることを望んだのである。そこには榮藏の育ってきた家庭環境も作用したに違いない。急に怒りだす父親からはなるべく離れていたいという心理が榮藏にあって、日々の生活の中で「早く自分ひとりになって心穏やかな世界に戻りたい」という回帰の願望が定着したのではないか。その榮藏時代における心穏やかな世界への回帰経験は、大人となった後の禅修行、揮毫の自己鍛錬、自作詩歌の推敲、生き方の高次元化と広がってゆくそれぞれの場面において、意思と一体化する形で遂行を後ろから支えていったと考えられる。

第三のポイントは、いったんは拒んでいた親の指図を、その後の榮藏が自分の意思で自分一人の世界に取り込み、やがて自分の好む仕方で再生して、自分自身を新たな世界に導いた、と伝えている点である。その場面での一人遊びの働きは、それまで維持した判断を切り離し、再思考して新しく自分の言行を決めたということである。そのことは、受け身状態が生じたことを受け、「一人遊び」がそれに対応するためのスプリングボードになったことを意味する。

後年のこととして右にもあげた禅修行、揮毫の自己鍛錬、自作詩歌の推敲、生き方の高次元化等は、いずれも自分一人で完結する「一人遊び的側面」があるのは事実で、そのことからすると、そうした行いが繰り返されるごとにスプリングボード作用も繰り返され、常に新しい判断がなされることになったと推測される。

そのような「一人遊び」の働きも含め持つ「自分の受けた外力に対し、その時の全存在を賭けて対応してゆく言行決定方式」は、長年かけて会得した法華経理解とも統合され、良寛独自の心のすがたである「無観」(『天上大風』という語」の項を参照)としてまとまってゆくのである。

四 「鰈になる」を信じた八、九歳頃

禪師八九歳の頃、晏起して父君に呵責せられし時、上目にて父君を視る、父君曰く、父母を睨む者は、鰈となる可しと、師之を聞きて外出したるまゝ日暮に及べども帰り來らず、家内・眷属狂奔して捜索したりけるに、海濱のとある岩石上に悄然佇立せるを発見し、問ひて曰く、何すれぞ然るかと、師曰く、予未だ鰈と化らざるかと、伴ひて家に送れりと。

(西郡久吾『北越偉人 沙門良寛全傳』目黒書店、二八四頁)

良寛の示寂から間もない頃には、もっと小さい頃のこともたくさん伝わっていたのだろうが、それらは良寛その人への賞讃の声とともに淘汰され、やがて前項のものとこの逸話だけが、僧としての良寛像にふさわしいがゆえに残されてきたのであろう(この逸話の「禅師八九歳の頃」というのが正確ならば明和二、三年〈一七六五、一七六六〉のことで、大森子陽の三峰館への入塾直前か、三峰館が一時期閉じ、榮藏が地蔵堂から生家に帰った時期のこととなる)。

この逸話が現在から見て意外なのは、八、九歳の頃に朝寝坊して以南に叱られたという点である。榮藏に兄がいた

という谷川氏説（明和五年〈一七六八〉三月十四日に死去した「知空童子」が兄で、榮藏の二歳ほど上という）に従えば、その頃、兄は十一歳のはずで、その兄は自分一人で起きていたのだろうか、という疑問も湧く。が、おそらく江戸時代には朝起きが生活の基本中の基本とされていたのだろう。良寛よりも約五十年後に生まれた勝小吉（勝海舟の父）が、その著「夢酔独言」の中で、七歳で勝家の養子となった後に九歳から武士となるべき修行を始めたことを記していることからみても、当時は、一人前の男を目指して八、九歳の時期から生活の基本を仕込んだのであり、山本家でも、起こされなくても一人で起きることを大人への第一段階としていた、と想像される。

　そうだとすると、まだ未熟な少年前期の榮藏にあれこれ不消化が引き起こされるのは仕方のないことで、どうすれば自分で目覚められるかが分からないままに叱られていたのではなかろうか。そんな時、もともと感情の起伏が大きい父親は、反応のない榮藏に苛《いら》ついていきり立っていっただろうし、叱られている榮藏の方は、項《うなじ》を下げ、「自分一人で目覚めよ」と無理を言う父を、時々、目だけで見ることになっただろう。それを以南は「上目にて」「睨む」ように見ている、と上から見て錯覚した。これによって父の怒りは二重に重なり、叱られている榮藏の方は、理解しがたさが二重になって、ますますどうしたらよいか分からなくなっていったことだろう。

　第二に意外と思うことは、榮藏が「父母を睨む者は、鰈となる可し」という父の言葉どおりに「海濱のとある岩石上に悄然佇立」していた、という点である。現在の八、九歳の男の子でも、ある一定の割合でサンタクロースの存在を信じている者がいるのは事実だが、人間が鰈になることを信じる者がどれくらいいるだろうか。江戸時代後期においても、榮藏がしたようにする子供が他にいたものかどうか。そう考えると、榮藏のこの反応は、日頃からしばしば父親の苛立ちを経験してきており、今、その父の怒りが異常な激しさで自分に降りかかってきたため、日頃と同様に従ってしまったことを示しているように思う。

　つまり、子供としての成長の姿は、榮藏においても他の子供と同じだったが、榮藏の場合、両親のいずれかから受け継いだ心の鋭敏さによって、親に素直であるべきとの親の発信を普通人以上に強く吸収し、乳児期以来、その有意性を確認し続けた結果、心の働き方のソフトウェアとしてそれを堅持するようになっていたのではないか。また、以南の中で、名主としての対世間的立場や家族内での入り婿としての立場、諸々の仕事と俳人としてのバランス等で問題が生ずると、その不快さがきっかけとなって、家族内で大小の爆発を引き起こしただろう、という推測は以前にも記したが、榮藏はひたすらそんな父の癇癪《かんしやく》の破裂を恐れて、父親の言には背くまい、と幼心に決心し、そうすることが自分に穏やかさをもたらすがゆえに、その行動方式を心中深くに固めていったのであろう。冒頭の場面でもその行動方式のままに、父の言「(上目で親を見た者は)鰈になる」に疑いを挟まず「海濱のとある岩石上に悄然佇立」していたのではないか。

もし、以南が苛立つことに対する恐れを、母も子も心に抱いて生活していたのなら、繊細な榮藏は反抗期さえ持たずに幼少期を過ごし、その代償として、一人遊びの楽しみ――一人あることの醸し出す静かで不安のない、穏やかな気分――により深く入っていったということになろう。前項の「橘物語」に、十三経を次々読んで驚かせたという記述があったが、『論語』でもいきなりは読めるはずもないから、榮藏は一人遊びで密かに読み慣れたのだろう。母が勧めた盆踊り見物にも行かず、灯籠《とうろう》の明かりで読んでいたのは『論語』だったという。おそらく『論語』を拾い読みすることは、この時期に最も長く継続された一人遊びだったのではないか。

榮藏の感受性の鋭さはおそらく天賦のものだったには違いないが、乳児期以来、父の行為がもたらす理解しがたささやかすかな違和感、あるいはかすかな反感の積み重ねによって感受性は自然と鋭敏化し、少年期に入って自分というものをよりはっきり意識するようになってからは、鋭敏化した感受性が引き起こす、すっきりしない暗い気分を避けるべく、ますます一人遊びで紛らわし紛らわしして過ごすようになっていたのであろう。普通の家の、普通の子供の場合、家の中にいて重苦しさを感ずると外に出て他の子供といっしょに遊びまわり、折々は大人に叱られるような遊びをさえするものだが、榮藏時代の逸話の中にはそのようなものはない。おそらく榮藏の身体には、一見して差異の分かる特徴があって（「『曲《マガリ》』という字《あざな》」の項を参照）、そのために他の子供から奇異の目で見られたことがあり、その経験と乳母のついていたことから家の中だけで遊んでいて、他の子供と遊ぶ楽しさを経験せずに成長したのではなかろうか。

さて、榮藏が「予未だ鰈と化らざるか」と言ったこの逸話について、最初に「僧としての良寛像にふさわしいがゆえに残されてきたのであろう」と記した。それは、鰈になった自分でも、できるものならば生きていたいという、少年榮藏の死に関する緩《ゆる》やかな反応が、「生」に賭《か》ける漁師や船頭からみると、きっと僧侶臭さを感じさせただろう、と考えるからである。この頃、既に、榮藏には仏教への近接傾向があったのであろう。

冒頭の逸話の遙かに以前のことだが、加茂の中澤家から養子に入った左門良胤は生家の仏も併せて法事を執り行うような信心深さだし、榮藏の祖父の新左衛門は跡継ぎの実子・新之助を亡くしている。したがって、曽祖父・左門良胤の在世当時から、家庭内ではその日が命日の仏の供養を行っていたのだろう。その橘屋に、谷川氏が「秀子の妹二人が真言宗の深い信者であったらしいから、秀子自身は信仰心篤い家に育ち、出雲崎山本家へ入ってからも、その子供達に強い影響を与えたと思われる」（同編著『良寛全集』別巻1、野島出版、一〇四頁）とされる榮藏の母が嫁いできていた。このような信仰心に篤《あつ》い環境の中で、榮藏以下の兄弟たちに仏道への親近感が形成されていったものと理解される。

II　青年時代、出家得度まで

一　三峰館入塾から十九歳春までの経緯

(略)出雲崎には僅かながら当時の人々の語りが少し残っていると聞かされ、昭和五十二年夏、その一齣を求めて町を歩いて見た。

しばらく収穫のないまま疲れて旧西越村に通ずる峠で一休みした。町を眼下に、日本海を遠望できる素晴らしい日和であった。二、三米離れて、年の頃八十歳に近いと思われる野良着姿の老婆が腰をおろしていた。二言、三言、老婆と言葉を交すうちに、ふと気付いて、

「良寛さんの若い頃のお話を聞かしてくんなせー。」と尋ねた。

老婆はしばらく考え思い出したかのように、

「以前に年寄りから聞いたことのある話だがねエ。」と前置きして、次の様に語ってくれた。

「良寛さんは、幼い頃から物覚えがよくて、八歳頃から寺子屋に通い文筆の上達が速くて人々をたまげさせたそうな。十一歳頃から十五歳頃までは、地蔵堂のえらい先生の所へ行って勉強しなさったが、十五歳頃から女遊びを始め婆やから金銭をせびって、遊びは年と共に、激しくなり皮膚の荒れはひどくなり母の心配も休む暇

がなかったと云う。二十歳頃になっても身持ちの悪い文孝は遂に父の勘気に触れ、勘当と云うことになった。勘当された文孝は、その後、なぜか菩提寺円明院を避けて、尼瀬の光照寺の門をくぐり剃髪したそうだ。」と。

（玉木康一「郷土に息づく良寛の逸話〈一〉良寛の出家と町角に残る噂話」『轉萬理』第四十七号）

逸話をそれに関係する人が伝えるのは、逸話中の人物が自分に繋《つな》がっている方が自分に都合が良い場合、あるいは、その内容を話すことが自分に都合がよい場合、のどちらかである。その時には、逸話がその人らしいかどうかは二の次となる。逸話の内容に無関係の人が話すのは、内容がいかにもその人らしい場合もむろんあるが、逆に、まったくその人らしくないことの場合もある。その人らしさや意外性の大きいことが肝心なのであって、それが小さければやがて人の口の端に上らなくなってゆく。伝わり方に特徴があるのは「立派な人にしては実に意外だ」というマイナス側面の逸話であって、世間の表からは隠されながら、しかし、確実に伝わってゆく。しかも、以上のどの場合も、伝わるうちに細部には話し手に都合良いように修正が加えられ、内容も少しずつ誇張され、具体化され続けてゆく。——どうも、逸話とはそういうものらしい。

逸話にそんなところがあると知る者は、右の「野良着姿の老婆」の語ったことのうち、それぞれの場面の良寛の年齢までも、そのまま真実だとは思わないだろう。しかし一方で、「幼い頃から物覚えがよく」、「寺子屋に通い」、「地蔵堂のえらい先生の所へ行って勉強し」たということは、良寛の実像として納得するに違いない。後半の「女遊びを始め婆やから金銭をせびって、遊びは年と共に、激しくなり皮膚の荒れはひどくなり」となると、後年の良寛像に照らして実に意外な側面ということになる。「身持ちの悪い文孝は遂に父の勘気に触れ、勘当と云うことになった」というのも同様である。良寛が生来の完璧な聖人だと信ずる人にとっては、伝わって欲しくない側面には違いないが、世間は他人の悪評にこそ関心が深い。だから、後に聖人とさえ見られる良寛の、若い頃のこの意外な側面は、ずっと昭和の時代まで伝えられてきたのであろう。しかし、事実として、良寛も禅修行前は普通の若者であったのだから、少年時代の榮藏にこんな噂話が残っていたとしても、それはごく自然なことである。しかも、それは、誰も乗り越えないで過ごす大きな山を、後年の良寛が乗りこえた証拠であって、明確な信念に生きた良寛の輝きを増しこそすれ、決して滅ずることではないのである。

この話の「地蔵堂のえらい先生」は大森子陽だが、榮藏がその塾・三峰館に通ったのが何時《いつ》だったかを考えるには、まず大森子陽の動きを把握しなければならない。松澤佐五重氏「大森子陽とその周辺」（宮榮二編『良寛研究論集』象山社、四八三〜五三一頁）によると、子陽は二十八歳の明和二年（一七六五）十月十五日現在、地蔵堂にいた。子陽の師・瀧鶴台《たきかくだい》が十月十五日付で江戸から発信した中村久右衛門、富取長太夫、大森子陽宛の書簡が伝存し、その名宛人に大森子陽が含まれているからである（文面から中村、富取の二人が江戸遊学から帰っていたことが判明する。また、「子陽君未得一面《いまだいちめんをえざるも》鄭重被仰下致承知候《ていちょうにおおせくだされしょうちいたしそうろう》」とあるので、子陽はまだ江戸の師に直接は学べないでいたことも分かる）。ところが、その鶴台の書簡中には、子陽から届いた「御著述」を一覧して「感賞」し、「詩文共に天才秀逸」に見えた、とか、「御精励候《そうら》はゞ速《すみやか》に御長進可有《あるべし》と欣望不浅候《あさからずそうろう》」とかとあり、そこから考えると、子陽は鶴台のその評価によって江戸遊学の志をいっそう固め、その冬か翌春には父同道で江戸に出たらしい。子陽はその後、明和五年（一七六八）に父のみ地蔵堂に帰らせて自身はそのまま残って勉学を続け、師の鶴台の帰藩後の明和七年（一七七〇）九月（子陽はこの年三十三歳）に帰郷して、三峰館を再開、後、安永六年（一七七七）夏、地蔵堂を発って奥羽の名勝を見に行き、庄内の鶴岡に定住したという。つまり、明和二年（一七六五）冬か翌三年（一七六六）春より前と、明和七年九月から安永六年夏までの間は、地蔵堂に子陽の学塾・三峰館はあったのである。

もう一つの子陽の出る資料に橘崑崙『北越奇談』（永寿堂）がある。ここに良寛は「始《はじ》メ名《な》ハ文孝《ぶんこう》、其友《そのとも》、富取笹川彦山等《とう》と共に岑子《しんし》陽先生《やうせんせい》に学《まな》ぶこと総《すべ》て六年《ろくねん》」（「巻之六」の二丁裏三〜四行目。文中の「富取」は、後に出雲崎の敦賀屋に婿入りした「長兵衛」とあり、「総《すべ》て」の語によって、良寛が子陽に学んだ期間は幾つかに分かれていた、と示されている。

以上の二点を踏まえて高橋庄次氏は、榮藏七歳の明和元年（一七六四）には三峰館（当時、この塾名の存否は不明らしい）に入塾して二年近くを過ごし、さらにその後、榮藏十三歳冬から十八歳春までの四年余を過ごした（『良寛伝記考説』春秋社、一九頁・二三頁）とされた。ただし、二八頁に記した谷川氏説のように橘屋には長男がいて、下の榮臧が内向的で引っ込み思案、一人遊びで静かに過ごして他との関係を持ちたくない子供だったとすると、榮臧は入塾時期を考えると、入塾の年齢となってからもしばらくはどこにも行かずにいて、他の子供が寺子屋に通い始めて一年ほども経過した区切りの良いある時期、具体的に言えば、八歳となった明和二年（一七六五）春頃になって、以南の強い勧めに押されて初めて三峰館へ入塾した、と考えるのが自然なことではなかろうか。また、その前年の明和元年に以南にとっては義父の新左衛門が死去し、名実共に橘屋の家長となっていた以南の性格や、名主としての家格からしても、近所の子供が通う寺子屋で一緒に学ばせようとは考えなかったのではないか。ただ、一方では、榮藏は既にどこかで学問をさせなければならない年齢になっていて、榮藏自身も納得する師匠に早く学ばせねば、ゆくゆくこの息子はとんでもないことになる、とも思っていたことだろう。その思案解決の糸口となったのが、おそらく以南の生家・新木家あたりから耳に入った大森子陽の学識に関する話だったのではなかろうか。

以南が大森子陽についてどう理解したかは不明だが、実際の子陽は、あまり収入もない医師の父と地蔵堂に住み、そのためもあって明和元年（一七六四。子陽二十七歳）には既に塾を開いていたらしい。それよりはるかに前の少年期には曹洞宗永安寺（新潟市南区茨曽根）の古岸大舟和尚に学んでいて、和尚が服部南郭から修得した詩文の教養に大きな感化を受けてもいた。こうした子陽の大舟和尚ゆずりの古文辞学の学殖の深さや人間性も、おそらく以南の心を引きつけたことだろう。大舟和尚に学んだ子陽の同学の友には、地蔵堂で酒造業を営む中村家の子息・久右衛門がおり、その久右衛門の父親・久左衛門は、以南の生家・割元庄屋新木家の一族で町年寄だった新木三左衛門家から入った養子だった。おそらくこの久左衛門が、我が子から聞いた子陽の塾の話を生家の新木三左衛門家で話し、それが本家である以南の生家にも伝わっていったのだろう。

新木三左衛門家から中村家に入った久左衛門は、以南より一回りほど年長だったと推測されるが、大本家《おおほんけ》出の以南には、「分家の人」という気安い感覚もあっただろうし、久左衛門もその子の久右衛門も近青菴北冥が俳諧の師であったから、十年あまりの期間に俳人として互いに顔見知りの関係でもあっただろう。もちろん、以南はその中村家にも直接当たって正確な情報を得た上で、榮藏に対して、学問すべき時にしかるべき師について学ぶべきこと、今、その師にふさわしい大森子陽という人物が地蔵堂に塾を開いていること、そこに通うに都合の良い、中村という家を自分が良く知っているから、そこに置いてもらえること、などを話したことだろう。榮藏の方は、新しい環境への不安を感じつつも、癇癪《かんしゃく》持ちでうっとうしい父親の以南から離れられること、好きな学問が存分にできること、自分が近所の人々の口の端にのぼる煩わしさを逃れられること、などを思って重い腰を上げ、父の言葉に従ったのに違いない(こんなふうに考えると、高橋氏説より少なくとも半年は在塾期間が短くなるが、その点については後に私見を記す)。

この明和二年(一七六五。榮藏八歳)春からの約一年間は、その後の榮藏のおよその方向を決めるに大切な時期だったと思う。それは、止宿先の中村家の久右衛門が、ほぼ三年間の江戸遊学から帰って一年以内、もしかすると帰った直後だったからである。この年、久右衛門は二十三歳、その弟の旧左衛門は十五歳、止宿した榮藏は八歳だった。この中村家の兄弟が年下で寡黙な榮藏を仲間に引き入れたとは思わないが、少なくとも、この兄弟が折々話し合ったであろう江戸での勉学、三峰館主・子陽の実力、さらには子陽から伝え聞く大舟和尚の禅と学殖等の話題は、榮藏には全く新鮮なもので、学問の大切さを強烈に感じさせるとともに、それを身につけた禅僧の澄んだ生き方に初めて関心を掻きたてられるなど、広く好影響を受けたものと思われる。おとなしい榮藏も、この兄弟との接触を入り口として塾の同輩に対する対応の仕方も徐々に身につけただろうし、指導内容を理解する自分の能力についても、ひそかに自信を得るに至ったのではなかろうか。

三峰館での大森子陽の講義が榮藏に影響を与えたことは、名主見習いとして代官と漁民の間の調停に失敗したとする逸話中に、榮藏が「人の生けるや直し、之を罔《し》ひて生けるは幸にして免れたるなり」と言った（西郡久吾『北越偉人沙門良寛全傳』目黒書店、二五六頁）とされることでも証明される。しかし、ここで強調したいのは、自分の有りように無頓着《むとんちゃく》で空白状態の精神を持った榮藏が、大森子陽の『論語』講義のうち、一三六章「子曰、人之生也直。罔之生也幸而免」の内容を生き方の核として取り込んだのではない、自分の本性にメッキしたのでもない、ということである。

宮崎市定氏現代語訳の『論語』では、「子曰く、人の生まるるや直し。これを罔《なみ》して生くるや、幸いにして免れんのみ」と読み下してある。この理解のほうが一般的なのだろうが、それを承知の上で、子陽は「生まるる」を「生ける」と解して教え、塾生に今後を生きる姿勢とさせようとしたのであろう。榮藏はその教えが自分のこれまでの生き方と一致していることから、我が生き方の正しさを証明してくれるものとして、その教えを深く心に刻んだのである。この講義内容の吸収の仕方は、「一人遊びはスプリングボード」の項で見たとおりであって、既に入塾以前の時点で、素読に関して自分の精神に心地良いかどうか、自分の持っているものに副《そ》っているかどうかを尺度として無意識的に判断していたのと、まったく同一だったのである。したがって、『論語』と同様、『荘子』の講義が行われていたなら、川内芳夫氏が『良寛と荘子』（考古堂書店）九四・九五頁に強調されるように、榮藏は自分の性質に合う考え方の一つとして、スポンジが水を吸いとるごとく、講義のすべてを積極的に吸収しただろう。ただし、大森子陽が、早くは蘐園学派の服部南郭についた古岸大舟に学び、後、同じく南郭についた瀧鶴台に学んで「老荘の学」を深く身につけていたとしても、無為、自然、虚無、清静、恬淡等を説く「老荘の学」を、直接、講義することはなかっただろう。「生まるる」を「生ける」と解して教えたことをもってすれば、子陽には「若い塾生の将来には何が資するか」という視点がはっきり存在したのであって、「無為、自然、虚無」等がそれにふさわしくないことは充分承知していただろう。

また、三峰館に集まった塾生は地域の有力者の子弟が中心であり、そういった階層では儒教的な徳をこそ身につけさせようとし、儒教的な徳の削ぎ取りを肝心とする「老荘の学」が教えられることは好まなかった。だから、もし、塾が「老荘の学」の講義に力を入れていると分かると、親は子弟を退塾させたのではないか。一方、子陽の方は流行《はや》らない医師だった父の許にあって、独力で生きゆく方策を考えねばならぬ状況にあった。したがって、たとえ子陽が「老荘の学」に深く傾倒していたとしても、塾生の減少が予想される「老荘の学」の講義はやれなかったと見る方が自然である。もし、そのような環境の三峰館において、「老荘の学」的方向の話があったとすれば、それは、唯一、詩文の創作に関する講義においてだっただろう。風雅の趣の深い詩文は、日常生活の尺度を離れたところに成立するものだからである。

並はずれて引っ込み思案でおとなしい榮藏が、初めて生活する地蔵堂の地で、見ず知らずの塾生の中に身を置いたのだから、長いこと身を小さくして塾生としての生活をしていただろうし、他の塾生からは寡黙で奇異な存在としていじめの対象になったかも知れない。そんな孤独な塾生活は、右の、我が生き方の正しさを保証してくれる講義内容と相まって、榮藏をして師・大森子陽に対する近親感を強める方向、講義内容尊重の方向を取らせる働きをしたのは確かなことだろう。

地蔵堂での生活はそのようなものであったから、明和二年（一七六五。榮藏八歳）冬か翌年春の三峰館閉塾に当たっては、榮藏は仕方なく生家に戻ったのであり、中村家で「火のついた」とも言い得る向学心は、禅僧の生き方への好感とともに、今度は、自ら学ぶ意思を持って光照寺の寺子屋へ通う決心をさせたのである。冒頭の逸話の言う「八歳頃から寺子屋に通い、文筆の上達が速くて人々をたまげさせたそうな」という噂は、そうした榮藏の向学心と意思の力の発揮された好成績が、寺子屋に通う出雲崎の少年達を通して町の人々の間に広まったことを示している。もちろん、光照寺の寺子屋で学ばせることは以南にとって望ましくはなかったはずだが、子陽の江戸遊学のための閉塾では致し方もなく、蘭谷萬秀の許で近くの子供たちと学ぶことを許したのだろう。

冒頭の逸話では八歳から十一歳と言って、榮藏の寺子屋通いの期間が数年に及んだことを示している。事実、榮藏十三歳の明和七年(一七七〇)九月に子陽は帰郷し、その冬か翌春に三峰館を再開すると、榮藏は再び中村家に止宿して再入塾しているから、それまでの期間、つまり、八歳冬(または九歳春)から十三歳冬までの四年半余を蘭谷萬秀の許で学んだのであろう。既に母親の項目で記したとおり、萬秀と橘屋とは親戚で親しい間柄だったから、榮藏に対しては萬秀も何くれとなく目をかけていただろう。榮藏が八歳の時、禅僧の生き方に親しみを抱きはじめていたとすれば、萬秀の示す親しみについ魅《ひ》かれて、父親とは違う禅僧のゆったりした生き方を、幼いながら、感じ取っていたかも知れない。

明和七年(榮藏十三歳)冬か翌春、三峰館に再入塾した後の榮藏については、噂話は悪いことばかりを伝えている。これは「悪事千里を走る」の例えどおりの現象であって、榮藏が学業をサボったという訳ではなかろう。次に掲げる高橋庄次氏の説は、その辺の事情を暗示していると思う。

> それでは崑崙が『奇談』に書いた「始め名は文孝《ぶんこう》」は何だったのか。崑崙は子陽の三峰館に学んだ栄蔵の学友について「富取・笹川・彦山の三人の名を挙げているが、このうちの「彦山《げんざん》」は崑崙の兄なので、おそらくこの兄から栄蔵の話を聞いて書いたのだろう。とすれば「文孝《ぶんこう》」はこの三峰館時代に栄蔵が用いた雅号だったのではないか。三峰館では作詩の演習や詩会なども盛んに催されていたようだから、栄蔵の名で作詩したり詩会に参加したりしていたとは思えないのだ。栄蔵は「橘文孝《ぶんこう》」の雅号で作詩に励み、学友たちと詩の贈答など習作を楽しんでいたと考えるのが自然だろう。だから兄の彦山《げんざん》は弟の崑崙《こんろん》に、栄蔵のことを文孝《ぶんこう》の名で話していたはずなのである。それが崑崙の言う「始め名は文孝《ぶんこう》(後に出家して良寛)」の意だったのだろう。この「文孝」の号には子陽

先生から学んだ儒学思想があらわに見える。

（『良寛伝記考説』春秋社、三〇頁）

後の良寛が漢詩を創《つく》り、自分の思いを正確に表すべく、何度もそれを推敲しているのは、この三峰館時代に師から指導を受け、同学の士とも研鑽しあって培った経験が、大枠として定着していた結果とも見られる。

再入塾後の三峰館時代、儒学を柱とした学習が榮藏の心にもたらしたものは何だったか。それは、儒学を深く知れば知るほど、金銭や邪心を離れた清浄な心においてこそ「仁」も「忠恕《ちゅうじょ》」も「義理」も「中庸」も成立するという認識、榮藏の幼少期の経験からすれば、それら徳目のすべてが一人遊びの純粋さ（後に榮藏が言う「人の生けるや直し」の精神状態）に繋《つな》がるという認識だっただろう。だから、榮藏は儒学の勉強こそ自分に向いていると考えたに相違ない。

このように、榮藏にとって意味のある三峰館時代だったにもかかわらず、「十五歳頃から女遊びを始め婆やから金銭をせびって、遊びは年と共に、激しくなり皮膚の荒れはひどくなり」という悪い噂が生じたのはなぜだろうか。例えば、榮藏十五歳の安永元年（一七七二）には、中村家の旧左衛門は二十二歳、結婚していて当然の年齢だし、榮藏の十五歳というのも元服する年齢である（元服して「文孝」と名乗ったという説もある。冒頭掲記の逸話中に「文孝」があることは、この名前が広く知られていたことを示す。そうだとすると、「文孝」は単なる雅号ではないことになる）。事実として、中村家では弟の旧左衛門が隣家の大庄屋・富取家の娘・理佐と結婚、その旧左衛門に兄の久右衛門は酒造業を任せていた（松澤佐五重「大森子陽とその周辺」宮榮二編『良寛研究論集』象山社、四九六頁）とのことだから、その旧左衛門の酒造業経営が、ちょうどこの頃からだった可能性も高いと言えよう。おそらく、旧左衛門が榮藏の元服か何かを祝って自家製の酒を飲ませたのが最初で、回を重ねているうちに、いつの間にか町に繰り出すようにもなり、やがて妓楼にも通うようになっただろうことは充分考えられる。もちろんそこに、兄の久右衛門や嫁の理佐の兄たちで、榮藏には三峰館で先輩に当たる富取家の兄弟も加わっていただろう。これら中村家と富取家二組の兄弟が榮藏を巻き込んで動いたのは、単に三峰館で同学だったからだけではなく、理佐に子供が無く、寡黙な榮藏に対して母性を発揮し、特別に可愛がっていいた（松澤佐五重「良寛と中村権右ェ門」『轉萬理』第二十四号）ことによるらしい。

〈榮藏の結婚〉

再入塾した榮藏がいつ退塾したのかという問題は、次に述べる妻帯の時期をどう考えるかによって決まる。三峰館での学問に満足していた榮藏には、あれこれ自分を引き回してのびのびと過ごさせてくれる年上の友もいて、妻帯など望まない状況にあっただろうから、結婚のこととなると以南の意向が問題になる。以南は前々から名主の立場を早く離れて俳諧に浸りきりたいという願望を抱いていた。今、榮藏が一人前と認められる年齢に達したとなると（谷川氏説にいう長男がいた場合でも、榮藏十一歳の明和五年〈一七六八〉に死去したから、この時期には榮藏が家督を継ぐ立場だった）、その榮藏に早く妻帯させて名主見習にし、特別の時だけに自分が出て行く、そんな身軽さに早くなりたい、と考えたことだろう。

禅僧・良寛の妻帯は考えにくいが、その考えにくさは「馬鹿坊主」と言われた後の姿を若い頃にも押し当てたためであって、家相互の関係を軸に社会が成り立っていた江戸時代では、出雲崎の名主の家に生まれてそれを継ぐ立場にあった者なら、親から妻帯を仕向けられて当然である。したがって、おそらく榮藏が適齢期の十七歳になった安永三年（一七七四）、以南は早速その方向に動いたことだろう。ひょっとすると、その前年あたりから既に広く橘屋の家格にふさわしい嫁探しを始めていたかも知れない。それは、「遊びは年と共に激しくなり」と噂された不名誉な行跡が始まっていたと考えられるからである。名主となった者が不行跡の噂を引きずったままでは、簡単に治まる町のことさえ治められない、そう心配した以南が、早く妻帯させようと考えたのは確かだろう。

越後の結婚式は春耕前か収穫後の晩秋が普通だったから、榮藏が十七歳で結婚したとすれば、晩秋には婚礼が執り行われただろう。そうすると榮藏の三峰館退学は、榮藏が十七歳の安永三年(一七七四)晩秋ということになる(再入塾から この時点までの期間は約三年半余であって、明和二年〈一七六五〉春からの在籍期間約一年間を加えると、この時点までの通算在籍期間は四年半余ということになる。しかし、このままでは『北越奇談』〈永寿堂〉巻之六に記された「総《すべ》て六年」にはまだ一年余の期間が不足となる。この不足期間は三度目の入塾で埋まってゆくとの見解を持っているが、この点については次の項目「十九歳春から二十二歳の得度まで」に記す)。

榮藏の結婚は、久しく口碑として微《かす》かに伝わるに過ぎなかった。その口碑解明に取り組まれたのが伊丹末雄氏で、氏は「良寛妻帯論の進展——新資料に立脚して」一〜四(『良寛だより』第十六〜十八、二十、二十一号)、「家系の影響『良寛妻帯論の進展』補説」(『同』第二十二、二十三号)、「山本家過去帳『良寛妻帯論の進展』再補説」1〜3(『同』第三十〜三十二号)を執筆して、その中で次の各点(要約は引用者)を明らかにされた。

① 『北越偉人　沙門良寛全傳』収載の出雲崎での伝承と同内容の伝承が、四〇キロ離れた白根地方にも存すること。
② 白根地方の伝承では、現・新潟市南区茨曽根の関根小左衛門家の娘が良寛の嫁になったとしていること。
③ 山本家から借金の申し入れが相次ぎ、将来を心配した関根家が半年ばかりの後に、娘を引き取ったらしいこと。
④ 木村孝禅氏の「良寛時代以前から山本家の資産については記録が無く、したがって早くから格別の財産を持たなかったのだろう」という直話どおり、その頃、山本家は手元不如意だったと考えられること。
⑤ 経済的に苦しくなっていた山本家の維持に役立ってくれそうな富を持ち、社会的にもある程度の地位を占めている家から嫁を迎えたい、との考えのもとに嫁選びが行われたに違いなく、たまたまそれに合致したのが組頭・関根小左衛門家の「小五郎姉娘」(⑩を参照)だったと考えられること。
⑥ 小左衛門家の分家・紋右衛門家の関根関蔵氏(小左衛門家の支配人を勤めていた家で、昭和二十七年当時、当主・関蔵氏

は旭川市に居住。伊丹氏によると、関蔵氏は「当時の関根ご一族中、最年長で、関根家の歴史に詳しかった」人という)が、伊丹氏の意を受けた島田己之《ママ》吉氏の問い合わせに答えて島田氏に書簡を寄せ、その中で、父親からの聞き伝えを「内の本家の方が嫁に行かれたのだが、自分の妻に飯を食せる事が出来ず、離縁になり、小左衛門様に帰りて他界なされた」と記しておられること。

⑦同書簡中に「私の祖々父かと思れますが、私の父は在世なら百十歳程になりますから、其祖々父が近所の人を連れて嫁入道具を受取りに行かれましたが、其時良寛様は何か上げたいと思うけれ共、何もないから此湯呑を呉れるといはれまして、其れを貰って来たとの事で、(中略)其れを私が貰って大切に保存して有ります」とあること。

⑧伊丹氏の考察では、右の「祖々父」が昭和二十七年当時に生存していれば、一代二十五年としての機械的推算で二百二十余歳となり、二百年前に結婚して離婚した良寛の妻の嫁入り道具受取人として、体力的にふさわしいこと。

⑨同書簡に「小一郎様(小左衛門家当主で、この書簡中に「数年前他界されました」とある)の御話では、新宅に良寛様の離縁状が有る筈(伊丹氏によると行方不明という)だと言って居られました。新宅とは貞五郎様とて、約七十年ほど前に小左衛門様より分家なされた家で、離縁状の話は私の兄七五郎よりも聞いて居りました」とあること。

⑩伊丹氏の調査では、関根家の菩提寺・満徳寺(浄土真宗)の過去帳「寛政十二申年」の条に、「十一月十九日、上茨・関根小左衛門、小五郎姉妹(「妹」は、この部分の後に続く伊丹氏の説明文から「娘」の誤植と判断される)」とある女性が、小左衛門家に戻った人で、その人なら、良寛の三歳ほど年下、四十歳で亡くなったか、と想定した場合の妻の条件に合致すること。なお、過去帳の「上茨」は茨曽根を上下で二分する言い方、「姉娘」は「長女」の意であること。

⑪⑩の過去帳に出ている女性と見られる人の法名が、良寛自筆の橘屋過去帳の「九日」の箇所に「釋尼妙歓寛政十二年十月」として書かれていること(伊丹氏は「実は白根市周辺の伝承中に、良寛の妻が離縁されて関根家にもどると、

やがて女の子を生み、その子は夭折したとある」と記し、子供の存在を暗示しておられる)。

⑫「良寛が関根家に寄せた歌集」を関根関蔵氏が所持しておられ、その歌集の表紙に記された題は「梓弓」であること。

このうち、③では、「山本家から借金の申し入れが相次ぎ」、それが原因で「将来を心配した関根家が半年ばかりの後に、娘を引き取」って離婚した、となっているのに対し、⑥では「(榮藏が)自分の妻に飯を食せる事が出来ず」、それが原因で「(榮藏から)離縁にな」ったとあって、離婚を引き起こす原因の主体が異なっている。しかし、言い伝えは二とおりでも事実は一つのはずだから、この③と⑥の内容は一体のものでなければならない。

秋に結婚したとすると、山本家最大の物入りの時期、羽根生えて金が飛ぶ年末が待っているから、もし、山本家の手元不如意が真実なら、嫁入りの際に非常用として持参していた金子《きんす》の借り出しや関根家への借金依頼があってもおかしくはない。越後では正月十六日に嫁の実家に夫婦で泊まりに行く薮入りの風習があったから、そんな機会に以南の借金依頼をやめてもらうよう親から娘に話され、それが榮藏に話されたとしたら、榮藏はどうするだろうか。金を使って自分を子陽の三峰館に通わせてくれた以南に、借金依頼をやめよと直言することもできず、かといって、妻の実家に対して自分の生家の勝手をそのままにしておくこともできないという、言わば板挟み状態になるのではないか。いろいろ悩んだ挙げ句に榮藏は、自分が自分の責任で両家の関係を絶つより他に打つ手がない、と思い至ったのだろう。一方では、おそらく結婚とともに名主見習いの立場にもなっており、自分の乏しい世間対応能力では失敗ばかりで、何とも立ち行かないことも感じだしていたのだろう。その二つが融合した結果、愛する妻と関根家に対して心の中で詫びながら、自ら身を引く形で離婚を言い出したのではないか。自分から離縁したことを示す離縁状を関根家に渡しておくことによって、以後、以南が借金を依頼できないように配慮した、とも考えられる。そんな理解に立つと、この結婚と離婚はどちらも以南が榮藏を振り回したのであり、特に離婚せざるを得なくさせた父親の行いは、妻を愛しく思っていればいるほど憤懣《ふんまん》やる方なく思ったことと思う。

なお、この榮藏の妻の法名は関根家の菩提寺・満徳寺の過去帳に記載されていないとのことだが、冨澤信明氏が「山本氏近世歴代之家譜」(表紙に「慶応二年」とある毛筆縦書きの冊子で、右から左に書き進んである)中の「良寛禪師」の右に「上」とし、その右側に「下　釋尼妙歓」としてあるのを発見し、その「上」と「下」の文字は順序を正すための符号と見抜かれて、「作成者が良寛夫妻の順序を書き間違え、書き直そうとしたが、『上』『下』で済ませた」(「妻がいた！　良寛さん」『讀賣新聞』二〇〇六年九月十七日付)もの、との説を公表しておられる。冨澤氏が「良寛の出家前妻帯の口碑は事実だった」(『良寛だより』第百十三号)で説かれるごとく、山本家資料中に「釋尼妙歓」が存在することは、良寛に妻がいたことを以後の橘屋の代々が認知していた証拠であって、榮藏に妻帯期間のあったことは確定的になった。ただし、氏が論文中に公表された当該箇所の写真は、「『釋尼妙歓』の下には、それとは全く関係のない、みか、たか、むらの三姉妹の説明書きが記されているのである」と氏も記しておられるとおりであって、この「山本氏近世歴代之家譜」の編纂者は「釋尼妙歓」が良寛の妻であるとの認識は持っておらず、良寛の妹三人のうちの誰かの法名と見ていて、良寛の妹だから良寛の後に位置せしめようと「上」「下」の符号を用いた、と見られなくもない様子ではある。

〈名主見習として〉

さて、これまでの各項で触れてきた以南に対する忌避の気持ちは、名主継承を前提とした結婚と、後、一年も経過しないうちの離婚とによって、榮藏の心中で憎悪とさえ言いうるほどに大きくなったのではないか——そんな方向のことを、良寛妻帯の論証に努められた伊丹末雄氏も推測され、良寛の出家した動機もまた、（略）新妻との、やむない離別にまず求めるべきであるまいか。ただの参禅・出家にとどまらず、たちまち、はるかな備中にまで赴いてしまった史実の裏に、郷国に住むには、辛すぎた事情が潜んでいると、みなすわけにいかないものであろうか。すくなくとも父母の止めだてしかねるだけの、親の責任に属する事情を求めるる《ママ》べきはずで、それには、やはり彼等の進めた息子の結婚がすぐに破綻をきたしたためと考えるのが最も無難だと思う。

（「良寛妻帯論の進展——新資料に立脚して」四『良寛だより』第二十一号）

とされている。そして、以南による名主継承を前提とした結婚の推進があったとすれば、当然、その先には、以南の期待としての見習いの立場は榮臧に押しかぶさったはずである。そこで、以下にはその立場のこと、出奔に至ることを考えることにしたい。

① 寛師も一旦家督相続致し候処駅中にて死刑之盗賊有之《これあり》候《そうろう》節《せつ》出役《しゅつやく》被致《いたされ》帰宅の後直ニ出家被致《いたされ》候《そうろう》よし申《もうし》伝《つたえ》候《そうろう》（村上藩士・三宅相馬宛の鈴木文臺書簡の一部。谷川敏朗編著『良寛全集』別巻1　野島出版、八七頁より引用。ルビは引用者）

② 良寛和尚の実家が庄屋だったことは誰れでも知ってゐるが、その頃、難破船があったところ、不心得な村の連中が、何か横領でもしたらしく、そのため役人の取調べるところと成り、良寛が立ち会ふことになった。その時、故意といふわけではなからうが、とにかくその役人が被疑者を遂にいぢめ殺してしまうた。それを見せられた良寛は、ふッと出家する気になってそのまゝ光照寺へあがったのだといふ。（野瀬市郎「良寛和尚片影」『隣人之友』改巻五号）。——この一文には、右の他、野瀬氏の中学時代の友人・中山二郎氏から二十年ほど前に聞いた話であること、中山家は鉢崎（現・柏崎市米山町）にあって、現在（一九三三年頃を指す）、郵便局をやっているが、良寛在世の頃は「旅舎を業としてゐ」て、良寛は幾度も泊まったこと、良寛は泊まると何時までも酒を飲んで唄ったり踊ったりして

際限が無く、主婦から「もう、さッさとお休みなさい」等と言われたこと、良寛が主人の死を悼んで墓を相手に一人で酒盛りをしたこと、等が書かれている。この背景からすると、右の話は、良寛がいずれかの機会に語ったものという可能性が高い。すると、①の場合も、②と同様に良寛が同一の経験を文臺に語ったのであり、それを聞いた文臺が誤って聞き取ったか、手紙ゆえ圧縮表現したか、あるいは、年の経過でうろ覚えとなったかして、「死刑之盗賊有之《これあり》候《そうろう》節《せつ》」という別件ふうのものに変化してしまったと推測される。本来は①も②も、良寛にとっては同一の経験であろう。——

③　師年十八にして名主役見習となりしが、折節出雲崎代官と漁民との間に葛藤起り確執解けず、名主は居仲調停の地位に在りければ、師は其意を得て仲裁せんとし、代官に對しては漁民の惡口・雜言をも其まゝに上申し、漁民に向ひては代官の怒罵・痛嘲をも飾なく通達しければ、兩者の怨恨・疾惡・益激烈となりければ、代官は榮藏の魯直を譴責したり、榮藏慨然として謂へらく、人の生けるや直し、之を罔ひて生けるは幸にして免れたるなり、その本文あり、今世澆季、虚妄・詐欺を以て賢となす、決然厭離せずんば將に魚肉とならんとす、嗚呼恐るべきかなとて、直に光照寺に奔れりとは板井の鐵さん即山本鐵之助の談にして山本家の口碑なりと阿部桓次郎氏は語れり。（西郡久吾『北越偉人　沙門良寛全傳』目黒書店、二五六頁）

④　彼が名主見習役となつて間もない時のこと、佐渡奉行が出雲崎を經て佐渡へ渡航したことがあつた。その場合奉行の方では自家乗用の長柄の駕籠をも船に積まんことを求めた。しかし有るかぎりの船の大きさに比べて駕籠の柄はあまりに長かつた、名主役の彼はそれを見て「どうしても積むことが出来ぬなら柄を好加減切つて短かくしたらよからう」と云つた。困じ果てゝ居た船夫等は名主の此の言葉を聞いて喜んでそれに従つた。けれどもその事によつて惹起された佐渡奉行對名主の悶着は容易ならぬものであつた、之れが結局彼をして世を遁るゝに至らしめた原因であつたと。（相馬御風『大愚良寛』春陽堂、二八二・二八三頁）

これら四篇の逸話に関して、田中圭一氏は、「歴史研究者の目からしたら、まず栄蔵が大森子陽の塾から家に戻った頃このような事実があったとはとうてい考えられない。第一、安永四年の事件にしろ名主新之助の名は出てくるが栄蔵は名主名代として一度もあらわれることはない。私が各家の文書をあたったかぎりでは、この頃はすべて橘屋新之助(以南)の名が出ているのである。つまり栄蔵はいまだ名主の名代ではなかった。第二にその頃に刑場で人が処刑されたという事実が存在しないと思われることである。(略)出雲崎代官と漁民の間に争いが起こって名主が調停にあたったという話も作り話であることは疑う余地がない。出雲崎に関する史料を見ていて、代官と漁民が争って名主が調停に入るなどという場面は一度もない。政治のしくみからみて代官と漁民が直接争うというようなことは現実には起きると思えない。次に佐渡奉行の渡海のときの駕籠の柄を切る話であるが、あれも何とも得体の知れない話である。(略)まさか部屋の中に駕籠を入れるわけではないのだから、柄を切る必要はない。当時の奉行渡海船は駕籠を乗せられないほど小さいものではない。最初から作り話なのである。(略)あまりにも馬鹿馬鹿しい話の連続にあきれてしまうのである。(略)良寛遁世の理由は内的要因に基づくものでなければならない(以下略)」(『良寛の実像』ゾーオン社、一〇一〜一〇四頁)とされ、従来の出家の動機とされてきた①〜④の存在を否定しておられる。

このように、榮藏の出家逸話は田中氏によって存在を否定されてはいるが、これまでの良寛研究者の多くがそれらの逸話の中に榮藏の出家動機を見出している事実からして、ここでは、そこに何らかの出家につながることが潜む可能性のあるものとして①〜④を捨て去らずにおき、わずかであっても出家の手がかりを模索してみることにしたい。

①〜④の逸話を読めば誰でも気づくことだが、これらの逸話に共通しているテーマは、榮藏がなぜ仏門に目覚めたかを語り伝えることにある。その出家理由としていろいろなエピソードが語られているわけだが、それらの潤色にとらわれずに素直に読めば、①と②の逸話は榮藏の心が問題になっていて「名主の仕事は向かない」と榮藏本人が思っ

たという筋立てになっている。それに対して③と④の逸話は、名主としての職責である町民と代官との折衝や交渉の能力が榮藏に欠落していたことを表している。これは榮藏個人の大問題である以上に、世間に大混乱を惹起するはずの大問題であったということになる。従来の良寛研究者はそのような「榮藏の心」、「名主としての能力の欠落」に出家の原因を見出していたのである。

①〜④以外のことで、良寛をして仏門に向かわせるきっかけとなったとされることに、以南の敦賀屋叱責《しっせき》事件がある。この件を考えるには、本来なら歴史的背景から見なければならないのだが、その点については田中氏前出書に詳しいので、ここではそれを一切省略し、事実把握に必要な箇所のみを『出雲崎編年史』上巻（良寛記念館）四八〇〜四八七頁所収の「敦賀屋文書」から抜き出して考えたい。なお、事の発端部分に関する「敦賀屋文書」の内容は谷川氏が要領よくまとめておられるので、最初にそれを掲げる。

安永四年三月下旬に、地蔵堂大庄屋富取家から敦賀屋へ入婿したばかりの長兵衛は、出雲崎の風習に不案内であった。当時は五節句ごとに代官所へ祝儀を述べに行ったらしい。五月五日の折、長兵衛は町役人が祝儀に行く時刻におくれてしまった。そのため元締木村八郎左衛門の所へ出向いた。八郎左衛門から祝儀のしきたりを教えてもらい、袴羽織姿で代官所へ祝儀を述べに行ったのである。七月七日の折も同様に袴羽織姿で、一刀を帯び代官所の玄関へ出向いた。これが以南の癇にさわり、以南は十一日に若い長兵衛を自宅へ呼寄せて難詰した。代々町年寄の家であっても、長兵衛がまだ町年寄に任ぜられていない今は、百姓と同一だから、一刀を帯して役所の玄関へ出向くのは僭越であり、以後出向くことはならないと宣言したのだろう。以南の言葉を腹に据えかねた長兵衛は、十二日に高島喜藤治や元締弥五兵衛へ、以南の横暴を訴え出た。

（谷川敏朗編著『良寛全集』別巻1　野島出版、九六頁）

訴え出た敦賀屋の婿の長兵衛を後ろで支えたのは、先代の生家である升屋の当主・多兵衛だった。多兵衛の家は代官所の直下にあって役人とも懇意だったという（『出雲崎編年史』上巻、四八五頁記載の注記による）。以下はその多兵衛が七月廿一日に敦賀屋にきて話した内容を書きとめたものである。

一、同廿一日多兵衛様御上《おあが》り被下候《くだされそうらい》て先達《せんだつ》て拙者《せっしゃ》并《ならびに》長兵衛罷上《まかりあがり》御内意《ごないい》申上候段《もうしあげそうろうだん》御他言《ごたごん》不被仰下置候《おおせくだしおかれずそうろう》様《よう》ニ仕度《つかまつりたく》、其訳《そのわけ》ハ万一又候《まんいつまたそうらいて》新之助可願《ねがうべき》筋有之《これありと》自分を相手取候《あいてどりそうら》ハ、両人の年寄取次《とりつぎ》ニて可願処《ねがうべきところ》、御役所へ直訴仕候段《つかまつりそうろうだん》不届抔《ふとどきなど》と申候《もうしそうらい》てハ不宜奉存候故《よろしからずとぞんじたてまつりそうろうゆえ》、此段御内々申上候《このだんごないないにもうしあげそうろう》と被仰上候《おおせあげられそうら》へハ、弥五兵衛様去ル十八日朝新之助五六日他出願《たしゅつねがい》ニ出候《いでそうろう》ニ付願通申付《つきねがいどおりもうしつけ》、扨《さて》長兵衛式日ニ御役所へ罷出候《まかりいでそうろう》も其方之口上と木村八郎左衛門より引渡之演説書《ひきわたしのえんぜつがき》と相違いたし居候《おりそうろう》、其上《そのうえ》長兵衛式日ニ[注1]袴羽織ニて御役所へ御祝儀申上候とて其方達さして差障りニも不相成《あいならざる》事ニ候間得《そうろうあいだとく》と了簡いたし見可然旨申渡候得《みることしかるべきむねもうしわたしそうらえ》ハ、新之助申ニハ左様ならハ如何仕宜敷可有御座哉《いかがつかまつらばよろしくござるべきや》と申候ニ付《つき》長兵衛先達《せんだつ》て之通リ勤《つとめ》させ申する外有之間敷《ほかにこれあるまじく》と申候得《そうらえ》ハ、其義《そのぎ》如何仕宜可有御座と申候《いかがつかまつらばよろしくござるべきともうしそうろう》、[注2]他ニ致方も無之《これなき》事ニ候長兵衛其方方江《そのほうがたへ》呼寄セ、先達《せんだつ》てハ式日之御礼《おんれい》無用ニ被致可然と申達候へ《いたされてしかるべしともうしたつし》共其許之義《どもそこもとのぎ》ハ古キ家筋ニ候間能々勘弁《そうろうあいだよくよくかんべん》いたし見候《みそうら》へハ被勤候《つとめられそうらい》ても宜可有之候《よろしくこれあるべくそうろう》間以来《あいだいらい》勝手次第と申候ハヾ、長兵衛も承知いたし過分ニ存候と可申候《もうすべくそうろう》、其上ニハ長兵衛も役所へ罷出此間《まかりいでこのあいだ》名主方より式日之御祝儀是迄《これまで》之通勝手次第相勤候《とおりかってしだいにあいつとめそうろう》も可然旨申聞候間《しかるべきむねもうしきかせそうろうあいだ》以来不相替罷出可申と断可申《いらいあいかわらずまかりいでもうすべしことわりもうすべく》候《そうろう》、此儀は其方ト長兵衛両人相対□《ママ》ニも相争申間敷候《あいあらそいもうすまじくそうろう》、長兵衛より届ケも有之筋《これあるすじ》ニ候、[注2]左様ニ候得《そうらえ》ハ見事ニ相成候間《あいなりそうろうあいだ》其積リニて可然候《しかるべくそうろう》、夫レを其方何廉申候《なにかともうしそうら》へハ秋中《あきじゅうに》御代官様御下向之節御伺申御下知《おうかがいもうせばおんげち》次第と申ものニ候、左様致候《いたしそうらい》て御代官於公儀ニ左様成《こうぎにおいてさようなる》町家之例ハ無之候間《これなくそうろうあいだ》左候《さそうら》ハヾ両町役人も郷中同様ニ白洲ニ御用向相勤《ごようむきあいつとめ》させ可申《もうすべし》と被仰渡候《おおせわたされそうら》ハヾ、其方一分ニ限らず両町共ニ役人如何成《いかがなる》ものニ候間《そうろうあいだ》得《とく》と是等《これら》之義《ぎ》勘弁之上、他出前ニ長兵衛へ右之段申談《もうしだんじて》可然《しかるべし》と申聞《もうしきかせ》候得《そうらえ》ハ委細承知仕《つかまつり》候《そうろう》と申引取《もうしひきとり》候《そうろう》（以下略。前出書四八四〜四八五頁。注1…原文では草仮名の「尓」、注2の箇所の読点およびルビとした読み、傍線はともに引用者）

ここには、「去ル十八日朝新之助五六日他出願《たしゅつねがい》ニ出候《いでそうろう》ニ付願通申付《つきねがいどおりもうしつけ》」と記した後に、既に述べた七月十一日の以南による敦賀屋長兵衛叱責に対する元締梨本弥五兵衛の説得と、それを受ける以南の態度が書かれていて、以南も最後には「委細承知仕候《つかまつりそうろう》」と言ったとある。

敦賀屋文書には、その後の以南は弥五兵衛が言った指示内容を放置して長兵衛には何も話さず、後にそのことを知った弥五兵衛が以南を何度か自宅に呼び出すと、九月六日になってようやってきた、とある。

その九月六日の弥五兵衛宅においては、弥五兵衛が七月十八日に言っていた敦賀屋の立場をもっと具体的に話し、再度、長兵衛に対して「御役所式台より御祝義申上候《そうらい》ても可然候」と以南自身が申し渡すべきだと言うと、以南はそれに対して「其義《そのぎ》ハ先達て長兵衛江《ママ》以来無用ニ可致《いたすべき》旨申談候得《もうしだんじそうらえ》ハ、唯今直《ただいますぐ》ニ相勤可然《あいつとめてしかるべき》旨も申兼候《もうしかねそうろう》間、御役所より御直《じか》ニ可被仰付《おおせつけらるべき》」旨を答えた。その答えを聞いた弥五兵衛が重ねて「夫レよりハ其方より申渡候方可然《しかるべき》」ことだと言うと、以南は「拙者よりハ申談兼候《もうしだんじかねそうろう》」（以上前出書四八五〜四八六頁）と強く言ったという。そこで、その以南の申し条を聞いた弥五兵衛は、即日、多兵衛に対して長兵衛の式台での祝儀言上許可を伝えた。多兵衛からそれを伝え聞いた長兵衛は役所にお礼に出向き、橘屋へも許可された旨を伝えに行ったが、「以南は留守」と言われて内儀に伝えて帰ったという。

以上で以南の敦賀屋叱責事件は終結するのだが、この流れの中で以南の態度の変化を見ると、七月十一日に長兵衛を叱責して代官所への祝儀言上を差し止め、十八日には弥五兵衛の「敦賀屋の御祝義言上を許して和解せよ」との説得に対して「委細承知仕《つかまつり》候《そうろう》」と言ったものの、九月六日には、自分からは長兵衛に対して、そのように前言を翻すことは申し渡しかねる旨を再び言いたてている。この以南の対応のうち、十八日に「委細承知仕《つかまつり》候《そうろう》」と以南が答えた理由として「榮藏が父親に抗する姿勢を強めていたから」と以南の背後にある状況を読み取り、そのように激しく父親に反発する気持ちが榮藏にあったから家を飛び出したのだ、とする説が出されている。が、以南が「委細承知仕《つかまつり》候《そうろう》」と言った理由は、「榮藏が父親に抗する姿勢を強めていたから」と以南の背後にある状況を想定する以外には、本当に見当たらないのだろうか。

右に引用した七月十八日の場面の終わりの方、傍線を付した梨本弥五兵衛の言葉を見ると、「その方が何かにと言っていると、秋に代官が来た時に、今回の橘屋と敦賀屋の争いについて伺いを立てて、代官の下知次第〈にするということ〉になる。そのようにして、代官が『公儀においてはそんな町家の例は無いから、そんなことなら両町の役人も町人一般と同様に白洲において御用向きを勤めさせよう』と言い渡したら、その方だけでなく両町ともに町役人がどんなことになるか〈考えてみよ〉、じっくりこれらのことを考えた上で、他出前に長兵衛へ右のことを申し渡すのがよい」というものである。梨本弥五兵衛の推測内容が代官の指示としてそのまま実行されたとすると、以南はどんな影響を受けるだろうか。それは、

ア　名主としての自分が町人一般と同一に扱われ、町人に対する優位性を失う。

イ　出雲崎、尼瀬どちらの町役人も、すべてが町人一般と等しく扱われる結果、その原因を作った以南が、両町すべての町役人から、自分たちの社会的地位を下落させた者として責任を取らされることになる。

の二点であって、出雲崎の名主の立場にある以南としては、二点ともどうしても避けたいことのはずである。したが

って、それを感じ取った以南が「ここで弥五兵衛の言葉に従っておかないと、近々の着任が予想される代官の決定によって自分が苦境に立たされるかも知れぬ。そうなっては困るから、そうならないようにここは取りあえず弥五兵衛の言葉に従っておこう」と考えたためと見るほうが、面談の場面での返答という状況からしても自然ということになる。こうして、上役の言葉に従わざるを得ない要因が存する以上、それをこそ「委細承知仕候」と答えた理由と考えるべきであろう。その時の以南としては、この一件の解決法模索を頭に置きながらまずは榮藏失踪の問題をかたづけ、その間に落としどころを考えたいと思ったのであって、とりあえず「委細承知仕候」と言って退出したのだろう。同時に、「早く退出して榮藏探索にかからねば…」と急《せ》く気持ちもあったはずで、その気持ちが弥五兵衛の言葉に取りあえず従う方向に以南を押したことも考えられる。

こうしてみると、以南の「委細…」という返答は以南の心の変化を示すものではなく、その場しのぎの言葉だったことになる。それゆえ、弥五兵衛の言葉に従って長兵衛を呼ぶことをしなかったのであり、口にしたおざなりの言葉と辻褄の合う落としどころが見出しえないために、弥五兵衛が「その件に関する用向きがある」と伝えて自宅に呼び出しても、病気を理由に九月六日まで出頭を引き延ばしていたと推測される。七月十八日から九月六日までの一ヶ月半、以南には自分の面子《めんつ》のつぶれないこの問題の落としどころが見えてこなかったので、弥五兵衛が長兵衛の立場を支持していると知りながら、その決定にゆだねる形を取らざるを得なかったのである。

以上のように敦賀屋文書の伝えることを理解すると、この事件のただ中にいた以南に榮藏の言行が影響を及ぼしたとは見えてこない。榮藏が三峰館で親しかった長兵衛を以南が叱責した七月十一日、榮藏の心中では父に対する失望、忿懣、反抗、忌避等が極度に大きくなっただろうと考えられるが、以南他出願の前日までの六日間は家で過ごしていたのだから、その期間内には榮藏の腹立たしさも少しずつはおさまったはずで、この事件を榮藏失踪の直接的原因とする見方にはその点からも問題が残ると言わざるを得ない。この事件は榮藏失踪の直接的原因ではなく、榮藏をして失踪に至らしめる一要因だったと考える方が良いのではなかろうか。
以南の敦賀屋叱責事件が榮藏失踪のきっかけだったとする説のもう一つの根拠として、

少年捨父走他国《しょうねんちちをすてたこくにはしり》
辛苦画 虎 猫不成《しんくとらをえがいてねこにもならず》
有人若問箇中意《ひとありてもしこちゅうのいをとわば》
只是従 来栄蔵生《ただこれじゅうらいのえいぞうせい》(三一五)

の起句もあげられている。起句に榮藏時代の父に抗する心と行動を読み取り、それが以南の敦賀屋叱責事件の七月十八日時点の榮藏の姿だという見方である。そこで、阿部家蔵の遺墨巻子巻四に定珍の文字で書かれている右の漢詩を、左に掲げた良寛六十歳頃の作(玉木禮吉『良寛全集』に初出)と比較してみることによって、「少年捨 父走他国《しょうねんちちをすてたこくにはしり》」が榮藏失踪の根拠となるものかどうかを考えておきたい。

四十年前行脚日《しじゅうねんまえあんぎやのひ》
辛苦画 虎 猫不似《しんくとらをえがいてねこにもにず》
如今嶮崖撒 手 看《じょこんけんがいにてをはなつてみるに》
只是旧 時栄蔵子《ただこれきゅうじのえいぞうし》(三三二)

この二篇の漢詩のどちらが先でどちらが後の作なのかは厳密な意味では不明だが、「猫にもならなかった自分の気持ち」という右の漢詩の言い方よりも、「猫にも似ない姿で俗世に長く生きたことを表現している点で後の作と言うことができよう。その前後関係は、「少年…」が良寛の口から出たものを定珍が書きとめたものという即興性が示すこととも合致している。つまり、この二篇の漢詩の関係は、六十歳前後になった良寛が旧作「少年…」を思い出し、再度、その時点から「少年捨父走他国《しようねんちちをすててたこくにはしり》」以下の各句に込めていた事実を振り返って推敲し、その結果として後の漢詩が生まれたというものだろう。そうすると、即興的詠出で家を出たことを言った「少年捨父走他国《しようねんちちをすててたこくにはしり》」は、後の良寛から見ると「四十年前行脚日《しじゆうねんまえあんぎやのひ》」と等質のことだったということになり、「少年捨父走他国《しようねんちちをすててたこくにはしり》」も事実としては失踪ではなく、後の作と同様に行脚に出た日、つまり圓通寺に修行に行った日のことを言ったということになる。「少年…」に見える一種の熱気、父に抗する心というのは、即興的発想で荒削りだったために自然と含まれてしまった雰囲気で、良寛の想定外のものだったと推測される。良寛自身にもその雰囲気が見えたために、推敲の際には「少年…」の起句を「四十…」としたと考えられる。

もし、禅僧となった良寛が阿部家に来て、その時の定珍に起句で伝えようとするものがあったとすれば、それは「かつての自分が懐いていた父に抗する心」などではなかろう。手を尽くさずに家族の誰か(例えば我が子)を亡くして慚愧《ざんき》の念を懐き続けている定珍を見た良寛が、父を捨てて出家したことで感じてきた自身の慚愧の思いを表して、「自分には貴方の気持ちがよく分かる」と同感の思いを伝えようとしたのではなかろうか。起句「少年…」からはそのような慚愧の念をこそ汲み取るべきかと思う。

ここまでは安永三年(一七七四)晩秋と見られる結婚から翌四年(一七七五。榮藏十八歳)七月までの十ヶ月ほどの間にあった、離婚と名主見習いとしての失敗、以南の敦賀屋叱責事件等を見てきた。そのうち、以南の敦賀屋叱責事件が榮藏失踪のきっかけとなったとする説を検討してみて分かったことは、この事件が失踪の直接のきっかけではなく、父親から離れていたいという気持ちを強めたもの、ということだった。なお、この期間に複数の逸話が集中して存在することは、以南の名代としての記録はないものの、以南の意向によって見習的立場になることもあったことを示していよう。それらの不快な経験の後には気分を鎮めるための飲酒もあっただろうし、妓楼に繋《しげ》く通うようになっていたのかも知れない。そんな行動の背後に、以南が榮藏の苦しむ心を想像できれば問題なかったのだが、おそらく逆に、自分の不始末は棚に上げて、ひたすら橘屋の将来をおもんばかって榮藏に小言を言っていたはずである。この項目の冒頭に掲げた噂話（玉木康一「郷土に息づく良寛の逸話〈一〉良寛の出家と町角に残る噂話」）に「二十歳頃になっても身持ちの悪い文孝」とあるのも、そのような積み重ねがいろいろあったことを暗示している。

さて、ここで『出雲崎編年史』所載の「十八日朝新之助五六日 他出願《たしゅつねがい》ニ出候《いでそうろう》ニ付願通申付《つきねがいどおりもうしつけ》」とあることから再出発したい。この記録によれば、十八日朝時点で榮藏が失踪していたことは確かである。そして、その前日の榮藏の姿を伝えるものには玉木禮吉氏『良寛全集』（良寛會）記載の、

禅師の剃髪せるは盂蘭盆の十八日なり、出雲崎の俗、盆の十七日夜まで盆踊をなす、禅師この年十七日夜、例年に倍し嬉嬉として踊り、剰へ痛飲徹宵せり、而して翌日光照寺に入り、俄然圓頂緇衣の身となりしとそ（二九一頁）

がある。ここに言う「痛飲徹宵」や「事実文編拾遺」（松島北渚）の言う「歌呼酣酔、百金立ろに散ず」が単なる遊びの結果ならもちろんだが、鬱屈《うつくつ》から立ち直る自己救済の散財であったとしても、朝帰りした後の榮藏が「人の生けるや直し」の本性で振り返ってみたとき、「馬鹿な行いをした、これは悪かった」と思うはずだし、そうすれば、咎める以南に平謝りに謝りこそすれ、反抗して自分から家を出て行く気持ちには決してならない。そんな榮藏が家を出てゆくには、項目冒頭の逸話どおり、「勘当だ、出て行け」という以南の排除する力がどうしても不可欠となる。

その榮藏の朝帰りは以南の側からはどう見えるか。それまでの榮藏の行いから、物事に折り合いをつけるという能

力に欠けていることは既に知っていた。そのことだけでも名主である橘屋の将来が不安だったのに、今、自分の勝手で大散財をしてきたのを見て、家計への配慮も皆無だと知ったことだろう。――こんな息子では、名主の橘屋はすぐに立ち行かなくなる――以南はそんな思いから、咄嗟《とっさ》に勘当宣言をしてしまったのではないか（この「痛飲徹宵」からすると、家を出る前の日に以南の敦賀屋叱責事件関連のこと以外の何かが榮藏の身に起こったはず、と思われるが、具体的事実としては未詳）。

「痛飲徹宵」後の朝帰りが夜明けの前で、敦賀屋文書の言う「十八日朝」まで四、五時間もあるなら別展開になるが、朝食前頃に帰ってきて勘当宣言されたのなら、朝食も食べず、以後しばらく見えなくなっていたとしても、すぐに五、六日の他出願いとはならないだろう。普通は「そのうちに帰るだろう」と考えるからである。したがって、いなくなったと知るまでに時間もかかろうし、そうと分かってから手分けして町中を探しまわり、行方不明と分かってから他出願いをしたのなら、昼時近くになっていて「十八日朝」には合わなくなってしまう。そうすると、以南が「十八日朝」に願い出たのだから、失踪は十八日ではなく、十七日の可能性が高くなる（そうなると勘当宣言も十七日、「痛飲徹宵」は十六日夜のこととなる）。それを言い伝えで「十八日」とするのは、その日が以南の願い出の日であり、榮藏を町じゅう探しまわったことで失踪がその日に知れ渡ったからなのだろう。言い伝えはその「十八日」に合わせて盆踊りと痛飲徹宵を十七日のこととしたのではないか。

勘当を言い渡されたのが十七日朝とすると、その後、榮藏はどこへ行ったのか。榮藏の頼れそうな周辺人物を考えてみると、十ヶ月ほど前まで三峰館塾生だった榮藏の親友の可能性もある。ただし、塾生だった若者の中に「俺が家に置いてやる」と言って家人を承諾させるほどに実権を持つ者がいたかどうか。置いてくれそうな親類には母の実家もあるが、佐渡へ急には渡れまい。あとは与板の父の実家・新木家か、十ヶ月ほど前まで止宿していた地蔵堂の中村家だろう。このうち新木家は、以南の兄・勝富が榮藏を可愛がっていたのかどうか不明である。そうなると、理佐が親しく面倒を見てくれていた中村家が一番行きやすい所のはず、ということになる。

出雲崎から地蔵堂までは約三十km、八時間あれば到着できる。勘当された十七日朝、午前七時に橘屋を出たとして午後三時には中村家に着く。前に触れたとおり、中村家は新木家の分家につながっているから、榮藏勘当の知らせは、早速、その分家経由で新木本家の以南の兄・勝富に伝えられたに違いない。地蔵堂与板間は約十km、三時間で行けるから、午後四時に使いが発ったとしても、まだ明るさの残る午後七時までには以南の兄は榮藏が中村家にいることを知っただろう。その時点までの以南と榮藏の関係を多少とも知る兄は、翌十八日の夜明けに使いを発《た》たせ、出雲崎までの約二十km、急げば四時間余の道のりを行かせて以南に知らせ、その知らせを受けた以南が、代官元締の仕事開始後間もなくの朝に五、六日間の他出を願い出たのだろう。

あるいは、まだ知らせが来ないうち、一晩帰宅しなかった榮藏を探そうとして他出願いをしたのかも知れない。そうだとすると、願い出た日数の「五六日」が注目される。その期間ならば榮藏の行き先について光照寺は考えておらず、片道がおよそ一日という距離のところを考えており、出先での滞在を三日とすると、そのあたりで数カ所を尋ねまわる予定だったと考えられるからである。それは偶然であろうか、右に想定した榮藏の移動先までの距離、その関連箇所数等とほぼ一致する。以南は榮藏がどう動くかを想像できていたのかも知れない。

以南は、遅くも翌十九日には与板の新木家に出向いて、兄の勝富と話し合っただろう。そして、兄の指示もあって、勘当を解くこと、当面は榮藏の意向に副《そ》っておいて次第に将来の方向を定めること、などを決めたのではないか。その後に以南は中村家に行き、榮藏に会っただろう。今後の希望を尋ねられた榮藏の答えは「妻帯しての名主見習いは自分に合っていない。三峰館に再々入塾して学問の続きがしたい」以外には無かろう。こうして榮藏は三峰館に戻り、翌年晩秋までの一年余を過ごしたのではないか。

最前、「別展開になる」とした「夜明け前の朝帰り」の場合はどうなるか。榮藏の行き先は朝のうちに着いてしまえる所、家の者が探しに来ても取りあえずかくまってもらえる所、家人を説得してくれそうな所ということになる。

もし、榮藏が光照寺住職の萬秀に親しんでいたとすれば、その条件にも合うし、前出の逸話のとおり、光照寺がその場所となろう。その場合、榮藏がいなくなって不安になった以南が榮藏を探すためにすぐ他出願いをしたことになる。榮藏の話しを聞いた萬秀からの知らせはその後に以南に届き、光照寺に出向いた以南は、右で勝富の言と想定した忠告を萬秀から聞いたことになる。そして、光照寺に逃げ込んだ榮藏は萬秀に勘当解除の口利きと出家を願ったが「長男の立場での出家には熟慮が必要」と諭され、当面、学問に戻ることにした、となる。なお、玉木氏前出書に収載の話では、十八日に光照寺に入ってすぐに剃髪したとあるが、橘屋と親類だった萬秀が橘屋の将来も考えず、また、以南の考えも聞かずに、すぐ榮藏を出家させるとは思えない。いったんは家に帰し、自分も中に入って時間をかけて考えてやるのが普通と思われる。それはともかく、このようにしてどうやら辻褄だけは合うのだが、寺子屋時代以降、どんなきっかけでどの程度親しく萬秀に近付いていたのかを示すものに出会っていないので、今のところ、この榮藏の動きを有力なものとしては認め難い。

以南の五、六日間の他出願いは、以南が「榮藏は出家させる」と心組みを定める前の安永四年(一七七五)のことであり、その五、六日間に当面の事を落ち着かせようとしたものと推測される。その状況と矛盾するにもかかわらず、伝わる話のほとんどが家出した榮藏はすぐ光照寺に入ったとしているのはなぜだろう。本当に十八歳の榮藏がすぐ光照寺に入ったのなら、そして、二十二歳で圓通寺に赴くまでずっと光照寺にいたのなら、「名主の息子だったのに家を出て自分から寺に入った」と町中に伝わると同時に、光照寺に行った人は好奇の目で榮藏の姿を見たはずであり、見えた榮藏の姿は町中に伝わったはずである。ところが、実際に伝わっていることの範囲内で言えばそこがすっぽり抜けている。

では、なぜ十八歳からの四年間が人々の噂にならなかったのか。それは、見れば関心をかき立てられるはずの榮藏の姿が町の人々に見えなかったからではなかろうか。そうすると、この四年間のうち、榮藏が光照寺にいたのは割合に短期間で、大部分の期間は町人の目の届かぬ所にいたことになる。もちろん、榮藏に名主の見習いをさせている間に何かと噂の種にされるのを以南も知っていたはずだから、以南自身が榮藏を町人の目から離しておきたくなっていったと推測することも可能であろう。

〈三度目の入塾〉

榮藏がこの時期に地蔵堂に戻ってきた証拠は、『随筆集　続新潟百人選集』(新潟内外新聞社)所収の平田義夫氏「『逝く秋の』歌について」の冒頭(二〇二頁)に掲げられた次の逸話である。

「橘屋の太郎坊が帰って来たそうだ。娘、気を付けれ……」

こんな噂が地蔵堂の町に広まった。橘屋の太郎坊とは即ち、良寛の事なんだ。

「帰って来たそうだ」だけなら、盆暮の休みが終わって帰ってきたという単純な場合の可能性もあるが、「娘、気を付けれ……」という親の言葉は、もっと別な状況を示している。かつて、榮藏とその仲間が妓楼通いをして噂を呼んだ地蔵堂の町には、出雲崎に帰って橘屋を継いだはずの榮藏の離婚も、その原因の以南の借金申し込みも伝わっていたのだろう。そこに、その当の榮藏がまたも戻ってきて三峰館に通い始めた――そんな状況だけが平田氏記録の噂話に適《かな》うことではないか。娘を持つ親たちなら、誰も「独り身になった榮藏に娘が見初められでもして所帯を持ってしまったら、女房のわが娘は、夫の榮藏が飲み歩くから出費で困ることになるし、親戚となった我が家も、親の以南から借金を頼まれて大変なことになる」と考えるだろう。だから、親たちは見初められないように「娘、気を付けれ」と言ったのに違いない。

中村家に再び止宿した榮藏が、子陽の許で勉学に励んだのは言うまでもない。しかし、家出後、以南と話し合った時、「いつまでも家の仕事をしないでいて、この先、どうするつもりだ？」と尋ねられたはずで、再々入塾後は、学問を生活手段にする生き方が自分に可能かどうかという問題を抱えての勉学だったから、気分に必ずや重いところがあっただろう。そうした心に晴れないところのある三峰館生活は、偶然か、漢詩「弔子陽先生墓《しようせんせいのはかをとむらう》」（一九七）に影を落としている。その漢詩の句「憶昔総角歳《おもうむかしそうかくのとし》　従游狭水傍《したがいあそぶきょうすいのはた》」の「総角歳《そうかくのとし》」は、『日本書紀』崇峻紀中の割注に「十七八間《じゅうしちはちのあいだ》、分爲角子《わけてあげまきとなす》」とあるのを踏まえたのだろうが、その「総角歳《そうかくのとし》」の示す「十七、八歳」という意味内容に十八歳後半は含まれるが、十九歳の秋までの在籍期間は含まれていない。これは、帰郷後の良寛から見て、この一年間の勉学の中にはそうした心の重苦しさが大きく存在した、と感じざるを得なかった、その結果と考えられる。

以南の方は、家督を継ぐべき榮藏を、本人の希望だからといっていつまでも三峰館に通わせたままにしておくわけにも行かず、かといって、榮藏が名主に不向きなのは明らかで、あと数年で元服を迎える由之（榮藏が十八歳の時、弟の由之は十四歳）を、跡継ぎに考えざるを得なくなっていっただろう。さらに、由之に家督相続させた場合、榮藏をどんな方向に向けてやれば名主としての橘屋の面目が立つかについて考え、そのためには榮藏を僧籍に入れるのが良かろう、とひそかに心組みを決めていったのではないか。しかし、「お前は出家しろ」と言い渡したのでは榮藏が大混乱を起こすかも知れない、――そう思い悩む時期もあっただろう。

榮藏自身も以南もこの先どうするかに思い悩んでいたと思われる安永五年（一七七六。榮藏十九歳）の晩春、以南に次に示すような小色紙型の作品（渡辺秀英『良寛出家考』考古堂書店、一七八頁に写真掲載）が残っている。

炉ふたいて
その俤を

わすれはや
安永丙申春三月書
以南

一般には色紙の落款に揮毫日を添える場合、日にちの後に「名前＋書」と書く。ところが、この以南の作では、「日付＋書」の後に名前が書かれていて、以南が他人に与えるために書いたもの（以南には「悼蘭室老人」と題する句で「安永六年五月二十六日敬書」としたものもあるが、この書作は霊前に供えるためのもの）というよりは、書いた時期の覚えのための書、つまり、自分のひそかなメモとしての性格を感じさせる。

内容もまた、炉を塞いでしまって、その存在を忘れてしまいたい、と言いつつ、塞いでも塞いでも塞ぎきれずに浮かび上がってきて、簡単には忘れられないでいる俤の存在を表現していて、その「俤」が家から離れて地蔵堂にいる榮藏を言っていることはピンとくる。しかしまたその一方で、「（俤の榮藏を）ふたいで（略）わすればや」を文字どおりに解すれば、跡継ぎとしての榮藏を忘れたい、という方向に傾いてきている以南の心とも見える。

このように、読み手の心持ちによってはどちらとも取れる句を、以南はなぜ書いたか。以南は——お盆の間、これを自分の机のあたりにさりげなく置いておけば、地蔵堂から帰った榮藏は必ずこれを目にするだろう、そうして、自分が四ヶ月前にこの句を書いたということを知れば、父親がその頃から既に榮藏が跡継ぎとならない可能性を相当はっきり認識していた、と感じ取るだろう。後は、榮藏自らが「（親が榮藏の）俤を忘れる方向」か、「（親が榮藏の）俤を忘れないで済む方向」か、に動き出すのを待てば良い——そう考えたのではないか。その以南の問いかけに対する榮藏の選択の結果が『新潟游乗』（岡千仞）の記す「以父有伝家其次子之意《ちちにいえをそのじしにつたうるのいあるをもって》。自請為僧《みずからこいてそうとなり》。称大愚《だいぐとしょうす》。」となったのだろう。榮藏のその選択で、以南も「跡継ぎは由之だ」と心を決めたのに違いない。

榮藏はその選択前、学問で生きるにはどうすればよいか、を考えてみただろう。学問で身を立てるには先ず卓越した見解を持つことが必要であり、次に、それを門下生に話して伝えられなければならない。それを考えてみたとき、卓越した見解は努力で可能としても、それを言葉で伝える能力がいかにも欠落している自分を再確認し、学問で身を立てるのも自分には不向きな道だと分かっていったことだろう。そうして、学問も続けられ、しかも「人の生けるや直し」にも副《そ》う道はないかと考えるうちに、具体的に浮かび上がってきたのが禅僧の生き方だったのではなかろうか。

その結果、あこがれとしての禅僧の姿から一歩前に進めて、実際に禅僧として生きるための修行や心構えをはっきり知る必要が出、三峰館での勉学は続けながら、機会を見ては寺子屋の師・蘭谷萬秀のところに通って、具体的なことについて教えを請うただろう。その何度目かの機会には、「話などは意味がない。実際に座禅をしてみよ」ということになったであろうし、その座禅中も終わった後の気分も「人の生けるや直し」そのものだ、と実感しただろう。こうして禅僧が自分に一番ふさわしい道として確認されていったのに違いない。

以上、榮藏十九歳春までの動きに関する資料を読み繋いで分かることは、周囲から一定の環境を押しつけられて傷つきながら、自分のみの世界に意志的に押し移って、もっぱら自己の持つものを生かそうと生きた、ということである。矢吹活禅氏も、「先天的なものとして（略）以南の遺伝が強く出て居ることを見遁せない。その詩人肌・好学的・超世俗的な点、家事とか、政治とか、世間的のことには不向であり、どうやら経済観念なども稀薄であつたと考えられる点々《ママ》…誠によく似て居る」と資質を分析され、その資質の発露の方向について「父はその火のような情熱は溢れて俳諧となり（略）その心火の為に一身を焼き尽した。子は同じ心の火を採つて真実の宗教と不朽の芸術を鋳成して之を千載に遺した」とされ、父と異なる道を選んだことについては、「禅師は（略）内心は甚だ怜悧な青年で、自己を知る叡智の持主であつた」ので、「この内蔵せられた理知・知性は自らの行くべき最高の道を自ら選び取つた。之が出家と云う一道であつた」（「良寛禪師小伝私考（四）」『互尊』第三十一号）として、表面には直接表れ出はしないことながら、出家への志向の根底に「本性に根ざした積極性」の存在を認めておられる。

ここまでは、いわば榮藏本人の資質と父との関係との二面から、出家への道をたどってきたが、これとは別に森脇正之氏は、幕府の田沼政治がもたらした農村の疲弊、そこから生まれる濁った時代というものを背景に「良寛の出家はかねての自己内面からの欲求と、暗い時代の重圧によって行われたと見てよい」とされている（『聖良寛と玉島』倉敷市文化連盟、六三頁）。

また、出雲崎町民が天明三年（一七八三）に騒動を起こしている事実を以てすれば、出雲崎が税の増徴で苦しくなっていた様子は容易に想像される。そこを背景として見ると、高木一夫氏が「（出家の原因は）出雲崎と尼瀬との長い年月にわたる暗い反目の中にありはしなかったか」（『沙門良寛』短歌新聞社、七〇頁）と考えておられるのにも首肯される。

二　十九歳春から二十二歳の得度まで

親ふたり見果てぬ夢ぞ夏の月
（佐藤吉太郎『良寛の父　橘以南』出雲崎史談会〈復刊〉、一三六頁）

この以南の句に句作の状況を示すものは何も無いのだが、高橋庄次氏は『良寛伝記考説』（春秋社）五九頁で安永五年（一七七六。榮藏十九歳）夏の作とされた。短夜で、やっと暑苦しさから解放された頃には、早くも光を失ってゆく月への不満足の気持ちと、親二人が榮藏の出家願望を認めてやらなければならなくなった心残りを響かせた作、との見方で、正に所を得た解釈という感じがする。一、二年前、榮藏に後を継がせて早く俳諧三昧に入りたいと思っていた以南も、徐々に榮藏の本当の姿に気付いていきて、この榮藏十九歳夏頃には、もはや榮藏の生きようとする方向を見守ってやらねば、という心持ちになってきていたのであろう。しかし、以南の気持ちは実はもっと複雑なのであって、

「見果てぬ夢ぞ」には、喜んで出家させるのではない、という榮藏に対する発信さえ含まれている。その点はともかく、榮藏から見れば、両親が自分に折れて出てくれているのには相違なく、いよいよ寺子屋の師匠・蘭谷萬秀を師として、俗界から離れて禅門に入る決心を固めていったらしい（榮藏は、光照寺の若い十二世・玄乗破了を頼みとして入山したという見方もあるが、昼行灯といわれ、並はずれて引っ込み思案でもあった榮藏が、新住職に急速に親しんだとは思えない）。

榮藏が師とする蘭谷萬秀と橘屋との関係、萬秀が光照寺十一世となるまでの経緯については、「母親『秀《ひで》』（「おのぶ」のこと」の項に記したとおりであったから、今、榮藏に頼られている当の萬秀（仮に萬秀が十六歳で出家し、十四年後に瑞世したとすると、今、榮藏十九歳の安永五年〈一七七六〉時点の萬秀は、五十三歳となる）は、榮藏の出家願望をめぐるこの数年間の以南夫婦の対応から見て、最大の問題点は以南夫婦の納得だということを知っていたはずである。そこで、萬秀は榮藏を引き受けるに当たって、以南夫婦の納得、最終決断を促したのではないか。次は「橘物語」（飯塚久利）の一部だが、そこに書かれていることの最も肝心な点は、何もかも以南夫婦の手助け無しではできないことばかりだったということである。

わかゝりていまた世はなれさりしほとハ、いミしういろこのミになんありける。のちの世まてとかたみにふかうちきりかハしなと、あかすおもひいりたらんにやありけん、一夜そこにいにたりけり。くたかけのなきしとにもなくまたきに夜ふかくかへりわかれて、れいのやすんところにはひいりぬ。おもひさためたることにや、ミつからかミそりて、ひそまりふしたりけり。

あけわたりてけふといふ日は、つとめて火おきのもとにおきさふらひしかハ、うからやからおとろき聞えぬハなし。「あたらしきわさかな、いかにおもふらん」なと、こゝろ〳〵そのよしとひかくれと、さなからこまやかなるいらへもえ聞えす、たゝあさわらひなと、おのかしゝのいとなミせんとなりけり。「家のなりハ弟にこそ」とかたりすてゝ、またやすんところにいりぬ。調度のものハかねておもひかまへおきつるに、ほともおかすて、ねつミいろのころもきよそひ、はちのことかいふらんものを手ふさにとりすゑていてぬ。となりの家よりすきやうして行ほとに、かのよへゆきたりしうかれかのきのもとに、やをらゆきたちしかハ、「あハや」とたちろきていてゝ、「いかさまにか」と衣のそてかいとりて、あかすすかりなきぬ。「むつかしき世のかゝらむことすら、さう〲しくおもひさとりて、すかたをさへかへまほしく、としころねんしわたりて、いまこそとけたれ。人きゝもあしかりなん、とくはなちやりこそ」なと、とかういふかひもなく、しはしたゝすむほとに、よそめにもとやおもひけん、人いにてわけぬ。をんなハいとゝなミたにおもてさしふせて、なく〱かへりいりぬれと、ふかきちきりのふたつなきを、うかるつとめのなくさめにて、またなくたのミかはしためるもいまはかひなくて、つれなしとやおもふらん、これもつひにハかミそりしとぞ。（帆刈喜久男「飯塚久利『橘物語』の翻字と現代語訳」『新津郷土誌』十五号による。注1は飯塚久利が草仮名の「遣」を不用意に「き」としたものか。カギ括弧を加え、各文末を句点に変えた。）

この「橘物語」は、表題に「物語」とあるのだから絵空事であって、良寛の資料としては取るに足りないという見方のあるのも確かなことだが、むしろ、良寛のように逸話の多い人の場合、「良寛は白だった」という事実を「黒だった」とは書けない。「黒だった」と書くと周辺事実との食い違いが方々で生じてしまう。描くべき人物が逆方向を向いた人に変わってしまうからである。したがって、榮藏が前夜に「のちの世までとかたみにふかうちぎりかハし」た女性のところに行ったことも、深夜に帰宅して「ミづからかミそりて」朝を迎えたことも、早朝から起きて「火おきき《ママ》のもとに」座っていたことも事実そのものだろう。飯塚久利が表題に「物語」の語を入れた理由は、一つ一つの事実を筆者の判断でつないでいるからなのではないか。

その見方に立って榮藏の出家最終決断の時期を考えると、どうなるだろうか。榮藏二十歳の安永六年（一七七七。良寛二十歳）夏、大森子陽が三峰館を閉じて象潟に向かった時、門下の富取之則、中村旧左衛門は送別の漢詩を贈っているが、榮藏は贈っていない（松澤佐五重「地藏堂の旧家、中村家について」『良寛だより』八十二号によると、旧来、大森子陽送別の折の良寛作とされてきた「子陽先生の象潟《きさがた》に遊ぶを送り奉る」と題する七律一篇は、中村旧左衛門の詠という）。そのことからすると、榮藏はこの時、既に三峰館を退学して地藏堂を離れていたのはもちろんのこと、俗界を断ち切ったという意識で既に寺での生活に入っていたのではないか。そうだとすると、二十歳の夏以前には、禅僧への最終決断をしていたことになる。さらに、大関文仲「良寛禅師伝」（冨澤信明「大関文仲『良寛禅師伝』の全て」『おくやまのしょう』第三十六号による）には「齢《よわい》未《いまだ》弱冠《じゃっかんならざるに》薙髪《ちはつして》出家《しゅっけす》」とあり、また、上杉篤興編「木端集《きのはし》」（渡辺秀英『木端集』象山社による）にも「まだ初冠《ういこうぶ》りにもたらで、頭そりこぼち」（ともにルビは引用者）とあって、その出来事が二十歳以前であったことが示されている。一方に前項でも触れた「安永丙申春三月書」（安永五年〈一七七六〉。榮藏十九歳）とある以南自署の句「炉ふたいでその俤をわすればや」の存在を考えると、それ以後のことであったということになる。すなわち、榮藏の出家最終決断は十九歳の時点であることは間違いなかろう。

さらに絞って、十九歳の何時《いっ》頃だろうか。「橘物語」の描写中には寒気の直接表現こそないが、家人の通常の居場所に「火おき《ママ》」（草仮名の「遣」は平仮名の「き」とほぼ同一である。「火おき」は木製火鉢の意の「火おけ」であろう）つまり、木製火鉢が出てくることからすると、冒頭の「橘物語」の出来事は晩秋だったのであり、その直前に禅門に入る最終決断をしたことになる。以上から、榮藏の三峰館退学は安永五年（一七七六）晩秋、自ら髪をそり落とすその直前であって、再々入学後の在籍期間は榮藏十八歳の八月から十九歳晩秋までの一年と一、二ヶ月程度だったということになる。ここで榮藏の三峰館在籍期間を総計すれば、初回在籍約一年、二回目約三年半余、三回目一年強で、これを合算すると『北越奇談』（永寿堂）の記す「総て六年」に合致する。

さて、「橘物語」が記すポイントは、榮藏が自分で頭を丸めたこと（姿は同じでも、仏道で言う「得度のための剃髪」や「仏門に入る出家」を表しているものではない）、「ねづミいろのころも」が準備してあったこと、隣家から托鉢を始めても、その隣家の人がさして不思議がっていないこと、「うからやから」とあって、親戚の者の存在が想像されること、その人たちの言葉が、家の行く末に激変の起こるのを心配しておろおろするような性質のものではないこと、の五つである。こうしたことは、どれも榮藏一人では実行不可能なことばかりであって、その遂行には以南夫婦が深く関わっていたことが分かる。そのことから、これらの行いは、以南夫婦が心からの納得を自分たちで引き出すよう、萬秀が仕向けた道筋だったと判明する。もちろん、出家前夜、榮藏に遊女と会わせ、そのうえで、出家当日、その妓楼へ托鉢に回るように命じたのも、榮藏に自分で自分を俗界から断ち切る覚悟を持たせようとする萬秀の策に違いない。

萬秀は寺子屋で榮藏を指導して以来、榮藏がどんな経過をたどって現在に至っているかを知っていたはずだが、それでもなお、雲水修行を一生続けられる人間かどうかを見極めなければならなかっただろう。内面に希求するものを持たぬ者、ただこの世の過酷さを逃れて安易な方向に向かいたい人間、そういう者の出家を許しては、自分の見識も問われ、光照寺の立場に悪影響を生じ、ひいては曹洞宗がだめになる、と知っていたはずで、如何に親しい関係の橘屋の子供であっても、すぐに得度とは進ませず、将来のためにも小僧としての厳しい日常を経験させようとしただろう。特に、ある程度の年齢になっていて自我の形成されかかった者は、程度の差はあれ、ちょうど老人が頑固だと言われるのと同様に、その自我から離れられなくなるものであり、そういう者には心の奥底からの自己覚醒は起こりにくい。自己覚醒を起こしにくい者は仏教的認識も、ただの知識として理解されるにとどまってしまう。したがって、その既に形成された自己を打ち破るには、自我を無にして、師から与えられた指示の持つ意味を深く知り、ひたすら従い続けてゆく生き方の徹底がまず必要になる。だから、榮藏は、屋内外の掃除や洗濯にはじまるあらゆる仕事を誠実に実行することを厳しく求められ、修行に耐えうるか否か、試されたのではないか。

〈蘭谷萬秀の退隠〉

十九歳の榮藏がそんな日々を送りはじめた安永五年（一七七六）の晩秋から、國仙が来錫《らいしゃく》する安永八年（一七七八。榮藏二十二歳）春までの間に、光照寺では、住職が十一世・蘭谷萬秀から十二世・玄乗破了に交代する時期となった。總持寺蔵の『住山記―總持禅寺開山以来住持之次第―』（大本山總持寺が二〇一一年に刊行したこの書籍は、可能な限り常用漢字で組まれている。以下、『住山記』と略記する）が玄乗破了について記録するところは、總持寺の二八〇〇二世、受業師は「万秀」、本師は「国仙」、「安永七年四月二十三日」に瑞世した僧で、住職寺院は「越後」の「光聖寺《ママ》」、派名は「通幻」の七項目である。これによると、破了は安永七年（一七七八）春以前に「光聖寺《ママ》」住職の立場になっていて、そこから瑞世の手続きに入ったことになる。

実際に、榮藏二十二歳の安永八年（一七七九）春に國仙が来錫したのだとすると、その一年近く前には圓通寺に来錫を願い出ておく必要があろうし、光照寺として國仙を迎える準備のために、あるいは、願い出ても良いと檀家に認めてもらうために、さらにその前に一定期間が必要だろう。そうすると、どんなに短期間でも國仙来錫の一年半近くは前の、安永六年（一七七七。榮藏二十歳）冬までには、破了が光照寺の住職になっていなければならないことになる。

ここで、この光照寺の代替わりについての思考はいったん中断し、『住山記』に破了の受業師が「万秀」、本師が「国仙」とあることから、玄乗破了の得度前後の時期に萬秀と國仙の繋《つな》がりがどうして存在したのか、を考えてみたい。

萬秀名義で光照寺に什物が施入された元文四年（一七三九）が萬秀の得度を表すなら宝暦三年（一七五三）五月六日の瑞世までは十四年、この年数を破了に当てはめると、破了の得度は安永七年（一七七八）をさかのぼる十四年の明和元年（一七六四。破了は十五、六歳だっただろう。この年、榮藏は七歳）だったことになる。この年、萬秀は瑞世後九年目、光照寺晋住《しんじゅう》を宝暦九年（一七五九。「母親『秀』（「おのぶ」）のこと」の項では、宝暦八、九年と記した）とすると、光照寺住職五年目に当

國仙、良寛、宗龍関係法脈略図（『曹洞宗全書』大系譜による）

- 徳翁良高
  - 默子素淵
    - 頑極官慶
      - 玄透即中
    - 鐵文道樹
    - 悦巌素忻
      - 無際一丈
      - 大而宗龍
        - 竺翁慧林
        - 智海萬宏
        - （大蟲越山）
        - 開田大義
      - 道主大賢
      - 大船頓乘
  - 高外全國
    - 大忍國仙
      - 絶峯義孝
      - 玄乘破了
      - 蘭香榮秀
      - 一山活麟
      - 東傳密山
      - 頑石希鈍
      - 祖　香
      - （万外）豊充
      - 嫩蘂仙桂
      - （大船）頓乘
      - 忠寶光山
      - 斷崖木橋
      - 佛海大心
      - 活眼大機
      - 祖山仙宗
      - 大榮良道
      - 大愚良寛
        - 孝室貞心尼
      - 松林義提尼
    - 得峯観髄
    - 天嶺光圓
    - 大棟快仙

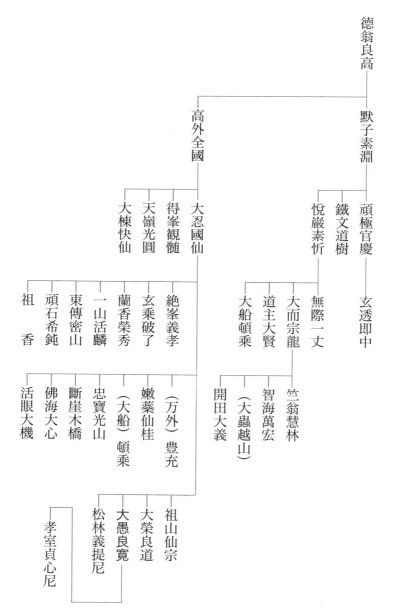

たる。年齢は四十歳ほどだった。

この推定に基づいて、もし、明和元年（一七六四）に破了が萬秀の許で得度し、その後、國仙に就いたとすると、この前後の期間、既に萬秀と國仙は知り合いであったことになる。いったい、國仙の経歴から萬秀と接触の機会があったものかどうか。あったとすると、それはどんな流れの中に生じたのか。

現・町田市小山田の大泉寺が刊行した『補陀山大泉寺』（『大泉寺』編集委員会）所載の「補陀山大泉寺世代記」（三頁目にあるこの表題の次に、「当寺末大橋山長慶寺二十四世月江禅隆和尚が明治十五年九月十四日本寺世代当山世代明細記として認めしものを昭和二十七年七月大泉寺三十九世秀巖國定之を転記す。但し、月江和尚は何れより記録せしものか不明なり。大泉寺にては是に勝る記事見当らず。（以下略）」と、この記録の成り立ちが記されている）によれば、國仙は「加州金沢竜徳寺ヨリ転住」（同書五頁）とある。

これについて、矢吹活禅氏は、「大忍国仙禅師傳」（『良寛の師　大忍国仙禅師傳』岡山県曹洞宗青年会）で「龍徳寺に問い合せたが、その回信に、同寺は天徳院の隠居寺だが、歴代中大忍国仙の名は見当らないとのことであった」（同書七八頁）と記され、その上で、國仙の大泉寺二十五世住持期間について「（明和二年〈一七六五。國仙四十三歳〉に勝楽寺に転住するまで大泉寺に）恐らく十年以上住職しておる」（同書七九頁）とされている。

さらに大泉寺晋山《しんざん》前のこととして、「大忍国仙禅師傳」中の「十五、大忍国仙禅師年譜」では、二十六歳（寛延元年〈一七四八〉）の項に「冬、道樹、頑極官慶を請して結制を修し、授戒会を行う。」（一一四頁）とし、それに関連して「（國仙は）二十六歳金鳳寺道樹の初会において立職し」（同書七〇頁）たとされ、「年譜」三十二歳（宝暦四年〈一七五四〉）の項に「夏、道樹、金鳳寺の諸堂を復興し、結制開堂、国仙首座に充てらる」、後の「某年」に「大本山永平寺に瑞世す」、その後の「某年」に「武蔵大泉寺に法兄の後任として首先住職す。廿五世」（以上一一四頁）としておられる（なお、同書中には國仙の「嗣法についての疑義」の項目があり、「結論として、全国に嗣法していない——ということだけは断言して差し支えないと思う」〈七八頁〉とある）。この矢吹氏説の流れに従うと、勝楽寺に転住する明和二年（一七六五。國仙四十三歳）より十年は前の宝暦五年（一七五五。國仙三十三歳）以前に大泉寺廿五世となったのであり、それより前は金沢の龍徳寺にいた、ということになる。

國仙の大泉寺晋山は二十四世・得峰観髄退隠後になるはずだから、観髄の退隠時期が分かればよいのだが、「補陀山大泉寺世代記」の二十四世・得峰観髄の項には、「越後ノ人、佐藤氏也、全國ノ法嗣、宝暦三酉年（一七五三）十月大和国碇村吉野観音寺ヨリ当寺ヘ転住ス」、忌日は「明和六己丑年（一七六九）八月二十二日」（引用文中の西暦は引用者の補入）とあるのみで、退隠年の記入はない。したがって、そこから國仙の晋山年は割り出せない。ただ観髄が示寂した明和六年（一七六九）は大泉寺晋山の遙か十六年後だから、宝暦三年（一七五三）に晋山して、三年後の宝暦六年（一七六六）に病を発して國仙に後を托す身体的状況にあったとは考えにくい。そうすると、得峰観髄が自分と同じ高外全國の弟子で学徳兼備の國仙を、大泉寺の二十五世としようと、自分から考えていたことになる。

矢吹氏によると、國仙は二十六歳の時と三十二歳の時に、二度、道樹に取り立てられた。この國仙重用が事実なら、國仙の法幢師となった道樹は、師・高外全國に先立たれた國仙に目を掛けていたことになる。自らは黙子素淵門下にあって、高外全國門下の得峰観髄の右の思いを知らず、ただ、逸材たる國仙の姿のみを見知った道樹は、宝暦四年（一七五四）夏、金鳳寺諸堂復興開堂の結制に三十二歳の國仙を首座に充て、以後は、自分の兄弟子中、最も國仙の師にふさわしい悦巌素忻（宝暦四年〈一七五四〉当時六十歳）に就いて学ぶよう勧めたのではないか。その悦巌素忻は、その宝暦四年（一七五四。國仙三十二歳）、請われて越後の萬福寺から金沢・天徳院に移っていた。

右のような得峰観髄の思いはまだ知らず、道樹だけが自分の今後を考えて素忻門下となるよう勧めてくれている、と知った國仙は、早速、金沢に出向いて素忻の門を敲《たた》いたのだろう（そうではなくて、この時までに國仙が大泉寺に晋山していたとしたら、それまでの國仙が、何時、どのような流れによって竜徳寺に入ることになったのか、説明できなくなってしまう）。その時の龍徳寺の住職が素忻に繋がる誰かなら、素忻の計らいで國仙はそこに起居しつつ素忻に継続的に指導を受けられただろう。素忻の天徳院住持期間はその年以後足かけ七年、宝暦十年（一七六〇）まで続いた（大島晃『大而宗龍伝』第二版、考古堂書店、三五〜三六頁)。この天徳院での素忻の弟子の中に、後の良寛が請見した大而宗龍がいたのである(宗龍が素忻に入門した年は未詳。宝暦六年〈一七五六〉、素忻の結制安居では首座を務めた)。

右のように考えて、國仙が宝暦四年(一七五四)に天徳院の素忻を新たな師として修行に入ったとすると、間もなくに大泉寺の得峰観髄から二十五世として後を継ぐように言われた場合、國仙はどうするだろうか。観髄から素忻宛の依頼状も来て、國仙のことを思った素忻もまた大泉寺の住職となるよう勧めてくれたとしても、「自分は道樹の勧めで素忻を自分の新たな師と決めて修行を始めたのに、一年や二年の修行で大泉寺へ出ていったら新しい師を捨てたことになる」——素忻を新たな師と決めた誠実の人・國仙なら、そう考えるのではなかろうか。「石の上にも三年」という言葉が國仙の頭の中にはあっただろうから、師の素忻が「修行した」と認めようとも、「素忻に就いて確かに修行した」と自分が認めうるまでの期間、最短でも三年の修行はせねば、と最初から考えていたに違いない。宝暦四年(一七五四)から三年の修行をしたとすると宝暦七年(一七五七)、その年から國仙が勝楽寺に転住した明和二年(一七六五)までは八年間である。そうすると、國仙の大泉寺十年以上住職説は、誠実な人・國仙において成り立つには、相当な困難があるように思う。

したがって、得峰観髄が我が後住に國仙を据えたのは、最も早い時期を考えても、宝暦三年(一七五三)の自身の大泉寺住山以後、足かけ五年の宝暦七年(一七五七。國仙三十五歳。國仙が勝楽寺に転住する明和二年〈一七六五〉までは足かけ九年となる)頃以降と見るのが、より自然なことではなかろうか。そう考えたうえで、矢吹氏「大忍国仙禅師傳」に「例の素忻の位牌も祖堂に安置され」(「祖堂」は圓通寺の祖堂を指す。前出書八七頁)ている、とあることを考え合わせると、國仙は素忻の許で五、六年修行を積んで嗣法し、宝暦九、十年(一七五九、一七六〇。國仙三十七、八歳)頃に大泉寺に晋山《しんざん》、後、永平寺に瑞世した可能性が高いことになる。

素忻・國仙間に以上のごとき緊密な師弟関係を考えると、その繫《つな》がりは、國仙と萬秀その他の越後での住職方との繋がりを生み出してゆくことにもなる（破了の光照寺晋山の安永六年〈一七七七〉頃とほぼ同時期に、現・小千谷市の長楽寺に蘭香榮秀〈『住山記』によると受業師は長楽寺九世・桂山本石〉が十一世として晋山しているのだから、同寺十世・萬安鐵丈〈または、鐵丈の本師で、長楽寺の本寺である同市小粟田の潮音寺十一世・金綱透麟〉とも、萬秀同様に、國仙は知り合いになっていたことになる。そうすると、最初に國仙と素忻とのつながりが確認されるとすれば、矢吹氏が「燕氏によれば国仙は既に大泉寺時代から、しばしば新保家と文通し、書簡は凡て新保家に保存せられているとのことである」〈前出書八七頁。「燕氏」は良寛研究家・燕佐久太氏。新保家は長楽寺檀頭〉とされることとも、國仙が安永八年〈一七七九〉に出雲崎の光照寺他に巡錫する以前に既に越後には基盤があって、それゆえ越後から幾人も國仙に入門しているのだ、という同氏の説〈同書六九頁〉とも無理なく接続する）。どうしてそうなるのか。

「補陀山大泉寺世代記」が記していないので正確には不明なのだが、國仙の大泉寺晋山が宝暦十年（一七六〇。この年、悦巖素忻とその弟子の大而宗龍が越後の観音院に移ったのだから、國仙だけが天徳院に残ることはなかろう。そのような周辺状況から見ると、國仙の大泉寺晋山はこの年である可能性が高く、そう想定すると、國仙の大泉寺住職期間は足かけ六年となる）なら、國仙は現・町田市の大泉寺から現・新発田市長者館の観音院二世となった悦巖素忻を何度か訪ねていても不思議は無い。ともかく、國仙が越後に来るようになったのは、宝暦十年（一七六〇）、緊密な関係にあった師の悦巖素忻が現・新発田市長者館の観音院に移ったことによる、と理解される。同時に、師の素忻とともに天徳院から観音院に移った大而宗龍（宗龍瑞世の綸旨に「天徳寺宗龍和尚禅室」〈「寺」は「院」の誤記〉とあるから、天徳院にいたことは確かである）と國仙は、何年も共に学んだ仲であったことも分かるのである。

右に推測したように、國仙の本師が素忻だとしたら、素忻示寂の宝暦十二年（一七六二）以降も、國仙は年忌の節目には恩を謝するために現・新発田市長者館の観音院を訪ねていただろうし、観音院の三世・宗龍をも先輩として訪ねたことだろう。ただし、國仙は、自分は高外全國の弟子だ、という意識は持ち続けていただろうから、悦巖素忻に感謝しつつも、そのことを口外するようなことはしなかった。そのためにそのことが伝わらなかったのではないか。この見方に立つと、破了が萬秀の許で得度したとみられる明和元年(一七六四)前後、國仙は、既に何回か越後の観音院を訪問していたはずで、その度ごとに越後の寺々の情報を得、そこを訪ねていたことも想像される。そうした中の一ヶ寺が光照寺だったのであり、萬秀との繋がりのそもそも、萬秀の許で得度した破了が國仙の会下に移るのも、大もとに國仙と素忻との繋がりがあったためである。破了が國仙についたのは、早くて明和二年(一七六五)、國仙が勝楽寺(神奈川県愛甲郡愛川町田代)十世となった頃のことだっただろう。

國仙は明和六年(一七六九)からは圓通寺九世・鐵文道樹の後住として、同寺十世となった。その翌年に該当する可能性を佐藤吉太郎氏が言及しておられる、次のような文書が存在する。

當寅冬《とうとらのふゆ》　備中玉嶋圓通寺《びっちゅうたましまのえんつうじ》　開山和尚《かいざんおしょう》遠忌《おんき》結制《けっせい》に付《つき》　首座之儀《しゅそのぎ》　大禪師御隨從之中《だいぜんじのおんずいじゅうのうち》江到来候《とうらいそうろう》　其寺衆寮《そのてらのしゅうりょう》
全龍《ぜんりゅう》江被仰付《おおせつけられ》　今般爲披露致帰山候條《こんぱんひろうのためきざんいたしそうろうじょう》　以而添書如此に候《もってそえがきかくのごとくそうろう》

寅六月三日

永平寺監院

(『良寛の父　橘以南』出雲崎史談会《復刊》七七頁。ルビと句末の余白は引用者)

氏は「單に寅六月三日では十干がないため、何時代のものか不明です。若しそれが明和七寅であったとしたら、其邊から衆寮の全龍が、親しく國仙に面接し、その高徳を慕ひ、(安永八年〈一七七九〉の越後巡錫を)招請したものではあるまいか。」としておられる。ただ、明和七年(一七七〇)当時の光照寺は宝暦九年(一七五九)頃以来十一世・蘭谷萬秀が住職であったのだから、住職でない「全龍」が國仙を招聘するとは思えない。したがって、この佐藤氏の見解には賛同しがたいが、この文書の重要な点は、もし、明和七年の文書なら、当時、光照寺の僧で、國仙の圓通寺晋山後一年という時期に、國仙の許で修行していた「全龍」という僧がいたと認められることである。このことは、この年のもっと前から國仙と萬秀の間に緊密な繋がりがあった証拠ともなろう。

ここで、中断していた光照寺の代替わりについての考察に戻る。國仙によって破了の瑞世手続きが始められる前の安永五年(一七七六。榮藏十九歳、萬秀五十二歳ほど)後半か安永六年(一七七七。榮藏二十歳)前半、國仙は萬秀に「破了を光照寺の住職にできないだろうか」という話を出したに違いない。國仙から破了入山の話を出された萬秀は、自分が受業師だから受けねばならぬこと、と思っただろうが、萬秀の方からも國仙に条件が提示されたと思われる。それは萬秀の育成しつつある弟子をめぐってのことである。

光照寺では九世・徳峰薫積が十世・春山泰林を、十世・春山泰林が十一世・蘭谷萬秀を、と代々次の住職を育てており、萬秀もまた、破了の後に幢明(『住山記』では「明幢」。道号は「金峰」)を寺の後継者として育てていた。この幢明の瑞世年月日の天明五年(一七八五)三月六日(『曹洞宗新潟県寺院歴住世代名鑑』新潟県曹洞宗青年会、四〇頁)からさかのぼって、國仙から破了入山の依頼があったであろう安永五年(一七七六)当時の幢明の年齢を推し計ると、二十歳代前半だったと考えられる。だから、おそらく萬秀は、次の住職と見込んで指導してきた幢明へのバトンタッチを、最短でも六、七年先と踏んでいただろう。

実は、萬秀には幢明より年上の弟子・覺應大圓もいた。大圓は、出身地は不明だが、現・長岡市雲出町の香林寺十二世・北巖大冷(香林寺過去帳では「冷」。この記載と前掲書の香安寺の欄の「伶」との間には書写ミスが存するように思う)を受業師として得度し、ある時期から光照寺の萬秀の許で修行して萬秀を本師として宝暦十三年(一七六三)五月三日、総持寺に瑞世した。その後、香林寺(十五世)、次いで現・長岡市鳥越の香安寺(十世)に住持し、寛政元年(一七八九)二月二十二日、示寂した(前出書一一二〜一一三頁)。従って、玄乗破了が光照寺十二世となったはずの安永六年(一七七七)前後、大圓が光照寺の本寺・香林寺の住職だったとすると、たとえ萬秀に体調不良の兆しがあったとしても、本寺の住職の大圓に末寺の光照寺を継がせるのはいかにも無理、ということになる。光照寺の安定的発展のためには幢明が瑞世を済ますのを待つ必要があって、そこで、その時までの十年弱の期間を繋ぐだけなら破了を十二世としても良い、幢明の瑞世時点で破了の身の振り方はあなたの方で見てやってほしいとして、國仙の依頼に萬秀は応ずることになったのではないか。

玄乗破了の光照寺入山の年と考えられる安永六年(一七七七)から八年後の天明五年(一七八五)、その年に幢明が瑞世したことは記したが、この天明五年には、萬秀にも、破了にも記録が残っている。すなわち、萬秀は三月六日の幢明瑞世を待たず、二月十二日に示寂した。一方、破了はこの年、萬秀の示寂を看取った後に現・三重県津市美杉町奥津にある崇福寺の七世となっていった。このことは、後の良寛の修行や生き方にも関わってくることなので、そのことが書かれている『美杉村史』(同村)の下巻「宗教編」の「崇福寺」の部分(五四八～五四九頁)から、「沿革」「歴代」二項中の必要箇所を摘記する。

沿革　文永八年(一二七一)草創、古義真言宗高野派。(中略)享保十九年(一七三四)二世拈古弥橋正法眼蔵二十巻を書写する。宝暦二年(一七五二)曹洞宗となり、天明五年(一七八五)七世玄乗破了は越後の良寛和尚の師となる。(以下略)

歴代　一、開山覚瑞伝香和尚(中略)六、忠宝光山　七、玄乗破了　八、仏敏《ママ》大心　九、頑石希純《ママ》　一〇、大椿仙翁(以下略。「歴代」項目中の第何世かを表す数字は、算用数字を漢数字に改めた。傍記は引用者)。

右の「沿革」の項目は崇福寺に伝存する何らかの資料(伝存資料名は今のところ未確認)に基づいているはずで、破了に関する「天明五年(一七八五)七世玄乗破了は越後の良寛和尚の師となる」の記述がその資料に存する(『美杉村史』編纂者が「破了は良寛剃髪の師だ」と認識していて、それを書いたものでない)ことは明らかである。

どんな場合に崇福寺に存在する沿革記録に書き加えられてゆくかを考えると、

① 天明五年(一七八五)に、良寛が「五師参見」のために、崇福寺に破了を訪ねたこと。

② 良寛が「天明五年(一七八五)の「五師参見」の時、破了から自分の進むべき道について貴重な点を教えられたと「誰か」に話したこと。

③ 良寛の話を聞いた「誰か」が七世・破了の弟弟子を大事にした行いに感動していて、後に崇福寺住職となったときにそれを沿革記録に書き込んだこと。

の流れが成り立たないと記録されない。その上に、天明五年(一七八五)頃も、ずっとその後も良寛は無名のままであって、書簡が保管されはじめたのがどうやら享和二年(一八〇二)前後以降(「書簡中、『野僧』に混じる『私』」の項を参照)からだったらしいことを考え併せると、兄弟子たちの間で良寛を見どころある弟弟子として認知しはじめたのも、その享和二年頃以降と推測される。したがって、かつて良寛から話を聞いていた「誰か」が、天明五年から十五、六年ほども経過した享和年間(一八〇一以降)に崇福寺住職となったなら、そのことを思い出して記録してもおかしくはないことになる。それも、良寛を記録するというよりは、「誰か」にとって崇福寺の先の代に当たる破了が、その弟弟子を立派に育てたことを記録する目的で書いたものということになろう。そうすると、その「誰か」は、良寛が話す機会のあったことを考えると、破了同様に、良寛には兄弟子ということになる。

そこで、崇福寺「歴代」の中からその条件に合う「誰か」を探すと、佛海大心(『美杉村史』中の「敏《ママ》」は「海」の翻字ミスだろう)は崇福寺以外の住持記録は無いが、頑石希鈍(『美杉村史』中の「純《ママ》」は「鈍」の翻字ミスだろう)は現・鈴鹿市の養泉寺十世の記録があるので、いわゆる「関西紀行」の寛政三、四年（一七九一、二）当時の養泉寺住職が希鈍であって、崇福寺の佛海大心に参見した後に養泉寺に至った良寛が、崇福寺ではこれまで七世と八世の二代の住職に参見したこと、天明五年（一七八五）の破了参見では自分の進むべき道について貴重な点を教えられたこと、等を話していたのではなかろうか。頑石希鈍は「禅僧・良寛」の真の姿が兄弟弟子中に認められてきた享和年間（一八〇一以降）になって、養泉寺から崇福寺住職となり、良寛から聞いていた崇福寺七世の破了のことを記録にとどめたのであろう。

破了は天明五年（一七八五）以後のある時点で（正確な年月は未詳）、崇福寺から現・町田市の大泉寺二十九世となった。この大泉寺の「補陀山大泉寺世代記」（『大泉寺』編集委員会編著『補陀山大泉寺』）には「二十九世　玄乗破了和尚　越後ノ人、國仙ノ法嗣也、勢州崇福寺ヨリ当寺へ転住、寛政元年（一七八九）マデ住職。」（西暦は引用者の補入）とある。しかし、大泉寺退隠以後、他の寺の住職になったという記録は、今のところ、管見に入っていない。したがって、おそらく帰郷して出雲崎かその近辺に「光照寺の隠居」として、後半生の二十五年間を過ごしたのではなかろうか、と推測される。

この引用箇所にも明らかなとおり、他の江戸期歴代住職がすべて「大和尚」と記されているのに、破了のみ「和尚」と記されている。これは破了が瑞世した後に行うべき一会結制をしなかったからであろうか（瑞世一年後の安永八年〈一七七九〉に、國仙を招請して光照寺で執り行った江湖会はそれに該当しなかったのだろうか）。ともかく、破了がそこにこだわらなかったのこそ破了独自の見識であって、天明五年（一七八五）に参見した良寛は、その破了の生き方からヒントを得て、自らの進む方向を見出したのであり、それを良寛が「玄乗破了から貴重なことを教えてもらった」と頑石希鈍に話したのであろう。

さて、ここで、その後の破了についてメモ書きしておきたい。それは後の良寛と関わりのあることだからである。

寛政元年（一七八九）に帰郷した直後、破了がどこに住んでいたのかを明らかにした論文には出会っていないが、やがては出雲崎に住んだということは、佐藤吉太郎氏『良寛の父橘以南』（出雲崎史談会《復刊》七五頁）の記述によっても明

らかである。その箇所において「出雲崎おけさ」の数え唄風の囃し言葉「十、常楽世界は光照寺の隠居さん」の文句等に触れ、

その常樂世界は光照寺の隠居さんが、玄乗破了を歌つたものださうであります。此破了は長命で文化十一年四月十三日示寂してゐます。養泉寺門前西側の表貸屋で、摩詰庵雲鈴、堀部安兵衛の假往《ママ》居の跡を借受け、隠宅としたもので、茶室などを設けてあつたとのことです。常樂世界と歌はれる位ですから、茶でも碁でも相手選ばず、遊ぶ事にかけたら何でも御座れといふ風に、至つて暢気な朗かな樂天的の御隠居であつたでありませう。良寛さまは此老師の爲に『招隱舎』といふ額を書いて贈つてゐられます。

と語っておられる。ここに表われ出た破了の生き方は正に自由人としてのもので、その点に破了の真《しん》面目を読み取ることができる。ちょうどその破了出雲崎居住時代、文化三年(一八〇六)秋に三輪左一宛良寛書簡があって、そこに「光照寺の御隠居破了和尚病気にて飛脚参り出雲崎へ帰候《かえりそうろう》。其跡《そのあと》へ御尋被下《おたずねくだされ》…」(谷川敏朗『良寛の書簡集』恒文社、二二〇頁)とある。破了が病気になって良寛に飛脚で知らせ、良寛はそれを受けて破了の許に駆けつける、という親しい間柄であったことがこの書簡の存在から証明される。この関係には、単に近くに住むことになった兄弟弟子同士という程度のものではなく、自分の出家を後押ししてくれ、生き方について貴重な示唆を与えてくれた兄弟子への尊敬の気持ちも含まれているのであろう。

天明五年(一七八五)の参見時に自分の進むべき道について貴重な点を教えてもらった、と記憶する良寛なら、寛政四年(一七九二)の帰郷の際には、出雲崎に居住する破了の許に立ち寄るのが自然で、その時、破了から郷本の塩焚き小屋の空いているのを教えてもらった可能性も高いと言える。この時、破了は帰郷後三年目に当たるから、出雲崎と

その周辺の様子については、托鉢に廻ってすべて知っていただろうと思われる。
なお、本田家本「草堂詩集」天（加藤僖一他編『良寛墨蹟大観』第一巻、中央公論美術出版）に、「記得荘年時」で始まる漢詩があり、その推敲案中には「親友」の語がある。右の破了との関係を考慮すると、この「親友」は破了のことを言うと考えられるが、そのことについては『「傭賃」の推敲から見えること」の項に譲る。
さて、再び玄乗破了が光照寺に入山した時期のことに戻るが、安永六年（一七七七。榮藏二十歳）の前半までに國仙から破了の入山打診があったとすると、その年の後半、遅くも冬までには光照寺入山が実行されたと見てよいのではないか。そして、その時期まで約一年、光照寺で寺小僧を続けてきた榮藏に対しては、当然、新たに十二世となった玄乗破了が師となって禅修行の基本が教えられたはず、と考えられやすい。ところが、そのとおりならば破了に大きな恩を受けているはずの良寛が、実際には右の文化三年（一八〇六）秋の三輪左一宛書翰中の偈に、破了を「師兄《すひん》」と書いて、同門の兄弟子の意の語をもって遇している。一生「人の生けるや直し」を崩さなかった良寛がそう書くということは、破了は榮藏の直接の師匠ではなく、萬秀とも図って緩慢な動きの榮藏をも指導できる力量の禅僧を師にしてやったのであって、後の良寛としては、師匠紹介者としての恩を感じていたとしても、あるいは、幾度か相まみえる機会が得られて恩を受けたとしても、あくまでも直接の師匠ではなかったのであろう。

〈座禅修行へ〉

それではその「師匠にふさわしい力量の禅僧」とは誰か。その禅僧を特定するには玄乗破了の入門のことを再度思い出さねばならない。玄乗破了は出雲崎近辺の生まれであって、十五、六歳の元服の年齢頃、すなわち明和元年（一七六四）前後に萬秀を受業師として得度した。地元で修行するということがどんなものかを知っていたはずである。しばらくしてから「國仙という立派な師匠がいるから、そこで修行しなさい」と言われて國仙についてみて、他国での修行が地元でのそれとどう違うのかも知っていたはずである。橋屋からきた榮藏のいる光照寺に入ってきてそれを思い出し、また、自分の未熟さも考えてみて、何処《どこ》かにふさわしい師匠はいないものかと考えただろう。萬秀もまた、自分の後を若い破了と幢明の二人に托《たく》すとなると、榮藏を引き受けた住職として、そのままにしておくわけにはいかないと思っただろう。体調不良が起きてきていたとすればなおさらである。

そこで、まず萬秀も破了も、榮藏を指導してくれそうな寺を探しただろう。しかし、近くでは引き受けてくれるところが見付からない。そうなると、橘屋の親類としての萬秀は、榮藏をそのまま光照寺に残して退隠し、「知らぬ顔の半兵衛」を決め込むわけにはゆかなくなる。そこで、橘屋に対して、光照寺の代替わりと、そのことが榮藏の禅修行の本格的な開始を困難にする旨を話したのではないか。

冨澤信明氏「少年栄蔵　三峰館から円通寺へ」（『良寛だより』第一二〇号）に、

栄蔵の曾祖父左門良胤の弟である中澤太郎左衛門が開発した紫雲寺郷塩津新田の潟縁り飛地に、円通寺開山の良高が再興して西来寺末寺とした観音院が在った。その境内八畝歩を太郎左衛門が、元文四（一七三九）年に観音院開山黙子に寄附し、それが元文五（一七四〇）年に片桐新田の現在地へ引寺されていたのである。このことは安永七（一七七八）年当時の観音院の四世大賢が書いた載帳許可に関する「大賢願書」に書いてある。

観音院開基に勝る存在の中澤太郎左衛門の兄左門良胤の曾孫が栄蔵であると知れば、宗龍も大賢も栄蔵を大事にしたのは当然である。

とある。氏の発掘にかかるこの事実は、榮藏の修行地確定にこそ、大きな力となったのではなかろうか。

萬秀から「光照寺での榮藏の本格修行開始は困難」と聞いた以南は、義祖父が加茂の中澤家から入った人であることや中澤家と観音院との繋《つな》がりの話を思い出し、生家から離れた他所《よそ》の地で修行させるのはむしろ良いことと考え、自分が加茂の中澤家に榮藏をめぐる事情を話して、観音院で受け入れてくれるよう加茂の中澤家に口利きを依頼したいが…、と逆に萬秀に話を持ちかけたのではないか。萬秀は國仙から「悦巌素忻の許でともに修行した禅僧に大而宗龍という者がいて、今、素忻の後を継いで観音院住職になっている」と聞いていただろうし、破了も、明和七年（一七七〇）に三年がかりで秩父の廣見寺に大般若石経蔵を完成させた宗龍のことを、圓通寺にいた頃、國仙や兄弟子から聞いていたはずである。――あの大而宗龍（破了が光照寺十二世となったと思われる安永六年〈一七七七〉時点の宗龍の年齢は六十一歳）が、今、越後紫雲寺郷の観音院に来ているのなら、この傑僧に依頼しよう――萬秀も破了もそう考えて一も二もなく以南の案に賛成しただろう。おそらく、こうして三者で宗龍に願い出、書簡の往復や面談の機会が持たれた後に、やがて宗龍の許諾の返答となり、遅くも冬を越した安永七年（一七七八。榮藏二十一歳）春までには、榮藏は宗龍の許に移ったのではないか。

　國仙と宗龍は素忻の許で修行した仲であり、國仙が宗龍のいる観音院に何度か出かけていたことは既に記したが、その繋がりの発展的経過については、廣見寺の住職・町田廣文氏ご示教資料の一つに次の記載がある。

（略）國仙和尚は、宗龍禅師の師悦巌に参随したことがあり、國仙自身も宗龍の存在は知っていたものと思われます。明和七年（一七七〇）冬行われた神奈川県愛川町勝楽寺での安居に、全國の嗣得峰観髄和尚徒仙桂（円通寺で一生典座職を通した良寛が尊敬する兄弟子）國仙和尚徒獨仙が参加しています。また、勝楽寺は國仙の前住寺（十八世）であり、十九世物外全提和尚の時に安居が行われ、二十世には宗龍兄弟弟子の無際一丈がなり、二十一世には國仙の弟子万外豊充がなっています。宗龍禅師の弟子慧林への手紙（安永六年）に『勝楽一丈長老へも拙すすめ寺早退して円通下へ可遣旨くれぐれすすめければ』と書いており、一丈は、宗龍禅師のすすめによって勝楽寺を退院し、円通寺下國仙の弟子豊充に次席を譲ったものと思われます。
　また、曹洞宗大系譜の國仙の弟子の中に頓乗がいますが、これは悦巌法嗣大船頓乗(観音院五世)と思われ、活眼大機は、宗龍禅師の随従者泰巌活道の弟子であり、弟子達が宗龍と國仙の間を行き来していたことが窺えます。(略)両僧団の交流は活発に行われ、良寛さまの耳に宗龍禅師の名声がいろいろな人からもたらされたことと思われます。

(町田廣文「宗龍僧団と全國・國仙僧団の交流」同編『大而宗龍禅師の生涯と行跡』大而宗龍禅師顕彰会、七頁)

　ここで明らかにされていることは、素忻・宗龍系グループと全國・國仙系グループの僧の間に交流があったという点である。最初、素忻と國仙との間に個人的な関係として発生した繋がりは、素忻の示寂後は、その弟子の宗龍と國仙の間に引き継がれ、しかも互いの弟子の交流へと拡大、発展していたのである。この両グループ交流の事実は、破了が國仙や兄弟子から、宗龍の傑出した家風をたびたび聞いていたことの傍証となり、ひいては、破了が榮藏の入門手ほどきを宗龍に依頼したことの傍証ともなることだと思う。

　さて、ここからは、その膝下で榮藏が座禅修行した大而宗龍と観音院のそれまでについてのこととなる。現在、長者館にある観音院は、延宝三年(一六七五)に紫雲寺郷塩津新田(現・胎内市塩津)に徳翁良高が観音像を運び戻して「観音庵」としたことに由来する(大木金平『郷土史概論』五二七頁)。さらに、冨澤信明氏「良寛が宗龍と相見した観音院の由来の真実」(『おくやまのしょう』第三十三号)によると、元文四年(一七三九)二月十九日、当時、第一世住職だった默子素淵に対して中澤太郎左衛門が境内地八畝歩を「観音境内壱ヶ所此度《このたび》御所望《ごしょもう》ニ付《つき》書面《しょめん》之《の》通《とおり》寄附《きふ》仕《つかまつり》候《そうろう》」(論文中に掲載の寄附状図版による。ルビは引用者)として寄附した。が、翌元文五年(一七四〇)にその「観音庵」は、真野原にある片桐新田飛地(現在の観音院の地。引寺後も「観音庵」だっただろう)に引き移された。その引き移しの理由について、冨澤氏は「恐らく水路の堀川を造るのに、その水路に境内がかかったので、引移されたものと考えられる」とされ、その二十年後の宝暦十年（一七六〇）の「観音院」としての再建については、「修行道場としての観音院は悦巌の志願で、弟子の大賢等が中心となって再建したと考えるのが妥当であろう。悦巌は観音院へは赴いたが、多分住職の実務を勤めることなく、病に臥し観音院の隠寮において示寂したのが真相と思われる」（以上、前出論文）とされる。悦巌素忻の真意は、徳翁良高が観音像を運び戻した地に師・黙子素淵が八畝歩の地所を得た事業、それを完成させることだったのであろう。その熱意を受けて、弟子の大賢等が実際の事業推進作業にあたったのである。なおまた、冨澤氏は「（少林寺二世の）黙子が観音院の住職を兼ね」、住職の実務を執っていたとされる。なお、氏の発見にかかる道主大賢筆の添え状願い書には「観音院」の深い由緒を語る立場から、元文元年（一七三六）時点の検地関係の記述から「観音院」の寺院名で記している。この「観音院」の名称使用は、添え状願い書が「観音院」を正規の寺院として載帳してもらう目的のものという性質が然らしめたと考えられる。一方、中澤太郎左衛門の寄附状写しには「観音境内壱ヶ所」「観音黙子老和尚様」とあり、「院」も「庵」も用いていない。庶民の意識としてはこれが本来の姿だったのではないか。しかし、徳翁良高が西来寺の末寺としたのなら、その時、小さな堂にも名前が必要だったはずで、小さな規模なら「庵」とするのが自然ではないか。したがって、ここでは大木氏の記述に従った。

この悦巌素忻の事業に関しては、宗龍は深くは関わらなかった可能性が高い。それは、宝暦十一年（一七六一）二月十八日付の「天徳寺宗龍和尚禅室」（「寺」は「院」の書き誤り）宛勅宣がある（大島晃『大而宗龍伝』第二版、四五頁に写真掲載）ことから、瑞世関係のもろもろにかかりきって素忻の身近にはいなかった、と想像されるからである。もしかすると、素忻にもまた師・黙子素淵の事績を発展的に完成させたいという熱意があって、師の素淵同様、「所望」して進める部分があったかも知れない。そして、そのやり方は自分には不賛成要素だと宗龍が感じていたのかも知れない。後に我が弟子に対して早く住職を辞めるようにと言い、自分を「常乞食僧」と称した淵源は、ここに発している可能性がある。つまり、寺院の建立や再興は僧自身に具《そな》わる仏法上の努力をもってすべてを行うべきであり、他に「所望」し、富める人の布施によって行うべきことではない、というのが宗龍の考えだったのであろう。積極的に外に出て行って、衆生済度の具体的行為によって民衆への仏教浸透を図る方向が良い、という自身の考えが宗龍の中に出来上がってきていたのではないか、――宝暦十二年（一七六二）三月十三日の素忻示寂後約半年で、早くも第一回目の冬安居をしていることからもそう見えてくる。したがって、瑞世後に病中の素忻に仕える弟子達に合流し、悦巌素忻の示寂後に、恐らくは弟弟子たちに推されて観音院三世になるにはなったが、それは全くの名目のことだったのであろう、翌宝暦十三年（一七六三）以後は、年に三、四回ずつとなる安居や授戒会を続けるのである。

冨澤氏発見の道主大賢添え状願い書（安永五年〈一七七六〉丙申五月付。この頃、大賢は宗龍を師としていたらしい）は、観音院載帳の願い出に際し、観音院四世となった大賢が、水原代官所の代官・小笠原友右衛門に、「載帳然るべし」との添え状を依頼した書簡文である。その文中に「素忻は再建後の観音院に住まずに示寂したので、弟子の私が観音院の住職をし、師の志達成のために丹精してきた」という内容があるのも、宗龍が再建に深くは関わらなかった証拠だろう。また、明和五年（一七六八）起草の秩父・廣見寺の大般若石経書写事業の願文に『越後紫雲寺観音庵主宗龍』と署名した（宮榮二「良寛相見の師大而宗竜禅師について」『越佐研究』第三十八集、九頁）のにも、観音院再建に対する宗龍の批判的心理が表れ出ていよう（宗龍の「観音庵主」自称についての私見や、宗龍独自の信念に基づく進み方が良寛に与えた影響については、「大而宗龍への請見で得たもの」の項に記す。なお、大島前掲書八五頁によれば、秩父・廣見寺で大般若経石書窟の事業を成就した明和七年〈一七七〇〉には、九年間住職を務めた観音院を弟弟子の道主大賢に譲って横越・宗賢寺十世となり、その翌年に宗賢寺を退隠した後は、折々「宗賢寺隠居」「観音院隠居」を名乗っていた）。

道主大賢添え状願い書と同じ年の安永五年（一七七六）、宗龍は無住年数の長かった飛騨高山・大隆寺を転派し、堂宇を建立して新しい大隆寺となし、翌年、その二世となった（素玄寺宛「一札之事」〈大島前出書二六六頁〉によると四月二日付で願い出た）。予定としては、その年七月に般若台の落慶法要を済ませ、八月には新堂造営中の大隆寺の二世を辞して越後に移る旨を弟子の慧林宛書翰に記していた。しかし、その宗龍の予定に対して飛騨役寮の素玄寺から、大隆寺二世としての在任が半年も経たないのに退寺するのは、公に対しても宗門上部組織に対しても良くないから、先ずは監寺を置いて、自身は二世に止まるようにと言われ、宗龍もそれに従って安永八年（一七七九）まで名目上は住職となっていた。この間、安永六年（一七七七）八、九月には、埼玉県下の二ヶ寺で授戒会を行い、十月には大隆寺二世のまま越後に帰っていて、十三日に横越の宗賢寺で授戒会と冬安居、年を越した安永七年（一七七八）三月には新潟市南区茨曽根・永安寺で授戒会、四月には観音院で授戒会、さらに続けて夏安居も行っている。その後の七月には東松山市下野本の無量壽寺、杉並区下高井戸の龍泉寺、十月には越後に戻って長岡市六日町の龍昌寺で授戒会と飛び回り、大法弘通と衆生済度の大願実現のために盛んに活動を続けていった（大島晃前出書四六一、四六二頁）。

　その宗龍の動きに照合すると、安永六年（一七七七。榮藏二十歳）冬頃と推定した破了の光照寺晋山時期は、宗龍が大隆寺二世のままで越後に戻ってきてから二ヶ月ほど経った頃に当たる。この頃、宗龍は飛騨での活動に重きを置き、その後の居所などは確定せずにいて、そのために、以前からの続きで越後での拠点は観音院だったのだろう。観音院三世だった宗龍の後住、四世の道主大賢と五世の大船頓乗はともに宗龍の弟子、六世の開田大義は弟子の一人（町田廣文「宗龍禅師ものがたり　宗龍禅師の法嗣者《ほっす》（法を嗣いだ僧侶）」〈『廣見寺寺報』第五四号〉に「宗報平成二十三年十一月号　八六頁（17）『一札』の中に開田大義が宗龍禅師に嗣法した事が書かれていた」とある）だから、宗龍が帰った時の居所は観音院内に用意していただろうし、当然、その場所は宗龍の活動を助ける弟子も共に生活できるような独立した環境だったと考える方がふさわしい。したがって、おそらく萬秀、破了、橘屋はそうした情報も得、観音院に宗龍が滞在することを確認した後に、出雲崎生まれの榮藏を生家近くの光照寺で修行させるのは良くないから、世に聞こえた貴僧の許で手ほどきをしていただけないだろうか、と中澤家を頼って願い出たのだろう。

　観音院内にあって「弟子も共に生活できる独立した環境」とはどこであろうか。そもそも宗龍が観音院を越後における居住の地としていたのは、そこが師の素忻に随従して金沢の天徳院からやって来た所だったからであり、やって来て師も自分も共に住んだ観音庵の建物がそのまま残っていたためでもあったろう。そう考えるのは、元文五年(一七四〇)に關川助市が片桐新田(現在の地名では長者館)に観音庵を引寺して再建した、その既存の観音庵に誰かが住んでいて観音院新堂宇の建築を進めたと考えるのが自然で、そうすると、諸堂落成後も観音庵は残っていたはずだからである(宝暦十年〈一七六〇〉の観音院新堂宇建築時点で観音庵も改築されて隠寮となった、との説もある)。

この頃の宗龍が自分の住む所についてどう考え、どう動いたのかを探ると、安永五年(一七七六)十一月十八日付大化主観音院慧林長老宛書簡(大島前出書二七二頁)には、来春に予定の自分の大隆寺入院は式ばかりとし、夏の半ばには般若臺を完成して七月廿三日に入佛ワタマシを済ませ、八月には大隆寺住職を隠居して越後に行きたいとあり、天明五年(一七八五)十月八日付大隆寺現方丈和尚宛書簡には、大了庵か唵摩訶山《おんまかさん》に住んで死ねれば本望だが、そこには縁がない、ともある(同書二八三頁)。この八年を隔てた二通の書簡の内容を連結してその期間の初め頃の宗龍の住まいに関する思いを推測すると、次のようになる。——自分が飛騨で行ってきた二つの事業は、自分の最後の仕事だから愛着も深く、そこに住んでいたいとも思う。しかし、事業を誇っているとも見える生き方は自分のもっとも嫌うところだから、別の場所にすみかを求めたい。観音院にいつまでも身を寄せてはいられないのだから、その近くにでも適当な所はないものだろうか?——と。そして、実際には安永八年(一七七九。榮藏二十二歳)七月二十三日に大隆寺の入仏供養、十月二日に自分の後に大隆寺に入る竺翁慧林の晋山式と済ませ、それを区切りに宗龍は越後に帰った(同書一三二頁)。安永五年(一七七六)十一月十八日付大化主観音院慧林長老宛書簡中の思いは三年遅れで実現したのである。

越後に戻った当座、宗龍の住んだのが観音院だったか、二ツ山新田の宗龍寺の地だったかを直接的に示している資料は今のところ管見に入っていない。ただ一つその関連で分かることは、この後に引用する「浄業餘事」所収の藏雲宛貞心尼書簡中、良寛が一回目の請見に出向いた先の観音院に宗龍はおらず、「別所」にいるとされている点である。

これによると、良寛が國仙に従って圓通寺に向かう安永五年の夏頃までの宗龍の居所は観音院だったのであり、八年後の天明四年(一七八四)までの何処かの時点で二ツ山新田の宗龍寺の地に住んだことになる。その期間の中でも、特に安永八年十月には越後に住むつもりで戻ったのだから、その年にこそ二ツ山新田の宗龍寺の地(現・新潟県北蒲原郡聖籠町大字蓮潟二八四五番地。宗龍寺は宗龍の故地であるゆえをもって観音院十一世真翁道光が建てた寺で、現在は廃寺)に住んだと見るのが一番自然なのではなかろうか(後に述べる観音院隠寮の観音庵を移築する工事のため、実際の二ツ山新田定住は数ヶ月後だっただろう。十月二十五日付新保家宛國仙書簡によると、宗龍の二ツ山新田定住が一番自然だと考えられる十月の下旬に、榮藏は國仙に随従して圓通寺に向かう途上にあって大阪辺りを旅していた)。

ここで今、「請見」の語を用いたことに関して私見を述べておきたい。良寛研究の論文や書籍には「相見」の語が用いられ、貞心尼も「相見」としているが、この語は本来、対等の者が互いに相会うことである。修行を始めて数年の良寛が四十一歳も年長で嗣法、瑞世を済ませ、廣見寺に石経蔵を造立し、大隆寺の転派再建等も果たした宗龍に面会を求めたことを言う場合に、良寛が晩年になって思い出として貞心尼に語ったこととはいえ、かつての自分を宗龍と対等としては話さなかったのではないか。良寛が「請見《しょうけん》」(面会を乞う)と言ったのを、宗龍の立派さはあまり知らず、良寛の立派さのみ知っていた貞心尼が、二人を対等として「相見《しょうけん》」としてしまったと思われる。よって、この一連の小文では、その理解に立って「請見」の語を用いることにする。

さて、安永六年(一七七七)冬と推測した破了の光照寺晋山によって生じてきたであろう榮藏の指導についての問題は、指導を宗龍が引き受けることで決着し、遅くも翌安永七年(一七七八)春までに、当時、まだ観音院内の隠寮「観音庵」にいた宗龍の許に榮藏は移っていったと考えられる。その証拠は貞心尼の藏雲宛書簡の中にある。その箇所は一回目の請見について記したもので、

宗龍禅師の事　実に知識に相違ひなきことハ良寛禪師の御はなしに承はり候　師其かみ行脚の時分　宗龍禪師の道徳高く聞えければ　どふぞ一度相見いたし度思ひ　其寺に一度くわたいたしをり候へど　禪師今ハ隠居し給ひて　別所にゐまして　やういに人にま見え給はず　みだりに行事かなはねバ　其侍僧に付て[注1]　とりつぎをたのみ給ひど《ママ》　はかぐ〴〵しくとりつぎくれず（中略。この省略部分には「ある夜　しん更ニしのび出　隠りやうのうらの方へまはり」、松の枝に取り付いて塀を乗り越え、手水鉢の蓋の上に書き物を置き、上に石を載せて戻ってきていると、宗龍の侍僧が良寛を探しに来たことが書かれている。中略部分は「大而宗龍への請見で得たもの」の項での引用を参照）われハうれしく　早速参り相見いたしけるに　今よりハ案内ニおよばず　いつにてもかつてしだへ《ママ》に来るべし　と有ければ　それより度ゝ参り　法話いたせしとの物語　其時の問答の事　とひきかざりし事の今更残念至極にぞんじまゐらせ候[注2]（以下略。「浄業餘事」所収の藏雲宛貞心尼書簡の一部。各句末の余白、濁点、傍線、傍記は引用者。注1…「侍僧」とは後に観音院六世となる宗龍の弟子・開田大義のことで、安永七年〈一七七八〉に観音院で行われた夏安居の時に開田大義は「侍僧」だった。夏安居以前に光照寺から観音院の宗龍の許に来ていた無口で緩慢な動きの榮藏を大義は覚えていて、あの者なら六km余も離れて住む宗龍に取り次ぐ必要はないと判断したのだろう。注2…「まゐらせ候」の原文は書簡用省略字体）

とあり、その文章の終わり近くに宗龍が「今よりハ案内ニおよばず　いつにてもかつてしだへ《ママ》に来るべし」と良寛に伝えたとある。宗龍が初めて会った良寛に対して「つまらぬ僧」との印象を持てば、そんな言葉は話さないし、以後は会わない。また、宗龍が会った良寛に好感を持った場合、その時に「今よりハ…」の言葉をかけず、二回目以降になってから言ったとしたら、良寛は「前回まで俺はどう見られていたのか?」と疑うだろう。宗龍の側から見れば、良寛に伝えていた自分の好感まで帳消しにされるばかりか、逆に、人間の見えない僧だと失望されてしまう言葉となる。だから、宗龍が二回目以降に発した言葉であるはずがない。つまり、この「今よりハ…」の言葉を宗龍が発したということは、これが良寛の初回の請見だったことを表している。

その点を確認した上で、最初の傍線部分中の語「くわた」に注目したい。この語は禅門で言うところの「掛塔《くわた》」で、新たに寺に入った僧侶が、衣鉢・錫杖《しやくじよう》などを僧堂の壁の鉤に掛け置くこと、つまり、そこで新たに修行することを意味している。もし、この一回目の請見以前に、宗龍のいる所へ良寛が圓通寺から出向いて修行したのなら、それが一回目の請見となって、松の枝に取り付いて「隠りやう」の庭に入って果たした請見が一回目とした前提と矛盾する。したがって、「一度くわた」したのは、この初回の請見以前のことでなければならない。

次に、「其寺に一度くわたいたしをり候へど」という挿入部分全体に注目したい。この一節は、一回目の請見時の記述「どうぞ一度相見いたし度思ひ」に続いていて、しかも、同様に現在形で書かれているから、そのまま一回目の請見時の続きの記述と誤解されがちになる。そのうえ、この部分の後は再び一回目の請見時の記述に戻って「禅師今ハ隠居し給ひて」となっているから、「其寺に一度くわたいたしをり候へど」が一回目の請見時点以前のことについての記述だということが認識されにくい。しかも、この「一度くわたいたしをり」の「一度」は、「そのこと(具体的には一回目の請見)以前のことで、ある期間をさかのぼった時よりもさらに昔において一度」、つまり、「かつて一度」の意味である。だから、それを伝存する良寛の行いの中から拾い出すとすれば、それは、出家前に参禅したと良寛自身が言っている(大関文仲「良寛禅師伝」)、そのこと以外にはないことになる。そしてさらに、「くわた」が一回目の請見に接続してゆく連続的行いではないというばかりでなく、良寛が晩年になってはるか昔のこととして見た場合、「くわた」が一回目の請見から何年という間隔を表していると考えるのが、「其寺に一度くわたいたしをり候へど」についての正しい理解であろう。

「をり候へ(丁寧語)ど(逆接)」の用法にも留意が必要である。候文の書簡などでは「小生、病弱をかこちをり候へど、今は健康にて家業に多忙を極めをり候」などと、話題の時点より前のことを言う場合に多用される。「かこちをり候ひけれど（または「つれど」）」と、過去や完了の語を入れれば入れられるのだが、入れない用法がむしろ一般的である。そこで、ある時点よりも以前のことを示す「をり候へ（丁寧語）ど（逆接）」の特性を踏まえて過去形で当該部分を現代語訳すれば「その寺（観音院）に〈かつて私（良寛をさす）は〉一度塔掛《くわた》致しておりましたけれど」となって、一度目の請見以前の過去、すなわち、榮藏時代に、観音院に入って座禅修行したことがあった、ということになる。

　この貞心尼の書簡文に出てくる場所に関しては、詳しくは次の「大而宗龍への請見で得たもの」の項目で述べるが、良寛が「一度相見いたし度思」って最初に行ったところと「一度くわたいたしを」ったところは現在の観音院の地に「観音庵」として存在してきた建物だが、良寛が夜中に出かけていった「別所」あるいは「隠りやう」とあるところは、それとは別の、後の宗龍寺の場所である。このことと、右の「一度くわたいたしをり候へど」の検討から、一回目の請見は、「隠りやう」が宗龍寺の場所に移った後、すなわち、安永八年（一七七九）冬以降のこととなり、そこから、逆に安永七年（一七七八）春から安永八年（一七七九）春までの座禅修行の場所は観音院の地だったことになる。

　宗龍の許で榮藏が座禅修行したのなら、宗龍は戒名を与えようとしただろう。そんな時、衆生済度を大願とした宗龍から見ると、榮藏のゆったりした有りようは、榮藏自身に対してもこの世の有りように対しても、一見、物事の見方が安易にすぎると見られなかっただろうか。もし、そんな見方が宗龍の心にあったとすれば、もっと「本質をよく観る」ことを修行の根幹に据うべし、と発信していて当然だろう。だから、父・以南の三月二十日付新左衛門宛書簡中に「一、良観房観山房へも可然《しかるべく》御通話《ごつうわ》可被下候《くださるべくそうろう》」（ルビは引用者）とある、その戒名「良観」は、この時期、得度する前段階の仮のものとして宗龍が与えた可能性が高い。

　ところで、田中圭一氏『良寛　その出家の実相』（三一書房）一五三〜一五四頁によると、旧・紫雲寺町の観音院を中心にした宗龍の行脚、教化の範囲は、それぞれ旧称の横越町、安田町、聖籠町など、新発田藩域一帯に及び、その中の龍泉寺（聖籠町）は宗龍の力添えでできたと今に公称しているという。氏はさらに、同様に「龍」の付く寺で、新発田藩大庄屋桂家の第四代・誉章(「おのぶ」の夫で、離婚して桂家四代目となってからの名)が実質的には建立した龍雲寺(新潟市北区葛塚)も、そうした寺の一つと論じておられる。この説を踏まえると、宗龍と誉章とは親密な関係にあったと想像されるから、宗龍が、例えば安永七年(一七七八)七月、武州の無量壽寺(東松山市下野本)、龍泉寺(杉並区下高井戸)の戒会に出向いた時、その長期の留守の間、読書好きの榮藏を桂家で面倒を見てくれるよう依頼した可能性もある。田中氏同書の一六〇頁に斎藤久夫氏の話として、

新津の町には不思議と良寛の具体的な話がのこっている。それは良寛が少年のとき新津町本町二丁目にある横山家に居た、という話である。横山家からは桂家に先代の嫁がとついでいる。あるいは新津を訪ねたときしばらく桂家のはからいで横山家の世話になったのかもしれない。桂家は本町三丁目にあるから桂家と横山家はつい目と鼻の先である。

とあるのは、そうした時のことを言うのであろう。師の宗龍から見れば、一風変わった、指導成果の上がりにくい弟子だっただろうが、禅門に入る覚悟で自ら頭を丸めた榮藏の気持ちからすれば、この時期からが本格的な座禅修行であって、「我《われは》即《すなわち》参禅《さんぜん》而《して》後《のち》為僧《そうとなる》」(大関文仲「良寛禅師伝」、ルビは引用者)と後の良寛が言った「参禅」は、この宗龍の許での二十一歳春(安永七年〈一七七八〉)からその翌年に國仙に随行するまでの一年数ヶ月のことなのであろう。

その頃の榮藏(良観)は、宗龍のずんずん進むところについて行けない、と感じだしていたはずだし、宗龍の方も、打てば響くのとはまるで質の異なる「良観」の人間性に、指導の手詰まりを感じだしたことだろう。しかし、「良観」の鈍さが嘆かわしかったとしても、宗龍は自分が光照寺新住職より年長であり、観音院のそもそもにつながる中澤家に頼まれたからには、投げ出すことはできない。――そんな状況にあったとき、安永七年(一七七八。榮藏二十一歳)後半

か安永八年（一七七九）早々か、光照寺の破了（または國仙）から國仙来越の知らせが宗龍のところに届いたのに違いない。そして、それを知った宗龍は、「良観」に自分と周囲を見つめ直させ、また、行動する禅者としての一歩を踏み出させるために「我々に因縁の深い國仙が光照寺に来錫《らいしやく》するから修行してくるように」と命ずることになったのに違いない。そして、おそらく宗龍から、自分と國仙と観音院と、それぞれの大もとへさかのぼってゆくと、ともに徳翁良高に行きつくという「縁」の存在が話されただろう。さらに、我が師・素忻の天徳院時代には弟子の自分たちの中に新たに國仙も加わってき、後に師と観音院に移って来てからも國仙は何度か観音院に来ていて、自分もよく知っている、とも話されただろう。國仙の人となりについても語られたかも知れない。ともかく、師匠と弟子、それぞれにそんな状況を背後に秘めて「良観」の光照寺授戒会江湖会参加があったのであろう。なお、前にも記したが、安永八年（一七七九）の宗龍は、四月八日に越後の旧・小出町干溝の寶泉寺で授戒会、五月十三日には信濃の旧・戸隠村栃原の大昌寺で授戒会と夏安居を行ったが、後、七月二十三日に大隆寺入仏供養、十月二日に笠翁慧林の大隆寺晋山式を済ませてからは、越後に戻って二ッ山新田の宗龍寺の地に住んだ（大島晃『大而宗龍伝』第二版、考古堂書店、一三二頁）。

〈大忍國仙の門下へ〉

國仙の来越と「良観」の得度については、

① 榮藏が二十二歳で出家したのなら→それは安永八年（一七七九）。

② 國仙が光照寺に来錫したという伝承がある→それならそれは安永八年（一七七九）。

③ 長楽寺檀徒新保条次郎氏宛に三通の書簡（五月二十一日付「大心僧」の書簡、同二十三日付長楽寺住職の書簡、十月二十五日付で大阪からの國仙書簡）がある→内容からみて安永八年（一七七九）の来錫に関連したもの。

と思考を積み重ねて「安永八年(一七七九)、榮藏は二十二歳の時に光照寺に来錫《らいしゃく》した國仙に就《つ》いて、夏、得度し、國仙に随従して、冬、圓通寺に入った。」と落ちついてゆく。この一連の推量に確実性を与えているのは、矢吹活禅氏が明らかにされた③の三通の書簡であって、氏は、

その一通は「五月二十一日」附で「大心僧」からのものである。之によると授戒会が行われ戒弟が二百二十八人あつたと報告せられて居る。／大心僧とは恐らく国仙禅師門下の大心で随行して越後に行つたものと思われる。他の一通には発信者の名前はないがその文意からして長楽寺の住職であることは疑いのないもので、この書簡は「五月二十三日」附で

「入寺受戒《にゅうじじゅかい》、五則《ごそく》等《とう》首座《しゅそ》能《よ》く相仕舞《あいしまい》 大 悦《おおいによろこび》 仕 候《つかまつりそうろう》。受戒も戒弟《かいてい》無之処《これなきところ》と承り候得共《そうらえども》相応《そうおう》に有之《これあり》都合《つごう》二百二十人殊に天気宜敷《よろしく》七日中至つて無難、寺中和合 致《いたし》首尾《しゅび》 候 間《そうろうあいだ》、是又《これまた》御安意被成度候《なされたくそうろう》」

とあつて前者と戒弟数も合致し日附も大体一二日の差違しかないので、之は同一寺院の授戒会であつたことが知られる。而して入寺五則とあるから江湖会が行われたことも判る。之は宗門としては能く兼修せられることである。筆者の如きは晋山式まで兼ねて行つたほどである。又この書簡には「入寺前より宗白長 老《ちょうろうの》病気今以《いまもつ》て快気の程も見不申《みえもうさず》」云々と書かれ、この宗白長老とは江湖会の首座で文面から察すると長楽寺の弟子であるように思われる。それで細かい報告もし留守中の火の用心から収納米のことまで触れて居るのであろう。

(略)又手紙に国仙禅師から新保氏に宛てられた書簡が一通ある。「十月二十五日」附で大阪から送られて居る。この書簡には「夏以来万般御世話忝なく」「拙僧も道中無難に是迄罷越候《ここまでまかりこしそうろう》」云々とあり、此の書簡にも干支さえないが前記の両書簡と同年のものと考えられると燕氏[注1]は云つて居られる。(略)而して他の寺々の同様の法要に

も臨まれ恐らく信州・江戸と法縁の地を巡錫して十月末大阪に罷起《ママ》と云うことになったもので、此間勿論良寛禅師も随行して居られる筈である。（「良寛禪師小伝私考(二)、(三)」『互尊』第二十九、三〇号。／は掲載号の境界を示す。傍記とルビは引用者。注1…「燕氏」はこれらの書簡を見出した燕佐久太氏。小千谷市にある長楽寺の住職が長楽寺檀頭の新保家に書簡を送るのは不自然ともみられようが、住職の榮秀が光照寺にいて、そこを離れられぬ立場だったなら、あり得べきことである）。

と記しておられる。この内容と、國仙門下で玄乗破了のすぐ下の弟子・蘭香榮秀（破了と同様に越後出身）が現・小千谷市千谷の長楽寺十一世になっていることを結びつけると、この榮秀も長楽寺が最初の住職で、この相前後して住職になった二人が相談して、ともに晋山式を行うために師・國仙の越後巡錫を願い出たのではないか、と考えられる。授戒会、江湖会の行われたのが光照寺だったのは、破了が兄弟子であり瑞世も済ませていたからで、役僧も受戒者二百二十八人も、出雲崎周辺地域のみならず北魚沼一帯から光照寺に集まったのに違いない。この安永八年（一七七九）に光照寺で執り行われた授戒会、江湖会に、宗龍の許で修行を始めて年月の浅い「良観」の榮藏は参加したのである。

　蛇足ながら、良寛七十五歳示寂説は、どこでどんな不都合をきたすのか。良寛は二十二歳で國仙に随行したのだから、七十五歳示寂説だと安永七年（一七七八）に國仙に随行したことになる。ところが、吉川彰準氏は「良寛伝記の諸問題」（『良寛雑話集』下、新月社、一三六～一四六頁）で、「私は円通寺の古文書、国仙和尚の文書を調査したところ、安永七年には殆んど円通寺に常住していたと思われる。七月十五日附で京都奉行所へ、八月附で越後国雲洞庵宛に円通寺から書翰を送られた記録がある。」（「八月附」書簡の文面は吉川彰準「良寛の享年説考」『良寛だより』三十一号に翻字したものが出ている）と記しておられる。このうち、「七月十五日附」の方は未調査ながら、「八月附」の方は、圓通寺の末寺の祇園庵の六世・玉翁等田宛の書簡が祇園寺に伝存しており、そこに「貴寺遠末之儀《きじえんまつのぎ》ニ有之候得者《これありそうらえば》、結制又ハ《けつせいまた》入院披露等之節《にゅういんひろうとうのせつ》、録所《ろくしょ》江　本寺添書之儀《ほんじそえがきのぎ》、隣寺観泉院《となりでらかんせんいん》江相頼可被申上候《あいたのみもうしあげらるべくそうろう》。尤右之趣《もっともみぎのおもむきは》　雲洞庵幷《ならびニ》　観泉院江も頼遣置候間《たのみつかわしおきそうろうあいだ》、左様《さよう》可被相心得候《あいこころえらるべくそうろう》。（以下略）」（加藤僖一「十日町市祇園寺蔵　国仙と良寛の墨蹟」『良寛だより』一〇九号中の写真による）とある。また、このことについての観泉院宛書簡の下書きも併せ伝わっていて、この時期に、祇園寺に関して雲洞庵に書簡を送る必要のあったことが証明される。もし、この年に越後巡錫があったのなら、巡錫中に処理可能で書簡を認める必要はない。したがって、書簡があるということは安永七年（一七七八）に、國仙の越後巡錫はなかったことを示し、同時に、良寛の七十五歳示寂説も否定されることになる。

さて、光照寺で國仙の風貌に接した榮藏（当時の戒名は「良観」か）の様子を最初に記したのは、良寛示寂後わずか七ヶ月の「仲秋」に「良寛禅師碑銘並序」をまとめた證聴であった。その「序」には、

（略）安永八己亥　歳廿二　時會《ときにたまたま》承備之圓通國仙忍老行化《びのえんつうこくせんにんろうのぎょうげをうけ》　將謂《まさにおもえらく》　曇花易逢《どんげはあいやすく》　知識難遇《ちしきはあいがたし》　時《とき》　不可失《しっすべからず》　俄《にわかに》往詣欲遂宿願《おうけいしてしゆくがんをとげんとほっす》　仙《せん》　一見《いっけんして》　器重《うつわおもしとして》　為薙染立名《ためにちせんしてなをたつ》　號曰大愚《ごうはだいぐという》（以下略。宮榮二「新発見の『良寛禅師碑銘並序』」『越佐研究』第三十八集六頁の写真による。余白とルビは引用者）

とある。その記すところによれば、榮藏は國仙の「行化」を受けて初めて心に「將謂《まさにおもえらく》」以下のことが湧いてきた、つまり、この人の許で修行したい、と思ったのである。國仙のどこに榮藏の感覚が共鳴したのか、それは記されていないが、強く惹《ひ》かれるところがあって「俄《にわかに》」「遂宿願《しゆくがんをとげん》」と大衆の末座から國仙の前に進み出た。この何かに反応して行動を起こすという身の処し方は、一種の受け身から始まる対応であって、その段階にいるときの瞬時の判断を頼りとして、それを乗り超えた新しい段階へ進んでゆくという、良寛の反応の仕方、生き方というものを示している。この文章のその後は、國仙が榮藏の人物を見て取り、「大愚」という道号を授けた、と続く。ここで「大愚」の道号が与えられたのは、既に「良観」という戒名があると知ったからなのだろう。

國仙が「器重《うつわおもし》」と判断する前、何故《なぜ》得度して禅僧になりたいのかを尋ねたに違いない。その時、榮藏が答えたことは、やはり、「人の生けるや直し」以外には無かろう。それを聞いた國仙は、この乱れた世の中にそんな思いで生きてきた若者がいることを、貴重な存在だと思ったことだろう。そういう人をこそ、仏法は先ず掬《すく》い取らねばならない、とも思ったことだろう。あるいは、榮藏の言葉が表している広がりと、國仙自身が目指しているところの人間の理想的有りようが、広い部分で重なると直感したかも知れない。ともかく、僧となって俗界の人々を救いたいとか、僧となって人々を導きたいなどという、一種の思い上がりの無いのに好感を持ったのではないか。あるいは、ひたすら畑を耕す弟子・仙桂を思い出したかも知れない。それはともかく、國仙が仙桂以来の偉物と直覚したのは間違いないことだろう。

こうして榮藏の「良観」は宗龍の了承と両親の許しを乞った上で國仙一行に加わったのだが、その玉島への途上に、

　近江路《あふみぢ》をすぎて
古里《ふるさと》へ　行《ゆ》く人《ひと》あらば　言《こと》づてむ　今日《けふ》近江路《あふみぢ》を　我越《われこ》えにきと（一六）

の作がある。この作は、平兼盛が白河の関を越えたときに詠んだ和歌「たよりあらば　いかで都に　つげやらむ　けふ白河の　関はこえぬと」の構成法をそのまま用いた点からみると、それまでに有名な和歌を身に付け、それに倣って詠んできていた習作が、ほかにもあったことを暗示している。したがって、この時も、特段の気負いもなく、いつもどおりの仕方で着想をそのまま詠んで、これでこれからの修行にかけている自分の意気込みを盛り得た、と満足していたことだろう。当時、ほとんどまだ榮藏のままだったはずだから。もちろん、後には歌集「ふるさと」の冒頭に用いる、などと考えずに。

この平兼盛の古歌を下敷きにしたということは、詞書《ことばがき》の「近江路《あふみぢ》をすぎて」が逢坂の関跡を通過したことを意味している。その時の榮藏の「良観」は、高橋庄次氏『良寛伝記考説』(春秋社)八一四〜八五頁に記されたこの和歌の特徴、①「近江」には「逢う身」の言いかけがあること、②故郷の道につながる域から外へ出たことの表明によって、本格的修行への期待と覚悟を表現した。その点を表現手法に探れば、「今日」と限定して言うことによってきっぱりと圓通寺での修行だけに心を向けた様を表現し、「越えにき」の目的語「近江路」を主語「我」の前面に押し出す仕方でもそれを後押しして示している。また、「越えぬ〈越えた〉」ではなく「越えにき〈越えてしまった〉」としているのも、踏ん切りを付けた心の姿を表わしている。この和歌におけるこうした確かな手法は、この作が國仙に付き従って圓通寺へ向かっていた未熟な時代の作だろうか、という疑問をさえ導いてくる。あるいは歌集「ふるさと」を編んだ頃の良寛が、自分の修行を支える詠歌の出発点としての意味を大切にする立場から、旧作に推敲を加えた歌の姿なのかも知れない。

こうして榮藏の「良観」を加えた國仙一行は、その年十月下旬、大阪あたりを西に進み、やがて圓通寺に到着したのである。

人は旅をすると、普段は出ない内面が浮き出るものだという。國仙も越後からの帰路、「良観」を引き連れて旅の日を重ね、なるほど、この弟子は他とは違うところがある、とますます強く感じていったのではなかろうか。そして、「良観」の戒名と人間としての姿にズレを感じだし、発音は同じ「りょうくゎん」でも、その躰《たい》を表す「良寛」に替えることになったのだろう。最初に会ったときに聞き取った出家の基盤としての生き方、「人の生けるや直し」を、「良」の文字が持つ「良い」「安らか」「素直」の意味に重ね、それを実行し続ければ「寛」、すなわち、「閑々地」に至り着ける、そこを目指せ、と國仙は新しい戒名で指し示したのだろう。

Ⅲ　禅僧 良寛の誕生

一　大而宗龍への請見で得たもの

宗龍禪師の事　実に知識に相違ひなきことハ良寛禪師の御はなしに承はり候　師其かみ行脚の時分　宗龍禪師の道徳高く聞えけれバ　どふぞ一度相見いたし度思ひ　其寺に一度くわたいたしをり候へど　禪師今ハ隠居し給ひて　別所にゐまして　やういに人にま見え給はず　みだりに行事かなはねバ　其侍僧に付て　とりつぎをたのみ給ひ《ママ》ど　はかぐ〵しくとりつぎくれず　いたづらに日を過し　かくてハせつかく来りしかひもなし　しゆ《ママ》せん人傳にてはらちあかず　直にねがひ参らせむと　其おもむきを書したゝめ　ある夜　しん更ニしのび出　隠りやうのうらの方へまわり見るに　高塀にてこゆべくも見えず　こハいかゞせむと見めぐり給ふに　庭の松がえ　へいのこなたへさし出たる有　是さいはいとそれにとり付　やう〵と塀をこえ庭の内に入たれど　雨戸かたくとざして　いる事ならず　是まで来りて　むなしくかへらむもざんねんなり　いかがせんと　しばし立やすらひこゝかしこ見わたし給ふに　あま戸のそとに手水ばちの有けれバ　是こそよき所なれ　夜明ハかならず手水し給はん　其時御めニあたるやうにと　手水ばちのふたのうへに　かの書物をのせおき　塀のもとまで行給ひしがふと心付　もし風の吹きなバ立うせんもしれずと　又立もどり　石をひろひて其うへニのせおき　からうじてや

う〳〵立かへり　とかうする程に　はや朝の行事はじまり　普門品中半よむ比　隠りやうのらうかの方より　ち
やち《ママ》んてらして　きやくでんの方へ来る僧有　人〻いぶかり　何事の有て今時分来るならんと見ゐたるに　良寛
と申僧有よし　只今来るべしと　御つかへに　参りたりといふに　皆おどろきあやしみけれど　われハうれしく
　早速参り相見いたしけるに　今よりハ案内ニおよばず　いつにてもかつてしだへ《ママ》に来るべし　と有ければ　そ
れより度〻参り　法話いたせしとの物語　其時の問答の事　とひきかざりし事の今更残念至極にぞんじまゐらせ
候　されど　実に有がたき知識なれバこそ　其心ざしをあはれみ　一刻もさしおかず夜の明るもまたで　むかひ
をつかハされし御しんせつ　道愛のふかき事　きくだになみだこぼれ侍りぬ（以下略。「浄業餘事」所収の藏雲宛貞心
尼書簡の一部。各句末の余白、濁点および傍記は引用者。「まゐらせ候」の原文は書簡用省略字体）

ここに掲げた箇所のうちの「其寺に一度くわたいたしをり候へど」は、榮藏時代の良寛が宗龍のいた観音院で座禅修行をしていた、ということを証するものであり、この文章が一回目の請見のことを記したものだという見解については、國仙について出家得度する前のことを記した箇所の小項目〈座禅修行へ〉で既に述べた。それにもかかわらず、再びここで取り上げるのは、良寛自身が自分と宗龍との関係を貞心尼に語り、貞心尼がそれをかなり正確に記録していたという見方に立つと、その結果として、良寛が自分の生き方を決めてゆく際の一つの大枠としての存在が、実は大而宗龍だったと分かるからである。そのことを明らかにするために、まず、良寛がかつて宗龍の膝下にいたのに一回目の請見に関してことさらに「宗龍禅師の道徳高く聞えければバ」と言った背景と、なぜ良寛が宗龍に請見したいと考えたのか、という点から記すことにしたい。

一般に、誰かから誰かを紹介されても、これで分かったというまでには決してならない。玄乗破了が榮藏に宗龍の立派さを説明した際にもそれと同じことがあったはずで、榮藏本人には宗龍の偉大さの輪郭だけが認識されたに過ぎ

なかっただろう。宗龍が成し遂げた一事で、仏法の持つ意味深さが世間の人々にどれほど広く、また深く浸透したかとか、その営みの起こした仏法の波動がどれほど長い間続くものなのかということについて、ほとんど理解の無いままだったに違いない。

その後の宗龍の許《もと》での一年数ヶ月の間に、榮藏の中に宗龍とはそりの合わない感じが生じていったとすれば、宗龍の過去の事蹟や、今、宗龍が出向いて執り行っている授戒会などには見向きもしないことになっていたかも知れない。当然、宗龍の信頼もあまりは得られぬまま、圓通寺に去ったことになろう。

良寛が圓通寺に行って五年目の天明三年(一七八三)、それも早い頃のことだろうが、外護者の中原利左衛門兼暁から圓通寺に石書般若塔を寄進したいとの話が出された。具体的には、高梁川の清流で洗われた小石に、僧尼や信仰心の篤い男女多数が大般若経六百巻を浄書してそれを境内に埋め、上に石塔を建立したいという発願だった。完成した塔は石の台座を三重にしつらえ、正面に「石書般若塔」、周囲に國仙の撰になる願文と偈が刻されていて、笠も含めた全長は一丈余、刻された碑文によると「干時天明四龍次甲辰春王正月穀旦」に完成した。

このことについては、おそらく寄進受贈の決定時点に、この寄進の仏教上の意義が國仙から全修行僧に伝えられただろう。その時、自身の勝樂寺住持最後の年から圓通寺二年目までのこととして、自分と近い法系で自分も知る大而宗龍という禅僧が、秩父・廣見寺の大量英器住職と計り境内の大盤石に三間四方の石窟を一年がかりで彫成して数千個の石経を納め、大願を成就したことにも触れながら、こうした営みが仏法の浸透をもたらす意味の深さに僧侶たる者は思いを致さねばならない、と話されただろう。その天明三年(一七八三)夏、國仙は現・飯田市の耕雲寺に滞在したことが明らかであり、四月二十九日に良寛の母・秀が死去していることもあって、この時、良寛は國仙に随行していたとする説があるが、この時点では、圓通寺での石書般若塔造営工事が國仙の留守中に進行しつつある状態でもあり、俗縁を切って入門して満四年という良寛は、まだ帰郷が許される状況にはなかっただろう。

この年、たとえ石書般若塔受贈の決定時点で良寛ら修行僧にその話があったとしても、良寛はその営みを実地に見聞、または経験していなかったから、まださほど宗龍の営為の偉大さは理解できていなかっただろう。その後に、石書般若塔造営を寺方末端の雲水として実際に身をもって経験し、初めて宗龍の営みに強烈なインパクトを感じたのではないか。禅門にそんな偉大な業績を残している宗龍の許でかつて座禅修行をしながら、何も知らずに過ごしてきた我が身の至らなさを恥じつつ、近々、宗龍に会えるものなら宗龍がその方向に進んだ理由を聞きたい、そして、自分の進むべき方向を考える重要参考事項としたい、そう思ったに違いない。この「石書般若塔」の開眼された天明四年(一七八四)春、良寛は二十七歳、國仙の会下足かけ六年目に入ったところだった。

こうして、圓通寺への「石書般若塔」寄進が直接的契機となって、宗龍の大願、真面目《しん》は衆生済度であること、その行いが並はずれた激しい気迫によって裏打ちされていること、などが良寛に見えてきた。その結果として良寛の心中に湧き上がった宗龍への畏敬の念が、「宗龍禅師の道徳高く聞え」させたのである。同時に、圓通寺への寄進よりも遙かに困難な、石窟を穿《うが》っての大般若石経奉納を成就した宗龍本人の経験、見聞、仏法の見解等を、自己前進の参考として是非知りたいという思いが「どうぞ一度相見いたし度思」わせたのである。しかし、知りたいとは思っても、修行にまだ日の浅い、引っ込み思案の良寛が、そう思っただけで宗龍に簡単に会いに行くものだろうか、という疑問はなお残る。

しかし、既に引用した町田氏「宗龍僧団と全國・國仙僧団の交流」に記されているところの、素忻・宗龍系グループと全國・國仙系グループの間に交流があったという事実は、良寛が本格的な修行を始めた圓通寺という環境の中で「宗龍から直接話を聞きたい」という思いを持った場合に、その良寛の志向が圓通寺全体の動向に合致していて軽い心でその方向に踏み出せたとの判断へ導いてゆく。むしろ、良寛の引っ込み思案の性格からすれば、圓通寺の環境そのものが良寛を後押しして宗龍に会いに行かせたとさえ言い得るのかも知れない。そう考えると右に「なお残る」とした疑問は解消される。

良寛に以上のような経験があり、環境があったとすれば、一回目の請見は、圓通寺に「石書般若塔」が完成し、開眼法会も行われて一切が完了した天明四年（一七八四）二月以降、間もなくに実行されたはずということになる。事実、その年の七月一日、國仙は弟子を連れて信州・松本に来ていた。湯の原で温泉に入っていた國仙に、偶然出会った菅江真澄が『来目路濃橋《くめじのはし》』（「濃」は序文の表記による。表紙には「乃」とある）にその時のことを書きとめているから確かである。特に、真澄の叔父は國仙の法弟で、その叔父から國仙の話を聞き及んでいて「世中に名だたる人にゆくりなう今まみえしもうれしく」と記しているくらいだから、邂逅《かいこう》した僧侶が國仙であることは間違いない（『菅江真澄全集』第一巻、未来社、五六頁）。その國仙に良寛が同行修行していたとして、この出会い前後に松本から越後・紫雲寺に出向いて宗龍への一回目の請見があったとすると、宗龍が「別所」（または「隠りやう」。観音院ではなく、「二ッ山新田の観音院隠寮」の意）で実際に生活していることが必要条件となる。そのことに関連しては「十九歳から二十二歳の得度まで」の項目中に、安永八年（一七七九）冬に越後に帰ってくるまでの宗龍の越後での居所は観音院、それ以後は宗龍寺の地と記してきた。したがって、宗龍寺の地に移って五年後の天明四年（一七八四）には、当然、そのまま宗龍寺の地、すなわち、冒頭掲記の貞心尼書簡に言う「別所」（「観音院ではない所」の意）に住んでいたはずである。

ここで回り道をするが、宗龍が明和五年（一七六八）十月八日の日付で起草した「大般若石経書写　願文並序」に「越後紫雲寺観音庵主宗龍」（傍線は引用者）と署名していることに触れておきたい。

宗龍は素忻に随伴して、観音院再建の直前か再建初期の段階かに旧来の観音庵（元文元年〈一七三六〉の新発田藩検地の後、元文五年〈一七四〇〉に關川助市等が片桐新田に引き移して再建した堂宇〈大木金平『郷土史概論』私家版、五二七頁には、「助市は元来観音の信仰者で衰頽せる観音庵を見之を引受再建した」とある〉。素忻が観音庵に来たはずの宝暦十年〈一七六〇〉には築後二十年だった。素忻はこの堂宇で示寂したのだろう）に入り、さらにその後、三世となって寺の歴史を知る必要が出てきたか、あるいは載帳願い出のためかで寺の文書を見、地元の言い伝えも聞き取って、前身としての観音庵の来歴を知っただろう。その宗龍の知った観音庵の来歴は四世・大賢に引き継がれただろうから、大賢の水原代官所小笠原友右衛門宛添え状願い書の中にもそれは書かれていることになる。そんな考え方で、その大賢願い書の該当部分を冨澤氏翻字によって見てみると、

（前略）元文元辰年《げんぶんがんたつのとし》、溝口出雲守殿御検地《みぞぐちいずもかみどのごけんち》（の折に）、右境内塩津新田村分《みぎけいだいしおずしんでんむらぶん》ニ相成《あいなり》、則《すなわち》、古跡地故《こせきのちゆえ》、御水帳《おんみずちょう》ニ観音院《かんのんいん》境内八畝歩御除地被仰付候《けいだいはつせいぶおんのぞきちおおせつけられそうろう》。其砌《そのみぎり》、塩津新田庄屋《しおずしんでんしょうや》（中澤）太郎左衛門《たろうざえもん》、片桐新田庄屋《かたぎりしんでんしょうや》（闕川）助市《すけいち》（が）相談《あいだんじ》、両村《りょうそん》惣百姓納得之上《すべてのひゃくしょうなっとくのうえ》、右御除地《みぎのおんのぞきち》（を）貰請《もらいうけ》、観音尊像《かんのんそんぞう》（を）片桐新田空畑之内《かたぎりしんでんあきはたのうち》江引移《ひきうつし》、（以下略。冨澤「良寛が宗龍と相見した観音院の由来の真実」『おくやまのしょう』第三十三号、一一二頁。氏の翻字から返り点を省略して読みをルビとし、文意を明らかにするために括弧内に補足の語句を加えた。）

とある。ここに記された内容は、観音庵が塩津新田から片桐新田（現在の長者館）に引き移される際、二ヶ村の庄屋が話し合い、村民すべてが納得、同調して実行されたということである。

一方、宗龍が素忻に随従して観音庵に来たのは宝暦十年（一七六〇）だから右の大賢願い書に書かれている元文元年（一七三六）は二十四年前のことで、関係の家々では親の若い頃または祖父の時代のこととして、まだはっきりした事の経過が伝わっていたに違いない。元文四年（一七三九）に黙子素淵の「御所望ニ付」地所を中澤太郎左衛門が寄附したということも、中澤家から聞いたことだろう。そのうえ、素淵の弟子で自分の師・悦巌素忻が、観音庵を観音院として再建する、その事業の進め方を、宗龍は目の前に見ていた。素忻はもともと病弱だったというし、大賢の願い書によれば、再建した観音院に入らぬうちに示寂したともいうから、再建は全体像を指示するだけだったのだろうが、これ

も冨澤氏の発見にかかる「享和二戌年十月十日」(一八〇二)付の村役人宛「焼失届」に記された観音院の焼失建物を見ると、「庫裏」「客殿」「禅堂衆寮」の他に「開山堂」までも上げてあるのを見ると、素忻の思いは修行する場所があればよいというだけではなく、この寺院をめぐる師・黙子素淵(開山とされている)の事績を大きく残したいという熱い思いがあったことが分かる。その思いはあって当然なのだが、素忻のその思いが強ければ強いほど「所望」も出されてこようと想像される。

もちろん、悦巌素忻に「所望」があったという証拠はない。が、「開山堂」まで造営されるのを見ていると、宗龍には、自然と黙子素淵の「所望」とも結び付いて厭われ、自分こそ村人と親しくつながっている観音庵を引き継いでゆける行き方をする者でありたい、そうでなければならぬ、と考えて当然だろう。その思いが核となって、後の宗龍の行き方、すなわち、自分が動くことによって庶民の心を仏法に結んでゆくという道が形成されたのだろうし、形だけとはいえ、足かけ九年間続けた観音院住職を明和七年(一七七〇)に辞する(大島晃『大而宗龍伝』第二版、八五頁)、その二年前の明和五年(一七六八)に、秩父・廣見寺の大般若石経書写事業の願文を起草したとき、「越後紫雲寺観音庵主宗龍」(傍線は引用者)と署名することになったのだろう。

安永八年(一七七九)冬に越後に戻ったのは、その後の居所を定めるためだったから、弟子達が住職だったとしても、観音院での生活は考えなかっただろう。——観音院の荷物にならずにいるには、以後観音院住職となる者のためにも観音院内の隠寮を他に移築して新たな「観音院隠寮」としておき、そこに隠居として住むのが良い。——そう考えて、昔、自分が師とともに越後に来て観音院再建が始まった時、寺に施入はされたものの離れているために手付かずとなっていた二ッ山新田の地(現・新潟県北蒲原郡聖籠町大字蓮潟二八四五番地。宗龍個人が施入を受けた可能性もあろう)に、昔の観音庵を引き継ぐ意図で観音院から昔の建物「観音庵」を貰《もら》い受けて、居所「観音庵」をスタートさせたのだろう。もちろん、安永八年(一七七九)冬までの間に宗龍が越後の北蒲原に来て泊まるときは、弟子が住職だった観音院だったに違いない。

この二ッ山新田の地を居所とした大而宗龍の示寂は寛政元年(一七八九)、その時点の観音院住職は宗龍が本師の六世・開田大義、それより五世後の十一世・真翁道光が「宗龍が開山」とされる宗龍寺の「中興」の「二世」(新潟県寺院名鑑刊行会編『新潟県寺院名鑑』の記載)となっている。これは、その地が晩年の宗龍の居所であったゆえをもって真翁道光が宗龍を「勧請開山」としてここに一寺を建立したことを意味している(大島晃『大而宗龍伝』第二版、一七〇頁)。

再び冒頭掲出の貞心尼の文章に戻り、前にも触れた「別所」(「隠りやう」)の所在と姿について、観音院の建物と後の二ッ山新田の「観音庵」の建物との関係にいろんなケースを想定し、その「別所」が良寛にどう見えていたのかも加味して再検討しておきたい。まず建物の関係では、安永八年(一七七九)時点で、

① 観音院の隠寮「観音庵」を解体し、二ッ山新田に移築した、その移築後の建物。
② 観音院の隠寮「観音庵」を解体し、二ッ山新田に移築した後、観音院境内に新築した隠寮。
③ 観音院の隠寮「観音庵」を解体し、二ッ山新田に移築した後、観音院境内にあった他の建物の呼称を変更して「隠寮」としたもの。
④ 諸届け上は観音院の隠寮「観音庵」を移築したことにして二ッ山新田には新しい建物を建築し、観音院境内の隠寮「観音庵」は旧のまま(具体的には關川助市建造堂宇と素忻再建堂宇の二つの場合がある)に残した場合の、(A)二ッ山新田の新築建物、または(B)観音院境内に残った隠寮のどちらか。

のいずれかのケースであることが考えられる。

文中の「其寺」と「はかぐ〵しくとりつぎくれず」の場所は、天明四年(一七八四)、良寛が宗龍への請見のために

最初に訪れた場所であって、それが観音院の地であることは間違いない。良寛が掛搭《かた》した時点ではまだ宗龍寺の地には建物がなかったし、良寛が記憶に基づいて訪れたということは、そこがかつて「一度くわたいたし」た所、そこに宗龍がいると考えていたはずの所だからである。もし、観音院内で「くわた」した建物が宝暦十年(一七六〇)改築の隠寮「観音庵」なら築後二十四年、元文五年(一七四〇)に関川助市等が再建した堂宇なら築後四十四年で、ともに良寛にとっては、その内部は拭き掃除で、周辺も作務で、熟知の建物のはずである。

ところが、冒頭の文中の「隠りやう」をめぐる描写は、「うらの方へまはり見るに　高塀にてこゆべくも見えず」と初めて見た様子であり、「こハいかゞせむと見めぐり給ふ」と入る所を探す行為も記されている。また、「いかがせんと　しばし立やすらひ　こゝかしこ見わたし給ふ」と思案し、「庭の松がえ、へいのこなたへさし出たる有」と気付いて「是さいはい」と思う。このような、不案内ゆえに生じた行動は、いずれも良寛にとって初めての場所であり、初めての隠寮と思える建物でのことでなければならない。このことからすると、④の「(B)観音院境内にそのままある隠寮」はまず除外される。次に、「禅師今ハ隠居し給ひて　別所にゐ《ママ》まして、《ママ》やういに人にま見え給はず」は観音院で応対した「侍僧」の言葉か、他の僧の情報か、一般人の話なのか、その点は不明だが、宗龍の様子を知る人の言葉だから、観音院内の僧か、境内を出たとしても、そのすぐ近くの家での話だろう。つまり、良寛とその相手は観音院内かその近くにいるのである。それなのに、見える範囲にないほど、あるいは言葉で簡単には言えないほど離れている場所を表す「別所」という言葉で言うということは、「隠りやう」は観音院境内の建物ではないことになる。そうすると、②観音院境内に新築された隠寮や③観音院境内にあった他の建物の呼称を変更した「隠寮」も、さらに除外される。残るのは、①観音院の隠寮「観音庵」を解体し、二ッ山新田に移築した堂宇(關川助市建造のものか、素忻再建のものか、のいずれか)か、④の(A)諸届け上は観音院の隠寮「観音庵」を移したことにして二ッ山新田に新築した建物のどちらかということになる。

ここまで考えてくると、①か④か、あるいは①と④の合体した建物だったのかを区別するために、新しい条件を考えねばならなくなる。その条件とは、前に客殿、後ろに隠寮があって、それが廊下でコの字形（または匚の字形）につながり、空いている所は塀が作ってあって、構築物全体はロの字形だということから出てくることで、観音院から移築されたのは客殿と隠寮の両方なのか、あるいは、客殿、隠寮のどちらか一つなのか、という点である。宗龍が移築を願いやすいのは、鬮川助市建造の古くなった小さな隠寮であり、もし、素忻再建の隠寮があったとしても、それは大賢の力もあってできた建物なので言い出しにくかろう。そうなると、二ッ山新田での建物は、客殿は新築、後ろの隠寮は観音院から移築された、鬮川助市建造の古くなった小さな隠寮ということになる。良寛は観音院に「くわた」した間、この鬮川助市建造の小さな隠寮で座禅をしたはずなのだが、移築で屋根や壁の様子が新しくなっていて見違えもしやすかっただろうし、前面に客殿が新築してあったから、良寛をして「自分には初めての（観音院の）隠寮」と思わせたのであろう。宗龍の居所・観音庵はそんな姿だったのに違いない。

次に、良寛が宗龍への一回目の請見のために観音院を訪ねた天明四年（一七八四）七月から八月にかけて、冒頭の文章で言う「別所」（後の宗龍寺の地）に宗龍が起居している状況だったのかどうかも検討しなければならない。

この年の宗龍は、二月二十二日に現・富津市飯野の東照寺、八月二十二日に現・文京区向丘の大圓寺、九月二十九日に現・江東区三好の善徳寺、十月二十九日に現・船橋市夏見の長福寺に出向いて、それぞれ授戒会を行っている（大島前出書三二一〜三二二頁）。その宗龍の動きの中で見ると、おそらく三月上旬には富津市の東照寺から「別所」に帰着し、それ以降の数ヶ月間は、八月下旬の大圓寺の授戒会から始まる三ヶ月にわたる関東滞在のための保養、準備期間としていただろう。その目的の期間なら、煩わしい面会は避けたいと観音院に伝えておいてもおかしくはない。江戸その他での授戒会が始まる八月二十二日までに江戸に行きつく旅の期間を、長くて半月（実際は十一、二日といわれるのだが）と見込んでも、八月五日過ぎまでは宗龍は「別所」に起居していたはずである。したがって國仙と菅江真澄が邂逅した天明四年(一七八四)七月一日の前三ヶ月余と後一ヶ月余の期間は、冒頭の文章に言う「禅師今ハ隠居し給ひて　別所にゐまして　やういに人にま見え給はず」という状況にあり、宗龍への請見が充分可能だった。

國仙の弟子を連れての行脚は、高橋庄次氏が「僧衆全員が円通寺に帰着するまで始終本師と行動を共にしたわけではないだろう。ある弟子は途中立ち寄った寺に留まってその寺の師について修行したり、またある弟子は本師から分かれて独りの行脚に入り、多くの師を尋ね歩くという修行をしたと考えられる」(『良寛伝記考説』九六～九七頁)とされるような性質のものであったから、良寛も同行修行に当たっては、はっきりした目的を持っていたことだろう。その一つが、右に記したとおり宗龍を五年ぶりに訪ねてその考え方を知ることだったのではないか。「いたづらに日を過し　かくてハせつかく来りしかひもなし」とか「是まで来りて　むなしくかへらむもざんねんなり」という心理は、一定の期間内になんとしても目的を遂げねばならない、という制約の存在を感じさせるから、前もって國仙に自分の目的を告げて出発し、國仙の滞在場所に帰着してその結果を報告して指導を受けるシステムだったのだろう。この一種の制約と良寛の思いの強さから、良寛は松の枝に取り付いて塀を越え、無理にも宗龍に会おうとしたのではなかろうか。

前に記したように、一回目の請見の目的が「良寛自身が進む方向を決定するための重要な参考材料として、宗龍本人の口から、直接、その経験、見聞、仏法の見解等を聞くこと」だったとしたら、その一回目の請見の内容は宗龍からの聞き取りが中心で、良寛の方から自身の見方を提示するということはなかったのではないか。その時、宗龍から良寛の得たものが何だったかの具体的証拠は伝わっていないように思うが、この時に良寛が感じ取ったであろう宗龍の境地と、旅の途中で菅江真澄に國仙が語った話の中の國仙の和歌、

捨し身は心もひろしおほ空の雨と風とにまかせはててき　(内田武志他編『菅江真澄全集』第一巻、未来社、一五六頁)

にも示されている國仙の境地の違いは、随行修行の旅から圓通寺に戻った良寛にとって、いわば自分の生き方に関わる二者択一的大問題となったに違いない。もっと具体的に言えば、宗龍のように禅僧として衆生済度、結縁に生きるべきか、國仙のように自己練磨中心にこそ生きるべきか、という問題に直面したはずだ、と推測するのである。そんな重大問題が「我がこと」として心中に起こった結果、宗龍の進んできた道が立派に思えるがゆえに、宗龍が取らなかった自己練磨の道をどう思っているのか、なぜ自己練磨の道に進まなかったのか、と宗龍に投げかけたら、どんな答えが返るものか、それを知りたい、という思いが新たに湧き上がったのではないか。――こうして、宗龍に問ってみたいことが定まってくると、二回目の請見はそう日を置かずとも可能である。

天明四年(一七八四)、「別所」の宗龍の居所で一回目の請見が許された良寛は、勝手に飛び出して國仙に就いた自分を、温情をもって迎えてくれた宗龍の恩義に深い感謝の念を抱き、隠寮への侵入と突然の訪問を詫び、引見と高配に謝する手紙を宗龍に宛てて差し出したことだろう。宗龍の方は、会ってみて國仙から行脚が許されるまでになった良寛に好感を持ち、さらなる進歩を期待したことだろう。そこに観音院新住職・開田大義による夏安居の計画が立てられ、おそらく宗龍のお声がかりで圓通寺の良寛宛に役僧依頼状が出されたのだろう。

そんな流れを想定すると、天明五年(一七八五)四月から七月にかけて観音院で行われた夏安居に、良寛がわざわざ備中から「香司」として参加したことが納得できる。二回目の請見はこの夏安居の前にあったのは確かだと思う。大隆寺の竺翁慧林宛書翰によれば、天明五年の宗龍は、六月十三日に中風を発症して言葉も出ず、食事も成らず、薬も効かず、という状況が十月頃まで続き、その発症前の五月には観音院、発症後の七月には越後安田町・瑠璃光院、八月には新庄市の会林寺と戒会に出、その後二十一日間、温海温泉に入湯して帰ったというのだから(宮榮二「良寛相見の師大而宗龍禅師について」『越佐研究』第三十八集)。

ここまで考えてくると、相馬御風氏が「何人が書いたとも判じ難いが、良寛の詩や歌の多くと、更に次の如き良寛に関する資料とを書いてある數十枚のすゝけた反古を人から示された」と記した、その反古中の「良寛の傳記資料ともなりさうな文句」（『良寛百考』厚生閣、二二六・二二七頁）の次の一つが思い出されてくる。

宗龍和尚在觀音院《かんのんいんにありしとき》。師往問曰《ゆきてといていわく》、「誌公觀音《と》達磨觀音那箇是眞底《とはいずれかこれしんのそこいかと》。和尚曰《いわく》挾《「狹」カ》路桃花《の》風雨《の》後。馬蹄何處《いずくにか》避殘紅《ざんこうをさけんと》。師曰其不與麼《いわくそれくみせずと》。和尚曰爾作麼生《いわくなんじそもさんと》。師曰道便不辭恐牽人笑往昔《いわくいうはすなわちじせざるもひとのおうじゃくをわらうをひかんことをおそると》。

（同書二二七頁。ここに「在觀音院」とあるのは、その年の五月、宗龍発症前の時期を意味するのだろう。）

ここに記された宗龍と良寛の会話は、想定される二回目の請見の状況にぴったり合っていることが分かる。宗龍の道と國仙の道といずれを取るのがよいか、自分は國仙の道の方が本道だと思う、という思いを持った良寛は、予言したり、恵みの大雪を降らせたりした誌公と面壁九年の達磨とを示して、宗龍にどちらが本道かを問いかけたのである。おそらく、この問答は一回目の請見の時のことではなかろう。前段にいくらかの会話があったとしても、宗龍について詳しくは知らないはずの修行中の身の良寛が、いきなり問答を始めることは宗龍に対して失礼であり、良寛の「人の生けるや直し」の考えに合致しないからである。この場面で、良寛の問いに宗龍が与えた「挾《「狹」カ》路桃花」の答えは、「どちらも同じ底《そこい》だ」と言っているのだろう。言外に、基本線としての禅修行を押さえた上で、自然と自分にふさわしいものとして「誌公」に近似した道を進んでいただけだ、と答えたのである。

良寛はその時、禅門の正統・達磨の道を考えていたがゆえに、宗龍の答えに「其不與麼《それくみせず》」と言った。しかし、宗龍の境地と自分の思いを比べてみたとき、宗龍の道は、正道を踏まえてなお独自的であるのに対して、自分の思いは確かに正統かも知れないが、自分の独自性に欠けるという難点があることに気付いたのだろう。広さと深さのどちらの尺度で測っても、宗龍の考えと比べて明らかな落差を感じた良寛は、その未熟さを宗龍に笑われることを予知し、「道便不辭恐牽人笑往昔《いうはすなわちじせざるもひとのおうじやくをわらうをひかんことをおそる》」と答えて、「達磨の道」と言うのを避けたのであろう。

以上の理解が間違っていなければ、良寛はこの問答の劣勢をきっかけにして、宗龍、國仙、道元、達磨、それら先人のいずれの道でもないような自分の道は何かと探り始めただろう。もちろん、直き我が本性を磨くことによって、であることは言うまでもない。宗龍が良寛にそうした手探りの段階に進ませたという意味で、良寛にとっては宗龍が明らかに自分の師の一人だったのである。良寛にその思いがあったから、貞心尼に冒頭の書簡文の内容を話したのでもあろう。

なお、冒頭の文章には「それより度〻参り　法話いたせし」ことが書かれていて、三回目以降を想像させる表現になっているが、その請見の内容につながる資料は良寛研究諸家の記述には見えないように思う（大島晃『大而宗龍伝』第二版、一七四頁には「〈冒頭の文章に描写されている宗龍への請見の〉第三の機会は天明八年四月すぎです」とある。良寛からの三回目の請見があったとすれば、おそらくその時期だっただろう）。

ついでに、御風氏が「何人が書いたとも判じ難いが、良寛の詩や歌の多くと、更に次の如き良寛に関する資料とを書いてある數十枚のすゝけた反古」とした資料そのものに対する私見を記しておきたい。この数十枚の資料の中から御風氏が良寛の伝記資料になりそうだとして抽出したものは、『良寛百考』掲載順に、良寛が圓通寺で國仙に家風を尋ねた件、次は右に引用した宗龍との問答、その次は、宗龍とは無関係の問答と見える、

師問某長老《ぼうちょうろうにといて》曰《いわく》、請垂示一句《こういっくをすいじせんことを》。長老云、蒼海水漫々《そうかいのみずまんまんたり》。師云莫眼花《げんげなし》。長老云上座眼花《じょうそのげんげは》三藏眼花《さんぞうのげんげなり》。師云眼花々々《げんげげんげ》。（長老の禅的発想のはなばなしさと良寛の「そうかそうか」とそれを認めているような口吻からすると、良寛が越後に戻ってから、それも良寛が年齢を重ねた後に観音院を訪ねたときの、時の住職との対話かも知れない。）

の一文で、合わせて三項目しかない。他には、御風氏が一九三五年の『良寛百考』刊行時点までに「始めて知り得た作」として一〇首が出してある。当時の御風氏にとっての新出和歌が一〇首あったということは、「良寛の詩や歌の多く」の指す作品数が相当な数になることを想像させる。しかも、良寛を「師」と言い、和歌中には島崎の初冬の状況を詠んだ作が三首存在するのだから、この「數十枚のすゝけた反古」は、良寛最晩年に親しく交わった人で、良寛の話の中から良寛の禅僧としての姿を抽出しようとする傾向のある人の書いたもの、ということになる。それに該当する人は貞心尼、遍澄、證聴がいるが、御風氏は貞心尼の筆跡は知っているはずだから、貞心尼なら「何人が書いたとも判じ難い」とは書かないだろう。残るは證聴、遍澄の二人だが、證聴の方は残した資料が何も伝わっていない。だから、この「反古」は證聴が残していたもの、ということも充分にあり得る。しかしまた、遍澄が良寛詩集をまとめた、その一次資料だったということもあり得るだろう。いずれとにわかには決めがたいが、この二人のいずれかが残したものだろう。

さて、ここまでは良寛の宗龍への請見に関することを記してきたが、良寛が宗龍に何回か請見して得たものは、先人のいずれとも異なる独自の道へのきっかけだけではなかった。貞心尼が良寛本人から聞いたこととして「(宗龍禅師が)実に知識に相違ひなきことハ良寛禅師の御はなしに承はり候」と書いていたのによっても、良寛が大きなものを得たという認識を持っていたことは明らかである。そのことに関連して、前出の町田廣文氏編『大而宗龍禅師の生涯と行跡』(大而宗龍禅師顕彰会)所収の同氏論考には、

① 宗龍禅師は、自らを「乞食僧」と称して一生を過ごされ、大寺にも住職されませんでした。良寛さまはこの清貧にして騰々任運《とうとうにんうん》の禅風を愛され、宗龍禅師を心の師として敬慕し、自らも同行の道を歩んだものと思われます。

(「宗龍禅師と良寛さまの相見」前出書七頁)

② 曹洞宗大系譜には、宗龍禅師嗣法の弟子は、笠翁慧林と智海萬宏の二人しか所載されていませんが、まだ何人かの嗣法の弟子がいたものと思われます。特に、開田大義と大蟲越山は、嗣法の弟子と思われます。また、嗣法できずに先に示寂したもの、他の師について嗣法した随身僧等、禅師を尊崇し、随従し影響を受けた僧は数知れませんでした(良寛さまもその一人です)。

(「弟子達の活躍」前出書八頁)

とある。確かに「清貧」に関しては、『大而宗龍伝』第二版(考古堂書店)「資料編」収載の書簡に、

① 大寺名監ノ大ゼイノ中ニ大法悟行ノ人アリヤ、然ハ大寺も小寺も、寺持ノ心アラバ、大法弘通ノニハアル可ラズ、大法弘通の大願アル人ハ古ヨリ雑食、淡泊ニ難苦中ニアリト見ヘタリ。

(安永六年〈一七七七〉五月十七日付観音恵林《ママ》長老宛書簡の一部。同書二七七頁)

② 義老尊ハ一生雲水ノ道服改めず、古人の体ウヅタカ(ケ)レバ、世人ト不レ合、其ノ不合の老心コソ山僧ノ慕ふ所也、

(天明五年〈一七八五〉十月八日付　大隆寺現方丈和尚宛書簡の一部。同書二八三頁)

とあり、それと繋《つな》がる「乞食僧」に関しては、奥田正造氏編『宗龍和尚遺稿　上、下』(大而宗龍禅師顕彰会〈復刊〉)所収の、「随願即得珠の序」末尾に「明和九辰五月七日/願主 越後常乞食僧　龍慎白」、「観音講福聚海」末尾に「安永萬年佛生日/勧発願主 常乞食僧　龍和南拝書」、「安養講」末尾に「安永四乙未冬十月/　満戒日　授　安養講連中/　諸國乞食僧　和南書」(/は改行を示す。傍線は引用者)とある。

これまでの良寛研究では、越後に帰って以後の良寛の生涯を貫く清貧生活は、漢詩「圓通寺」の最終句

「僧可可清貧《そうかはせいひんをかとせし》」あたりを根拠として、十二頭陀行の迦葉、高僧伝に記された高僧、あるいは、寒山の生き方に見習ったものだ、との理解が一般的だったように思う。もちろんその一面もあるだろう。しかし、これらの高僧たちの姿をそのままに、自身が再現することを良しとしたかどうか。むしろ、もっと直接的に、実際に宗龍に何度か請見してその考えを聞き、実際の生活ぶりを見た良寛が、宗龍の「常乞食僧」に同感し、それを換骨奪胎する仕方で國仙の示した道と融合させ、自分の経験にも照らして「庶民の中に生きゆく我が道」を得ていったと解すべきだろう。その意味で、良寛には宗龍が生涯の師であったと言える。證聴が「良寛禅師碑銘並序」に言う「末后《まつご》謁宗竜乎紫雲《そうりゅうにしうんにえっし》　深究道奥《ふかくどうおうをきわむ》」はこのことを指すのだろう。

なお、宗龍が示寂したのは、七十三歳の年の寛政元年(一七八九)八月十三日、この年、良寛は三十二歳、國仙から印可の偈を受ける前年だった。

二　いわゆる「良寛の猿ヶ京関所通行手形」をめぐって

一　札

此者弐人内僧壱人《このものににんうちそういちにん》　越後三島郡出雲崎迠《まで》

罷通候間其《まかりとおりそうろうあいだその》

御関所無相違御通可被下候為其仍一札《おんせきしょそういなくおとおしくださるべくそうろうそのためすなわちいっさつ》

如件《くだんのごとし》

天明四年辰六月晦日　備中國玉島

圓通寺　印

猿ヶ京
御関所
御番衆中

（渡辺信平・河本昭二「良寛の猿ヶ京関所通行手形に関する一考察」『良寛だより』第一〇三号中の写真と翻字とによって各行を構成、読みをルビとした。原本は三国路与謝野晶子紀行文学館所蔵）

一九九〇年に発見された右の通行手形は、天明四年（一七八四）に良寛が関所に提出したものと見るのが通説のようである。その通説というのは、通行手形に「越後三島郡出雲崎迠《まで》」とあるところから、出雲崎なら良寛だ、良寛であってほしい、その年は母・秀の一周忌にあたる年だから、橘屋がそのために良寛を迎えにやったのだろう、となったのに違いない。しかし、そう考えるにはちょっと立ち止まって、本当にそうなるのか、それがいちばん自然な理解なのか、と考えてみる必要がある。そもそも、圓通寺での修行が始まってまだ四年半という中途半端な時期に、母親の一周忌があるからといって生家に行く國仙の許しがあっさり出るものかどうか。それと、以南が秀の一周忌に良寛を迎えにやる行為は、出家する良寛を送り出した時を詠んだ長歌中に示されている以南のきっぱりした言葉（「常哀れみの心持し」の項を参照）と食い違いを生ずる。また、備中玉島からならもっと近い道があるのになぜ三国峠越えなぞするのかという疑問点もある。

そこに、渡辺信平、河本昭二両氏による「良寛の猿ヶ京関所通行手形に関する一考察」（『良寛だより』第一〇三号）によって「僧以外の一人」が「越後の寺院の使いの者」で、「猿ヶ京の手形は此処で書かれたのではないか」（「此処」は松本近郊の湯の原〈現・美ヶ原温泉〉を指す）、という見解が示された。この論文から「越後の寺院の使いの者」に着目してその動きを抜き出すと、國仙一行への合流については「（越後の寺院の使いの者は、湯の原に）国仙禅師の出発前頃に到着し、用件を終え、禅師と同行したのでは無かろうか」とあり、一行からの離別については「(國仙一行と)良寛とは三国街道の分岐点である高崎で別れたと思う」とある。すなわち、「越後の寺院の使いの者」は湯の原から高崎まで一行に随伴したことになる。

しかし、そもそも、使いの者が湯の原で國仙に会って用を済ませたのだとすると、その使いの者は、猿ヶ京の関所を通る煩わしさに耐えて、わざわざ三国峠経由で行かねばならぬ第二の用件でも無い限り、帰りは松本↓長野↓現在の飯山線沿い↓長岡と行く道、松本↓長野↓現在の信越線沿い↓直江津と行く道、のどちらかをとるはずである。そのどちらのコースをとっても、松本↓現・千曲市↓碓氷峠↓高崎↓猿ヶ京↓三国峠↓越後の道よりも、距離ははるかに短いからである。また、同行すれば気兼ねも多いはずの國仙一行と高崎までゆるゆる行くというのも、寺の使いにふさわしい帰路の動きではない。寺の使いなら出発時に帰りの旅費も貰《もら》っていたはずで、用件完了の報告を待つ寺に早く帰着することをまず心がけるだろう。以上を踏まえると、手形に記された僧でない者の帰路が猿ヶ京の関所を通るという事実は、その人が越後から三国峠を越えて現在の群馬県方面で國仙に会ったのであり、その三国峠越えが往路復路ともに最短距離だったことを示していることになる。

渡辺、河本両氏連名の論文では、矢吹活禅氏が「大忍国仙禅師傳」(岡山県曹洞宗青年会編『良寛の師　大忍国仙禅師傳』九五頁)に記された「常恒会を免牘されるための入用金は銀二十三貫五百六十　日（「目」の誤記か）」を踏まえて「この様に常恒会免牘取得に要する費用の目途が付いたので、来年(天明五年〈一七八五〉を指す)にも公許されるであろう常恒会免牘取得の最終折衝の下準備に江戸へ行く必要があったし、勧進に応じて頂いた寺院、人々へのお礼や、前年の浅間山大噴火のお見舞い等も大事な用件であった事と思う」と國仙が関東へ出向く必要のあったことを書いておられる。しかし、「越後の寺院」の方で「使いの者」が國仙に会いに行かねばならない状況があったのかどうかという点については、明確にしておられない。わざわざ会いに行くのだから、極めて大事な用件であるはずである。次にはそこを検討したい。

國仙が越後に来錫した安永八年（一七七九）以来、越後で住職となっていた國仙の弟子は、出雲崎の光照寺十二世・玄乗破了と小千谷の長楽寺十一世・蘭香榮秀の二人だけである。何時《いつ》ごろ國仙が圓通寺の常恒会免牘取得を発案したか分からないが、越後に住持する二人にもその企図は伝えられ、応分の寄進が求められたことだろう。おそらく越後に来錫したのはその前後のことなのだろうが、安永八年（一七七九）の来錫の際には、光照寺での授戒会、江湖会の後、國仙が長楽寺とその檀徒総代の新保家へも回っていたことが書簡に明らかだから、天明四年（一七八四）までの五年間、両寺院では住職、檀徒総代が中心となり、挙げて國仙の希望実現に動いてきたと推測される——光照寺での江湖会、授戒会の折、榮秀らしき長楽寺住職が出雲崎から授戒会の様子と江湖会首座・宗白の病状を新保家に書き送っているぐらいだから、新保家は寺と一体化するほどの檀徒総代である。一方、光照寺のほうは、前住・蘭谷萬秀が天明五年（一七八五）二月に示寂すると、その年のうちに、檀徒重立ちの生家・池田家は光照寺から離れて神道となる。ただ、猿ヶ京通行手形記載の年はその前年に相当するから、まだ檀徒の重立ちとして破了を支えていただろう（池田家の神道への改宗は「母親『秀《ひで》』（「おのぶ」）のこと」の項を参照）。——そんな経過があって、この年、「来年（天明五年〈一七八五〉を指す）にも公許されるであろう常恒会免牘取得の最終折衝の下準備に江戸へ行く」國仙に、これまでに集まった浄財を届けたのではなかろうか。ただ、長楽寺十一世・蘭香榮秀は、この天明四年（一七八四）の七月二十九日に総持寺に瑞世していて（新潟県曹洞宗青年会編『曹洞宗新潟県寺院歴住世代名鑑』一三二頁）、その前後の期間には、関東に来た國仙に榮秀自ら届けることは不可能であった。もちろん、これは事前に予定されていて國仙も承知していることだから、寄進の金額も一番多いはずの檀徒総代の新保家が、國仙とも面識があったから住職に代わって届けたのであろう。もちろん、光照寺の分は玄乗破了が持参したはずである。以上は、相当の額の浄財が集まった場合である。

しかし、実際に、そううまく事が運べたかどうか。というのは、天明三年（一七八三）の夏に、越後一帯では低温多雨で飢饉（頸城、魚沼では人口の二割が死去したという）、出雲崎で米騒動も起きており、天明四年（一七八四）も飢饉状態は続いていたからである。その状況下では、各寺院は檀徒の救済に当たるのが第一のはずで、光照寺も長楽寺も圓通寺の常恒会免牘取得の資金拠出の呼びかけなど中止したに決まっている。それまでに集まっていた浄財もおそらく檀徒救済のために使われたのではないか。そうだとすると、圓通寺のために浄財を届けられなくなった理由を國仙に直接伝える必要が生じてくる。したがって、いわゆる「良寛の猿ヶ京関所通行手形」に「僧壱人」とあるのは玄乗破了の可能性が高いことになる(通行手形の「出雲崎迠」から出雲崎生まれの良寛が連想されるのは当然だが、國仙が随行させるのは修行のためであって、俗縁のために「出雲崎迠」行かせることはあり得ない)。

光照寺十二世住職の玄乗破了には、國仙に会って直接話しをしなければならない事情もあった。それは、萬秀の弟子・金峰幢明の翌天明五年(一七八五)三月六日瑞世からさかのぼると、当然、その前年に当たるこの年の六月には瑞世準備が始まる、と考えられるからである。天明五年二月十二日に示寂した萬秀のこの時点での身体状況を推測してみても、萬秀が幢明の瑞世を急いでいた、と考えるのが自然だろう。この師弟の状況は破了自身の光照寺退隠の近きを表すから、そのことを國仙に伝えて次の住職寺院を配慮してもらう必要があった、と推測される。そう考えると、通行手形にある「僧壱人」というのは、どうも玄乗破了ということになる。

もっとも、破了の光照寺退隠後の処遇については前もって國仙が処理済みで、破了は國仙に会う必要が無く、光照寺の分の浄財(または、拠出不能の旨の連絡)も長楽寺関係者に託《たく》されたとすれば、長楽寺関係者だけが國仙のところに来たことになる。その場合にだけ、小千谷へ帰って行く長楽寺関係者と一緒に猿ヶ京の関所を通過した僧は、宗龍への請見を目指していた良寛、という可能性が出てくる。当然、そのケースでは手形の「出雲崎迠」は仮に良寛の出生地を書いたということになり、猿ヶ京の関所通過後は別行動ということにもなる。だが、その場合、破了は自分では何も動かず、師の國仙から面倒だけはみてもらったことになって、弟子として、自分にだけ都合の良い、そんな行動をし得たものなのか、という疑問はどうしても残ってしまう。だから、このケースの可能性は低かろう。

通行手形が良寛のものでない可能性を大きくする条件がもう一つある。それは、國仙が上州で越後二ヶ寺から来る者に会うことを予定していた場合、行動が緩慢で同行者の手足まといになるのが心配される良寛を、その人たちに同行させないのが師匠の両者に対する配慮だ、と思われる点である。もし、國仙が宗龍への請見のために良寛を観音院に行かせることを考えていたとしたら、そうした配慮のもと、良寛には松本あたり（あるいは現・千曲市あたり）から一人で最短距離を行かせ、高崎までは連れて行かないのではなかろうか。

もし、良寛が松本から越後・紫雲寺の観音院に直江津経由で行ったとすると三五〇～三六〇km、一日三〇km行くとして七月十四、五日頃には到着したことになる。この場合、宗龍への請見を果たした後、月末に関東の何処《どこ》かで再び國仙一行に合流することになっていたのだろう。

次に、記入された「天明四年辰六月晦日」という日付について触れたい。猿ヶ京関所通過の帰路から想定される往路の道筋、その道筋がとられるはずの人物と用件の存在、その検討から、この通行手形は関東の何処かで書かれたことになる。したがって、「六月晦日」という手形の日付は、その月日をはるかに過ぎてから書かれたことになる。また、渡辺、河本両氏の論文には、「圓通寺」の下に押捺された印は、村山臥龍氏から「他の国仙禅師の遺墨に押してある印と比較して、国仙禅師の印に間違いないとの説明」があったことが書かれている。そうなら、旅の途中での揮毫依頼に対応できるよう持参していた雅印一顆を押したものであろう。手形に、圓通寺の印でなく、國仙の落款印が押されているのも旅の途中での手形作成だった証拠で、圓通寺から関東までの最短必要日数を考えて、その日数をさかのぼって玉島を出発ということにしておけば関所の役人に怪しまれない、と見込んでこの日付が書かれたのだろう。

國仙一行は七月一日に現在の松本市にいたのだが、そこから北上して現・千曲市に出、高崎市に行ったとして約一六〇km、國仙の足が一日二〇kmとして高崎までは八日間で着くだろう。湯の原での滞在や立ち寄ったとされる花顔寺他の逗留《とうりゅう》で十日間が経過したとして、高崎には七月二十日頃には着くことになる。國仙は高崎に数日は体を休めて江戸方面へ旅立ったのだろうが、「越後の寺院の使いの者」と破了（國仙が良寛をここまで随行させたとすれば良寛）は、おそらく國仙と一泊を共にしただけで翌日は発っただろう。そこから破了（または良寛）ら二人が一日三〇km歩いたとすると、猿ヶ京関所まで十九里、約七五km、三日あれば到着できる。そうすると、猿ヶ京の関所通過は七月二十四、五日頃だっただろうか。関所通過の後は、三国峠越えも含めて五日もあれば出雲崎に行けるだろうから、出雲崎到着は七月末頃となる。僧が良寛だったとして、越後・紫雲寺の観音院に行ったとすると、その後、二日もあれば充分だろうから、遅くも八月初めには着くことになる。

なお、この年、宗龍は三月下旬から八月五日過ぎまでの期間、確実に観音院の「別所」にいた、と既に記してきた（二二九頁参照）。だから、万一、通行手形が本当に良寛使用のものだったとすると、猿ヶ京の関所を通過したこのケースでも五日間ほどは請見可能の期間があったことになる。

三　國仙に家風を問う

師《し》在玉島《たましまにありしとき》、問仙和尚曰《せんおしょうにとうていわく》、如何和尚家風《いかんがおしょうのかふう》、和尚曰《おしょういわく》、一曳石二搬土《いちにいしをひきにつちをはこぶ》、師曰《しいわく》持此名號持彼名號《このみょうごうをじしかのみょうごうをじすや》、和尚曰《おしょういわく》如何持《いかにかじす》、師曰《しいわく》十方三世一切佛《じっぽうさんぜいっさいのほとけ》。

（大島花束『良寛全集』新元社、六三五頁。同全集の「云」を「如」と訂正）

良寛の神経は相当繊細かと思うのに、師に面と向かって「あなたの家風は？」と問うとは、どういうことなのか――これはかなり大きな驚きを含んだ疑問である。おそらく、そういう突拍子もないやり方を取らなければならないほど、良寛はその時、追いつめられていたのだろう。

圓通寺での修行について、矢吹活禅氏が「大忍国仙禅師傳」（岡山県曹洞宗青年会編刊『良寛の師　大忍国仙禅師傳』）中に説くところでは、「ただ放任しておいて、伸びゆくように伸ばすのでなく、最初から一つの大きな高い理想(見性成仏)にむかって進ませるように仕向けてゆくので、一つの型があってその型のままに指導してゆくのが古来からの習わしであった」(同書一〇六頁)という。俗界にいた者が急に「見性成仏」を達成できるはずもないから、型に従って修行してゆくその第一歩では、安らかで自然な心の流れを目指すところから始まるのだろう。しかし、一心に自分の呼吸を数えていっても、安らかで自然な心の流れを妨げるのは、誰においても五欲のうちのいずれかだろう。「只管打座」が一種の脳内現象の放棄を目指すものとすれば、その五欲の空洞化がまず必要となるのは当然のことだから、修行の初心者にとってはこれが最初の難関となることは間違いない。事実、面山瑞方著『前総持桃水和尚傳賛』第三話(能仁晃道訳編『乞食桃水逸話選』禅文化研究所、一二五〜一二六頁)によると、桃水雲溪の本師・囲巖宗鐵は、五欲に関して次のように弟子たちに言ったという。

囲巖、アル時、諸弟子衆ヲ教化シ玉フ辞ニ謂ク、仏ノ弟子ヲ誡メ玉フ中ニ、沙門ハ、五欲ヲ離《はなるる》ヲ専用トス。五欲トハ、色欲、食欲、睡欲、名欲、利欲ナリ。コノ内、初ノ三欲ハ、出家ノ身ハ離レヤスシ。タダ名欲ト利欲トノ二欲ハ、出家モ離レガタシ。年臘モ長ジ、諸人モ崇ム程ニナレバ、弥《いよいよ》名利ハ厚重ニナリ、後《のちに》ハ道理ヲ著テ、名利ニ傲ル。古徳ノ教誡スル、コレ第一ト覚フ《「ユ」か》。我ガ徒弟タラン人、知見解会ハ、人々ノ修行ノ力量ホドナルベシ。タダコノ二欲ヲ、常ニ心ニ繋テ、離ル、様ニメサレヨト。委曲丁寧ナリ。各聞テ黙然タリシニ、師独リツブヤキテ、サシテモナキ事ヲ、難題ノ様ニ、教化セラルト云レシトゾ。(以下略。文中の「師」は桃水。句読点、ルビ、傍注は引用者)

ここには、桃水以外の弟子たちが囲巖の話に黙然としていたことが記されていて、いかに五欲に囚《とら》われずにいることが困難なことかが分かる。

以上をふまえて修行を初めたばかりの良寛を想像すると、すべてに先立つ五欲の問題に、まず、どれほどのエネルギーを振り向けねばならなかったことか。その間、たとえば、出家までの良寛が心がけてきた儒教の教えの習得と、それに基づく身の処し方を参考として、それと同手法でこの五欲の問題を克服しようと試みたとすれば、まず仏教の示す五欲への対処法を知識として理解し、その対処法に即して自分の精神を錬磨して克服しようとしたはずである。実際にそう試みた場合、たとえその克服を示唆する仏教上の知識を得ることができ、それを座禅にも作務の中にも実践したとして、様々な工夫と努力のあげくに、完全な克服には到底至りつかぬものと納得したはずである。

もともと人間は、個人や集団がそれぞれに五欲の充実を目指し、それを量的にも質的にも拡充することで歴史を作ってきた、という側面を持つ。その五欲の一つである性欲は、脳の中では呼吸を司《つかさど》る部分のすぐ隣にコントロール中枢があるらしいが、ことほどさように、五欲はどれも人間の生命と直結した、人間の中の最も動物的な部分であって、これをかき消すことは、人間が生き物でなくなることさえ意味する。良寛が医学的または科学的に人間という存在を考えていたとは思わないが、只管打座の中で穏やかな時間を持てた自覚があったとしたら、そこから五欲はやり過ごす以外にはないと認識できてゆく可能性はあるだろう。その認識が深いものならば、きっとその次の段階へ、すなわち既に悟った存在としての真の自己というものを探り当てて、自分でそれを磨いてゆくという段階に進んでいけるものなのだろう。

しかし、只管打座のみによって目指すべき方向性を分からせ、五欲の問題を解決させ、真の自己を探り当てさせ、自らそれを磨かせようとする道元のねらいは、この頃の良寛に通じていたかどうか疑わしい。そう感ずるのは、「讀永平録」の中程に修行の初歩段階と思われる頃のことを記したらしい箇所があり、そこに次のように記されているからである。

（略）
憶得疇昔在円通時《おもいえたりちゆうせきえんつうにありしとき》
先師提持正法眼《せんしていじすしようぼうげん》
当時洪有翻身機《とうじおおいにほんしんのきあり》
為請拝閲親履践《ためにはいえつをこいしたしくりせんす》
転覚従来独用力《うたたさとるじゆうらいひとりちからをもちいしを》（以下略。三一七）

この内容を時系列で整理すると、むやみに力を費やす実践を続けていて思うような状況にならなかった頃、いつも「翻身機」があった。そこへ先師・國仙の正法の要《かなめ》についての講話があり、それを聞くと、自分の修行の方向性がそこにあると感じたので『正法眼蔵』を借り出して読み、その指し示す内容を実行していった、ということになる。そうだとすれば、中間に出てくる「翻身機」というのは、五欲を知識と力で封じ込めようとすることに不可能さを感じ、このままでは行き詰まってしまう、何とか修行の方向を変えねばならないと考え始めた心の動きを言っていることになる。やはり修行初期の良寛は、只管打座のみによって修行の方向まで探り取らせようとする道元の方式に、振りまわされていたのである。

このことが良寛に大問題だったのは、禅僧となった自分の今後の進むべき方向を、どう定めたらよいのか、という問題と表裏をなしていたからだろう。前々項「大而宗龍への請見で得たもの」で見たように、天明五年（一七八五）四月から越後紫雲寺の観音院で行われた夏安居に「香司」として参加した良寛は、おそらく夏安居に入る前に宗龍に二回目の請見を願い出、宗龍の結縁、衆生済度の道をめぐって質問した結果、宗龍の道の持つ個性と宗龍その人の姿との一致を感じ、その一方では、自身の未熟さを痛感させられていた。しかし、宗龍の道は、自身では清廉に徹していても、他から「名欲利欲に繋《つな》がること」とされかねない道である。かといって、國仙の実行している道を貫いていくと、寺の住職より他に生きる道は見えず、そこにも名欲利欲に繋がる要素が存在する。そう考えた良寛は、自分の将来は八方ふさがりだと不安になったはずである。そんな時ではなかろうか、その八方ふさがりを突き抜けたくて、師に家風を聞くという冒頭の突拍子もないことをやったのは。

たとえ、どんなに二進《にっち》も三進《さっち》も行かない悶《もだ》えの中にあったとしても、普通は、師の家風は見て取るべきものであって、面と向かって問いはしないものだろうし、師もまた、弟子に問われても正面切って答えはしないものだろう。しかし、良寛の日頃の修行を見ている國仙は、良寛にだけは正確に伝えておく必要がある、と感じて「一に石を曳き二に土を搬ぶ」と我が日常の心がけを伝えたのだろう。さらに良寛は、普段、國仙が特定の仏名を唱えるのを聞いていて奇異の感を抱いていたから、この際と思って「此の名號を持し彼の名號を持すや」と尋ねたのだろう。未熟な良寛は、その仏名に特別のヒントがあるのか、と思っていたのかも知れない。國仙はこれに対し「(お前は)如何にか持す」と、自分の唱名を不思議と思ったらしい良寛自身の存念を逆に尋ねてみた。それに対して良寛は「十方三世一切の佛」の名を唱えると答えたのだろう。國仙は良寛が曹洞宗の本道を行っていると思っただろうし、良寛は國仙の真面目な反応から、さして自分の現在が修行の道から外れていず、悩みは深いものの、このまま継続して良いらしい、という安心感を得たであろう。しかし、良寛にとって五欲の問題そのものは、師の穏やかな見守りだけでは相変わらず大きな問題として残り、この後も意識され続けたのではないか。

右に、一部分を引いた「讀永平録」とほぼ同内容を詠んだ漢詩に「夜讀永平録」がある。その中から右の掲出部分に該当する箇所を引くと、

(略)

憶得疇昔在円通時《おもいえたりちゆうせきえんつうにありしとき》
参去参来窮己躬《さんじさりさんじきたりておのがみをきわむ》
有時忽然有所省《ときありてこつぜんとしてせいするところあり》
得謂逸鶴凌蒼穹《いうをえばいつかくそうきゆうをしのぎ》
経事漸覚有罣碍《ことをへてようやくけいげあるをさとる》
更莫精彩春又冬《さらにせいさいなしはるまたふゆ》
不到実地誓不休《じつちにいたらずんばちかつてきゆうせず》
大丈夫児豈止労《だいじようふのじあにろうをとどめんや》
中秋八月三五夜《ちゆうしゆうはちがつさんごのよる》
先師開示正法眼《せんしかいじすしようぼうげん》
我亦従衆偕聴者《われもまたしゆにしたがいてちようをともにするもの》
始知従来被自瀌《はじめてしるじゆうらいじまんをこうむりしを》（以下略。三一八）

と時間の流れに沿うように書かれている。ここに出された例えの鶴を良寛に当てはめ、「経事《ことをへて》」を宗龍への請見に当てはめると、次の経過が見える。

――天明五年（一七八五）の二度目の請見ではっきりした宗龍の純粋な行、それでさえ他から利欲名欲の故と見られかねないことを考えると、どんな方向を目指したら良いか分からなくなった。その結果、当然、修行に勢いは無くなってゆき、そのまま天明五年の秋以降を過ごし、詩句に「莫精彩春又冬《せいさいなしはるまたふゆ》」とあるように翌年も同様に送り、「冬」の後は天明七年（一七八七）となって、その中秋の名月の夜に至るまでの約二年間、自分は男なのだから得べきものを得るまでは労苦を厭《いと》うまい、と心に誓いながらも、充実感の無い模索の時期を過ごしていた——そんな悩み続ける二年間に、宗龍のように行動的な行は自分には困難、國仙と同様に自己練磨中心の道以外にないと良寛はうすうす感じていて、その道で見通しを持ちたいと思い、その二年の間のどこかの時点で師の家風を直接尋ねてみた。しかし、聞くには聞いたが、それがすぐさま問題解決に直結するはずもなく、もやもやした気持ちで二年間を過ごしたと言っているのである。

その修行の先行きが不透明で締まらない良寛の心をすっきりさせたのは、天明七年(一七八七)八月十五日夜の國仙の講話だった。もちろん、この中秋の名月の日にふさわしい講話は、「正法眼」とあることからしても、道元が「水中の月の如し」(『正法眼蔵』第二十三)について言っていること、すなわち「悟り」に関するものだったはずで、その講話中に、良寛は遙《はる》かな先に何を目指して修行すべきかを強烈に意識し、その集中した聴聞のために、五欲への対処の仕方という問題も、自分の進むべき道についての迷いも吹き飛ばしている自分に気付いたのではなかったか。そして、この時の体験こそ、道元の指し示す「我が仏性をひたすら磨く」という道だけを心に置いて進みつづけてゆけば、折々に湧き出る五欲も将来への迷いも、自然に消滅するという最初の経験として、良寛は生涯忘れることがなかっただろう(『校注 良寛全詩集』中、「讀永平録」の「翻身機」の校異欄に「景仰意」がある。良寛は自分の思いを正確に言い表すことに努めた人だから、「翻身機」を「景仰意」としたものがあるということは、この二つがほぼ等質のものということになる。自分に重きを置けば「翻身機」となるが、『正法眼蔵』に重きを置けば、それは『正法眼蔵』を「景仰」する「意《こころ》」に相当する、と理解される)。

矢吹活禅氏の前記「大忍国仙禅師傳」によると、「型に従って型の如く行いつつ、その型を破ってゆく心の動きが段々と盛んになり、遂には各自独特の型を作りあげてゆく——そういう風に仕向けてゆくのがわが宗の教育方針」であり、しかも、國仙の指導は「その人が自然に型を破って独自にゆき方をとるようになると、それを推進させるよう後押してゆく」(岡山県曹洞宗青年会『良寛の師 大忍国仙禅師傳』一〇六頁)姿勢だったという。折々に湧き出る五欲は自然に消滅するのを待てばよいとの前提の下で、良寛が自分の中にある仏性の再発見に進み、それを磨く生き方へと進むことだけが道元の指し示した修行の道だと納得したとすると、住職となるための修行をしている僧の姿には不純な要素を感じたはずである。そして、その感ずる度ごとに、自分の進もうとしている道こそ道元の教えに適《かな》うと思い、やがて、徐々に確信へと深めていったと想像される。

幼児期に両親に誠実であったことを根幹とし、三峰館で学んだ『論語』の「人の生けるや直し」を我が生き方と認め、その生き方が、禅門の修行によって本性以外の不純を排除し去ることと同一であったことを考えれば、良寛が不純な要素を感ずる住職への道を進まなくなるのは当然のことであろう。師の國仙もまた良寛の資質がそのようなものと知ったがゆえに、良寛にはその道しかないと認めて、その方向への修行を推し進めさせたことだろう。禅僧・良寛としての方向はこうして定まったのである。また、こうして、五欲から立ち上る自我を排除する方向は、良寛の全生涯にわたって堅持されることにもなっていったと思われる。後に詠じた漢詩「僧伽《そうぎや》」と題する漢詩の中で「縦《たとい》入乳虎隊《にゆうこのたいにいるとも》　勿践名利路《みようりのみちをふむことなかれ》　名利纔入心《みようりわずかにこころにいらば》　海水亦難澍《かいすいもまたすすぎがたし》」と言っているのは、そのように名利を排除して生きることを自身に向けて表明し、いやがうえにも再確認する要素があるのであろう(当然、他の僧にこの条件を求めるからには、良寛自身にはそれを求めうるだけの、最も厳しい行持を課すはずである)。

良寛が自分らしい本格的な修行を導きだす前提となったであろうところの「これで本当にいいのか？」という一種の迷いの気持ち(矢吹活禅氏が言われる「型の如く行いつつ、その型を破ってゆく心の動き」)を、良寛は「翻身機」という語句で表現した、と考えるが、「翻身機」は悟ったと言ったのだ、という理解もあるらしい。確かに、世間からは奇行と見られた行いも多く、聖僧とまで言われた良寛に、これこれで悟ったという逸話が伝わらないのは不思議だから、何処《どこ》かに悟りの兆候を求めたくなるのは人情というものだろう。

曹洞宗の悟りをめぐっては、最前にふれた『正法眼蔵』第二十三に考えるヒントがある。そこには、

釈迦牟尼仏言《しやかむにぶついう》
仏真法身《ほとけのしんほつしんは》
猶若虚空《なおしこくうのごとし》
応物現形《ものにおうじてかたちをあらわす》
如水中月《すいちゆうのつきのごとし》

と「金光明経二　四天王品」を引いて、万象に仏の真法身が宿っている、と説いてある。すなわち、道元によると、この世のすべてのものは既に悟っているもの、既に仏になっているものであって、その自分の中の仏を、生きてゆく中で実践してゆくこと（あるいは、ゆけること）がいわゆる「悟り」だという。そうだとすると、時の経過につれて、今の瞬間に一〇〇％であっても次の瞬間に一〇〇％であるという保証は無いから、生きている間はずっと修行が必要となる。一瞬でも修行を怠れば、ズルズルと悟りのレベルが下がる可能性もある。また、一〇〇％の悟りに近ければ近いほど、未達成部分が強烈に意識されるというのが人の有りようだから、そういう人ほど自分から修行を必要とすることにもなる。つまり、道元が唱道する禅修行においては、修行と悟りとは互いに刺激しあって相互の深化へと突き動かし、結果として深い悟りに到達するとするものらしい。そうすると、道元の禅には、これで悟った、ということは無いことになる。

國仙に『正法眼蔵』の拝閲を許された後は、その指し示すところに則《のつと》って進む本格的な修行の期間だっただろう。つまり、良寛の中に具わっていた純一なものの自覚、それを磨き出す方向を堅持してゆく確信、それに適う言行のみを選び取る判断力と気力、選び取ったことを何の躊躇もなく実行する迫力の獲得、などに全精力を傾注していったはずであり、いわば、悟り一〇〇％への道をどう求めるか、を実地に探る段階にステージアップしたのだろう。そして、この圓通寺で自己の中から探り出された強固な悟りへの精神回路が、後の良寛の全生涯、全生活中のあらゆる機会に数限りなく作動することになっていったのだと思われる。

四　「圓通寺」

従来円通寺《えんつうじにきたりてより》
幾回経冬春《いくかいかとうしゅんをへたる》
門前千家邑《もんぜんせんけのゆう》
乃不識一人《すなわちいちにんをもしらず》
衣垢手自濯《えあかづけばてずからあらい》
食尽出城闉《じきつくればじょういんにいず》
曽読高僧伝《かつてこうそうのでんをよむに》
僧可可清貧《そうかはせいひんをかとせし》(一)

この漢詩の内容はたんたんとした修行の日々の描出であって、一見、良寛の作詩の動機になったことは何か、判然としない。それにもかかわらず、時間を追って配列したと見える本田家本『草堂詩集』地の巻にも『草堂集貫華』にも、冒頭にこの作が掲げられている。そんなことから、良寛が修行を通じて作った漢詩を詩集にまとめる時、その体裁上、出発点としての圓通寺時代の漢詩が必要となり、そのために作詩して最初に置いたものだろう、とあっさり考えていた。しかし、どういうわけか「食尽出城闉《じきつくればじょういんにいず》」の句だけは頭に残っていて、そこから、食料が尽きて乞食《こつじき》の行に出たのなら、それは庵主時代のはずであり、それゆえ、この漢詩に詠まれている時期も庵主時代に違いない、と考えるようになった。そして、漠然とした圓通寺での十余年をいうのでなく、庵主時代と限定するのなら、良寛はその時期、後の生き方の核としての何かを獲得し、そのことのために、良寛の中ではこの漢詩の存在意義が高かった可能性がある、と考え直すようになった。

　既に記したことだが、良寛の清貧生活の根源は、最初の知識としては國仙蔵本中の高僧の語録類にあるとしても、現実には宗龍の「常乞食僧」、住職としての立場に決して安住しないという考えに影響を受けたものと見られるから、宗龍への何回かの請見後、何年かして始まったであろう庵主生活の中で具体的に清貧生活が実行、検証され、それを基盤として、良寛流の清貧が圓通寺退出後、二、三年で確立していったと想像される。――森脇正之氏は「覚樹庵祠堂記簿」から、開創以来の歴住僧名を上げた最後に『五世　孝淳良筍　寛政元年六月十八日寂　円通寺八世』と書き抜き、それに続けて「こうして五世の示寂のあと、国仙の手にゆだねられていた覚樹庵は、古参の良寛が庵主に推されていたわけである。国仙は示寂前、弟子の身の振り方にはいろいろと心を配り、それぞれに安住の地を定めておいたのであって、仙桂には老後のために水月庵、義提尼（良寛の法妹）には真如庵、良寛には覚樹庵が与えられていたわけである」（同『聖良寛と玉島』倉敷市文化連盟、一二九頁）と、良寛の覚樹庵庵主としての時期の始まりを暗示しておられる。この覚樹庵は明治末期に破損のため撤去されたという。――

　したがって、もし、その「清貧」の観点から、良寛が自分独自の行き方の出発点を記録しようとすれば、当然、それは庵主時代のこととなろう。そうなると、漢詩として記す内容は、たんたんとした修行の日々の描出で当然ということになる。

　冒頭の漢詩について、まだそんな見方をしなかった頃、相馬御風氏『大愚良寛』（春陽堂）の中に庵主時代と思われ

る逸話を見つけて興味をそそられた。その逸話は、

> （略）或時或村落に晝盗忍び入りたるに、村吏は必ず彼の乞食坊主の所爲ならんと、之れを捕へて訊問すれども、何等の答をなさず、村吏は必定彼ならんと想像に任せ、土坑を掘りて彼を生埋になさんとす、その時一豪農彼を憐み、彼れ何等の答をなさゞりしは凡人にあらず、近頃聞く所によれば圓通寺に一雲水ありて頗ぶる凡俗の姿をなして而かも内心は悟道に通じ、此の地方に來ることもありと云ふ、若し彼れに非ずやと告ぐる所あり。
> 仍て再び尋問せしところ、果して彼にして且曰く一旦疑を受けたる上は何程辯解するとも、そは申譯に過ぎず、是れも前世の罪業の然らしむる所と諦め如何なる罪苦を受くるも苦しからず、之れ敢て彼是と申譯をなさゞる所以なりと。是に於て村吏つひに己が非を謝して放免したりきと云ふ。
> （同書一〇五～一〇六頁）

というものだった。これは「本日玉島町へ罷出圓通寺現住職石川戒全禪師より聽取し」た「某氏」の報告として記されている文章の一節で、出所は圓通寺とはっきりしていた。

この逸話の場面で良寛はとんでもない濡《ぬ》れ衣《ぎぬ》を着せられかかったのだが、どんなに薄汚れた法衣を着ていても、あるいは、誰も見たことのない僧侶でも、普通に托鉢をしている僧なら誰も疑いの目を向けはしない。良寛は、托鉢する僧がいるはずもない所に、托鉢する僧がしないようなことをしていたから、「この男は僧侶の姿はしているが実は盗人なのだ」と判断されたのだろう。

濡れ衣を着せられかかった前後の良寛の様子は、良寛自身にとっては決して名誉なことではなかったはずであり、しかも、良寛はもともと寡黙だったから、自分から國仙にそのことを伝えることはなかっただろう。しかし、濡れ衣の申し開きもしない良寛の奇行は、人から人へ噂として伝わり、やがて國仙の耳にも入ったに違いない。そうなると、

國仙は師匠として、良寛が言い訳をしなかった理由を質《ただ》すことだけはしたのではないか。その結果として、不用意にやってしまったことも含めて自分の全言動に対しては、自分の全存在を賭《か》けて責任を取って行こうという良寛の姿勢を、普通の雲水とは異なるものとして國仙は感じ取ったことだろう。

平松真一氏は「義提尼を手がかりに良寛空白期間の謎を解く(その二)」(『良寛だより』第一二〇号)の中の「良寛玉島修行中の逸話」の項目で、「玉島修行中の逸話には、次に挙げる二つしかない」とされ、右の生き埋めにされそうになった話の他に、

○円通寺の山の麓で、農家の壁にもたれて眠っているところを盗人だと疑われて捕まったが、やはり一言も弁解しなかった。そこへ村役人が通りかかって、何も弁解しない良寛の態度に感心し、釈放させた。

を掲げておられる。一度、生き埋めにされそうな経験をした後に托鉢に出て、「農家の壁にもたれて眠っているところを盗人だと疑われ」て咎《とが》められたとき、良寛が再び同様の対応をした、そのことを國仙が知ったとしたら、その時、何を思っただろうか。この対応は良寛の信念の結果だと確信したことだろう。もし、そんなことがあったとすれば、師弟関係の区切りに印可の偈を認めるとき、良寛の独自性を表している二度の濡れ衣事件を頭に置いてもおかしくはない。印可の偈の結句中の、俗世間を想像せしめる点で異質な二語「壁間」「午睡」は、國仙が自分の良寛把握と進む道を的確に伝えるための語として、良寛の行為そのものから抜き出して用いたものだろう。「壁間」「午睡」の表す良寛の具体的行動は、暑い日中の托鉢に疲れ、並んだ二軒の家の間にある壁に挟まれた狭い隙間(そこは風の通りも良く、日中でも日陰である)で二度とも居眠りをしていたのだろう。修行僧の良寛が居眠りをしていたとすると、一般には、良寛が修行をサボっていたのだと思われやすい。しかし、「人の生けるや直し」を堅持し、「入室《にゅうしつ》非敢後《あえておくるるにあらず》 朝参《ちょうさん》常《つねに》

先徒《とにさきんず》」（八七）と修行に努めた良寛が、托鉢行だけをおろそかにしたとは思えない。暑い日中に、体力の限界まで托鉢行に務めて体を休めた時、疲労した肉体が良寛の我慢力を越えて眠りを求めた、その結果の居眠りだったのだろう。

この濡れ衣事件で生き埋めにされそうになった自分を救ったのは、圓通寺の修行僧と知れたことだったという点、つまり、圓通寺という住み家が救ったという点こそ、良寛に最も深く物思わせたことだっただろう。不可抗力的にやってしまったことも含めて自分の全言動に対して、自分の全存在を賭けて責任を取ろうという良寛の姿勢は、圓通寺という住み家無しでは完遂されず、大した意味も持たなかったのである。生き埋めにされないで済んだ良寛は、そこから逆に、圓通寺という住み家、もっと一般化して言えば、定住の住み家から離れてこそ、真に一人の禅僧として自分で立って生きていることになる、と気付いたのではないか。後の良寛が一生仮住まい状態であり続けた信念の大もとは、宗龍の「常乞食僧」の考えとこの二度の経験とが形成したのではなかろうか。

これだけの大事件だから、それは漢詩「圓通寺」に影を落としていてもおかしくはない。そう考えて『校注 良寛全詩集』を見ると、「清貧」相当箇所の校異に「没宿」とある。あれこれ当たると、内山知也氏『良寛詩 草堂集貫華』（春秋社）の口絵に巻頭見開きの写真があって、そこに「清貧」の左に「没宿」の記入がはっきり見えた。「没宿」の文字は本文よりも走り書きで、それも、もっと禿《ち》びた筆で書かれているから、本文執筆と同時の記入ではない。文化七、八年（一八一〇、一八一一）頃書いた「草堂集貫華」を、その後に読み直した時、自作中の「清貧」が「高僧伝」中の「清貧」、つまり、寺の住職として質素に生活するという程度の底上げされた清貧レベルに見え、自身で実践してきた「清貧」（＝没宿）の原点を言い表す言葉としては緩すぎだ、これからもそのことを忘れてはいけないと感じ、「没宿」と書き込んだのだろう（ただし、「没宿」では韻が合わないから、「『没宿』の意が表れるように変更せよ」という訂正メモだろう）。

確かに「高僧伝」中の「清貧」を真似《まね》て生きたとしても、それは良寛にとっては借り物であって、これまた何の意味もないことになる。「草堂集貫華」を読み直した時に「没宿」とメモした理由は、そんなところにもあったかと思う。

かつて濡れ衣事件から学び、越後に戻った今、一番大切にしている考え方、すなわち、自分の体力維持の限界ぎりぎりのところでの清貧を保ちつつ仮の住まいに徹し、しかも、その状態にあってもなお伸びやかな心持ちでいる心の有りようを求め続けること、それは修行の出発点としての圓通寺庵主時代のことだったから、この作に、しっかり定着させておきたい――これが良寛の「没宿」というメモ記入の意図だったのだろう。

ところで、圓通寺修行時代の生き埋めにされそうになった話と同内容の逸話が、『北越偉人　沙門良寛全傳』(目黒書店)二六七頁にも、越後でのこととして収載されている。確かに『全傳』の方では人々が良寛を「破獄囚」とさえ見る一方、良寛を知る人は「高名なる良寛禪師」と言っていて、いかにも逸話らしい差異強調の意図さえ感ずる。それに対して玉島での方は、良寛を知る人も「一雲水」と素直に扱って特別視する態度がないので、見方によっては、石川戒全住職が語った逸話が元になっていて、良寛が玉島での経験を語ったことがあり、それが『全傳』に越後のこととして収載されたのかも知れない。しかし、もしかすると、「没宿」とメモするほどに考えを深めていた帰郷後の良寛が、自分自身のあるがままの姿だけで世に怪しまれずにおられるようになっているのかどうかを、あらゆる機会に確かめていた、そのことが裏目に出た事実なのかも知れない。

良寛の帰郷後の生き方が文字通り「没宿」状態だったのは事実であり、冒頭の詩の「清貧」もそれにふさわしいレベルのこととして認識しなければならないのは当然だが、良寛がこの漢詩で定着したかったのは、清貧生活のレベルがどうなのか、などということではなく、自分の現在の生きようの出発時点は庵主時代だ、という点なのであろう。現在、「没宿」生活にあって、そこから生ずる苦しみを耐え凌《しの》ぐために、良寛が自身の戒めとしてその出発点・庵主時代の修行の再確認のために作った、そんなねらいの漢詩が「圓通寺」なのではないか。

最初の頃、この漢詩について「良寛の作詩の動機になったことが何か、判然としない」という印象を持ったのは、たんたんとした庵主生活が記されているのみだったからであり、その頃の自分が、まだ良寛の漢詩の有りように暗かつたせいでもある。

五　國仙の与えた印可の偈

附良寛庵主

□（朱文「蘆華明月」の関防印）

良也如愚道轉寛

騰々任運得誰看

為附山形爛藤杖

到處壁間午睡閑

寛政二庚戌冬

水月老衲仙大忍（花押）

□　□（「大忍之印」「國仙」の落款印）

右は、國仙が良寛に与えた印可の偈を、國仙が書いたままの行替えで掲げたものである。標題に使用の文字が「授ける」意の「付」でなく「引きつけて添え増す」意の「附」であることにも、この偈が修行の進み方の可なることを証するものであることは示されているが、その印可の偈を、國仙の後住選定に大きく作用した宗門内の黄檗色払拭の動きを背景

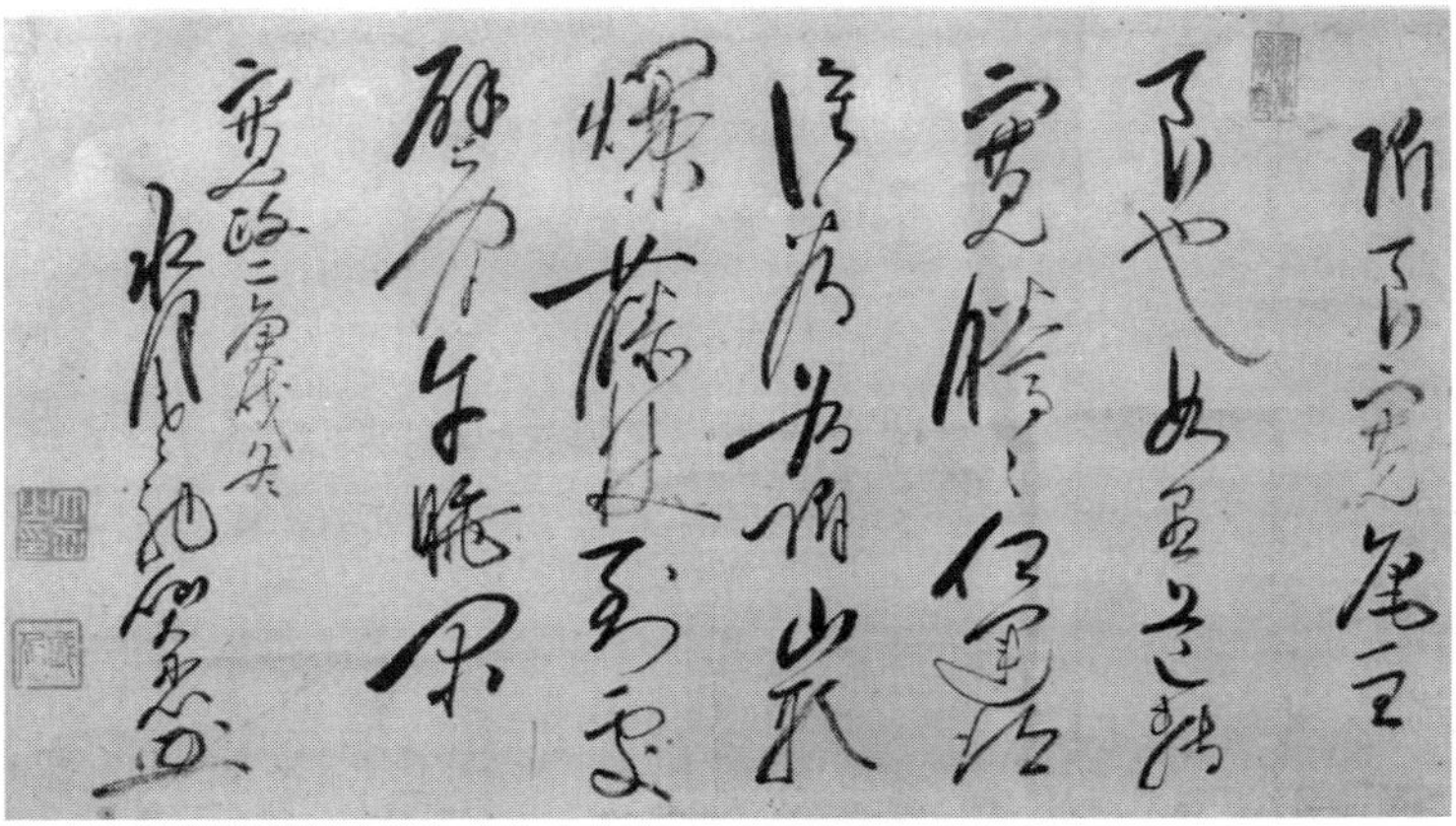

良寛維宝堂編『木村家伝来 良寛墨宝』〈二玄社〉より転載

に置いて考えるとき、良寛の将来を慮《おもんぱか》ったがゆえの附与であった可能性も否めない。良寛と義提（國仙の印可の偈では「儀貞」）尼の二人が同時期に印可の偈を受けたことにも、それは表れていよう。

松平定信の寛政の改革以後に兆した宗門内の黄檗色払拭の動きは、寛政二年（一七九〇）十一月、関三刹から「祖規復古の申達」が出されるまでになって、徐々に動かしがたい流れとなってきていた。その流れの中で、國仙が自分の健康に不安を感じて圓通寺の後住を選ぶとすると、祖規復古を標榜する人の方が寺の将来にも、宗門にも良い結果をもたらす、と考えるに違いない。國仙のそうした身内を離れた広い見識が玄透即中を後継者とし、即中自らも格式高い寺での祖規復古主張の実践が可能となることに鑑《かんが》み、望んで國仙の後を継いだのであろう。

その頃の良寛はと言えば、いつまでも師・國仙の許《もと》で庵主として修行を継続することのみが望みであり、目標でもあったということになろうから、良寛には祖規復古云々よりも、國仙の健康が寛政二年の秋には著しく損なわれてきたことの方が重大事だったと思われる。しかし、國仙の健康は良寛の望みを叶《かな》える方向には動かなかった。書籍に國仙が書いた奥書に「寛政二年十二月十二日現円通《げんえんつう》国仙臨滅前記之《めつぜんにのぞんでこれをしるす》」（吉川彰準「国仙雑考」岡山県曹洞宗青年会編『良寛の師　大忍国仙禅師傳』一三二頁。ルビは引用者）とあるという。この奥書の日付となる前から、死の近きを知った國仙は後継者・玄透即中が存分に手腕を発揮できるように配慮したはずである。同時にまた、即中の許では修行のし直しがきかない弟子本人のために、しかるべき道を示しておく配慮もしたはずである。これら背景としての宗門の動きと國仙の健康問題が重なって、良寛への印可の偈が認められたのである。

書籍奥書の寛政二年（一七九〇）十二月十二日に「現圓通」と書いた國仙は、良寛への偈に「水月老衲仙大忍」と書いた。この書き方が國仙の公式の立場の違いを表しているとすれば、十二月十二日以降三十日までの「寛政二庚戌冬」の期間内に良寛に印可の偈を附したことになる。実際は後継者を決めた後も圓通寺で弟子たちに見守られて示寂までを過ごしたのだろうが、十二月十二日から良寛に印可の偈を附すまでのいずれかの時点で、自ら水月庵に引退した一老僧と自認し、玄透即中の入寺を待つ態勢を取ったのだろう。

印可の偈をしたためて師匠が弟子の一人前になったことを認めるとき、その言葉の中には、自分が理解している弟子の現在の状況、弟子の今後の修行に寄せる期待、新しい修行に進む際の注意点、世間とのかかわりに関する今後の留意点等が含まれるものであろう。そうしたもののうち、普通の弟子とやや路線を異にする良寛に國仙が印可の偈を与える場合、将来への導きに力点を置くのが当然だと思う。特に、自分の死期の近きを感じて偈を認めるのだから、なおさらである。そうだとすれば、偈の文字の辞書上の意味を結びつけただけでは表れないもの、すなわち、良寛がこの偈を思い出すたびにそこに國仙の新見解を見出すほどに含蓄があり、しかも、良寛の一生涯すべてを覆い尽くすような意味深い導きが示されている、と見るべきである。

右に記した師・國仙の状況や見方に立つと、「良《りょう》也《や》如愚《ぐのごとく》道《みち》轉《うたた》寛《ひろし》」という起句は、「〈良寛よ。お前が自分から磨き始め、私の許で本格的に何年も磨き続けてきたところの〉ひたすら素直に、良きことに徹するという道は、外から見ると一見愚かなことをやっているようでも、その道にそって行動し得ている時は心がゆったりして、禅修行者の道にはもちろん、人の道にも適《かな》っていることが分かる。しかし、その道にそって人生を生きることは果てしない広がりを持つことになり、「閑々地」を目指しての完全な実現には困難を極めるはずのことだ」の意で、良寛の修行に対する國仙の現在の理解と、その修行方向の意義深さを伝えている。二行目の最初に「寛」を持ってきて、一行目の長くなりやすい「良」とさりげなく並べて書いたところなどは、國仙一流の閃《ひらめ》きの発露とも言うべく、これによって巧まずして良寛への思いやりがうかがえる。また、「也」の大きく伸びやかに書かれた文字は、上の「良」を大きく肯定する雰囲気を醸していて、この二点は、良寛にどんなに励みの気持ちを与えたことか。

承句の「任運」については、長谷川洋三氏の所説「道元禅における『任運』とは『精一杯の努力をした上で各人の徳分に応じて与えられるものに従うこと』なのであり、何もしないで成り行きに任せるという意味では全くない！」

(『良寛禅師の悟境と風光』大法輪閣、四六頁)に尽きる。確かに「あの人は昔はもっといい人だったのに…」とか「あの人は昔はどうしようもない人だったのに、立派になったものだ」とかという話を聞くと、人は努力の有無によって「徳分に応じて与えられるもの」を増減させて生きる存在だと実感する。

「騰々」は、長谷川氏の言を借用すれば、その「各人の徳分に応じて与えられるもの」に人が従う場合の「従い方」を言っていることになる。人が心の指し示すことに従う場合、それが容易なことならば完全に従って言動し、困難を伴うと(実行にあたって相応の努力はするとしても)完全には従わずに中途半端に言動するもののようである。つまり、普段の我々の言動は、自分に都合良く、という勝手な計らいの下に行われているのである。しかし、國仙がここで言っている「騰々」は、そのような計らい無しに、常に何の迷いも努力も無しに、すんなり完全実行する「従い方」だろう。良寛の「愚」と言われる所以《ゆえん》はこの点なのではなかろうか。

承句後半の三文字「得誰看」には誤りがあるのではないか、との見方もあるが、花押を書いたうえに関防印、落款印まで押捺した偈に、國仙の字句点検の目が欠落していたとは考えにくい。やはり「得誰看」の文字順は、國仙の意図そのものだったのではないか。偶然そうなった可能性も無しとはしないが、「得」を二行目の最後に置き、「誰看」を次行の頭に持って行って良寛の誤解を未然に防いだものであって、「得《うとも》」といったん切って、「誰看」に続けたと見る方が自然だろう。承句に國仙が示したことは、おそらく、「お前の身内に内在していて磨き出しつつある『騰々任運』という生き方は、お前以外のものが努力によって獲得しても、得たそれをどんな者が実際に言動を通じて他の者に分かるように見せることができようか、そういうことのできる者はいない。これはお前だけにしかできないことなのだから、その生き方を大切にして、一生涯、その磨き出しに努めなさい」ということだと思われる(「看」は他動詞の「みす」で、承句の書き下し文は「騰々任運得とも誰かは看せむ」だろう)。

転句は「為附山形爛藤杖《ためにふすさんぎょうらんとうのつえ》」で、同時に義提尼に与えられた印可の偈の転句にも用いられている。このことと、偈を認める國仙の置かれた状況を考えた場合、この一句に、この先の修行の必要さと旅立ちを促す気持ちの込められていることがはっきりする。もちろん、印可の偈を受ける当人たちは、眼前の事実として國仙の衰えを見てきているから、たとえ添え言葉無しでも、その意向は正確に受け取ったことだろう。

さて、まず「形」だが、古辞書「類聚名義抄《るいじゅうみょうぎしょう》」には、「カタドル、アラハス、イロフ」等の読みが載っている。「形」はおそらくその意味であって、その意味で意訳すれば「山形」は「山がかたちづくった」ということになろう。ここで言う杖は極めて抽象的な修行の支えとしてのもの、すなわち仏法そのものを意味し、「山」は釈迦が法華経を説いた霊鷲山を、「形」は、そこで釈迦が説いて形成され、その仏法がその後二千年間、善知識に磨きに磨かれてきていることを言っているのであろう。

さらに、「爛藤」とは、徳昌寺二十六世・虎斑和尚の大蔵経招請の旅日記の名「請蔵南行爛葛藤」にもある「爛葛藤」だが、この語は昭和初年時点まではまだ死語ではなかった。昭和五年五月五日、二十一日、六月五日付『京都帝国大学新聞』に初出の中井正一氏の論文「スポーツの美的要素」の中に、「コーチの百千万の警告もただ『爛葛藤』にして、ついに伝え得ざる底のものであり…」と使用されているのをみても、それは知れる。そして、中井氏の用例でも分かるとおり、その語で表されるものは「腐った葛藤」の暗喩によってのみ示されるものであって、言葉では伝え得ない無形の重要な実質を表すのである。言葉にすれば内容が雑になって意味を成さなくなる重要かつ微妙なものゆえ、それを表す手段として、その周囲に密着していて無くなったものを示すことを以て、それと離れがたく存在した大事なものを表現するという手法が昔から使われていたのだろう。印可の偈について具体的に言えば、二千年来、脈々と続いてきた仏法と、そこに身を投じて修行に励んだ國仙の、励んだがゆえに逆に湧いてきた自身の未完成の自覚が「お前の師としては、さしたる意味の無かった自分」とのへりくだった気持ちを生じさせ、暗にそうした自分の気持ちを「爛藤」の語で示そうとした、と考えられる。つまりこの転句は、「不十分であったかも知れないが、私は確かにお前に仏法を伝えた。この後は圓通寺を出て、仏法そのものを支えとして精進を続けなさい」という意味なのではないか。偈の結句は、國仙が自分自身の方向として考えていたことを良寛に投げかけたものらしい。良寛に対するこの印可の偈を、自分が今「滅前」にあるとの認識の下で記して三ヶ月、人生最後の大問題としての死に、まさに自分のこととして直面した國仙は、弟子に示す遺偈に、

入魔入佛　六十九年
透出魔佛　閑坐閑眠

と記した。この第三、四句は「今、死の時に至り、『魔』からも『佛』からも離れて『閑坐閑眠』の境地にある」という、いわば死に臨んだときの我が心境を表している。ここに言う「閑」の境地こそ、日頃、國仙が最も強く希求し続けていたものだったから、正念場でそれが迸《ほとばし》り出てきたのだろう。

國仙のこの姿を下敷きにして結句の「到処壁間午睡閑《いたるところへきかんごすいのかんあり》」を見たとき、「閑」が、真っ直ぐで静か、しかも、穏やかで明るく落ち着いた、澄み切った心の有りようを言っていることくらいまでは、容易に想像できる。「午睡」（この語は、國仙と良寛の間においてのみ通ずる「午睡」が存在し、それを踏まえている可能性が高い。このことについては前項を参照。もしかすると、國仙が自分の「永眠」を頭に置き、その「眠」を避ける意図もあったかも知れない）もその心的状態を表すものとして納得できるように思う。問題は「壁間」が表すものということになろう。これについても良寛研究諸家からいろいろ優れた解釈が提示されてはいるが、國仙の遺偈における「眠」、すなわち、人生が最終的に突き当たる死をもさしていると解したい。死を自覚した國仙は、仏法の示す本旨を体現すれば、その壁に突き当たるまでの人生すべてにおいて「閑」があるのはもちろん、それを実現して行きさえすれば、そのまま、その「閑」の心的状態を以て死に臨めるはずだ、と良寛に

言っているのではなかろうか。國仙自身、遺偈で「閑」が自分の死にきるまでの人生を貫いて存在しているので大いに満足だと語っているからである。

　國仙示寂の後、まだ若かった良寛も、最後の弟子として遺偈を見る機会を得たであろう。その時、自分の受けた偈の最後の一字、やや太めにはっきりと書かれた「閑」の字を思い浮かべたのではなかろうか。そして、師の國仙が自分の生涯を締めくくる三ヶ月前に、「閑」一字に込めて自分に示そうとしたものは何だったのか、と改めて考え直したのではなかろうか。その時、鋭敏な良寛の感性が覚醒的に受け取り直した「閑」は、少なくとも、先ほど「容易に想像できる」とした内容などより遙《はる》かに禅修行に直結した質の高い「閑」だっただろう。それは、良寛が國仙に家風を問った時、國仙の答えが「坐」ではなく「一曳石二搬土《いちにいしをひきにつちをはこぶ》」だったからである。「閑坐閑眠」とこの國仙の家風を照らし合わせて見えてくるのは、國仙のいう「閑坐」というものは、自身の「曳石」「搬土」の日常、すなわち精神的に充実した日々の作務、もっと具体的には、日常の一挙手一投足そのものと一体化して初めて存在するということである。極言すれば、日々、自身の仏性に照らして満足できる一挙手一投足の連続があって、その連続の裏付けによって「閑坐」もあるのであり、その意味での「閑」は、行為の一心不乱さと座禅の一心不乱さとが相俟《ま》って初めて生まれ出る心的状態——前に記した「真っ直ぐで静か、穏やかで明るく落ち着いた、澄み切った心の有りよう」——であって、真にそれは充実した心の有りようなのに違いない。國仙は自分のその状態を、良寛に通じやすい「午睡閑」で表現したのである。

　従って「午睡」の語は、「気持ちの良い居眠り」という事実そのものを示していないのはもちろん、例えば、苦しい登山の後に頂上に立って感ずる爽快感や達成感、疲れて床につき、一睡りで朝を迎えたときの満ち足りた気持ちなど、あることの結果としての充足感のみを表しているのでもない。これは、國仙にとっての「閑坐」が、自ら本然的に望むがゆえに進んで一心不乱の座禅に入るものであったように、あるいは、誰にとっても「午睡」というものが何の意図も無くそうなってしまうことであるように、個人の仏性と直結して「自然とそうなっていっている」という性質と、その営為の包含する質の高い有りようとを併せ示す語なのであろう。

もし、國仙示寂の後にその遺偈を見た良寛が、國仙のいう「閑」をその方向で理解したとすれば、修行者・良寛にとって印可の偈に示された「閑」の道がどんなものに見えたかは想像に難くない。一心不乱で満足できる行為が自分にあって、その行為から湧き出るところの、真っ直ぐで静か、穏やかで明るく落ち着いた、澄み切っていて充実した心持ちのままに生き、その心持ちのままで、良寛自身とその周囲に起こってくる四苦八苦のすべてを乗り越えてゆくことは、不可能に近い困難さだと直覚しただろう。そして、そんな「閑」を求める修行は、まだ誰も進んだことのない、厳しい茨の道だ、とも知ったことだろう。おそらくこうして、「閑」をずっしり重いと受け止め直し、覚悟を固めたに違いない。

以後、良寛は、示された「閑」の心的状態が人間にとって如何《いか》に大切であるかを、いろいろな場面で実感し続けたことだろう。それゆえ、そのたびごとに印可の偈は、良寛の心の中で輝きを増したことだろう(越後に帰った良寛が、不定住の生活の中で國仙の印可の偈を一生捧持していた理由の一つはそこにあるのではないか)。従って、越後に戻ってから、一筆書きのような自画像に「是此《これはこれ》誰《たれぞ》大日本國《だいにっぽんこく》國山《こくせん》眞子《しんし》沙門良寛」(「仙」を脱字して「山」を右に書き加えてある。大切な師匠の名を一字落したことで意識に混乱を生じ、「仙」を書き加えるつもりで「山」としてしまったものか。不審。『良寛墨蹟大観』第六巻、中央公論美術出版、九一頁)と賛を記した作が存在するのである。

國仙の印可の偈の指し示すものと、その偈を受けた良寛の受け取り方が以上のようだったと考えると、國仙のいなくなった圓通寺に住庵して修行を継続することは、良寛自身、意味の無いことと感じたのではないか、と容易に想像できる。

六　帰郷前の和歌、俳諧と「関西紀行」

①
赤穂《あこう》てふ所《ところ》にて　天神の森に宿《やど》りぬ　小夜《さよ》ふけ方《がた》　嵐《あらし》のいと寒《さむ[う]》ふ吹《ふ》きたりければ
山《やま》おろしよ　いたくな吹《ふ》きそ　白妙《しろたへ》の　衣片敷《ころもかたし》き　旅寝《たびね》せし夜《よ》は(一)

②
次《つぎ》の日《ひ》は　韓津《からつ》てふ所《ところ》に到《いた》りぬ　今宵《こよひ》も宿《やど》の無《な》ければ
思《おも》ひきや　道《みち》の芝草《しばくさ》　打《う》ち敷《し》きて　今宵《こよひ》も同《おな》じ　仮寝《かりね》せむとは(二)

③
明石
浜風《はまかぜ》よ　心《こころ》して吹《ふ》け　千早振《ちはやぶ》る　神《かみ》の社《やしろ》に　宿《やど》りせし夜《よ》は(三)

④
すまでらの昔をとへばやまざくら
あなたこなたとするうちに、日くれければ、宿をもとむれども、獨ものに／たやすくかすべきにしもあらねば、
をとしつけて、
よしやねむすまの浦は《ママ》の波まくら
とすさみて、つなしき天神のもりを尋ねてやどる。里を去こと一丁ばかり、松の／林の中にあり。春のよのやみはあやなし梅の花いろこそみへね、おり〳〵は、よるのあらし／(に)《脱カ》さそわれて、墨の衣にうつるまでにほふ。石どうろうの火はほのよりきらめき、うちよする波の声もつねよりはしづかにきこ／ゆ。板じきのうへに衣か

たしきて、しばしまどろむかとすれば、雲の上人とおぼしきが、／うすぎぬにこきさしぬきして、紅梅の一枝をもちていづこともなくきたり／たまふ。こよひは夜もよし、しづかに物語りせんとてうちよりたまふ。よる／のことなれば、けわひもさらにみへねども、ひさしくちぎりし人のごとくにおもひ、／むかしいま、こゝろのくま〳〵をかたりあかすかとすれば、ゆめはさめぬ。ありや《ママ》／けの月に浦風の蕭々たるをきくのみ。手を折てうちかぞふれば、む月／二十四日のよにてなんありける。

⑤　有馬《ありま》の何《なに》てふ村《むら》に宿《やど》りて
笹《ささ》の葉《は》に　ふるや霰《あられ》の　ふる里《さと》の　宿《やど》にも今宵《こよひ》　月を見《み》るらむ（四）

⑥　高野《たかの》のみ寺《てら》に宿《やど》りて
つの国《くに》の　高野《たかの》の奥《おく》の　古寺《ふるでら》に　杉《すぎ》のしづくを　聞《き》きあかしつつ（八）

⑦　眺室《（ながむろ〔れ〕）》ば　名も面白し　和歌の浦　心なぎさの　春に遊ばむ（九）

⑧　久方の　春日に芽出る　藻塩草　かきぞ集《（あつむ）》る　和歌の浦わは（一〇。⑦⑧は和歌の浦）

⑨　立田山　紅葉の秋に　あらねども　よそに勝《（すぐれ）》て　憐《（あはれ）》なりけり（六）

⑩　西行の墓《はか》に詣《まう》でて　花を手向《たむけ》けて詠《よ》める

⑪　手《（た）》折《を》り来《こ》し　花《はな》の色香《いろか》は　薄《うす》くとも　あはれみ給《たま》ひ［へ］　心《こころ》ばかりは（七）
はこの松は常住寺の庭にあり。常住寺は太子の建立也。家持の歌に、
けふははやたづのなくねも春めきてかすみにみゆるはこの嶋松

⑫　皇《（すめらぎ）》の　千代万代《（よろづよ）》の　御代なれば　華《（はな）》の都に　言の葉もなし（一三。⑪⑫は京都）

⑬　高野道中買衣(無)直銭
一瓶一鉢不辭遠　裙子褊衫破如春　又知嚢中無一物　總為風光誤／此身
さみづ坂といふところに里の童の青竹の杖をきりて賣りゐたりければ、
こがねもていざ杖かわん《ママ》さみづざか

⑭　里へくだれば日は西の山にいりぬ。あやしの軒に立て一夜の宿をこふ。その／よは板敷の上にぬまてふものをしきて臥す。夜るのものさへなければは、／いもやすくねず。よひのまは翁の松をともして、その火影《ホかげ》にいとちゐさき／かたみくむ。なにぞと問へば、これなんよしの、さとの花筺《かたみ》といふ。蔵王／権現の桜のちるをおしみて、ひろひて盛《もり》たまふ。そのいわれには、いまもよしの、／里にては、いやしきもの、家の　業《わざ》となす。あるはわらはのもてあそび／となし、また物種いれてまきそむれば、秋よくみのる。これもてるものは萬のわざはひを／まぬかるとかたる。あわれにもやさしくもおぼひければ、
つとにせむよしの丶の里の花がたみ

⑮　伊勢の海　浪静《しづか》なる　春に来て　昔《むかし》の事を　聞かましものを（一一）

⑯　仁保《にほ》の海　照《てる》月影の　隈《くま》なくば　八つの名所　一目にも見む（一五）

（右のうち、④⑪⑬⑭は加藤僖一「新発見も含む『幻の書』良寛の関西紀行」〈『良寛』第二十一号〉掲載の写真から草仮名を平仮名に統一し、濁点、句読点を加えて掲出。／は改行符号）

右の①から⑯は、⑥の「高野《たかの》のみ寺《てら》」を大阪府豊能郡豊能町吉川の高代寺とする説（岡元勝美「良寛禅師みうたの一考証」同『良寛争香』恒文社）として、良寛が圓通寺を出て帰郷する折に巡って残した作といわれるものを、およそ西から東へと並べてみたものである。この作品群と冨澤信明氏「良寛　故郷に還る　円通寺から五合庵へ」（『良寛』第四十八号）中の帰郷経路――すなわち、寛政三年（一七九一）八月十八日朝、圓通寺を出発し、四国行脚後明石に戻り、須磨から箕面の勝尾寺、京都、そこから南下して立田山、弘川寺《ひろかわでら》、高野山へ、さらに和歌の浦まで出向いた後に吉野川をさかのぼる形で東に進み、吉野を経て伊勢に到着、その後は中山道近江路、中山道木曽路、松本、善光寺、千石街道、糸魚川と辿《たど》って、寛政四年（一七九二）三月八日までには越後の郷本《ごうもと》に帰った、という路程――とを並列的に頭の中に置いて、右の作品群について考えたい。

「関西紀行」といわれる遺墨については、原初の姿が問題になる。佐藤耐雪氏の言によった東郷豊治氏の記述（『良寛全集』上巻、東京創元社、五一五頁）に従うと、もともとは須磨の部分④と吉野の部分⑭とは相前後して同一紙に存し、⑪⑬と併せて一枚だったという（さらに別の部分の存在をも言っている。事実、加藤氏論文中の写真では、④の紙の右端には数文字が見える）。それを切断し、相馬御風、吉田紘二郎、佐藤耐雪の三氏で分有したらしい。しかも、吉田氏所有分の内容は、今、

（東郷氏は）知ることができない、とされる。一方、加藤氏の同論文によると、加藤氏新発見の⑪も含めて計四点の「関西紀行」は、現在、糸魚川市歴史民俗資料館所蔵という。とすると、加藤氏論文中の写真には、御風氏の保存用台紙に一枚分の剥《は》がした痕跡があるから、それが吉田氏の分なのであろうか。それとも吉田氏の分は別にあって保存用台紙から剥がしたものは御風氏の分であって、御風氏がはぎ取って誰かに与えたのだろうか。ともかくここで注意したいのは、相前後した④⑭の部分と、⑪と⑬はもともと一枚であり、他にもまだ書かれた部分があったらしく、しかもそれらは旅程どおりの順ではなかった、という事実である。そして、そこから言えることは、これが書かれた前後の時期の良寛には、和歌、俳諧、漢詩の創作に相当強い意欲があり、しかも、旅先の各地で得た作をつないで一編の旅行記にまとめようとする意欲があったということである。

おそらくは『奥の細道』の章構成の紀行文に倣い、自作を文章の中心に置ける箇所だけをアットランダムに一カ所ずつ取り上げて下書きとして書いていたものが「関西紀行」として残ったのだろう。下書きゆえに書かれている箇所の順が旅程の順とは異なり、あるいは飛び飛びにもなったのだろう。加藤氏論文中の原本の写真を見ると、文章に推敲の跡も少なく、筆跡に墨のかすれも見えないので、旅先で矢立を使って書いていたものではなく、後日、どこか定まった場所で、取りあえず一箇所ずつ清書ふうに取りまとめようとして書いたものだろう（もちろん、それ以前には、本当の意味での下書きも行われていたに違いない）。

この時期における、このような和歌を中心とする文学への傾斜は、幼少期以降、良寛の中に存在し続けていた文学好きの資質に、國仙の影響が加わって発現したものに違いない。なぜかというと、國仙が、自分の弟子・絶峰義孝を圓通寺の後継住職にしようとして、安永元年（一七七二）に近くの海徳寺六世として呼び寄せ、外護者との交流を考慮して歌人・滝口美領（京都二条派）に入門させて自分とともに作歌に励ませた（渡邊信平・河本昭二「国仙和尚の秘められた苦悩—新たに発見された資料により、後住・玄透和尚と良寛の真実に迫る」〈『良寛』第五十号〉による。ただし、この絶峰義孝は、國仙の思いにもかかわらず國仙示寂に先立つこと四年、天明七年〈一七八七〉に示寂した)、という事実があるからである。相当程度修行が進んでいる弟子に対して國仙は、将来の展開を考えて偈としての漢詩はもちろん、作歌や句作をも推奨していたのではないか。そうだとすれば、庵を与えられた前後の良寛にもその勧めがあって当然、ということになる。良寛が國仙からそうした推奨の言葉を聞いたとき、和歌の持つ往時復元力の大きさを、既に圓通寺に来て間もなくから実経験として認識しており、大きく作歌に心が動いたのではなかろうか。

さて、冨澤氏の前出論文には、寛政三年(一七九一)八月六日、二十日、九月四日に三回の大風記録が存在し、八月二十日は関西を、八月六日と九月四日は関東を襲ったとある。その時、風で家が壊され、洪水も加わって日本の半分は米の収穫が無かろうとさえ見られ、米価が二倍以上に高騰したらしい。翌寛政四年(一七九二)の春は、今度は日照りで苗の植え付けができない地域(中国、九州地方)もあり、米価はさらに高騰を続けたという。

良寛は旅の途上で見てきたこの大風被害の様を本田家本「草堂詩集」地「伊勢道中苦雨作」(加藤僖一他編『良寛墨蹟大観』第一巻、四二一頁)に記している。この詩は、初めに京都出発以後十二日間続いた降雨のことを言い、続けて、冨澤氏の記述と同内容のこと、すなわち、去年秋、三日も続く大風が吹き、そのために道ばたの木が根倒しになったり家の屋根が吹き上げられたりしたこと、大風の影響で米価が高騰し、今春も高いままであることの二点を記し、最後に、こうした天候不順が止まないなら、人々の悲しみをどうしてやったら良かろうかと嘆いている。このように良寛が見聞してきた様を頭に置いて⑮の和歌を見ると、その和歌の穏やかな描写の背後に秘められた良寛の「昔の事」への切実な思いが分かる。

『古事記』には第十代崇神天皇と十一代垂仁天皇の箇所に伊勢大神の宮(内宮)を祀《まつ》ったと記され、天照大御神は、いつも浪が重ねて寄せていて良い所だからと鎮座したと伝わる。その大御神の御食《みけ》の神が外宮の祭神・豊受大神であるから、それらを踏まえて良寛は、伊勢の二柱の神様から昔のことを聞きたいものだと言った。つまり、そんな意図でここに昔から鎮座しておられるのなら、昨年の大風以来、特に過酷な状態に置かれている人々にその神意を及ぼして救ってやってほしいと祈ったのである。人々の悲惨な様を目にしてきた良寛は、衆生済度を最終目標とする僧として、神にも祈らないではいられなくなったということになろうか。

この伊勢における経験のような事柄は、文学的紀行文の素材としては不向きである。「関西紀行」がわずか四カ所分(もう少しあったかも知れぬが)しか存在しないのは、道中で良寛の見てきたことが、いずれも寛政三年(一七九一)の大風による深刻な被災状況、または、米価の高騰が人々を苦しめている様であって、次に略述する圓通寺発着の旅においても帰郷の旅においても、紀行文の素材としてピックアップできることがほとんど無かった結果なのだろう。

今、「伊勢道中苦雨作」を材料として、良寛は京都から伊勢まで旅する間に、長雨や大風といった天候不順と米価の高騰によって人々が苦しむ様を目撃した、ということを記したが、実は、この「伊勢道中苦雨作」は、「草堂集貫華」では表題が「信州道中」となっている。そのために、ここに良寛の経験を示す資料として使用するには、この漢詩が信州から伊勢に変換された経過を明らかにしておく必要がある。

表題を「信州道中」とする「草堂集貫華」と、「伊勢道中苦雨作」とする本田家本「草堂詩集」の前後関係について、内山知也氏は、

「左一の訃至り泫然として作有り」は三輪左一の没年(文化四年・一八〇七)の作であるから、この『草堂集貫華』という詩集は、良寛五十三、四歳ころ文化七・八年(一八一〇〜一八一一)ころに成立したものではなかろうか。

文化十年(一八一三)に粟生津の鈴木文台が五合庵を訪問し、詩集の借用を申し出ているが、あるいはこの詩集が貸し出されたのかも知れない。この詩集を借用し筆写した文台が、感動して詩道について質問すると、良寛は、「孰《たれ》か謂《い》ふ我が詩は詩なりと。我が詩は是れ詩に非《あら》ず。我が詩の詩に非ざるを知るものにして、始めて与《とも》に詩を

ではなかろうか。

言《かた》るべし」と答える。そしてその詩は本田家本の天の巻の巻末（末尾から三番目）に書き記されることになったので

（『良寛詩　草堂集貫華』春秋社、七頁）

と記しておられる。蛇足ながら、この書名をめぐって、『良寛墨蹟大観』第一巻四七四頁の写真に見る題簽によると、最初の書名は「草堂集」であり、その文字の下方に、後になって「貫華」二文字が加えられたと分かる。「草堂集」が多くなりすぎ、そこから現在の自分に意味のある詩篇だけを抜き出して「草堂集貫華」を清書した場合、それが自分用ゆえ「草堂集」の表紙を切り抜き「貫華」を加えて題簽とすることはあり得よう。表紙の無くなった「草堂集」は、その後、間もなく遺失したか、本田家本「草堂詩集」の編纂時点までは存在してその材料の一つとなったか、のいずれかだろう。

さて、この内山氏の推測に依拠すると、本田家本「草堂詩集」に記載の表題「伊勢道中苦雨作」より「草堂集貫華」の「信州道中」の方が早くに書かれた表題、すなわち、元の姿ということになる。そうすると、この漢詩が最初に作られたのは帰郷の際の木曽谷沿いのどこかであって、後日、振り返ってみると、伊勢に至るまでの間に見た庶民の惨状の方が信州でのそれよりも遥かに苛酷《かこく》だったと判断されたため、本田家本「草堂詩集」をまとめる際に表題だけを変更したことが想像される。

なお、「伊勢…」の詩中に「桃花…」とあるのは、もともとこの詩が帰郷時の旧暦三月、信州で作られたからなので、良寛の木曽谷通過を寛政四年三月初旬とすれば、太陽暦（グレゴリオ暦で考える）では一七九二年四月下旬に相当し、たとえこの十二日間は雨だったとしても、この年の中国、九州地方を襲った春の日照りの影響が信州にも及んでいて全般的に暖かだったとすれば、信州でも桃の花の時期に入っていたとみてよかろう。その作がそのまま伊勢道中の風景と思いを表すものとして転用されたのである。

次に、①～⑯がすべて帰郷の経路上で詠まれた作とした場合の問題点として、良寛が帰郷することを決心して踏み出したとき、土佐まで寄り道するものだろうか、高野山から和歌の浦まで寄り道するものだろうか、ということがある。決意したら真っ直ぐその道に進む——それが本性をそのままに言動に移す良寛の姿勢のはずと考えると、寛政三年(一七九一)八月の圓通寺出発から翌年一月二十四日の須磨まで、約五ヶ月間の動き自体が問題を含んでいることになる。

そもそも、師について修行して「師と並んだ」「師を越えた」と思う人は、ゆうゆうと旅立って師のあれこれを探りなおすことなどしない。しかし、病の重くなりつつある師から、下の弟子と一緒に、同一の転句「為附山形爛藤杖」のある印可の偈をもらった良寛が、その三か月後に師が示寂したからといって、自信満々、心もかるく巣立ちをしたとは思えない。逆に、國仙が折々示したあんなことも、こんなことも、『寒山詩』も『荘子』もまだ自分のものになっていない、という思いだけが心を占めていたはずである。

國仙示寂後の良寛の心理がそのようなものだったとすれば、翌年春の國仙一周忌には戻って参列することにして、それまでの約五ヶ月間、師の直近の指導事項の中から具体的で取り付きやすい「作歌」の旅に出ていった(①から⑯までの四分の三を和歌が占める)可能性が出てくる。さらに、西行の墓(大阪府南河内郡河南町弘川の弘川寺《ひろかわでら》)に詣《もう》でているのだから、西行巡遊が柱だったとの推測も自然なこととなろう。そう絞り込んで冒頭掲記の和歌⑩を読んでみると、上の句の「手折《たを》り来《こ》し　花《はな》の色香《いろか》は　薄《うす》くとも」は、

仏には　桜の花を　たてまつれ　わが後の世を　人とぶらはば

という西行の和歌を意識していて初めて言えることだと判明する。西行のこの和歌は、『山家集』では「願はくは花のしたにて　春死なん…」という広く知られている和歌の次に掲げられていて、「仏には…」の方は世間話の中に

引かれてくるような有名な作ではない。良寛は西行の「私の冥福《めいふく》を祈るのなら、仏には桜の花を手向けてほしい」とのメッセージを覚えていて、「〈今は秋だから、野原で〉摘み取ってきた〈白っぽい秋草の〉花の色香は〈赤みの濃い山桜の花より〉薄いとしても、〈あなたの思いに副おうとする私の〉誠意だけは良しとしてください」と、西行の墓に語ったのである。

西行の和歌に唱和して良寛が詠じているというこの事実は、良寛が西行に学ぶ姿勢を持していて、『山家集』を読み込んでいた証拠でもある。西行は東大寺大仏殿復興勧進の一環として平泉に出向き、途中、鎌倉で頼朝に会う機会を持って平泉からの砂金の運搬を円滑ならしめたのだが、それを良寛が何処《どこ》まで詳しく知っていたかは不明ながら、仏教弘通《ぐずう》に務めた西行とだけは認識していたはずで（津田さち子「良寛と西行―良寛は西行のどこに惹かれたか―」『良寛』第四十六号）、國仙の作歌推奨が、その西行の故地を巡遊する旅へと踏み出させたのであろう。あるいは、良寛が地蔵堂の大森子陽の塾で学んだ頃、西行が平泉からの帰路、地蔵堂の地にしばらく滞在して和歌を残した、という伝説を聞いていて、それが西行の故地巡歴を後押しした側面があったかも知れない。

この西行の墓以外の良寛巡歴箇所を見ると、和歌の浦（和歌の神・玉津島神社に近い）と立田山、琵琶湖には西行の和歌がある。また、京都ではあちこちに西行の逸話と和歌があるし、庵住もしていた。高野山、吉野山、伊勢は、西行が住んだところでもある。確かに良寛は西行を訪ねて旅をしていたのである。

⑭は、良寛が吉野山から里に下りて泊まった貧しい家で、翁が宵のうちに作っていた「かたみ」に心惹《ひ》かれたための描写である。吉野山で見てきたばかりの「かたみ」を、こういう人たちが作っているのかと初めて知って「あわれにもやさしくも」思われて「つとにせむ」と思ったのには相違ないが、やがて数ヶ月後には、住職にならぬままに一人の禅僧として生きて行かねばならぬと思っている良寛が、我が命を支える物を入れる「かたみ」を眼前に見たとき、その「かたみ」に蔵王権現が込めたという力ある加護を我が将来の支えにしようとする、いわば、お守りを持つよう

な心理が良寛には湧いていたと想像される。また、その「かたみ」の包含する祈りは、自分の目指す「清貧」または「没宿」の思いと合体し、『山家集』中の、

雨中若菜
春雨の　ふるのの若菜　生ひぬらし　ぬれぬれ摘まん　かたみたぬきれ

という僧の生活の詠（「かたみたぬきれ」は「小籠〈の半円形の柄〉に手を貫き入れて〈腕に下げて〉」の意）を脳裏に呼び起こさせたのに違いない。このように西行を軸に考えてきて、ただ一つ理解困難なのは、⑥の「高野のみ寺」への迂回《うかい》理由だろう。この寺が岡元勝美氏の言われる大阪府豊能郡豊能町吉川の高代寺だとすると、①赤穂（または現・姫路市英賀保）、②韓津（現・姫路市福泊）、③明石、④須磨、⑤有馬（現・神戸市北区有馬）と海岸線を辿ってきた良寛が、なぜ直線で二〇キロ余も北方の山間へわざわざ分け入ったのか――この後に西行巡遊へと続くはずのこの旅においては、急に旅程から逸れてゆく点で不思議さがある。別目的の別の旅の作が混入しているのか、とも思われてくるが、以下のように考えると、その迂回がごく自然だと得心がゆく。そこに気付いたのは、①から⑯の中に勝尾寺での和歌、

幾度《いくたび》か　参る心《こころ》は　勝尾寺《かつをじ》　仏《ほとけ》の誓《ちか》ひ　頼《たの》もしきかな

が谷川氏『校注　良寛全歌集』（春秋社）では「御詠歌二首を組み合わせたもの」（四一二頁）として良寛作から除外してあることに改めて気づいたのがきっかけだった。この和歌は、

第八番　長谷寺
いく度も　参る心は　初瀬寺《はつせでら》　山も誓ひも　深き谷川
第三番　粉河寺
父母の　恵みも深き　粉河寺　仏の誓ひたのもしの身や

の二首の御詠歌の上の句と下の句の組み合わせを換え、語句にも変更を加えて一首に詠んだものである。この変形は、当然、勝尾寺をめぐる良寛自身の思いに合致させるためだったはずで、このうち、「いく度も」を「幾度《いくたび》か」と変えたことで新たに示された心理は、良寛の往路の参詣《さんけい》が西行の作を訪ねる自らの意志によったのに対し、二度目はむしろ偶然に「〈他の寺に行こうとする心よりも、この寺に〉参る心はなぜか〈自ずと〉勝つ〈ような、そんな霊験あらたかな〉勝尾寺」だった、というものだろう。

なぜ、再度、勝尾寺に行くことになったのか。それは、右の西行巡遊の旅を終わって京都に着き（Ⅱ章二節中の小項目〈蘭谷萬秀の退隠〉で想定した頑石希鈍の動きに合わせて考えると、順路は京都→和歌の浦→伊勢→近江路→京都となる。京都には弟の香がいるので、往きも帰りも立ち寄っただろう）、あとは圓通寺に戻れば良いという状況になって、圓通寺帰着までなお四、五日の余裕があったとき、帰路の寄り道に、当時、京、大阪で盛んだったという能勢妙見参詣を考えたからなのではないか。この能勢妙見参詣を思い立つ背景には、宗龍の良寛に対する直話があったと考えられる。大島晃氏『大而宗龍伝』第二版（考古堂書店）二八二頁に掲載の天明五年（一七八五）十月八日付「大隆寺現方丈和尚」宛書簡に、宗龍はこの年の六月十三日、一日中、新発田無縁供養托鉢をした後に「中気病」を発症、「薬もまはらず、ねはん堂入之覚悟、遺言遺偈も調へ、死を待所ニ、平生信心し奉る妙見尊直ニ御造テ《「告シ」か》、二夜ともに来降して云、薬ガマチガフタ、改めよト〳〵《「改めよ〳〵ト」の誤りか》返ス〳〵ノタマヘバ、二夜のつげ玉ふ、薬カヘテ《「薬ニカヘテ」か》直ニ快方ニおもむき候」（傍記は引用者）と妙見菩薩効験のあらたかさを書き送っている。このことからすると、この年以降に、良寛の宗龍への三回目の請見があったならば、その折には、この妙見菩薩の奇瑞について、宗龍本人からその経験が詳しく話されていたはずで、それよりさらに何年か経っているとはいえ、これから一雲水として生きゆこうとする良寛が、病から宗龍を救った妙見菩薩に強く惹《ひ》かれていた可能性は高いと言える。——なお、秩父における妙見信仰発祥の地が廣見寺であることと、宗龍の妙見信仰は繫《つな》がりを持つのかも知れない。——

　数日の余裕を得て能勢妙見参詣を思い立ってみると、既に一度参詣した勝尾寺に再び立ち寄ることになってゆく偶然さに、隠れていた縁の表れを感ずると同時に、禅的発想が起動されて、今回の旅で詣でた西国三十三観音霊場の長谷寺と粉河寺の御詠歌による観音讃歌が詠まれたのであろう、「偶然、復路にもこうしてふたたび勝尾寺に立ち寄ることになったのは、往路に西行巡遊で参詣していた勝尾寺の観音様のお導きのお陰である」と。

　おそらく能勢妙見参詣後、ふたたび海沿いの街道に戻るべく西に向かって山を下り、高代寺に辿り着いてそこで一泊し、終夜、杉の滴を聞き明かした。この頃、良寛の頭にあり続けたのは、圓通寺を出た後に自分はどう生きようかということだったに違いないから、ここで帰郷を決断したのだろう。

　ここまで辿ってみた良寛の旅からいうと、年が改まってから圓通寺に戻ったはず、ということになる。そんな兆候は無いものだろうか。そんなことを考えたとき、ふと気がついたのは、須磨の綱敷天神で野宿した良寛の夢に現れた菅原道真の様子だった。綱敷天神での夢だから道真が現れても何の不思議もないのだが、その人物に関して「今夜は夜も良し、心静かに互いに話をしようと言って〈良寛の方に〉お寄りになる。夜のことなので容貌もまったく見えないけれども〈良寛は〉長い間繫がりのあった人のように思い、昔のこと今のこと、心の隅々までを話して夜を明かそう」とした、と記してある。良寛の心の呼び寄せた人物がそのように良寛に働きかけているということは、良寛の心の対面したこの人物は菅原道真その人ではなく、道真の和歌の下句「あるじ無しとて春な忘れそ」が引き寄せた、今は亡き國仙のイメージではなかろうか。自分がもともと心を寄せていた和歌に國仙も心を寄せ、教養としての作歌を奨励した良きイメージが良寛の無意識の世界に沈潜していて、それが今、綱敷天神という場所と漂う梅の香によって菅原道真の姿を借りて夢に浮上してきたのに違いない。

師・國仙に親しく接することを願うこの良寛の心の向きは、当然、圓通寺を去る方向にはそぐわない。國仙の一周忌に向けて圓通寺を目指す方向、それも、今度は予定より少し遅れ加減になってきて、心の奥では焦りはじめている、そんな心理こそこの夢の表す良寛の心の状況ではないか。その心理なら、当然、「一月二十四日のよ」という日付も書き込みたくなるのではないか。したがって、この須磨・綱敷天神での良寛の野宿は、高代寺経由で帰ってゆく途上のことだろう。そう気付いて他を見ると、有馬で霰《あられ》が降った⑤の和歌もそれと同時期のものであることが判明する。

年忌法要はその人の忌日より早めるのは良いが、遅らせるものではないという。寛政三年（一七九一）三月十八日に示寂した國仙の一周忌は、閏二月の存在で祥月命日を待たず、翌寛政四年（一七九二）の二月または閏二月十八日までに行われたのではなかろうか。越後に帰って後も、國仙の弟子であることを我が支えとも誇りともしていた良寛のことだから、必ずや師の一周忌には参列して帰郷したと考えるべきだろう（須磨から圓通寺までは約二〇〇km、一週間ほどの旅程であるから、二月の初めには圓通寺に着いたはずである）。

ここまでは、冒頭の①～⑮の内容に禅的発想がうかがえないこともあって、もっぱら國仙の和歌推奨の延長線上に良寛の旅があるはずと考えて、その場合に矛盾が無いかどうかを確認してきた。しかし、実際の良寛の有りようは、禅僧としてはまだ荒削り状態であって、いわば初めて俗世間に身を置いたのだから、各地での見聞によってさらに禅僧としての姿勢に磨きをかけたくなる時期にあったはずである。したがって、旅の目的に禅修行が欠落することなどあるはずがない。良寛が國仙の許《もと》で、本性の発現としての生き方を通して仏法の弘通《ぐづう》を図る道を選択した後は、その道こそ禅修行の本道との認識を持ち続けていただろうから、荒削り状態の次の段階として、必ずや「五師参見」を果そうとしただろう。

その時までに良寛が参見したのは、天明四年（一七八四）以降に数回その機会を得た大而宗龍と、天明五年（一七八五）に崇福寺で参見した玄乗破了の二人に止まっていたから、「人の生けるや直し」を旨とする良寛がこの中途半端な状態で良しとしたはずがない。寛政三年（一七九一）三月の國仙示寂後は、特に國仙の遺風を求めて可能な限りの兄弟子に参見したい、と考えただろう。

ちょうどその時期に、國仙と同門の天嶺光圓が奈良県東吉野村・蔵心寺の七世、同じく大棟快仙が吉野山に近い観音寺の五世、良寛の兄弟子・頑石希鈍が現・鈴鹿市の養泉寺で十世、さらに現・津市美杉町奥津《おきつ》の崇福寺で佛海大心が八世の住職であったとしたら（これらの寺院での各住職住持期間は未確認）、良寛はそれらの寺々を巡って参見する行脚に出ただろう。寛政四年（一七九二）当時、関西地域に住持した可能性のある國仙の兄弟子、良寛の兄弟子は右に掲げた範囲に限られるのだが、これらの各寺院はすべて良寛が巡遊した旅程の上にある。この一致は、禅修行への意思がますます強固に保持されていて、兄弟子への参見によって自分の承知していない國仙の指導の別な面を新たに吸収して我が道確立に資せんとしていたことを物語っている。

その國仙の指導を大切にする心がけが、『荘子』の吸収や『寒山詩』熟読へと進ませた。このうち、『荘子』に関しては、偶然、土佐で近藤万丈が見ていたことの中にある。ここに着目して論じられたものに川内芳夫氏『良寛と荘子』（考古堂書店）がある。氏は同書の副題に「良寛の生き方の原点は荘子であった！」とされ、良寛に『荘子』が作用したことを述べておられる。良寛が「俗に非ず、沙門に非ず」（漢詩四一三中の一句）と自身をいう、その認識とズレを生じないという点では同感する。だが、良寛と荘子の関係は、『荘子』を習って身につけて、その習慣の集積が良寛の性格となったというものではなかろう。

確かに「三峰館入塾から十九歳春までの経緯」の項目で、もし『荘子』の講義があったならスポンジのように吸い取っただろう、との推測を書いたが、それは、まだ幼い少年だったとはいえ、自分の生き方と同じ行き方であるがゆえに、今の自分の生き方を磨きうる考え方として吸い取っただろう、という意味である。その後の榮藏は出家して良寛となり、もっぱら自分の中にある本性を磨き出し、その本性を言動に実現することを実行してきた。言い替えれば、本性になお潜む雑物をいやが上にも排除し続ける行為であって、それが『荘子』の示すものと同じ方向だっただけである。良寛が土佐で『荘子』を読んでいたというのは、なお我が本性を如何《いか》に磨き出すかを考えるため、同方向の生き方の書として読んでいたものと思う。

良寛は修行中、宗門の堕落を知って絶望していたところに師・國仙の示寂に見まわれ、そのうえ、考えの異なる玄透即中の圓通寺晋住が見えてきてすっかり虚脱状態になってしまい、その状態の時に三峰館で習った『荘子』(または講義中に存した『荘子』的要素)を思い出して改めて『荘子』を読み、かろうじてそれに縋《すが》って立ち直り、以後は『荘子』の示すところを自分の生き方とした、としてしまうとすると、それまでの良寛の修行は何の意味もなかったことになる。もし良寛がそんな体たらくだったのなら、國仙の印可の偈は何だったのか、國仙の目は節穴だったのか、ということになってゆく。だから、『荘子』の示すところに縋って立ち直ったのだ、という見方には賛同できない。

良寛の國仙の許での修行が、既に記した項目(Ⅲ章三〜五節)のとおりならば、その修行の方向性と独自性は、師の示寂に遭おうが、宗派全体の僧が等しく堕落しようが、圓通寺の住職が誰になろうが、それに影響されて変わる性質のものではない。また、修行にかけた良寛の本気度は「入室非敢後《にっしつあえておくるるにあらず》 朝参常先徒《ちょうさんつねにとにさきんず》」(八七)に表れているごとく、正に群を抜くものだった。その禅修行にかける本気度は、榮藏時代に他の生きうる道を真面目《まじめ》に検討し、禅僧の道が一番向いている、それ以外にはないと認識したことによって生じたものであった。したがって、自分の全存在を賭《か》ける修行への志行は、圓通寺を出たからといって、帰郷したからといって変化、変質を起こすものではない(このように自分の全存在をかけて生きる人の場合、その生きる姿勢に変化、変質の起きるのは、もっと次元の高い生き方があると知って、その生き方に切り替える時だけである)。帰郷後においても良寛の禅修行が決してヤワなものでなかったことは、示寂まで続けたところの、「これ以下では命を保てないという最低レベルを保ったうえでの知足」の生活と、仏法や人間としてのありようを探究し続けた生き方そのものが、はっきり証明していることでもある。

だから、良寛が自ら「一従出法舎《ひとたびほうしゃをいでてより》　錯為箇風顚《あやまってこのふうてんとなる》」(四三八。一一一では同様の表現で「風顚」を「駑駘《どたい》」「痴獣《ちがい》」とする)とか、「住疎懶《そらんにじゆうす》」(三一七、三一八)とかと言っているからといって、帰郷後の良寛は「気が狂ったようになった」、あるいは「おろか者」になった、または「おろそかで物ぐさ」になった、などとしてしまっては、その真《しん》面目を捉《つか》まえたことにはならない。

およそひとかどの人物は、自分の生きる方向をはっきり定めており、また、自分のいろいろな分野の実力レベルも把握しているのが普通であって、その人が周囲によってある地位に祭り上げられるような場合、それが自分の生きる方向に望ましいことでなければ「私にそんな能力はありません」などと言う。その言葉は、周囲からは「この人にはそんな能力は無いのか！」との固定観念を持たれるかも知れないが、当人にとっては、周囲の見方がそう定まったからといって自分の実力レベルが減じたわけでもなく、むしろ、望まないことに時間を割くことをしなくてよくなって、その方が望ましいものである。――それと同様のことが一一一、三一七、三一八、四三八の漢詩を残した良寛においてもあるのではないか。良寛は、自分の今の生き方が、禅僧または一《いち》人間として一〇〇%の意味がある、これしか無い、と信じていたればこそ、自分を周囲の人の見方をもって「風顚」「駑駘」「痴獣」などと言ったのである。

Ⅳ　乞食行への道

一　帰郷の決意

遁世之際
波の音　聞《きか》じと山へ　入りぬれば　又色かい〔へ〕て　松風の音《おと》（一三）。

高木一夫氏『沙門良寛』（短歌新聞社）二〇四頁に掲載の写真と説明によると、この和歌の書かれた紙片は「地蔵堂町宮下町　小川五平氏（当主長八）ヨリ出デシ反古中ニアリシ」もので、「良寛臨終に関する重要文献」として御風記念館に伝来している。おそらく最晩年の良寛に会うことのできた人のメモ書きであろう。

この「遁世之際」の詞書をもつ和歌に関して「遁世」は十八歳で家出したことを言い、「山へ入りぬれば」「松風の音」は、家出後、三峰館の学友・原田有則の所で数日を過ごし、その後に東に道を取って会津へ向かい、「行者《あんじゃ》」として禅寺を渡り歩いた時期に遭遇した困難状況を言う、とする説が出されている。

そう解すると、「松風の音」は確かに「行者」としての苦難の表現となって、第三者から見た榮藏の姿には合致する。しかし、榮藏が自分の意思で家出したのなら、「行者」の苦難は覚悟の上で山に入ったはずである。それなのに、歌意は「〈自分の周りにいつも聞こえる、嫌《いや》な〉波の音を聞くまいと山に入ったところ、〈その山では〉また〈波の音とは様子を変えて松風の音〈となって自分に嫌な音をもたらしている〉」とあって、海辺にいた時には予想もしなかった松風の嫌な音の存在を詠み出している。山に入ってみたら予想外のことに嫌な松風の音がする、と詠んでいるこの事実は、この「遁世之際」の和歌が、前途の苦難を覚悟して踏み込んだ行者《あんじゃ》生活とは別のこと、つまり、十八歳の「家出」以外の場面を表現している、ということになる。

谷川氏はこの和歌を「作歌の年代は不明だが、越後帰国間もなくとも思われるので、ここに記した」として、「故郷に向かう」の次の項目「故郷に帰る」の最初に配置された。氏のこの注記の示す流れに従って「帰郷前の和歌、俳諧と『関西紀行』」に掲出の和歌に続けてこの「波の音…」を読むと、素直な想いを詠む作風から暗示的色彩の濃い作風へと、急転換していて断絶さえ感ずる。「聞じ」と拒否の意思をあらわにし、「又」と言って「聞じ」と同方向の反応で「松風の音」を捉《とら》える詠風は、「底に何かある」とさえ思わせるものだからである。

おそらく谷川氏は、「遁世之際」の詞書があるにもかかわらず、隠喩使用に手馴れた詠歌法とみて「越後帰国間もなく」の作としたのだろう。そうだとすると、「越後帰国間もなく」に、なぜ、詞書に「遁世之際」としてこんな和歌を作ったのだろう、という疑問が湧いてくる。

確かに、和歌に詠まれている場面変化の様子は「遁世」らしく見える。良寛の場合、「遁世」は十八歳から二十二歳までの四年がかりでようやく達成され、その動きが始まる前の場所は出雲崎の生家、「遁世」の完了した場所は玉島の圓通寺だから、「波の音」は出雲崎の波の音、「松風の音」は圓通寺の松風の音ということになる。「波の音」が隠喩なら、それはもちろん名主見習いとしての失敗以後、自分を訝《いぶか》りさげすむ人々の噂が大きくなって、いたたまれないほどだった事実ということになろう。

そのことがあって、その後、山すなわち寺に入ったのだが、そこでも「波の音」がただ「松風の音」（観音院や圓通寺の境内に松があったので「松風の音」と言ったものか、道元に「傘松道詠集」がある等のことから広く曹洞宗全体を暗示したものか）に変わっただけで、「聞《きか》じ」と思う点では同じような状況だった、と良寛は回想したのだろう。出家後、まず、寺の雑用に従事するのは予想していただろうが、それが予想以上に厳しく、師匠の意向を汲みながら一生懸命取り組んでもなお厳しい指摘が続いて、出家前同様にいたたまれなくなるほどだったのかも知れない。自分の中にある自我を無にすることから修行は始まる、などとはまだ気付かぬ榮藏だったはずだから。

四年間かかった「遁世」をわずかな時間のニュアンスを持つ漢字「際」で表現するぐらいだから、良寛には「遁世」がかなり昔と意識された後の詠なのだろう。その詠歌の時点で、昔、いたたまれなくなるほどだった「遁世」をめぐる周囲の状況を思い出して和歌に詠んだということは、現在、僧となって帰郷している良寛に対して「遁世」の時のような酷《むご》い仕打ちが起こっているからだ、と解することもできる。――これがこの和歌を「故郷に帰る」の最初に置いた谷川氏の見解かも知れない。

しかし、その考え方では解明しがたい問題がこの和歌にはある。それは、なぜ「波の音」と「松風の音」と二つが詠み込まれたのか、ということである。現在の厳しい状況に耐えるための支えとして、厳しかった経験を思い出し、それを詠んで定着させるのなら、どちらか厳しかった方の一つをきっかり描けばそれで良い。それなのに二つとも出したということは、まさに「波の音」で始まる「遁世」の初めから「松風の音」の修行中まで続いた厳しさを言うためと考える以外には理解の仕方がない。とすると、この和歌の詞書の「遁世」は、事実として「出郷と修行」と置き換え得ることでもある。「出郷と修行」の厳しさは、良寛がどういう状況に立ち至ったときに思い出す必要があるだろうか。それは、「出郷」の場合と逆、「帰郷と修行」を考えた時ということになる。

もし、冒頭の和歌以外に「帰郷と修行」に関する作が無いなら、冒頭の和歌が帰郷直前の決意を表すものだろう。他にあるなら、どちらがどんな理由で先になるのかを考えてみなければならない。そこで、まず「帰郷決意の時点は何時だったか」から辿ってみて、他の作の有無も考えてみたい。

寛政二年(一七九〇)十一月、「祖規復古の申達」が関三刹から出されたことは病中の國仙も知り、やがてはこれまでと異なる修行の仕方になる、と弟子たちにも伝えていただろう。ただ、良寛の修行は早くから「恒嘆吾道孤《つねにわがみちのこなるをなげきし》」(八七)と言うほどに独自の道を行って住職となる道を選ばなかったから、それはさしたる関心事とはならなかっただろう。また、我が死期を知った國仙が祖規復古を主唱する玄透即中を後住に決めても、そのことで修行の仕方が変わろうとも、それらのことは大した問題ではなかっただろう。特に印可の偈を与えられて「為附山形爛藤杖《ためにふすさんぎようらんとうのつえ》」とひとり立ちを促がされて以降は師への報恩の思いが大きく加わったはずで、その意味でも國仙の命あることだけが修行の支えだったと推測される。したがって、寛政三年(一七九一)三月十八日の國仙示寂以後、圓通寺に止まる意味はなくなり、そのまま止まるのかどうかは良寛の心中で自然に決まりゆくのを待つ状態になっただろう。

ただ、國仙が庵主としてくれたのが覚樹庵だとすると(あるいはそれ以外の庵でも)、その庵は圓通寺住職の意向によって住庵者が決まって行くはずだから、新住職の意のままに出来るよう空けておく方がより良いことははっきりしている。だから、良寛も新住職晋山までには出る方向が良かろう、出るとしたらどこに行くのが良いかと思ったことだろう。そんな気持ちで寛政三年(一七九一)八月十八日朝、國仙一周忌までの間と考えて伊勢までを往復する禅修行兼作歌修練の旅に出たのではないか。そして、その旅の途上で折々そのことを考えながら進んできて、いよいよ旅の終わりが近くなってきたころ、「出るとしたらどこに行くのが良いか」の最終決断となったのだろう。

寛政三年(一七九一)八月に翌年春の國仙一周忌まで半年余の期間と考えて出立《しゅったつ》した伊勢への往復旅は、前項で見たとおり、國仙の遺風を求めての「五師参見」の旅であり、同時に、寺社の軒先に仮寝することの困難な冬季を挟んでみて修行に立ち向かう我が心を試し、乞食行を続けることで我が独自の禅修行が可能かどうかを探る意図もあったであろう。そして数ヶ月続けた乞食行の終わり近くになってみて、それらのことが自分の心身でも充分可能だとの見通しを得たことだろう。そうなると、圓通寺の後住に迷惑にならないように庵を出るのはむしろ当然のこととなり、その先の問題「圓通寺を出た後、どこに行ったらよいか」が心を占めることになる。

良寛の問題意識がそのように進んだ時、必ずや馬祖道一の行動を思い出したに違いない。『正法眼蔵』第十六「行持」ではおよそ次のように言う、馬祖道一は南嶽懐譲の許で修行中だった時に、郷里に帰ろうとして道半ばまで来、そこで思い直して南嶽の許へ戻った。戻った後で自分の行動を師・南嶽懐譲に告白したところ、南嶽は、

勧君莫帰郷《かんくんすらくききょうすることなかれ》
帰郷《ききょうは》道《みち》不行《おこなわれず》
並舎《へいしゃの》老婆子《ろうばす》
説汝旧時名《なんじがきゅうじのなをとかん》

（水野弥穂子校注『正法眼蔵』（一）岩波文庫、三八七頁）

という偈を馬祖道一に示した。その師の示した深い意味を知った道一は以後故郷には帰らなかった、と。

この南嶽の示した偈に言うところの「故郷に帰ったら修行は出来ない。近所の年寄りが昔のお前を知っていて、それを言い出すから」という状況が、まさに自分に降りかかってくる、と良寛は考えただろう。そして、故郷で自分がこれまでどおりに懸命に修行に生きたとしても、自分を見る周囲の目がいかに厳しいかを想像したことだろう。もし、良寛が『正法眼蔵』を読んでいたのなら、その南嶽の偈をめぐる道元の判断も思い出さないわけがない。

道元がその後に言っている主旨を掻い摘《つま》んで言えば、次のようになる―帰郷も修行も、自分の心の中の問題だから、故郷に帰るか帰らないかが問題なのではない、修行しにくい故郷だと自覚して努力しているかどうか、故郷ではないと自覚して努力しているかどうか、という点が大事なのだ――と。

道元の考え方は、どの道を取るにしろ、きちんと覚悟して修行することが大事だ、ということなのだが、『正法眼蔵』を読んでいなくても、良寛の本性は、厳しい環境となる方を選択すれば後に後悔しないで済む、それに超した修行はない、そう考えついただろう。そして、厳しい環境となるはずの故郷でどうすれば自分の修行を継続させ、深めることが出来るかは、正に自分の周囲への対処の仕方にかかっている、と道元と同様に考え、深く決意するところがあったのではないか。

その決意に繋がる作を前項冒頭に掲出した①〜⑯に求めると、⑥の、

高野《たかの》のみ寺《てら》に宿《やど》りて
つの国《くに》の　高野《たかの》の奥《おく》の　古寺《ふるでら》に　杉《すぎ》のしづくを　聞《き》きあかしつつ（八）

ということになろう。

この和歌の場面は、降り来る雨の下に杉の古木、その杉の枝からしたたり落ちるしずく、そのしずくが屋根か地表かで立てる音、その音に包まれている自分、となっている。その方向性は、その先に自分の中にある心に向かい、さらに、その心の中に凝り固まったように存在する一つの問題へと焦点の絞られてゆく様子を感じさせる。

そして、終わりの「聞《き》きあかしつつ」の持つ余韻は、言い表されたしずくの音を聞くという行為の継続とともに、良寛の心の中の方向性が自身の心の奥に向いたままで継続し、それはずっと明け方まで続いていたことを表している。

良寛が「高野のみ寺」に泊まったのは寛政四年（一七九二）一月中旬、この頃、このようにして表される沈思の姿に相当する問題はただ一つ、圓通寺を出たとして、その後、自分は何処《どこ》でどう生きてゆくべきなのか、ということ以外には無い。良寛はこの夜、この問題を我が人生の問題として多面的に考え、あらゆる起こりうる状況を想定して熟考

したのであろう。そして、自分に最も厳しい道となることを承知のうえで、「厳しくてこそ修行だ」として帰郷することを決断したのに違いない。このように熟慮する自分の姿を和歌に残しておけば、その先に存在する自分の帰郷の決意は思い起こせる、と考えて、良寛は帰郷したのだろう。

『良寛禅師奇話』等の記述から、良寛の動作はゆったりしたものだったらしいと理解されるが、そのことを、良寛の決断から実行までの時間の長短に当てはめ、あるいは、決意の軽重に当てはめては、良寛を見誤ることになる。この一連の小文で、帰郷の決意と帰郷の旅立ちとの間に國仙の一周忌参列を想定しているのは、良寛に國仙への深い敬仰が存するからである。したがって、一周忌に参列後は、帰郷の決意はすぐさま行動に移されただろうし、修行しつつ帰ることは当然のこととしても、和歌の浦、高野山、吉野山、伊勢への回り道をして故郷到達を遅らせるようなことは、まったく考えなかっただろう。

したがって、帰郷の旅については冨澤氏説に大筋で賛同しつつも、良寛が右のように考えたとし、さらに帰郷についてのこれまでの理解をそのまま進むと、寛政四年(一七九二)一月末から二月初めに修行と作歌の旅から戻って國仙の一周忌に参列し、その後は早々に帰郷の途についたことになる。その道を、京都から東海道、木曽路と辿《たど》って長野から糸魚川に出、日本海沿いに郷本《ごうもと》まで行ったものと仮定し、昔の道では現在よりも屈曲が多かっただろうから、その分を今より一割多く見積もると、その距離は約一〇〇〇kmとなる。これを一日で三〇km進むとすると三十四日かかることになる。

例えば國仙一周忌が閏二月十八日に行われたとすれば、翌々日の二十日には出立できただろう。その寛政四年(一七九二)閏二月二十日は太陽暦(グレゴリオ暦)では四月十一日、この昼の長くなる時期に歩き出せば一日三〇kmの予定をこなすのに無理はなかろう。そうすると、糸魚川で数日病臥したとしても、出発後四十日、三月末日までには郷本に着ける(橘崑崙『北越奇談』に、郷本にいて出雲崎橘屋に知らされるまで「如レ此事半年《かくのごときことはんねん》」とある。この「半年」が「足かけ半年」なら、郷本到着が四月にずれ込んでいたとしても、矛盾は生じない)。

さて、帰郷後の良寛が厳しい環境に耐えて、必死に修行に生きたことは疑い無かろう。その中で、良寛の必死の生きざまが、その周辺において多少の認知を受けていったことも事実であって、後の「筆意の転換」の項に掲げる『北越奇談』には、「衣服《ゐふく》を送《おく》るものあり」とさえある。

そんなふうに、帰郷当初においては、「つの国《くに》の…」の和歌が、その作歌意図どおりに、帰郷後の困難を耐えしめる効果を発揮していたのに違いない。が、良寛とて生身の人間なのだから、何年か経過するうちに、故郷での厳しさにもある程度慣れ、どうやら今後もこのレベルの困難は乗りこえられそう、と目処《めど》が立ってくると、甘さやたるみ、惰性も生じてこよう。

そんなとき、決意確認のためにこの「つの国《くに》の…」の和歌を入り口にして「つの国《くに》の高野《たかの》のみ寺《てら》に宿《やど》」ったときのことを思い出してみると、当時、故郷でのことを前もって想像するに、いわば南嶽懐譲の言う「老婆子《ろうばす》」の行為だけ、周囲からの厳しさだけを想定し、そこでどんな修行をしてゆこうとするのかという、修行の内実を考えていなかったことに気付いたことだろう。

ただ環境の厳しさに耐えるだけでは修行上の我が甘さやたるみ、惰性を戒めることはできない、今後、本当の修行に生きるためには、我が身を取り巻く厳しさを我が道を磨く素材とし、それを修行に打ち込む内なるエネルギーに変換してこそ我が修行なのだ、そこを振り返るきっかけが必要だ、と思い付いたのではないか(「つの国《くに》の…」の和歌と冒頭の和歌「波の音…」との間には、病気になった糸魚川での経験が必要だっただろう)。そこで、「つの国《くに》の…」よりもっと直接的に、「帰郷して修行している今の自分」を基点にして、この先の全生涯にわたる修行の支えとするためには、我が経験の何を元にすればよいのかを考え、それは、もろもろの苦難に耐えつつ固めていった出家と、その先のひたすらな禅修行以外にはない、と気付いたのだろう。

それに良寛が気付いたのは、次の項目に述べる「僧侶となる原点としての経験から十九年後に帰郷したとする漢詩の廃棄」の時点とみるのが自然かと思う。こうして、冒頭の「出家と修行」を表す和歌が創られることになったのではなかろうか。

ここまで記してきたことを要約すれば、最初の「つの国《くに》の…」の作歌意図は「故郷での困難に耐える」こと、だったのに対し、帰郷後何年か経て後の「遁世之際」の作歌意図は、「故郷での修行を工夫してたゆまず実行する」ことだった、ということになろう。

冒頭の和歌の持つ意図について以上のように考え、その創作時期を「つの国《くに》の…」の和歌よりはるかに後の時点、と想定する根拠は、

① 「つの国《くに》の…」の和歌が、帰郷とその後の精進の決意を言外に暗示的に言っていると解されること。
② 「つの国《くに》の…」の和歌とは別に、修行の決意を直接表現した冒頭の作が存在すること。
③ 最初に、修行の決意を直接表現した冒頭の作が存在すれば、「つの国《くに》の…」の和歌は詠まれないはずだから、それらの二首がともに存在するということは、当然、「つの国《くに》の…」の作が冒頭の作よりも早い時点の作となるはずであること。
④ 「つの国《くに》の…」の作が歌集「ふるさと」に収載されていて、帰郷と密接な関係を持つと判断されること。
⑤ 冒頭の作の詞書《ことばがき》では四年間かかった「遁世」をわずかな時間の意の文字「際」で表現していて、良寛にとって「遁世」がかなりの昔と意識された頃の作と見えること。

の諸点が存するからである。

二　帰郷途上の糸魚川における漢詩

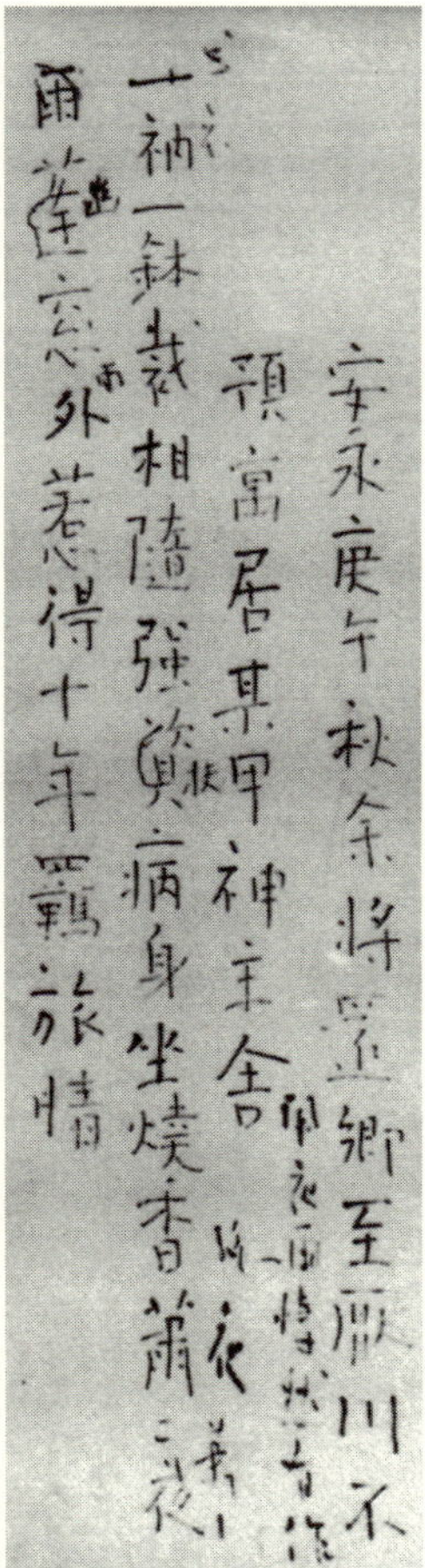

(『墨美』〈墨美社〉第二一三号より転載)

糸魚川での漢詩が右のように記されている本田家本「草堂詩集」の作成時期について、谷川氏は「筆跡からみると、文化年間の終わりから文政年間の初めころに書かれたものと推測される。良寛は乙子神社草庵に入って自作の詩を改めて記し、さらに推敲につとめたらしい」(『校注　良寛全詩集』春秋社、五〇三頁)と述べておられる。以下においては、この説(年数にかなりの幅がある氏の説を「文政年間の初めころ〈文政元年は一八一八〉」と要約表現する)に従うこととし、同じ漢詩を収載している「草堂集貫華」の作成時期については、内山知也氏に「良寛五十三、四歳ころ文化七・八年(一八一〇~一八一一)ころに成立したものではなかろうか」(『良寛詩　草堂集貫華』春秋社、七頁)との説があるので、その説に従って考えてゆくことにしたい。

さて、本田家本「草堂詩集」よりも七、八年前に成立した「草堂集貫華」には、

予《よ》游方《ゆうほうすること》殆二十年《ほとんどにじゆうねん》、今茲《ことし》還郷《きようにかえらんとして》至伊東伊《いとういがわにいた》
川《る》。體中不預寓居客舍《たいちゆうふよなればかくしやにぐうきよす》。于時《ときにおいて》夜雨《やう》蕭《しよう》
〱《しようたり》
一衲一鉢《いちのういつぱつ》裁《わずかに》是随《これしたがい》　扶持病身《びようしんをふじして》強《しいて》焼香《しようこうす》　夜雨《やう》
蕭々《しようしようたり》蓬窓外《ほうそうのそと》　惹得《ひきえたり》廿年《にじゆうねん》羈旅情《きりよのじよう》

（原本では「伊東伊《イトイ》」と読み仮名がある。ルビとした読みは内山知也氏『良寛詩　草堂集貫華』春秋社による。）

とある。この七、八年を隔てた二つの集に載る同一漢詩の相違点を見ると、

「草堂集貫華」	「草堂詩集」
①（帰郷年の記入なし）	安永庚午
②伊東伊川	厭川
③客舎	某甲神主舎
④夜雨蕭々	聞夜雨悽然有作を後補
⑤強	坐
⑥廿年（題にも「二十年」）	十年

となる。このうち⑤、⑥は漢詩のテーマに関わる重要な変更、①〜④はその変更を支える周辺事実の変更である。そ

こでまず、①〜④に関することから考えることにしたい。

寛政四年(一七九二)春の帰郷の旅では、三月の後半、糸魚川で病気になった。若い年齢の病で、それも数日で立ち直れた様子だから、頭痛か腹痛か発熱か、下痢かそんな症状だったのだろう。それらの身体的苦痛がこらえられる程度に回復すると、自然と今後のことに心が向くことになる。この漢詩の描写に、雨の一夜、「強ひて病身を資《たす》け」て座禅したとあるのは、そんな身体的状況を示している。

この場面で、まず注目されるのは「泊まった場所は本当はどこなのか」という点である。一般的には「客舎」は宿屋であって、そう解すると「某甲神主舎」とは食い違ってしまう。しかし、良寛が「人の生けるや直し」を貫く人だとすると、「客舎」は「某甲神主舎」と同一のものでなければならない。思うに、「客舎」は「客の泊まるところ」ほどの意味で用いたのであって、神主の家にあった、母屋《おもや》から造り出した一室か、母屋内の客間か、のどちらかの場所を言ったものだろう(②の「草堂詩集」に糸魚川を「厭川」としているのは、病をこらえながら泊まる所を探していって、なかなか見つからなかった様を推測させる。病気で何日の滞在になるか分からず、しかも長旅で汚れきった僧侶を泊めてやろうという家は無かったに相違ない)。

次に注目したいのは、「夜《や》雨《う》蕭々《しようしようたり》」または「聞夜雨《やうをききて》」として、良寛が拘《こだわ》っている「夜の雨」に関してである。天候の偶然の一致か良寛の感性の故かは分からないが、前項にも記した「高野《たかの》のみ寺《てら》」での帰郷決断の夜の和歌「つの国《くに》の…」の下の句は「杉《すぎ》のしづくを　聞《き》きあかしつつ」で、その場面とまったく同じ状況に、この夜、良寛はいた。状況を描いてその時の自分の心の動きをその中に包含せしめる、という良寛の記録法からすると、良寛が糸魚川で考えたことは、「高野《たかの》のみ寺《てら》」で考えたと同方向のこと、すなわち、「最も厳しい環境の中での修行こそ修行だ、として帰郷する」ことを意味する。しかし、糸魚川での良寛は病の苦しみを経験した直後であって、その点で「高野《たかの》のみ寺《てら》」での健康な状況とは相違している。そうすると、糸魚川のこの雨の夜に良寛が考えたことは、帰郷後に病に陥ったとしたら、自分は修行にどう向かい合うべきか、という問題だったということになる。病気になった良寛が、将来、病になった時も禅修行を止めまいと決意したとすると、当然、病の先に予感される死を身近なものと感じつつ修行に励んでゆくことになる。おそらく良寛は、そのようにして、その折に初めて國仙の印可の偈にある「壁間」の意味を理解したのではなかろうか。その決意は、國仙の指し示す「閑」にも適う道であったから、圓通寺での修行時代を思い起こし、「十年《じゅうねん》（または「廿年」）羈旅情《きりよのじょう》」と咀嚼したのである。

糸魚川での良寛の思考を右のように理解すると、この漢詩が良寛の禅修行に持つ意味は、圓通寺での修行を太々と帰郷後の修行につないで、禅僧としての道をいやがうえにも確固たらしめる確認だったことになる。別の言い方をすれば、この漢詩は、道元が故郷での修行の心がけを説いていた、その仕方によって、良寛が自身の抱きそうな故郷での甘えを、前もって切り捨てておいた記録だった、ということになる。

糸魚川で病臥した折の良寛の決意は、文化七、八年（一八一〇、一八一一）頃の五十歳を過ぎた良寛にとっては重要だったから、自分の将来に資すべき漢詩を選りすぐった「草堂集貫華」に入れていた。その後七、八年経《た》った文政年間の初めころ（文政元年は一八一八。良寛六十一歳）、既に禅僧としてよりも「一《いち》人間としての修行」に努めていた良寛が、還暦を節目として将来を見据えたとき、この先の修行において最も重要なこととして見えてきたのが糸魚川での決意だったのであろう。他のどの遺墨にも無い年号の記入が、唯一、本田家本「草堂詩集」の糸魚川での漢詩の冒頭でなされた背景は、そのようなことだったに違いない。

さて、糸魚川での漢詩の題が本田家本「草堂詩集」のみ「安永庚午」と年号を入れて書きはじめられていることには、二つの重要な意味がある。良寛の帰郷はどんなに早くとも印可の偈を受けた寛政二年（一七九〇）冬以降であり、寛政年間（寛政十三年〈一八〇一〉は二月四日まで。良寛帰郷は寛政八年〈一七九六〉との説がこれまで有力だった）のどこかの時点だったはずである。それにもかかわらず、この糸魚川での漢詩の題には、はっきりと「安永庚午」としてあって、しかも、当の良寛がその「安永」の年号に何の疑問も感じずにいるのだから、良寛が本田家本「草堂詩集」を書くために見ているメモ書き紙片には、一見しただけでは「安永庚午」と読み取れる、例えば癖字の「寛政〇〇」年があったと考えられる。最も困難な修行を目指した帰郷の年は、同時に、死が身近になっても禅修行は止めまいという重大決心をした年でもあったから、メモ書きには決意年号が書き込まれていたのだろう。

寛政年間には午《うま》年もあるが、前項に記した帰郷年の推測では「寛政四年」となるはずであり、その年は子《ね》年、十干は壬《みずのえ》である。まず年号だが、確かに、筆で書いた草体の「寛政」は、墨がかすれていたり癖字の字形だったりしたら、一寸見《ちょっとみ》では「安永」の草体に見えてしまう。そして、「寛政」の後に年数の「四」があったとすると、「四」の右半分と右に寄せて書かれている「壬」が一体化して、走り書きなら「庚」と見えてもおかしくはない。「子」も「午」に見えよう。こうして、良寛のメモには「寛政四壬子」とあったと推測される。このことは良寛の帰郷の年が、冨澤信明氏の説どおり、寛政四年だったことを示している。

良寛が「安永庚午」と書いたことによって見えてくる二つめの点に進む前に、糸魚川での漢詩について、本田家本「草堂詩集」と「草堂集貫華」で根本的に相違していると思われる点を考えておきたい。

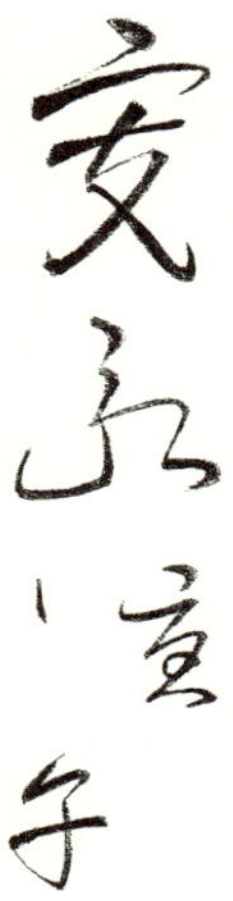

筆者の考えるところの「安永庚午」とも読める「寛政四壬子」の例

早く成立した「草堂集貫華」では、⑥に抜き出したように、題の中と結句に「二十年」「廿年」となっている。しかも、「草堂集貫華」では、すぐ前の「再游善光寺」で「回首悠々二十年」、次の次に出てくる「暁」という題の作では「十《二十》餘年来還郷里」とあって、後の推敲で「十餘年」を「二十年」と改めてもいる。そもそも、後述する「筆意の転換」の項目の冒頭に掲げる『北越奇談』（永寿堂）の記録どおりに、帰郷直後から詠じた作を紙片に書きとめて庵の壁に貼っていたとすると、新しい作と替えられて壁面から外されたものは、後の生活の参考のために雑炊の残り汁などで糊付けして纏《まと》められていた可能性が高い。だから、「草堂集貫華」が「草堂集」の「貫華」の意だとすると、「草堂集」とは、壁面から外した紙片を糊付《のりづ》けして仮に纏めた状態のものか、またはそれをさらに取捨、推敲しつつ書き写したものを言うことになる。そこに「草堂」の文字があるのだから、ある程度纏められたのは五合庵に入ってからということにもなろう。現在、そのような冊子の「草堂集」が伝わっているわけではないが、そういうものの存在を想定しないと、一種の抜粋清書詩集の名を持つ「草堂集貫華」は成り立ちにくい。そこで、そういう仮称「草堂集」なるものがあって、そこに記されているままに糸魚川での漢詩を「草堂集貫華」に清書したとすると、その清書時点の文化七、八年(一八一〇、一八一一)頃までの良寛は、ある見方に立って、ある時点から二十年後の寛政四年(一七九二)に帰郷した、としており、さらに、その見方は集の推敲時点まで続いていた、ということになる。そして、「草堂集貫華」成立の七、八年後、本田家本「草堂詩集」が書かれるときには「十年」と直される。いったい、この「二十年」と「十年」の違いはどうして起きたのだろうか。二十二歳で圓通寺に赴き三十五歳で帰郷する足かけ十四年間を、最初は、良寛の頭の中の規準では概数で二十年と見、後には十年と見た、という単純なことであろうか。それとも、それぞれ別な見方によってとらえられた、それぞれ別の基点からの年数だったのだろうか。

もちろん、「足かけ十四年間」を「二十年」と表現しては自分の苦労を誇大に言うことになり、その表現は「人の生けるや直し」に反するという心理が働いて修正した、と単純に見ることも出来る。しかし、いかに詩句のこととはいえ、「二十年」を半分の「十年」にしたから、これで「足かけ十四年」の自分の修行の表現にふさわしい、と納得し得たものかどうか。「十年」としても、やはり「人の生けるや直し」に副《そ》わない部分は残ることになる。そう考えてくると、もともと「二十年」というのは、「二十二歳で圓通寺に赴き三十五歳で帰郷した足かけ十四年間」とは異なる基点からの、異なる意味を持つ期間の表現ではないのか、という可能性が出てくる。

良寛が「安永庚午」と書いたことによって見えてくることの一つは、良寛帰郷の年は「寛政四壬子」だったであろう、ということだった。もう一つ、「安永庚午」から推測されるのは、修行の覚悟につながるような何かが「アンエイコウゴ」の発音となる年にあって、そのために、糸魚川での修行決意の漢詩に「安永庚午」と書いてしまっても違和感を懐かなかったのではないか、ということである。

安永年間の「コウゴ」は「甲午」だけだから、もし、修行の決意につながる何かがあったとすれば、それは「安永甲午」の年のはずであり、その年は安永三年（一七七四）で良寛は十七歳だった。しかし、冨澤信明氏が「出奔一年前の重大事件とは一体何だったのだろうか。考えられることは、栄蔵の三峰館退塾、結婚名主見習就任くらいなものである。」（「少年栄蔵　三峰館から円通寺へ」『良寛だより』第一二〇号）と記しておられるごとく、後の五合庵時代、乙子神社草庵時代につながるような事実はこれまでの研究では明らかにされていない。が、僧となった後の良寛から見て十七歳での経験が出家のきっかけであって、それを十七歳以来強烈に記憶していて、本田家本「草堂詩集」をまとめている時点（文政年間の初め頃で、文政元年〈一八一八〉に良寛は六十一歳）でもそれが頭の中にあったとしたら、走り書きメモが「アンエイコウゴ」の読みの年号と見えさえすれば、そのままそれを書く、と想像される。

その「出家のきっかけとなった強烈な印象」という条件に合うものは、「三峰館入塾から十九歳春までの経緯」の項に記した逸話群ではなかろうか。

その「アンエイコウゴ」の年の決して忘れ得ない経験から発して、今、僧としての自分がある、と考えていたなら、その原点を忘れまいとして作に定着させていたはずである。良寛の心中にその思いのあったのは確実で、

何《なに》ゆへ《（ゑ）》に　我身《（わがみ）》は家を　出《（いで）》しぞと　心に染《（そめ）》よ　墨染《ぞめ》の袖《そで》（四六四）

何《なに》ゆゑに　家を出《い》でしと　折ふしは　心《こころ》に恥《は》ぢよ　墨染《ぞめ》の袖（四六五）

の「心に染《そめ》よ」「心《こころ》に恥《は》ぢよ」の語句の存在がそれを証明している。

かつて良寛が『アンエイコウゴ』(安永甲午)、すなわち安永三年(一七七四)の年は「僧侶となる原点としての経験があった年」と深く認識していたとしたら、糸魚川での漢詩ができる以前の作として、その時点の経験から禅僧の身に至る経緯を漢詩に定着させていたに違いない。僧になった良寛としては「出家の基点は最重要箇所」だっただろうから、その作の題は、当然、「安永甲午」の年号から書きだされていなければならない。また、その年以降、帰郷の年までの足かけ十九年間の修行によって自分が立ち得た姿として、「一衲《いちのう》一鉢《いっぱつ》裁《わずかに》相随《あいしたがう》」も記されていただろう。その漢詩は、右の二首の和歌同様、折々読み返すべき大切なものだから、壁上掲示後は仮称「草堂集」にも必ず入れられていただろう。良寛にとってそんな性質と働きを持つ漢詩なら、足かけ十九年の期間を「二十年」と記すことにさしたる違和感は生ずまい。

その後、病気をした良寛は、多病の自分にとっての必要性からその最初の経験としての糸魚川でのことを思い起こし、「僧侶となる原点としての経験」以来の約二十年を踏まえて糸魚川での病気経験を漢詩に作ったのだろう。したがって、その後は『アンエイコウゴ』(安永甲午)で始まる題の、『二十年』と記した漢詩」も存在していて、僧である自分を振り返らせることを目指した二篇の漢詩の併存する期間が、帰郷後二十年ほどはあったと想定される。そして、その期間の終わり近くになって「草堂集貫華」を書き抜くにあたり、その時点での「出家の基点以後足かけ十九年で帰郷」という考えのまま、糸魚川の作が仮称「草堂集」の紙片に「二十年」とあったのを「草堂集貫華」に転記したのではないか。

ところが、その後、自省の手がかりとして「草堂集貫華」も読み、メモ集積の仮称「草堂集」にも推敲を加えつつ何度か読んでみると、「アンエイコウゴ」(安永甲午)の年に湧き上がった僧侶志望の心理を初めに置いた漢詩は、我が心の弱さ、未熟さから発して僧となった自分ばかりが思い出され、その弱々しい過去の姿は、厳しい人間修行を目指している文化年間後半の良寛（五十歳代の後半に相当）の心を萎《な》えさせる方向に働いた。その結果、現在の自分とは繋《つな》がりが薄い漢詩と感じられることになっていったのだろう。

それと同時に、糸魚川での作にも「二十年」としてあっては、糸魚川で命を賭《か》けても禅修行に突き進もうと覚悟を決めた、その決心が抜け落ちてしまう、とも気付いたことだろう。還暦前後の病がちになってゆくこの時期（文政年間の初めころ〈文政元年は一八一八〉を言う。この年、良寛六十一歳。当時は既に「一《いち》人間としてどうあらねばならぬか」を探究していたはずだが、その考えの大もとにある禅的思考形態はその後も継続していた）以降こそ、糸魚川で病気になることによって得た新たな深い覚悟をはっきり表した漢詩が必要だ、と考え、その大もとは國仙に就《つ》いて以後にあるとの考えから、詩句を「十年」とした漢詩に定めたのだろう。その時、「一衲一鉢裁相隨《いちのういっぱつわずかにあいしたがう》」という句も共通に存していて内容面でも重なりの多い「アンエイコウゴ」（安永甲午）と題にあった漢詩は、糸魚川の漢詩に一本化されたのではないか（「一本化」ではなく「『アンエイコウゴ』（安永甲午）と題にあった漢詩の廃棄」かも知れない。もはや何故《なぜ》出家したのかを確認することは、六十一、二歳だった良寛の人生修行には意味が薄かったからである）。

今、「病がちになってゆくこの時期以降こそ、糸魚川で病気になることによって得た新たな深い覚悟をはっきり表した漢詩が必要だと考え、その大もとは國仙に就《つ》いて以後にあるとの考えから、詩句を『十年』とした」旨を書いたが、では、國仙の許での修行は足かけ十三年なのに、詩句で「十年」とした理由は何か。良寛は乙子神社草庵時代も、ひたすら物質面では最少限であることを知足の根本としていた。その現在の自分の出発点は、足かけで帰郷九年前に当たる天明四年（一七八四）、請見で大而宗龍の「常乞食僧」に強く感化を受けたことだと認識しており、糸魚川での漢詩こそそれ以来を詠んだ作にふさわしい、とその内容を限定的に再把握した結果だろう。こんな良寛自身の見方の転換によって、乙子神社草庵時代の有りように密着した漢詩として、糸魚川での漢詩の質をより深いものに確定したのに違いない。その時、仮称「草堂集」に綴られた紙片の題に手を加え、「寛政四壬子」という年号を走り書きで入れておいたのであろう。

仮称「草堂集」から本田家本「草堂詩集」を書き抜く頃の良寛に、題が「アンエイコウゴ」で始まり、僧の出発点を記録した漢詩があったという記憶が、まだ強く残っていたとしたら、糸魚川での漢詩の題の「寛政四壬子」が「安永庚午」と読めた瞬間、その記憶に引かれて、読み取ったままに「安永庚午」（正しい年号は「安永甲午」）とつい書いてしまうことはあり得るだろう。

本田家本「草堂詩集」の消去の棒線や訂正記入の多さから見ると、後に何回も推敲しているらしい。もちろん、この「草堂詩集」も良寛自身のために作られたものだし、編纂書写の作業、推敲が没我と反省という修行の一環であり、同時に、一人遊びの最たるものとして根源的な楽しみをもたらしただろうから、往時を思い出して詩語を再選択することには専心留意したはずである。しかし、良寛の関心は漢詩中に包含されている自己の再確認だけであったから、題中の年号には注意が向かず、「安永庚午」はそのまま残ったのだろう。

三　四国行脚、関東での兄弟子参見

越《こし》に来《き》て　まだ越《こ》しなれぬ　我《われ》なれや　うたて寒《さむ》さの　肌《はだ》にせちなる（二四）

この和歌は、帰郷した後のある冬、「越後に来て、まだ越しなれない私だからだろうか、あまりにひどく寒さが〈我が〉肌に迫ってくる」と詠んだものだが、この和歌の「うたて」の語が含むマイナスイメージは、冬の寒さだけでなく、越後の冬の寒さをすっかり忘れていた自分の心の中の寒さをも言っている。さらに、「（越後の冬を）いまだ越し来《こ》

「ぬ」ではなく「（越後の冬を）まだ越《こ》しなれぬ」とする言い方には、最初の冬でない雰囲気が滲んでいる。そうすると、この和歌で暗示される最初の冬は、越したような越さなかったような冬であり、詠歌時点（帰郷二回目の冬）になって、「寒《さむ》さの　肌《はだ》にせちなる」と嘆いていることになる。おそらく良寛は、帰郷後、何の準備もなく最初の冬に入り、途中で越後の冬を避けざるを得なくなって、國仙三回忌参列を兼ねて温暖の地に移動したのではなかろうか。ちょうどその頃、良寛は國仙の遺風を求めて五師参見を心がけており、兄弟子の斷崖木橋が愛媛県の観音寺で五世、または同県の大仙寺で十四世（曹洞宗全書刊行会編『曹洞宗全書』大系譜一、二七九頁。ただし、寛政四、五年〈一七九二、一七九三〉頃の木橋住持寺院は未詳）となっていたから、その移動場所は玉島から四国方面だったのであろう。

寛政四年（一七九二）晩春に帰郷した良寛は、蒲原平野の水害常襲地域で禅僧としての全存在を賭《か》けて乞食行を始めた。本来、そうした乞食行による庶民との宗教上の心の通じ合いは、時間と回数との積み重ねがあって初めて醸成されてゆくものであろうが、何事にも真面目一辺倒の良寛が、そう考える心の遊び部分を持っていたかどうか。むしろ、人間性においても禅修行の点でも純粋そのものだった良寛ゆえ、我が誠心誠意の尺度を周囲の人も持つと考えて、我が真心の乞食行に真心の反応を期待したのではなかろうか。しかし、良寛の思いとは裏腹に、一般の人々は見慣れない托鉢僧・良寛に対して、通り一遍の応接をしただろう。その一般の人々の対応から、良寛が僧侶として最重要ポイントと考えた「僧である自分と一般の人々との間に生まれるべき仏教上の心の通じ合い」が生じないことを悩むに至るのは当然の結果である。そんな時、良寛はその悩みを解決する手立てをどこに求めただろうか。

良寛は四国に近い玉島で修行していて、四国巡礼には巡礼者の宗教的思いと「お接待」によってそれを支える庶民の宗教的思いの融合があり、その「お接待」の場所には一つの安心境が成立しているということを聞いていたはずである。それを記憶して帰郷した良寛に、僧としては最大の問題、人々と心の通じ合いが無いという悩みが生じていったとすれば、四国に行ったついでに四国巡礼をしてみて、「お接待」の場所での経験、そこでの見聞を触媒として我が身中に潜む未発見ポイントをつかみ出そう、と考えるのが自然である。おそらくその視点を持っていた良寛は、伊予で斷崖木橋に参見した後、一人の巡礼者として檮原《ゆすはら》を経て土佐に入っていったのに違いない。そして、「お接待」の行われている場所ごとに、そこに偶然来合わせた人すべてが上もなく下もなく、自我を無にして互いに目の前の人に心を寄せ、共にいたわりあっている様を体感し続けたことだろう。巡礼者はもちろん、「お接待」の農民も町人も、目の前にいる人の身分や貧富を考えず、相手を思いやる一人の人間として心を開き、伸びやかな存在になっていると知ったことだろう。一方、僧であるゆえにかえってそういう人々から特別扱いされることの多いことも知っただろう。自分の立場が引き起こす場違いな感じは、これまで見てきた「お接待」の人々と巡礼者、あるいは、巡礼者同士の思いあう姿を反芻《はんすう》させたことだろう。そして、例え自分が僧であっても、他の人との間に望ましいつながりを持つためには、せいぜいでも相手と対等、むしろ、相手の下に位置する心がけがあって、はじめて相手が心を開いてくれるものなのだ、と実感をもって知ったことだろう。その結果、自分は「自分の中の禅僧」をこそ削り取るべし、と思いついたのではないか。

その考えは法華経に出てくる常不軽菩薩の行と同じ方向で、僧としての自分が持すべき大事なポイントだ、とはっきり認識したことだろう。このことについては、ずっと後の良寛の姿から考えることになるのだが、

僧《そう》はただ　万事《ばんじ》はいらず　常不軽《じやうふきやう》　菩薩《ぼさつ》の行《ぎやう》ぞ　殊勝《しゆしやう》なりける（五一八）

の作では自分の行った常不軽菩薩の行を再確認し、「このまま常不軽菩薩と同じ方向のことを続行せよ」と自分にゴーサインを出している。だから、この作が、例えば法華経の熟読から法華讃を書いた時代の詠だとしても、その詠歌時点では、自分の中の常不軽菩薩同様の心の持ちように確信が持てているということであって、その行為が教典から

取り込んだ借り物ではなく、何らかの自身の体験からつかみ出し、自分の信念によって実行してきたことだった、ということを表している。この信念に基づく良寛の言動を、大もとに向かって辿《たど》ってゆくと、その原点が四国巡礼の時の体験だった、という可能性が最も高い。

四国巡礼以来、いろいろなところでその必要を感ずることになったであろう「伝える者」と「伝えられる者」の間に存する上下関係からの脱却という考えは、その機会があるごとに「僧からの脱皮」を目指させただろう。そして、その志向から、念仏宗で在家の信者たちが修行として行う「鉢叩き」の放下した姿に着目し、そこに「周囲と同じ地平に立つ人生の修行者」の有りようを見出すこととなって、自分の生き方の中のその部分を、より根本に置くべきものとして据え直したのであろう。そう考えてくると、土佐で「了寛」に会ったという近藤万丈の記録は、良寛が『荘子』によって自己を磨いた事実を示しているという点はもちろんのこと、以後、良寛らしい姿になってゆく基点を暗示している証言として、きわめて重要な意味を持つことになる。

ところで、四国だけでなく、関東で住職となっていた兄弟子への参見も実行に移されたに違いない。かつて良寛が出雲崎の光照寺で初めて國仙にまみえた時、玄乗破了とともに國仙の巡錫《じゅんしゃく》を迎えたのが小千谷の長楽寺で住職になったばかりの蘭香榮秀であったから、良寛はその時以来、「蘭香榮秀が國仙の弟子」と記憶していたはずだし、蘭香榮秀も、帰路、長楽寺に立ち寄った國仙が新弟子・良観(良寛)を連れているのを見ていたはずである。だから、良寛が関東にいる兄弟子にも参見したいと考えたなら、寛政元年(一七八九)の玄乗破了退隠後の大泉寺(町田市)住職が長楽寺住職だった蘭香榮秀と知ったとき(帰郷後、出雲崎に帰っていた破了から聞いて知っただろう)、その大泉寺を必ずや訪ねただろう。もし、ちょうどこの時期に、現・多摩市の壽徳寺で一山活麟が十八世であり、東傳密山が『曹洞宗全書』大系譜一(曹洞宗全書刊行会)記載の「武蔵・圓福」(現在のどの寺院かは未詳)で住職だったとしたら、当然、これら各寺院にも出向いただろう。

その機会としては、寛政四年（一七九二）の帰郷以後に良寛が関西へ出向いた折、その往路または復路が自然ではなかろうか。その機会には、寛政五年（一七九三）の國仙三回忌、寛政七年（一七九五）の京都での以南の失踪《しつそう》、寛政八年（一七九六）の圓通寺での戒会（伝存する簿冊に「大愚維那」の記録あり）、寛政九年（一七九七）の國仙七回忌、寛政十年（一七九八）の京都での香の病死（「風霜七度送年光」とある漢詩はこの年か）、享和元年（一八〇一）の京都での以南七回忌、と八年間に六回の可能性が想定される。

「帰郷前の和歌、俳諧と『関西紀行』」の項目冒頭の和歌グループとほぼ同一の詠歌姿勢と見える関東での和歌、

言《こと》の葉も　如何《いかが》かくべき　雲霞《くもかすみ》　晴《はれ》ぬる今日の　不二の高根に（二〇）
富士《ふじ》も見《み》え　筑波《つくば》も見《み》えて　隅田川《すみだがは》　瀬《せ》々《ぜ》の言《こと》の葉《は》　尋《たづ》ねてもみむ（二一）
都鳥　角田川原《すみだかはら》に　住《すみ》み馴れて　遠路近人《をちこち》に　名や問《とは》るらむ（二二）
ふる里を　はるばる出《い》でて　武蔵《むさし》野の隈なき月を　ひとり見《み》るかな（七八）
越の空《そら》も　同じ光の　月影を　あはれと見るや　武蔵《むさし》野の原（七九）

のうちの何首かは、そうした関東での参見の機会に詠まれたものであろう（七八、七九は文化九年〈一八一二〉に亀田鵬齋を江戸に訪ねた時の作、または、その年の由之の作とする説もある）。

なお、蒲原宏氏「良寛の旅日記」（昭和四十二年十一月十一日付『日本医事新報』第二二七二号所載）によると、蒲原氏は明治二十七年生まれの笹川孝助氏から、笹川家（『北越奇談』に榮藏の三峰館時代の学友として記された「笹川」の家）の土蔵に三冊の良寛の旅日記が存したこと、明治三十四、五年頃、七、八歳の孝助氏が両親に無断でその三冊を反古帳《ほご》と思って持ち出し、それを黒く塗りつぶすほど習字の練習をしたこと、よほどよく勉強したつもりで父君・良蔵氏にそれを示

したら、秘蔵のものだったゆえ烈火の如く叱責されたこと、結局、三冊の良寛の旅日記は竈の灰となってしまったこと、をお聞きになったという。これによれば、良寛の旅は少なくとも三回はあったことになる。良寛に「珊瑚生南海《さんごはなんかいにしようじ》」で始まる漢詩(九四)があって、そこに「伊昔《むかし》少荘時《しようそうのとき》　飛錫《しやくをとばして》千里游《せんりにあそぶ》　頗《すこぶる》叩古老門《ころうのもんをたたき》　周旋《しゆうせんすること》凡《およそ》幾秋《いくしゆうぞ》」とある。この「千里游《せんりにあそぶ》」が越後から何回か「叩古老門《ころうのもんをたたき》」に出かけたことを意味しているのなら、前項に記した京都を発して和歌の浦→高野山→伊勢本街道→伊勢→近江路と辿った旅の一部分も、越後からの独立した旅だった可能性も無しとしない。

四　圓通寺時代の作とされてきた漢詩四篇

①

端午於　玉島《たんごたましまにおいて》
携　樽共　客此《たるをたずさえかくとともにここ》登　台《うてなにのぼる》
五月榴花長　寿杯《ごがつのりゆうかちようじゆのはい》
仄聴屈　原湛　汨　羅《ほのかにきくくつげんのべきらにしずみしことを》
衆人皆酔不堪哀《しゆうじんみなようてかなしみにたえず》(他三〇)

②

攀登円　通夏木　清《えんつうにはんとうすればかぼくきよし》
進君杯酒避　暑　情《きみにはいしゆをすすむしよをさくるのじよう》
一樽酌　尽催詩賦《いつそんくみつくしてしふをもようし》
忘　熱更聞　暮鐘声《あつさをわすれてさらにぼしようのこえをきく》(他三一)

③

長夏円通諸品清《ちょうかのえんつうしょぼんきよく》
到来不起世中情《とうらいおこらずせちゅうのじょう》
陰涼堪賦祇林色《いんりょうふにたゆぎりんのいろ》
避暑更聞蓮漏声《しょをさけさらにきくれんろうのこえ》（他三二一）

④

至円通殿上見禁酒牘《えんつうにいたりでんじょうにきんしゅのとくをみる》
依呈賦七絶借庵祖運長老《よってしちぜつをふしてしゃくあんそうんちょうろうにていす》

風霜七度送年光《ふうそうななたびねんこうをおくる》
蓮漏水枯半凋傷《れんろうのみずかれなかばちょうしょうたり》
此日有誰憐酔客《このひたれあってかすいかくをあわれまん》
拝来憶旧金仙牀《はいしきたっておもうきゅうきんせんのしょう》（他三三二）

ここに掲出した漢詩四篇は、各末尾に付した番号でも知られるとおり、谷川敏朗氏『校注 良寛全詩集』（春秋社）では「他者作品と思われる詩」のグループに入っていて、①②については「作者不明（出典は『禅の友』昭和十四年十二月号と）」、③④には「作者不明（備中の詩人の作か）」という氏の見解が加えられている。このうち①②は、谷川氏が『良寛文献総目録』（象山社）に『禅の友』昭和十四年十二月号を入れておられないことからも分かるように、『禅の友』に載った佐藤量八氏「良寛の修行」を確認することができず、とりあえず「他者作品」の中に入れ、後進に俟《ま》つとされたのだろう。谷川氏が出典の『禅の友』昭和十四年十二月号に言及しておられるのは、相馬御風氏『良寛を語る』（博文館）中の一文「良寛と酒」によっているからだろう。御風氏はその文の冒頭で、備中玉島の圓通寺修業時代の良寛自筆の詩が、最近東京の佐藤量八氏によつて發見され、そして『良寛の修行』（禅の友昭和十四年十二月號）と題する文章の中で紹介されたことは、私に思ひがけない歡びと衝擊とを與へた。

（同書一二二頁）

とその出所を示し、続けて「その後私は佐藤氏に乞うて右筆蹟の寫眞を借覽し、二十五年このかた探し求めて得られなかつた壯年時代の良寛の確實な筆蹟に接することが出来て良寛の書風變遷の研究に一大覺醒を惠まれたと共に、修業時代に於ける良寛のこれまで知り得なかつた生活の一面を知り得たのであつた」と記して、①②の漢詩を良寛の壮年期資料として認定された。後の東郷氏や渡辺氏の『良寛詩集』にも、この御風氏の見解に立ってか、四篇すべてが良寛の作品として収載されている。

こうしてみると、これら四篇の漢詩は、良寛の作か否か、まだ研究者間で見解の定まっていないものということになる。したがって、今後、これらの漢詩のすべて、または何篇かが良寛作ではないと確定される可能性があると知った上で、以下に気付いたことを記しておきたい。

御風氏が筆蹟写真を見たうえで活字化した『良寛を語る』中の①の題には、「端午於㆓玉島㆒　良寛書」となっている。この「良寛書」という落款の存在からすると、誰かに書き与えたものということになる。「人の生けるや直し」として禅門に入った良寛が、まだ印可の偈ももらえない半人前の修行僧だった時、他人にものを書いてやることを良しとできたものかどうか。そう思って見ると、今、玉島で修行中なら、①の表題でわざわざ「於玉島《たましまにおいて》」と言うのはおかしい、と思えてくる。また、起句で修行中の身が「共客《かくとともに》」行動しているのも、圓通寺時代としてはそぐわない点だろう。これらの点も含めて、結句「衆人皆酔不堪哀《しゅうじんみなようてかなしみにたえず》」で言うところの「衆人《しゅうじん》」が自身の目指すところと異なることを嘆くのは、良寛に精神的な自立、我が本性に根ざした自己の道が正しいとの確信、そういうものがあって初めて行いうる言動だから、良寛に自分の進むべき道が確立された後の詠でなければならない。御風氏の記述からだけでは①と②が同一紙に書かれているのかどうか不明だが、仮に②が別な紙に書かれていたとしても、②で「攀登円通」《えんつうにはんとうすれば》と表現された「他から来た者という立場」は、①の「此《ここ》登台《うてなにのぼる》」と同一である。したがって、②もおそらく①と同じ時期に良寛が圓通寺に出向いた時の作なのであろう。具体的には、國仙の三回忌の寛政五年（一七九三）、以南が京都で失踪した寛政七年（一七九五）、圓通寺での戒会に参加していた寛政八年（一七九六）、國仙の七回忌の寛政九年（一七九七）、京都で弟の香が病死した寛政十年（一七九八）の五回のうちのいずれかの機会だろうが、自分の進むべき道の正しさに対する確信の深さから考えると、これら五回のうちの後半の機会と見るべきかと思う。

④には「風霜七度送年光」《ふうそうななたびねんこうをおくる》とあるから、國仙示寂の年、すなわち寛政三年（一七九一）の冬以来七度の冬を過ごした寛政十年（一七九八）の作でなければならない。この年は、良寛の弟・香が京都で病死した年である。石田貞吉氏『良寛　その全貌と原像』（塙書房、七六頁）によると、圓明院過去帳に「禅定院願海回（円カ）成上座、寛政十年三月二十七日於二京都一病死、即東福寺境内葬レ焉、橘新左衛門弟」とあるというから、出雲崎・橘屋から誰かが京都に行く必要があったはずである。その時、良寛はおそらく由之とともに出掛けて葬儀一切を済ませ、その後、圓通寺まで足を延ばしたのではなかろうか。

この漢詩の題にある「借庵祖運長老」の六文字は実に興味が尽きない。中でも「祖運」二文字が「祖山」と読めるなら、それは良寛の二人上の兄弟子・祖山仙宗ではないか。寛政十年、良寛が圓通寺に出向いたとき、まだ祖山仙宗は「長老」であり、圓通寺の近くに「借庵」状態（かつて良寛に与えられていたという覚樹庵だったかも知れない）であって、旧時との違いを語り合いつつ酒を酌み交わしたのであろう。『曹洞宗全書』大系譜一によると、祖山仙宗は岡山県内で長連寺十二世になっているが、祖山の弟子・大榮良道が祖山仙宗より年齢が上か何かの状況があって、先に長連寺十一世となったらしい。その大榮良道が長連寺から禪光寺十三世に転ずる際、後住を圓通寺近くに「借庵」状態だった祖山仙宗に譲ったのだろう。以上が正しければ、慎重すぎる活字化によって良寛から離されたこの漢詩は、再び良寛作と再認識されるのではないか（漢字の草書体が上の「一」と合体して「運」に見えるという点からすると、『曹洞宗全書』大系譜一の國仙法嗣者のうち、「祖香」である可能性もある。なお、祖山仙宗に関しては、吉川彰準氏に國仙の法嗣ではないとする説がある〈『良寛だより』二〇号〉）。

③については渡辺秀英氏が、

内容もごたごたと盛り沢山ですっきりとしたところがない。円通寺の清涼な情景を詠じたのだろうが中心が強調されず初期の作であることを示している。形式も七言絶句の規格を守り、仄起式にして平仄を整え、韻は平声の庚韻できちんと作られている。

（『良寛詩集』木耳社、三〇九頁）

とされ、「良寛の円通寺時代の作であろう」とされている。後の良寛に、韻や平仄《ひょうそく》の整っている漢詩が無いことから、③を良寛作にあらずとする見方も理解はできるが、良寛の性格からすれば、三峰館での漢詩創作学習以来、韻書をひもといてきちんとした漢詩を作ろうとしてきたはずで、そうしたものの一篇③が、①②や④とは別に伝わったと考えたい。

③のような漢詩の規格に合った作から、それ以外の、いわゆる良寛流の漢詩に早い時期から変わっていった理由は、良寛が漢詩にいい加減になったからではなかろう。それとは逆に、偈は本性を磨き出した結果として得られた真の思いを的確に表すべきものという認識を、厳密に守ろうとしたからなのではないか。漢詩の規格に我が思いを合わせようとすると、思いは変形し、自然な流露にも屈曲を生じさせてしまうと想像されるからである。つまり、良寛は圓通

寺時代最末期から帰郷後数年間の禅的生き方に最も厳密だった時期に、偈としての漢詩を完全に自分に一体化させる必要を感じ、そこから独自の漢詩スタイルを獲得したのだと思う。

なお、③の承句「到来不起《とうらいおこらず》 世中情《せちゆうのじょう》」の「到来《とうらい》」について「圓通寺に来て以来」と解せるとすれば、③だけが圓通寺修行期間の作である可能性（寛政八年〈一七九六〉の圓通寺での戒会に出た折の作とか、帰郷後に回想して詠んだ作という可能性もある）を持ち、他の①、②、④は圓通寺を出た後、数年間の作ということになる。

この時期の漢詩関連のことで付記しておきたいことは、「真如亭即事」の題を持つ、次の作についてである。

一鉢乗春来此地《いっぱつはるにじょうじてこのちにきたり》
真如亭上倚檻干《しんによていじょうかんかんによる》
蘆葉纔生水湛藍《ろようわずかにしょうじみずあいをたたえ》
桜如雪兮柳如烟《さくらはゆきのごとくやなぎはけむりのごとし》 （三九九）

この漢詩の風景は、平松真一氏が「義提尼を手がかりに良寛空白期間の謎を解く（その二）」（『良寛だより』第一二〇号）に記された状況に違いない。氏によると、真如庵の裏から北方向に目をやると、もし、庵の近くに建物が無いとすれば、左手に白華山、その麓《ふもと》には里見川、その右手に葦の原が見渡せる状況で、里見川の岸辺には現在も柳があるという。白華山の山腹にはカスミザクラなどの山桜類があって、春にはほの白く見えるだろうから、良寛はこの真如庵裏手の風景に感ずるところがあったのだろう。

前にも述べたとおり、冒頭四篇のうちの①、②、④は圓通寺を出た数年後の作と推定されるから、本来ならそこに禅的発想が燦《きら》めいていてよいのだが、むしろそれぞれの漢詩には漢詩を書き与える友、作を呈する友、あるいは、同行している友への思いだけが現れ出ていて、禅的思索にふける良寛の心奥はあまり伝わってはこない。一方、この「真如亭即事」は蘆、水、桜、柳の平明すぎる風景であるがゆえに、かえってその奥に、遍《あまね》く存する春を押し動かす摂理が感じられる（「即事」の題にも窺《うかが》えるように、真如庵に来た挨拶の意味もあっただろう）。

義提尼の生き方にも庵の裏に広がる春の風景にも、「自《おの》ずからそうある」真実を看取した良寛が、自分のその受け取り方を道元の指し示した道、國仙の導いた道だと再確認し、以後の「我が生きゆく姿勢に最も重要なこと」として、即刻、その「平明すぎる風景」を漢詩に定着したのではなかったか。こう見てくると、「真如亭即事」もまた冒頭①②④と同時期、國仙の遺風を求めていた頃の詠ということになる。

五　筆意の転換

海濱郷本《かいひんさともと》といへる所《ところ》に空菴《くうあん》ありしが　一夕旅僧《いつせきりよそう》一人来《きた》つて隣家《りんか》に申し　彼空菴《かのくうあん》に宿ス《しゆくす》　翌日近村《よくじつきんそん》に託鉢《たくはつ》して　其《その》
日《ひ》の食《しよく》に足《た》るときハ即帰《すなハちかへ》る　食《しよく》あまる時《とき》ハ　乞食鳥獣《こつじきちやうじう》にわかちあたふ　如レ此事半年《かくのごときことはんねん》　諸人其奇《しよにんそのき》を称《しよう》じ道徳《どうとく》を
尊《たつと》んで　衣服《ゐふく》を送《おく》るものあり　即《すなハち》うけて　あまるものはまた寒子《かんし》にあたふ　其居出雲崎《そのきよいづもざき》を去《さ》ること纔《わづか》に三里《り》
時《とき》に知《し》る人在《あり》　必橘氏某《かならずたちばなうぢそれがし》ならんことを以《もて》　予が兄《あに》彦山に告《つ》ぐ　彦山　即郷本《すなハちさともと》の海濱《かいひん》に尋《たづね》て　かの空菴《くうあん》を窺《うかゞ》ふ
に不レ居《おらず》　只柴扉鎖《たゞさいひとざす》ことなく　薜蘿相《へいらあい》まとふのミ　内《うち》にいりて是《これ》を見れバ　机上一硯筆《きしよういつけんひつ》　炉中土鍋《ろちうとなべ》一ツあり
壁上皆詩《へきしようミなし》を題《だい》しぬ　これを読《よむ》に塵外仙客《ぢんぐハいせんかく》の情《じよう》　おのづから胸中清月《きようちうせいげつ》のおもひを生《しよう》ず　其筆跡《そのひつせき》まがふ所《ところ》なき文孝《ぶんこう》
なりしかバ　是《これ》を隣人《りんじん》に告《つげ》て帰《かへ》る　隣人即出雲崎《りんじんすなハちいづもざき》に言《こと》を寄《よす》　爰《ここ》に家人《かじん》出《いで》て来《きた》り　相伴《あいともな》ひかへらんとすれども
了寛不レ随《りやうくハんしたがハず》　又衣食《またゐしよく》を贈《おく》れども用《もち》ゆる所《ところ》なしとして　其餘《そのあま》りを返《かへ》す　後行《のちゆ》く所《ところ》をしらず　年《とし》を経《へ》てかの五合菴《ごがうあん》
に住《じう》す（橘崑崙『北越奇談』巻之六、二丁裏〜三丁表。ルビは原本による。「さともと」は「がうもと」とすべきもの。句読点相当の箇所を一字空きとした。）

帰郷後の良寛が郷本《ごうもと》の塩焚き小屋に住んで半年という頃、『北越奇談』の筆者・橘崑崙の兄の彦山（『越佐研究』第三十八集所収の小林安治氏「以南の俳友以水について」によると、旧・寺泊町大字当新田の曹洞宗浄花庵の住僧で、示寂は寛政五年〈一七九三〉の二～三月の間という）は「知《し》る人」から「（旅僧は）必《かならず》橘《たちばな》氏某《うぢそれがし》ならん」と言われて、その塩焚き小屋に行った。見ると、壁に漢詩が書かれていて、その筆跡は「まがふ所《ところ》なき文孝《ぶんこう》」だ、と彦山にも即座に判断がついた、とこの文章は言う。「必《かならず》橘《たちばな》氏某《うぢそれがし》ならん」と伝えられていて予断があったとはいえ、三峰館で榮藏の文字を見て知っていた彦山にはすぐ分かったというのだから、良寛は榮藏時代から帰郷直後まで、知る人が見ればすぐ分かる個性的文字、通俗的な言い方をすれば、癖字だったということになろう。三峰館で王羲之の行書を中心とした書法を習ったと見られているが、癖字の少年が数年習ったぐらいでは、学んだ文字に根本からなりきってしまえるものではない。もし、良寛が王羲之の字になっていたら、彦山はきっと何処《どこ》かから来た字のうまい旅僧の書いたものと考え、良寛に結びつかなかったのではないか。また、良寛が王羲之の行書になりきっていたら、前項に記した「寛政四壬子」の走り書きを、後になって「安永庚午」と読み取って清書してしまう可能性などは無いことになる。この「安永庚午」という遺墨が存在する以上、榮藏時代に王羲之の行書を中心とした書法を習っていたとしても、走り書いたメモなどの自分向けのものにはそれが表れず、相変わらずの癖字だった、ということになる。その癖字の良寛をして癖字からの脱出に向かわせたのは、帰郷後間もなく流れた良寛についての噂《うわさ》が原因だったのではないか。

右の『北越奇談』によると、郷本に来た良寛の噂は、①普通の僧侶では決してすることのない「近村《きんそん》に託鉢《たくはつ》して其日《そのひ》の食《しよく》に足《た》るときハ即《すなハち》帰《かへ》る　食《しよく》あまる時《とき》ハ　乞食鳥獣《こつじきちやうじう》にわかちあたふ」という、貧民思いの立派な行いをする僧であること、②この僧は出雲崎の名主「橘氏某《たちばなうぢそれがし》ならん」こと、③今、仮住まいしている郷本《ごうもと》の塩焚き小屋には、漢詩らしいものを書いた紙が、所狭しと貼ってあること、④「土鍋《となべ》一ツ」で煮炊きしていること、の四点が綯《な》い交《ま》ぜになっていて、普通の僧とはどこか違う、何か立派なところのある奇僧として、人から人へ伝わったことになっている。しかも、その僧が出雲崎の名主の長男の今の姿だというのだから、その噂の伝播力には大きなものがあっただろう。かくして、良寛が近郷を托鉢してその地の名主の家、例えば渡部の阿部家や牧ヶ花の解良家の前に立ったとき、何度目かには、玄関先に立つ托鉢僧が噂の奇僧であって出雲崎の名主の長男だ、と知れただろう。やがて、そこで「噂では漢詩を書いているらしいが、漢詩なら自分にも多少の心得はある。書いて見せてはくれまいか」などと言われて筆と紙が出されたりすると、良寛は逃れきれずに筆を執り、王羲之や國仙の風で旧作を緊張して書く…そんな具合にして、良寛の漢詩や筆跡は知られ、その家の主人が「見所のある作だ」と感ずると、良寛に親しむことになっただろう。いったん名主の家の主人との交わりが始まると、「この〇〇は良寛さんが書いたものだ」と言われて良いような、きちんとした書でないと期待に背くことにもなってしまう。

小島正芳氏『良寛の書の世界』(恒文社)によると、阿部家蔵「清夜二三更…」の草書幅や六曲屛風などが「良寛草書の原型」であって、「三峰館時代に学んだと思われる王羲之の書の影響の外に、良寛の師国仙和尚の薫陶《くんとう》もうけているようである」(三一～三二頁)とされている。こうした書作品、特に六曲一双の屛風にするという前提で十二枚もの全紙を同じ調子で書くときなどには、「他人に見せる書を書く」ことのために、背伸びして書いている自分の姿を意識したことだろう。『良寛墨蹟大観』第二巻(中央公論美術出版)の「各書蹟解題」で、川口霽亭氏が写真版の屛風に関する阿部家の口碑を掲げ、「(良寛は)書き終わってから『お前さんのいうように、行儀よく字を書くということはなかなか骨の折れるものだのう』といって哄笑した」(一二九頁)と記しておられるのでも、それは分かる。

この言葉のように、ある時点までの良寛は、不特定多数の他人が見ることになるものには、精一杯背伸びして自分の持つ書の力を出そうとしていたらしい。しかし、書におけるその姿勢は、我が身に具《そな》わった仏性を磨いてそれを表すという禅門の生き方にそぐわないと知ることにもなっただろう（良寛の懐いていた國仙への尊崇の深さからすれば、國仙の筆跡に自然と似てきてもそれは当然である）。そして、それまでの書に対する姿勢そのものを彫琢《ちょうたく》し、癖はあっても自分本来の字をひたすら磨くことによって、我が生き方に副《そ》った書にしなければならない、と気付いただろう。ちょうどその頃、僧・懐素の自叙帖を目にすることがあったとすれば、すぐさま王羲之を離れ、狂草と言われる懐素の書風に心の向くのは当然のことである。既に述べたように、もともと良寛の持って生まれた字体が狂草風の癖字だったのだから、筆を持つときの気持ちを調整することができさえすれば、後は自ずと懐素同様の行き方の書が書けることになる。おそらく、その頃のことを指して言っておられるのだと思うが、小島氏は「良寛草書の原型」時代の後の書風変化について、亀田鵬齋の山水画に書かれた良寛の賛に「懐素自叙帖の面影も見出さ」れる、とし、そこを踏まえて「良寛は文化四、五年には懐素の自叙帖を学んでいたであろう」と述べておられる。次いで、「まさに文化四年、良寛が出雲崎中山の西照坊に在庵していた頃のものと思われる。《ママ》豪放な草書にまみえることができた」（以上、前出書五六頁）として寒山詩の遺墨を掲げ、

その書風は、肉太な書で行書もかなり交えており、阿部家の有名な草書屛風と共通点も見受けられるが、流れがあり、明らかに自叙帖の影響も見てとれるようである。いうならば、良寛の〝地〟の草書から、自叙帖風の草書に移る過渡期の作品ということができよう。（前出書五七頁）

と、微妙な書風変化を辿《たど》っておられる。小島氏の見方に従いつつさらに踏み込んで言えば、良寛は懐素の自叙帖の持つ心持ち表出の見事さに驚き、自分も禅僧としての書はかくあるべき、と感じたのである。逸話には、

○或人一日五合庵を敲き揮毫を請ふ、禪師時に懷素の帖を展観して他念なし既にして喟然として曰く、予竟に此妙境に詣る能はざるかと、肯て筆を執らざりしと

（玉木禮吉『良寛全集』良寛會、二七四頁）

とある。この文中の「妙境」とは、懐素の筆法そのものを言うのではなく、筆跡からはっきり読み取れるところの、書く文字と一体になって動く懐素の心、その結果として見事に表れ出た懐素の悠々たる本性、それゆえにうかがえるところのその書跡特有の魅力、それを言っているのだろう。懐素「自叙帖」を見てのこの発見から、自分の本性に基づいて書くにはどうすればよいかが、良寛の中で一つのテーマとなったことは間違いない。こうして、それまでの筆意――他人が良い字だと思うように、背伸びして「行儀よく字を書」く――から、自分の本性に基づいた字を書くという筆意に転換が図られたのである。

一般には、良寛の筆跡は懐素の筆法を学んで以後は懐素に似た、と見られている。しかし、それは、良寛の書くことにおける本性が、もともと懐素の本性と酷似していたことによって、結果として懐素に近似したものになったのであって、懐素の筆法を真似たのではない。良寛が國仙を師としながら、良寛独自の道を進んだように、書においても、自分の文字には自分の文字としての本性があると考えたはずだから、懐素の自叙帖の筆法をコピーしたとしては良寛を見誤ることになる。

我が本性を懐素同様に出現させる修練の過程が、鈴木文臺の伝えた「紙《かみ》五《ご》六十《ろくじっ》張《ちょう》皆《みな》黒《くろきこと》如漆《うるしのごとし》」（阿部家蔵遺墨巻子全七巻のうち第三巻冒頭にある「慶応三年丁卯九月」付の識語）であり、本性を出現させる一つの試みが、右に「まさに文化四年、良寛が出雲崎中山の西照坊に在庵していた頃のものと思われる。《ママ》豪放な草書」と小島氏が書いておられた寒山詩の遺墨なのに違いない。この寒山詩の遺墨は玉木禮吉氏『良寛全集』（良寛會）に、

○禪師嘗て三島郡中山村佐藤某の家に宿す、紙障の新しきを見、味爽起きて漫に毫を揮ひ潜かに遁れ去れり、主人墨痕の淋漓たるを見て大に喜び、装潢して屏風となせりと(二七三頁)

とあるもので、伝わる揮毫状況までが、懐素の方式に倣った良寛の本性流露の様を表している。おそらく良寛の理想とした揮毫は、自分の書いたものを持つ人と自分の関係に思いを致し、その把握の上に立って、書く文言(自作の詩歌が多い)を選び出し、その思考経過と揮毫環境とがもたらす雰囲気の中にいて、気分が乗ったときに一気に書いてゆく、というものだっただろう。したがって、良寛のもともと持っていた書の有りようが癖字であったとしても、高揚したその時の気分に乗って一気に書く、という行為によってその癖字は彫琢され、より良きもの、より美しいものに昇華されて、良寛特有の書の有りようとして自然と浮かび出ることになったのである。

良寛の書簡によると、それ以後も、尊圓親王の梁園帖、王羲之の澄清堂帖その他、懐素千字文、孫過庭等を学んだ、と小島氏の前出書には出ている。仮名についても、寛政九年(一八九七)上梓の秋萩帖を文化四、五年(一八〇七~一八〇八)頃から学びはじめており、同八年(一八一一)の丸山彦礼宛て哀悼歌は、学んで数年たった頃の姿だ、と述べておられる。思うに、これら名蹟の勉強は、書の根幹としての「本性の書」のあり方に修正を加えるためではなく、自身の本性としての美的感性を磨く素材として必要だったのではないか。

いかに「本性の書であれば、それで良い」とは言っても、自己と相手の関係を踏まえて料紙に向かう場合、単に「文字を書きさえすればそれで良いのだ」ということにはならない。相手を大事に思って書くとすると、当然、そこには行き届いた心遣いが筆跡として表れ出ていなければいけない。「本性の書」であって、しかも行き届いた筆跡であるにはどうしたらよいか。それにはただ一つ、良い手本と思われるもの数種類をどれも徹底的に学び、それぞれの持つ線や転折の美を美と判断する感性を持ち、その感性によって可能な限り相手尊重の丁寧さを表現してゆく力を持つことが必要である。揮毫の実際場面では、我が本性の筆跡としての線や転折の様が、名筆の学習で磨いてきた美の判断規準で計って良しとできるものになるかどうかである。名筆と言われるものを次々学んだ良寛の書が、仮名も漢字も含めたその根本において、ある一定の姿のままに一貫しているのを見ると、良寛の姿勢はそう解するしかない。

しかし、良寛が自分の本性に根ざす書という意味での良い書を書こうとしていたとしても、それは「芸術的書作品」を書こうとしていたのとは違う。例えば、良寛と同方向に進んだ禅僧と見える穴風外でさえ、落款に雅印を使用して普通の書作品の体裁に副《そ》う姿勢なのに、良寛は落款印も花押も用いず、書作品としての体裁に配慮するということをしない。これは、もっぱら自分と自分の書いたものを持つ特定の人との間だけに通用するもの——ちょうど國仙と自分との間に印可の偈が存在して、いつでも今は亡き國仙と対話が可能なように——を良寛が考えていたからではなかろうか。つまり、良寛の書は、その基本において、筆跡の美を追い求めたものでも不特定多数の人の目に触れることを想定したものでもない。すなわち、良寛の書は、その意図において美術作品ではなかった、ということになる。

良寛は書を頼まれても書きたい気持ちが湧かないうちは、「そのうちに…」とか「この次に…」とか「練習してから…」とかと正直に言って、なかなか書かなかったという。しかし、また一方では、留守家に上がり込んで勝手に字を書いて立ち去っていたともいう。その良寛の心の動きを表している逸話に次のようなものがある。

> 国上に於て、良寛さんは近所の風呂へよく入浴され、昔の地獄風呂で、今日はどこ迄行って夕方帰るからと言うて出られた。帰りの夕方になると其の宿の方では、良寛さんが来られるからと言うて硯や筆をかくし、又、戸障子、障子紙も棚に仕舞うという有様であったと。良寛さんは風呂からあがると何か書きたく、そこらを探して何にでも書かれたので、良寛さんが来られると言うて筆硯をかくしたという逸話が残っている。
>
> （吉江梅寿「逸話のかずかず」『良寛雑話集』（下）、新月社、五四頁）

この逸話からうかがえる良寛の心の姿勢は、貰《もら》い風呂をする家で書く内容を前もって準備しておき、風呂上がりのさっぱりした気分の中で、相手に対する感謝の気持ちを一気に書いて伝える、というものである。その底には、書きたい相手がいて、書きたい意欲が心に横溢《おういつ》して初めて「本性の書」になる、という考え方が存在する。もっとも、この逸話においては、良寛が常々その家に抱いている感謝の念はまったく伝わらず、もっぱら迷惑なことと思われているのだが。

こうしてみると、自分の本性の表れとならない揮毫は、良寛の生き方に照らすと禁忌事項だったのに違いない。文化四、五年(一八〇七、一八〇八)頃の筆意の転換時点からは、明らかに書もまた本性を磨く禅門の修行、あるいは人間修行の一環だったのであり、ここから修行がようやく全人格に及んだと言えるのではないか。この時期以後、書の世界での自己点検、自己練磨の心がけも終生続いていった。

以下は揮毫の姿勢からは離れるが、右に触れた出雲崎町中山の佐藤家で書いた寒山詩から導かれることについて記しておきたい。この時、良寛の書いた寒山詩は次の二篇であり、傍線部分が伝存する遺墨の文字、その遺墨の文字の左に付した括弧書きの文字は、良寛が実際に書いた文字である。

智者君抛我《ちしやのきみはわれをなげうち》　愚者我抛君《ぐしやのわれはきみをなげうつ》
非愚亦非智《ぐにもあらずまたちにもあらず》　従此斷相聞《ここよりあいきくことをたつ》
入夜歌明月《よるにいつてめいげつにうたい》　侵晨舞白雲《しんをおかしてはくうんにまう》
焉(誰)能拱口手《いずくんぞよくこうしゆをこまぬきて》　端座鬢紛々《たんざしてびんぷんぷんたらんや》

目見天台頂《めにみるてんだいのいただき》　孤高出衆群《ここうしゅうぐんをいず》
風搖松竹韻《かぜはゆるがすしょうちくのいん》（音）　月現海潮頻《つきあらわれてかいちょうしきりなり》（見）
下望山青際《したにやまのせいさいをのぞめば》　談玄有白雲《げんをかたるにはくうんあり》（白雲）（玄）
野情便山水《やじょうさんすいをびんとすれども》　本志慕道倫《ほんしどうりんをしたう》

（太田悌蔵訳注『寒山詩』〈岩波文庫〉での「智者…」は三三頁、「目見…」は一六〇～一六一頁。傍線を付した伝存遺墨の部分には、はがした紙の継ぎ違いがあって、文字の飛んでいる箇所がある。）

これを見ると、当時、良寛は多少の思い違いは存するものの、ほぼ完全な形で寒山詩集全体を記憶していたことになる。これは、文化四年（一八〇七）に至るまでの間に寒山詩を学び終えていた証拠であり、それが『荘子』理解と相俟って、良寛の後の生き方に磨きをかける材料になっていた、と想像される。

良寛が、寒山詩を通して得たものは何だったか。「寒山子詩集序」の撰をした閭丘胤によれば、胤が寒山拾得のために浄衣二対を製して供養しようとしたとき、もう二人は國清寺にいなかったので、使者に天台山の寒山に届けさせたところ、寒山は「泥棒だ」と叫んで岩窟に隠れたという。その一事からでも、寒山が山中深くに住み、通俗思考の世界から厳格に隔絶して生きていたことが知れる。この寒山のようにきっぱり俗界と離れて生きることは確かに困難ではあるが、自分の生き行く道の独自性を純粋に保ち続けるのは、比較的容易かも知れない。良寛はその寒山の生き方から、「俗世を離れて生きる」という方向性を得たのである。

しかし、最も困難な故里での禅修行で、しかも、一人の人間として最も正しく、最も普遍的な生き方を庶民の中で保ち続けるのは、自分の生き行く道の独自性を純粋に保ち続ける困難さという点から言えば、寒山の困難さの比ではない。良寛は寒山の生き方の困難さをさらに強めて生きることを目指したのである。そう考えると、國上寺先住の義苗が文化元年(一八〇四)に遷化した後、空いた五合庵にみずから望んで入ったのは、五合庵が集落と國上寺の間にあって、隔絶した奥地でなかったからだ、と判明する。したがって、五合庵からその下方の乙子神社境内に移り、さらには集落内の木村家屋敷内で最晩年を過ごしたという住処《すみか》の移し方は、良寛が老いを感じていったためと一面的に解して良いとは思えない。心の奥底に、老いてもなお、より深い独自の道を生き行こうとする精神が満ち満ちていたからだった、と理解すべきだろう。

六　乞食行の純化が導き出した毬つき行

青陽二月初《せいようにがつのはじめ》　物色稍新鮮《ぶつしょくややしんせんなり》
此時持鉢盂《このときはつうをじし》　得々遊市鄽《とくとくとしてしてんにあそぶ》
児童忽見我《じどうたちまちわれをみ》　欣然相将来《きんぜんとしてあいひきいてきたる》
要我寺門前《われをようすじもんのまえ》　携我歩遅々《われをたずさえてあゆみちちたり》
放盂白石上《うをはくせきのうえにはなち》　掛囊緑樹枝《のうをりよくじゅのえだにかく》
于此闘百草《ここにひやくそうをたたかわせ》　于此打毬児《ここにきゅうじをうつ》
我打渠且歌《われうてばかれかつうたい》　我歌渠打之《われうたえばかれこれをうつ》
打去又打来《うちさりまたうちきたりて》　不知時節移《じせつのうつるをしらず》
行人顧我咲《こうじんわれをかえりみてわらう》　因何其如斯《なにによってそれかくのごときかと》
低頭不応伊《ていとうしてこれにこたえず》　道得也何以《いいうるもまたいかんぞや》

要知箇中意《こちゆうのいをしらんとようせば》　元来只這是《がんらいただこれこれと》（七三）

この漢詩の最後の六句で暗示されている毬《まり》つきの意味は、通説に言う子供との遊びではなさそうである。最後の二句の直前にある四句で良寛は言う、子供らと手毬をついているところに通りかかった人が「どういう訳でそんなことをしているのか」と尋ねたとき、良寛はただ頭を下げて挨拶を返すだけで、言葉では「不応伊《これにこたえず》」という態度で過ごすのだ、と。そして、その訳は言葉にして答えてみても自分にもその人にもどうなるものでもないからだ、と。そして、最後の二句で「その中に存在する意味を知ろうとして敢えて私に答えを求めてくるのであれば、そういう人には、草の相撲や毬つきの中にある本当の意味はそれをやることの中にあるのだから、やってみれば分かる、と言おう」と言う。すなわち、良寛は、そうした遊びの中には言葉では言い表せない、微妙かつ重要な意味がある、と言っているのである。毬つきの中のそんな重要さを、いったいどんなきっかけで引き出したのだろう。

確かに中国にも毬があって、『摩訶止観』には座禅修行の眠気をさますものとして出してある（関口真大校注『摩訶止観』上、岩波文庫、二四四頁）。『辨道話』にも「仏在世にも、てまりによりて四果を証し、袈裟をかけて大道をあきらめし、ともに愚暗のやから、癡狂《ちきょう》の畜類なり。たゞし、正信のたすくるところ、まどひをはなるゝみちあり」（水野弥穂子校注『正法眼蔵』一、岩波文庫、四六頁）とある。しかし、そこに毬のことが書かれてあるからといって、それを取り込んでやっても、それでは借り物になってしまう。

右の漢詩の描写順は、前半部分に乞食行から子供たちの集まる様へと描かれ、そこから毬つきに入って後半は毬つきのことが占めている。この描写の流れに作為的なものはない。この自然さからすると、毬つきは子供を介して乞食行とつながっているもの、というのが良寛の認識だった、と判明する。同時にまた、良寛の毬つき行のそもそもが、『摩訶止観』や『辨道話』からの知識を具体化させたものではなく、自身の乞食行から自然発生的に生じてきた行為だったことを示している。

では、毬つきにつながってゆく托鉢行とはどんなものだったのか。「四国行脚、関東での兄弟子参見」の項で、①帰郷後の良寛は「庶民との間に生まれるべき仏教上の心の通じ合い」が一向に生じないことを悩むに至ったであろうということ、②その悩み解消のためには、「仏法を伝える者」と「伝えられる者」との間に存する上下関係から脱却せねばならない、と考えたであろうということ、の二点を記してきた。この上下関係からの脱却は乞食行においてどう表れるかを考えると、一方に「(仏法を伝える行いとして)托鉢をする者」がいて、他方にはその働きかけによって「托鉢に応ずる者」がいる、という関係からの脱却ということになる。つまり、良寛は、禅僧として仏法を伝える働きかけをしながら「托鉢は極力控える」乞食行を追い求めることになるのだが、それには、自分の托鉢行に工夫を加える以外にはない。その結果として、良寛が新たな乞食行の形を工夫したとすれば、その良寛独自の托鉢行の姿は、良寛がしばしば揮毫《きごう》した次の漢詩に表れているのではないか。

「乞食《こつじき》」

十字街頭乞食了《じゅうじがいとうじきをこいおわり》　八幡宮辺方徘徊《はちまんぐうへんまさにはいかいす》
児童相見共相語《じどうあいみてともにあいかたる》　去年痴僧《きよねんのちそう》　今又来《いままたきたると》（五六）

この漢詩の起句には「十字街頭乞食了《じゅうじがいとうじきをこいおわり》」とある。普通に家々を次から次へとまわってゆく乞食行なら、わざわざ「十字街頭《じゅうじがいとう》」と言うことはない。なぜそんな語句が必要なのか。この語句はどんな意味内容なのか。そのことについては、この漢詩の結句「去年痴僧《きよねんのちそう》今又来《いままたきたると》」という子供たちの言葉にヒントが潜んでいる。「去年」とあるから、子供たちは今年の春になって初めて良寛を目撃したのである。そして、言った言葉は「去年来ていたあの馬鹿坊主が、今、またやって来ている」だった。これによれば、もし、良寛が他の托鉢僧と同様に網代笠《あじろがさ》を被《かぶ》って次々と家ごとに托鉢してまわっていたとしたら、子供たちはわざわざ「痴僧」とは言わない。網代笠を被っていて顔が見えなくても、かなり離れていて遠目にしか見えなくても、その様子が普通の托鉢僧と違っていて、外で遊んでいる子供たちにそれが「痴僧」の良寛だとすぐ分かる様子だったのである。だとしたら、この漢詩の情景の中での良寛は、最初「十字街頭」の四文字中にいることになる（承句の「八幡宮辺」の良寛は、乞食行で疲労した心身を休めていたのだろう。「徘徊」の語は、そうした目的のない動き回りの表現かと思う）。「十字街頭」にいて「托鉢は極力控える」乞食行とは、どうすることだったのだろう。

その良寛の姿は、「騰騰」と題する次の漢詩の前半に表現されている。

裙子短兮褊衫長《くんずはみじかくへんさんはながし》　騰騰兀兀只麼過《とうとうごつごつとしてただすぐすのみ》
陌上児童忽見我《はくじょうのじどうたちまちわれをみて》　拍手斉唱放毬歌《てをうちひとしくうたうほうきゅうのうた》（五五）

（承句の「過」を谷川氏は「すぐ」と自動詞に読んでいるが、ここでは他動詞とした。）

ここに表されている良寛の姿は、腰から下の裙子はたくし上げていて短すぎ、腰から上の褊衫はそれに比べると長すぎという不格好さのままで、「兀兀《ごつごつ》」、つまり、じっと動かずに道端に立って時を過ごし、鉢を捧持して人々の自発的な喜捨をひたすら待っていた、ということ以外にはない。

考えてみると、各戸を廻る乞食行には、乞う者の働きかけが最初に存在するのだから、そこには対応を押しつける不純さが多少なりとも付きまとうし、喜捨する方も、明らかに乞われたからするのであって一〇〇％の自発的行為とは決して言えない。それを承知で家々を托鉢して回ったら、受ける布施は多いとしても、その場面で僧がもたらすはずの仏法は、澄んだ自身の本性に基づくところの、一〇〇％澄んだものではなく、多少とも不純なところのあるものとなってしまう。それを良寛の本性が知ったうえは、必ずや良寛の本性はその托鉢行を押しとどめるだろう。

こうして、乞食の行として町中の十字路に一定の時間じっと立つ良寛の姿は、ちょうど英国バッキンガム宮殿の微動だにしない衛兵が人々の関心を引くのと同様に、最初の時から子供たちの関心の的となり、話しかけられたり衣の裾《すそ》を引かれたりしたことだろう。良寛が佇立《ちょりつ》する托鉢行を止めれば、その後は子供たちが良寛を放ってはおかない。相撲取り草で勝った負けたと遊ぶ子供たちの中に入れられ、毬を持つ者がいればその仲間の中に入れられてしまう。良寛の本性に即する純粋な反応の仕方は、子供たちの悪戯《いたずら》っけも含めた純粋な心の動きにぴったりフィットしただろう。——帰郷後に抱くことになっていった乞食行の悩みを解決する糸口は、寛政四年(一七九二)冬からの四国行脚にあったであろうとの見解は既に記したが、それを解決する新しい乞食行の形が翌春の帰郷後に案出、実行されたとすると、毬つき行もその時からのこととなる。——

子供たちの毬つき遊びに入れられた良寛は、毬をついてみてどんな経験をしただろうか。例えば、ふとん綿に糸をきつく巻いて毬を作り、それをついてみると分かることだが、綿の球体は一様に均質とはなりにくい。つくと弾むのは弾むけれども、あらぬ方向に弾んですぐに手が逸《そ》れる。子供の誰かが持っていた手毬も、やがて良寛が入手した手毬も、いずれも均質を心がけて作られていたではあろうが、多少は意外な弾み方をしたはずである。その微妙に変化して弾み返る、それをうまくつくのが楽しいのだが、意外な方向に弾み返る毬を手のひらと指をお椀《わん》状に開いて迎え受け、次の弾みが望む方向の弾みとなるように、地面との角度を考慮してつき出す——この一瞬のうちに反射的に手を反応させる有りようが、良寛に「自分のすべての言動はこの毬つきと同じでなければならない」と意識させたのに違いない(冒頭の漢詩で良寛は「行人」の軽い言葉掛けへの対応と「知箇中意《こちゅうのいをしらん》とする人」の真剣な問いへの対応は自ずと異なると言って、毬つきが自分の生き方と直結することを暗示している)。また、他の子供より回数多くつくためには、周囲の子供の存在も自分そのものをも忘れるほどに全神経を毬の弾んでくる方向に集中しなければならない。そのことが、我が呼吸を数えて集中する数息観、ひいては禅修行全般とも通ずる――そのことをもって、良寛に毬つきを修行と気付かせたのだろう。

この毬つきの禅的把握は、國仙が良寛に答えた「一曳石二搬土《いちにいしをひきににつちをはこぶ》」、つまり、日常生活そのことがそのまま禅修行である、という師の教えに適《かな》うことであり、また、「人の生けるや直し」とする我が本性を、子供たちの純真さの中に置くことによって、いっそう純化し得る点にも着目し、良寛はこの子供たちと過ごす場面を大切にすることになっていったのに違いない。このように、帰郷後、座禅、乞食という一般の禅修行から良寛独自の修行へと展開したという見方に立つと、良寛の所持品メモの「受用具」（「他の人との関係において必要になるもの」の意）の中に良寛が「毬」と書いているのは、毬が「子供と遊ぶためのもの」という程度の軽い扱いでなかったことの表現と理解される。

十字街頭で「兀兀《ごつごつ》」と立つ乞食行だけがその後の乞食行だったわけではない。そのやり方では、仏法を広く伝えるという僧としての務めが果たせなくなるからである。事実、帰郷後の禅僧意識の高揚した時期を詠じたと思われる作に「托鉢」と題する漢詩があって、その中ほど以降に、

次第乞食西又東《しだいにじきをこうにしまたひがし》
酒肆魚行什麼論《しゅしぎょこうなにをかろんぜん》
直視何啻刀山摧《じきしすればなんぞただにとうざんのくだくるのみならんや》
緩歩須知鑊湯乾《かんぽすればすべからくかくとうのかわくをしるべし》
（中略）
君不見《きみみずや》　浄明老人曾有道《じょうみょうろうじんかつていえるあり》
於食等者法亦然《じきにおいてひとしきはほうもまたしかりと》
直下恁麼薦取去《じきげいんもにせんしゅしさらん》

誰能兀兀到驢年《たれかよくごつごつとしてろねんにいたらん》(六〇)

とある。この漢詩は一般の托鉢僧を批判した作ではないから、「君不見《きみみずや》」の「君」は良寛本人以外を指すことはない。そうすると、維摩詰《ゆいまきつ》の言う「誰に対しても同じように托鉢して仏法を平等に伝える」ということに心が定まらない状態にあったのは、当然、良寛ということになる。したがって、良寛は僧の避けるべき物を扱う酒屋も魚屋も平等に托鉢する乞食行を、維摩詰の言葉どおりに実行しよう、と自らを励まして言っていることになる(この「酒肆魚行」は詩表現の仮託で、実際には、橘屋を衰微に陥れて今では幅をきかせている家々を指すものなのかも知れない)。

そこまでして引っ込み思案の自分を励まし、純粋な行と認める托鉢だったから、人々の軽い気持ちでの喜捨でさえ重くありがたいこととして受けることになった。荒村の貧しい人々から少しずつの喜捨を受けた良寛が、帰路、我が身を振り返って即座に座禅に取り組み、精進の決意を新たにする次の漢詩は、あらゆる喜捨を重く受け止める良寛の心の姿を正直に表している。

荒村乞食了《こうそんじきをこいおわり》
帰来緑岩辺《かえりきたるりよくがんのほとり》
夕日隠西峯《せきじつせいほうにかくれ》
淡月照前川《たんげつぜんせんをてらす》
洗足上石上《あしをあらつてせきじようにあがり》
焚香此安禅《こうをたいてここにあんぜんす》
我亦僧伽子《われもまたそうぎやのし》

豈空渡流年《あにむなしくりゅうねんをわたらんや》（四二五）

ここまで見てくると、良寛の真《しん》面目は、自分の乞食行の中から磨き出されたものであることが判明する。確かに「僧伽《そうぎや》」と題する漢詩の冒頭では、

落髪為僧伽《らくはつしてそうぎやとなり》
乞食聊養素《じきをこいていささかそをやしなう》
自見已如此《みずからみることすでにかくのごとく》
如何不省悟《いかんぞせいごせざらん》

と言っていて、後の良寛が、自己の本性の磨き出しは乞食行での反省と自覚によったものと振り返りつつ、今後も乞食行を生きる基本に据えて生きよ、と我と我が身に言っていることが分かる。

Ⅴ　禅僧　良寛の内なるもの

一　「在りし昔のこと」

みづぐきの　跡《あと》も涙《なみだ》に　かすみけり　在《あ》りし昔《むかし》の　ことを思《おも》ひて（一二六七）

父・以南が「朝露に　一段ひくし　合歓《ねむ》の花」の句を書いた半折の左上に、良寛のこの和歌は書き込んである。そして、その和歌について貞心尼が『はちすの露』に記すところは、由之から「しとね」を届けてくれるよう頼まれて島崎に持参した折（文政十二年〈一八二九〉秋）、良寛が「たらちをの書給《かき》ひしものをご覧じて」詠んだ和歌と読み取れる書き方になっている。それをそのまま信ずればこの作は良寛最晩年の作となるのだが、以南の遺墨を所持しながら三十年も「在りし昔」を思わないのは変だし、「在りし昔」の一つ一つを思い出してかみしめる行いを貞心尼の前でやってこの和歌を詠むというのでは、演出の臭みさえ出る。実際には、涙を流しながら以南の句を眺める良寛の脇で、貞心尼が良寛の書き込み和歌を読み取って記録したということなのだろう。

貞心尼の伝えた如く、良寛は以南の遺墨「朝露に…」を大切にしていて、「みづぐきの…」の和歌はその以南の墨蹟が存在することによって生み出された。すると、以南の遺墨は何時《いつ》から良寛のところにあったのか、との疑問が生まれる。その疑問を解くには、良寛帰郷の寛政四年（一七九二）三月末から以南死去の寛政七年（一七九五）までの間に、何時、なぜ以南が良寛にその発句を書いて渡す必要を感じたのかをはっきりさせなければならない。

良寛は寛政四年三月下旬に郷本の塩焚き小屋に入り、それは足かけ半年後に生家・橘屋に知らされた。良寛帰郷が橘屋に知らされたこの年は父の以南は五十七歳、弟・由之は三十一歳（その子供の馬之助は四歳）になっていて、由之が名主職を一人でこなして五、六年経った頃だった。だから、この年の晩秋に以南が長期にわたる関西への旅を企図した場合、自分のいない間が問題なく経過するよう、子供たちに留意すべきことを言い置く必要があったはずである。――以南が旅先の京都で脚気《かっけ》を病んで帰郷困難と知り、越後にいる子供たちに遺言として書いた可能性も考えられる。ただし、遺言の意図なら他に嫁した女の子供たちにも一枚ずつ書かれていなければならない。しかるに、佐藤吉太郎氏『良寛の父　橘以南』（出雲崎史談会《復刊》）の口絵に載るものは良寛宛以外は半折の自画賛二枚だけで、そのうち、良寛宛同様に落款印の無いのは一枚だけである。この伝存状況からすると、「朝露に…」は以南の遺言の作ではないことになる。――

もちろん、自分の留守中の留意点は話すだけで済ますこともできるだろうが、そうすると聞き流してしまわれることも懸念される。そこで、以南は、今では生家の主人となっている由之を、自分が兄だからといって良寛が見下してしまってはいけないと考えて、発句に詠んで注意を促す手段をとったのだろう。そうすると、以南の「みづぐきの…」の半折は、良寛が帰郷して六ヶ月過ぎたその頃から良寛の手許《てもと》にあったことになる。そして、おそらく寛政七年（一七九五）の以南入水自殺以後、以南の遺墨を取り出して見て「在りし昔」の一つ一つをしみじみかみしめ、冒頭の和歌を書き込んだと推測される。

ここで、良寛所持以外の以南の画賛二枚のうちから、蓮の絵に「酔臥の　やとりはこゝそ　水芙蓉」の句を書いた半折（「朝露に…」同様に落款印の無い作品）に注意を移そう。それは、良寛が落款とも五行で、「水くきの　あともなみた

に　かすみけり　ありしむかしを　おもひいつれは　良寛拝書」と書き込んでいるからである。これは以南画賛の所持者が良寛に書いてもらったものであることは間違いない。父親の以南が散らし書きで中央から左に発句を流して書き、右端に「以南畫讃」と落款を入れた、その左、すなわち、以南の作が終わった半折中央部分の余白に、良寛は右の和歌を書き入れたのである。

「朝露に…」が良寛に与えられたものなら、「酔臥の…」も以南が自分の子供の誰かに与えた句という可能性がある。もし、以南が自分の子供の誰かに与えた句なら、その発句に込められたメッセージから該当の人物は誰かが判明するに違いない。そこで、「父から子へのメッセージ」であることを考えながら発句を現代語訳すると、「〈お前がしばしば他所でしている〉酔い臥しのやどりは〈今後は〉ここ（自宅を指す）ですよ。ここには蓮のような〈清らかで〉美しい女性がいるのだから（「女性」は子供の妻をいう）」となる。以南がこのメッセージを発すべき子供は由之以外にはいない（前出書口絵にある半折の遺墨のうちのもう一作、すなわち、落款印のあるものは、良寛と由之のために書いたものとは別の機会の、別の目的の作であろう）。この半折を以南からもらった由之は、ずっと後になって、良寛が自分の持っている父親の墨蹟に冒頭の「みづぐきの…」の和歌を書き入れているのを知り、自分のものにも同じように和歌を書いてほしいと依頼したのだろう。

良寛は揮毫《きごう》にあたって、「ありしむかし」の後を「…のことをおもひて」から「…をおもひいづれば」と変更した。その理由は、自分が父親との関係で思い出すことは具体的事実一つ一つであるのに対し、父親と由之の間にあった具体的事実は良寛にとっては何一つ明確とは言えない。そこで、兄弟ゆえに由之と共通のはずの思い――父親を思い出すと懐かしく、また、寂しい――それだけを表す言い方にしたのである。

以南は、「出家して生家を出たのだから、生家の主・由之を超えるようなことがあってはいけない」と良寛に伝えるために、良寛の知識と感性を信頼して合歓《ねむ》の句を書いた。良寛に対しては、なぜ合歓が発句《ほっく》の材料なのか。中国、唐時代に天台僧・湛然が著した『止観輔行轉弘決』（高楠順次郎編『大正新脩大蔵経』第四十六巻、大正一切経刊行会）の巻第十之二には「合觀《ごうかんは》蠲忿《いかりをのぞき》萱草《かんぞうは》忘憂《うれいをわする》」の語句があり、日本の天台僧心寶が応永十四年（一四〇七）に著した『摩訶止観難字音義』（未刊行。西教寺、叡山文庫、大谷大学に写本が伝存）第十巻では、その「合觀《ごうかん》」について、「服之《これをふくすれば》去人瞋忿《ひとのしんふんをさる》」と説明してある。おそらく、中国においては古くから「合歓」は忿懣《ふんまん》を忘れさせて心を穏やかにしてくれるものとされており、それを知っていた以南は、名主職にある由之が町役人の態度のままで良寛に接した場合、良寛は兄の尊厳を損なわれたと感じて忿懣を抱くのではないか、それを自ら収めてゆく修養をしていってほしいと願って「合歓」を素材としたのだろう。そして、そのうえにもう一つの工夫「朝露に一段ひくし…」を加えたのである。朝霧がごく細かい水滴となって葉に付いたとき、その微かな重さの増加によって葉が大きく下に垂れてゆく——その合歓の木のように、由之との間に生じてきている立場の変化を感じ取って、立ち位置をより低く保っていてほしい、と以南は呼びかけたのである。

この半折を以南がどんな添え言葉とともに良寛に渡したか、それは分からないが、良寛が以南のその意図をたちまち理解しただろうことは、良寛の知識と鋭敏な感受性を考えれば容易に想像される。特に、寛政七年（一七九五）に以南が入水自殺を遂げたと伝わってからは、幼児期以来、自分を気遣ってくれていたはずの父親の実像を知らずにきて、そうした父の配慮に副《そ》う生き方をしなかったあれこればかりが思い浮かんだのではなかろうか。以南のよどみの無い筆さばき、紙いっぱいに堂々と書いてある句、それに対して、目立たないように左上の余白に書いた良寛の和歌、その消え入るばかりに書かれた良寛の和歌は、父の書作のバランスを崩さぬようとの思いからでもあろうが、同時に、在世中の父に対する今の良寛の思いがそうさせたという面も大きいのではなかろうか。

「みづぐきの跡も涙にかすむ」んだ、その根拠としての「在りし昔のこと」を思う良寛の思いは、一般に言われる懐かしさばかりではなかった。父に関連して「在りし昔のこと」と言った時に、良寛が一番最初に思い出したことは、当然、出家する時のあれこれであろう。名主見習いとなって自己疎外に陥った良寛は自分で出家を決めたのであった。それは、今になって客観的に見れば、父の意向を二の次にして勝手な方向に走ったとも、父に反発したとも、一種の親不孝をしたとも言える行為だった。そのことについて良寛には常に詫びる気持ちがあって、一つ一つを思い出したびに涙が流れたのである。

しかし、良寛が「在りし昔のこと」と言い表しているのは、出家のことだけではなかろう。幼児期以来、父親に懐いていた「離れていたいと思う気持ち」、今の自分からそれを振り返ったときの申し訳なさ、それらが一体となって思い浮かんだのではないか。すなわち、先にも記したとおり、父は好きな俳諧に没入してゆくにつれ、子供に早く後を継がせ、思いどおりの俳諧三昧の生活がしたいと思っていた。従って、谷川敏朗氏が言われるように幼児期の良寛・榮藏の上にもし長男がいたとすれば、以南はその長男に立派な後継ぎになってほしいと期待していたことだろう。そして、えてして子供の発達段階を超えた言動を期待し、その期待どおりにならないと苛立《いらだ》つこともあっただろう。そんな時、次男の榮藏は自分が叱られているようにも感じて身をすくめて押し黙り、父の苛立ちの収まるのを待ったに違いない。そして一方では、自分が父の苛立ちを引き起こさないようにするために父から離れ、自分の世界にいることを身につけていったのではなかろうか。

つまり、繊細で文学的な資質を父から受け継いでいた榮藏は、乳幼児期以来の父の言動によって精神的苦痛を感じやすい自分とならざるを得なかったのであり、父の苛立ちを避けて過ごす習いが一人遊びの楽しみを引き出し、その延長線上で自発的読書や学ぶ楽しみへと展開してきたのであった。一方で、父の言動に感ずる違和感、あるいはかすかな反感は、日々、積み重なって心に沈澱《ちんでん》し、やがて、成長とともにそれは大きくもはっきりもしてきて、父の自分に対する気遣いには少しも心を向けない状況になっていったのだろう。

榮藏の上に長男がいたとしても、亡くなった明和五年(一七六八)からは急に跡継ぎの期待が榮藏に向いたことになる。亡くなった長男が他の男の子と同様に活発で、父の期待にほぼ適《かな》う成長ぶりだったとすれば、繊細で引っ込み思案、言葉少なでただ本を読んでいるだけの榮藏を、父はどう見、どう対応することになったか、想像にあまりあるものがある。なんとか早く一人前にしたい、──その気持ちは長男に対するよりも大きくなって、焦るまでになったことが想像される。榮藏にはこたえきれない過剰な期待や要求が、榮藏を押し包んだことだろう。

やがて、世間から一人前に扱われるべき年齢になると、「名主の立場になるお前は万事を今から見習っておかねばならないし、その立場を世間に認めてもらうには妻を持たねばならない」と以南に言われて、すべて父のお膳立《ぜんだ》てで事が行われていったのではないか。そして、父の苛立ちを避けることから自然と知ることになっていた一人遊びの楽しみまでが、そのような父の意向によって、今度は意図的に奪い去られることになったのである。ここに至って遂に榮藏は父の意向の外に出る決心をした。したがって、飛躍の誹《そし》りを避けずに言えば、橘屋の立場を維持しようとする方向での父の働きかけが、榮藏をして出家への道を進ませた、ということにもなろう。

以南の没後に父の書いたものを見た時、名主の立場を軽視して俳諧に没入しようとしていた父(良寛は出家した時、一人前の男として扱われる年齢に達していたから、当然、父の思いは分かっていただろう)と、そんな父から飛び出して禅修行に入った自分、その二人の昔の姿を公平に振り返ったことだろう。そして、いろいろな立場を軽視して俳諧に没入しようとしている父をいわば否定して、自分の望む禅僧の人生に進んだ、その自分自身の行為が、父親と同じ行いであったと気付いたことだろう。それに気付いたとき、父の生き方は仕方なかったのだと改めて共感し、父を否定したことに後悔の気持ちを抱いたのではなかったか。そして、ともに因縁によってそうなっているのであって、父に対するこの後悔の気持ちを忘れずに生きればよい、と納得したのではなかったか。こうした相反するが如き二つの気持ちと、さらには過ぎた昔への懐かしさが融合した思いこそ、「在りし昔のこと」が誘発する感情であり、大きな父の文字さえ見えないまでに流れた涙の根源だったのである。

二　「千羽雀の羽音」

秋日和《あきびより》千羽雀《せんばすずめ》の羽音《はおと》かな（六五）

良寛は何度かこの句を書いているらしい。良寛にとってこの句がそんなに思い入れの深かった理由は何か。しばしば雀は実った稲に群がる。一面黄金色の田で茶色の雀が飛んでいると、それは雀だと見分けがつきやすい。だから、実った田に雀が多く来ていると分かると、それを追うべく案山子《かかし》や鳴子《なるこ》もしつらえる。ところが、稲の刈り取りが終わった後でも雀は田や畦に大きな群れで下りている。それは落ち穂をついばむためでもあるが、どうも雑草の種や昆虫を好んで食らうものだかららしい。そんな場所では、本当に千羽が群がって土をつついていても、田んぼや畔の土の色や枯れた雑草の色に溶け込んで、雀を探してでもいなければ見付けられないものだ。この句は、そんな刈り入れ後の田の中の道でのことなのだろう。

羽音の直前状況は、おそらく予想外に早く目標に達した托鉢の帰路で、こんなに早く目標に達する托鉢は禅僧として本当に良いことなのか、と反省していたのではないか。「予想外に早く目標に達した托鉢」は托鉢する自分も「縁」の実感を欠き、喜捨をする方も機械的に対応してしまう、その結果としての上っ面だけの「行」を意味するから、托鉢行からの帰りにはしばしばそんな反省に陥り、改めて人々の置かれている状況や自分の行為のことを振り返って思い悩みつつ、いつも足もとに目を落として歩いていたのではないか。この日の良寛もまた同様だったのだろう。これまで何年間も心に押し込み、圧縮し続けてきた托鉢行の疑問や悩みに、さらに今日、またまた経験した托鉢行のもろもろの悩みを加えて押し込み、いよいよ圧縮されて遂に極限を超えた超飽和状態に達していたとき、そこを千羽雀の飛び立つ羽音が急襲したのだろう。その瞬間、圧縮の上にも圧縮されていた思考内容は急発酵して爆発的に新次元の道が開けた、――言葉で言うと、そんなことが良寛の中で起き、頭の中のこれまでの悩みが破却された結果、因縁の理《ことわり》が良寛の経験の集積の中から立ち上がってきたのだろう。

良寛の心を一斉に飛び立つ雀の羽音が急襲し、その羽音に良寛が驚いたとすると、一瞬の後の良寛の心は、前の重苦しい状態には戻らずに今起きた羽音のことを考えるだろう――全く予想外のことで、無から湧き出たとでも言い得る音…。もう羽音は消えたが、我が心には経験として残り続ける音…。今、自分がここを歩いたから聞いた音…。雀がここに来ていたから聞くことになった音――と。そこから、雀の羽音が時間と空間の世界に存在するいろいろなものの中から、偶然、自分と繋《つな》がるものとして現れ出て、自分だけが聞くことになった音だ、と気付いたことだろう。

良寛の頭の中にあった抽象的理解としての「縁」は、羽音に急襲された瞬間、雀と自分との間に具体的に存在する「縁」となって現れ出たばかりか、それは光が広がるように、今日の托鉢行で喜捨してくれた家や人との間の見えざる「縁」の実感にまで広がったのではなかったか。このことは、三十五歳の釈迦が暁の明星の光を見て「すべてこの世にあるものは、様々な原因と多くの条件が絡み合い、関わり合って、その結果として生ずるものだ」と、この世界の根本的な有りようを悟ったのと同じことで、良寛が実感をもって釈迦の認識経験を追体験したと言えるのではないか。この釈迦の悟りと等質の体験が悟りだとすれば、良寛は正にこの千羽雀の羽音に驚いた瞬間に悟ったことになる。――仏道における称名念仏も座禅も、人間の置かれた姿を正しく認識し、そのことによって五欲や四苦八苦を乗り越えて安らかに人生を生き、安らかに彼岸に渡ってゆこうとするものらしい。座禅によるコースは、釈迦の座禅瞑想を自己の行とし、釈迦同様、直接悟りに到達しようとする。だから、この道に進むと、最初は、知識としての真理にどのような言動が適うかを、必死で手探りする。千羽雀の羽音を聞くまでの良寛も、同様にして長いこと手探りし続けていたのだろう。――

この日、雀の羽音に襲われて「縁」を実感した後に良寛が感じた秋晴れは、どんなに明るく穏やかで、どんなにさわやかに澄んでいたことか。それゆえ、それを定着したこの句は良寛にとって大切な作であって、自分の心の姿を示すものとして、繰り返し揮毫することになったのに違いない。

しかし、良寛自身は「悟り」とか「悟る」ということの一般的な意味を一言も書いていない。それは曹洞宗独特の考え方によるのであろう(「國仙に家風を問う」の項を参照)。烏《からす》がカアと鳴いたのを聞いて悟ったと言われる一休宗純のように、「翻然と悟る」ことだけが悟りに至る道なのではなく、不断の修行によって徐々に悟りの深みに至りつく道を道元は示していた。だから、道元の教えに生きた良寛は、千羽雀の羽音で縁の存在を知ったには違いないが、これで自分は悟った人間になった、などとは決して思わなかっただろう。

三 「穂拾ふ鳥」

あしびきの　山田《やまだ》の案山子《かかし》　汝《なれ》さへも　穂拾《ほひろ》ふ鳥を　守《も》るてふものを(三四五)

ミレーの「落穂拾い」では、遠くにうずたかく積み上げてある麦と積み上げ作業をしている人は、夕方の光の中にあって陰も淡く、明るく描かれている一方、近くで落ち穂を拾う女性は、逆光気味の光の中、暗くて濃い陰を抱えるものとして描かれている。この描き方は、当時の金持ちの社会常識——麦を刈って蓄えられるのは世の光を浴びている自分たちで、落ち穂を拾うのは貧民なのだから、せめて落ち穂は貧民が拾えるようにそのままにしておくべきだという考え方——によっているのだという。

こうしてみると、ヨーロッパの「落穂拾い」時代の社会的慣例と「あしびきの…」の和歌に見える良寛周辺の社会状況とは、ちょうど逆の関係にある。良寛の生きる飢饉《ききん》頻発の世の中では、庶民の中に経済的余裕のある人などはいなかったのだから、その面ではいかにぎすぎすした人間関係が多かったことか。そんな庶民の中で、それも托鉢で生きたのだから、良寛がいかに人々の経済的側面に心を痛めて生きたか、その人々と自分との関係に心を痛めて生きたか、が思いやられる。この「あしびきの…」の和歌でも「〈鳥を追う役の〉案山子、お前でさえも〈喰う物に困って〉穂を拾〈って喰〉う鳥は守るというのに」と良寛は言う。その言外で言っていることは、「こんな世の中だから、ともに生きることを考えよう」である。

飢饉の続く時代に生きている庶民、その庶民によって自分は生かしてもらっていることを深く知り、それゆえひたすら最低生活レベルでの知足を実行した良寛だから、この和歌で落ち穂を拾ったのは良寛自身で、それで和歌の中に人を登場させず、わざわざ人の心を持たない案山子とついばむ鳥を前面に出して、あからさまに言うのを避けたのかも知れない。もし、そうなら、飢饉状態の周囲を顧みなかった自省と、苛つく心のぼやきとがない交《ま》ぜになって、どろどろとしている気分の悪さを、この和歌で一区切り付けたのではなかったか。

あるいはまた、「穂拾ふ鳥」が良寛でなかったとしたら、良寛は、他人の田で落ち穂を拾って問題にされた人がいる、と聞いたことになる。そんな時、飢饉の時だからこそあらわになった、人間誰もが持つ利己主義のぶつかり合いを自分はどうすることもできないと思ったはずである。良寛は自分の中にそれを調整する力のないことを改めて見出し、人間の根深い業《ごう》は自分の手に余る、と再認識して嘆いたのかも知れない。

四　「法の塵」

法《のり》の塵《ちり》に　けがれぬ人《ひと》は　ありと聞《き》けど　まさ目《め》にひと目《め》　見《み》しことあらず（四六二）

良寛が「塵」と言うのは、俗人ならば問題にしないようなマイナスイメージの場合であって、そのかすかさの規準とでもいうべきものを示しているのが、漢詩にある「清浄《せいじょう》深探得《ふかくさぐりえば》　花還《はなもまた》世上塵《せじょうのちり》」（四〇一）の表すマイナス度である。世間でしばしば見聞する名誉や利益を求める人の心根、そこに「塵」がある、というのは割合理解しやすいが、花に、あるいは花を愛でることに「塵」があるというのは、なんという微妙さだろう。確かに、清浄な心とは周囲に少しも影響されず、静かに、穏やかにありたいと願い、まさにそのとおりにあり続けている状態をいうのだろう。もしその状態の時に目に花が見えたとすれば、人の心には必ずなにがしかの反応が起こるはずで、その分、静かで穏やかな心に波紋が生ずるだろう。良寛は心に起きたその波紋にマイナスイメージを感じているのである（この詩句から見ても、一般に言う風流、風雅などというものは、まったく眼中に無かったと分かる）。こんなごくわずかなマイナスイメージをさえ排除しようとした良寛から見ると、「法の塵」の無い僧などいるはずがない。

ただ、冒頭の和歌で良寛が「法の塵」と言っているのは、「レベル」が高いか低いかの問題ではなく、僧として生きることに慣れた結果、自制力を欠いていってしまう傾向を指しているのではないか。ここで良寛は、「法の塵にけがれぬ人」を「まさ目にひと目見しことあらず」、つまり、まだ会ったことがないという。そうなると、師・國仙に対しても「法の塵」を見出していたことになる。確かに國仙は住職として圓通寺の発展を図り、弟子を他の寺の住職とすることに心を配っていた。道元の指し示す道に副《そ》う修行一筋の良寛には、國仙の住職としての配慮と努力までが「法の塵」と感じられたことになる。また、住職となった僧の場合、かなり強い意志を持っていたとしても、住職の安定した生活に入ると修行の迫力が削《そ》げようし、寺で弟子を持てば、弟子との関係の中で名利にとらわれることもあるのではないか、とも思われる。良寛にはそれらを「法の塵」として戒める視点があったのだろう。そうすると、良寛が聞いたことがあるという「法の塵にけがれぬ人」とは、寺に住まずに修行を続けた寒山、拾得の如き修行者をいうことになる。ひたすら修行に修行を重ねることだけが、良寛にはあるべき僧の姿だったのである。

「法《のり》の塵《ちり》に…」の和歌の下の句が、僧すべてに「法の塵」があると言って止まない雰囲気に満ちていることは、良寛自身、自分だけはそんな僧にはなるまい、との決意をもって生きたと見て良かろう。その決意はどこからきたのか。それは、自ら定めた生き方に慣れると修行の迫力が減退する傾向が自身の中にある、と自覚していたからなのだろう。そして、我が道を再確認すべき何らかの事態があって、点検後にゴーサインを出した、それが冒頭の和歌なのであろう。我が言動から排除すべきことを探し出して滅却し続ける、その作業を忘れまい——そういう自戒の作に違いない。

修行迫力の減退だけでなく、修行に「法の塵」が沈着することを自戒する必要もあった。良寛の阿部定珍宛七月一日付書簡（谷川敏朗『良寛の書簡集』恒文社、四十四番）の文面に、

先日は飯米《はんまい》野菜おくり 被下《くだされ》　恭《うやうやしく》 拝受 仕《つかまつり》 候《そうろう》　暑気に而《て》 鉢には出られず候《そうらえ》ども　寺泊外山に拕《ママ》鉢の米　よほどあつらひ《ママ》おき 候間《そうろうあいだ》　御心労被下《くださる》まじく候《そうろう》　以上（ルビと傍記は引用者）

というのがある。同書によると、周辺から買い物客も集まる寺泊や地蔵堂が最も托鉢しやすかったらしいが、そうした町からは離れた集落であっても、後年の良寛には割合多くの喜捨があったであろう。しかし、良寛は動物性蛋白質無しの最小限の食料で生きていたのだから、長身の割には身体的持久力は通常人より劣る状況だったに違いない。だから、喜捨が多くて頭陀袋《ずだぶくろ》が予想以上にいっぱいになった後には、身体の疲れがたちまち来たうえに、歩く距離が長かったりすると、首と肩にかかる重さの苦痛も厳しいものとなったはずである。そんな時、良寛がいかに困ったかを想像することは困難ではない。良寛の和歌に、

あまづたふ　日《ひ》は傾《かたぶ》きぬ　たまほこの　いゑ《〔へ〕》ぢはとふ《〔ほ〕》し　袋《ふくろ》は重《おも》し（九〇七）

というのがある。これは正にその状況を詠んでいる作であって、喜捨の多かった喜びと、多かったがゆえの身体的苦痛が汲み取れる。が、喜捨が多くて、それが苦痛をもたらして困るなどと托鉢で喜捨を求めた本人が言ってはいけなかろう。それなのに、それをなぜ和歌として書きとめたのか。

誰でも、自分が他人に頼んで入手したものが予想した分量より多くて扱いに困るとき、「こんなに多くては迷惑だ」とは、普通、口では言わない。が、心の中では「いやはや、こんなに多くては、捨ててしまうこともできないし、困るな」と思うことはあるのではないか。

ところが、蚊の睫毛《まつげ》ほどの「法の塵」にも自戒を怠らない良寛が、托鉢で多くの喜捨を受けて「いへぢはとほし袋は重し」とふと思ってしまった。考えてみると、自身が他人の善意の蓄積に対して「袋は重し」と不用意に感じてしまったことには、我が心の不甲斐《ふがい》なさや身に付いていない修行に対する後悔、それらに伴う罪悪感など、マイナスイメージのことばかりが含まれている。それらを正さねばならぬ、と詠まれたのがこの和歌だろう。これはおそらく良寛が我が頭上に振り下ろした鉄槌だったのである。——この良寛の考えの根本にあるものが托鉢に関する佛教的判断であることは禅僧として当然のことだ。が、島崎時代の遺墨に『論語』から書き抜いたものがあって、そこに曽子の言葉「士不可以不弘毅。《しはもってこうきならざるべからず》任重而道遠。《にんおもくしてみちとおし》仁以為己任。《じんもっておのれがにんとなす》不亦重乎。《またおもからずや》死而後已。《ししてのちやむ》不亦遠乎。《またとおからずや》」（一九一章）が存在する。そうすると、良寛の思考の背後には、三峰館時代以降、この曽子の言葉があって、一つの信条となっていたと見ることもできる。——

このように、「法の塵にけがれぬ人」になろうと決めたら、どこまでもそれを推し進めてゆく——それが良寛の生き方だったのだろう。だから、良寛の立派さは、初心を忘れなかった点にあるのではなく、機会あるごとに自分で再点検、再確認を繰り返していたことにある。広く言えば、良寛は本性に副《そ》う生き方を求め続けた点で、生涯、努力の人であったということになる。

五　「うらやましくも」から「誰か知らら〔る〕む」へ

秋の野の　花の錦《にしき》の　露《つゆ》けしや　羨《うらや》ましくも　宿《やど》る月かげ（一二九二）

「秋の野の花のにしき」は、広がった野原一面に秋のいろいろな花が咲いている状況を思わせる。その「花のにしき」は「紅葉《もみじ》のにしき」への連想をはらんでいて華やかで明るい雰囲気だが、続けてすぐ、その草花には露がいっぱいに降りていると言う。夜、月の光の中で見る実際の風景は色彩を欠いた黒の濃淡のみだから、この和歌の明るさと翳《かげ》りの重なった不思議な風景は、良寛の心が実景に色濃い潤色を加えたものだろう。

なぜ、良寛がそうまでして眼前の景色に心の投影を計ったか。それは、良寛の心を占めた「露に月が宿っている。実にうらやましいことだ」という下の句の思いが強烈だったためだろう。それゆえ、眼前の風景を生かしながら、「滅び」を内包する「花のにしき」や露によって景物を再構成し、下の句に添わせて一首としたのではないか。

禅修行で知った「水月」を折に触れて確認していた良寛だから、小さな露の一粒に月のあるのを見て我が身を思ったろう。「人生五十年」と言い習わす時代に生きて、四十の「初老」を過ぎたら、我が身のこととして現実にやって来る「滅び」を認識するのは当然である。しかるに、修行を続けて年は積もったが、「花のにしき」のようには「月かげ」はまだ宿っていない、「花のにしき」は実にうらやましいと思ったのに違いない。この和歌と連作かと思われるものに、

夕風《かぜ》に　露《つゆ》はこぼれて　花薄《すすき》　乱《みだ》るる方《かた》に　月ぞいざよふ（二九一）

というのがあって、この作にも同様に仏性の確認願望がうかがえる。良寛が常にそういう努力をしていた様を示す作なのだろう。確かに國仙は印可の偈に良寛の中の仏性を示してはいるが、それは良寛から流れ出たものから國仙が推測した「良寛の仏性」であって、良寛本人がそっくりそのままを「我が仏性」として自覚してはおらず、印可の偈とは別に、自身で確信すべく努力していた様が推測される。

ところが、

浮《う》き草の　覆《おほ》ふ水際《みぎは》に　月影《つきかげ》の　ありとは爰《ここ》に　誰か知ら〔る〕む（三五一）

の「誰か知ら〔る〕む」では「〈月影《つきかげ》の　ありとは〉誰も分からないのだが、自分だけは知っている」と言っている。この「月影がある」ということに関する自信に満ちた是認は、どうして生まれてきたのだろうか。

この和歌に詠まれた表面的な場面は、良寛がただ一人「浮《う》き草の　覆《おほ》ふ水際《みぎは》に」いて、その良寛が浮き草の無い水面にくっきり映った月を見ただけでなく、浮き草の覆う水際にも見え隠れする月影を発見した、ということである。もちろん、ここで言う月が「雪月花」や「月に村雲」などという優美や風雅の月ではないのは、その美を云々しない作歌姿勢にはっきりしている。言い換えれば、その月は禅で言う水月であって、しかも、映っているとも分からないほどの浮き草の中だった、というのである。この、わずかしか見えない月の発見は、その先に、月など全く見えないところで月の存在を認識することの可能性へとつながるから、自身の修行の深まりに自信を持つことができていたはず、と想像される。そのように禅僧が修行の深まりを実感する場合、その実感を成り立たせる奥底のものは、我が心の中の仏性の姿の再確認でなければならない。

では、どうして良寛は我が心の中の仏性の再確認ができたのか。その仏性再確認に至る機会を良寛の事跡から探るとすれば、それは一連の法華偈頌《げしよう》が示すごとく、法華経を熟読玩味したことだろう。法華経五百弟子受記品に、五百人の阿羅漢《あらかん》が授記を得たいという願望によって、すべて「普明如来《ふみようにょらい》」となる記を授けられた、とあることをとらえて「法華讃」著語《じやくご》に「それでは五百人それぞれが本来の面目を表すことにはならないではないか、残念至極」という意味のことを言っている。この言葉を発しうる良寛は、自己本来の仏性を発揮して生きていたということになる。とすると、「法華讃」をまとめる前、良寛は「法華経」熟読によって自分の中の仏性、自己の真《しん》面目をはっきり認識し、「浮《う》き草の…」と詠むに至っていた、と理解される。

六　腹中の一切経

一とせ土用の頃にやありけん、野衲五合庵にて一切経の蟲干をすべければ來觀せらる可しといひふらしければ、里人皆到り見るに、一巻の經文だになくて、只禪師の赤裸々となりて仰臥し、便々たる腹部に一切經と書したるを見るのみ、觀衆啞然として野狐に魅せられたるが如き感ありきとぞ。

（西郡久吾『北越偉人　沙門良寛全傳』目黒書店、二八三頁）

この良寛の行為は、虫干しに関連して、良寛がそうしないではいられないような事態――物持ちが虫干しの際に所蔵品を誇ってこれ見よがしに並べ、近隣の住人を見下す――があったからだろう。いきなり良寛が自分の中にある仏性をひけらかすことなぞするはずがないからである。おそらく「來觀せらる可し」と言ってまわった人々の中にその人がいて、良寛自身、托鉢に回って幾度か自分に対するその人の心の有りようも感じていて、この挙に出たのだろう。

一切経と言えば膨大な分量であり、寺以外にあるとも思えないのに、あの何も無いと見える良寛が所持していて、五合庵で虫干しする?――この話の持つ意外さならば、こんなふうに噂《うわさ》されて近くに住む人々の間にたちまち広がり、見事、良寛のねらいの第一段階は遂げられて、「皆到り見る」ことになった。

しかし、虫干しで所蔵品を誇り、住人を見下す人を諌《いさ》めるのが良寛の本当のねらいだったとしたら、当人にそれが理解されたかどうか。もしかすると、良寛の行為を見たとしても、周囲に物を誇る自分の癖など思い出すことも無く、馬鹿なことをする僧だ、とあざ笑うばかりだったのではないか。良寛の意図が伝わらなかった結果として、その後も相変わらず人々を見下しているその人を見たとき、良寛の心に生じた後味の悪さはいかばかりだったろう。「人見て法説け」という。良寛は法を説くことの難しさを嫌と言うほど知ったのではなかろうか。

いや、そんなふうに他人に法を説く良寛ではなかったかも知れない。法を説いたのでないとすれば、なぜそんなことをする必要があったのか。僧形で國上寺の五合庵に住んでいても國上寺で朝晩の勤行をするわけでもなく、托鉢するばかりで近くの村人のために経を読んで回るわけでもない良寛の様子は、良寛が五合庵に住みはじめて間もない頃なら、僧として変だ、出雲崎の橘屋の出とはいうが、ひょっとすると、僧を語っているぐうたら人間か、ぐらいの見方をする人がいても不思議ではない。もしそんな見方の人が「お寺さんだと聞いたが、おまえさんは本当にお経が読めるのかね」とでも自分の疑念を良寛に投げかけたとしたら、良寛はどうするだろうか。良寛自身、自分が周囲にどう見えているか知らぬはずはないから、自分はれっきとした僧なのだ、と説明することになるだろう。冒頭の逸話の行動はそんなきっかけから行われた可能性もある。

そんなとき、何も物を持たない良寛は、大道具も小道具もなしに、しかも、将来の自分の生き方に変化をもたらさないやり方で、自分が僧であると示す方策を案出しなければならなくなる。どれ程の思考を重ねたか、ぱっと考えついたものか、それは分からないが、その案出した説明の方策が、法衣さえも取り除いて、禅僧一流のやり方で僧であることを表して見せることだったのだろう。わざわざ腹に「一切経」と書いたのは、村人が見て「仏法は余すところ無く自分の体の中に包含してある、というつもりだな」と分かるようにしたのに違いない。が、「觀衆唖然として野狐に魅せられたるが如」くだった、と伝えられていることからみても、実際には変人としての印象ばかりが喧伝《けんでん》されることとなってしまったのである。

それはそれとして、行動を起こした良寛の方に着目すれば、禅僧としての自信がはっきりしていて初めて実行可能なことだから、五合庵時代のそれも比較的早い時期において、良寛は明らかに禅僧として自信の持てる何かをしていたことになる。そしてその「何か」は、「法華経」の熟読と理解、自分がその時まで進めてきた禅僧としてのあり方と読み取った法華経との照合、そういう作業だったのではなかろうか。

良寛が「赤裸々となりて仰臥し」ていたのと同じような話が、『荘子』田子方篇第二十一に出ている。

宋の元君が絵を画かせようとした。たくさんの画工がみなやって来て、絵を画く板を受けとると定めの位置につき、絵筆を舐めたり墨を調合したり、半数は部屋の外にあふれていた。ところが一人の画工が遅れてやって来た。のんびりかまえて急ごうともせず、画板を受けとっても位置にはつかず、そのまま宿舎に帰ってしまった。元君は人をやって見とどけさせると、この男、着物をぬいで両足を投げ出し、裸のままでいた。元君は「なるほど。これこそ真の画工だわい。」といった。

（金谷治訳注『荘子』第三冊、岩波文庫、一二六〜一二七頁）

この話の中で、裸のままでいた画工の身に具《そな》わっていた実力は、元君によって見通される結果になったが、裸の良寛の身に具わった仏法は、腹に「一切経」と書いてあったにもかかわらず、村人には「野狐に魅せられたるが如」き感じがするのみで、まったく伝わらなかった。両者の結果は大きな隔たりができたが、どちらも人間そのものが必ず包含しているところの目に見えぬ良き力を信頼して行動していたという点では共通している。このように、禅僧・良寛の発想の仕方――それはもともと良寛の本性から発しているもののはずだから、良寛自身の発想法と言ってもよい――には道家と共通するところがあったのである。このことが修行の深まりとともに他の修行僧と異なる方向をとってゆく一要因となった、と見て良かろうと思う。

七　「騰々任天真《とうとうとしててんしんにまかす》」と「双脚等閑伸《そうきやくとうかんにのぶ》」

生涯懶　立　身《しょうがいみをたつるにものうく》
騰々任天真《とうとうとしててんしんにまかす》
嚢中三升米《のうちゆうさんじょうのこめ》
炉辺一束　薪《ろへんいつそくのたきぎ》
誰問迷悟跡《たれかとわんめいごのあと》
何知名利塵《なんぞしらんみょうりのちり》
夜雨草庵裏《やうそうあんのうち》
双脚等閑伸《そうきやくとうかんにのぶ》(一一四)

禅僧・良寛は、悟って融通《ゆうずう》無碍《むげ》の境地にあったとしばしば言われるが、その「禪」という文字の訓は、古辞書の

『類聚名義抄《るいじゅうみょうぎしょう》』『字鏡集《じきょうしゅう》』『難字記』等に「ホシイマ、」とあり、「融通無碍《ゆうずうむげ》」の語については、『漢語林』（大修館書店）に「考え方や生き方が何物にもとらわれず自由であること」とある。そうすると、その「悟った禅僧」の良寛は、「ホシイマ、」に言動していて、「何物にもとらわれず自由」だったことになる。本当にそうだったのだろうか。——そう思って歌集を探すと、長歌の中に、

空蝉の　仮《かり》の浮《う》き世は　ありてなき　ものと思《も》へこそ　白妙の　衣《ころも》もかふる　ぬば玉の　髪《かみ》をもおろす　しかしより　天《あま》つみ空《そら》に　居《ゐ》る雲の　跡《あと》も定《さだ》めず　行《ゆ》く水の　そことも言《い》はず　うちひさす　宮も藁屋《わらや》も　はてぞなき　善《よ》けくもあれ　悪《あ》しけくも　あらばありなむと　思ひし身《み》の　思《おも》ひはやまぬ　我《わ》が思《おも》ひ　人知《し》るらめや　この頃は　誰に語《かた》らむ　語《かた》るとも　言《い》ふとも尽《つ》きぬ　有磯海《ありそみ》は　深しと言《い》へど　高山《たかやま》は　高《たか》くはあれど　時《とき》しあれば　尽《つ》くることありと　言《い》ふものを　かにかくに　尽《（つき）》せぬものは　我《わ》が思《おも》ひはも（四九）

世の中に　門さしたりと　見ゆれども　なども思《おも》ひの　絶《た》ゆることなき（五〇。右の長歌の反歌）

とある。人の死に関わっているかも知れない作という点を考慮したとしても、この作の中には、明らかに尽きせぬ「我が思ひ」を嘆き、湧出防止用のブレーキを欲する生身の人間・良寛がいる。他にも鉢の子を野に忘れてきて思い乱れている長歌もある。やはり良寛は繊細に物を思って生きた人であって、その言動は、周囲との関係を重視した忍耐強い自制心に裏打ちされていた、と理解する方が実像に合致している。

人間は誰でも動物としてのヒトから立ち上がってくる情動から逃れきることなぞできない存在だから、いかに修行を積んだ良寛と言えども、そこから隔絶して生き得たとは思えない。良寛が冒頭の漢詩に言う「騰々任天真《とうとうとしててんしんにまかす》」を

生きることの根幹に置いたのも、道元の導きだけでなく、自身が「手前勝手な自我」を含んで湧出し続ける「我が思ひ」から無縁でなかったためだろう。若い頃から、自然と湧き出てくる「手前勝手な自我」を意識し、それをいかに自ら押さえながら生きるか、を考え続けてきて、その延長線上で出家したという認識があり、そのために、「我が思ひ」の中のマイナス要素としての「手前勝手な自我」部分を押さえる確実なブレーキを必要としたのだろう。

良寛が周囲との関係を重視して「我が思ひ」にブレーキを掛けつつ言動する人だったとすると、冒頭の漢詩に言う「天真」も、我々通常人が考える「生まれつきの素直な心」（厳密に探れば、その中には、未熟さからくる誤解や勝手さがあえてして内在する）というような常識レベルの心ではなく、その中にブレーキ使用回路が組み込まれているものということになる。そのブレーキ内蔵の「天真」という言葉を用いていた良寛は、「大悟徹底していて常に穏やかな心持ちでおり、融通《ゆうずう》無碍《むげ》、思うままに言動した」とする一般的な見方とは食い違う姿となる。

良寛は「自我」に関わる悩みや自省をそのまま詠むことをしないから、「自我」を離れた人間と見てしまいがちだが、その見方は再検討の必要があるのではないか。良寛の和歌のうち、唱和の作でないものは、ほとんど良寛自身に向かって詠まれている。しかも、ある時は、心に湧いてくる尽きせぬ「我が思ひ」にとらわれないために、あるいは心の平静に立ち戻るために、きっかけとなるべき和歌や漢詩を創作して「我が思ひ」が浄化されてゆくのを待った。また、ある時に「今は望ましい心の姿だった」と思うと、その様を詠じて後日のための記録とした。良寛の残した唱和以外の和歌や漢詩は、その二つがほとんどと見える。そんな良寛の作の成り立ちを踏まえて、日常を生きる良寛が言う「任《まかす》」を考えると、次のようにならないだろうか——人間として心に次々と湧いてくる思いがあるのは当然のことなのだから、それはそれぞれそのままにそっとしておいて、我が心の中でどう変化してゆくのかを見極めてゆく。そうして、変化消滅することなく存在し続ける思いの中から実行が必要なもののみを、きっぱりした決断によって選び取る。その場面その相手にふさわしい言動の選択には、アクセルもブレーキも併用する。——そんな厳密な選択を我に課すという思いが「任《まかす》」には込められているのではないか。

「天真《てんしん》」の中にも「任《まかす》」の中にもそれぞれにあるアクセルとブレーキによって厳正に判断された行為、それを実行に移す際には、もはや、その実現の姿としての「とうとう」は、「滔々」でも「蕩々」でもなく「騰々」しかない。「騰」の原義は、馬が発情していやがうえにも躍り上がるように突っ走ることだという。良寛はそれを踏まえていて、例えば、庇護者である阿部家で、縁の発現としての春の風情に突き動かされ、再び嚢と錫を手に持って道に出て行くときの気持ちの高まりに用い、托鉢で肉体をして行に耐えしめ、心に感謝の念を深める一心さの表現に用いている。これは我々が言うところの「気ままに行う」ことなどでは決してない。正に持って生まれた本性から噴き出してきた、止めがたい勢いによって物事を行う様の表現である。

以上の観点から言うと、冒頭の漢詩三句目以降の「嚢中三升米《のうちゆうさんじようのこめ》　炉辺一束薪《ろへんいつそくのたきぎ》　誰問迷悟跡《たれかとわんめいごのあと》　何知名利塵《なんぞしらんみようりのちり》」の四句は、そうした諸々の「我が思ひ」のうち、常時、アクセルとブレーキの対象とした主要ポイントが「所有」「迷悟」「名利」だった、と示していることになる。しかも、「迷悟」と「名利」の二点については、良寛の規準が「迷悟」の「跡」をさえ、「名利」の「塵」をさえ滅却しようという厳しさだったと分かる。これは、あらゆることを「迷悟」「名利」の尺度では測らないばかりか、そもそもその尺度を持たないと言っているのであろう。

そんなふうにして、良寛は注意深く自己を点検しつつ日常を生きていて、ある晩秋かなにかの雨降る夜に草庵にいて、今、「双脚を等閑に伸ばす」自分を発見したのである。これを字面だけで捉《とら》えると、「雨の降る長い夜、特段すべきことも無くて長閑《のどか》なまま、仰臥して両足を一緒に伸ばした」となるが、これまで見てきた良寛の姿からすれば、そんなふうに「世を逃れた普通の隠者」と良寛を理解してはいけないのではないか。この場面での本当のところは、長いこと一心に読むか書くかしていてはなはだ疲れ、その作業を中断してそのままそこに仰臥し、無意識のうちに手足を思いっきり伸ばした、その瞬間に、読むか書くかしていた直前までの自分の営みも含めて「騰々任天真」だったのだと実感した――と理解すべきだろう。「騰々任天真」が生き方の根本であり、それに根ざした行いを続けてきて、振り返ってそれが「騰々任天真」に副《そ》っていたと確認できたからこそ、その姿を漢詩に定着させることになったのに違いない。

　冒頭の漢詩が、長谷川洋三氏『良寛禅師の悟境と風光』（大法輪閣）に五〇頁以上にわたって論じられているのをみても、この漢詩の重要さは分かる。氏の各句の解説中には「大安心の境地」「定に入った姿」等の語句があって、如何《いか》に深い悟境が表現されているかも示されており、印可の偈の書き進め方と冒頭の詩のそれが対応していることも説かれている。中でも、印可の偈の最後の句「壁間午睡閑《へきかんごすいのかんあり》」に「双脚等閑伸《そうきやくとうかんにのぶ》」が対応し（同書九四～九六頁）、しかも、慧能禅師の「長伸両脚臥」を意識した確率が極めて高いとされ（八六頁）、その上で、慧能の「長伸両脚臥」が「大安心の境地」を示すものだから、『騰々天真に任す』という句に表われている大安心の境地からしても、『双脚等間伸』の句は坐禅の延長上の心境から生まれた姿であることは間違いない」（八六頁）としておられる。良寛の「双脚等閑伸《そうきやくとうかんにのぶ》」は、中国禅宗第六祖・慧能の境地と同次元というのが氏の見解である。

　良寛が國仙の許《もと》で修行し、受けた印可の偈を捧持して越後の地で生きたことを考えると、良寛が國仙の示した「午睡閑」をひたすら求め続けたことだけは確かである。ただその結果として慧能と同次元にまで進み得たのであって、良寛には慧能の境地に追いつこうとした意図も、慧能の偈に自分の句を近づけて慧能の境地への到達を暗示する意図も無かったはずだと思う。良寛はもっぱら自身の本性と直結したものとして示された「午睡閑《ごすいのかん》」を求めて貧しい庶民の中に生き、その厳しい環境に調和すべく自ら選び取った「嚢中三升米《のうちゆうさんじようのこめ》　炉辺一束薪《ろへんいつそくのたきぎ》　誰問迷悟跡《たれかとわんめいごのあと》　何知《なんぞしらん》名利塵《みようりのちり》」という生き方に徹し、その積み重ねの中に、遂に「夜雨草庵裏《やうそうあんのうち》　双脚等閑伸《そうきやくとうかんにのぶ》」という次元の「閑《かん》」を体感して記録した、と理解するのが自然ではなかろうか。おそらく良寛は、自分の体感した「閑」が國仙の言う「閑」に適《かな》うものならば、それは釈迦が到達した「涅槃妙心《ねはんみようしん》」に通じているかも知れない、とは感じただろう。が、そこが山の頂上と知ったからといって、そこを目指す姿勢に自分を変えることはしなかったに違いない。なぜなら、その視線の変更は、足元への留意をおろそかにさせることになるからである。

良寛の別の漢詩の詩句に「四《し》七《しち》二《に》三《さん》在脚下《はくやくかにあり》」（四三〇）とある。これは、まだ宗派の別が存在しなかった時代の迦葉から慧能に至るまでの三十三名の祖師が、今、自分の目前に現前しているかのように感ずるという、純粋な密着感を表したものだろうが、良寛のそうした思いは、國仙の指し示した「午睡閑《ごすいのかん》」を求めて行くと、自ずとそこに通ずるという師・國仙に対する信頼から発している。だから、師・國仙を超えようとか、釈迦に並ぼうとか、そんな思いは良寛には無かっただろう。もし、あったとすれば、それこそ自身に積もった「法の塵」の最たるものとして、真っ先に除去されていたに違いない（「『傭賃』の推敲から見えること」、「『天上大風』という語」の項を参照）。

禅修行の方式を身に付けて貧しい庶民の中に生き、やがてその結果として初めて体感できた質の高い「閑」も、具体的な精神の有りようとしては、榮蔵時代に一人遊びで過ごした折の心持ちと何ら異なることのないもので、良寛自身それを次の漢詩で詠じている。

四十年前《しじゅうねんまえ》　行脚日《あんぎゃのひ》
辛苦《しんく》画虎《とらをえがいて》　猫《ねこにも》不似《にず》
如今《じょこん》嶮崖《けんがいにて》撒手《をはなって》看《みるに》
只是《ただこれ》旧時《きゅうじの》　栄蔵子《えいぞうし》（三三三）

この漢詩の承句は圓通寺で僧侶らしい僧侶でありたいと修行に努めたこと、転句「嶮崖撒手《けんがいにてをはなって》」は、庶民の中に生きたある時点から、僧侶としての禅修行をむしろあまり意識しなくなった良寛自身の生きざまを言っていると想像するが、そこから推測すれば、その僧侶の立場に固執しなくなった良寛の生き方こそ、僧侶ではなかった釈迦が「涅槃妙心」に行き着いたのと同じ道を進む姿だったことになる。

良寛の晩年の精神の高さを十牛図の最上位に当てはめたり、百尺の竿頭《かんとう》を一歩上って俗に還った僧としたりして、最晩年まで禅僧と見る見方が現在は一般的である。確かに良寛は、一生、僧衣をまとい、自身を「野僧」と称していたのだから、それらを外側から見ると僧以外には見えない。その意味では確かに良寛は禅僧だったのだが、良寛本人の言葉として「旧時栄蔵子《きゅうじのえいぞうし》」が存することから見ると、良寛自身は「僧侶意識」のほとんど無い状態をこそ、あるべき姿の自分と考えていたのではなかろうか。だから、行脚の日から四十年経った良寛は、仏法を広めてゆく僧としての限定的人間像より、単なる一人の人間として周囲に心を寄せてどう歩んで行くべきなのかを手探りして生きていた、と判断したい。良寛の辿《たど》った道のりが、釈迦の「涅槃妙心」に行き着いたのと同じ働きになったのも、慧能と同じ境地になったのと同様、そうした真面目な手探りの結果として自然とそうなったのであって、禅僧としての「なってやろう」意識によるものではなかろう。

人間のあるべき姿としての「閑」を冒頭の漢詩に定着させた良寛は、当然、同じ経験を重ねて持てることを望んだ。そして、同様の状況に恵まれたときには、それを記録しないではいられなかった。次の漢詩はその望みがかなった折の一篇である(もちろん、次の漢詩と冒頭の漢詩は制作順が逆の可能性もある)。

担　薪　下　翠　岑《たきぎをになってすいしんをくだる》
翠　岑　路　不　平《すいしんみちたいらかならず》
時　息　長　松　下《ときにいこうちょうしょうのもと》
静　聞　春　禽　声《しずかにきくしゅんきんのこえ》(一七五)

この詩の前半には、薪を背負った良寛が転ばぬように悪路を一心に下ってゆく様が、後半には、松の根元に休んで小鳥のさえずりを聞く様が描かれているのみだが、この詩の結句「静聞春禽声《しずかにきくしゅんきんのこえ》」も、冒頭の詩の「双脚等閑伸《そうきやくとうかんにのぶ》」同様、我が本性の発露として一心に行う営みの中に存在する「閑」の表現に違いない。

このように、冒頭の漢詩と同一の「閑」をテーマとした作を別に残しているということは、良寛がこの「閑」を日常化させなければならないと考えていた証拠である。一度悟ったからそれでその人を悟った人とすることは、偶然、良い字が一字書けたから書家だとするのが誤りなのと同様の誤りをおかしている。良寛はおそらくそれを心得ていて、國仙が印可の偈に言った如く、人生の「到處《いたるところ》」に「閑」がなければならぬと精進を続けていたに違いない。その意味で、良寛はたゆみない努力の人だったのである。

八「とり残されし窓の月」

盗人《ぬすびと》にとり残されし窓の月(七二)

おそらく昔も、貧しさゆえに、罰当たりの行為と知りつつ賽銭《さいせん》泥棒をする者はいたことだろう。良寛の庵のあった所をさらに登った所にある國上寺、この寺は本堂と庫裡が離れているので、本堂の賽銭は狙われやすかったのではないか。だから逆に、寺の方では取られない工夫を怠らなかったのに違いない。貧困のため、背に腹は替えられず賽銭泥棒をしようとした者が、寺で何も取れなかったとなると、いよいよせっぱ詰まって、國上寺から村落に降りてゆく途中の何もない良寛の庵さえ物色することになる。

泥棒の出現も一度きりではなかったらしい。冒頭の発句の場面には月が出ているが、

逢　賊《ぞくにあう》
禅板圃団把将去《ぜんぱんほとんとりもちさる》
賊打草堂誰敢　禁《ぞくそうどうをだすたれかあえてとどめん》
終　宵　孤坐幽窓下《しゅうしょうこざすゆうそうのもと》
疎雨　蕭　蕭　苦竹林《そうしょうしょうたりくちくのはやし》（二五二）

という漢詩の場面では、雨が降っている。この他にも、良寛の名が高まるにつれ、届けられたものや書いたものの無くなることが何回かあったのだろうが、良寛には借りた書物の無くなるのが一番の心配だった。そんな不安解消のために発想されたのが、持ち主にもさして迷惑にならない「おれがの」という書き入れだった。これが目に入った時に「ん？（何だ）」と思う瞬間の心は純粋のはずで、その純粋な心の先に「泥棒は止めよう」と思わせたい、という意図があったのであろう。

良寛は外護者が届けてくれるものを頼って生活していたが、余分な物は返却さえして、生きるのに最低限必要というレベルを厳格に守って生きていたから、入ってきた泥棒があちこち見回して取る物を探しても、目に止まるほどのものは無かった。だから、夜間、泥棒がいるのに気付けば、良寛は眠っているふりをしてごろりと転がり、使い古して汚れた布団をさえ取って行かれるようにした（良寛の所に入った泥棒のことを簡明に俯瞰《ふかん》したものに谷川「良寛とぬすびと」『轉萬理』第三十八号がある）。逸話として伝わるそんな事件の後のこととして冒頭の俳句を考えると、良寛が言う「窓の月」というのは一茶の句「あの月を取ってくれろと泣く子かな」の月でも、風流の月でもないことははっきりする。

良寛の月は師・國仙の示した月なのだろう。國仙の書いたもののうち圓通寺に伝存する一円相の軸は、「新圓通」とあるからこの寺に晋住した直後に書いたものだが、そこに「身現圓月　胡餅饅頭（後半省略）」という偈が書かれている。ここに言う「圓月」は、十四祖龍樹が説法の途中で仏性を現じて見せたとき、他の会衆には見えなかったが迦《か》那提婆《なだいば》には満月の輪相として見えたという故事を踏まえ、「胡餅饅頭」は、未熟な一僧に一千七百の祖師の公案、あらゆる仏法の教えを超えたところを尋ねられた雲門が、「胡餅」（「今のお前に無関係なことを考えず、胡麻餅でも口に入れて口をふさぎ、座禅に精進せよ」の意という）と答え、同じ雲門が「観世音菩薩が銭で胡餅を買ったが、手から離すと饅頭になった」（「もともと定まったすがたは無いものだ」の意という）と語ったことを踏まえている。國仙はこの句で、宗祖・道元が仏性は各人それぞれに具《そな》わっているとしているから、それぞれの仏性をただただ磨け、と言ったのだろう。折に触れて良寛がこの軸を見たのは当然のことだろうし、國仙の指導もその方向が堅持されていたはずで、その薫陶を受けた良寛は、一生涯、我が仏性が紛れ霞《かす》むことの無いようにしなければならぬ、と心がけていたと推測される。

ここで冒頭の発句に戻るが、それでは冒頭の句の月は一円相のような丸い月だろうか。泥棒するには、夜更け、雨の夜、新月の頃など、他の人に発見されにくい時を選ぶ。そう考えると、冒頭の発句の月は満月ではないことになる。事実、良寛には、

今日は　子足子御来光《しそくしごらいこう》　御相《ごそう》　承《けたまわり》　大悦《だいえつに》　奉　存　候《ぞんじたてまつりそうろう》　盗賊の難　世間の人のうはさに候　涼しく成候ハヽ、参上《さんじよう》
仕　度　候《つかまつりたくそうろう》　以上

八月三日　　　良寛

桑原祐雪老

（谷川敏朗『良寛の書簡集』恒文社、二七九～二八〇頁。ルビは引用者）

という書簡があって、谷川氏の解説文には「桑原家に伝わる話によると、盗人が入ったことも、夜具をなくしたことも事実だが、祐雪老には心配をかけたくないし、自分も煩わしさから逃れたいため、あのように返事をしたので、夜具は人のものを取らなければ生きていけないような憐れな人に与えたのだ、と良寛が言ったという」とある。この書簡の事件が実際に起きたのは「八月三日」をさかのぼる一週間から十日だろうから、月は夜も遅くなって出てくる細い下弦の月と想像される。この書簡の泥棒事件の際に冒頭の発句が詠まれたのかどうかは不明なのだが、いずれにせよ、こっそり物を盗ろうとする者の心理を汲めば、月は新月前後の細い三日月が想像される。

良寛が寝ている夜中に泥棒が来た場合、良寛の対応はいつも同じだっただろう。「こんな夜中にここに来る者は近くに住んでいるのだろうし、泥棒するからにはのっぴきならない状況にあるのだろう。せめて使用に足る布団だけでも持たせてやりたい。だが、他人の物を盗んでも、さほど生活が良くなりはしない、心が暗くなるばかりだ。場合によったら処罰されるかも知れない、そうなっては元も子もなくなる。泥棒行為はこれを最後にさせたい」と考えたことだろう。だから、泥棒の去った後の良寛は、今の対処の仕方で泥棒を罪人にしないで済んだ、と胸をなで下ろしつつ、泥棒に心を寄せ、立ち直るきっかけになる行いができたかどうかについて、必ずや振り返ったに違いない。そんなとき、良寛の心の月はくっきり丸い状態などではいられなかったのではなかろうか。

良寛が自分で即効的に人々の暮らし向きを変えてやることなどはできるはずもないのだから、そこから湧き上がる寂しさが、欠けた空の月に響きあったことだろう。そして、澄んではいるが大きく欠けた月に、現在の我が心の姿と、正直に生きているがゆえにせっぱ詰まって悪に走らざるをえなくなった盗人の生きざまを感じ、さらに、コソ泥を働いた近所の人を、自分が罪人にしないで済んだわずかな心やりをも投影して、今後、他を配慮しながら生きてゆく一つの指針メモとして、発句の形で書き止めたのであろう。

九　歌集「ふるさと」巻頭の和歌四首

　　近江路《あふみぢ》をすぎて
古里《ふるさと》へ　行《ゆ》く人《ひと》あらば　言《こと》づてむ　今日《けふ》近江路《あふみぢ》を　我越《われこ》えにきと（一六）

　　赤穂《あこう》てふ所《ところ》にて　天神の森に宿《やど》りぬ　小夜《さよ》ふけ方《がた》　嵐《あらし》のいと　寒《さむ》ふ［う］吹《ふ》きたりければ
山《やま》おろしよ　いたくな吹《ふ》きそ　白妙《しろたへ》の　衣片敷《ころもかたし》き　旅寝《たびね》せし夜《よ》は（一）

　　次《つぎ》の日《ひ》は　韓津《からつ》てふ所《ところ》に到《いた》りぬ　今宵《こよひ》も宿《やど》の無《な》ければ
思《おも》ひきや　道《みち》の芝草《しばくさ》　打《う》ち敷《し》きて　今宵《こよひ》も同《おな》じ　仮寝《かりね》せむとは（二）

　　高野《たかの》のみ寺《てら》に宿《やど》りて
つの国《くに》の　高野《たかの》の奥《おく》の　古寺《ふるでら》に　杉《すぎ》のしづくを　聞《き》きあかしつつ（八）

右の一首目の内容については、「十九歳春から二十二歳の得度まで」の中の最終小項目〈大忍國仙の門下へ〉に記したので、ここでは触れない。ただ一点だけ加えるとすれば、この「古里《ふるさと》へ…」の作が、偶然ではあろうが、後の修行中の良寛の励ましになっただろうと思われることについてである。

もちろん、圓通寺で禅門の修行に没入してからは、物事に対する詠嘆的な姿勢は、当面、不必要なこととして排除されたに違いない。良寛が言うところの「入室非敢後《にっしつあえておくるるにあらず》　朝参常先徒《ちょうさんつねにとにさきんず》」（八七）という姿勢から見れば、それは当然のことだろうし、同時に、一般に意気込みが大きければ大きいほど突き当たる壁も固いものだから、良寛も、その一般論同様に固い壁に阻まれたことだろう。ひょっとすると、「恒嘆吾道孤《つねにわがみちのこなるをなげきし》」（八七）と言うくらいだから常に悶《もだ》えや苦しみの中での修行であって、断ち切ったはずの故郷や両親を想う場面も多かったのではないか。そんな時、近江路を越えて西に向かった折のこの和歌はどう働くものだろうか。

會津八一氏『南京新唱』（春陽堂）の自序に「われ今これ（『南京新唱』中の短歌を指す）を誦すれば、青山たちまち遠く繞り、緑樹甍に迫りて、恍惚として身はすでに舊都の中に在るが如し」とある。作者がその時の実感をその作に込めていればいるほど、その働きは大きくなるものだろう。そうだとすると、良寛は修行に二進《にっち》も三進《さっち》もいかない状況になった時、冒頭の和歌（推敲前の原形）から、往時の修行にかける勇んだ気持ちをはっきり思い出すことができたのではなかったか。そして、その時の決心を思い起こすことによって修行に耐え、「不到実地《じっちにいたらずんば》　誓不休《ちかってきゅうせず》　大丈夫児《だいじょうふのじ》豈止労《あにろうをとどめんや》」（三一八）と、我が心を奮い立たせたのではなかったか。

良寛がこの和歌の「今日近江路を我越えにきと」の箇所に込めていた当時の決心を思い出したとき、和歌に大きな往時復元力のあることを、誰に教わることもなく、実経験としてはっきり認識したことだろう。そういう経験をした良寛が、圓通寺での禅門修行の後に帰郷してやがて五合庵に入り、「ふるさと」自撰を思い立って旧作を次々と思い返したとき、かつてふるさととの関係を断ち切った自分の決心を、圓通寺でまざまざと思い出させて精進に向かわせてくれたのがこの和歌だった、とまず感じたのではないか。そして、それ以後、この和歌で知った和歌の持つ大きな往時復元力を頼りとして、自己の現在と将来のために作歌するようになった、その記念碑的な意味で歌集の冒頭に置いたのだろう。

巻頭二首目は赤穂（「あこう」を「あかほ」とした遺墨もあって、嘉治隆一氏は姫路市英賀保《あがほ》を言うとされる〈東郷豊治『新修　良寛』

東京創元社、八一頁〉。その英賀保を実地調査されたものに小島正芳「『あかほ』の天神の森」〈『轉萬理』第二十五号〉がある）、次いで翌日の韓津の作が配されるが、四首目は高野（現・大阪府豊能郡豊能町吉川の高代寺説による）での作となって、韓津――高野の間には、発句とも併せて四作、高野から五首目の越後での作までの間には、帰郷途次の作とされるもの一〇首以上が省略されている（この省略されている諸作は、「帰郷前の和歌、俳諧と『関西紀行』」の項を参照）。

この省略と配列は、詠んだ和歌を単に時間的に配列したというだけではなく、自分自身の進歩、修行の深まりにどう関わっているか、という観点から見て入集《にっしゅう》するに足る作かどうか、さらには、集の題「ふるさと」にふさわしいかどうか、という尺度での選択が行われたことを表していよう。すると、二、三首目の収載意図は何かという問題が湧いてくる。通説で言えば、帰郷の旅の最初の作だったからということになろうが、それでは単に「時間的配列」というだけで、「自分自身の進歩、修行の深まりにどう関わるか、という観点」が抜けてしまう。五合庵時代の良寛から見ての和歌の持つ意味は、一つには、その往時復元力によって、自分の修行面を支える手立てとなる点であり、もう一つは、修行僧としての自分が外護者その他と繋《つな》がる手立てとなる点であった。その二つの手立てのうちの後者の根源を求めると、國仙推奨の作歌修行の最初としての二、三首目に行きつく。師・國仙の作歌推奨が、今、外護者と和歌で繋がり得ている自分を存在せしめているという認識、そこから、國仙の作歌推奨によって詠んだ最初の一続きの二首を取り上げたのだろう。「帰郷前の和歌、俳諧と『関西紀行』」の項で述べた如く、その旅は帰郷するか否かの問題を心に置いた旅でもあったから、「ふるさと」編集の文化九年（一八一二）頃の良寛から見ると、その二晩のことは分かちがたく一体化して「ふるさと」に続いていたのである。

三首目と四首目の間には、冨澤氏の帰郷説によれば二首、前項に記した筆者の理解に立つと九首が省略されている。そこまで選《え》りすぐって第四首目「高野《たかの》のみ寺《てら》に宿《やど》りて」の作を出し、その後は旅の自作をすべて省略して越後での作に移っているということは、この高野での和歌には、歌集「ふるさと」中に是非掲出すべき重要な何かがあったからだ、ということになる。その「何か」が、自分に最も厳しい道と承知のうえで、帰郷の最終決断をしたという、一生涯忘れてはいけない決意の存在を指すことは言うまでもない。

その見方に立つと、第一首が修行の困難に立ち向かう気力を奮い立たせたように、第四首は今の精進の気力を支える大もとの作と認識されていたはずで、その点で歌集「ふるさと」には欠かせない和歌だった。具体的に言えば、当時、「杉のしづくを　聞きあかしつつ」という下の句に暗示された良寛の深い思索の姿の、そのまた奥底において、高橋庄次氏の言われる懺悔と忍辱《にんにく》の行(『良寛伝記考説』春秋社、二〇三〜二一二頁)を故郷に生きて我に課すという思いがあったはずであり、その時の思いを困難な折には幾度も思い返して、我が心を奮い立たせてきたということであろう。

ここまで述べてきた歌集「ふるさと」冒頭の四首については、月を柱とした初案があるらしい。次に掲げる遺墨の存在がそれを示している。

はづきのとをかまりいつかのよ
うちむれてみやこの月を見つれども
なれにしひなぞこひしかりける(一四)
さ、さのはにふるやあら羅禮《ママ》ふるさとの
やどにもこよひつきを見るらむ(四)
ありまのなに《なに》てふむらに
やどりて

さ、さのはにふるやあられのふるさとの
やどにもこ「よ」脱ひ月を見るらむ(四。右と重複)

　きそぢにて
このくれのものがなしきにわかくさの
つまよびたて、さをしかなくも(一七)

さむしろにころもかたしきぬばた
まのさよふけがたの月をみるかも(一八)
(『良寛墨蹟大観』第三巻、中央公論美術出版、一一六・一一七頁掲載写真を翻字。「なに」以外の傍注と濁点は引用者)

右の遺墨では、西から有馬、木曽路と東に向かう前に都がある。この方式は歌集「ふるさと」冒頭の西から赤穂、韓津、高野と東に向かう前に近江路があるのと同一である。良寛は國仙に従って越後を発《た》ったことが「ふるさと」にいる今の自分への出発点であったと認識していて、その時点の習作を集の最初に置くことを考えていたのではなかろうか。越後を発った旅の習作に本当に月が詠まれていたのかどうか、有馬や木曽路で本当に月を詠んでいたのかどうか、それは分からない。集を作るという目的のために、旧作に手を加えるのは当然のことだろうし、古い経験を思い出して、その時の気持ちを詠むこともしただろうが、ともかく漢詩にしばしば見える「月を見て故郷を思う」式の用法で、まだ人生に深まりのない若い頃の単純な姿を表した作が既にあったのだろう。そこに帰郷後の修行の作、悟りの月をちりばめ得るならば、自ずとそれは自分の精進してきた来し方も示し、ひいては未来を照らす働きをする、と考えたのに違いない。木曽路での月が西行ばりの詠になっていることも、もともと良寛に「悟りへの精進をまとめる」という意図が存したことを示している。

しかし、良寛はその考えを放棄した。それは、歌集「ふるさと」が編まれたとされる文化九年(一八一二)の前後、僧侶たることの根幹には、まず望ましい一《いち》人間としての存在がなければならない、と既に考えていて、禅僧としての自分を最重要視はしないという方向に踏み出していたからなのではなかろうか。そして、禅僧としての悟りやその関連の月だけを詠んできたのでもないから、むしろ、禅僧としてよりももっと根本的な生き方と考えている現在の有りよう、すなわち、僧侶以前にまず一人の人間として望ましくありたいと希求する立場、そこに到る出発点以来の要所々の作を配列する、というように柱を変更したのに違いない。そう思って見ると、歌集「ふるさと」冒頭の四首が故郷に繋がる強さから抜き出されただけでなく、歌集「ふるさと」編纂前後の生きようにつながる度合いの強さこそ大きい柱になっている、と見えてくる。

確かに冒頭掲記の第一首はふる里人と対置した形で禅僧となる信念を詠出したもので、一人の人間としての今の生きようへのつながりは弱いものだし、第二、三首目は、旅寝、仮寝で自分の信念を表現してはいるものの、それを楽しむような心持ちも見えて、人生への真剣な迫力はまだ希薄に見える。四首目に至って初めて自分一人でひたすら深く将来を思考して生きる、人本来のあるべき姿が描かれてくる。この配列は、今、人としての根本的な生きようを生きている、その生き方に至る経過はこうだった、と確認しているように見える。

歌集「ふるさと」は、最初、月を柱にしていたと記した根拠の遺墨に関してだが、「最初、月を柱にしていた」のなら、遺墨の最初の「はづきのとをかまりいつかのよ」の詞書を持つ「うちむれて…」の作は通説とは違う機会の作ということになる。これまでは、①寛政七年(一七九五)七月二十五日の以南入水自殺後で、「三七日」相当の八月十六日の前夜説、②寛政八年(一七九六)の帰郷時点説(谷川氏は『校注 良寛全歌集』一四頁で「いつであったか定かではない」と断ったうえで、氏の考える良寛帰郷時点にこの和歌を配列。説と言うべきかどうかは問題がある）、③寛政九年（一七九七）の以南三周忌時点説、④寛政十一年（一七九九）説があった。しかし、「うちむれて」の語にふさわしい状況の①寛政七年（一七九五）八月十五日説でも、「みんなと一緒に都の月を見たけれども、馴《な》れ親しんだ田舎〈の月見〉が恋しいことだ」という歌意の逆接部分がしっくりしない。父親の自殺で都に兄弟が集まってきて、ちょうど中秋の名月の夜だったから月見となったのだとしたら、月を見て、ふる里にいた在りし父親の姿を思い出すはずで、その状況を言うのなら、「うちむれて　みやこの月を　見てしかば　なれにしひなぞ　こひしかりける（みんなと一緒に都の月を見たので、馴れ親しんだ田舎の月見が恋しく思ったことだ）」となるべきである。とすると、「見たけれども」にふさわしい状況を①〜④の他に探すことになる。

そこで、再び歌集「ふるさと」の構成の仕方に戻るのだが、「古里《ふるさと》へ　行《ゆ》く人《ひと》あらば…」（一六）のように、「はづきのとをかまりいつかのよ」と詞書のある作が、國仙に随従して圓通寺に向かう途中の都でのことだとしたら、どうだろうか。

噂に聞いた華やかな都での優雅な月見の会、それよりも田舎での質素な、しみじみした月見の方を自分は恋しく思うことだと言う場合なら、上の句と下の句の間は逆接でなければならないだろう。そう考えてくると、この和歌を圓通寺に向かう途中、京都での作と見るほうが作の姿に合っている。「うちむれて…」の和歌は、國仙一行が京都に着いてそこで月見が行われた、その時の良寛の思いが詠まれたものだということになる。

一〇　赤南蛮は「貧道の最好物」

或人禅師に紙箋を送りて其の好む物を揮毫せんことを請ひしに、数十紙に赤南蛮の形を描きてこは貧道の最好物なりといへりとぞ。

（西郡久吾『北越偉人　沙門良寛全傳』目黒書店、二七三頁）

良寛が筆を持ったのは、例えば、屏風仕立てになるような大作でも、扇面に書いた小さなものでも、特定の人にその時々の自分の思いを伝えるためだったのだろう。だから、書の芸術作品として見た場合には、立派なものもある一方で、粗雑なものもあるだろうと思われる。しかし、日常生活において画仙紙に文字を書くことなどない一般の人から見ると、書作用の画仙紙に文字を書くというだけで良寛は「書家」だっただろうし、「書家」ならどんな文章や言葉でも即座に書けるものと思ってもいただろう。つまり、同時代の人たちは良寛が書くことに込めていた意味も、できたものの良さも深くは理解しないまま、「良寛は画仙紙に字を書く」、ただその一事に右往左往し、托鉢に来た良寛が近隣のどこそこで何かを書いたと聞くと、良寛に身近さを感ずるあまり、「今度托鉢に来たら、我が家でも何か書いてもらおう」などという、安易で勝手な発想を生みやすかったのである。

そのレベルの認識で揮毫依頼とともに持ち込まれた「紙箋」が、もし「詩箋」（それは縦二三センチ・横一三センチの大きさで、紙には地色があったり花鳥の模様が入っていたりする）だったとしたら、それをやった方はおそらく風雅をこととする人で、普通より高級な紙を届けるのだからと、良寛の喜ぶのを期待したに違いない。しかし、書く良寛の方では、模様を生かした内容のものを書く、模様を生かした字配りにするなどという余計な苦心をしなければならない。もともと良寛は風雅の書作品を書いているのではなかったから、そんな紙はまったく無用の長物《ちようもつ》だっただろう。――「箋」という文字の存在は、そんな良寛の否定的反応を想像させる。

揮毫を依頼した人がそこまでの風流人ではなく、届けた紙も普通の和紙だったとする。それなら良寛の反応も、さまでは激しくなかったかも知れない。しかし、普通の紙でもやはり良寛にはうれしい話ではなかっただろう。揮毫しなければならない良寛の心の負担はまったく考慮されていないからである。紙のほしい良寛のことだから、一枚だけ書けば残りは自由に使って良いと分かっていても、良寛がその時、書いてやりたいと思っている家からの紙でなかったとしたら、届いた紙が数十枚もあったことに、かえって届けた人の不純さを感じてしまった可能性もある。そんな場合、良寛は依頼に応じつつ、しかも自分の生き方にも適《かな》う方策で断ることになる。かくして至りついたのが、「好む物」を「良寛自詠の作品群の中にある自身の好きな作」の意から「自分の好きな品物」に受け取り方を転換してそれを紙箋に書き、揮毫依頼を断りつつもその責めを果たす、というやり方だったのに違いない。

赤南蛮はもともとは漢方の生薬として戦国時代に伝来し、健胃、発汗作用増進、または毒消しとして服用され、やがて香辛料とされるに至った。良寛にはその知識があって、やがて、冬の寒さの中で赤南蛮を少しずつ摂取していると、体が温まって過ごしやすくなることを知ったのであろう。少なくとも良寛が南蛮を嫌いでなかったことは、「去冬はとふからし一袋たまわり今に賞味致候」(阿部定珍宛、年不明正月十六日付)という書簡の存在でも知られる。ただそれでも、食べ物として一番好きな物だったとは思えない。

それにもかかわらず、定珍が一袋もの多量の南蛮を届けたのは、良寛の特別な食べ方を知っており、辛さに一種の耐性を具えた人であることも知っていたからだろう。この定珍の届け方からすると、良寛の南蛮利用は、良寛に近い人々の間ではよく知られていたことだったのかも知れない。もしそうだとすれば、毎年、秋のある時期になると、良寛のところにはどこかから乾燥赤南蛮が届いたと考えてよいだろう。だから、冒頭の逸話は良寛の関心が赤南蛮に向いた頃か、赤南蛮をどこかから貰《もら》ったばかりの頃のことだった可能性が高い。

良寛は寡黙で、身中にもともと具《そな》わっている仏性(本性)を行動によって研ぎ出す修行をした人だから、ついうっかり言葉を発したり、多少とも他人を欺く結果になることは決して言わなかっただろう。この逸話の場面でも「紙箋」をもらってから赤南蛮を描いて届けるまでには相当の期間があって、初めに何を描こうかと考え、同時にそれを描いた理由も相手に伝えられるように考えて赤南蛮を描いたに違いないから、ある面、赤南蛮が正真正銘「一番好きな物」でなければならないことになる。それはいったい赤南蛮のどこなのか。

この場合、逸話として残っているぐらいだから、相手には「一番好きな物」の理由は伝わらなかったのだろう。しかし、良寛が禅僧を相手にしてではなく、庶民を相手に話したことを考えると、赤南蛮のどこが良寛に「一番好きな物」と言わしめたのかは、日常生活次元のことだったと想像される。

日常生活での赤南蛮は、漢方の生薬や香辛料として、あるいは稀《まれ》に邪気を祓《はら》い、害虫を遠ざけるものとして用いられる。確かにその面では有用であるとしても、それでは無いと困るものかというと、無いからといって特別困るというほどのものでもない。ましてや多量に必要などということはほとんどない。そんな有りようを、誰も赤南蛮が持つ固有の性質と認め得るのではないか。その「有用」と「無用」の使用順を逆にして言い直すと、赤南蛮には「無用と見える中にある種独特の有用性がある。が、それが無くても特に困りはしない」という特質があると言える。この赤南蛮の有りようこそ、周囲の人々とのバランスの中で、良寛が自分の生きる姿勢として堅持してきた、あるいは、堅持しようとした、一つの目標だったのに違いない。

「一鉢千家飯《いつぱつせんけのはん》」で始まる漢詩(二四八)の第七句は、「自怜無用僧《みずからあわれむむようのそう》」を「自怜無事叟《みずからあわれむぶじのそう》」に改めてある。これは、良寛の中に、自分を「無用僧《むようのそう》」として一般庶民の目で客観視する見方が存在した証拠でもあり、また、その無用の用という内実を価値あるものとして肯定する気持ちがあるが故に、他に誤解されないよう「無事叟《ぶじのそう》」(特別な仕事があるわけではないので、何事にも囚《とら》われないでいられる爺《じい》さん)と言い替えたのに違いない。この一例から見ても、この世における赤南蛮は自分の生きようと同じだと思い、その点に親しみを感じて「一番好きな物」と言ったと想像がつく。

良寛は自分の書を自慢することも、得た人に恩を売ることもしなかっただろう。書を得た人が「良寛さんの書を得た」と周囲に言うことをも好まなかっただろう。自分が書くべき自然な流れの中で、その時の素直な気持ちから書き、書を得る人も、自然な流れの中で「自分は望みどおりに良寛の書が得られて良かった」と思う――その関係が自分の書に関する良寛の理想だったのに違いない。ある面では有用であるかも知れぬが、同時にまた、ある面ではまったく無用である自分の書、それは、正にそのような存在である自分自身から流れ出たものであることが明確であってこそ、書いた自分にも、所有してくれる人にも意味があると信じていたのではないか。つまり、良寛はこの逸話の場面で、料紙をもらったことによって生ずる義務感で揮毫することは、自分が筆を持つ意図に反し、筆を持つことの根幹にある自分の生き方にも反することだ、と伝えて揮毫を断るために、赤南蛮の絵を描いて「こは貧道の最《もつとも》好物《このましきもの》なり」と言ったのである。

一一　「息せきと」

息《いき》せきと升《のぼ》りて来るや鰯売《う》り（六八）

良寛は自分が俳人だとは思わないから、初句は五音だという最低限の約束事を踏まえるだけで、構成する言葉が語法上正しいかどうかまでは考えない。むしろ、わずか五音で言うのだから多少の語の結びつきに飛躍があっても当然のことだと思い、そう言った方が自分の思いを確実に表せる。と思うと、何のためらいも持たずに思うまま表現してゆく。息づかいの激しさを言う「息せき」を、「堂々」のように「と」に続けたのは、そんな思いからだろう。――「息《いき》せきと」をそう解すると、この句での良寛の関心は、もっぱらその「息せきと」にあると見えてくる。

では、良寛はなぜ「息せきと」を言いたかったのか。俳句といえば風雅、風流の文学だが、「息せきと」にそうした風雅、風流があるからだろうか。あるいは、浜にたくさん揚げられた鰯《いわし》を売りに行く人のイキのよさ、気っぷの良さに共感したからだろうか。どれも「否」だろう。もし、風雅、風流を感じたのなら、粋で穏やかな言い方をするだろう。鰯を売りに行く人のイキのよさ、気っぷの良さを言うのなら、表現の中に鰯売りの心身の余裕が示されねばならない。

良寛が俳句に素人で、そのために表現が風雅やイキの表出に及ばなかったとするなら別だが、「息せきと」が発散しているものは、むしろそれらとは逆方向の、せっぱ詰まったものである。

出雲崎の海岸に水揚げされた鰯を与板や長岡方面に売りに行こうと、魚箱で背負うか天秤《てんびん》で担ぐかして急いで坂を上ってくる鰯売り、その男を良寛は見ている。売り物が生の鰯だから時間が勝負で、しかも、坂を駆け上れる上限ぎりぎりの重さを担いで来る。強健な肉体をもってしても歩くたびに重荷が揺れてふらつく腰、それを腹筋や背筋で支えて、荒くなった息をこらえながら両足に込める力をたよりに辛うじて走って坂を登る。この肉体の限度いっぱいの鰯売りの姿、そこから良寛が反射的に受け止めたものは、托鉢行のそこここで見てきた無数の人々の、毎日、貧しさに耐え、晴れやらぬ心に耐えてやっと生きている姿だったのだろう。たとえ、その個々人の苦しい生活に、良寛自身がいかに共感し、同情しようとも、実際には何の手もさしのべられないという心の重さも、そこに加わっていたかも知れない。だから、この「息せきと」には、日頃見ている庶民の実態が背後にあって、心の奥から迸《ほとばし》り出る共感、そう言わないではいられない様が浮かび上がって見える。ただしかし、庶民の苦しい生活と、それを知りながら何もできない自分の心の暗さ、そういう一般的で分かりきったことだけでは句作のエネルギーとはなりにくい。もっと、良寛が俳句にしないではいられないような良寛自身の心の姿が根底にあるはずである。

食うや食わずの日常を「今」「ここ」に生きている庶民、良寛はその表れとしての鰯売りの姿を見て、――「今」「ここ」に生きることに専念する禅の思想は、この鰯売りの生きる姿そのもののはずではないか。むしろ、この鰯売りの生きる姿勢をもっと強めて生きてこそ禅僧の生き方だ――と強烈に我が生き方に反省を加えたのではなかったか。

もしそうなら、力の限度ぎりぎりいっぱいまで担いで坂を上る鰯売りを、折々に自分の生き方を照らしみる鏡としてメモしてそれを持ち続けよう、――良寛がそう考えるのはごく自然のこと、というべきだろう。

一二　「傭賃」の推敲から見えること

「草堂集貫華」

（題は無し）

家在荒村裁壁立《いえはこうそんにありてわずかにへきりつす》
展転傭賃且過時《てんてんゆうにんしてしばらくときをすごす》
憶（以下は遺失して不明）

本田家本「草堂詩集」

傭作《ゆうさく》

家在荒村裁壁立《いえはこうそんにありてわずかにへきりつす》
展転傭作且過時《てんてんゆうさくしてしばらくときをすごす》
憶得疇昔行脚日《おもいえたりちゆうせきあんぎやのひ》
衝天志気敢自持《しようてんのしきあえてみずからじせしを》（五四）

右は、「家在荒村《いえはこうそんにありて》…」（五四）の作について、「草堂集貫華」の記載と本田家本「草堂詩集」の記載を比較して、それぞれどうなっているのかを示したものである。なお「草堂集貫華」は「雑詩」中の一首で題は無い。転句二字目からは次の一丁の表《おもて》部分に記されているはずなのだが、その丁が遺失していて、実際に後半がどうなっていたのかは不明である。この集の成立については、内山知也氏『良寛詩 草堂集貫華』（春秋社）に、文化七、八年（一八一〇、一八一一）頃かとする説がある。ここではこの説に従っている。また、「草堂詩集」の成立については、谷川敏朗氏『校注　良寛全詩集』（春秋社）五〇三頁に、筆跡から見ると文化年間の終わりから文政年間の初め頃（文政元年は一八一八）に書かれたと推測される旨の説がある。ここではこの説に従う。

この漢詩での語の違いは一箇所、上段の「傭賃《ゆうにん》」が、下段では「傭作」となっている点である（この「ゆうにん」の読みは、中村宗一『良寛の法華転・法華讃の偈』〈誠信書房〉による。「ゆう」も「にん」もともに呉音。ただし、この語の読みは『大日本国語辞典』〈冨山房・金港堂〉には「ようちん」、『日本国語大辞典』〈小学館〉には「ようにん」とする)。「草堂集貫華」の編成から七、八年の後に見られるこの改変は、良寛自身の経験した「傭賃」が、賃金をもらうためのものではなかったから、それにふさわしい表現にしたい、と、ある時点で考えた結果なのだろう。すると、その「考えた時点」はいつ頃なのか。また、そもそも肉体労働らしい「傭賃」をしたのはいつ頃、どんな肉体労働だったのか。――そんな疑問が浮かんでくる。

谷川氏前出書のこの作の脚注には「寺泊《てらどまり》町郷本《ごうもと》の塩焚《しおたき》小屋を借りていた時の作という」とある。――それなら、「家」はその塩焚小屋か郷本の家々かのいずれかだろう。そう思って「壁立《へきりつす》」を他の墨蹟に当たってみると、「半無壁」「全無壁」「全無壁」「空四壁」ともある。いくら郷本の家々が粗末だったとしても、住む家なら土の粗壁だけはあるはずだから、ちょっと囲ってある「空四壁」とは言わないだろう。塩焚小屋なら土壁が無くて当然だし、煙や湿気を逃がすためには、ちょっと囲ってあるだけという程度のほうが良い。むしろ、出入り口の戸さえも無くてよい。そうすると、ここに言う「家」は、確かに塩焚小屋を言うことになる。

では、この漢詩の初案が作られたのも、帰郷して塩焚小屋に入った寛政四年(一七九二)三月末頃から、橘崑崙『北越奇談』(永寿堂)のいう「如レ此事半年《かくのごときことはんねん》」の期間内なのだろうか。もしそうだとすると、後半の二句「憶得疇昔《おもいえたりちゆうせき》行脚日《あんぎやのひ》　衝天志気《しようてんのしき》敢《あえて》自《みずから》持《じせしを》」の表すところから、この漢詩の詠じられた時点では、「疇昔《ちゆうせき》」の「衝天志気《しようてんのしき》」が、既に萎《な》えていたことになる。

しかし、『北越奇談』の「翌日近村《よくじつきんそん》に託鉢《たくはつ》して　其日《そのひ》の食《しよく》に足《た》るときハ即帰《すなハちかへ》る　食《しよく》あまる時《とき》ハ　乞食鳥獣《こつじきちやうじう》にわかちあたふ」という描写は托鉢修行そのものであって、「衝天志気《しようてんのしき》」が萎えている様子ではない。また、厳しい環境の中での修行を目指して帰郷したはずの良寛が、帰郷直後から修行を放棄したとも思えない。実際の良寛は正に『北越奇談』の記すそのとおりに生きていたのであろう。そうすると、この漢詩を詠じた時点はもっとはるかに後、すなわち、禅修行をもっぱらとした時期を過ぎ、より高次元の生き方に押し移って、もう禅修行にきゅうきゅうとしなくなった頃、この塩焚小屋での六ヶ月間の何かが、その時点の良寛にとって意味あることだったと感じられたがゆえに、その「何か」を振り返ったということになる。つまり、この作の初案は、帰郷後相当の年月が経った後に創作されたはず、と見えてくる。

「傭賃」の語は、他の良寛詩には出てこないが、一連の法華偈頌《げしょう》のうち、「法華転」と「法華讃」には次のように出てくる(ともに信解品の偈)。

「法華転」

従邑至邑城又城《むらよりむらにいたりまちまたまち》
展転傭賃嘆此身《てんてんゆうにんしてこのみをなげく》
自家珍宝都抛捨《じかのちんぽうすべてほうしゃし》
甘為他国伶俜人《あまんじてたこくのれいへいのひととなる》

「法華讃」

手把白払侍左右《てにびゃくほつをとってさゆうにはべらせ》
威徳尊厳難正視《いとくそんげんせいししがたし》
是非傭賃得物地《これゆうにんしてものをうるのちにあらず》
悔当初来至於此《くゆらくはとうしょにここにらいしせしことを》

下段の「法華讃」には、「賃」の右に「作」、「得物」の左に「作力」と推敲案が書かれていて、推敲段階でこの一句は「是非傭作作力地《これゆうさくさくりきするちにあらず》」と考えられたことが判明する。この「法華讃」推敲後の「傭作」の語は、素直に理解すればば(『良寛墨蹟大観』所載の法華偈頌や漢詩の他に「傭作」と記された資料が無いとすれば、あるいは、既に廃棄されて、現在は伝わらぬものに「傭作」があり、それを当時の良寛が本田家本「草堂詩集」中に復活させて使ったのでないとすれば)、「法華讃」推敲時点で法華経信解品から取り込み、それをそのまま本田家本「草堂詩集」中の表題「傭作」の漢詩にも使用していったことになる(「草堂集貫華」と「法華転」の前後関係は不明)。

そこに、谷川氏の提唱された本田家本「草堂詩集」の文政元年(一八一八)前後成立説を並べてみると、文政元年前後の期間のもっと前に「法華讃」の推敲があり（推敲は著語《じゃくご》記入の時点か）、さらにそれ以前に「法華讃」はまとめられていた、ということになる。そして、常識的には「傭賃」→「傭作」の変更をした後で再度「傭賃」に戻ることは無かろうから、「傭賃」とある「法華転」は自動的に「法華讃」に先立つ連作ということになる。この二種の偈頌の各偈ごとの対応関係は、〈付表一〉にまとめたとおりであって、そこから言えることは、「法華転」を一応は押さえつつも、自分の人生経験に根ざす新たな見方で「法華讃」はまとめられた、ということである。

　こうしてみると、良寛はおそらく五合庵定住以前から何度も法華経を熟読していたのであり、当然、その結果として、法華経は普通の人間の確かな生き方をこそ示すものだとの理解もあったはずで、そうすれば、禅僧としての自らの生き方を工夫する日々を生きつつも、機会あるごとに、一《いち》人間としてはどうあるべきなのか、を考える方向に、心の重心が動いたはずである。そうした「一《いち》人間として」への精神的傾斜の中で周囲の人々の望ましい相互関係を見た時、それは紛れもなく持ちつ持たれつの関係であると把握しただろうし、その望ましい関係を自分のこととして実践してゆく場合、これまでの自分はどうであったか、と振り返ってもみたはずである。そして、その最初の「持ちつ持たれつの関係」は、あの塩焚小屋の一件だった、「してやる」のではなく「感謝しつつ行う」、それが本当の「持ちつ持たれつの関係」だ、そこを忘れてはいけないと考えたのではないか。おそらくそんなふうにして「草堂集貫華」の「雑詩」に前半だけが残るところの、冒頭の漢詩の初案が作られたのであろう。そうすると、「草堂集貫華」が文化七、八年（一八一〇、一八一一）頃の成立なら、遅くともその頃には「自分は一《いち》人間としてどうあるべきなのか」を考える方向に、心の重心が動いていていたはず、ということにもなる。

　良寛が托鉢以外に「感謝しつつ行」った最初の経験とはどんなものだったのか。それは、『北越奇談』にある一文「一夕旅僧《いつせきりよそう》一人来《きた》つて隣家《りんか》に申し　彼空菴《かのくうあん》に宿ス《しゆくす》」の表す事実だろう。帰郷した良寛は、しばらくの間、空いている塩焚小屋に置かせてもらうつもりで隣家に小屋の使用を願い出た。橘崑崙の記述のニュアンスを信頼すれば、その塩焚小屋が隣接する家のものだと知っていて願い出たのである。
その家では、ひどく汚れた身なりの良寛を見て、「この修行僧はどうも遠くから来たらしいから、どんな僧か素性が分からない。それは不安な点でもあるが、修行僧なのは確かのようだから、しばらくの間なら置いてやっても問題は無かろう」と考えて承諾したのだろう。汚れた身なりでうさん臭そうに見える自分のはずなのに、その自分の願い出をあっさり了承したその家の対応に対して、願い出た良寛は、これまでの帰郷の長旅の間、どこにおいても感ずることの無かった深い思いやりを感じたはずである。「この家にとっては、見ず知らずの自分のはずだが…」と思うと、その親切な扱いに対する感謝の気持ちはいっそう大きなものになっただろう。そして、何も持たない自分がこの恩に謝するには、ただ精いっぱいの肉体労働を捧げるしかない、そう考えて、「こういう仕事なら、自分にもできるだろう」と思うことを実行することになったのに違いない。

帰郷の寛政四年（一七九二）よりはるかに後、文化七、八年（一八一〇、一八一一）をいくらも過ぎぬ頃の良寛が、自分の人生における最も純粋な「持ちつ持たれつ」の経験は塩焚小屋の一件だったと何度目かに振り返った時のことであろうが、ふと、あの時の自分の行為には「賃」を求める意図はなかったと気付いて、「傭賃」から「賃」をはずすことを思い立ったのだろう。――渡辺秀英氏は「雇われての作業で、良寛が帰郷して最初に寺泊町郷本で塩焼作業にたのまれ、その折の生活状況か」（『良寛詩集』木耳社、二〇五頁）とするが、雇われての作業なら賃金を貰《もら》ったはずだから、それを表現するなら「傭賃」こそふさわしい。それなのに、「傭作」に替えたのだから、純粋な恩返しの仕事だったのだろう。――

「傭賃」を「傭作」と修正する時点までは、冒頭の漢詩の初案創作以来、法華経の語「傭賃」を用いているという安心感が良寛にあって、そのために何の疑問も感じずにいたのだろう。そのためか、その漢詩を書いた小品の伝存遺墨は、一作を除いて他はすべて「傭賃」となっている。その「賃」の使用に疑問を抱き始めたのは、「法華讃」を「傭賃」の語を用いてとりまとめた時から、それを推敲して「傭作」とした時(著語記入の時点か)までの間のこととなる。

こうして、良寛は「傭賃」の「賃」を避けることにした。それは、「賃」の文字が事実にそぐわない、と感ずる良寛の感覚によるに違いないのだが、実は「親切な扱いに感謝して、それに報いるためにある事を行う」という意味に「賃」を用いても問題はなかったのである。蛇足ながらその点について、以下に記しておきたい。

良寛の「傭賃」は法華経信解品第四の「爾時窮子《そのときぐうじは》 傭賃展転《ゆうにんしつってんてんして》 遇到父舎《たまたまちちのいえにいたる》」からきているが、もともと中国では「傭賃以給衣食《ようちんしてもっていしょくをきゅうす》」(『史記』児寛伝)とか「竭力傭賃《ちからをつくしてようちんす》」(陶潜「五孝伝」)等と用いられてきた。そのことは『大漢和辞典』にある。この『史記』児寛伝や陶潜「五孝伝」の用法は、法華経の漠とした用法よりもやや限定的で、「労務の代償として何かを渡す、または、労務を代償として何かを得る」ことを表している。その場合でも、代償物に労力も含まれるのだから、良寛の塩焚小屋の件に「傭賃」が用いられていても、何の問題も無かったのである。

後に、この「傭賃」の語は日本に入ってきて「つくのふ」(古くは清音)の意に宛てられ、九世紀前半の『霊異記』では「傭賃」に「知加良豆玖乃比春《ちからつくのひす》」(ルビは引用者。原本は漢字のみの表記)の振り仮名が付され、平安後期加点の龍光院本妙法蓮華経では、「傭」一字についても「(我が力を)つくのふ(て)」と読まれている。これら『日本国語大辞典』に用例として引かれている「傭賃」、「傭」の意味も、『史記』児寛伝や陶潜「五孝伝」同様、「労務によって価値あることと差し替えにする」意である。これと同様の意味の「ツクノフ」または「ツクノウ」の訓を「傭」に付している古辞書は、管見に入っただけでも寛元三年(一二四五)の写本のある『字鏡集』、『文明本節用集』(文明十六年〈一四八四〉頃写)、『伊京集』(室町時代写)、慶長十五年(一六一〇)版『倭玉篇』、天台僧・快倫の二種の著『法華経音訓』(寛永十三年〈一六三六〉刊)、『法華経音義』(承応二年〈一六五三〉刊)、『難字記』(別名『天台六拾巻音義』。承応二年〈一六五三〉刊)とあって、「傭」に「ツクノフ(ウ)」の語(現在、通常「償」の漢字を用いるところの、「誰かに対する負い目に、行為や金銭で埋め合わせをする」意味とは差異がある)を宛てることは、江戸時代前期まで確実に存在した。

この「労務によって価値あることと差し替えにする」意の「ツクノフ（ウ）」を訓とする漢字は、「傭」だけでなく「賃」も同様で、それも脈々と続いてきた。十二世紀初め頃の『類聚名義抄《るいじゅうみょうぎしょう》』には「賃」に「ツクノフ」、「ヤトフ」とあり、その三百年以上後の『伊京集』にも「ツクノウ」、「ヤトウ」、さらに、耶蘇会版『落葉集』（慶長五年〈一五九八〉刊）に「つくのふ」、慶長十五年（一六一〇）版『倭玉篇』にモ「チカラデツクノウ」とある。また快倫の著『法華経音訓』に「ツクノフ」、同『法華経音義』には「ツクノウ」、「アタヒ」とある。ただし、承応二年（一六五三）刊『難字記』の「賃」には「ツクノウ」ではなく「ツクナウ」とある。これは、「賃」が「金を出して埋め合わせをする」意になってきていたことを示しているのかも知れない。なお、『摩訶止観』にも「傭賃」は使われ、応永十四年（一四〇七）成立の『摩訶止観難字音義』（未刊行）にもこの二文字の語の左訓に「ツクノヒツクノフ」とある。

以上から言えることは、良寛が「賃」の使用に疑問を感じたときに、法華経に出る漢字の訓（「漢字の持つ意味」と言い替えても良い）を記している『法華経音義』『法華経音訓』を見なかったということである。もし見ていれば、「賃」も「労務によって価値あることと差し替えにする」意と知って、「傭賃」のままにしておくはずだからである。そして、もし、そうなら、自分の塩焚小屋での経験を定着させた漢詩も、わざわざ「傭作」と改めはしなかったのではないかと考えられる。

江戸時代に幾度か版を重ね、広く用いられた辞書に『書言字考』（正式には『和漢音釈書言字考節用集』。享保二年〈一七一七〉刊）がある。この辞書の「言辞」の箇所には「ツクノフ」とした「賃」は無く、二項目続けた箇所「償《ツクノフ》　客作《同》」（「客作」の右の「同」は上の項目・「償」のフリガナを指す）のみが存在する。「人倫」の関連項目には「客作兒《ツクノヒヒト》　今世所《ノ》レ謂日傭也（以下略）

傭人《同》　《史索隠》傭《ハ》役也。謂下役力而《シテ》受《ヲ》中雇《ノアタヒヲ》　直上也（以下略）」（引用箇所の小字部分は二行の割注。原本の割注中の「シテ」は「メ」の二筆目を「ノ」の上までにとどめた形の略体字を使用。また、《　》内三文字は四角の枠入りである。なお、「客作兒《ツクノヒビト》」は慶長二年〈一五九七〉版『易林本節用集』にも記載）とある。

そのことからすると、良寛が「賃」を避けたのは使用文字を自身の経験に一致させるためだったばかりでなく、良寛がどこかの外護者の家に泊まった際、その家にあった『書言字考』に当たってみて、「賃」の字には「労務によって価値あることと差し替えにする」意を見出し得なかったためなのではないか。そのことは、法華経にも「法華転」信解品の偈四篇中にも出ていない「客作人」の語を、新たに「法華讃」信解品の最初の偈に用いてあることとも関係していよう。この語は、おそらくは『書言字考』に載る「客作兒《ツクノヒト》」からの使用で、「兒」の文字の持つ幼稚さを排除する意図で「人」と変形したのであろう。このように見てくると、良寛は『書言字考』のある家に出入りしていて、疑問を感じたり、知りたいと思ったりしたことを調べていたと判明する。この事実は、書籍を買い求めることの不可能な良寛の物事の理解の仕方が、少ない参看書籍の記述内容を正確に読み取り、読み取った内容を自分の経験に重ねて判断、理解し、それが自分にとって正しいと判断された後に自分の中に取り込むというものだったことを示している。これは、あくまでも自分が主体となって事物の正否を判断する仕方であって、現今、一般に行われるところの、可能な限りの情報を得、その上で客観的にみて正否を判断する仕方、言わば、多くを他に寄りかかった判断の仕方とは異なっていた、と言うことができる。

ここに、「法華転」と「法華讃」に触れることになったついでに、〈付表一〉作成途上で気づいたことを記しておきたい。右に見たように、良寛が「法華讃」の推敲後に本田家本「草堂詩集」をまとめたとすると、そのどちらにも載っている次の1～3は、「法華讃」に入れた後に本田家本「草堂詩集」にも入れたことになる（ゴチック体は推敲箇所で↓以下が推敲後の語句）。

「法華讃」　　　　本田家本「草堂詩集」

（五百弟子受記品の偈頌のうち）　　　　（題は無し）

1

憶得二十年《おもいえたりにじゅうねん》
治生太艱難《せいをおさむることはなはだかんなんなりしを》→資生《せいにしすること》
祇爲衣食故《ただいしょくのためのゆえに》
貧里空往還《ひんりにむなしくおうかんす》
路逢達道人《みちにあいしたつどうのひと》
苦説舊時縁《ねんごろにきゅうじのえんをとく》
却見衣内寶《しりぞいてえないのたからをみるに》
于今現在前《いまにげんにまえにあり》
自茲親受用《これよりしたしくじゅようし》
日夜恣周旋《にちゃほしいままにしゅうせんす》

記得荘年時《きとくすそうねんのとき》
資生太艱難《せいにしすることはなはだかんなんなりしを》
唯爲衣食故《ただいしょくのためのゆえに》
貧里空往還《ひんりにむなしくおうかんす》
路逢達道人《みちにあいしたつどうのひと》→有識《うしき》〈右記「親友《しんう》」を抹消《まっしょう》、左に「有識《うしき》」と〉
為我委悉宣《わがためにつぶさにのたまう》→苦説舊時縁《ねんごろにきゅうじのえんをとく》
却自點撿看《しりぞいてみずからしらべみれば》→見衣内宝《えないのたからをみるに》
珠在衣内懸《たまはえないにありてかかる》→于今現在前《いまにげんにまえにあり》
從茲自貿易《これよりみずからぼうえきし》
到處恣周旋《いたるところほしいままにしゅうせんす》（九八）

2

（観音菩薩普門品の偈頌のうち）

慣捨西方安養界《さいほうあんにようかいをすつるになれて》
五濁悪世投此身《ごじょくのあくせにこのみをとうず》
就木々兮就竹々《きにつけばきたけにつけばたけ》
全身放擲多劫春《ぜんしんほうてきすたごうのはる》
脚下金蓮拖水泥《きやくかのきんれんはすいでいをひき》
頭《ずじょうの》（「上」脱）寶冠委塵埃《ほうかんはじんあいにまかす》→委嘆嗟《たんさにまかす》
乃往一時楞厳會《むかしいちじりようごんのえに》

観音二首

慣棄西方安養界《さうほうあんにようかいをすつるになれて》
五濁悪世投此身《ごじょくのあくせにこのみをとうず》
就木々兮就竹々《きにつけばきたけにつけばたけ》
全身放擲多劫春《ぜんしんほうてきすたごうのはる》
脚下金蓮拖水泥《きやくかのきんれんはすいでいをひき》
頭上寶冠委塵埃《ずじようのほうかんはじんあいにまかす》
乃往一時楞厳會《むかしいちじりようごんのえに》

令佗吉祥擇踈親《かのきちじようをしてそしんをえらばしむ》
森々二十五大士《しんしんたるにじゆうごだいし》
獨於此尊爾嗟　頻《ひとりこのそんにおいてしようさしきりなり》　↓歎嗟　頻《たんさしきりなり》
南無大悲観世音《なむだいひかんぜおん》
哀愍納受救世仁《あいみんしてのうじゆせよぐぜのじん》

令他吉祥擇踈親《かのきちじようをしてそしんをえらばしむ》
森々二十五大士《しんしんたるにじゆうごだいし》
獨於此尊嘆嗟　頻《ひとりこのそんにおいてたんさしきりなり》
我今歸命稽首禮《われいまきみようけいしゆしてらいす》
哀愍納受　救世仁《あいみんしてのうじゆせよぐぜのじん》(四二)

3

風定　花猶落《かぜさだまってはななおおち》
鳥啼山更　幽《とりないてやまさらにかすかなり》
観音妙智力《かんのんのみようちりき》
咄《とつ》

風定　花尚落《かぜさだまってはななおおち》
鳥啼　更　幽《とりないてさらにかすかなり》
観音妙智力《かんのんのみようちりき》
咄《とつ》(四三)

右のうち1の上下段を比較すると、下段の本田家本「草堂詩集」の第六～八の三句において、初案の語句を推敲した時点で「法華讃」のものに改めている。普通ならば、法華経と直結する偈の語句は特別な(深遠かつ神聖な)ものだから、日常を詠ずる漢詩に安易に流用する気持ちにはなりにくい。その、普通はしないことをする心の動きはどんな場合に起こり得るかを考えてみると、「法華讃」中の偈が、もともと、法華経五百弟子受記品を下敷きにして創作した漢詩だった場合のみ、ということになる。

では、1の「法華讃」の偈の前段階としての漢詩は、何を詠じたものなのか。1の下段では、三十歳前後の血気盛んな「荘年」に、生きようを助け支えるしっかりしたものが無くて困っていた自分は「達道人《たつどうのひと》」に自分の中の「良きもの」の存在を教えてもらったと言い、そのことを上段の作では、ある時点から二十年前、自分の生きようをうまくおさめられないでいたとき、「達道人《たつどうのひと》」に教えてもらったと言う。良寛が三十歳前後に生きようの暗示を得た人で「達道人《たつどうのひと》」の表現にふさわしいのは大而宗龍以外にはいない。その大而宗龍の示寂は寛政元年(一七八九)、その十三回忌(享和元年〈一八〇一〉に当たる)前後の時期が「二十年」と振り返った時点なのではないか。その頃に何回目かの法華経熟読にかかっていて、五百弟子受記品の「衣裏宝珠」から大而宗龍への謝恩の気持ちが湧き上がってきて天明四年(一七八四)以来の十七年間を思い起こし、「法華讃」収載作とほぼ同形の漢詩を創《つく》っていたのであろう。大而宗龍との関係に「縁」を感じ、その「常乞食僧」から自分が大きなものを得たと思い続けていた良寛としては、その恩を言う場合に、事実としての十七年間を「二十年」と長めに表現することの方が、むしろ自分の気持ちにかなっていたのではなかろうか。以後、その一篇は大而宗龍を偲《しの》ぶものとして存在し続け、「草堂集貫華」には抜き出されなかったが、「法華讃」には五百弟子受記品の偈として収載、その何年か後になってそれを推敲して文化年間末から文政初年頃成立の本田家本「草堂詩集」(谷川敏朗『校注　良寛全詩集』春秋社、五〇三頁による)に記したのである。

ここで、本田家本「草堂詩集」に収載された1の推敲の跡に注目したい。そこには第六句で、ことさらに「荘年」よりも以前にあった「舊時縁《きゅうじのえん》」を言い、第五句で一度は「親友《しんゆう》」とも言っている。國仙以外で良寛が二十五歳以前に縁を持った僧といえば宗龍、萬秀、破了だけだから、その中で仮にも同列に「親友」と言いうる人がいるとすれば、それは八、九歳年上の兄弟子・玄乗破了以外にはない。すなわち、初案では最初に請見した宗龍の恩を書きとめようとし、後には自分が宗龍の結縁《けちえん》、利他の行に進まなかったことを再認識してこのテーマをやめ、五師参見で進むべき道を暗示してくれた兄弟子・破了の恩にテーマを変更したことになる。この心の動きは、五合庵期中頃から「禅僧として」よりは「一《いち》人間として」ということに生き方の重心を移していったことの表れに違いない。「一《いち》人間として」いかに生きるべきなのかに心を砕いて生活している今の良寛にとっては、「禅僧として」生きた宗龍の姿勢よりも、一人の自由人として生きる破了の言行、所説からつかみ取ったことの方が、今の我が身内の宝を感ぜしめるとの認識があって、破了の恩恵を再認識したのであろう。その再確認の機会は、破了示寂の文化十一年(一八一四)四月以降、例えば、文政三年(一八二〇)に光照寺で行われたはずの七回忌、文政九年(一八二六)の十三回忌前後までのどこかの時点が考えられるのではないか。良寛において自由人とも見える一側面は、良寛の本性から破了の生き方が誘導したものであろう。

なお、「親友」の語に同輩扱いの臭みを感じた良寛は、それをさらに「有識《うしき》」と改めることになった。この「有識」の語は、良寛の他の用例としては、漢詩の「(略)自称為有識《みずからしょうしてうしきとなし》 諸人皆作是《しょじんみなぜとなす》(略)」(一二四)と、密蔵院過去帳末尾願文の「願以此功徳《ねがわくはこのくどくをもって》 十方有識《じっぽうのうしき》 三界亡霊《さんがいのぼうれい》 永出六趣沈淪《ながくろくしゅのちんりんをいでて》 速登一乗覚路《すみやかにいちじょうのかくろにのぼらんことを》」の二例が存するが、どちらの場合も、奥底からの完璧《かんぺき》な「識有り」状態を表すというよりは、一般的表現としての「識有り」状態を言う、と理解される。したがって、「達道」を使用した宗龍にテーマを戻したのではなく、破了に対する認識を、より的確に言い表そうとする変更だったと考えられる。

次に、2はどうか。宮榮二氏『良寛墨蹟探訪』(象山社)四五〜四七頁によれば、「法華讃」収載作とは使用語句に幾つかの相違があり、最後の二句は明らかに別となっているものを賛として良寛が書き入れた軸がある。氏の解説によって言うと、絵の楊柳観音は享保二年(一七一七)に七十七歳で没した休円(狩野派の藤原清信)の筆で、それを納めている箱の蓋裏に「文化六年己巳夏六月記」という所蔵者・村山正直(または正頼)の書き付けがある。このことによって、氏は良寛の賛記入時期について「この賛は、したがって享保前に描かれた観音図に、良寛が文化六年(五十二歳)か、それ以前に記したものと推測される」と記しておられる。この説を踏まえた上でこの賛の書かれた姿を見てみると、

ア　三行目まで保ってきた行間の空きを、四〜九行目では圧縮してごく狭くしている。

イ　賛の六行目までは観音像の後光の外輪に接する程度を行末としているのに、七、八行目は後光の中に入り込

み、観音の宝髻《ほうけい》の位置まで書き続けてある。

ウ　一〇句目の頭にある語句「獨於」を八句目の頭に相当する箇所にうっかり書いて、ミセケチにしている。

という三つの特徴がある。こうした書き方は、良寛が頭の中に置いていたものを全部書ききろうとした結果として生じたもので、そうすると、良寛の頭の中には明らかに文化六年(一八〇九)以前に既に一定の形を成した漢詩が存在していたということになる。

また、楊柳観音賛の最終二句「吾《われ》今帰命稽首して礼す。生々世々希《ねが》わくは相親しませたまえ。」(『良寛墨蹟大観』第六巻釈文)と「法華讃」収載の2の最終二行「南無大悲観世音《なむだいひかんぜおん》　哀愍納受《あいみんしてのうじゅせよ》救世仁《ぐぜのじん》」を比較すると、前者においては良寛が自己を言わず、ひたすらこの世の人の救済を観音に願う姿勢なのに対し、後者は「救世仁《ぐぜのじん》」の行為を「哀愍納受《あいみんしてのうじゅせよ》」と観音に願っている。前者の態度に照らせば、後者の良寛には、自分も「救世仁《ぐぜのじん》」(良寛の「救世」は「すべての困っている人に心を寄せて言動すること」)の一人になっている、または、自分も「救世仁《ぐぜのじん》」でなければならないとの自覚があったことになる。後者の良寛において、自分の立場を表出しうるほどに確固たる信念があったということは、前者の「世の人の救済を観音に願う」のみの時点からはある程度の期間があって、その間に思考と実践を重ね、その結果として至りついたのが後者だ、ということを示している。つまり、2の「法華讃」収載作は良寛の初作ではなく、1と同様に、漢詩として認識される先行作(例えば楊柳観音の賛)があった、ということになる。

3については、谷川氏の『校注 良寛全詩集』(春秋社)によると各詩句が『詩人玉屑』『槐安国語』等にあるもので、しかも、遺墨も五合庵期のもの一点が知られるだけである。そのことだけから「法華讃」編纂以前に先行作が存在したとはなしえないが、良寛が本田家本「草堂詩集」に2と合わせて「観音二首」とまとめていることからみると、3も「法華讃」編纂以前に存在したと推測して良いのではなかろうか。

ここまで、「法華讃」の各偈頌とは別の出発点を持つものとして1〜3は存在し、それゆえ、その三篇は「法華讃」に収載後、本田家本「草堂詩集」にも収載されることになったことを述べてきたが、そのことによって明らかになったのは、本来、法華経から発したものではない漢詩1が、法華経色彩の濃い「法華讃」に入れられたということである。このわずかな痕跡のような事実は、以下のような良寛独自の心の姿を自然と表すことになっていて、実に意味深いと言える。

良寛は、それまでの長い年月、繰り返し法華経を熟読する一方で、世間の姿や動き、個人の行動やその内側の心理などを深く観察し、法華経の内容も含めたそれらの理解、見聞、観察のすべてを、自己の本性や経験に基づいて把握し直すことに努めてきて、そのような思考回路が折々に捉えた肝心なところを漢詩にも定着してきた。そして、今、此の世の全事象の大もとにある「法華」を自分がどう捉えているのかを言い表すには、自分の思考回路も含めて自己のすべてが過不足無く表れ出なければならないし、そのためには、関わりのある漢詩1〜3もまた大切な表現素材の一つとすべきだ。――これが「法華讃」取りまとめに立ち向かう良寛の心の姿だったのに違いない。

そのように、自己のすべてを表出することを前提とする作業にかかることができるためには、自分のすべてをかけて生きてきたという自覚の持てる人生が、過去から現在まで継続されている必要がある。――そうでなければ、口先でもっともらしいことを言ったことになる。それは「人の生けるや直し」とは相容れない方向で、良寛は、その道はとるはずがない。――しかし、その点についての迷いが良寛には無く、自分の法華経理解を表現した「法華讃」の取りまとめにまっすぐ進めたのだから、結果として自分の全言動に責任が持てるような人生を生き、それを成立させる右のような思考回路も、既に確立されて長年を生きてきたはず、ということになる。したがって、「法華讃」取りまとめ頃の良寛は、偈や著語を記すにあたり、何の力みも迷いもなく、我が思い、我が判断をすんなり、正直に言い表すことができたということにもなる。

「法華讃」取りまとめがそういう精神回路によってすんなり行われたものとすれば、当然、この「法華讃」中のすべての偈は、一つ一つが良寛の認識の集大成、あるいは、自己表出がもたらす心の充実感を目標としたものであって、もっぱら「人の生けるや直し」に副って、自身の範囲内で完結するものだったことになる。他から見て、偈に表現された良寛の認識が如何《いか》に深遠でも、それらの創出はいずれも良寛の純粋な自己確認、質の高い一人遊びの一環であって、他に見せて我が境地を誇るのでも、他を教化して導くのでもない、ということになろう。良寛は禅僧として修行を積んできたはずなのに、周囲の人に仏法をああも説いた、こうも説いたという逸話の存在しないのが、「純粋な自己確認、質の高い一人遊びの一環」であることを証明している。

また、圓通寺での修行中、自分が純粋に我が本性に基づく言動を心がけてゆくと、その方向性が他の修行僧と大いに異なる、と強く感じた（「恒歎吾道孤《つねにわがみちのこなるをなげきし》」〈八七〉）良寛のことだから、その後の長い年月、自分を磨き続けて持ち得た一定の認識は、それが他の僧の磨きだしたものと差異を持つのは当然のこと、と考えていたはずで、それゆえに、それぞれの修行者の磨きだした境地を他と比較して優劣を決めることなど、正しくないと考えたはずである。そうすると、慧能や釈迦と比較して、我こそそれに並ぶ、とか、超える、などと考える増上慢の姿勢は、良寛においては決して生ずるはずがなかった、ということになる。

一三　「天上大風」という語

良寛上人《りようかんしようにんは》、道徳外《どうとくのほか》、詩歌高逸《しいかはこういつ》、書法絶妙《しよほうはぜつみようなり》。人《ひと》、得其半紙隻字者《そのはんしせきじをうれば》、珎襲愛翫《ちんしゆうあいがんす》。因之《これによりて》、奸商黠估《かんしようかつこして》、騙人財貨《ひとのざいかをだまし》、玉石混糅《ぎよくせきこんじゆうす》。以余與上人交之久《よはしようにんとまじわることのひさしきをもつて》、人来乞題一言者《ひとのきたりていちげんをだいせんとこうもの》、不尠《すくなからず》。此燕驛東樹氏所蔵《これはつばめえきとうじゆしのぞうするところなり》。一日《いちじつ》、東樹氏来告余曰《とうじゆしきたりてよにつげていわく》、上人在日《しようにんありしひ》、乞食燕驛《つばめえきにこつじきす》。有小童《しようどうあり》。持一紙《いつしをじし》、来曰《きたりていわく》、願《ねがわくは》書此紙《このかみにしよせよと》。上人曰《しようにんいわく》、汝将何用《なんじまさになにもちいんとするかと》。童曰《わらわいわく》、我欲用此作風箏《われこれをもちいてふうそうをつくらんとほつす》。請天上大風四字《てんじようおおかぜのよんじをこうと》。上人便書《しようにんすなわちしよして》、以與焉《もつてあたう》。僕《ぼく》、近得之《ちかごろこれをえたり》。欲軸之《これをじくとし》装之為一幀《これをそうしていつていとなさんとほつす》。願《ねがわくは》、子《し》、記其所然《そのしかるところをきせと》。余《よ》、展而閲之《のべてこれをえつするに》、視其真率無我現於點畫之間《そのしんそつむがのてんかくのかんにあらわるるをみる》。想昔年之笑語《せきねんのしようごをおもい》、慨然援筆以識云爾《がいぜんとしてふでをとりてもつてしきすというのみ》

嘉永六年癸丑晩沓

文臺居士（落款印）

（良寛筆の「天上大風」について鈴木文臺の書いた識語を、粟生津の長善館跡に立つ石碑から引用者が採録。段落、句読点、ルビは引用者。）

有名な「天上大風」の墨蹟が醸す風韻の根底に何があるのか、という点については、長谷川洋三氏『良寛禅師の真実相』（名著刊行会）の十四章に「『天上大風』の実相―これは五観の書である―」という、良寛の生き方に根ざした論考があるが、そこでは、良寛はなぜ「天上大風」の四文字を書いたのかということについては触れておられない。そこで、そのことについて、右の鈴木文臺の「天上大風」識語が正確だとすると、どういうことになるのかを考えてみたい。

文臺の識語によると、この四文字を書くことになる前の良寛は、乞食行をしていた。越後平野に散在する小さな町々にもやっと春が来て、子供が凧揚げ遊びをはじめた頃の、燕の町中でのことである。この時の乞食行は、家々の戸口を次々と廻ってゆく普通のやり方ではなかっただろう。上空の風を期待する子供の様子に深く共感するには、良寛がそれ以前に、「今、風が無い」ということを認識していなければならないからである。もし、普通の乞食の仕方なら、自分が移動して作る空気の流れを自然と自分の肌で感じてしまうから、無風状態が意識されにくい。おそらく、人通りの多いはずの十字路あたりにじっと立って人々の自発的な喜捨を待つ、という乞食行だったのであろう。良寛は佇立《ちょりつ》しているだけだから、風のないことも、陽光が暖かみを増してきたことも感じながら、「子供が外遊びする時期になってきたな」などと思っていたのに違いない。そこへ、急に、子供が紙を持ってやって来て「願書此紙《ねがわくはこのかみにしよせよ》」と

言った。子供に言われた良寛は、「大人に言われるのはよくあることだが、子供が言ってくるとは珍しい。この子は俺の書いたものをどうするんだろう?」——そう思ったに違いない。そこで、「汝将何用《なんじまさになににもちいんとするや》」と聞くことになった。そうすると、その子は「書いてもらったら、それで凧を作るんだ。『天上は大風《おおかぜ》だ』と書いてくれないかなあ」と言った、と文臺の識語は伝えている(文臺の記述は、事の進み具合が自然だから、当時の持ち主だった東樹氏から聞いたその場面のことを、そのまま漢文で書いたものだろう)。

その子の答えを聞いた良寛は、「なるほど、春が来て凧揚げができるようにはなったが、それをするには、まず凧を作らなければならないし、作っても、今のように風が吹いていないと凧揚げはできない。だから、せめて天上は大風《おおかぜ》が吹いていてほしいはずだ。この子の言うことはよく分かる」——そう考えて、良寛は書いてやることにした。それは確かなことだろう。だが、『天上大風』の揮毫《きごう》理由は、そんな単純なことだったのか?

この件に関してしばしば言われるのは、「子供が良寛の書作を欲しがるはずはないから、大人が手に入れるために、子供を使って言わせたのだ」という説である。もし、そのとおりに大人が指図して言わせたのだとすると、子供はもともと自分が欲しいわけではなく、入れ知恵されたとおりに言動するのだから、「『天上は大風』と書いてくれ」という言葉もまた、大人が言わせたものだったことになる。そんな場合、子供は「願書此紙《ねがわくはこのかみにしよせよ》」に続けて「請天《てんじょう》上大風四字《おおかぜのよんじをこう》」も言ってしまうものだろう。そうすれば、良寛はそれが子供の本心から発せられた言葉ではないと見てとり、話された言葉どおりに書きはしないだろう。本心にないことを言っても良い、とその子に教えることになるからである。つまり、子供が問われて初めて「請天上大風四字《てんじょうおおかぜのよんじをこう》」と答えたことから、良寛は、その子の言葉が本心から出ていると理解したことになる。子供の言葉が子供の本心から出ているとすると、もし、大人が指図したことがありとすれば、それは「そのことは、あそこにじっと立っている、あの僧に頼め。僧なら字が書けるから」というものだったことになる。その指図した大人とは誰か。

子供が「凧を作って揚げたい。その時、空に風があって欲しいから、凧には『天上は大風だ』と書いてほしい」と言える大人は、その子供の親しかいない。ちょうどその時、父親は仕事の最中で、我が子の遊びになど付き合っていられない状況だったのだろう、つい、「あの坊さんに頼め」と言った、という状況だったのではないか。――良寛に対する子供の突然の言い出しの前にそんな状況があって、じっと佇《たたず》む良寛がそれを見るともなく見、聞くともなく聞いていたとすれば、揮毫してやることにも繋がってゆくのではないか。

ここに長々と子供と良寛の状況を考えてきたのは、「今の子供の言葉は、この子の本心から出たものだ」と良寛が理解するはずだ、という状況が確かにあり得ると証明したかったからである。実際にそんな状況に良寛はいて、子供の言葉を「子供の本心から出たもの」と理解しないと、子供の言葉どおりの揮毫には続かない。さらに、子供が本心から望んでいると知っただけでは、「天上大風」四文字の揮毫に直結はしない。「この次に…」と言う場合もあろうし、「今は風が無いから、凧揚げではなく、〇〇で遊ぶ方がいいよ」と言う場合もあろう。さらに、「別な〇〇という字を書いてやろう」と、いっそうふさわしい語句を書く場合もあろう。それなのに、その子の言葉どおりに「天上大風」と書いたということは、良寛から見て、その子、その場所には、その語が一番ふさわしいと判断する理由が良寛の心の中にあった、ということになる。では、良寛の判断では、その子の言葉「天上は大風《おおかぜ》」のどこが、その子、その場所にふさわしかったのか、なぜ感動してそのままを書いたのか。それは、何の知識も計らいも持たぬ子供が、本念から発した「大風《おおかぜ》」の語に関わっていよう。

燕は、中之口川が時計回りに大きく屈曲して流れてゆく、その左岸にできた町で、洪水が起きやすく、周辺に広がる低湿地での稲作はその影響を受けやすかった。良寛もそのことは知り、常々、飢饉《ききん》状態に心を痛めていた。その燕の地で、子供から「大風《おおかぜ》」の語を聞いたとき、反射的に思い出したのは、中国で南風を凱風、北風を涼風、東風を谷風、西風を大風と言う、ということだったのではないか。『大漢和辞典』の「大風」の項には「西風。西風は、物を豊成するからいふ。」と解説し、「[傳]西風《せいふう》、謂二之大風一《これをたいふうという》。[疏]釋天、大作レ泰《だいはたいにつくる》、孫炎曰《そんえんいわく》、西風成レ物《せいふうはものをなし》、物豊泰也《ものほうたいなり》。」（ルビは引用者）と、その根拠を挙げている。この記載によるのみでも、昔の中国では、西風を「泰風《たいふう》」、「大風《たいふう》」と言い、その風は物を生成し、あるいは豊かにして安らかさをもたらすとされていたことが分かる。

良寛は早くから四書五経その他を読んでいたので、どこかでそのことを読んで知っていたかも知れないし、特に、三峰館での大森子陽の詩作に関する講義中に、その基本用語として東西南北の風の言い方とその由来が話されて、その時に知ったのかも知れない。

しかし、そうしたこととはまったく無関係の、まだ頑是無《がんぜな》い子供の口から、自分の常々抱く思いを表すような、「天上には、大風《たいふう》（西風で、恵みの風の意）があって、それは下界にも届いてほしい」と解せる言葉が飛び出したのだから、良寛は自分とその子との間に、強い縁を感じ取ったはずである。あるいは、その子の中に神仏の姿を意識したかも知れない。――良寛がそんな強烈な印象を受けたのは間違いないことだと思う。

その意味の「大風《たいふう》」に直結する「天上は大風《おおかぜ》」を聞いた良寛が、いかに深く感動し、いかに長く高揚した気分であり続け、いかに「天上大風《たいふう》」四文字を書かないではいられなかったかは、書蹟が持つところの、筆が勝手に動いて字になってしまったような筆法とふわふわした雰囲気に表れている。しかも、左から風を受けて右へはためく旗の姿さながらに四文字とも左に文字の基点を置いて、そこから右上方に力を放射する文字の姿、良寛の普段の楷書よりもいっそう右上がりに、それも力を込めて引いた横画、落款の「良」でさえ極端に右上がりの横線を三本もはっきり引いた特別な書きようなどに、良寛の「左下から凧に吹き上げる西風」への強いこだわりが見て取れる。――この「天上大風」の筆跡が醸す雰囲気から、中空で凧に乗ったり抗したりして安定する凧を想像し、その凧に良寛が一体となって書いたという見方もある。が、その見方では良寛と子供の関係が希薄になって、良寛が子供の願いをかなえてやって、楽しく遊ばせるためのみに書いたことになる。その見方は確かに良寛の生き方に副《そ》うものだが、「その子が言ったとおりに書いてやった」というだけで、良寛が「これはそうしないではいられない！」とまで思う、心の奥底からの感動は生まれてこない状況となる。よって、その見方には賛同できない。――

このようにして、良寛は「天上大風」を書くのだが、ここまでの事の経過を見てみると、良寛の心の中に、もともと「この子供には何かしなければ…」という思いがあったわけではないと分かる。子供に言われて初めて「天上大風」と書くのが良いと判断したのであり、湧き上がった感動の中にいてその四文字を書いたのである。この良寛の心の動きは、いわば子供の働きかけを受けて即座に対応したのであって、そうすることの理由付けや未来に及ぼす影響の考慮などとは無関係の判断だった。これは、良寛が「無」の心の状態から決断したことと言える。――「無」とは、物理学に言う「位置のエネルギー」のようなものではなかろうか。ある物体が存在するのを見ても、その物体が移動して他にぶつかったときのエネルギーは表れ出てはいない。そのように、「無」の心の状態では特定の意図は存在しない。その物体に何らかの作用があって動きだすと、初めてその所にあった物体が持つところの他に作用する力、すなわち、「位置のエネルギー」は表れる。人の場合にも同様であって、他の働きかけがあって初めて、その人の知識や経験、意思に基づいた、その人らしい独自性のある能力が発揮されて言動が行われる。さらに、物体の場合、移動が完了して静止すると「位置のエネルギー」量はゼロになる。それと同様に、その人らしい独自性ある能力が発揮され終わると言動も終了して、最初の「無」の心の状態に戻る。「無」とはそんな様子を言うのであろう。

良寛が「無」の心の状態から決断し実行してゆく経過は、

① 特定の意図は存在しない状態
② 他からの働きかけを受ける状態
③ その働きかけに対応して知識や経験、意思に基づいた、独自性ある言動を決断し、実行する状態

④　言動の終了と同時に、最初の①に戻った状態

というサイクルであって、この受け身から始まる基本行動パターンは良寛の幼少年期からのものであった（「一人遊びはスプリングボード」の項を参照）。このうち、禅修行で磨かれたのは②から③へと移る箇所のみであったから、この行動サイクルは禅僧となっても変化しなかった。したがって、良寛が「法華讃」観世音菩薩普門品の偈に言う「無観」は、正にこの行動サイクルを意味する。

そうした良寛自身の本性から見ると、法華経の言わんとする「真観、清浄観、広大智慧観を持ったうえで他人の悲しみを癒してやろう、慈悲を以て幸せにしてやろう」と心に置くことは、最初に「…してやろう」意識が存在している点が不純要素だ、この点は取り除くべき「法の塵」だ、と認識されるだろう。そこで、右の観世音菩薩普門品の偈では自己の本性に照らして偽らざるところを「真観清浄観廣大智慧観悲観及慈観無観好箇観《しんかんしょうじょうかんこうだいちえかんひかんおよびじかんあるもむかんはこうこのかんなり》（以下略）」と書き、後には、良寛の立脚点をよりはっきりさせるために、その「無観好箇観《むかんはこうこのかんなり》」を「無観最好観《むかんはもつともこのましきかんなり》」と推敲、改稿して、前には、多少、客観的な視点を持つ言い方だったものを、はっきりした主観的視点の言い方に変更したのである。

法華経に従って言動する場合には、「自分は法華経に従って言動するのだ」という「…する」意識が前もって存在する。しかも、それだけではなく、そのことによって「自己の本性に照らす」手続きは欠落する。その、「自己の本性に照らす手続きは欠落する」という点が、良寛をして「法華経に従って言動することは、必ずしも正しからず」と考えさせたのであろう。物事に対する自身の判断とその表れとしての全言動に、自分のすべてをかけて責任をとろうとしてきた良寛の一貫した生き方が、主観的視点の言い方に変更させたのである。このように、この偈の推敲後の姿「無観最好観」は、「好」とある点が良寛の真の意図である。良寛は自分の実感から、「無観こそ、自分が人として生きる上で、最も好ましい心の姿勢だと思われる」と、正直、かつ、自然に我が思いを書きとめたのに違いない。ちなみに、ここ

に言う「最好《もつともこのましき》」は、「赤南蛮は『貧道の最好物』」の項の冒頭に引用した逸話の「数十紙に赤南蛮の形を描きてこは貧道の最好物なりといへり」にも出てくる。この逸話の場合も、良寛の右の考え方の表れである。

このように、自己の本性や経験を通してより良い選択の仕方を探ってゆき、むしろ、「…してやろう」意識を削除することが自分の本性の指し示すところだ、と分かった場合、法華経の説く内容でさえもこれまでの自己の経験で再検討して自分の目で「法の塵」と見えるものを取り去ってゆくことになる。そうすると、その取り去った分だけは、言動の基本が法華経から離れてゆくことになる。そして、このことは、良寛が法華経から少しずつ独立してゆくことを意味する。こうして、法華経を繰り返し熟読した良寛は、法華経を手がかりに自分の本性を磨きながら生きた結果として、完璧な禅僧の生き方から一人の人間としての生き方に、無意識的に柁《かじ》を切ることになったのである。

VI 「一《いち》人間として」への重心移動

一　仙桂和尚

仙桂和尚《せんけいおしようは》真道者《しんのどうじや》
貌　古《ぼうはこにして》　言　朴　客《げんはぼくなるのきやく》
三十年《さんじゆうねん》在国仙会《こくせんのえにありて》
不参禅《ぜんにさんぜず》不読経《きようをよまず》
不道宗文一《しゆうもんのいつくすら》句《いわず》
作園蔬《えんそをつくつて》供養大衆《だいしゆうにくようす》
当時《とうじ》我見之不見《われこれをみれどもみえず》
遇之《これにあい》遇之不遇《これにあえどもあわず》
吁嗟《ああ》今　放　之　不可得《いまこれにならわんとするもうべからず》
仙桂和尚《せんけいおしようは》真道者《しんのどうじや》（四七九）

この漢詩の七、八句目に「当時《とうじ》我見之不見《われこれをみれどもみえず》　遇之《これにあい》遇之不遇《これにあえどもあわず》」とあるように、かつて、仙桂の目指しているところに無関心だった良寛が、どんなきっかけでそこに目を向けるようになったのか。

渡邊信平、河本昭二両氏連名の論文「国仙和尚の秘められた苦悩——新たに発見された資料により、後住・玄透和尚と良寛の真実に迫る」（『良寛』五十号）の中にある写真によると、寛政八年（一七九六）の「四月完戒日」とある「戒會清算」帳が圓通寺に伝存し、その「内拂」の項目中に、

一　拾五匁　仙桂和尚
一　拾五匁　大愚維那

と、偶然、仙桂と良寛が並んで記帳されている。これが良寛帰郷後に二人が会ったはずの唯一の記録である。ただ、その戒會で良寛が仙桂に会ったといっても、たとえ戒会の際に仙桂が衆僧を驚かすほどの仕事上の働きをしたとしても、そのことで良寛が「今放之《いまこれにならわんとするも》不可得《うべからず》」と言うはずはない。多分、この時は久しぶりに仙桂を見、自分が圓通寺にいた時の様も思い出して、「貌古言朴《ぼうはこにしてげんはぼくなる》」ことを確認しただけだっただろう。

その八年後の文化元年（一八〇四）、仙桂は示寂した。この年は師・國仙の十三回忌の翌年にあたる。その関係で良寛に仙桂示寂が伝えられたとしても、追悼の気持ちだけでは、「今放之《いまこれにならわんとするも》不可得《うべからず》」には繋がりにくい。

この「不可得《うべからず》」が持つところの、心の奥底から真っ直ぐに発せられた切実な嘆きは、帰郷後、禅僧の自分は人々と心の通い合いもないままに形だけの乞食行をして、ただ喜捨を得るだけで良いのかという、自分の行に対する迷いや疑問、反省が良寛になければ生じない。同時に、仙桂と同様に庶民と同じ作業をしてみて、力仕事は自分にはできないという精神的敗北感も必要である。そういうことが経験としてあった上で、なお「覚醒的に仙桂の行いの本質を感

得させた場面」とはどんなものか。それは、かつて圓通寺で見ていた仙桂和尚の行いとほぼ同一の行為以外には無かろう。そのヒントを冒頭の漢詩中に探るとすれば、「園菜を作って大衆に供養す」の第六句ということになろうか。この句の有りようは「供養のために園菜を作る」というのとは逆で、努力して園菜を作ることよりも、その結果としての園菜を惜しげもなく供養する方に表現の重心がある。そこから推測されることは、これまであまり親しくなかった誰かが、思いもかけぬことに良寛のところに園菜を持ってきてくれたとき、ふっと明るい心になった良寛がその「誰か」に具わっている仏性を感知し、「これが仙桂の行であった」と思い知った、ということであろう。

もちろん、この漢詩に言う「不可得」という後悔は、畑そのものがないからとか、畑作業は経験が無いからとか、年取ったからとかいう物理的、または肉体的なことではない。もっと生き方の根源的な点について、何か自分とは決定的に違う差異を仙桂の中に見いだした結果である。つまり、仙桂の行き方には自分よりも次元の高い規準があって、それが「園菜を作って大衆に供養す」という、外からは修行と見えない行いを選択させていたのだ、と初めて気づいたのである。おそらく良寛は、これまでの自分が道元の教える雲水修行をしてきたのに対し、仙桂はそれを超えた一人の人間として、独自の修行をしていた、と気付いたのではないか。

「不可得」と詩では言っても、良寛のことだからただ讃歎で終わったり、それは困難だからと避けてしまうことはするまい。この嘆きの深さからすると、「不可得」と言ったその直後から、我が本性を発揮して他人に布施する人生――「他人に心を寄せて生きる人生」と言っても良い――へと自覚的に転換が計られたはずである。当然、その時以降に良寛の前に見えた道は、「人たる者、どうなければならないかの思考、その思考の結果の実践」だったはずで、五合庵時代後半から、書や和歌に特に努力するようになったのも、自分全体を磨き出そうとする、その実践としての営みだったのであろう。

その生き方の発展的変化は、作品にも自然と投影されたと想像される。今、谷川氏『校注 良寛全歌集』（春秋社）によって僧侶意識の濃厚な和歌を探すと、五合庵時代二十七首（八八、一五三、二一一、二三二、二七九、三九六～三九八、四〇三、四一九、四七一、四七三、四七四、四七七、四八〇～四八三、四八五、五〇七、五一〇、五一六～五一八、五二一、五二二、五二四の歌番号の作）、乙子神社草庵時代六首（五三三、五六一、六八一、九二六、九四五、九九六の歌番号の作）と数に大差のあることが分かる。この違いからみると、五合庵時代後半から良寛の心中では禅僧としての意識、曹洞宗への密着度が薄れ、禅僧の心が前面に出る回数も減っていったと考えられる。

二　岩室の田中の松

同郡岩室村では、托鉢中に突然雨に降られ、良寛はあわてて近くの茶店にかけ込んだ。そして紙と筆とを借りて、雨に濡れて黒々と立つ松の大樹を見ながら、さらさらと歌を書いた。それが次のものだと伝えられている。

いはむろの田中の松を今日見れば
　しぐれの雨にぬれつつ立てり

（谷川敏朗『良寛の生涯と逸話』野島出版、三〇二頁。「同郡」は新潟県西蒲原郡〈現・新潟市西蒲区〉をいう。）

良寛が自分の道をはっきり定めて進むようになっても、周囲はその生き方を理解せず、ただ「馬鹿坊主」と見ていたのだから、時折は厳しい声も投げかけられただろう。そんな状況に生きた良寛だから、托鉢のたびに見やる岩室の松から我が生きようの暗示を得る機会はいくらでもあったはずである。それなのに、この場面で初めて暗示を得たのは、急な時雨に降られたからに違いない。――自分は「濡《ぬ》れては困る」と茶店に向かって走ったが、松は冷たい時雨を物ともせずに屹立《きつりつ》している。この泰然として一人立つ有りように、自分も見習って生きなければならぬ――そんな思いがこの和歌創作に導いたのだろう。しかし、良寛が晴天の時の松ではなく、時雨の中に立つ松の姿に暗示を得、それを決して忘れまいとして、詠んだ和歌を急いで書きとめたのはなぜだろう。

『良寛墨蹟大観』第三巻(中央公論美術出版)で「岩室の松」の和歌を調べてみたら、次のような違いも見えてきた。

釈文「巻冊(一)」での名称	作品の形態	歌語の異同	詞書
一　旋頭歌「あきのゝ」他三十二首	短歌	「たなか」「けふ」	「いはむろをすぎて」
一三　和歌集「くがみ」	長歌(反歌なし)	「たなか」「けさ」	「いはむろのひとつまつをよめる」
一七「つぬさほ」歌巻	A 長歌	「たなか」「けふ」	(詞書なし)
	右の反歌としての旋頭歌	「のなか」「けふ」	
	B 長歌	「たなか」「けさ」	(詞書なし)
	右の反歌としての短歌	「たなか」「けさ」	
二三　和歌集「ふるさと」	A 短歌	「たなか」「けふ」	「いはむろをすぎて」
	B 旋頭歌	「のなか」「けふ」	「いはむろ」

谷川氏が伝承をそのまま記したとすれば、初案は「たなか」「けふ」である。確かに、托鉢中で茶店が開いていたのなら日中のことで、それで「けふ(今日)」と言ったのに相違ない。だから、右の表中に傍線を付した「のなか」「けさ」は推敲後の姿ということになる。「たなか」から「のなか」への変更(おそらくなだらかな歌調への変更だろう)は、ともに平坦な地形を意味するゆえに問題はなかろうが、「けふ」から「けさ」への変更は、良寛自身が暗示を得た時間帯をわざわざ早めたもので、なぜそうすべきだったのかという第二の疑問を生ずる。

良寛が「岩室の松」に暗示を得た時点よりも前に、「けさ」と言うにふさわしい時間帯に濡れて立つ何かを見ていて、その時に「生きる姿」を感じていたとしたら、「けさ」に修正する可能性がある。「けさ」にそんな作はないのか

——そう思ってあれこれ当たるうちに、

秋《あき》の野《の》を　我《わ》が越《こ》へ［え］くれば　朝霧《あさぎり》に　ぬ［ぬ］れつつ立《た》てり　女郎花《をみなへし》の花《はな》（五三一）

に行きつき、それを一首目として計十二首を書いた遺墨（『良寛墨蹟大観』第三巻四七六～四八一頁。釈文は「巻冊（一）」の「四　短歌『あきののを』他十一首」）と、その和歌の類歌を三首目に持ち、

秋萩《あきはぎ》の　散《ち》りのまがひに　小牡鹿《さをしか》の　声《こゑ》の　限《かぎ》りを　振《ふ》りたてて鳴《な》く（五三五）

を一首目として計六首を書いた遺墨（『良寛墨蹟大観』第三巻四二八～四二九頁。釈文は「断簡」の「二六〇　短歌『あきはぎの』他五首」）の併せて二点の伝存を知った。

この二点の遺墨のうち前者・「四　短歌『あきののを』他十一首」については、松本市壽氏が『新潟日報』への連載「良寛の詩歌　その心のひだを読む」の第二部〈一五〉（二〇〇七年十月二十五日付に掲載）で触れられ、その特色として、①文化六年（一八〇九）、良寛が『万葉集』からの抄出本「あきのの」を作ることによって得た成果が生かされていること、②歌語は万葉調としつつも良寛の見た実景を詠み、独自の構成で良寛自身の情念の世界へ連れて行く趣があること、③この連作十二首は秋の野の花と小牡鹿《さをしか》との綾模様で、女人の気配が漂ってくる感じがすること、④その女人が誰かは特定できないが、悲愁とも名付けたいほどの満たされぬ思いへのあこがれがあること、の四点を示しておられる。

このうち、注目したいのは④で、松本氏は、良寛がひそかに心を寄せていたとの見方もある維馨尼《いきように》を「女人」に

想定しておられるらしい。が、良寛にはもっと密接で、思い出せば必ず悲愁の感を抱くはずの「女人」がいた。それは、榮藏時代、父の借金申し込みのせいで泣く泣く離縁状を書いて渡さねばならなかったかつての妻である。その女性は寛政十二年（一八〇〇）に死去したのだが、「人の生けるや直し」に生きた良寛が、罪の意識とともに薄倖《はっこう》の一生を過ごしていた昔の妻を思い返さぬはずはない。

　したがって、松本氏が『大観』の四の遺墨に感得された①～③に同調しつつ、④の「悲愁」は、良寛十八歳の安永四年（一七七五）に離縁された妻が、間もなく出産した女児（良寛の子供か）の夭折にも耐え、生家の関根家にひっそり独り身を通して遂に寛政十二年に自らも死去していったことを思い返す、その良寛の心情の表れと考えたい。その元の妻の離婚後二十五年の生きようを、朝霧に濡れて重たい女郎花の姿に看取し、右に掲げた「秋の野を…」の作に詠んだと見るほうが、片思いの恋を詠んだとするより遥《はる》かに良寛らしい。「朝霧」が元の妻の嘆きの涙への連想をはらんでいることは言うまでもない。

　「秋《あき》の野《の》を…」を第一首とする遺墨の二首目では「ふりはへて　我《わ》が来《こ》しものを…」（五三二）と詠み出していて、良寛がそこ（関根家）にわざわざ出かけた様をにおわせ、三首目では野の花を「三世《みよ》の仏《ほとけ》に　いざたむけてむ」（五三三）と追善の心を表し、四首目で「白露《しらつゆ》を　玉《たま》に貫《ぬ》かむと　取《と》れば散《ち》りけり」（五三四）と空しさを表現する。この空しさは、伊丹末雄氏が「関根家の敷居は高かったであろう」（「良寛妻帯説の進展―新資料に立脚して」〈四〉『良寛だより』第二十一号）と言われるとおりの状況下で、異常なまでのはにかみ屋だった良寛が会えぬままに帰郷後何年も過ごしてしまい、そうこうしているうちに元の妻が他界した喪失感を言っているのだろう。第五首目に至って「秋萩《あきはぎ》の　散《ち》りのまがひに　小牡《さを》鹿《しか》の　声《こゑ》の限《かぎ》りを　振《ふ》り立《た》てて鳴《な》く」（五三五）と、牡鹿が詠まれてくる。言うまでもなく声を限りに泣くのは良寛である。こう見てくると、繰り返すが、この十二首の連作は今は亡き元の妻への悔恨の念の吐露と解する以外には無かろう。

さて、もう一点の遺墨「秋萩《あきはぎ》の…」を第一首目とする六首連作の方は、右にも掲げたとおり「…小牡鹿《さをしか》の　声《こゑ》の限《かぎ》りを　振《ふ》り立《た》てて鳴《な》く」の作から始まって牡鹿の作を二首続け、三首目になって「秋《あき》の野《の》を　我《わ》が越《こ》へ《[え]》くれば…」の類歌（左は遺墨の行替えどおりに翻字）、

あきやまをわかこえくれは《ことさらにわか見にくれは》あさきり
に　ぬれつゝたてり《たちかくしけり》をみなへし
のはな

を掲出する。牡鹿に託して自分の悲愁の心情をまず述べるこの配列こそ、今は亡き元の妻への悔恨の念が、自然に、かつ直接的に言い出される構成ということになる。この二点の遺墨の、それぞれの連作における良寛の気持ちの表れ方の違いから見ると、この「秋萩《あきはぎ》の…」の六首連作の方が早く作られ、「秋《あき》の野《の》を…」の十二首連作はその後になって、自分の直情を秋の野の草花で覆い、女郎花を先頭に出してきて、元の妻の静かに悲しみに耐えて過ごした二十五年間をまず歌う構成に変更したことが想定される。

　このことは、「秋萩《あきはぎ》の…」の六首連作中から「秋《あき》の野《の》を　我《わ》が越《こ》へ《[え]》くれば…」の類歌として右に掲げた「あきやまを…」の和歌の推敲の跡からも証明される。傍記の部分を独立させて一首に仕立て直した作が「秋《あき》の野《の》を…」の十二首連作の二首目、

ふりはへて　我《わ》が来《こ》しものを　朝霧《あさぎり》の　立《た》ちなかくしそ　秋萩《あきはぎ》の花《はな》（五三二）

だからである。
良寛が何時《いつ》ごろ元の妻の死去を聞き、何時ごろ「秋萩《あきはぎ》の…」の六首連作を得、何時ごろそれを推敲して「秋《あき》の野《の》を…」の十二首連作に発展させたのか。今、その時期を知るすべはないが、伊丹氏が関根関藏氏からもらった便りをもとに前出論文に記しておられるところによると、「良寛が関根家に寄せた歌集」というものが関根関藏氏の許《もと》にあり、その表紙に「梓弓」とあるという事実は、その解明の手がかりとなる可能性を感じさせる。「梓弓」は楠木正行の辞世和歌の後半「亡き数に入る名をぞとどむる」を踏まえて良寛が名付けたものであり、この場合の「亡き数に入る名」は、当然、元の妻だからである（もし、この歌集が現存するなら、そこには「秋《あき》の野《の》を…」の連作はさらに推敲され、新たな構成のものとして書き込まれているはずと想像される）。

ここまで大変な回り道をしてきたが、この回り道で証明したかったのは、元の妻の別離後二十五年の寂しくはかない人生を、良寛は既に朝露に濡れた女郎花の立ち姿に見出していたということである。そして、そうならば、初めの部分に記してきた二つの疑問――「時雨の中に立つ松の姿に暗示を得たのはなぜだろう」という疑問と「『けふ』を『けさ』に替えたのはなぜだろう」という疑問――はすっきり解消される、ということである。

二六〇と四、二種の連作のいずれにおいても、良寛は「小牡鹿《さをしか》の　声《こゑ》の限《かぎ》りを　振《ふ》り立《た》てて鳴《な》く」と元の妻の死去を嘆いていた。嘆いた良寛は、その後どうするだろうか。「かへらぬ事をいつまでもいふ」と戒語にも言う良寛だから、嘆いたままで終わりはしない。必ずや「自分は亡くなった元の妻を思いやって声を限りに泣くだけで良いのか？」と省みるだろう。そうして、元の妻が涙に濡れつつ健気《けなげ》に立つ女郎花なら、妻をそうさせてしまった自分は、この後、どうすべきなのかと考えるに違いない。そのようにして、亡くなった妻の人生との対比から、いっそう厳しく自分の有りようを求める方向に心が向いている時、偶然、雨に濡れてなお屹立する岩室の松を見たら、自分はその松の有りように見習わなければ、と思うのではないか。

冒頭の場面で、良寛はしぐれの雨に濡れて立つ岩室の松を見て和歌を詠み、忘れないようにその作を書きとめたのだ、と見るだけではいけないのだと思う。良寛はこの場面に遭遇して元の妻の生きようを思い浮かべ、それによって我が生きようを振り返り、さらなる精進を我が身に課したのである。

三　「淡雪の中に…またその中に淡雪…」

淡雪《あはゆき》の　中《なか》に建《た》て《(ち)》たる　三千大千世界《みちおほち》　またその中《なか》に　泡雪《あわゆき》ぞ降《ふ》る（六八一）

唱和以外の良寛の作は、表された事物、現象、情景の中に良寛自身がいて、その時に見出した自分の生き方に資すべきことをその作に包含せしめておく、という性格のものである。この和歌でも、見上げる空一面から降りくる淡雪、それに包まれて見える木立や山、その木立や山と自分との間に見えるのは降っている淡雪という情景で、その情景の中にいた良寛は大事な何かを直覚した。それでこの和歌が作られたのである。では、その「直覚した大事な何か」とは何か。これを探るために「淡雪↓三千大千世界↓淡雪↓（作者）」と同じ構成の作を探していって、

夜《よ》もすがら　草《くさ》の庵《いほり》に　我《われ(を)》おれば　杉《すぎ》の葉《は》しぬぎ　霰降《あられふ》るなり（八六一）

に出会った。この和歌も「（霰）↓杉の葉↓霰↓（作者）」となっているから、良寛は同じ「何か」を言わんとしているらしい。ただ、「夜《よ》もすがら…」の作では、「我《われ(を)》おれば」として聞いている主体がはっきりしているのに対し、「淡雪《あはゆき》の…」では見る主体が省略されている。つまり、「夜《よ》もすがら…」の方が具体性がより強い作ということになる。その具体性

の強さからすると、初めに良寛は聴覚的素材の霰の音によって「夜もすがら…」を作り、その後、より適切な視覚的素材を得て「淡雪の…」の和歌で表現し直した、という関係が推測される。

良寛が自分の生き方に資すべきことに気づいたとき、その時の状況を和歌や漢詩に作っておいて、後にその作から、その時に気づいた内容を思い出して生きる指針とする、というやり方は、圓通寺を出ようとした時期から始まっていた。例えば、帰郷前の「高野《たかの》のみ寺《てら》に宿」った時のことを詠んだ、

つの国《くに》の　高野《たかの》の奥《おく》の　古寺《ふるでら》に　杉《すぎ》のしづくを　聞《き》きあかしつつ（八）

もその例である。この作も「（雨）→（杉）→杉《すぎ》のしづく（=雨）→（作者）」という組み立てで、帰郷するか否かの熟考経過と結果を記録した（「帰郷の決意」の項を参照）。そこでは、終夜の熟考自体が「杉《すぎ》のしづく」の音と一体化し、「しづく」の音を聞く自分も、音を聞く自分を客観的に認識するはずの理性としての自分、言わば「第二の自分」までも、音と一体化した状況にあったことが示されている。

こうした一体化が禅門で重要なことは、井上義衍氏が「安居中、再三誘われ、意ならずも市内の新盛座へ出掛ける。観劇中、にわかに忘我す。満員の観衆もなく、自己もなく全く前後を忘ず。一見明星の大事、絶学無為の真相を覚証し覚《おわ》る。大悟。」（『良寛和尚　法華讃』第三版〈義衍提唱録刊行会〉掲載の「略歴」）とされることでも明らかである。良寛においてそのような一体化経験で明らかなのは、「國仙に家風を問う」の項に記した「先師開示正法眼《せんしかいじしょうぼうげん》」（三一八）の機会が最初であろう。そして、それが作の上に表れてくるのは、「つの国《くに》の…」が最初ではないか。ただし、この「つの国《くに》の…」の和歌における、作者が中心となった「聞《き》きあかしつつ」という表現は、後に「…（杉の滴の音を聞いて）過ごした」の余韻が強く、一体化の暗示に止まると言える。

次の、良寛帰郷後の作である「夜《よ》もすがら…」の和歌においては、「我《われ》お《(を)》ればで自分の存在を断ち切って「霰《あられ》降《ふ》るなり」と客観視する表現が、「第二の自分」までも霰の音に合一している様を表しているのは確かである。しかし、素材が聴覚的であるためか、作者から少し離れた所に霰の音が存在する感じがあって、良寛の一体化が本人以外には把握されにくい。おそらく良寛は、取りあえず新環境での新発見を記録しようとして「夜《よ》もすがら…」を作ったのだろう。

そして、やがてその内容を自分に密着したものとして言いうる淡雪の場面に出会い、改めて同じことを表す「淡雪《あはゆき》の…」の和歌をつくったのに違いない。確かに「淡雪《あはゆき》の…」の和歌では、頭上に広がる淡雪の世界は作者に密着し、現在の自分の全存在が「自然」と直接結び付いて存在する様が表現されてくる。しかし、頭上に広がる淡雪の世界が作者に密着したものとして詠まれている分、良寛がその作で表現しようとした「直覚した大事な何か」は、逆に「夜《よ》もすがら…」の和歌よりもいっそう作者以外には分かりにくくなってしまった。そのため、現在では「淡雪《あはゆき》の…」の和歌についていろいろな解釈が行われることになったのである。

良寛が、霰の音を聞く我を見ている自分、淡雪を見ている自身を知覚している自分、そういう第二の自分の存在に何時から気付いていたのか、それは分からない。が、「杉《すぎ》のしづく」「霰《あられ》」「淡雪《あはゆき》」によって得られた一体感は、やがて良寛の日常の中での認識に広がってゆく。それは、次の漢詩「偶作」（七首記されているうちの最初の作）に明らかである。

草堂《そうどう》雨歇《あめやむ》二《に》三更《さんこう》
孤燈《ことう》寂《せきとして》照《てらす》夢《ゆめ》還《かえる》辰《のとき》
門外《もんがいの》点滴《てんてき》声《こえ》丁冬《ていとう》
壁上《へきじょうの》烏藤《うとう》黒《くろ》鄰皴《りんしゅん》

寒炉無炭《かんろすみなくも》誰《だれか》為《そうるを》添《なさん》
空床《くうしょう》有書《しょあるとも》手《て》慵伸《のばすにものうし》
今夜《こんや》此情《このじょう》只自知《ただみずからしる》
他時《たじ》異日《いじつ》如何陳《いかにかのべん》(六一)

ここには、夜更けに夢から覚めて目覚めた自分が、雨だれの音と一体となり、庵の中のひっそりした空間の中で目に入るもろもろと一体になり、分別のための書物を見たいとも思わない、という自分が描出されている。この場面での良寛の心は、思考や理非善悪の判断規準などからは完全に離れていて、ただそこに対象と一体となって存在するのみである。第六句目でいう、書物から離れるということは、ひいては禅門の修行からさえ離れた姿を意味する。禅門の修行からさえも離れてゆく姿(正に人間そのものの本性に副《そ》う姿と言うべきか)は、圓通寺での修行以来、これまでに徐々に醸成されてきていたのだろうが、今、耳目の対象と一体になる経験をして、禅僧を意識の外に置いている自分をはっきり知覚したはずである。そして、この知覚は、自分のように禅僧であっても、武士や一庶民であってもまったく同一であって、心の有りようは「誰でも同じように一人の人間だ」との考えに導いたのではないか。

したがって、冒頭の和歌における良寛の「大自然の中に、大自然と繋《つな》がって自分が存在する」という認識は、良寛自身をして、禅僧としての狭い立場から、一人の人間としての普遍的で広い立場に進ませる入口だったことになる。おそらくこの時点から、良寛は禅門で言うところの「百尺の竿頭を一歩上る」ことを成し遂げたのであって、禅僧として生きるよりも、むしろ、この世における因縁の存在を知った一人の人間として、周囲に心を寄せながら如何に生きるべきか、ということを最重要課題として考えるようになっていったのであろう。いわば「説法をしない釈迦」の道、普通の言葉で言えば、人間としてそうあるべき最善の姿を歩み始めたのではなかろうか。――このように辿《たど》ってくると、最初に記した「直覚した大事な何か」とは「人間としてそうあるべき最善の姿」ということになる。

刻々に違ってくる対象と次々一体となって生きるのが最良とした場合、対象が人間だったときにはいっそう複雑になる。相手が自分に一体化できるような自分であることこそ必要だからである。そうすると、そこで再び自分の本来の有りようはどうなのか、という問題に戻ってくる。これは、吉田兼好の言う「まぎるるかたなく、ただひとりある」(『徒然草』第七十五段)を積極的に掘り下げてゆく営みだろう。人は本来「ただ一人ある」存在であるがゆえに他と繋がりたく思う。しかし、他と繋がってみると、しがらみが生じて「ただ一人ある」ことを無くしがちになる。そんな経験を良寛は絶えず繰り返し、この保つべくして保ちがたい本来の「ただ一人ある」自分を、良きにつけ悪しきにつけて和歌や漢詩に定着していたのではなかろうか。

いかに良寛といえども、相手との関係において成り立つ望ましい心の保持は、困難を極めただろう。そこで、理性としての「第二の自分」の発動を必要としないまでに我が本性が対象と一体化できるようにするために、逆にチェック機能としての「第二の自分」を磨きに磨いて研ぎ澄ますことにしたのだろう。ちょうど本性に根ざした書を磨くのに幾種もの名筆を可能な限り身に付けようとしたように、である。そして、そのために、『論語』を心の合砥《あわせど》として用い、自身の見聞から発している独自の戒語をもって我が心を戒め、自分の日常に正対したのだろう(老いを嘆く歌の多いのは、対処法の無い「老い」に発動した「第二の自分」の働きを鎮めるためだったのだろう)。

良寛が「禅僧」の立場を脱却して一人の人間として生きる姿勢は、良寛が最期を迎える時まで堅持された。良寛が「辞世の言葉を」と求められたときのための心覚えの和歌「良寛に　辞世あるかと　人問《と》はば　南無阿弥陀仏と　言《い》ふと答《こた》へよ」(一三一二。「答へよ」の項を参照)にもそれは表れているが、この和歌の『校注　良寛全歌集』(春秋社)頭注(三七八頁)に出ている臨終を迎えた良寛の言葉を見ると、

・死にたうなし
・散る桜　残る桜も　散る桜
・良寛が　辞世を何と　人問はば　死にたくないと　いうたとしてくれ
・阿《あ》

の四つが伝わるという。また、御風氏『良寛と蕩児　その他』（實業之日本社）所収の由之「八重菊日記」（三二〇頁）には、

「（略）よせ子が御形見こひし歌の御かへし」として、

かたみとて何をおくらむ春は花
夏時鳥秋のもみぢ葉

とあり、貞心尼の和歌に対しては、

うらを見せ　おもてを見せて　ちるもみぢ

と返したという。これら臨終を間近に意識した良寛が、おそらく自己の存在そのものから発したであろう言葉や作から見えてくるのは、あくまでも普通の人の姿であり、自然の中に、自然と一体になって一人ある姿である。したがって、死に臨んでは、死を厭《いと》いながらもそれを受け入れざるを得ないという澄んだ心境にもなっていた、と想像される。おそらく、この死をも含めた人間把握の仕方が、良寛の至りついた最終境地だったのではないか（「淡雪《あはゆき》の…」の和歌に

見出してここまで記してきたことと同方向で、深く考察された論考に黒田紀也「良寛と自然体」『越佐研究』第三十八〜四十号がある）。

四　孔子賛

異哉《いなるかな》
瞻之在前《これをみてまえにあるかとすれば》　忽然在後《こつぜんとしてうしろにあり》
其学也切磋琢磨《そのがくやせつさたくま》
其容也温良謙譲《そのようやおんりようけんじよう》
上無古人下無継人《かみにこじんなくしもにつぐひとなし》
所以達巷《ゆえにたつこうは》　絻嘆無名《わずかになのなきをたんじ》
孔夫子《こうふうし》兮孔夫子《こうふうし》
子路《しろ》　徒閉口《いたずらにくちをとざす》
太無端《はなはだたんなし》
唯有愚魯者《ただぐろなるものあり》
彷彿闚其室《ほうふつとしてそのしつをうかがう》（四八〇）

この詩の第三句「其学也切磋琢磨《そのがくやせつさたくま》」で表現された孔子は、もっぱら弟子たちとともに実践することを意味する点で、穏やかで偉ぶらない姿のはずなのに、次の句でも「其容也温良謙譲《そのようやおんりようけんじよう》」として、重ねて孔子の立ち居振る舞いの穏和さを表現している。良寛にしてこの重複は何故生じたのだろうか。まず、その背後には、既に良寛が師としての孔子の姿に深い感銘を受けており、自身の修行にも組み込んで実行してみて、それが極めて困難なことだとはっきり知る事実が無ければならないだろう。その後に、突然のこととして、穏和な姿の孔子の絵像に賛を書かねばならない事態になって、日頃抱いていた孔子の有りようが頭の中から吹き出し、重複的表現を点検する暇も無いままに四字熟語二つ(これは、良寛が孔子の姿から抽出したもので、自らの思考や言動に課したモットーのようなものだったのではなかろうか)を以て詩句を構成する、ということになったのだろう。だから、この賛には、その時点までの孔子理解が直接表れ出ているはず、ということになる(「孔子賛」の標題は、もともとの採録者・西郡氏が詞書《ことばがき》的に採録状況を記録したものだろう)。

さて、良寛は詩の冒頭に「異哉《いなるかな》」と言った。これは、良寛が孔子を「人並みはずれた偉大な人」と思っていた証拠で、良寛が少年期の素読で覚えたであろう「吾十有《われじゅうゆう》五《ご》而志于学《にしてがくにこころざし》、三十而立《さんじゅうにしてたつ》。四十而不惑《しじゅうにしてまどわず》」云々が、経てきた自分の人生のおよその節目に合っていることも、「異」と感じた一つだっただろう。しかし、良寛の場合には、もっとはっきりした根拠で「異」と感じたはずのことがある。それは、樊遅《はんち》が崇徳、脩慝《しゅうとく》、弁惑の三箇条を尋ねたとき、「弁惑」について「一朝《いっちよう》之《の》忿《いかりに》、忘其身以及其親《そのみをわすれもってそのおやにおよぶ》。非惑与《まどいにあらずや》」(二九九章)と孔子が答えているからである。もしこの項目を素直な少年期の良寛が学んでいたら、家出に至る十八歳時の一連の動きは無かっただろう。だが実際には十八歳のときに起きた逸話に語られる出来事から始まった「一朝《いっちよう》之《の》忿《いかり》」が、良寛に「忘其身《そのみをわすれ》」させて妓楼で大散財させ、まさにその迷惑は「及其親《そのおやにおよぶ》」結果になった。この良寛の行為とその影響が孔子の言にぴったり符合していて、二千年前の孔子に見通されていた、または予言されていたと感じられたのではないか。この二九九章を初めて読んだのが三峰館在籍中だったか、出家した後のどこかの時点だったのか、それは不明だが、初めてこの項目を読んだ良寛が、人間の世間での有りようを的確に捉えている孔子を、「異」と感じたことは間違いない。良寛がいかに強烈な「異」を感じたかは、扇面にその部分を書いたもの(「一朝忿忘其身以及親非惑乎」とある。原文との間に存する相違は、良寛がその箇所を心に置いて生活していたことを示すものだろう)が伝わっていることからも証明される。

その「異」の思いを顔淵の嘆息に見出したのが第二句で、この句は「顔淵喟然嘆曰《がんえんきぜんとしてたんじていわく》、『仰之弥高《これをあおげばいよいよたかく》、鑽之《これをきれば》弥堅《いよいよかたし》。瞻之在前《これをみればまえにあり》、忽焉在後《こつえんとしてしりえにあり》(以下略)』」(二一五章)によっている。ここで顔淵が「師は前にいたかと思うと、たちまち後にいる」と感じた孔子の弟子たちへの変幻自在な対応法(答え方)は、良寛にも獲得すべき要素を含んでいた。禅修行では、理屈を排し、ひたすら自分自身の生き方に根ざしつつ、しかも偏狭でない考えを持つことが大切であって、その根底には、多面的な物事、事象の把握が必要だということを、良寛は実感として知っていたからである。

今の一瞬に、いろいろある選択肢の中からどれを選択して次の一瞬を生きようとするか、を修行として意識的に、しかも的確にやってゆこうとすると、まず、目前の物事や事象を多面的に把握したうえで、それを踏まえて選択にかかることになる。冷静沈思の良寛も「そこには気がつかなかった」というような経験や、想定外の結果に遭遇することも多々あったはずで、その経験が、顔淵の孔子に対する嘆息に共振を起こしたのだろう。

確かに『論語』には、顔淵の言う「師は前にいたかと思うと、たちまち後にいる」という孔子の姿が具体的に書かれている。例えば、最前、良寛が「『異』と感じたはず」と記した二九九章の「弁惑」の答え「一朝《いっちょう》之《の》忿《いかりに》云々」と、二八八章で子張に与えた「弁惑」の答え「愛之欲其生《これをあいしてはそのせいをほっし》、悪之欲其死《これをにくみてはそのしをほっす》。既欲其生《すでにそのせいをほっし》、又欲其死《またそのしをほっす》。是惑也《これまどいなり》」は、わずか十一章しか隔たっていないから、孔子が両者に与えた答えの違いに良寛が気づかぬはずはない。いろいろな指導の際に、孔子の頭脳の閃《ひらめ》きや発想の柔軟さが遺憾なく発揮されていた様を、良寛は『論語』の中から他にも知っていて、前に述べた自身の経験に照らして日頃から、顔淵同様、嘆息していたのかも知れない。

しかし、良寛が「異」としたのは、単に孔子がああも答え、こうも答えて弟子に仁の道を伝えようとしたという言説の表面上の違いについてだけではなかろう。孔子がいくつもある問題点の一つ一つを常に頭に置いて生活し、生活中の一挙手一投足に閃いてくる我が心の反応、他者の心の反応を、関わってくるはずの問題点と結びつけて記憶し続ける——孔子が続けているはずの、こうして際限なく掬《すく》い取り続ける日常の努力に、良寛が無神経であったとは思えない。我々がそうであるように、おそらく良寛も、自分が行った過去における選択の失敗を、再度繰り返している自分に気付いていたのではないか。そうなると、孔子に見習って、実践を支えるものとしての日頃の経験を記憶する努力、それを欠かさないようにせねばならぬ、と思ったに違いない。もしかすると、良寛が孔子を「異《いなる》」と言った最大の理由は、孔子が不断に継続している、この努力の姿だったのかも知れない。

第六句は「達巷党人《たつこうのとうじん》曰《いわく》『大哉孔子《だいなるかなこうし》。博学而無所成名《はくがくにしてなをなすところなしと》。』子《し》聞之《これをきき》、謂門弟子曰《もんていしにいいていわく》『吾《われ》、何執《いずれをとらん》。執御乎《ぎよをとらんか》、執射乎《しやをとらんか》。吾執御矣《われはぎよをとるものなり》。』」(二〇七章)に、第七句は「葉公問孔子於子路《しようこうこうしをしろにとう》。子路《しろ》不対《こたえず》。子曰《しいわく》『女奚不曰《なんじはなんぞいわざる》。其為人也《そのひととなりや》、発憤《はつぷんしては》忘食《しよくをわすれ》、楽以忘憂《たのしんではもつてうれいをわすれ》、不知老之将至云爾《おいのまさにいたらんとするをしらずというのみと》。』」(一六五章)に基づいている。この第六、七句は、弟子からはもちろん、一般人からも、言葉で言い表せないほどに孔子は偉大だと言われていた、と言っていることはすぐに分かる。しかし、孔子を「異」とした良寛の意図の一つが、弟子に答えるにいろいろな言い方をしたという表面的なことに対してでなく、その底にうかがえた孔子の努力して生きる姿に対してだったとしたら、この第六、七句の場合も、良寛が心の底で真に感服しているのは、偉大さの陰に存在する孔子の有りようだったことになる。その言外にある有りようとは何か。それは、右に引用した二〇七章と一六五章のうちで、良寛が詩句として引用しなかった部分、それはどちらも孔子が自身で自分の有りようを言い表した箇所なのだが、そこに表れている孔子の姿こそ、良寛が人としてそうありたいと願い、そうあらねばならぬと立ち向かっていた姿であって、孔子がそれを実現していて公言できたことに感服して「異哉《いなるかな》」と言ったということになろう。

二〇七章での「異哉《いなるかな》」該当の箇所(良寛が引用しなかった箇所)は、「戦車に乗って猟に出る時に、射手になるか、御者になるかと聞かれたら、私は縁の下の力持ちの御者の方になるたちなのだ」(岩波現代文庫『論語』中の宮崎市定氏訳)と孔子が自分を言っている部分であって、それを敷衍《ふえん》すれば、他を下から支えることに人としての大きな意味を見出して、それが実現できることを我が喜びとし、それが実現できて満足する気分となり、充実した気分にもなる——そこを目指すのが自分の有りようだ、と言っていることになる。また、一六五章での該当箇所は「あの人の性質は、学問の情熱に燃えた時には食事をも忘れ、学問の楽しみを味わっては、それまでの苦労をいっぺんに忘れてしまう。そして今すぐにも老年が近付いてくるのを気付かずにいる」（同）と言っているところである。ここには、学問に燃えて時間の経過を忘れて過ごし、夢中になるゆえに、苦労している自分さえも忘れて過ごしてしまう喜びと満足が示されている。以上二章に示された孔子の生き方は、そのまま良寛が目指していた「閑」の生き方だったのであろう。前者は仏道修行者としての自覚に基づけば自然と浮かんでくる生き方だろうし、後者は、幼少期に一人遊びの中に既にその喜びを知った方向であって、それらが孔子の生き方に共鳴していたのは間違いない。

　最後の三句は、孔子の生き方に向かって踏み出す良寛の姿勢を記したものだろう。孔子が示している人間のあるべき姿は、具体的な行動や例えを通して提示される場合が多いから、理想的人間像はこういうもの、という輪郭がはっきりしない。仮にはっきり掴《つか》めたとしても、そこに向かってゆく自分の心の持ち方とそこから出てくる行為、そのすべてを一気に修正してゆくことは、日常生活を続ける中では不可能だろう。しかも、修正を何から始め、どのように段階的にやっていったら良いかも分からない。そんな状況だと『論語』第二七〇章で、孔子が「柴也愚《さいやぐ》、参也魯《しんやろ》、師《し》也辟《やへき》、由也喭《ゆうやがんなり》。」（前出書の訳には「高柴は馬鹿正直、曾参は血のめぐりが鈍い。顓孫師は見栄ぼう、仲由はきめが荒いぞ。」とある）と評した高柴や曾参は、どんなやり方で学んだのだろうか、と良寛は思ったのだろう。孔子が四人目の仲由の瑟の弾き方をめぐって「深奥」の意で「室」と言っている（二六七章）のに着目した良寛は、「室」なら「闚《うかがう》」ことになろうけれども、「愚」や「魯」の弟子ならはっきりと深奥を見通してはおらず、「彷彿《ほうふつ》」状態だっただろう、と推測したのである。ただ、この推測は良寛が高柴や曾参を見下して言っているわけではない。自身が禅修行入門期に禅行の一つ一つを具体的に真似《まね》ていった経験に照らして、自分の実感をもって共感的に表現したのである。

　孔子の賛に、なぜ最優秀ではない弟子のことを書いたのか。それは孔子の理想的人間像が「無端《たんなし》」で完全無欠だと感嘆しているためでもあろうが、同時にまた、今、自分を顧みたとき、これまでの努力によってもまだ厳然と存する孔子と自分との間の落差を、自分も高柴や曾参になりきることによってなくそうとする、その決意を表すためだったのではなかろうか。見方を変えて言えば、この部分は孔子の姿勢に学ぶ良寛の意気込みの表現であって、良寛自身に向かって高柴や曾参のように学べと仕向けていると見ることさえできるだろう。孔子にまねて行動してみたうえで、その行為をする時に湧き出てくる心持ちを確認し、孔子の姿勢の正しさを追体験して「人の生けるや直し」に磨きをかける――それがこの賛の最後三句に見える良寛の姿勢に違いない。

中国の唐時代に『摩訶止観』を注釈した湛然の『止観輔行傳弘決』(高楠順次郎編『大正新脩大蔵経』第四十六巻、大正一切経刊行会)には、孔子と周公の名前を挙げた上で「制禮《れいをせいし》作樂《がくをなし》五徳《ごとく》行世《よにおこなわる》。佛教《ぶつきょうの》流化《るけの》實《じつは》賴於茲《ここによる》。」(巻第六之三)とあって、中国では古くから、儒教を下地として仏教が根付いていったと見ていたことが分かる。それは、儒教と仏教はおよその方向と広がりにおいて重なる部分が多い、との認識が存した証拠でもある。

一方、これに対し、道元は十二巻本『正法眼蔵』第十「四禅比丘」で、「伝燈録」から「二祖毎《にそつねに》歎曰《なげきていわく》、孔老之《こうろうの》教《おしえは》、礼術風規《れいじゅつふうきなり》、荘易之《そうえきの》書《しょは》、未尽妙理《いまだみようりをつくさず》。近聞《ちかごろきく》達磨大士《だるまだいし》、住止少林《しょうりんにじゅうしせりと》。至人不遠《しじんとおからず》、当造玄境《まさにげんきょうにいたるべし》。」その他の箇所を引用して「二祖すでに孔老は仏法にあらずと通達せり」とし、「三教一致といふことなかれ」(水野弥穂子校注『正法眼蔵』〈四〉岩波文庫、三六九~三七一頁)と述べている。仏法は「孔老《こうろう》之《の》教《おしえは》」よりもはるかに深くて広い教理、との認識が、少なくとも晩年の道元にはあったのである。

しかし、例え、このような道元の考えを良寛が知り得た後であったとしても、良寛は道元の見解に従うことにはならなかっただろう。なぜかというと、「道元の見解に従うこと」は良寛には借り物の見方であって、自身の本性に根ざした判断ではないからである。――そもそも蘭谷萬秀について出家しようと決心したのは、それが「人の生けるや直し」を継続できる生き方であったからであって、道元の説くところに心酔した結果ではない。―― そうすると、あくまでも「人の生けるや直し」を貫き、あくまでも自己の本性に基づいて生きてゆく良寛は、当然、この時点から道元の言う「仏法」からは逸《そ》れはじめることになる。このようにして、幼少期以来、親しんだ儒学の世界に、再び踏み込んでゆくこととはなっても、その流れには何の不自然さも存在しない。それどころか、その方向を後押しする重要な一背景として、『止観輔行傳弘決』の伝えるのと同様に、当時の日本の社会基盤をなしていた儒教の存在というものがあったはずである。特に、五合庵に住むようになってからはしばしば顔を合わす人々もでき、中でも庄屋階層の家々との交流が広がってゆくと、人と人との関係に重きを置く儒教の考えは、良寛にとって必要不可欠となっただろうと想像される。良寛のことだから、必要不可欠となった後には『論語』を徹底的に読み込んで我が身を磨こうとしただろうし、行動する上で、禅の思考法との調和も計っていったに違いない。

五　『論語』の「仁」十五箇条

◎里仁為好。《さとはじんなるをよしとなす》擇不居(仁)焉得知。《えらんでじんにおらずんばいずくんぞちなるをえん》（六七）

▼仁豈遠。《じんあにとおからんや》吾欲仁、《われじんをほっすれば》々焉至。《じんここにいたる》（一七六）

▼無仁如禮何。《じんなければれいをいかんせん》無仁如樂何。《じんなければがくをいかんせん》（四三）

◎造次《ぞうじにも》必於焉、《かならずここにおいてし》顛ハイ《てんぱいにも》必於焉。《かならずここにおいてす》（七一）

▼孰能一日有用力諸仁者、《たれかよくいちじつもちからをこのじんにもちうることあらんか》我未見力／不足者。《われいまだちからのたらざるものをみず》蓋有之、《けだしこれあらんか》我未見之。《われいまだこれをみず》（七二）

▼仁者先難、後得。《じんしやはかたきをさきにしうるをあとにす》（一三九）

▼弟子問仁方。《ていしじんのほうをとう》子曰《しいわく》「其恕乎。《それじよか》所己／不欲無施人。」《おのれのほっせざるところはひとにほどこすことなかれと》（四〇二）

▼「參乎。《しんや》我道一、《わがみちはいつ》以貫之。」《もってこれをつらぬくと》曾子曰「唯。」《そうしいわくいと》／子出。《しいず》門弟曰《もんていいわく》「何謂。」《なんのいいぞやと》曾子曰「夫子／道忠恕而已。」《そうしいわくふうしのみちはちゆうじよのみと》（八一）

▼仁者樂山《じんしゃはやまをたのしみ》、智者樂水《ちしゃはみずをたのしむ》。智者動《ちしゃはうごき》、／仁者静《じんしゃはしずかなり》。智者(樂)《ちしゃはたのしみ》、仁者壽《じんしゃはいのちながし》。（一四〇）

▼君子去仁《くんしはじんをさりて》焉成名《いずくにかなをなさん》。（七一）

◎我未見好仁者惡不仁者《われいまだじんをこのむものふじんをにくむものをみず》。好仁／者不可以加《じんをこのむものはもつてくわうるべからず》。惡不仁者亦為仁也《ふじんをにくむものはまたじんをなすなり》。(不)使不仁者加其身也《ふじんしゃをしてそのみにくわえしめざればなり》。（七二）

◎苟志仁則無惡《いやしくもじんにこころざさばすなわちにくむなきなり》。（七〇）

▼回其心三月《かいやそのこころさんげつ》、不違仁《じんにたがわず》。（一二四）

▼弟子問《ていしとう》「一言有以終(身)可行者乎《いちげんにしてもつてしゅうしんおこなうべきものあるかと》。」／子曰《しいわく》「其恕乎《それじょか》。所己不欲、無施／人《おのれのほっせざるところひとにほどこすことなかれと》。」（四〇二）

◎當仁不讓師《じんにあたりてはしにゆずらず》。（四一四）

（章句の後に付した漢数字は、宮崎市定氏の『現代語訳 論語』〈岩波現代文庫〉にある章句番号。「／」は遺墨の改行を示す。良寛自筆の脱字メモを書き込み、それ以外の脱字を括弧内に補い、句読点を補った。各章句の最初の◎印は、後に考察する木村家貼雑《はりまぜ》屏風の『論語』書き抜きにもある章句、▼印は、そこに記されなかった章句を示す。なお、遺墨の文字は宮崎氏の『論語』と異なる部分はあるが、氏の読み下し方に従って引用者が読み下した。）

これは『良寛墨蹟大観』第六巻（中央公論美術出版）所載の写真番号三〇六番のもので、「仁」に関する章句のうちから十五箇条（うち、四〇二章は七番目と終わりから二番目に重出）が記されている。『論語』の順番に照らすと行きつ戻りつし、文字の相違もあって、記憶していたものを思い出しながら書いたように見える。いわゆる書作品（まったく同じもので落款入りのもの〈写真番号三〇七番〉がある）ではなかろう。

これを思い出して書いたものとすると、時が江戸時代であっても、普通の人が「仁」に関する章句をこれほどまで思い出せるものかと思う。良寛における『論語』は、三峰館での修学によって内容が記憶されたのだろうが、良寛の素直さから言えば、それはそのまま自己の行動規範として存在したはずで、その点、一般人の頭の中の知識としての

『論語』よりはっきり身に付いていて、このように容易に書けたのだろう。

人間誰にも当てはまる徳目は、修行僧としても排除する必要はないはずだから、良寛はこれらの各項目を常に頭に置いて我が行動を決め、心の持ち方を点検して生活するという側面があったのではなかろうか。自身の欲するところに従って生きようとすればするほど、頭に置く規範に修正を加えることになっただろうし、その修正のたびごとに、それまでよりも判断の基準の網目を細かくする必要も出てくるはずで、だんだん持すべき章句が増えて、備忘のためのメモさえ必要になってゆくものだろうと思う。そうした場合の、割合初期のものが冒頭の列記なのだろう。

ここに書かれた十五箇条を読んで気づくことの一つは、十八歳の折、「人の生けるや直し、之を罔《し》ひて生けるは幸にして免れたるなり」（西郡久吾『北越偉人　沙門良寛全傳』目黒書店、二五六頁）と言った、その典拠の一三六章がここに記されていない、ということである。思うに道元の示す禅の道は、直く生きることの奥に見えてくる我が身中の仏性を磨き出すことだから、良寛が禅修行に入ったということは、「罔ひて生」きることがもともと排除されたのであって、この時点での良寛には、わざわざ「直し」を目標に掲げて進む必要が無くなっていたことを意味している。

やがて、師・國仙の影響によって寒山、拾得の生き方に共鳴し、その考え方と共通するところが『荘子』にあると知ると、さらにその『荘子』に深く入り込むことになった。良寛が『荘子』の内篇七篇だけを読んだのか、外篇十五篇も読んだのか、雑篇十一篇まですべて読んだのか、それは分からない。ただ、内篇七篇を読むと、『荘子』が反儒家的立場の書であることは分かるし、外篇の駢拇《べんぼ》篇第八には、

意仁義其非人情乎《おもうにじんぎはそれひとのじょうにあらざるかな》、彼仁人何其多憂也《かのじんじんはなんぞそれうれいおおきや》

（金谷治訳注『荘子』第二冊、岩波文庫、二〇・二三頁）

と、儒家の考えをはっきり否定した文章が存在する。当然、その反儒家的立場の『荘子』の中に描かれる孔子の行動

は批判の対象にされる。良寛にしてみると、『論語』の指し示すことに同感して出家し、禅門の師の教えもあって『荘子』のものの捉《とら》え方で我が身を磨いていったら、『論語』の指し示す方式は否定されていた、という不可思議な事態に陥ったのである。誰しもそんな経験をしたら、最初のスタートから点検し直しをせざるを得ない、と考えることになるだろう。良寛もおそらくそう考えて、まず孔子の考えの核としての仁に点検の目が向いたのではないか。

　このことは、『論語』の方式で我が身を磨きはじめた良寛においては、『荘子』の思想に近接しても『論語』の方式を拭い去ることができなかったことを意味している。修行の目標としては『荘子』の無用の用に徹しながら、周囲の人に接する際は仁の親しみ、穏やかさに徹するという越後に帰ってからの良寛の生き方の基本姿勢は、この相反する二つの思想を、いかにも良寛らしく個性的に折衷した（あるいは、過たずに使い分けた）ところに成立していたのである。他に類を見ない峻烈《しゅんれつ》な人間修行に努めて、良寛の本性としての純朴な人間のままであり得た後半生の生き方は、その折衷法のたゆまぬ改良努力によって維持されていたのであって、いったん獲得したハイレベルの思考システムを、一生の間、手を掛けずにそのまま使い続けて生きたわけではない。

　いずれにせよ、この「仁」の列記の作業は自分のためだったに違いない。自分の行動規範ともなっている十五箇条を書き出した良寛は、やがてその規範の網目を徐々に細かくして具体化してゆく。そうすると、やがては一三九章には「後得《うるをあとにす》」という箇所に損得の陰りを見出し、七一章には「成名《なをなさん》」という箇所に名聞の陰りを見出したことだろう。そんなことを初めとして、名利の坩堝《るつぼ》と化した俗世間に身を置く良寛は、我一人、その俗の陰りを意識の中から削《そ》ぎ取るために、仁という抽象的な徳目を、逆に具体的行為として展開してゆく必要を感じただろう。その方向の日常努力の結果が、▼符号で示されるとおり、島崎時代までの十年余に十五箇条のほぼ三分の二を留意項目から外すことになっていったのであり、逆に、具体的行為の留意項目数はおそらく徐々に増加してゆき、最晩年には、後の「『合砥《あわせど》』としての『論語』」の項目に記すように、冒頭に掲げたうちに◎印を付した五章を含む七十三章を『論語』から書き抜くということになったのである。

六　「常哀れみの　心持し」

うつせみは　常なきものと　村肝《むら(ぎも)》の　心に思《も》ひて　家を出《い》で　親族《うから》を離《はな》れ　浮雲の　空のまにまに　行水《(ゆくみづ)》の　行方《ゆくへ》も知《し》らず　草枕　旅行《たびゆ》く時に　たらちねの　母に別《わか》れを　告《つ》げたれば　今は此世《(この)》の　名残《なご》りとや　思ひましけむ　涙ぐみ　手に手をとりて　我面《(わがおも)》を　つくづくと見し　面影《おもかげ》は　猶目《(なほ)め》の前に　あるごとし　父にいとまを　請《こ》ひければ　父が語《かた》らく　世《よ》を捨《(すて)》し　捨《す》てがひなしと　世の人に　言《い》はるな努《ゆめ》と　言《い》ひしこと　今も聞《(きく)》ごと　思《おも》ほえぬ　母が心の　睦《むつ》まじき　其睦《(その)むつ》まじき　み心を　はふらすまじと　思ひつぞ　常哀《つねあは》れみの　心持《も》し[注1]　うき世の人に　向《む》かひつれ　父が言葉の　いつくしき　このいつくしき　み言葉を　思ひ出でては　束の間も　法《(のり)》の教へを　くたさじと　朝な夕なに　戒《いまし》めつ　これの二《ふた》つを　父母が　形見《かたみ》となさむ　我命《(わが)いのち》　此世《(この)》の中に　あらむ限《かぎ》りは（四五。注1…「持し」の「し」は、草仮名の「弖《て》」を「之」と誤読したものか。）

小林秀雄氏が「平家物語」（『無常といふ事』創元社）で、「祇園精舎の鐘の声…」という書き出しは、世の有りようとしての無常を常識として言いだしたものであって、物語の中味そのものが無常の表現だと言ったのではないとしたように、この良寛の長歌も、冒頭に「うつせみは　常なきもの」と言い、終わり近くに「束の間も　法の教へを　くたさじと　朝な夕なに　戒めつ」と言ってはいるが、「仏法を『くたさじ』と考えている」ということを中心テーマとして表現しているのではない。その「仏法を『くたさじ』と考えている」ことの奥に、出家の際の父母の言葉と姿とがあったと言っているのである。作歌の時点から振り返る形でそのことを言い直せば、榮藏だった時代、「人の生けるや直し」のままに生きようとして父母と離別し、出家以後に、仏法の教えに従ってその恩愛を断ち切ろうとした自分、しかし断ち切れずに抱き続けた自分、と経験してきて、父母に恩愛を感じ続ける今の自分の姿こそ、「人の生けるや直し」の言葉に適《かな》うはずのあるべき姿だ、ということを言おうとしているのである。それゆえ、以後も別れの折の両親の言動を「父母が形見」として持ち続けようと添えることになった。

この長歌に示された右の良寛の心の中、それを構造として捉《とら》えるとすれば、実生活の仕方として身につけた「禅僧としての自分」の根底に、父母と自分との心のつながりが存在して、そこから他を慕わしく思う気持ちがにじみ出ている、ということになる。同様のことは、次の漢詩にも表れている。

少年《しょうねん》捨父走他国《ちちをすててたこくにはしり》
辛苦《しんく》画虎猫不成《とらをえがいてねこにもならず》
有人若問箇中意《ひとありてもしこちゅうのいをとわば》
只是従来栄蔵生《ただこれじゅうらいのえいぞうせい》（三一五）

この漢詩は、阿部家蔵の遺墨巻子の巻四にあるが、良寛以外の筆跡である。この漢詩を良寛作と見るのは、それが阿部家にあることと、これを推敲した作と思われる「四十年前行脚日」（三三三。この漢詩には「四十二年行脚日」としたものもある。六十歳を過ぎた後の改作だろう）で始まる作があるからである。この「少年…」では起句で出家して備中・圓通寺に行ったことを言い、承句では禅門修行の結果を「画虎猫不成《とらをえがいてねこにもならず》」と言う。この「画虎《とらをえがいて》」の後を、原典の『後漢書』では「類狗《いぬにるいす》」としているのだが、良寛はそれをさらに進めて、「狗にも、猫にさえもならなかった、なれるものは何もなかった」、つまり、いわゆる立派な禅僧はおろか、一般人が見て禅僧と見るのはここまでという低レベルの僧にもなれなかったと言う。そして、漢詩の後半で、修行に努めて自己の中にあるものを極力磨きだしてみたら、いわゆる「禅僧」にはならず、「従来栄蔵《じゅうらいの》」、すなわち「人の生けるや直し」に生きようとした、かつての自分が出てきたと言っているのである。そして、阿部家に親しんだ六十歳代の良寛がその時点で自身を見つめて知ったこともまた、現在の自分はかつての栄蔵の姿と同じであって、「人の生けるや直し」をひたすら実行しているに過ぎない、ということだったのである。もちろん、その言外には、一時期は捨てたはずの父をも含めた親子間の情愛が滲んでいる。こうしてみると、良寛は確かに禅僧であって、手紙で自分を言う時には「野僧」と言い、生活の仕方も禅僧そのものだったが、六十歳代の良寛は、確実に百尺の竿頭を一歩上って禅僧の心を突き抜け、むしろ、普通の人間としての心をいかに磨き続けるかに心を砕いていた、と言いうるのではないか（実は、そんな禅僧臭くない禅僧こそ、禅僧としての本当の姿なのかも知れないのだが）。

冒頭の長歌を詠んだ頃の良寛は、「うき世の人に　向かひつれ」の語句からも分かるように、既に世人の一人として普通に周囲の人と接する心情にあったと想像される。すると、圓通寺修業時代を遥《はる》かに過ぎ、禅修行全体を踏まえた上でいかに「閑」を実生活中に実現してゆくかに心を砕いてひたすら「直き心」たらんと生きている後期になってから、出家の折を回想してこの長歌を作ったと理解されるが、そのように心性の定まった年齢になってからの長歌と理解することは、人生の後半における対人関係の中で、良寛の心の持ちようがどうであったかを理解する上で、大きな意味があるように思う。

冒頭の長歌中の「あはれみ」という表記に「哀れみ」と漢字をあてたのは谷川敏朗氏だった。「あはれみ」といえば「憐れみ」が普通ではないのか、なぜ「哀れみ」なのか、そんな疑問がまず湧く。そこで、現在「あわれむ（ぶ）」の読みのある漢字を長島豊太郎氏編『古辞書綜合索引』（日本古典全集刊行会）に当たって、古辞書類が載せている訓読みを五十音順に並べてみた。すると、

哀☆アハレフ
◇イタム
○ウレフ
オモハカル
□カナシフ
ソクム
ナク
ワサハヒ
憐☆アハレム（フ）
イトケナシ
↓ウツクシフ
□カナシフ
サシヌク
サトル
チカシ
ナサケ
↓メクム
ワタル
憫☆アハレフ
◇イタム
○ウレフ
□カナシフ

恤☆アハレフ
イタル
↓イツクシフ
ウツ
↓ウツクシフ
○ウレフ
シノフ
↓スクフ
タクル
ツクノフ
ツトム
フク
フケル
マコト
メクミ
メクム
メクル
モノウシ
愍☆アハレム
◇イタム
↓イツクシム
□カナシフ

閔
イカナ《ママ》
◇イタム
□カナシフ
コトハテヌ
タフル
ツトム
↓ヤシナフ
ヤツル
ヤフル
ヤマシ
ヤマヒ
ヤム
ヤメリ
矜☆アハレフ
オコル
↓オホキニス
□カナシフ
ハタエ
フトシ
ホコル
ホシママ《ママ》
↓メグム

---

① 上の表は各段ともに次の頁に続く。
② 左の主要四語は、見付けやすくするために、上部に個別の符号を付した。
☆…アハレフ（ム）
◇…イタム
○…ウレフ
□…カナシフ

ヤマヒ
↓スクフ
↓メクム

という結果だった。このうち、「哀」の持つ読み「アハレフ(ム)」「イタム」「ウレフ」「カナシフ」の四種を共有しているのは「憫」のみであるから、「哀」に一番近い意味の文字は「憫」なのだろう。しかし、「哀」には「オモハカル」が加わっていて、さらに相手の様子を推測して深く思いやる意味へ広がっている。「ナク」は「泣く」で我が身に引き当てて悲しむ様さえも含まれている。だから「哀」と「憫」では、「哀」の方が相手の気持ちに共感する意味合いが深いと言えるだろう。「哀」、「憫」の二文字以外の漢字には、確かに「アハレム(フ)」意味もあるにはあるが、↓符号を付けた読みもかならず入っている。実は、↓符号を付けた読みはどこか「上から手を差し伸べる」ふうの意味をはらんでいる読みで、谷川氏はこれらの漢字の持っている微妙な差異を認識されて「哀」の漢字を宛てられたのだった。

　このことを踏まえて考えると、良寛の感性が鋭敏なら、この長歌で良寛が持ち続けたという「あはれみ」の心は、「上から手を差し伸べる」ふうの「慈愛」の心であるはずがない。「あはれみ」は「哀」の文字の心、すなわち、相手と同じ立場になって限りなく同情する心であって、良寛は弱い立場の人、困難な状況に立ち至った人に寄り添い、心を寄せ、共感することに努めていた、ということになる。

　同じ曹洞宗の禅僧・桃水雲溪は、利欲名欲をきっぱり捨てて乞食たちの集団に完全に同化し、その人たちと仲間になって互いに支えあい、「乞食桃水」と言われた。これは並の覚悟でできることではない。まったく脱帽である。一方、良寛はいろいろな階層、いろいろな考え、いろいろな状況の人々の中にいて、それぞれに心を寄せて生きた。周りから「馬鹿坊主」と言われながら、誰からも恨まれずに生きた。だから、相手に心を配って我が身を処すという点において、良寛は桃水よりも遥かに困難な、複雑にして高レベルの心配りに生きた、と言って良い。

七 「答へよ」

この僧の　心《こころ》を問《と》はば　大空の　風の便《たよ》りに　つくと答へよ（四六八）

この和歌の遺墨を『良寛墨蹟大観』第六巻（中央公論美術出版）八八頁で見ると、料紙の右三分の一の下寄りに、太った丸顔、胸をはだけた僧が墨一色で描いてある。描線の質と描き方、描かれた位置からすると、どこかの禅僧（良寛が托鉢に行った大店の主が自分を布袋になぞらえて描いたのかも知れない）が良寛を試すべく即興的に自分を描き、余白を大きく作って挑戦的に示したもののように見える。その余白の広さは、否応なく良寛に書かせようとする仕掛けだろう。良寛は禅僧として逃げ出すわけにもゆかず、書くべき賛を考えただろう。

本来、賛は絵と不即不離であるべきで、その点、絵との禅問答のようなところがある。おそらくそんな考えから、自分が絵の中の人物をどう見るか、画中の人物からは自分がどう見えるかを、その絵の人物の風格に合わせて考えたのに違いない。

特に、この和歌の冒頭にある「この僧」という客観的な言い方は、良寛が絵の中の僧と対話している状況を想定しないと理解しがたい。しかも、目の前の絵の中にいる僧を良寛が指して「この僧」と言ったとしても、逆に、絵の僧が良寛を指して言ったと考えても、二人で対話する場面の言葉としてはどうしても不自然さが残る。ちょうど、「彼」という客観的な語で目の前の人を指すと不自然なのと同じである。そして、その「この僧」という言い方は、次に続く「（あなたはこれこれ）と答へよ」と相手に言う言い方と、微妙な食い違いを生んでしまう。そう考えると、「この僧」

が自然で安らかな状況を成すのは、見ず知らずの相手に対して「あなたは私の名前は知らないかもしれないが、今、あなたの目の前にいるこの私」の意味で、自分を指す場合だけである。しかも、良寛が自分を指して「この僧」と言い、絵の中の僧に向かって「答えよ」と言ったのだとすると、絵の中の僧を良寛自身よりも低くしてしまうことになって、それでは画賛にはならない。画賛として絵の中の僧が尊重される状況はただ一つ、絵の中の僧が良寛に向かって自分を「この僧」と言い、絵の中の僧が良寛に「答えよ」という場合だけである。

続けて、良寛に問答を仕掛ける絵の僧は言う、「貴僧(良寛を指す)も禅の修行者とお見受けするが、どうやら愚僧が『大空の風の便りにつく』僧であることを見抜いておる。だから、もし、世の人が愚僧の心を貴僧に問ったなら、『あの僧は大空の風の便りにつく僧だ』と答えよ」と。良寛は、こんなふうに絵の僧の風格を読み取り、自分の目指す境地を投影して賛としたのである(この賛の内容には、右に「挑戦的」と言った、その場面状況も見事に踏まえられている)。

ここに言う「大空の風の便り」は、大空を吹きわたることによって何かをもたらすことのできる風の姿、風の有りよう、とでも言ったら良かろうか。また、「に」の後の「つく」は「即く」で、心をよせる、親しむ、従う、たよる、の意であろう。受け身的にはなるが「任せる」と言ってもいいだろう。したがって、この和歌では、絵の中の僧が「〈もし誰かが、今、貴僧が見ている絵の中の〉この僧の心を問うならば、大空の風の便りに心をよせる〈僧だ〉と答えよ」と言っていることになる。

少しの執着もなく物に応じ、事に従って行動することを「行雲流水」と表現するが、空を吹く風のもたらすわずかな四時《しいじ》の移ろいにも従って生き、すべてを放下した境地こそ、一雲水としての自覚を持つ良寛の目指すところであっただろう。絵の中の僧の語る言葉を書いたこの賛には、良寛のそうした意気込みも籠《こも》っている。

その意気込みの源は、國仙の指導の一側面に発しているらしい。それは、比較的長期間の旅に随行させて俗界に入らせ、随行の弟子たちに文字通り「雲水」の経験をさせるというやり方なのだが、良寛が必ずや随行して、最初の

「雲水」経験をしたのが天明四年(一七八四)夏の國仙の信濃・関東巡錫だった、という見解は既に記してきた(「大而宗龍への請見で得たもの」の項を参照)。この時の一コマを記録した菅江真澄の『来目路濃橋《くめぢのはし》』(内田武志他編『菅江真澄全集』第一巻、日記I、未来社)に、冒頭の和歌につながると思われる國仙の和歌(同書一五六頁)、

捨し身は心もひろしおほ空の雨と風とにまかせはててき

が出ている。この場面に良寛はいて、國仙の口から出たこの和歌の「心もひろし」を他の弟子たちよりも印象深く心にとめたのではないか。自分の戒名は、國仙の意図によってわざわざ「ひろし」に替えられたものだ、ということを思い出したはずだからである。

國仙の話を聞いた菅江真澄は、すかさず最後の「き」一文字を「は」に替えた和歌(同書一五七頁)、

すてし身は心もひろし大空の雨と風とにまかせはててては

が、國仙の相手の人から返されはしなかったか? と応じている。一文字の違いで和歌が変わるという真澄の機知によって、「心もひろし」に続いて「まかせはて」も良寛の記憶にインプットされただろう。その時に國仙から学び取った「まかせはて」という修行の方向が、布袋のような禅僧の絵を見た今、「つく」の語形をとって噴き出してきたのに違いない(天明四年〈一七八四〉に松本近郊で國仙が菅江真澄に話したことの中に出てくる和歌と、帰郷した良寛が即興的に書いた賛の和歌に深い関連性が認められるという事実は、國仙一行の中に良寛がいたという証拠であり、それはまた、宗龍への一回目の請見があった傍証でもある)。こうして、良寛は冒頭の和歌と落款を五行で書き、広い余白にバランス良くはめ込むセンスも示

した。

「答へよ」と言い放って終わる和歌には、他にも、

人問《と》はば　乙子《おとご》の杜《もり》の　下庵《したいほ》に　落葉拾《おちばひろ》ひて　居《ゐ》ると答《こた》へよ（七五〇）
世《よ》の中《なか》の　ほだしを何《なに》と　人問《ひとと》はば　尋《たづ》ねきわめぬ《（は）》　心《こころ》と答《こた》へよ（九二四）
いかなるが　苦《くる》しきものと　問《と》ふならば　人《ひと》を隔《へだ》つる　心《こころ》と答《こた》へよ（九二五）
世《よ》のな（か）に　何《なに》が苦《くる》しと　（人《ひと》）問《と》は（ば）　御法《みのり》を知《し》らぬ　人《ひと》と答《こた》へよ（九二六）
良寛に　辞世あるかと　人問《と》はば　南無阿弥陀仏と　言《い》ふと答《こた》へよ（一三二二）

のようなものがある。このうち前の四首においては、「答へよ」が戒めとして自分に向けられたことは割合理解しやすい。しかし、最後の一三二二の和歌は、最初が「『良寛に辞世（の言葉が）あるか』と人（が）問うならば」とあるために、その場にいて答える人に対して「南無阿弥陀仏と言ふと答へよ」と言っているように、どうしても見える。はたして最晩年の良寛は、他人にそう言わせようとしたのだろうか。また、良寛は禅宗から他力本願に宗旨替えをしたとか、何でもありの雑炊宗だ、とかと言う人もあるが、本当にそうなのか。

ペンネーム「鴎外」の文豪が、遺言書に「森　林太郎として死せんとす」と言っている。誰も死を考えるようになると、世間でのあらゆる立場を捨てて、一《いち》人間として死にどう対処すべきかを考えるようになる。したがって、良寛が最期に至るまで「一人の人間としてどうあるべきか」の修行を続けたなら、晩年、そのことを必ず考える。もし、良寛が一人の人間となりきるにあたって、取り除くべき世間での立場があるとしたら、それは、漢詩人、歌詠み、書家としての良寛、そして最後に、その大もとになっている禅僧としての「良寛」そのものだったろう。この「良寛に…」の

作ができる遙《はる》かに以前から、良寛は内面での禅僧の法衣を脱いでいて、一人の人間としてどうあるべきか、にのみ工夫を重ねていたとすれば、既に禅僧・良寛としての辞世などあるはずがない。良寛は、良寛という戒名からさえ離れて、昔の榮藏として死のうとしたのではなかろうか。

一方、そんな良寛の内面を知らない人は、禅僧には「辞世の偈」があるとの常識から、良寛に尊敬と親しみを込めて、あるいは、禅僧特有の特異な発想の言葉の出る期待も込めて、禅僧としての辞世の言葉を求めることが想像される。良寛もその事態を予想し、普通の人が辞世などという特別なものを残さないように、自分もまた特別なことをせず、死を安らかに受け入れていこう、自分は世の人すべての場合と全く同じに一人の人間として死を迎える、と答えよう、と自分で確認したのだろう。そして、人としていかんともし難い死は、自分も「南無阿弥陀仏」と唱えて迎えるしかない、と自分に向かって言ったのであろう。

八　書簡中、「野僧」に混じる「私」

此程《このほど》めづらしきゆりねたまはり　うや〳〵しくおさめ《ママ》候。私も此《この》ほどは　寺泊へ参可存候。めぐり〳〵て其御地へも参度候。かしこ

良寛

二月九日

新木与五衛《ママ》門老

（谷川敏朗『良寛の書簡集』恒文社、二〇四番）

この書簡の宛先「新木与五衛門《ママ》」が、寛政七年（一七九五）に死去した新木家十一代・勝富なら、良寛三十八歳までの若い頃の書簡となるのだが、『良寛の書簡集』編著者・谷川氏は次の十二代・周富《ちかとみ》（以南の兄の子で良寛の従兄弟。良寛

と同年という）の死去の年文化十二年（一八一五）以前の書簡と記すに止めておられる。その理由は記されていないのだが、文中に「私も此《この》ほどは　寺泊へ参可存候」とあることから、それが良寛の密蔵院居住を指すものとすれば、その最も早いのが享和二年（一八〇二）五、六月頃であって、この書簡の文面にもつながりやすいので、十二代・周富《ちかとみ》を名宛人とされたのだろう。その考えに従うと、この書簡は享和二年二月九日付ということになり、良寛四十五歳の書簡ということになる。ただし、良寛が文政七年（一八二四）八月以降に寺泊・本間家で過去帳を書いている事実をもってすれば、密蔵院居住以外にも寺泊に出向く予定があった可能性は存在する。したがって、この書簡が必ず享和二年二月九日付と定まったわけではない。

　この書簡の他に、前出の『良寛の書簡集』中、谷川氏が年代を推定されているもので古いものには、おむろ宛（「おむろ」は周富《ちかとみ》の娘で、地蔵堂の中村家の当主・権右衛門の妻）で文化元年（一八〇四）と見られる一八三番、文化四年（一八〇七）に死去した左一宛の一三七〜一三九番（これらの書簡が左一死去の年からどれほどさかのぼりうるものなのかは不明）、それに大村光枝（光枝は享和元年〈一八〇一〉に初めて良寛に会い、文化十三年〈一八一六〉に死去）宛の二四二番くらいしか無い。この事実は、この年代になってようやく良寛の評価が身内の者とか親しく接して感銘を受けた若い世代の人々の間に定まり、書簡を廃棄しないようになったことを表しているのではないか。

　良寛の書簡で存在の知られているものは、冒頭の書簡以外は、宛先が良寛より若い者ばかりである。越後に帰ってから十年の間、良寛が目上の人に手紙を書かなかったとは考えられないのに、その期間のものが残っていない。ということは、一般世間が良寛をどう認識していたかを想像させるし、特に、良寛にとっては目上の人で、いろいろな面で影響の大きかった各集落の重立ちが、良寛をどう扱っていたかをも想像させる。良寛がまだ一人の托鉢僧でしかなかった頃のことだから、その扱いは当然なのだが、そのことが良寛のその後のあらゆる面の錬磨を積極的たらしめる要因となったはずだと考えると、良寛には過酷な日々ではあっただろうが、むしろ、幸いであったということにもなろうか。おそらく、そんな孤独の連続の中で、それを打開すべく思い出して精魂を傾けたのが、國仙の示した俗界とつながる手だてとしての作歌であり、さらに、自作の和歌、漢詩を書くための書への挑戦だったのではないか。

同時にそれは、良寛の一人遊びでもあって、そのために、そんな孤独を耐える十年(書に挑戦する十年と言い替えても良かろう)を過ごし得たのだろう。さすがにその精魂込めた努力は、各方面に能力を持つ僧としての姿を世間に浮き上がらせ、その声価が次第に明確に定まっていって徐々に認知され、次の世代の者が良寛から書簡を受け取るようになった家では、親も良寛を高く評価するようになっていったために、届いた書簡を保存するようになったのだろう。

さて、良寛は書簡の中では自分を謙遜して「野僧」と記すことがほとんどだった。しかし、冒頭の書簡のように、時には「野僧」と記すべき箇所に「私《わたくし》」の語を用いているところがある。前出書掲載の二六七通の書簡中に、冒頭の書簡同様、自分を「私《わたくし》」の語で言っているものを探すと十五通がある(次頁の表を参照)。谷川氏の推定に従ってこれを見ると、冒頭掲出の書簡だけが年齢差もなく、書かれた時期も一番早いという特徴を持つ。なぜ、「年齢差が無い」、「書かれた時期が一番早い」ということにこだわるかというと、十五通の書簡の中で、その状況が最も「私」という語を使いにくい相手だと考えられるからである。

およそ「私」という語は、『源氏物語』にはおおやけ(公)に対して私的、自分個人のことを言うときに使われ、現代語のように自称の代名詞として使われるようになったのは室町時代頃からだった。以後、自称の代名詞として広く使われるようになってからも「私的」の意味を引きずっており、表には出さないはずのことを敢えて言うといった意味合いがあって、自分を多少ぞんざいに卑下して言う語感を伴っているのが常だった。周囲とのバランスという視点から言えば、いろいろな人との関係の中で、「自分は自分」というような自己の独立性を自覚したとき、初めて使用できる言葉であり、さらに、この語の持っている「ぶちまけて言ってしまう」的な雰囲気からいうと、相手が目上の人だったり、自分の方がきちんとした節度を保つべき相手だったりしたら、使用を避ける言葉だと思われる。

番号	書簡の宛先	書簡の主旨＝書簡中の「私」の用例	書簡の推定年	良寛との年齢差
二一	橘馬之助	受贈の礼＝私も今ハ快気致候	？	三十一歳年少
二五	同	物返却＝主人より私ニ申てくれよとの事に候	文政十年（一八二七）以降	
五五	阿部定珍	受贈の礼＝私風邪ニて臥セりおり候	？	二十二歳年少
六二	同	受贈の礼＝さて私も此風にて大ニいたみ…	？	
八六	解良叔問	年賀、受贈の礼＝私も旧冬より風ひき…	？	五歳年少
一〇七	解良孫右衛門	年賀の礼＝私も一両日このかたは風邪も少快候	文政四年（一八二一）	四十歳年少
一一五	木村元右衛門	安否伺い＝私無事に罷過候	文政十年（一八二七）	十八歳年少
一一七	木村周蔵	勘当経過＝私も参りかゝり候故…	文政五年（一八二二）	四十六歳年少
一七二	桑原祐雪	（手紙を受け）私も夏中少々不快にて…	？	？
一七八	中村権右衛門	皮癬薬の解説＝初は私つけやうと思うて…	？	二十八歳年少
一八四	中村雄平	（質問に答えて）先日　本間より遣候状は　信ニ私に候	文政十年（一八二七）	約五十歳年少
一九六	隆全	（手紙を受け）近況＝さて私も分別を取なおし候へば飲食も甚うまく日々に平癒致候間	？	？
二〇四	新木与五右衛門	（冒頭に全文掲出）	享和二年（一八〇二）？	同年
二〇八	石原半助	（手紙を受け）わたくしも　このごろは　そくさひになり…	文政七年（一八二四）	三十一歳年少
二五九	（不明）	来春ハじきに私持参仕御返済可申上候	？	？

それを踏まえて右の表の「私」の用法を点検すると、一一五、一一七、一七八番以外は、前もって相手から何らかの働きかけが想定される言い回しが存在すること、それを受ける形での「私」の語は、ほとんどが自身の身体状況に関して用いられていること、の二点が特徴として見て取れる。世間が認める禅僧の姿の、その内側にある一個人としての自分、そのまたさらに内部の身体状況を記すということは、とりもなおさず相手の書簡によって自分の心を開いたという、相手へのサインなのであろう。言い替えれば、「私」という「ぞんざいさ」を伴う表現によって、裸の一個人としてその人を信頼し、その人に心を寄せているということを表明したものである。

では、右に出てきた十二人には、いつでも「ぶちまけて言ってしまう」的な気安い言い方をしていたのかというと、そうではない。良寛は手紙の本文の終わりにしばしば「以上」と書いたが、「私」と書いた十二人の中でも特に親しかった阿部定珍宛に、「頓首」「かしこ」と敬意を表したものが三通あり、解良叔問宛でも「頓首」「敬白」等が併せて四通ある。このことは、良寛が場面ごとに区別して対応していた、という証拠でもある。

この相反するが如き二面を同時に用いていたということは、良寛が早くから周囲とのバランスの中で、禅僧の立場を離れて対等な一個人として生きようとする側面を持っていたことの表れであり、四十五歳以降の書簡には確実にその生き方の証拠があると言える。

九 「鐸《ぬて》ゆらぐもよ」

乙宮《おとみや》の　森《もり》の木下《こした》に　我居《われを》れば　鐸《ぬて》ゆらぐもよ　人来《ひとき》たるらし（六三一）

一見しただけでは静かな乙子神社境内の点描と見えるこの和歌には、下の句を「人来たるらし鐸の音すも」としたものも伝わっている。このことは、この作を推敲して定着させないではおられなかった良寛の思い、すなわち、良寛にとって深く思うべき点がこの作に内在している、ということを暗示している。そうすると、『校注 良寛全歌集』の掲げる参考歌「浅茅原をそねを過ぎ百伝《ももつた》ふ鐸《ぬて》ゆらぐもよ置目《おきめ》来《く》らしも」(『日本書紀』巻十五　顕宗天皇)は、「鐸《ぬて》ゆらぐもよ」が共通であるがゆえに、この作の解釈に重要な意味を持つことになる。良寛が「鐸《ぬて》ゆらぐもよ」に改めたとすると、この鐸の音は春秋の祭礼の折の鐸の音ではない。当然、『日本書紀』の和歌と戸外の鐸の音の様子とに共通要素を感じた、ということになる。

そもそも「浅茅原…」の和歌は、大泊瀬皇子《おおはつせのみこ》(後の雄略天皇)による顕宗、仁賢両天皇の父・市辺押磐皇子《いちへのおしはのみこ》殺害が背景にある。これを『書紀』『古事記』によって見ると以下のようである。――第二十代安康天皇は従兄弟の市辺押磐皇子に皇位を継がせようとしていた。ところが、天皇の弟・大泊瀬皇子は自分が皇位継承者となるために、安康天皇三年十月、市辺押磐皇子を近江の国への狩りに誘い出して殺害し、そこに埋めてしまった。父の悲憤の死から三十年近い流離の後にようやく天皇の位についた顕宗天皇(兄の仁賢天皇が弟を先に皇位につかせた)は、即位の翌月から父親の遺骸の在りかを知る古老を探しにかかった。埋めた場所を知っていた近江の国の賤《いや》しい老婆の「置目《おきめ》」は、申し出てその場所を伝え、顕宗天皇はその言によって父の遺骸を求めて御陵を造営した。その後は置目を大事にして宮の近くに住まわせ、万事に不足のないようにしてやった。さらに「(宮には毎日やってきてほしい。けれども、)年老いて歩きまわるのも不便な様子だから、縄を張りめぐらしてそれにすがって出入りせよ。縄の端に鐸を懸けておいて、取り次ぎの者の手を煩わさずに宮に入ったらそれを鳴らせ。その音で置目の来たのを知ろう。」と言った。そこで、置目がそのようにしてやってきたとき、顕宗天皇がその鐸の音を聞きつけて詠んだのが「浅茅原…」の和歌だ――。その後の『日本書紀』は顕宗天皇の論功行賞を記し、さらに、位について二年目の秋、「罪無き我が父を殺害した雄略天皇の御陵を壊すことも、子として孝であるだろう」としてその実行を兄(後の仁賢天皇)に任せた、と続けている。

良寛が冒頭の和歌で『日本書紀』の「鐸ゆらぐもよ　…来…らし…」を使用するには、『書紀』の中の顕宗天皇が即位後の二年間、どんな思いで過ごしていたのかについて前もって分かっていなければいけない。そうすると、乙子神社の鐸の音に心を止める以前に『日本書紀』を読み、それを汲み取っていたことになる。では、その顕宗天皇の思いとは何か。罪無くして約三十年前に殺害された父を正式に葬って御陵を造営し、父の立場を継承発展させて自ら天皇となり、外からは父の無念を晴らしたと見える後においても、なお顕宗天皇の心にあったのは「非業の死の父に対して、今からなすべき親孝行というものがあるだろう」という思いだったはずである。また、『古事記』のみに書かれている点――顕宗天皇が置目に対して「毎日一度は宮にいる自分のところに来てほしい」と言ったこと――も良寛は「鐸ゆらぐもよ　置目来らしも」から推測していて、その顕宗天皇の言の奥に、顕宗天皇の今は亡き父への孝行の姿勢を感じていたのだろう。こうして、常日頃、父母に対する慚愧の念を懐き続けてき良寛は『日本書紀』の記す顕宗天皇の思いに共鳴し、自分の両親に対する思いを以後もさらに持ち続けなければ…と考えていたのに違いない。

そんなことがあって後、乙子神社脇の草庵にいた良寛は、人の話し声も足音も聞こえなかったのに神社の鐸の音を聞いた。「こんな時分に鐸の音がする。誰か参拝に来たのだな…」――最初に思ったのはおそらくそれだけで、「信心深いことだ」と思い、下の句を「人来たるらし鐸の音すも」として和歌にまとめたのだろう。ここまでは顕宗天皇のことは思い出さなかったのではないか。ところが、「鐸の音すも」と詠じてみると、「なぜこんな時刻にわざわざ参拝に来るのか」と不思議になり、その参拝の背後に感じられてきた「普通ではない気配」が作用して、悲劇性を秘めた『日本書紀』の「浅茅原…」が呼び起こされたのだろう。そう考えると、良寛が下の句を「人来たるらし鐸の音すも」から「浅茅原…」に近い「鐸ゆらぐもよ　人来たるらし」に定めていったのも納得がゆく。

この二種類の下の句が歌意にもたらす違いは、「鐸の音す」と「鐸ゆらぐ」の意味するところの違いにもある。それは、「今のはお参りの人の鳴らした鐸の音だ」とはっきり聞いた音を表しているか、「今のは確か…鐸の音だったようだが…」と、ほんのかすかな音を聞き取ったことを表しているのか、の違いと言えば良かろうか。聞いた音の相違は、そのまま「我居れば」の「をり」にも連鎖反応を起こしてゆき、良寛が「座っている」状況なのか、それとも単に「(庵室に)いる」なのか、の違いをも明らかにする。その結果、前者ならこの場面は昼間だろうし、後者ならむしろ、神社へお参りに来る人などはいない時間帯、深夜とか夜明け前の暗いうちこそふさわしいことになる。

良寛の推敲の跡から推測される時間帯、参拝者を考えたとき、良寛の思い出したことが『日本書紀』の顕宗天皇のことだったことは「浅茅原…」からの引用で明らかである。そうすると、良寛は鐸を鳴らした参拝者に、顕宗天皇の親孝行の思いと同方向のこと、すなわち、「親の病は急に重篤になったが貧困で何の治療もできず、唯一の親孝行としてひたすら集落の守り神に祈っている姿」を感じたことになるのではなかろうか。

時ならぬかすかな鐸の音を聞いて、良寛が感じ取ったことがその類のことだったとしたら、良寛は何を思うだろうか。――常々そういう人々の喜捨で生きてきながら、喜捨をしてくれたはずの人が進退窮まっている今、こんな時にこそ、今度は自分がその人を助けてやることができなければならないのに、どうすることもできないでいる我が身の情けなさ、それを思わぬはずがない。一人の人間として、その我が身の不甲斐《ふがい》なさをどうしたら乗り越えられるのか、自分はどう対応すればいいのか、そのことこそ、この先を生き行く自分自身が考えねばならない大きな課題だ、そのことを何としても記憶しておかねば、と思うのではないか。

つまり、この和歌は、歌詠みと言われる人にしばしば存する日常詠などと同質のものではありえない。歌詠みの発想とは異なる、一人の人間としての有りように関わるところの切実な詠に違いない。

Ⅶ 「一人間として」の生き方を求めた晩年

一 生臭ものへの対応

良寛さまは（島崎の木村家に出かけ、）木村家のご隠居と一緒に雑炊（ぞうすい）をご馳走になった。木村のおばあさまが出家の良寛さまには精進ということで、干魚（ほしこ）のだしの入らぬ雑炊を、ご隠居にはいつも通り干魚だしのをさし上げるところを、うっかりとり違えて出してしまった。良寛さまは「ああうまい、うまい」と大よろこび。ご隠居は「うまくない、うまくない」と大不きげん。気がついたばあさん、「おら、どうしょうば。生（なま）臭さもんを良寛さまにさし上げてしもたて。」

師曰く、「そういうな、ほんとうまかった。隠居、おこるなてば」（宮榮二「逸話拾い」〈『轉萬理』第二号〉から抜粋）。

この話は一九七七年秋、宮氏が小越仲珉《ちゅうみん》を祖とする夏戸の小越家で、祖母（名は「たま」。一九五六年に九十歳で死去）の話として当主・正春氏が語ったことを採録したものというが、話のポイントは、木村家ご隠居夫妻に対する良寛の対応の妙にある。お婆さんは、膳に載せる雑炊を取り違えることで良寛に大変失礼な行いをしてしまったと恐縮して狼狽し、その夫のご隠居は、今、だし無し雑炊を初めて食べて「まずい」と妻に苛立《いらだ》ってしまう。そんな二人の間の異なる心理を感じ取った良寛は、お婆さんには「そういうな、ほんとうまかった」という言葉でねぎらいと感謝の気持ちを表し、ご隠居には「隠居、おこるなてば」という宥《なだ》めの言葉をかけた。とっさの判断で二人に発した言葉の言外を推測すれば、一つには、「今回のは特別にうまかったが、自分はこれまでもこれからも、味付けにはこだわらない。布施の心が感じられれば、それこそが最高の味わいで、自分は満足だ」という思いがあろうし、直接的には、これまで良寛に供したものがおいしさに欠けていたと知ったご隠居が苛立った様子に、「これは、自分が何とかしなければ、夫婦の間に不和が起きそうだ」と思った結果だ、ということになろう。こう考えると、この逸話は、良寛の状況察知感覚が実に鋭敏だったことを物語っている。――この話が小越家に伝わったのは、木村家のいずれかが「我が家では、良寛さんにこんな失敗をしてしまった」と話したからである。木村家の誰かが良寛の話をする時、その場面ごとの良寛を思い出し、滲《にじ》み出た穏やかな率直さを再認識したことだろう。そんなことが重なっていて、良寛の最晩年の居場所提供となったのであろう。――

西郡久吾氏に見附市嶺崎町の渋谷家の当時の主人・一八郎氏が語った、次のような生臭《なまぐさ》関連逸話もある。

> 良寛は余が家の親族續《しんぞくつづき》の間柄(一八郎氏の曾祖母は與板町山田四郎左衛門より入籍し、禪師は山田氏の外曾孫にあたる、現主を山田泰梧氏といふ)なりしを以て、祖父母の時代には屡《しばしば》来訪せられき、或時祖母の申す樣《よう》、良寛よゝゝゝ、御事《おこと》は出雲崎より來るとて、時には鮮魚の一二尾位《ぐらい》持参してもよからうと、良寛黙して答へず、即夜無斷にて何處ともなく出で去り、兩三日經て飄然として入り來りしに、携へしものは鯖魚なりけり、祖母不審に堪へかぬれど、さあらぬ體にて割烹して膳部に供せしに、良寛持戒の身分なればとて食はざりけり、翌朝未明に立ち出でしに天未だ暗かりければ、行燈を提燈に代へて持ち出し、細越坂邊にて行燈紙に此行燈を誰人にてもあれ澁谷家に届けくれよとの意味の文言を書して置き去りしと。(以下略。西郡久吾『北越偉人　沙門良寛全傳』目黒書店、二七五・二七六頁)

ここにある「一八郎氏の曾祖母」とは、与板・山田家の重翰（山田杜皐の本名）の姉の一人「ませ」で、渋谷家の「酒之丞」に嫁いだ。「ませ」にとって良寛は又従兄弟《またいとこ》に当たる。「時には…してもよかろう」などと思うままを言えるのは、そうした血のつながりのある年長者に限られようから、右の文中「祖父母の時代には」「或時祖母の申す様」の二カ所に見える女性は、この人であろう。西郡氏の作業中、「曾」が脱落したのではないか。なお、「祖母不審に堪へかぬれど」の「祖母」は、一八郎氏から見ての祖母であろう。

この西郡久吾氏の逸話採集時期が、仮に明治四十年（一九〇七）頃、その時、話し手の澁谷一八郎氏が七十五歳だったとすると、一代は約二十五年平均だから、祖父母の結婚は明治四十年より百年前頃、曽祖父母の結婚は百二十五年前の天明七年（一七八七）頃のこととなる。そしてその時、曾祖母の「ませ」が二十歳前後だったとすると、良寛が出雲崎中山の西照坊に仮住していた文化四年（一八〇七）十月頃（伝存する良寛の手紙から、この時期、ここに仮住したのは確実と言われる）は嫁入りの二十年後に当たるから、「ませ」は四十歳前後だったことになる。

しかし、もし、明治四十年頃の澁谷一八郎氏がもっと高齢だったか、西郡氏の聞き取りがもっと早い時期だったか、あるいは、家を継いできた父や祖父が第一子ではなく、三番目、四番目の子供だったならば、文化四年（一八〇七）の「ませ」は、さらに十〜十五歳は年齢が増えることになる。したがって、文化四年の良寛は五十歳だったが、「ませ」はそれと同年、または四、五歳年長だった可能性がある。良寛より年長なら、良寛に対して自分の思うことも言いやすかったのではないか。

澁谷家伝承の右の逸話が文化四年頃とすると、「ませ」は、近年、我が子に迎えた嫁の手前、良寛が訪ねてくるたびに手ぶらなのを常識はずれと思い、血の繋《つな》がる者として引け目に思い続けていたのではないか。そこに、またも手ぶらでやって来た良寛を見て、日頃の思いをつい口にしたのだろう、禅僧に言っていることも意識の外に置いて「出雲崎にいるのなら魚…」と。その又従兄弟の話を「もっともだ」と聞いた良寛は、おそらく塩物の鯖だろうが、それを何とか手に入れて二、三日後にやって来た。それを受け取ったのは一八郎氏の祖母で、禅僧が魚を持ってくるとはどうしたことかと「不審に堪へ」ないまま、調理して食膳に載せたのである。

身内としての「ませ」の言葉が、思ったことをずばりと言ったものだったから、良寛の方でもそれに正直に対応して「持戒の身分なれば」と言って食べなかったのであろう。そこには、義理を踏まえる配慮も、将来の繋がりに心を配る様子もない。この率直さでこの数日間のことを考え、今回だけはこの家から早く立ち去りたいという気持ちになったのだろう、翌朝の暗いうちに行燈《あんどん》を提灯《ちょうちん》代わりにして抜け出ていったと、この逸話は続く。

生臭の食べ物をめぐっては、良寛がそれと分かっていて食した話もある。それは、旧・寺泊町野積の寺坂にある三五右ェ門家で、雑合汁《ぞうごうじる》(魚や野菜など、いろいろなものをたくさん煮込んで作った味噌汁)を一緒に食べようとすすめられた時のことである。

三五右ェ門の炉端に腰をおろした良寛は何やら真剣そうな顔付きで、三五右ェ門のおかみさんに頼んだ。

「おれが雑合汁を食べると、お母さんが地獄に落ちるから汁だけにしてくれ。」と。(中略)

おかみさんは、何やら仔細を感じたようだ。だが聞きもしないで、だまって良寛の言う通りにしてやった。よろこぶ良寛は、

「これは、うめえ。」

「これは、うめえ。」

と何杯も何杯も熱い汁をおかわりしてご馳走になった。

幾日か過ぎて、またまた味噌汁に誘われて三五右ェ門宅を訪れた良寛に、おかみさんは、

「今日も汁だけの注文だかネェ、何か仔細でもあるのかェー?」と、ソット尋ねた。良寛はしばらく言葉をためらっていたが、おかみさんの真剣な顔に思わず良寛も真剣な気になり、ポツリ・ポツリと語った。

「俺は甲斐性がないので、お母さんにはいつもいつも心配かけ通しだった。坊主の身で今また法を破って生(なま)くさ物(魚類・動物・肉類)を食べれば、きっとバチ(罰)が当って、今度こそはお母さんが地獄に落ちるからだ…。」と。

語る良寛の眼からは、いつしか大粒の涙がポタリ・ポタリとこぼれ落ち、その膝を濡らしていた。

(玉木康一「郷土に息づく良寛の逸話(十一)雑合汁《ぞうごうじる》の『み』を断《た》つ良寛」〈『轉萬理』第五十二号〉から抜粋)

この逸話の場面は、良寛の相手が、血の繋がっている又従兄弟などではなく、世間の普通の人である。だから、「持戒の身分なれば」と言って食べなければ、「我が家では食べなかった」といつまでも言われて後に影響が残るし、「食べない」と断っても「そうだね」とあっさり同調してくれない可能性もある。それならいっそ、正直に「あの世の母親に迷惑をかけないためだ」と本当のことを言ってしまおう、と考えたのに違いない。

良寛は三峰館で学んでいた十五歳頃から女遊びを始め、皮膚の荒れがひどくなって母を心配させたという。その心配してくれていた母は、良寛が二十六歳の天明三年(一七八三)四月二十九日に死去した。その時、自分から望んだ禅修行で圓通寺にあり、死に目にも会えなかった。こうして、絶えず母に心配をかけていたにもかかわらず、孝行も恩返しの真似事《まねごと》さえもしないうちに母は旅立ち、良寛はずっと悔恨の気持ちを懐き続けていたのである。母の死後、今になってさらに母を「追善」ならぬ「追悪」で苦しめてはいけない、それを避けるためにも生臭断ちだ、と決めた側面があったのだろう。母親のための「○○断ち」というのは、何処《どこ》か幼児の母親追いの幼さを感じさせるが、赤子のように単純なこの思考法こそ、禅僧の生き方を基本としながら、一人の人間としての生き方を引き出す大もとのやり方だったのだろう。

良寛にとって大切な家であった阿部家でも、生臭をめぐる逸話に次のようなものがある。

（略）時に或は魚羹等を盛りおくも知らざるが如く之を食し、家人の之は鱈汁なりと云ふに及びて、初めてさうかといひて食せざりきとなむ。

（西郡久吾『北越偉人　沙門良寛全傳』目黒書店、二八五頁）

この場面で「知らざるが如く之を食し」というのは、鱈汁のお汁だけを椀によそったものを言うのだろうが、良寛としては、前の逸話同様、それと分かっても、出されたら食さないわけにはいかない。しかし、「鱈汁のお汁なのだが…」と阿部家からためらう気持ちを言われると、繋がりの深さからいって無理に食すことはないと判断し直したのだろう。布施を受ける立場では施主の意向の範囲で身を処すべきとの認識がここにも覗《うかが》える。

生臭をめぐる右の四つの逸話では、それぞれに良寛の立場は異なっている。その四つの場面の良寛の対応の仕方を比較してみたとき、特別の関係にはない一般の人に対しては、自己の信念は核として持ちながら、一方では、譲れるところは極力譲って、周囲の好意を無にしないようにしよう、と考えている対処の仕方が見えてくる。世間の人は良寛を「禅僧」としてしか見ておらず、しかも、禅僧の有りようがどんなものかも深い認識を持たない中で、良寛は、世間がここまでは「禅僧」の範疇《はんちゅう》と認める境界を鋭く推し量り、その範囲を飛び出すことのないように気を配りつつ、常に身の処し方を計らって生きていたのである。

二 貞心尼の請見

師常に手まりをもて遊び給ふときゝて奉るとて　貞心尼

これぞこの　ほとけのみちに　あそびつゝ　つくやつきせぬ　みのりなるらむ
御かへし　師

つきて見よ　ひふみよいむなや　こゝのとを　とをとをさめて　またはじまるを
はじめてあひ見奉りて　貞

きみにかく　あひ見ることの　うれしさも　まださめやらぬ　ゆめかとぞおもふ
御かへし　師

ゆめの世に　かつまどろみて　ゆめをまた　かたるもゆめも　それがまに〳〵
いとねもごろなる道の物がたりに夜もふけぬれば　師

しろたへの　ころもでさむし　あきのよの　つきなかぞらに　すみわたるかも
されどなほあかぬこゝちして　貞

むかひゐて　千よもやちよも　見てしかな　そらゆくつきの　こととはずとも
御かへし　師

こゝろさへ　かはらざりせば　はふつたの　たえずむかはむ　千よもやちよも
いざかへりなむとて　貞

たちかへり　またもとひこむ　たまほこの　みちのしばくさ　たどり〳〵に

御かへし
またもこよ　しばのいほりを　いとはずは　すゝきをばなの　つゆをわけ〳〵
（加藤僖一『良寛と貞心尼』考古堂書店、六〇〜六三頁より翻字。読みやすくするために濁点を付し、各句ごとに区切った。）

右は、「はちすの露」に記載された唱和の最初から九首目までで、初めの一首は良寛留守中に木村家を訪ねた折に木村家に托してきた和歌、二首目からは一回目の請見の日のものである。この一首目の日と二首目以下の日を繋ぐ資料として次の貞心尼書簡がある。

何かたにか御座なな[注1]され候やらん　やがてまたあつき時分は御かへり遊さるべくと存じ候へばどふぞやそのみぎり参りたき物とぞんじまゐらせ候　わたくしもまづ当分柏崎へはかへらぬつもりにてさえわひ此ほどふくじまと申ところにあき庵の有候まゝ当分そこをかりるつもりにいたしあとの月より参りおり候　されどへんぴのところよへ便り遠に候まゝもし御文下さるとも与板のあぶらや喜左衛門様まで御出しくだされば長岡まで日々便り有候まゝさやうなし被下度候　何事もまた御めもじのふしゆる〳〵中上べくまづは御礼までにあら〳〵めで度かしく

卯月十五日　　貞心

のとや元右衛門様
御うち殿御もとへ

（堀桃坡『良寛と貞心尼の遺稿』〈日本文芸社〉二五八頁所載。仮名違い箇所を示す傍記の符号を省略し、各文末に余白を入れた。）
注1の箇所は衍か。）

後に記す「はちすの露」所載唱和の該当年数をさかのぼると、この書簡の「卯月十五日」は文政十年（一八二七）四月のこととなる。この年、三十歳の貞心尼は四月十五日以前に一度木村家に良寛を訪ねた。しかし、その時は良寛がどこかにある程度の期間行っているらしい状況で会えず、この書簡では「あつき時分」に良寛が帰った頃、また訪ねたいとの意向を書いている。おそらく貞心尼は、訪ねた時の木村家の好意に満ちた対応から考えて、自分の意図を伝えておけば「あつき時分」に良寛が帰庵したとき、そのことを伝えてくれると考えたのではなかろうか。それゆえ、自分の居所と連絡の仕方も記したのだろう。

この書簡の示している現・長岡市福島の閻魔堂に貞心尼が移った時期については、「文政十年三月」とするのが通説である。それは「あとの月」を「卯月十五日」から見て「既に後《あと》になった月」とした結果であろう。しかし、「あとの月」に対応するはずの「前の月」をも併せ考えると、四月の「前の月」は三月で、四月の「後《あと》の月」は五月ということになる。三月に閻魔堂に移った後で手紙にそのことを書くのなら、近い将来の行動予定を示す「当分そこをかりるつもりにいたし」とは書かないのではないか。貞心尼は、当分柏崎へは帰らないつもりで四月以前に柏崎から出てきて、おそらく長岡の実家に逗留《とうりゅう》し、なるべく島崎に近い空き庵を探していたのだろう。本当は福島の閻魔堂よりもっと島崎に近い空庵を探していたのだろうが、実家の繋《つな》がりや知り人の手づるが他にはなくて、自分が入れるように世話してもらえたのがこの閻魔堂だけだったのではないか。次善の策としてそこを居所と決めて「当分そこをかりるつもりにいたし（挨拶廻《あいさつまわ》り等の手続きをこれから済ませてから、この）あとの月より参りおり候」と、今後の自分の居場所を木村家宛礼状に書き込んだのだろう。蛇足だが、貞心尼の動きからすれば、当然、これは礼状のはずなのにお礼の文言が欠けている。この書簡を木村家で発見された堀氏は「手紙の前の方は切取つてあると木村邸でいわれた」（堀前出書二五九頁）と記されたが、本当のところは、木村家に具わった謙譲の家風から恩義をかけたことになる部分をすべて取り去っていたのだろう。

さて、貞信尼が訪れた時に良寛は留守だったのだが、この不在の事態は、宮榮二氏が「貞心尼と良寛」（『越佐研究』第四十集）で推測されているとおり、良寛が文政十年（一八二七）四月早々に寺泊の照明寺密蔵院に移った直後の訪問だったからなのだろう。この最初の訪問の時、貞心尼が島崎の木村家に手毬とともに托《たく》したのが冒頭の「これぞ此の…」という和歌である。「これ〈＝毬つき〉こそは〈あなたが〉仏道修行に進んで〈悟った仏法に則《のっと》って〉遊ぶように〈毬を〉つくのですね。〈毬をつくことは〉尽きることのない〈真理としての〉仏法〈を修行した、そ〉の実りなのでしょうね」の意となる。この和歌によると、貞心尼は既に良寛が仏法の実りとして毬つきをしているのではないかと見通しており、しかも、その「卯月十五日」付書簡中に「やがてまたあつき時分は御かへり遊さるべくと存じ候へば、どふぞやそのみぎり参りたき物とぞんじまゐらせ候」とあって、何とかして良寛に面会したいという強い願望を持っていたことが文面に表れている。わざわざ柏崎から長岡の北側の地・福島《ふくじま》の閻魔堂に移るということは、ある程度の期間、良寛に会い続けたいという意図の表れでもある。貞心尼がそうまでして良寛に会い続けたかった本当の理由については、この書簡には何も書き記されていないが、寛政十年（一七九八）生まれで、名前を「ます」（片仮名かも知れない）と言ったこの女性の、それまでの人生を辿《たど》ってみれば、自ずとそれははっきりする。

中村昭三氏『貞心尼考』（私家版）所載の上杉涓潤氏「貞心雑考」（この一連の考証は一九二八年、『越後タイムス』に連載）によると、「ます」の生家・奥村家は代々「五兵衛」を名乗り、長岡藩二十五石取りで「御鉄砲台師」だった。幕末期、当主・嘉七（明治二年死去）の時代には「荒屋敷」の地に住んでいた（上杉氏が奥村家の菩提寺・長興寺〈長岡市稽古町〉の過去帳を写したもの〈『貞心尼考』に掲出〉による。「荒屋敷」は現在の長岡市表町の一部）。それゆえ、武家の娘としての品位や知性を身に付けるよう育てられていたことは容易に想像される。宮氏の前出論文末の「明治四十四年五月廿一日中村藤八聞書」とある抄録中に、「ます」十四、五才頃のこととして現・柏崎市中浜から柏崎の町を見渡して「如斯場所ニテ学文シタキ者ナリ」と言ったとあり、後、「(関長温に)縁付《えんづき》タル内(のこと)トテ机ニ向ヘ字ヲ而已《のみ》読書《よみかき》致シ居ラレタルよし」(ルビと括弧内は引用者の補入)とあることからみても、町医師の妻となっても子供時代に培った学問や文学への関心を持ち続けた人だった。容姿、風采については、弟子の智譲尼の言(相馬御風『良寛と貞心』〈六藝社〉一五頁)や龍谷院(魚沼市井口新田)の初代・仙巌尼の話(松原啓作「小出の貞心尼」、『伝え遺志《のこし》たいもの』第二集八三頁)を総合すると、声こそカサカサだったが、小柄で細面、色白で品があり、類いまれな器量良しだった。そのゆえか、若い頃は長岡藩で御殿奉公をしており、十七歳の文化十一年(一八一四)頃、同藩御殿医・関家に養子となっていた美男子の関長温に嫁して小出に住んだ(魚沼良寛会『魚沼の貞心尼と良寛さま』二四頁)。ただ、子宝に恵まれぬまま、二十四歳の文政四年(一八二一)秋頃に離縁(松原弘明『貞心尼と良寛さま 不思議な雨編』七三頁)、後、柏崎で尼になったという。

北川省一氏が『良寛游戯』(アディン社)二四四〜二四五頁で、「彼女の出家の意思は、実家に戻ってきてから俄かに生れたものではあるまい。婚家を去るとき既に彼女を捉えていたものだと私は考える。後年貞心尼が仏前で回向する人々の法名の中に『万能十三代云々』というのがあったという智譲老尼の談話に基いて調査した上杉涓潤師によれば、(昭和三年「越後タイムス」所載、「貞心雑記」)、その人は燕の万能寺十三世泰袒光《たいしょうこう》和尚であり、ますの祖父の弟であったという。(中略)この高僧は、しばしば奥村家を訪れ、幼いますに大きな感化を与えていたにちがいない。この和尚が万能寺を再建したとき、奥村家が金主となっているのを見ても、奥村家の袒光和尚に対する信仰のほどが察せられる。」とされるとおり、泰袒光和尚の感化によって、早くから出家してゆく素地ができていたのであろう。

その後の貞心尼は、実家に出入りしていた柏崎の中浜に住む女性(「ます」が十四、五歳頃、柏崎の町を見渡したのもこの女性の案内という。北川氏前出書二四五頁に、貞心尼はこの女性を後々も「うば」と呼んでいた、とある)の世話で「柿橋関矢源次郎方ニ世話ニ相成」(宮氏前出論文末の中村藤八氏聞書。「柿」は「柳」の誤植)ったという。この「世話」は、おそらく下宿村に庵住していた二人の尼僧・眠龍、心龍への入門橋渡しを意味しているのだろう。

こうして「ます」は、いわば自らの品位と知性を保持して生きるために眠龍、心龍の許で剃髪して貞心尼となったのだが、尼として禅修行を始めてみると、それまで保ってきた武士の娘としてのプライドは、当然、五欲のうちの名欲として否定されることになる。貞心尼が最初に直面したこの壁をどう乗りこえれば良いかと思案した時、その先達として見えてきたのが「名主の家柄を捨てて出家した」と誰もが知っている良寛だったのではないか。どうすれば良寛のようにその問題を乗りこえてゆけるか、そこを当の本人から学びたいと考え、その教えを請う当分の期間ということで、柏崎よりははるかに島崎に近い福島の堂に居を移したのだろう。

そんな視点で「これぞ此の…」の和歌を見ると、この和歌一首で歌詠みの良寛の目をこちらに向けさせたいという貞心尼の意気込みが見えるのは当然だし、その意気込みから和歌の着想を何度か練り直して三カ所も掛詞《かけことば》を用いた、と見えてくる。その工夫の作は貞心尼の心の働きの活発さや仏道に賭《か》ける好ましい気迫を表すとともに、むやみに力の入った様を表すことにもなった。貞心尼としては、「では、私の毬つきの深奥を教えよう」との反応を得、そこを尼僧としての疑問点解消への入り口にしたい、と期待しての作歌だったかも知れぬが、良寛にはむしろ仏道に賭ける気迫と力の入った様だけが見えたのだろう、「今、あなたが取り組んでいる数息観、それに専念しましょう、私の毬つきもそれと同じものです」という意味の「つきて見よ…」を返歌とした。

良寛のこの答え方は「乞食行の純化が導き出した毬つき行」の項目に掲げた漢詩「青陽二月初…」(七三)の最終二句「要知箇中意《こちゆうのいをしらんとようせば》　元来只這是《がんらいただこれこれと》」にあった対応の仕方と同一だが、貞心尼の和歌を読んだ良寛は、初めて今の自分の生き方を奥底から知ってくれそうな人が現れたという思いになっただろう。貞心尼の書いた和歌の文字は勢いがあって男のような雰囲気さえある――筆跡に鋭い感性を持っていたであろう良寛は、和歌を書いた貞心尼の筆跡を見てそう思い、國仙が印可の偈で「非 男 非 女 丈夫子《おとこにあらずおんなにあらずじょうふのし》」(男女の差別相を超えた立派な修行僧の意)とした同学の義提(儀貞)尼を思い浮かべ、その禅尼が再来したような頼もしさを感じたのではないか。それゆえ、この尼僧の問いかけの答えとしてはこの返歌で充分と考えて、会うことなど考えなかった。貞心尼が良寛に直接会って尋ねたいと考えた自分の悩みそのものが、貞心尼の和歌には少しも表れていなかったからである。

冒頭掲記の「はじめてあひ見奉りて」から最後までが念願かなって初めて良寛に会えたときの様子である。面会を願い出たのは貞心尼だから、この時は、最初に貞心尼の方から、良寛の毬つきについての自分の理解と自分が尼となった事の次第、請見の理由などの話があっただろう。それを聞いた良寛は、この人がやってきたのは「品位と知性の保持」と「五欲の超越」の相克状態に悩んでいるためだった、と知っただろう。その問題は、貞心尼の生き方に直結することだったから、「いとねもごろなる道の物がたり」とあるようにいきなり仏道の話になったであろうし、知識を得て終わりになるという性質のことでなかったから、この日、話は長くなったであろう。貞心尼自身の悩み克服の姿勢の進み具合に合わせて相談に乗るとすると、ある程度の期間が必要だと良寛自身も自分の経験に照らして感じたことだろう。この最初の面会が文政十年(一八二七)の九月だったとすると、グレゴリオ暦では一八二七年十月二十一日から十一月二十八日の間に相当し、昼間は暖かでも夜はかなり寒くなる時期ということになる。確かに「夜もふけぬれば」「ころもでさむし」は、その状況を表している。その帰り際に「たちかへりまたもといこむ…」と貞心尼が言うと、良寛は「またもこよ…すゝきをばなのつゆをわけ〳〵」と応じた。この時、貞心尼が今後の生き方を定めてゆく大問題だからたちまち悩みの壁に突き当たり、秋のうちか初冬には再びやって来るものと良寛は思ったに違いない。しかし「ほどへて」も来ない。そこで良寛は「きみやわする…〈やって来るどころか〉おとづれもなき(「音信もない」の意)」と書き送った。それに貞心尼が「まだはれやらぬみねのうすぐも」と返歌し、それに対してさらに良寛から修行の指導と見える作が送られていく。

年改まって文政十一年(一八二八)、貞心尼から「はるのはじめつかたせうそこたてまつるとて」三首の和歌を届けたのを最初として、次に良寛→貞心尼→良寛→貞心尼という和歌贈答があり、その最後の貞心尼の作に、

いづこより　はるはこしぞと　たづぬれど　こたへぬはなに　うぐひすのなく
きみなくば　ちたびもゝたび　かぞふとも　とをづゝとをゝ　もゝとしらじを

とある。前回、貞心尼は「いはまによどむ　たにがはのみづ」と言い、今回は二首の和歌で「『春が来る』ということの中にある真理はどんなものかについて、あなたが答えてくれないので、私は理解できずに困って泣いている」が、ともかく、「『とをづゝとをゝ　もゝ』という、世にあるものにあまねく存する真理の存在を、貴方の教えによってはじめて知りました」と言ったのだった。が、良寛は、自分自身が千羽雀の羽音からこの世の真理を体感したように、貞心尼が「『とをづゝとをゝ　もゝ』という如き真理の存在を、『こたへぬはなに　うぐひすのなく』という状況の中に体感した」と言っている、と誤解したのだろう。良寛の返しの歌には、

いざさらば　われもやみなむ　こゝのまり　とをづゝとをゝ　もゝとしりなば

とある。それを読んだ貞心尼は、自分の作の意図が誤解されていると知り、今、ここで指導を終了されては困ると思っただろう。そうなると、自作に対する誤解を解き、指導の継続を依頼するには、会って話すしかない。その結果は、会って話して、弟子にしてもらって継続的な指導をしてもらうよう行動を起こすことになる。この状況での請見が二回目のこととなろう。

『はちすの露』の次の行を見てみると、「いざさらばかへらむといふに」の詞書の後に、良寛の「りやうぜむの…ちぎりてしことなわすれそ…」があり、その後に貞心尼の「りやうぜむの…ちぎりてしことはわすれじ…」がある。こ

の良寛からはじまる唱和は、最初に弟子としての入門依頼が口頭であり、それを受けた良寛から、まず許諾の和歌が詠まれ、次に、和歌で貞心尼の誓約があったことを示している。良寛は、自身が師・國仙と幽明あい隔たることになって以後も師の教えに則《のっと》って生き、その教えが誤っていなかった、と確信することができた実感を踏まえて、「國仙の示した生き方をあなた(貞心尼)にそのまま伝える」と言ったことになる。これが二回目の請見だった。

次には「聲韻の事を語り給ひて」という詞書がある。この詞書は、師弟関係再確認の時とは別の請見の機会を意味しているのだろう。「御いとま申とて」とある貞心尼の作に「ほととぎす」とあるから、文政十一年(一八二八)夏のことと思われる。良寛はこの時、「あきはぎのはなさくころは来て見ませ…」と言って、次の機会は秋としたが、貞心尼は「されど其ほどをもまたず、又とひ奉りて」(詞書)「なつくさわけてまたもきにけり」(下の句)と重ねて訪ねた。しかし、この短期間のうちに二度あった請見の目的を窺《うかが》わせるものはない。これが三、四回目に当たる。

「あるなつの比まうでけるに、何ちへか出給ひけん、見え給はず、ただ花がめにはちすのさしたるが、いとにほひて有ければ」という詞書がそれに続く。季節は前と同じ夏だが「あるなつ」とあって新たな書き出しになっているから、次の年、文政十二年(一八二九)の夏を指す。ただ、この時も請見の目的は分からない。ただし、このときは良寛が留守だった。五回目に会えたのは「御はらからなる由之翁のもとよりしとね奉るとて」とある時で、与板の由之を訪ったところ、「しとね」を届けてくれるように依頼されて島崎まで足をのばしたのだろう。その時、良寛は「五韻」を語り、以南の遺してくれたものを示して涙を流した。おそらく良寛が「みづぐきの　跡《あと》も涙《なみだ》に　かすみけり　在《あ》りし昔《むかし》の　ことを思《おも》ひて」(一二六七)と書き込んだのは、以南の入水自殺を知った後のことだっただろうが、それから三十年あまり後の今、その時とまったく同様に涙を流したのである。「しとね」を届けるのだから季節は秋だったのだろう。

次の六回目は「ある時、(良寛が)与板の里へわたらせ給ふとて、友どちのもとよりしらせたりければ、(与板へ)いそきまうで」た時のことで、良寛が明日はここを発《た》つと言うのを受けて貞心尼が同行を願い、その翌朝早くにやって来た良寛に「きみがまに〳〵なしてあそばむ」と詠みかけ、良寛も「こころひとつをさだめかねつも」と応じた様が記されている。季節を特定できる語はこの箇所には記されていないが、次に「あきはかならづおのが庵りをとふべしとちぎり給ひしが」とあるから、与板でのことは夏以前であり、前回が秋だから、この与板でのことからが文政十三年(一八三〇。十二月十日に改元し、以後、天保元年)のこととなる。

良寛が貞心尼の庵を訪ねようと言った文政十三年(一八三〇)の秋、「(良寛から)ここちれいならねばしばしためらひてなど御せうそこたまはり」、その後は良寛が「御ここちさはやぎ給はず、冬になりてはたゞ御庵りにのみこもらせ給ひて」「しはすのすゑつかた俄におもらせ給ふ」状況で、文の遣り取りのみが記されている。

元気だった良寛を貞心尼が訪ねた時、おそらく貞心尼は和歌で挨拶《あいさつ》し、あるいは折に触れて和歌を詠みかけただろう。そうすれば良寛も必ず返歌をしたはずである。そんな唱和の場面があれば、貞心尼の態度からみて、それらは省略されずに『はちすの露』に書きとめられたはずである。もし、そうだったとすれば、『はちすの露』記載の六回が良寛への請見の全回数ということになる。請見の目的の分からないものもあるにはあるが、この回数の少なさ(年ごとの請見回数では文政十一年の三回が最多)は、修行中の疑問解消のためだったから、と解するのが一番自然なのではなかろうか。それに対する良寛も弟子への親しみ以上の何ものも持たなかったのではないか。

貞心尼と良寛の関係をどう理解するかについては、

① 良寛自身が経験した國仙と自分との関係を、自分と貞心尼の間に再現していたとする見方。
② 貞心尼の出現で、禅門の指導はしたが、良寛の心も影響を受けて明るくなったとする見方。
③ 若くてかわいらしい貞心尼の言動に振り回され、俗人に堕する行為も見られたとする見方。

の三方向があり、①の立場に立つと、貞心尼の「くるに似てかへるに似たりおきつなみ」に対して良寛が付けた「あきらかりけりきみがことのは」は内山知也氏の言われる「良寛の印可の言葉ではないかと思われます」（「師弟の間　良寛と貞心」平成七年度全国良寛会柏崎総会記念講演の要約、『良寛だより』第六十九号）ということになる。ただ、圧倒的に多くの人が②の立場であって、「良寛のために良かった」とするようである。この見方は、貞心尼の修行の進み具合だけを心にかけていて、貞心尼の言動を身近に見て進捗《しんちょく》を確認したい、確認して安心したいという希求から発した良寛の作（来訪を促し、あるいは待ち、さらには来訪を喜ぶ内容の和歌を指す）を読む人が、良寛の「孤」の姿との対比から心に自然と懐く方向であって、公平に見るというよりも、むしろ同情や好意から描き出したものと言うべきだろう。良寛の公正な理解と言えるかどうか、その点で問題がある見方だろう。

③の見方をする人はおそらく次の唱和を引き合いに出すのではないか（次の「恋学問妨」のルビは宮氏の読み）。

恋学問妨《こいはがくもんのさまたげ》　　貞心

いかにせむ　まなひの道も　恋くさの　しけりていまは　ふみ見るもうし

　　良寛

いかにせん　うしにあせすと　おもひしも　恋のおもにを　今はつみけり（一二七九）

前出の宮榮二氏「貞心尼と良寛」によれば、この唱和を書いた一紙は貞心尼自筆という。そのうちの貞心尼の作が『はちすの露』にも『もしほくさ』にも記されていないことは、貞心尼に何か秘すべき点があったのかとも感じさせる。しかし、貞心尼が「いかにせむ…」の和歌に「七十三歳」と年齢を書き込んだ、散らし書きの扇面写真も同論文には載っている。この扇子は誰かに書いてやったもの、とすれば当然のこと、自分用のものとしても、他人が必ず見る物なのだから、書いた和歌は秘すべきものではなかったことになる。

示寂の二年前の七十三歳になって初めて禁を解く、ということも無いわけではなかろうが、それなら良寛との唱和を記録した一紙を遺したことが問題になる。この一紙を遺す行為は、禅僧としての良寛に汚点を付け、それを意図的に後世に遺そうとしたことになるからである。自分の汚点は覚悟の上で公にしたとしても、我が師であった良寛を汚辱をにまみれさせることを良しとできたものかどうか。

だから、貞心尼が「恋学問妨」の唱和を『はちすの露』にも『もしほくさ』にも記さなかったのは、③のように見る人が出ることを予測した結果、それを避けた行為なのであって、この唱和には秘すべきこととしてではない、自身の修行にプラスになる意味があったのに違いない。そのヒントは、貞心尼がまず詠みかけ、良寛がそれに和しているという詠歌の順番にあるのではないか。

貞心尼が良寛を訪うに当たっては、事前に良寛についての予備知識を得ようとしたであろうし、そのようにして聞き知ったことの中には、良寛がしばしば遊女屋に行くことも、若後家の所に出入りすることもあっただろう。良寛がそういう所に立ち寄っていたのは事実で、そのために女好きだと噂されてもいた。良寛が遊女とおはじきをした噂の方は、由之にも届いて諫《いさ》めの和歌が詠みかけられ、それに良寛は次の和歌を返している。

うかうかと　浮《う》き世《よ》を渡《わた》る　身《み》にしあれば　よしやいふとも　人《ひと》は浮きよめ(七五)

歌意は「〈私は〉うかうかと〈世の常識的な行いもせずに〉浮き世を生きている身であるので、〈世間の〉人はもしも〈遊女をさげすんで〉浮世女《うきよめ》と言うとしても〈そのように生きねばならなくなった女人の心の遊び相手として、自分だけはふさわしいはずだ〉」ということになろう。

この作に見える良寛の心は「人の生けるや直し」そのものであって、どこまでも遊女と同じ立場にいる。このことは自分の若い頃の青楼通いの反省から発しているものだろうし、その反省から、夜ごとに嘘《うそ》と手練手管で生きる遊女ではあっても、せめて心の奥底の素直さだけは保っていてほしいと願っていたのであろう。さらに、良寛自身、真心の行為にだけは心が共鳴して穏和で清明な気分になってゆく、そんな経験があって、そこから、つらい境遇の人々にこそ、穏やかですっきり明るい気分をなんとかして届けねばならぬ、と考えていたのに違いない。

若後家の家に出入りしたことについては、具体的なこととして玉木康一氏収集逸話「郷土に息づく良寛の逸話(十二)若い後家さんと良寛」(『轉萬理』第五十四号)がある。それによれば、若後家となった働き者の女房が子供の成長だけを楽しみに家を守っている国上の府中家に、良寛はしばしば立ち寄るようになり、その結果、良寛は村人にいろいろと噂されることになった。良寛が乙子神社草庵から島崎に移った後、その女房は「いろんな陰口なんか気にせんで、良寛さはおらちへちょく・《ママ》ちょく寄ってくんなさった。いい話もいっぺい聞かしてもろた。おら本当に良寛さに助けてもろたんだ。(以下略)」(原文の圏点を省略)と村の親しい人々に語ったという。若後家となった本人がそう語るということは、良寛が色好みでそうしていたのではなく、噂による自分の悪評は覚悟の上で、若後家を見守り支える意図があった、ということになる。そこには、禅僧として仏法を伝える姿というよりは、本来、人間として誰もそうあらねばならないところの、「『人の生けるや直し』を貫いて生きる姿」が表れ出ている。

貞心尼が「良寛は女好き」との噂を聞いていて、それでもなお良寛に会わなければない理由があったとすると、そんな良寛に対する対応策をあらかじめ練っておくこともしたであろう。したがって、「恋学問妨《こいはがくもんのさまたげ》」の詠みかけを、会った最初の時にしてしまおうと心づもりして、貞心尼は和歌の準備をしていたのではなかろうか——女好きの男に二回目以降に詠みかけると「藪蛇」になる可能性が出てくるから、そんなことはするまい。なお、貞心尼が前もって「いかにせむ…」の和歌を準備していたのだとすると、貞心尼にとってその和歌は、禅修行のための『はちすの露』の唱和とは別なもの、とはっきり区別されただろう。――そして、事実としては貞心尼が「恋学問妨《こいはがくもんのさまたげ》」の詠みかけをし、良寛がそれに和したのだから、それは最初の貞心尼請見時点のはずである。そうだとすれば、冒頭の一連の唱和のどのあたりでのことだったのだろうか。

『はちすの露』の記すところでは、貞心尼が初めて良寛に会った日、良寛の「いとねもごろなる道の物がたり」が続いていって、「夜もふけ」た頃、ようやく良寛は「これで自分の話は一段落」と考えたらしい。そして、そのことと現在の我が心を暗示して、

しろたへの　ころもでさむし　あきのよの　つきなかぞらに　すみわたるかも

と、月の和歌を詠んだ。貞心尼も良寛の話の一段落は分かったが、「されどなほ」良寛の経験に基づいた説明によっても、今回の話だけでは簡単には我がものとなった気がせず、まだ不十分で「あかぬこゝちして」、

むかひゐて　千よもやちよも　見てしかな　そらゆくつきの　こととはずとも

と詠んだ。歌意は「月に向かって坐って、千年も万年もその月を見たいものだ。空を行く月が物を言わないとしても」である。この和歌で貞心尼は、良寛が自分に会ってくれたお礼と教えてくれたことに対する感謝の気持ちを併せ、良寛の作中の「月」を踏まえて「〈私も〉澄んだ月を見たいものだ〈と思います〉」と言ったのである。

ところが、自分の詠んだ「むかひゐて…」の作を一瞬の後に振り返ってみて、「そらゆくつきの」の「の」を「…

のように」と解されると、「こととはずとも」は「（あなたが私に）話をしないとしても」の意となり、その結果、「見てしかな」は「（私はあたなを）見たいものだ」となってしまう、そのことに気付いただろう。――そう解すると歌意は「〈私はあなたに〉向かって坐って千年も万年も〈あなたを〉見ていたいものだ。そらゆくつきの〈ようにあなたが私に〉物を言わないとしても。」となる。――そうすると、この作は、本来の意図とは全く違って、女好きと噂のある良寛に誘いをかけたことになって、大問題になってゆく。「そもそも自分は悩み解消の手がかりを教えてもらいたくてここにやってきたはずなのに…。これは大変なことをしてしまった。」と思ったのではないか。

そうだとすると、「若くして独り身となった自分ではあるが、邪《よこしま》な心でここに来ているのではない」と説明して分かってもらう必要が出てくる。そこで、前もって準備していた「恋学問妨《こいはがくもんのさまたげ》」の詠みかけを、急きょ、実行することになっていったのではないか。

その詠みかけの「いかにせむ　まなひの…」を、以上の流れの中で理解すると、「どうしたらよかろうか〈もちろんそんなふうになってはいけない〉学びの道も恋草が茂って今は文を見るのもわずらわしい〈という状況には〉」となる。これに対して、自分の信念から遊女屋や若後家の家に出向いていた良寛であったから、その詠みかけの内容は当然のこととして「いかにせむ　うしにあせす…」（「どうしたらよかろうか〈もちろんそんなふうになってはいけない〉多くの書籍を読んで学ぼうと思ったのに、いつの間にか、その時、恋の重荷を背に積んでいた〈という状況には〉」の意）と返して、自分はそんなことは毛頭考えない、と伝えることになったのである。

貞心尼の返歌「むかひゐて…」からこの題詠までのやり取りが右のようだったとする根拠は、次の良寛の「こゝろさへ　かはらざりせば…」の和歌の語句が、その言外において、本来、尼となった者には言わずもがなの「あなたの心が仏道から離れたならば、私は会いはしないが」というニュアンスを含めて言っているからである。良寛がわざわざこのニュアンスを含む言い方をしたということは、貞心尼に俗人臭い何かを感じたからであり、そのことは「恋《こいは》学問妨《がくもんのさまたげ》」の題詠で申し開きをした点に一番顕著に表れている、と言えるからである。
良寛は若い貞心尼に会って話を聞き、わざわざ「恋学問妨《こいはがくもんのさまたげ》」の題で詠みかける貞心尼を見て、まだ五欲から離れることができないでいると知っただろうし、その意味で、現在の貞心尼は俗人に近いとさえ見ただろう。その貞心尼に対して、今、現在の自分と同一の見方に立つべし、と言ってもそれはなかなか実行困難のはずとも感じたことだろう。仏道修行を支えることには労を厭わないが、それには貞心尼の仏道に賭ける気持ちが第一に必要だとも考えたことだろう。それゆえ、良寛は「むかひゐて…」の和歌に対する返歌を「こゝろさへ　かはらざりせば…」、つまり「あなたの心が仏道から離れたならば、私は会いはしないが、あなたの仏道を求める心さえ変わらなかったならば、這う蔦がたちまち向かい合うように、私はあなたに絶えず対面しよう。千年も万年も」と詠んだのである。

　このような思いが良寛に湧いて、良寛から「あなたの心が仏道から離れたならば、私は会いはしないが…」というニュアンスを含めた言い方が示されたから、それを受けた貞心尼は、自分が真面目に仏道の修行に賭けている、ということを改めて表明するため、「たちかへり　またもとひこむ…」（「いったんは帰って修行した後に、ふたたびその結果を持って訪ねてきましょう、その折にはまたどうか指導してください」というニュアンス）と帰り際に伝えたのである。

　次に、つい先ほど、「七十三歳」とある扇面について「誰かに書いてやったとすれば」と記したが、それは誰でも考える可能性の一つとして上げたまでであって、「恋学問妨《こいはがくもんのさまたげ》」という題で詠まれた唱和の和歌を右のように解すると、良寛示寂後の四十年近く、最初の請見時に良寛に示した「恋学問妨《こいはがくもんのさまたげ》」の和歌を扇子に書いて、常に所持していたと見てよいのではないか。おそらく、庇護者に接し、弟子に教える際、常に貞心尼の頭の中には、尼として自分の中の「女性」をどう扱うか、他人にその点を如何《いか》に無視させるか、ということがあり、折に触れてこの和歌を自分に示し、他にも示していたのではなかろうか。この「恋学問妨《こいはがくもんのさまたげ》」という題詠は、貞心尼自身にとっては戒め、俗人に対しては防波堤だったと思われる。宮氏論文中の写真にある扇子は、そのうちの最後のもので、後、弟子に与えられて伝存したのであろう。

「もしほ草」（相馬御風『良寛百考』厚生閣）中の、

身を恥て不言戀

露だにもいかがもらさむ數ならぬ身ははづかしの森の下ぐさ（同書五五三頁）

曙　橘

きぬ〳〵のうつりかなうて橘のにほひゆかしきあさぼらけかな（同書五七六頁）

（堀桃坡『良寛と貞心尼の遺稿』〈日本文芸社〉では、「なうて」を「ならで」とする。）

の二首もまた、「貞心尼は良寛を誑《たぶら》かした女狐である」と言うための引き合いに出される。が、貞心尼の題詠のねらいは、純粋に、女人の持《じ》すべきたしなみや橘の香りの高さを言っているのである。万一、「きぬぎぬの…」の作が良寛との関係を言うのだとしたら、そもそもの作歌意図は誤解を呼ぶ要素を含む上の句にあるのではなく、そんなことはさらさら思われない清々しい対応ぶりだった、という下の句を言うことにある。また、「露だにも…」の作の理解にバレンタインデーならずとも女性から積極的に恋を言い出す現今の風潮を当てはめてはいけなかろう。

もし、これらの作に関連して言われるように、貞心尼が食うために尼となったような精神的に低俗な人なら、確かにごく通俗的な理由で良寛のところに遊びに行くに違いない。しかし、そうだとすれば、もっとしばしば良寛の許《もと》に押しかけたのではなかろうか。そして、もし、貞心尼にそんな様子が見えたなら、良寛は自分から「会ひたきものを」などと決して声がけはしなかっただろう。そういう女性と特別な関係を持つことは、圓通寺修行時代以後ずっと努力してきた自己練磨、自己純化の道を、その一事によって完全に消滅させてしまうことになるのだから。

三　合砥《あわせど》としての『論語』

子曰《しいわく》、「由《ゆうや》、誨汝知之乎《なんじにこれをしるをおしえんか》。知之為知之《これをしるをこれをしるとなし》、不知為不知《しらざるをしらずとなす》。是知也《これしれるなりと》。」（三二）
孟武伯問孝《もうぶはくこうをとう》。子曰《しいわく》、「父母唯其疾之憂《ふぼはただそのやまいをこれうれうと》。」（二二）
子曰《しいわく》、「君子食無求飽《くんしはしょくにあくをもとむるなく》、居無求安《きょにやすきをもとむるなし》。敏於事而慎於言《ことにびんにしてげんにつつしみ》、就有道而正焉《ゆうどうについてただす》。可謂好学已《がくをこのむというべきのみと》。」（一四）
子曰《しいわく》、「父母在《ふぼいませば》、不遠遊《とおくにあそばず》。々必有方《あそぶにはかならずかたあり》」（八五）

（良寛の遺墨は白文だが、宮崎市定『論語』〈岩波現代文庫〉を参照して引用者が読みをルビとした。以下も同様）

木村家の貼雑《はりまぜ》屛風には、八枚の『論語』の書き抜きが貼り込んである。右はそのうち『論語』の初めに近い所が書き抜いてある一枚分（この後に掲げた①の四章分）を掲げたものである。これを初めとして全部で七十七章もの『論語』章句（良寛によって書き抜かれたこれらの章句すべてを掲出することは紙幅の都合で割愛する）を晩年になって書き抜いているのだが、そのねらいは何だったのかと考えると、実に興味が尽きない。

そこでまず、『良寛墨蹟大観』第六巻（中央公論美術出版）所載の木村家遺墨中の章句と、宮崎市定氏『現代語訳 論語』（岩波現代文庫）の章句とを照合してみた。その作業中、写真番号三〇二番の前半部分に二三三章の「子曰《しいわく》、『知者《ちしゃは》不惑《まどわず》、仁者不憂《じんしゃはうれえず》、勇者不懼《ゆうしゃはおそれずと》。』」（墨蹟は白文）があり、次の行には「也已矣《のみ》」とあって、間に紙の貼り合わせ部分があるのに気付いた。二三三章の最終文字「懼」の下に二文字分ほどの余白があるのだから、良寛がどこかの章句に目移りして「懼」の後に「也已矣《のみ》」を書こうとしたのだとしたら、その余白に「也已矣《のみ》」のうちの一文字くらいは書いていて良さそうである。そうではなくて、次の行に「也已矣《のみ》」全体があるということは、間にある紙の貼り合わせ部分の存在から見て、ここに表具師の紙の継ぎ誤りが想定される。

この表具の継ぎ誤りを正すために写真番号三〇二番の「也已矣《のみ》」の後を見ると、そこには三九三章がある。だとすると、「也已矣《のみ》」は三九三章より前の章句の末尾ということになる。しかし、それより前に、良寛は七四、七六、七五章の順で書いているから、同様の順番の揺れを考えて三八〇代、三九〇代の章句を調べると、ただ一つ三九四章にのみ「也已矣《のみ》」はある。このことによって、紙の貼り合わせ部分の後にある「也已矣《のみ》」は三九四章のものであり、写真番号三〇一番の終わりから六行目(『良寛墨蹟大観』第六巻の四三六頁掲載写真における終わりから二行目)に続くべきものと判明した。

次に、写真番号三〇二番の紙の貼り合わせ部分より前にある二三三章「子曰《しいわく》、『知者不惑《ちしやはまどわず》、仁者不憂《じんしやはうれえず》、勇者不懼《ゆうしやはおそれずと》。』」は章句としては完結しているが、そこからどの写真番号へ続いてゆくべきものなのか。二三三章より後で最も近接しているのは二三六章だから、写真番号二九六番一行目に続いてゆくべきものということになる。

以上を考慮に入れ、『良寛墨蹟大観』第六巻に用いられた写真番号と、良寛の書き抜いた章句に宮崎市定氏前出書の章句番号を当てはめたものとによって、良寛の書写順に配列する(写真番号三〇一番と写真番号三〇二番はそれぞれ二分割されるので、分割線の前部分にA、分割線の後部分にBを付して表示)と次のようになる。

①**二九九番**(掲出章数四)=三三、二二(以上、為政第二)、一四(学而第一)、八五(里仁第四)

②**三〇〇番**(掲出章数八)=六七、六九、七〇、七二、七四、七六、七五、七八(以上、里仁第四。七五を一度通過し、思い直して書き加えたか。以下③に接続)

③**二九七番**(掲出章数四)=八二、八三、八四、七一(以上、里仁第四。八四の父母への対応法の章句で「仁」欠落によって家出した若い頃を思い出し、七一を補入したか。以下④に接続)

④**二九八番**(掲出章数一〇)＝八七、八八、八九、九〇、九一、九二(以上、里仁第四)、九四、一〇一、一〇八、一一四(以上、公冶長第五。以下⑤に接続)

⑤**二九四番**(掲出章数八)＝一一七、一一八(以上、公冶長第五)、一二一、一四六(以上、雍也第六)、一五一、一五六、一六二、一六八(以上、述而第七。以後、述而第七は一八四章まで存在する。したがって、一六九～一八四の部分の一紙が遺失している可能性もある。以下⑥に接続)

⑥**三〇一番B**(A＋B掲出章数一四のうち二)＝一八五、一八九(以上、泰伯第八。以下⑦に接続)

⑦**三〇二番A**(A＋B掲出章数二四のうち九)＝一九一、一九五(以上、泰伯第八)、二二一、二二六、二二九、二三〇(以上、子罕第九)、七四(里仁第四。②三〇〇番に既出)、二三二、二三三(以上、郷党第一〇。以下⑧に接続)

⑧**二九六番**(掲出章数五)＝二三六、二五一(以上、郷党第一〇)、二五七、二五八(以上、先進第一一)、二八二(顔淵第一二。以下⑨に接続)

⑨**三〇一番A**(A＋B掲出章数一四のうち一二)＝二八三、二九四、二九九、三〇一(以上、顔淵第一二)、三〇八、三一〇、三一五、三一七(以上、子路第一三)、三八〇、三八一、三九〇、三九四(以上、衛霊公第一五。以下⑩に接続)

⑩**三〇二番B**(A＋B掲出章数二四のうち一五)＝三九三、三九九(以上、衛霊公第一五)、三〇八(⑨三〇一番Aに既出)、三二四(以上、子路第一三)、三六一、三五九、三六〇、三六三(以上、憲問第一四)、四〇五、四〇八、四一四、四一九(以上、衛霊公第一五)、四三〇(季氏第一六)、四五八(陽貨第一七)、四六五(微子第一八)

これらのうち、①二九九番だけは、書き抜いてある章句の順番が②以下とは異なっている。そこで、最初に①二九九番に記されている章句の内容を検討することによって、②以下との関連性について考えておきたい。

ちなみに、①の各章句の内容を掻《か》い摘《つま》んで記すと、三三章＝知っていることと知らないことの境界をはっきりわきまえることが知ることの基本だ。

二二章＝父母は子供の病気を心配するものだから、健康でいるのが一番の孝行だ。

一四章＝君子は満腹も安逸も求めず、言葉よりも先ず仕事にかかり、徳のある人の言葉によって我が身を正す。これが学を好むということだ。

八五章＝父母のいる間は不要の遠出をしない。出歩くときは行き先を知らせておこう。


となっていて、特に二二章と八五章は、両親を亡くしていた島崎時代の良寛にとって意味ある項目とは考えにくい。それにもかかわらず、わざわざ書き出してあるということは、この一枚は良寛自身のためでなく、他人のための書き抜きと考えられる。この一枚が木村家に残っていることからすると、例えば、嫁ぐ「おかの」のための処世訓を木村家から依頼されたとき、良寛は最初、『論語』の章句を書いてやろうと考えて書き抜いた、それが残ったものと考えるのが自然ではないか。自分も指針としてきた孔子の言葉は誰もが信頼を置いており、何よりも、良寛自身が偉ぶった姿で表に出ないで済むからである。ところが、一度試みた『論語』からの抜き書きは、漢文が女性には不向きということもあって、自作の戒語に差し替えざるを得なくなったのだろう。以上の根拠から、①は、②〜⑩とは関連性の無いものと判断される。したがって、②〜⑩のひと続きの書き抜きは全部で七十三章である。

さて、②〜⑩の『論語』の書き抜き理由は何か。「おかの」に処世訓を示したのなら、自分にできないことを他人に求めるのは正しいことではないから、その処世訓以上に、まず自分に求めないといけない、——そう考えて、同じ『論語』から書き抜いて我が生き方を点検した、という見方もできる。しかし、木村家に来てから『論語』の書き抜きを始めたという見方では、記憶によったと思われる『論語』の「仁」十五ヶ条の遺墨の存在(「『論語』の『仁』十五箇条」

の項を参照）との繋《つな》がりに欠けてしまう。これはやはり、木村家に来る以前から「仁」を中心にした『論語』の示すところによって自分の生きようを点検してきており、それを木村家でも継続して、木村家伝存のものを新たに書き抜いた、と見るべきであろう。ともかく、良寛の書き抜き目的が「自分の生きようの点検のため」であったことは、次の四点の特徴からみて間違いない。

1　②の前には「学而第一」「為政第二」「八佾第三」の合わせて六十六章があるのに、その中からの書き抜きが無い。これは、「学而第一」が『論語』の最初にあって、良寛の若い頃から熟知している章句であり、「為政第二」は孝と政治の関連、「八佾第三」は礼、樂の関連が多く、自分自身の生き方の点検には無用で書き抜く必要がなかった、ということが想定される。こうしてみると、良寛が素通りして書き抜かなかったことが、逆に書き抜きの目的を示す結果になっている（ただし、遺失の可能性が無いわけではない）。

2　書き抜き目的が自分のためだったことは、「里仁第四」の七四章「朝聞道《あしたにみちをきかば》、夕死可矣《ゆうべにしすともかなり》」が、その順番の箇所に書き出されているにもかかわらず、ずっと後の「子罕第九」の終わりと「郷党第一〇」の始めの間（写真番号三〇二番一〇行目。『良寛墨蹟大観』第六巻四三九頁七行目）にも挟み込まれて存在していることにも覗《うかが》える。良寛は「子罕第九」を終わって一段落という気分になったとき、ふと「朝聞道《あしたにみちをきかば》…」をまだ書いていない気がしてきた。整理していない書き抜きの幾枚かを点検して、わざわざ書写の有無を確認するほどのことでもないし、また、その章句が『論語』の何番目かも分からぬので、ともかく加えておこうと、文を思い出しながらメモしたのであろう（遺墨の「道」と「夕」の間に、『論語』の原文には無い「而」が入っているのは、記憶で書いているためだろう。章句順に書き出した箇所には、原文どおり「而」は無い）。この一事にも、孔子の言う「人の道」というものを良寛が大切にしていた様子が表れている。

3　②～⑩の全七十三章に存するもう一つの特徴は、孔子以外の人で採られているのがわずかに五人（一一七章の顔淵、九二章の子游、一八九、一九一、三六〇章の曽子、二八三章の子夏、本人の言葉とは言い難いが四六五章の接輿）だということである。これは、良寛のよっているのが孔子その人に限定されているからだろう。それはまた、政治、経済、礼、楽、祭、制度、孝行等に関することは、良寛自身の現在と未来にはほとんど無関係のことであって、書き抜かれていないということとも関連していよう。

4　章句の書き抜き方にも良寛の意図を見ることができる。章句全体が孔子の言葉であった場合には、当然、その全文を書いているが、七一、一一七、二三六、二九四、三二四、三二七、三八〇、四三〇、四五八、四六五の各章では、選択的に主として孔子の言葉のみを切り出している。一方、全体で意味をなす七二章、章全体が良寛にもの思わせる一〇一章、問答が孔子の考えを浮き彫りにしてゆく二八二章などは、一部分を切り出すと不自然になるとの判断からか、長文にもかかわらず、章句全体を書き出している。

以上のような特色は、良寛の『論語』を読み取る姿勢――自分の生きてきた姿を『孔子』という鏡に照らして正邪を判断し、この先のより良き生き方に生かそうという考え――に副《そ》っていると言える。

②～⑩の書写順が、例えば②から③への続き方のように、『論語』の同一篇内で自然に次に続いている場合は、その作業は継続されていたとみて良かろう。しかし、良寛の書き抜く順番が『論語』の巻序どおりではなかったところが一カ所だけある。それは⑨三〇一番の一八～一九行目（『良寛墨蹟大観』第六巻、四三六頁二～三行目）に「子路第一三」の四項目めとなる三二七章を書き、その後、「憲問第一四」をとばして、「衛霊公第一五」に移り、それが四二〇章まであるうちの三九九章までを書いてからふたたび「子路第一三」に戻っているところである。この部分には、最初に記したような料紙の継ぎ違いは見えないから、これは『論語』書き抜きの終わりに近づいた頃の良寛の心理がそのま

ま出た結果なのではないか。この行きつ戻りつする様子を図示すれば、次のようになる。

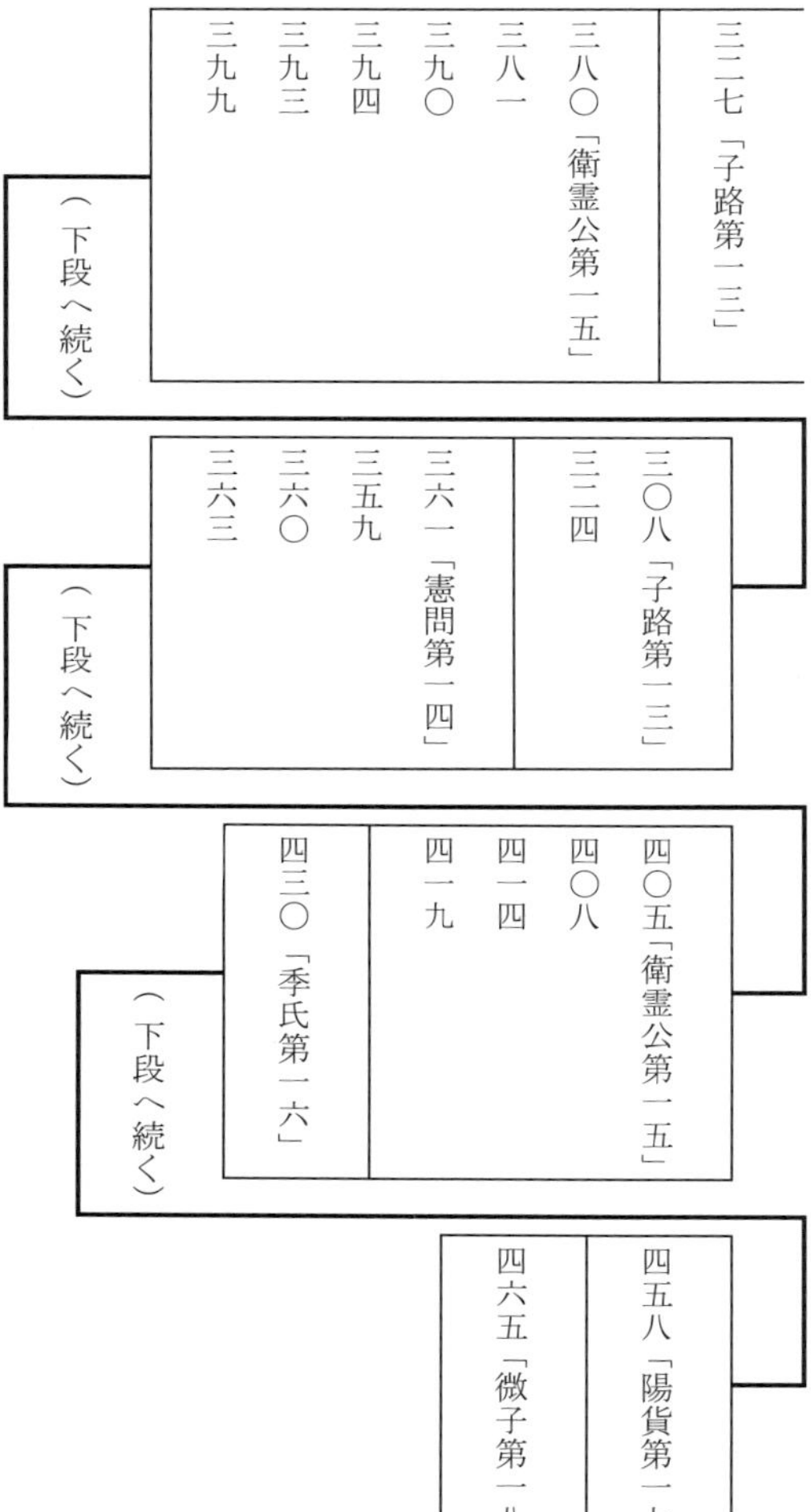

良寛の見た『論語』は二巻ずつの合本であり、「子路第一三」の終わったところで「巻一三が終わった！」という意識が強烈だったためか、そこで手を休めて次に取りかかったとき、まだ七冊目に「憲問第一四」が続いているのを忘れて、次の八冊目「衛霊公第一五」「季氏第一六」の合本に取りかかってしまった——最初に来る「憲問第一四」の飛び越えはそんなことになるのではないか。そして、「衛霊公第一五」の途中でそれに気付いて、記憶しやすい三九九章で作業を中断し、前の冊に戻ろうとした。しかし、その時には、表紙を開いた「子路第一三」の初めの方の章句

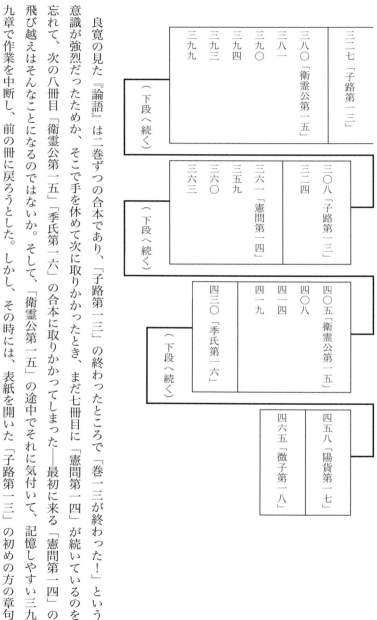

に心惹《ひ》かれて読んでしまい、三〇八章を書いてしまった後で、「子路第一三」は済ませていたことに気付いて三二四章の補充にとどめ、「憲問第一四」に進んだ。その「憲問第一四」を済ませて「衛霊公第一五」の四〇〇章に戻り(書き抜きは四〇五章から)、後は「季氏第一六」以降に進んだと思われる。

なお、『論語』の章句から良寛が抽出した全七十三章を見渡すと、大まかに言えば、以下の五項目に分類することができる。晩年の良寛が、なお不断の努力を続ける人であったことを示すために、以下、その五項目に分類した章句(重出二章の一方を削除した全七十一章)を記しておくことにする。

1　良寛が、生きゆく上で留意すべき具体的な点を見出したと推測される章句(合計三十一章)
七〇、七八、八三、八八、八九、九〇、九二、一一四、一一七、一一八、一二一、一五六、一六八、一八九、二二九、二三六、二五一、二八三、二九四、二九九、三〇一、三五九、三六〇、三六一、三六三、三九三、三九九、四〇五、四〇八、四三〇、四五八

2　良寛が、目指すべき生きる姿勢を見出したと推測される章句(合計三十二章)
六九、七一、七二、七四(重出)、七五、七六、八二、一〇八、一六二、一八五、一九一、一九五、二二一、二二六、二三〇、二三二、二三三、二五七、二五八、二八二、三〇八(重出)、三二〇、三二四、三二五、三二七、三八〇、三八一、三九〇、三九四、四一四、四一九、四六五

3　良寛が、仁の一側面を見出したものと推測される章句(合計五章)
六七、九一、九四、一四六、一五一

4　父母への反省を込めて抜き出したと推測される章句(合計二章)
八四、八七

5　我が性格に関連して抜き出したと推測される章句（一章）

一〇一

これらの『論語』からの抽出が、自らの生きる姿勢を点検するための産物であったことは、一〇一章や四六五章が含まれていることでも分かる。一〇一章の内容を、前出書の宮崎市定氏訳で掲げれば、「宰予が昼寝した。子曰く、朽ちたる木では雕刻《ちょうこく》にならぬ。腐植土を積んだ垣根では上塗りができぬ。予に教えるのはもうあきらめた。孔子がまた言った。始めのうち私は人に対して、その言うことを聞けば、それがそのまま実行されているものと信じた。だが、今の私は、人が言うのを聞いたあと、それが果して実行されるかどうかを観察することにしている。私は予に懲りてから方針を変えたのだ。」というものである。氏によると、宰予は合理主義者、孔子には厳格なストイシズムの面があって衝突したのだという。思うに、良寛の場合、自己一人の中にこの両面があって、ある時は宰予であり、ある時は孔子であることを直感したのだろう。どちらにも傾きやすい自分を御しつつ、如何《いか》に真っ直ぐに生きるかは良寛自身にとっての大問題だったはずで、しばらくは『論語』を読み進め得なかったのではないか。そのうえ、ここには昼寝があきれたこととして問題にされているのに、國仙の印可の偈には、その昼寝が価値ある働きのこととされている。この違いにも思いをいたして國仙を思い出し、更に思考を続けることになったのではなかったか。

四六五章は、楚の国の接輿が、孔子の言説を揶揄《やゆ》的に歌いながら孔子の門前にちょっと立ち寄った場面であって、『論語』の章句の大部分が接輿の歌った歌詞になっている。その歌詞の部分を宮崎氏の訳で見ると、「鳳凰が来たとさ、鳳凰が来たとさ。こんな衰えた世に、何しに来た。過ぎ去ったことは手直しがきかぬ。これからのことなら、まだ間にあう。よしたがよい、よすがよい。政治などに手出しをすると、ろくなことはない。」とある。良寛はその中から「過ぎ去ったことは手直しがきかぬ。これからのことなら、まだ間にあう。」の部分を書き抜いた。この話は、接輿の歌を聞きつけた孔子が、もっと聞こうと門前に出たが、接輿は小走りに去った後で、もう聞けなかったと続く。そこから良寛は、孔子が門前に出たのはその部分があったからだと考えて書き抜いたのだろう。「今より後をどう生きるのがよいのか」――これは良寛にも大問題で、もはや、その先は自分で考えるべきことと思っただろう。思考することが重なって『論語』の読み取りを止めたその時、偶然なのか、『論語』の四六五章以降で孔子が登場する話は、孔子が批判する話、批判される側面を持つ話、政治関連の話、天命の話など、数編あるのみだった。

島崎時代の晩年の良寛が『論語』を読んで、これだけ多くの章句を書き抜いているということは、ひたすら禅僧として生きたというよりも、むしろ、一人の人間として、自分の本性の具《そな》えている正しきに向かおうとする力を、さらに誤らぬように、孔子の言うところで確認を取っていた、と理解したほうが良いことになる。そして、もしそうなら、このような『論語』章句による点検、章句の書き抜きが行われたのは、もっと早くからだったと理解するほうが良いことになる。後の「仮名戒語」の項に記すが、「戒語」は既に五合庵時代に書かれていたという。言葉を中心とした「戒語」がその時代に存在していたのなら、思考や行動を中心とした『論語』章句による点検も、「戒語」と同時か、それより早くに始まっていなければならないことになろう。おそらく、自分のために『論語』を通読して必要章句を書き抜くことは、木村家に来る十数年以前から何回も行われたのだが、転住の際に処分されて伝わらないだけなのではないか。木村家にこの遺墨があるからといって、島崎時代になってから『論語』での総点検をしたとすると、良寛の実像を見誤ってしまうことになろう(解良家蔵の詩書巻の中に『論語』の章句数項目を記したものが二点存する)。

良寛の『論語』に対する信頼を右のように記すと、「良寛は『論語』によって生きたと筆者は言っている」と誤解されてしまうかも知れない。そこで、良寛のよっていた自分の本性の正しさと『論語』章句の関係を、分かりやすくするための例えを以下に記したい。それは私事にわたることなのだが、昭和の終わりか平成の初め頃、七十代後半の理髪店主から聞いた話である。――その店主は、当時、まだ日本剃刀《かみそり》で顔剃《そ》りをしてくれていて、日本剃刀の研ぎ方に話しが及んだ。その時に聞いたことは、日本剃刀は西洋剃刀と違って、毎日、砥石《といし》で研がねばならぬこと、その剃刀砥《かみそりど》も中央部分がわずかでもしゃくれてくると研いだ刃形が凸形になって困るから、剃刀砥は常に初期状態に保つ必要があること、剃刀砥を初期状態に保つために剃刀砥を同質の砥石で研磨すること、研磨する砥石を「合砥《あわせど》」と言うこと、などだった。

良寛の行った言動が、「剃刀で顔を剃る行為」なら、正しい言動の実行のための心の中の尺度は剃刀砥、その尺度を折々点検する『論語』は「合砥」に相当するだろう。五合庵時代から何度も『論語』で自分の行動規範を研いできても、なお、良寛が正しいと判断した言動が、時に奇異なことと受け取られる場合があったのは事実で、そんな時、良寛はそれを何とかしなければ、と感じたのではないか。その結果、島崎時代に至っても、自分の判断の尺度の正否を計って正す「合砥《あわせど》」として、やはり『論語』の章句が必要だったのではなかろうか。

四　「藜籠《あかざこ》にれて」

行く秋《ゆあき》の　哀れを誰《あはたれ》に　語《かた》らまし　藜籠《あかざこ》にれて　帰《かへ》る夕暮《ゆふぐ》れ(一一六八)

この和歌を、

① 山住みのあはれを誰れに語らましまれにも人の来ても訪はねば(大島花束編『良寛全集』新元社、四〇四頁)

② 山住みのあはれを誰れに語らましあかざ籠《こ》にみてかへる夕ぐれ(同書三三三頁)

という二作の詠歌法の延長線上に置くと、①②に共通の「山住みのあはれ」(山住みの一人あることのもの悲しさ)が「行《ゆ》く秋《あき》の　哀《あは》れ」と変えられただけだから、「行《ゆ》く秋《あき》の　哀《あは》れ」は「行く秋に一人あることのもの悲しさ」ということになり、また、①②において、「山住みのあはれ」が「人の来ても訪はねば」や「(藜《あかざ》の葉を籠に満たして)かへる夕ぐれ」と時が同一であるように、冒頭の和歌でも「行《ゆ》く秋《あき》の　哀《あは》れ」は「藜籠《あかざこ》にれて　帰《かへ》る夕暮《ゆふぐ》れ」と同一時点のこととなる。そう解して現代語訳すると、誰がやっても谷川氏の現代語訳「過ぎて行こうとしている今年の秋のもの悲しさを、誰に話したら分かってもらえるであろうか。藜《あかざ》を籠に入れて、帰るこの夕暮れ時に。」(『校注　良寛全歌集』春秋社、三四〇頁)になるだろう。当然、冒頭の和歌中の「あはれ」は「(一人あることの)もの悲しさ」のままである。これが通説なのであろう。そう解釈するのが正しいなら、「行《ゆ》く秋《あき》の…」の冒頭の和歌は、晩秋に人間誰もが感ずる普遍的心理傾向を詠んだ作となって、良寛における最高の風雅の和歌ということになる。「三夕」にも比肩すべき「秋の夕ぐれ」の作ということになろうか。

しかし、その理解の仕方には大きな疑問が残る。それは、冒頭の和歌が良寛の肖像の賛として書かれたことから浮かんでくるのだが、良寛が賛をしたということは、良寛は自分の肖像画を見、それが自分だと知ったうえで最高の風雅の作を賛とした、つまり、画像の自分は風雅の人間だと自認したことになる、という点である。

「風雅」をめぐる良寛の態度については、坂口文仲との唱和(この一紙は「文化十五子《ママ》八月中旬　五合庵　良寛初対面之圖　文仲」と記された絵と合装)が著名である。坂口五峰氏『北越詩話』上(目黒書店)に「僧良寛の名を聞き。酒を載せ往きて訪ふ。良寛爲めに野蔬を摘みて下物と爲し。茅を剪りて箸と爲す。君即席之に戯れて云く。」(「君」は文仲を指す)として、文仲の和歌とそれに答えた良寛の作を次のとおり記している。

萩箸と、世に傳へしを、茅ばし。花おしみてか、枝おしみてか。

草の庵、なに咎むらん、茅ばし。惜むにはあらず、花をも枝も。（一〇五）

さらにこの唱和の後のことを、「此餘雜然唱和、半日の歡を罄《つく》し。帰りて家人に語りて曰く。渠《かれ》は僞道人のみと。唱和諸作十餘紙。盡《ことごと》く以て人に與ふ。王母之を惜み。竊《ひそか》に一紙を取りて家に藏す。即ち茅箸の詠なり。當時良寛、道望甚だ高し。而して君獨り僞道人を以て之を目す。知らず何の見る所ありしか」（同書　上　六〇一～六〇二頁。ルビは引用者）と伝えている。これは、良寛が和歌を詠み、漢詩を賦《ふ》すと知って風雅の友として交際しようと出かけた文仲が、この日の一事で風流、風雅に心を向けていない者と判断したということだろう。良寛から言えば「〈私が仮住まいする〉草《くさ》の庵《いほ》〈では風流そのこと自体を考えていないのです。そのことをお分かりにならずに〉なに咎《とが》むらむ（「何で咎めだてするのでしょうか」の意）。〈私は風流かどうかを尺度にして〉花お《〔を〕》もゑ《〔え〕》だもお《〔を〕》しむにはあらず〈むしろ、風流そのこと自体を考えていないのです〉」、という和歌の意図が伝わったことになる。つまり、この記述が示すことは、良寛は折々和歌を詠み、漢詩を創《つく》ってはいたが、それは風流、風雅のためではなかったということである。それを「良寛の生き方」から捉《とら》え直せば、自己修練の面で向上心を持たずにこの世を過ごしてゆく風流、風雅の生活は、良寛自身には禁忌事項に属することだった、ということになる。

　そうすると、前述した「行《ゆ》く秋《あき》の…」の作の通説としての理解の仕方は、この文仲との唱和の示す良寛の生き方とは明らか食い違うことになる。したがって、「行《ゆ》く秋《あき》の…」の作については、良寛の詠歌姿勢に副《そ》った正しい理解を他に求めなければならないことになろう。――通説の理解の仕方で改めねばならぬ点は、「行《ゆ》く秋《あき》の　哀《あは》れ」と「〈藜《あかざ》の実を籠《こ》に入れて帰《かへ》る〉夕暮《ゆふぐ》れ」を同時点としたこと、「行《ゆ》く秋《あき》の　哀《あは》れ」の内容が「山住みの　あはれ」と同一だと決めてしまっていたこと、の二点となる。――

さて、活字化された良寛全集の類に載る冒頭の和歌の校異欄を見ると、「籠《こ》にれて」の「れて」部分に関して、「して」「みて」「いれ」「いれて」「のせて」がそのすべてであることが分かる。このうち、「みて」は右に引用の②の作を冒頭の和歌に統合したために生じた校異であり、「いれ」は、西郡久吾氏『北越偉人 沙門良寛全傳』(目黒書店)六二一頁から受け継いだか、②の作を大島花束氏『良寛全集』(新元社)から東郷豊治氏が引用した際の誤記で派生したか、のいずれかで生じた校異であり、「いれて」の原所在は不明ながら、「れて」に不安定さを感じた人が「い」を加えたものであろう。「のせて」は、貞心尼『はちすの露』記載の「のせて」を東郷氏が「別遺」として掲げてしまったのが出発点かも知れない。なお、「れて」「して」の違いに関しては、林甕雄本『良寛禅師歌集』中に「れて」とある一方で、平田義夫氏が「『逝く秋の』歌について」(『随想集 続新潟百人選集』新潟内外新聞社)で、「れ」とするのは原田勘平氏が「新《し》」を見誤ったもの、としておられる。おそらく原田氏は林甕雄本によったのであろう。

これらの掲出されている文字の異なりは、いずれも冒頭の和歌の遺墨の文字をどう読むか、ということのみから出たものと理解されるが、この「行《ゆ》く秋《あき》の…」の遺墨中、他の箇所に三回使われている草仮名「禮《れ》」を調べてみると、

①最初の点の後の横から下へ曲がる線の曲がりが急角度である。
②左下から右上に引き上げた先端は上に撥《は》ね上げてある。

のに対し、「籠にれて」の一箇所だけは、

①最初の点の後の横から下へ曲がる線の曲がりが緩やかで角張らない。
②左下から右上に引き上げた先端は算用数字「9」の書き始めのように丸めて縦の線に繋《つな》いでいる。

という微かな違いがあり、そのことは、他に一点伝存する遺墨にも共通している（『良寛墨蹟大観』第四巻の解説では「右の写しか」とされるが、写しではなく下書きだろう）。その差異を良寛の草仮名の区別を表す有意の違いとすれば、平田氏説の「新《し》」が正しいことになる。

もし、良寛の意図が「藜籠《あかざこ》にして」なら、この部分の解釈は「藜（の実を）を籠に入れて」となって単純なこととなる。そうすると、良寛がこの和歌で言わんとしたことは、「行《ゆ》く秋《あき》の　哀《あは》れ（この部分についての通説によらない解釈は後に記す）は誰に語ろうか、語れる相手は何処《どこ》にもいない。藜（の実を）を籠に入れて帰る夕暮れ時に」となる。しかし、「藜籠《あかざこ》にれて」だとそう簡単にはいかなくなる。その「藜籠《あかざこ》にれて」の問題は、「沙門良寛七十四歳」という落款がもたらす問題とも繋がっているが、取りあえずここでは、①最晩年の和歌とはいえ、対校すべき他の遺墨が下書き以外には無いということは、この和歌が特別な意図で詠まれたものであり、そのために他の人には書かなかったこと、②その和歌が賛として書かれた肖像も、風流人以外の良寛の特別な姿を表す意図で描かれたものだということ、の二点だけを確認しておきたい。

落款「沙門良寛七十四歳」は、この和歌をめぐる最大の問題点であろう（「下書きだろう」と記した他の一点の遺墨にもまったく同様の年齢記入がある）。ここに書かれた七十四歳の年は、良寛が天保二年（一八三一）一月六日に示寂した、まさにその年に当たる。もはや流麗な文字など書けるはずもない身体状況だったのに、賛の文字は流麗、良寛の草仮名作品の真骨頂を示していて、示寂数日前の作としては実に不似合いなものとなっている。良寛の肖像を所持したいと思った人が、「年齢を書いて欲しい」と依頼したのだとしたら、何のために良寛の年齢記入が必要だったのか。その依頼に良寛が応じたのだとしたら、良寛から見てどんな納得できる根拠があったのだろうか。一説に、「年が明けたら貰《もら》いに来るから、来年の年齢を書き込んでおいてください」と依頼されて書いたのだろう、という。その依頼は、弱った体の良寛の心をほっこりさせるようなことだったのだろうか。この説には、そのあたりの説明が無い。あるいは、依頼されたのではなく、示寂の前年か、その前々年かに良寛が自分からある意図によって年齢を書き込んだとしたら、それはどんな場合、どんな意図なのか。——書かれている「七十四歳」とそれを書き入れた年、書き入れた時の周辺状況との整合性を求めて探ってゆく必要があるだろう。そんな大問題がこの落款にはある。

　以上のような画賛幅をめぐるある種の不可解さのうえに、良寛が手に持つ籠の大きさの異なる「由之賛遍澄畫良寛野遊図」（後に触れる②の良寛肖像）というものが別に伝存するし、賛の部分に関しても、右に触れたとおり、年齢部分までそっくり書いた下書きと思われる別の遺墨が伝存している——こうしたこの和歌とこの画賛幅をめぐる説明困難な状況は、和歌も軸も贋作《がんさく》だと思わせるに充分なものがある。しかし、そうだからといって、感覚だけで安易に和歌も軸も贋作と決めてしまって良いものかどうか。もう一度、予断を持たずに周辺部分も含めて考察を加えてみる必要があろう。そこでまず、賛の和歌から考察をはじめたい。

　賛としてこの和歌が書かれたのが「七十四歳」（示寂の一年、または二年前に書いた可能性もあろう）の時とすると、その時期、良寛は木村家の庵室にいた。当時の島崎は、

　今朝《けさ》はしも　押《お》し来る水の　凍《こほ》れるに　この里人も　漕《こ》ぎぞわづらふ（一〇一二）
　この里は　鴨《かも》つく島か　冬されば　行《ゆ》き来《き》の路も　舟ならずして（一〇一三）
　いかがせん　窪地の里の　冬されば　小舟も行《ゆ》かず　橇《そり》も行《ゆ》かねば（一〇一四）

と良寛が詠んでいるごとく、その周囲は島崎川の氾濫、湛水害の常襲地だった。その点を考慮して「行く秋の…」の和歌の背後にある人々の生活を考えると、しばしば飢饉《ききん》状態にあったことが分かる。当然、島崎が飢饉状態ならその

北方の信濃川下流域全体も飢饉状態にあっただろう。だから、良寛が托鉢に回っても喜捨を得にくかっただろうし、窮迫する人々の中に入って乞食行を続けるには忍びない気持ちも湧いただろう。その重苦しい良寛の心持ちと、知足こそ肝心と飢えに耐えている良寛の心を汲んで冒頭の和歌を考えると、「行く秋の哀れ」というのは、冬には食料の無くなるのが見えている、先の真っ暗な状況に置かれた人々の哀れさであり、娘を売って食うしか方途のなくなる哀れさだということは、容易に理解できよう。

その頃の過酷な状況は、木村家といえども、周辺各地の庄屋といえども無縁ではなかった。良寛の生きた幕末に近いこの時期、多くの藩が年貢の増徴に転じ、農民からの不足分は庄屋が肩代わりしなければならなかったからである。だから、各地の庄屋の庇護《ひご》を受けているとはいえ、いや、むしろ常に庇護を受けているからこそ、喜捨によって生かしてもらっている良寛自身が、近くの庄屋に立ち寄ることにも遠慮が生じただろうし、その庄屋で農民の哀れを口に出すことも決してできなかった。もしそんなことをしたら、庄屋が農民に年貢を納められるようにしてやっていないと責めることにもなるからである。「誰に語らまし」、すなわち、語れる人が誰もいないというのは、まさに良寛の心情の直接的な吐露だったのである。

「行く秋の哀れ」がそういう中味だとすると、それ以前にも人々が飢餓に瀕《ひん》する状況は何度もあったはずだし、その中で良寛は生きてきていたのだから、同じ「行く秋の哀れ」の語句で、過去にもその状況を言い表していたはずである。ところが、東郷豊治、渡邊秀英、谷川敏朗各氏の編著にかかる良寛の歌集によって、「あはれ」「あはれさ」「あはれなり」の用いられた和歌すべてにあたってみても飢饉状態となる哀れを言う和歌の作例は無い(死の予感をはらむものに「鳥辺野の煙」の作例はある)。しかし、ここで注目したいのは、意味不明のために良寛歌集を編んだ各氏が編集資料から除外してしまったらしい林甕雄本『良寛禅師歌集』中の、

ゆくあ支能　あ者れを多れ尓　可多らまし　あ可散閑《マヽ》こ加れて　可へるゆふくれ（十九丁裏五行目。釈文番号二一二）。

という和歌である。この作は、編者が歌集を編んだ折に理解を超える不明箇所が存在したため、遺墨中の草仮名二文字をそのまま書いて、右脇に「マヽ」と墨書してある。その他には「加」の左に疑問を示す朱点がある（ここでは朱点を割愛し、各句ごとに区切りを入れた）。

この作の下の句の不明箇所をめぐって上部余白には「あかさかこえてか」との朱の書き入れがあり、さらにその左脇には同じ朱文字で「赤坂といふ地／在や」（「ありや」と読むべきか。／は改行を示す）のメモ書きがある。そのまた左に「後日思へは弥彦なるへし」と推測が墨書されている。編者が「あ可散閑《マヽ》こ加れて」としているということは、このままでは意味不明だが、「可」も「散閑《マヽ》」も「加」も、他に読み取りようがない確定的な草仮名だったことを示している。しかし、それでは字余りになってしっくりしない。そこで編者は「あか散閑《マヽ》」は「赤坂」の地名があってもおかしくないから、「赤坂」が何処かにないかと探す気になったのであり、「赤坂」があるとすれば弥彦ではないかと考えたのだろう。そして、「赤坂」があるなら、はっきり「こ加れて」と四文字に読み取れる部分は三文字でなければならないが、ここに良寛の冒した誤りがあるのだろうと推測し、「赤坂」なら「越えて」が自然だから、「こかれて」は「こえて」とすべきものではないか――編者はそう考えて上部余白に「あかさかこえてか」と記入したのだろう。草仮名の「禮《れ》」が「江《え》」に近い点に着目し、そのうえで、「こ」「か」の草仮名の組み合わせが「越」の草体、または「こ」の草仮名になりやすいと考えたのかも知れない。

このうち、編者が縦長のゆえに「己《こ》」「加《か》」の二文字と理解した部分は、下に「加」があるのだから、実は草仮名の「嘉《か》」一文字と見なすべきものだったはずである。そうすると、この和歌の第四句は「あかさかかれて」という文字配列になり、それは「藜《あかざ》掻かれて」（「藜の葉が掻き取られていて」の意）または「藜《あかざ》掻かれで」（「藜の葉を摘み取ることができないで」の意）と解されて意味が通ることになる（なお、現在も新潟県下越地方には、春先、蔬菜の薹《とう》部分や葉部分の摘み取ったものを「かき菜」と呼ぶ所がある）。

春の藜の葉は食用となる。次々出る葉を適度に摘み取っていれば、秋にも食することは可能である。粗食を旨とした良寛は、毎年その時期、托鉢の帰りに何処か決まった場所の藜の葉を摘んでいたのだろう。ところが、今年は、意外にも自分以外の者が摘んでしまっていた。そこで、何度か托鉢の帰りに行ってみたが、やはりいつも摘み取られている。その様から、良寛は例年以上の厳しい飢饉状態を感じ取ったのだろう。その後に摘み取れる葉があったとき、前回までの様子を思い出し、自分用は摘み取れずに帰ったのではないか。その帰りの道々、たとえ秋の収穫はあっても、年貢を納めた後は残るものをたちまち食べ尽くして、やがて晩秋には食べ物に事欠く貧農の状況を想像し続けたのではなかろうか。しかし、農業に係《かか》わらない自分などは、そんな過酷な見通しは誰にも話せないことであり、また、そんな行き先を抱えた人々によって、今、生かしてもらっている自分であることを忘れてはいけない、そんな思いでこの和歌は作られたのであろう。したがって、「藜掻《あかざ》かれて」（または「藜掻《あかざ》かれで」）と詠まれた世間の状況を踏まえてこの和歌の上の句「ゆくあ支能　あ者れを多れ尓　可多らまし」の指す内容を考えると、「行く秋に一人あることのもの悲しさ」などであるはずがない。この「あ者れ」は、冬には食料の無くなるのが見えている、先の真っ暗な状況に置かれた人々の哀れさ、ということになる。

ここまで林甕雄本『良寛禅師歌集』中の和歌「ゆくあ支能…」について考えてきたが、もし、良寛が「この詠は特定の人のためのもので他の人には書かない」と決めるような、特別の和歌を創《つく》る必要があって、この「ゆくあ支能…」の和歌の経験を下敷きにして冒頭の「行《ゆ》く秋《あき》の…」の和歌を創作したのだとしたら、新たに創作した作の「行《ゆ》く秋《あき》の哀《あは》れ」の指す内容も「ゆくあ支能…」の和歌同様、冬には食料の無くなるのが見えている、先の真っ暗な状況に置かれた人々の哀れさ、ということになる。さらにその先を考えると、「行《ゆ》く秋《あき》の…」が記入された肖像が持っている籠の大きさからみて、「藜《あかざ》」の表すものは春や夏の藜の葉ではなく、秋の実でなければならない。すると、下の句の表すものも藜の実に変えられて、一首全体の季節を秋に統一したということになる。

前の林甕雄本「ゆくあ支能…」中の「あかさかかれて」の解釈の部分で、「藜《あかざ》掻かれて」と「藜《あかざ》掻かれで」の二とおりに理解が可能と記したが、これと同じことが冒頭の和歌の「藜籠にれて」にも存在する。その「藜籠にれて」「藜籠にれで」の二とおりの場合と、托鉢の喜捨の存否とを組み合わせると、「行《ゆ》く秋《あき》の…」の和歌では、次のア～エの四とおりの理解が可能となる。

ア　托鉢に出て多少の喜捨が得られたので、藜の実を籠に入れて
イ　托鉢に出て多少の喜捨が得られたので、藜の実を籠に入れないで
ウ　托鉢に出て喜捨が得られなかったので、藜の実を籠に入れて
エ　托鉢に出て喜捨は得られなかったが、藜の実を籠に入れないで

このうち、アは、「黎籠に満《み》て」の場合と同様に、良寛の心の持ちようからみれば実にあさましい行為であるから、そんな行いを表現することはすまい。残るイ～エのうち、イは、藜のわずかな実を我が物としないとの自己規制は含むが、その程度の自己規制は良寛以外の人にもあることだろう。ウとなると、その辛抱は相当に厳しいものとなろう。エは並の精神力による自己規制では実行し得ない。これを行うには死の覚悟が必要となる。良寛の生活には、辛抱の限界まで辛抱するという側面がある。そこから考えると、エこそ、季節を秋に修正して冒頭の和歌を作った良寛が、その作に込めた自身の生きようだったのではないか。ともあれ、イ、ウ、エのいずれとも解されるこの和歌の構造は、読み取り手の心の深浅で異なって理解される和歌の性質をよく知っていた良寛が、自身で國仙の印可の偈の結句

「到処壁間午睡閑《いたるところへきかんごすいのかんあり》」の内容を手探りしながら精進してきたように、我が生きざまを探り取ってほしいと願って設《しつら》えたもののように見える（前述したことでもあるが、もし、良寛の意図が「藜籠《あかざこ》にして」だとしたら、「藜籠《あかざこ》にれて」「藜籠《あかざこ》にれで」の別に関するこの部分は不必要である）。

記述の順序からすれば、次に、なぜ旧作に修正を加えてそんな暗示的構造の和歌を作ったのか、という段階に進むべきだが、そこに行きつくには、冒頭の「行く秋の…」の和歌が賛として書かれている良寛の肖像画について考えるのが早道であるから、以下、その肖像画そのものについて記したい。

良寛の肖像画に良寛の賛があるということは、良寛自身がその絵を見、自分の肖像を持つことがふさわしいと思った人のために賛を書いたのである。では、良寛からみて、誰に自分の肖像を持たせる必然性を感じるだろうか。おそらく一般的な親しさの人にはそうした必然性を感じなかっただろう。そうだとすると、弟子・遍澄だけがその人物に該当するのではないか。しかし、遍澄筆、または遍澄所持とはっきりしている良寛の肖像があるわけではない。そこで、「行く秋の…」の賛がある肖像と同じ構成の絵、つまり「画面の左に体を向けて顔だけ画面の右に向けている立ち姿」という共通点を持つ、次の①〜③の三点の良寛の肖像について、どれが遍澄筆または所持に該当するかを考えようと思う。

① 肖像は料紙の左寄り。「ふゆごもり春さりくれば…」の長歌と反歌「つきてみよ…」が賛として書かれ、その後に「良寛道人(の)肖像(は)参徒遍照《（ママ）》(が)圖之《これをえがく》長歌一首(は)／雲寒華(が)録千秋叢舎《せんしゅうそうしゃにろくす》」（落款印は「藏雲」「寒華子印」。「雲寒華」は別号。「千秋叢舎」は藏雲が名付けた龍海院での居所の雅名。空白一字分と改行を示す／符号、ルビ、括弧内の文字は引用者の補入。添え書き中の「遍照」は、御風氏指摘のとおり「遍澄」の誤りであろう）の添え書きの落款がある。肖像は左手首を胸の前に上げて掌に毬を載せ、右手首を左腹部に下ろして杖を握る。大きな笠を結わえた小さな風呂敷

包みを両肩回しで背負い、脚絆《きゃはん》を付けた足はすり切れた草鞋《わらじ》履き、体は正面向きなのに、両足先は向かって左を向く。向かって左から風が吹き、裙子《くんす》とよれよれの黒い褊衫《へんさん》は右になびく。頬のこけた七十過ぎと見える顔で、顎《あご》の突き出た長い顔と視線は向かって右に向く。

② 肖像は料紙のほぼ中央。賛は由之筆で「禅師かくれまし〻比／その思ひにて此さとに／こもりゐけるにある人御すかたを／うつしまゐらせてこれに／ものかきてとこひけれはやかてよみて／かける時はやよひのとをかあまりところは／しまさきなりけり／由之／わかなつむこれも／かたみとなりにけり／はるやむかしの／ゆふくれのそら」（／は改行符号）とある。絵像の左の手は、顔を向かって右に向けたために左手が前に出たという体《てい》で、竹か蔓《つる》で編んだ円筒形の籠《かご》（籠の口径の一倍半の長さの取手に、口径の二倍の深さの籠の本体部分が付く）を持つ。右の手は体側にあって肘《ひじ》を曲げて杖を握る。右肩から大きめの風呂敷包みを背負い、脚絆を付けた右足は画面左に、左足は正面に向き、顔と体を左に向けた様に合致する。白い袴かと見える裙子の上に黒い褊衫を着る。その腰を布紐《ぬのひも》で縛って褊衫をたくし上げている。黒い褊衫はやや渇筆をもって幾度も描かれ、着慣れた木綿生地の様を示す。笠をかぶった顔は向かって右に向き、六十歳ほどの普通人の容貌、鼻の脇から口の脇、顎にひげを剃った後の描写がある。向かって右斜め上を見やっている。

③ 賛は良寛筆の草仮名の和歌「ゆくあきの…」で、「沙門良寛七十四歳」の落款がある。絵の全体構図は②と同一であるが、異なる点を上げれば、次のごとくである。
1 左手に持った籠は、口径とほぼ同じ寸法の深さ、底部分は丸み帯びて全体が球形に近くなっている。
2 黒い褊衫の下は、はっきり裙子だと分かる。
3 右足の脚絆を隠す程度まで裙子が下がっている。
4 裾をたくし上げて縛った腰紐のさらに上部に、上半身にだぶつく褊衫を押さえる紐を締めている（紐の結び目は描かれていない)。

5　顔立ちが細長くなり、眼が細くつり上がり、顎が大きく長くなっている。そのためか、②より老けていて七十歳ほどに見える。

6　髭の剃りあとが描かれていない。

右のうちの②は、現在、常福寺(柏崎市東本町一)の所蔵である。賛の詞書部分によると、天保二年(一八三一)一月の良寛示寂後間もなくに、由之は「ある人」に賛を依頼され、三月の「とをかあまり」に島崎で書き入れたとある。

その期間の由之の動きを「八重菊日記」(相馬御風『良寛と蕩児　その他』〈實業之日本社〉三二一～三二八頁)から引用しつつ記すと次のようになる。――一月八日の良寛野辺送り以降、二月八日まで島崎の庄屋の「大谷地の家に籠」っており、二月九日になって「濱出雲の家にうつ」った。二月「廿五日は四十九日なりければ、はての御わざ」があり、その前後、由之は木村家に出向いていたに違いない。「やよひついたちの日、故郷を出たゝむ」として妹のみか子に引きとめられ、七日市を経て三日後の「よかのひいほにかへり」ついた。与板に帰庵して三日後の七日には「人々つどひし時」とある。これは久方ぶりに由之が帰ったので人々が集まったのだろう。その後は、三月「とをかの日例の船にて出たつ。そのかみ貞室のもとより、/わかれてはいつか逢見む玉ぼこの/道をはるかにわかるとおもへば/舟にのりて後なりければ新津よりかへりごとす。/玉ぼこの道は雲ゐに隔つとも/命しなずば行てあひみむ/新津に來つきぬ。」(/は改行符号)とある。この「八重菊日記」に、与板出立と新津到着の間にわざわざ和歌贈答を挟んでいる(この和歌贈答では、初めには貞室からの和歌到来を出立の「そのかみ」とし、後には「舟にのりて後」とする矛盾を含む)のは、「普通なら舟で信濃川を下って一日で行き着ける与板―新津間を、島崎への寄り道で二日以上もかけた」と記したい思いが由之にあったためだろう。それ以後の「八重菊日記」は五月下旬まで新津での動きとなる。

以上の一月八日からの由之の動きで言うと、賛の依頼を受けた「禅師かくれましゝ比」とは二月八日までであり、書き入れた「やよひのとをかあまり」というのは、由之が良寛肖像画を持参した「ある人」と三月十日に島崎の木村家か大谷地家で会うことを約束しておいて、そこに一泊して書いたという状況を意味する表現であろう。

では、常福寺所蔵の②を所持し、賛の書き入れを依頼した「ある人」とは誰だろうか。およそ良寛を肖像画で偲《しの》びたい人は、良寛肉縁の人か良寛の弟子、良寛の尊崇者に限られよう。このうち、良寛肉縁の人が良寛の生前に肖像画を所持したのなら、賛は良寛に依頼しただろうし、示寂後に由之に賛を依頼するとしても、わざわざ移動途中の由之に信濃川から島崎に迂回してもらって、そこで落ち合って書いてもらうことはすまい。由之の予定を尋ねて出雲崎なり与板なり、直接、由之のいる所に出かけてゆけば事は足りる。ところが、実際にはそうはせず、わざわざ島崎で待ち合わせているのだから、「ある人」は良寛の肉縁以外の人、つまり、良寛の弟子か尊崇者ということになる。

後に詳述するが、③は遍澄の願い出による良寛の頂相《ちんぞう》とみられるから、その許可以前において、遍澄以外の「ある人」が頂相と同一構図の肖像に至りつくことはありえない。もし、遍澄以外の「ある人」が②を描かせたとすると、それが遍澄の頂相③と同一構図であることをもってすれば、②は当然、③の完成以後のこととなる。そして、遍澄の頂相所持の願いと制作作業は良寛に近い人々の間にはたちまち知られたはずであるから、「ある人」が遍澄所持の頂相完成以後に良寛の肖像画を制作する場合、絵師に依頼する際には、良寛が「これは禅僧の自分である」と認めた遍澄所持の頂相を踏まえるはずである。そのうえ、「肖像画を持ちたい良寛の弟子か尊崇者」は、かならず「良寛は立派な禅僧」と讃える方向で良寛を考える人に違いないし、依頼されて描く絵師もまた、③よりもっと禅僧らしく描きたい、と考えるものだろう。したがって、③が既に存在した後においては、少なくともわざわざ褊衫の品格を落として木綿の風合いにしたり、不精髭と取られかねない髭の剃り跡を書き込むという方向は取らないはずである。また、頂相③の良寛肖像の持つ藜の実入れ用の籠を③より大きくすることは、良寛が吾に課した知足の心がけを弛める、つまり、否定する方向性を持って描くことであって「肖像画を持ちたい良寛の弟子か尊崇者」の「良寛は立派な禅僧」と讃える方向にはそぐわない。――その見方に立つと、③の頂相制作後において、③とは別の動きによって②の良寛像が描かれることは無いことになる。それにもかかわらず②は伝存しているのだから、それは③が頂相として制作されてゆく流れの中で描かれたもの以外ではありえないし、髭の剃り跡や褊衫の木綿の風合が描写されている点からすると、③の下絵とみるのが自然だろう。なお、②での褊衫の描写を木綿の風合いと見るのは、大島花束氏『良寛全集』四八五頁の解良家宛書簡（宛名を欠くので別の家宛の可能性もある）に「もめん衣なくいたし不自由に候。もめん二たん墨染になし被遣《つかわされ》可被下《くださるべく》候《そうろう》」（ルビは引用者）とあり、その書簡は、裸の物乞いに着ていた衣を与えた後、二反の墨染木綿を求めたと考えられることによる。そして、そのことは、良寛が常に木綿の褊衫を着ていたことを意味するからである。

遍澄は地蔵堂の富取芳齋に絵を学んでいたという。しかし、師の良寛に願って頂相所持を許され、大切な我が師の姿を所持できるという立場になった場合、絵像の出来はどうでも良い、下手な自分が描いてもかまわない、とは思わなかっただろう。もし、下手な絵像で良いとしたら、それは師の良寛を粗末に扱うことになるからである。そうなると、自分の探しうる範囲内で、しかも、自分の経済的負担能力の範囲内で一番良い絵師に依頼することになる。おそらくそのようにして遍澄が依頼したのは、自分の絵の師匠・富取芳齋だったのではないか。そして、実際に遍澄が頂相の制作を芳齋に依頼する際には「頂相としての師・良寛は、その風貌が正確に描かれていなければならない」とまず考えたはずで、その考えによって描写ポイントを描き込んだ概略図を自分で作って芳齋に渡し、芳齋はその概略図に副《そ》って最初に肖像②を描き、それを良寛に見てもらったのではないか。そのうえで良寛の要望もふまえて②を修正し、頂相の③を制作したのであろう。

②をそのまま頂相とはせず、描き直した③を頂相とした理由は、②から③への変更点に現れ出ている。第一に分かることは、③の籠が②より小さくなっていることで、「籠は藜の実を入れるものだから籠の大きさを小さくしてほし

い」と良寛から要望が出されたのに違いない。また、そのこととは別に、遍澄にも、頂相制作を知った良寛周辺の人々や絵師の心中にも、自然と「この際、良寛の真《しん》面目がさらにはっきり表われるような絵姿にしたい」という雰囲気が湧いたと考えられる。良寛自身が「褊衫を木綿にするな」、あるいは「不精髭と取られかねない髭の剃り跡は書き込むな」という指示をするはずがないからである。実際に②が出来上がって後に、良寛の考えの一端を聞いて改めて正式の頂相③を描くという段取りになったころ、遍澄を初めとしてその他の誰もが、徐々に「目の前にいる実在の良寛」から「尊崇の思いの表れた頂相にしたい」と思うようになっていった、その結果が高潔な良寛を象徴する顔貌や絹の褊衫の③を描くことになったのではなかろうか（なお、相馬御風氏は「良寛の肖像」の「追記」〈『良寛百考』五四頁〉に「（②と③の絵師は）同一人であらう」と推測され、描き手を遍澄とみておられる）。

こうして頂相③を得、下絵の②も所持していた遍澄は、良寛示寂の後になって、なぜその頂相下絵の②に由之の賛を依頼したのだろうか。それは②の肖像がその細部において自分の見てきた良寛の元気な頃の実際の風貌を表していると信じていたからであり、その風貌を一番良く分かっているのは弟の由之だと思ったからに違いない。もしかすると、遍澄は由之の手許に良寛の肖像が無いことを知っていて、自分同様、悲しみにくれている由之に同情する思いから、「由之に賛を依頼すれば由之からその肖像を所持したい旨の話が持ちかけられるかも知れない、そうなったら喜んで進呈しよう。むしろその方向こそ自分の本望だ」と思って依頼したのかも知れない。しかし、三月十日に肖像画（この時はまだ未表装だっただろう）を持参しても、由之からの所持希望の意向は示されなかった。そこで、遍澄は賛を書き入れてもらった②をそのまま持ち帰ったのではなかろうか。なお、「八重菊日記」の記述（前出書三一三頁）によると、由之賛の和歌の「わかなつむこれもかたみとなりにけり」は、示寂前年冬に良寛の由之宛書簡中にあった「我命さきくてあらば春の野の若な摘々行て逢見む」をふまえている。

良寛示寂を由之や遍澄と看取った貞心尼は、禅修行を続けるうちに良寛の深い境地と指導の手厚さを知って『はち

す の露』をまとめた。その内容としての良寛との唱和は自分の修行経過そのものだったから、後の我が修行を支える大切なものとして肌身離さず携行した。しかし、当時の住庵・釈迦堂に置いていたその他のものは、嘉永四年(一八五一)四月二十一日夜の柏崎大火ですべて失ってしまった(貞心尼「やけ野の一草」)。それゆえ、②の貞心尼所持はその後のこととなる。おそらく、火災で一切を失った貞心尼はせめて良寛肖像だけは持ちたいと考え、絵を習っていると聞いていた遍澄に師の肖像を描いてほしいと頼んだのではないか。それがきっかけとなって、遍澄から良寛の実像としての②を貰い受けたのであろう。以後、『良寛道人遺稿』の口絵と同一風格の良寛座像を自分で描いてもらうまでの十五年余、②は貞心尼によって頂相のように大切にされ、回向の対象として拝されたのである。

なお、軸装された②を巻き納めて外から見える所、掛紐の鐶のつく表木近くには、現在、上部にやや大きく「良寛禅師像」、その下に割注風に、右に「僧遍照筆」左に「山本由之讃」、その二行の下に「霜筠隠士題」と雅印、「霜筠…」の右から下の余白に「遍照ハ遍澄ノ誤ナリ 御風記」とある紙片が貼付されている。この紙片の筆者は山田八十八郎氏だが、おそらくは貞心尼の筆跡を見て「遍照」としたものであろう。というのは、①の藏雲の賛に「遍照」とあるからである。貞心尼が①を藏雲に送る際の送り状に「遍澄」と書いたのだが、藏雲はそれを「遍照」として賛を書いていた。つまり、普通の人から見ると、貞心尼の「澄」の草書体は「照」の草書体と見えたのである。おそらく御風氏は藏雲の賛を見た時にそれに気付かれてその旨を書き残し(『良寛百考』〈厚生閣〉五〇頁)、②の紙片も正されたのだろう。そうすると、貞心尼の所持した②の現在の貼付紙片に「遍照」とあるということは、貞心尼が②の良寛肖像の描き手は遍澄だと思っていたことを意味する(このことは、貞心尼自身が絵師に依頼して描かせたものではないことを表す。しかも、①の描き手が遍澄なら、②と③の描き手は描線の質の違いからみて遍澄ではない)。しかるに、良寛に就いて「人の生けるや直し」の生きようを学んだ遍澄が、わざわざ「②は自分が描いた」と嘘を言うはずもない。したがって、遍澄が「頂相の下絵に由之さんに賛を書いてもらったものがあるから、それをやろう」とだけ言って渡したのを、「下絵なら絵を習っている遍澄が自分で描いたものだろう」と貞心尼が理解して、「描き手は遍澄」とした紙片を軸に貼付していた、という状況が想定される。やがて貞心尼の「遍澄」と書いた紙片は手ズレで摩滅し、それを読み取った現在の紙片の筆者が、貞心尼筆の「澄」を藏雲同様に誤読して「遍照」と書いたのにちがいない。

以上、ここまで記してきたところの「ある人」の検討、頂相制作の過程、軸に貼付された紙片中の「遍照」の由来等からすると、②の肖像画は頂相③の下絵ということになる。しかし、下絵だからといって③より価値が下がるというわけではない。むしろ、下絵として遍澄の捉えた良寛の真実の姿が描きとめられている点こそ最も重要な点であって、良寛の実像を知ることのできる資料として、③をはるかに凌ぐ価値を有する肖像であると認められる。

この、②の後で③が描かれたという流れと、①とは、どう係《かか》わるのだろうか。この点を考えるには、なぜ良寛の肖像に前橋市の龍海院二十九世・謙巖藏雲が賛を書き、その賛の添え書きの中で、なぜ「参徒遍照《(ママ)》圖之《これをえがく》」と書いたのか。そこから探らねばならない。

藏雲は慶応元年(一八六五)、貞心尼を訪ねて良寛詩集刊行の意図を告げ、慶応三年(一八六七)に『良寛道人遺稿』を開版した。その間の慶応二年正月六日以降に、貞心尼から藏雲宛てに出された返書(これは次に引用する書簡だが、「しはす十日しるし玉ひし御せうしこ、正月六日たしかに相届き、有りがたく拝見致しまゐらせ候」と書き出してある)に、次の部分がある。

(略)師の肖像も　こぞの冬　薬師堂の庵主の方によき便有と申され　たゞたのみつかはし候所　今だ御もとへとゞかざるやう御申こされ候まゝ　おどろき薬師堂へ参りたづね候所　あまりよき便りもなく候まゝ　我もとにしまひおきたるとの事　真事にあきれまゐらせ候　されば此度はまわり遠なれど　江戸さんどにあつらひつかはし申候　詩集一さつ　序文二通り　是は嶌崎へん澄と申法師　年頃禪師としたしくいたせし人にて　此度開版の事に付　わざ〱私方へ持参いたされ候まゝ　さし上げ御めにかけまゐらせ候(以下略。「浄業餘事」所収。句読点の箇所を余白とし、省略体の「まゐらせ候」を元の文字に替えた。「江戸さんど」は江戸―金沢間の飛脚便で、月に三度出立した。）

これによれば、『良寛道人遺稿』用の肖像資料が貞心尼によって藏雲に届けられたのは確かだが、その「師の肖像」がどんな肖像だったかは、この文面からは分からない。文中の「薬師堂」が何処かも特定できない。「薬師堂」が「地蔵堂」の誤りでないとすれば、貞心尼は自分が遍澄から譲り受けて所持している②の絵が、自分の知っている晩年の良寛に似ていないことから、それを『良寛道人遺稿』用の肖像資料とはせず、良寛の肖像が存在しそうな所に広く声をかけていたのであろう。藏雲が良寛の肖像を口絵とするにあたり、資料とする肖像は所持したいと貞心尼に漏らしていたとすれば、既に遍澄から良寛の肖像を得ている貞心尼は、遍澄の手元に頂相《ちんぞう》としての③があることは知っていても、遍澄に依頼することはできなかっただろう。そんな状況の中で、「薬師堂」の庵主から「よき便有り」との連絡があり、早速、藏雲宛てに届けてくれるように頼んでいたと思われる。

「薬師堂」の庵主の言う「よき便有り」とは、その人の知人・遍澄が所持している①のことを言ったのだろう。ところが、「薬師堂」庵主が遍澄から借り出して実際に見てみると、肖像に親しみは持てるが「禅師とまであがめられた聖僧」の雰囲気に欠ける点が気になり、藏雲宛てに送るにも送れず、かといって遍澄に戻すにも戻せず、自分で持ったまま思案投げ首状態に陥っていたのではないか。そこに貞心尼がやって来て、遍澄から借りたという①を見、最晩年の良寛にそっくりだったので、それを藏雲に送ったのだろう。——こんな流れが成り立つとすれば、遍澄の書いた①が「遍照」筆と藏雲に書かれ得る状況になろうし、「照」と「澄」の草書体が、書き方によっては同じになることをも考え合わせると、「遍照」とは「或は遍澄の誤りでないか」と見る御風氏の見解（『良寛百考』五〇頁）が納得できる。

①に稚雅の雰囲気が存するのは、おそらく、遍澄が地蔵堂の富取芳齋に絵を習い始めたのが地蔵堂に移ってからで経験も浅く、あまり絵に熱中もしなかったからなのであろう。

次に、遍澄筆の①が先か、②から③への流れが先か、である。それは、良寛の許しを得て描いたものかどうか、また、何のための絵像だったかによる。一般に禅僧の師弟間で弟子が師匠の肖像を持つのは、頂相《ちんぞう》の場合しか無い。良寛と遍澄の間でも同様ならば、良寛在世中に①を遍澄が勝手に描いて所持したら、それは思い上がりの行為になる。良寛と何年も過ごした遍澄がそこを知らないはずはない。だから、①は良寛示寂後に描かれたはず、となる。

良寛も納得していたはずの、良寛肖像③所持に関する遍澄の意図とは何だったろうか。それはこの二人の関係に求める以外にない。幸いその関係については大場南北氏の「遍澄法師伝」(『良寛ノート』中山書房)や『晩年の良寛』(新潟県三島郡和島村)に詳しいので、その記述に立脚すると、文化十三年(一八一六)頃、十五歳程の遍澄に若い頃の自分との共通点を見出した五十九歳の良寛は、遍澄を快く五合庵に迎え入れ、遍澄も良寛の生き方に心酔して日々の雑事をこなしたらしい。そして、遍澄は常に良寛に対する心遣いを忘れず、将来を慮《おもんぱか》って乙子神社草庵への移住を勧め、さらに、自分が地蔵堂に移らざるを得なくなると、木村家に頼み込んで老齢となった良寛に安住の地を用意した。寡黙な二人だが、この間、遍澄の堅持する弟子としての節度のもとで、互いの身の上や生き方のあれこれ、禅門のことなど、親密な話し合いもあったと想像される。恐らく禅門に関する話しの中には、頂相や印可の偈についても含まれていたであろう。良寛示寂後、藏雲による良寛詩集上梓の計画が始まったとき、自分の収集した漢詩の集などを貞心尼に托《たく》して藏雲に届けたという事実から考えても、遍澄が如何に良寛の考え方、生き方を尊重し、実践していたかが分かる。そうした遍澄から我が師・良寛をみると、何時《いつ》かある時点で我が師の肖像を得て、まだまだ未熟な自分の生きゆく末のより所、我が戒めの原点としたい、という願いの生ずるのが自然であろう。

こうした見方に立てば、良寛の体調に通常と異なる何かが生じたと三十歳直前の遍澄が聞いたとき、頂相の制作許可が願われて当然である。文政十三年(一八三〇)七月に宮川禄齋の描いた顔貌はかなり痩せており、前年冬に早川樵巴らが訪ねた折の絵の顔立ちにはまだふくらみがある。②③をこれらの肖像と照らし合わせると、遍澄の願い出は文政十二年（一八二九）冬から翌年春頃までの間ということになろうか。おそらくこの頃に訪ねた遍澄は良寛から体調不良を聞いて願い出たのであろう（文政十三年初秋から良寛の腹痛と下痢がひどくなり、八月頃には暇乞《いとまご》いに知人を回り始めたという）。その時点で弟子としての期間が然るべき長さであり、禅の境地も一定以上に深まっていたら、良寛の方でも特別にそれを許すという方向に向かうのではないか。遍澄の希望を聞いた良寛は、自分の受けた印可の偈が國仙会下満十一年を過ぎた冬であり、翌年三月十八日には師が示寂した事実を思い出したことだろう。文政十三年は遍澄入門十四年目に当たる。

さて、頂相の制作を遍澄が願い出たとすれば、良寛はどんな姿を絵像として残すのがよいか、絵像の賛にはどんなものがふさわしいかと考え、自分の生き方の基本線と遍澄の進むべき道の融合点を求めて熟慮したことだろう。もちろん、その思考過程では、世間で生きてきた自分の経験を中心に、自分を取り巻く世の中の状況も考慮したことだろう。その結果、しばしば托鉢してまわることさえ自然と遠慮されるような状況の農家で構成された世間、その世間に農を業として生きながら、冬には徐々に飢餓に迫られる人々、その人々と交わって生き、その人々の家に托鉢をして回る身であるがゆえに、その人々以上に食料に恵まれてはいけないと常に厳しい自己規制に生きる自分を、どんな自身の経験を引いてきて言えば言い表せるか、と考えたことだろう。その思考の行き着いたところが、黎の葉や実を摘んできて食す以外にはなかった経験だったのではないか。そこで、既に考察した旧作、

　ゆくあきの　あはれをたれに　かたらまし　黎かかれで　かへるゆふぐれ（林甕雄本『良寛禅師歌集』釈文番号二一二）

を推敲して自分の生きようを表そうとし、まず賛としての和歌から考えていったのではないか。そしてさらに、推敲を加えた和歌が誤解を招かないためにも上の句に合わせて藜の葉は秋の実に変えられ、冒頭掲記の「行く秋の…」の

和歌が構成されたに違いない。

旧作の再構成によって、良寛自身の自己規制の生きようがより深く表されてくると、それと一体になる絵像にもその深さが表されていないとちぐはぐになる。そこで、我が本性としての信念に副って生きてきた一乞食僧としての姿は、どんな絵柄なら暗示できるかを考えたに違いない。その時、頭に思い浮かんだのが、世間での自分の立ち位置を我が身に向かって示し続けてきた句、

鉢《(はち)》叩《たた》き鉢叩《たた》き昔《むかし》も今も鉢叩《たた》き（九三）

だったのではなかろうか。鉢叩きは念仏宗の優婆塞、すなわち在家の信者たちであったので、それが普通の人々である故をもって良寛はそれを範としてきたのだろう。一般には僧侶と見えないその立ち位置こそ、飢餓に隣接して辛うじて生きている人々に互する我が立ち位置であるべきと考えていたはずだからである。平松真一氏は『良寛だより』一一九〜一二三号に一連の論文を載せ、その中で「あくまで仮説」と断りつつ、通説で言う圓通寺退出後の諸国行脚の期間における「良寛一時鉢叩き」の説を展開しておられる。その論文中に、松尾芭蕉の描いた「鉢叩き」の絵と冒頭の和歌が賛として書かれている③の絵とが掲出されている。氏はこの二つの絵柄の共通性について何も触れておられないので掲出の意図は分からないが、良寛が「鉢叩き」する人々の姿を見た場合、そこに我が生き方を感じて自分を振り返るよすがにしたであろうことは容易に想像できる。

もし、良寛が、芭蕉筆の「鉢叩き」の絵と同じ図柄の絵を何処かで見る機会があったとしたら、それに「富士見西行」を初めとする西行の旅姿、大津絵「鬼の念仏」、能因法師の旅姿などを加味して自分の姿にふさわしい構図を考え、良寛自身が「絵像は籠を持って振り返る立ち姿にしてほしい」と遍澄に伝えた可能性がある。

絵の構図にそういう我が生きざまを暗示するとすると、画面の左に向かって進む自分を表しながら、常に来し方に検討を加えて振り返る右向きの顔貌と視線とがふさわしい、と考えるのではないか。画面に描かれてはいないが、視線の遥《はる》か先には目指すべき悟りの月も想定されるはずだし、さらには、死の近きを自覚した良寛の「西方に進みつつ、今、ここに立ち止まっている自分」も込めていたかも知れない。

もちろん、良寛が詳細にわたって指図したとは思わないが、この絵像の顔の向きと視線とは良寛の生きようが自然と象徴されていたから、良寛の了承が得られたのだろう。それらが結果としてもたらしたやや上向きの視線は、巧まずして良寛自身の生きように対する確信を示すことにもなっている。頂相としての絵像の多くは、その像を仰ぎ見る人の心理に対応して視線が正面に向くか、やや見下ろしている場合が多い。しかし、この良寛の絵像の視線は、見る人の視線を顧慮していないために、良寛の独往の精神を象徴することにさえ成功している。良寛の希望を聞いた遍澄は、師の言う籠といえばスミレか食材の野草入れのはず、と理解し、それによって、下絵の②が描かれたのだろう。良寛と遍澄の間で、籠についてのそういう認識のズレがなければ、③での籠の深さの変更は無かろう。

良寛と生活を共にしたことのある遍澄が何年かして頂相を見てみると、師・良寛の独往の精神は表れているとしても、実際に弟子の自分に接してくれた現実の人としての穏やかさの希薄なのが気になってきたのだろう。おそらく良寛は、國仙がそうだったように、静かに遍澄の進歩を見守っていたのだろうが、そのことが弟子の遍澄にとっては、自分が心を寄せてもらっているありがたい指導として心に響いていたのだろう。そこで、「永観、遅し」と振り返った仏の視線のような、自分を見てくれる低い視線を良寛像の視線とし、我が心の欲するままに、手毬を持ったありし良寛の実肖像①を自分で描き、晩年の良寛の姿として所持したのではなかろうか。もしかすると、痩《や》せ衰えていた良寛のデスマスクの記憶をも加味して、良寛の容貌の特徴をやや強調して描いたかも知れない。自分の描いた絵が看取った我が師の本当の姿と思えばこそ、「薬師堂」の庵主から、貞心尼経由で藏雲という人が肖像資料を求めていると聞いたとき、出す気持ちになったのだろう。自分にはできなかった師の顕彰をしてくれる藏雲が、欲しいと言えばやるつもりにもなっただろう。

以上、①~③の姿の絵を比較検討してみて分かることは、厳しい自律と周囲の人々への配慮に生きた良寛が、自身の姿を弟子・遍澄に示す意図で③は制作された、ということである。そして、その肖像には、異例ではあっても、自分自身の生き方が表れていなければ意味がないとの思いがあり、そのことは弟子・遍澄に対する誠心誠意となって表れ出ている、と読み取ることができるのではないか。この誠心誠意は、「行く秋の…」の和歌を、以後、他の人のためにに書くことをしなかったという事実にも表れていよう。

ところで、この賛に記入された「七十四歳」は、一月六日に示寂したその年に当たる。良寛示寂の病床に侍し、良寛の首部《こうべ》を我が膝にのせて心身の安楽を願った遍澄が、その前六日の間に「約束の賛を書くから起こせ」と良寛に言われたとしても、いかに頂相所持のためとはいえ、起こして書かせたりはしなかっただろう。また、示寂の約一ヶ月前、良寛は鈴木牧之の山水画に楷書の賛を書いているが、その線の多くは手の震えでヨロヨロしている。死を目前にした六日間に、「行く秋の…」の筆跡のような流麗で弛《たる》むところのない文字が書けるとは思えない。そんなところからであろうか、「沙門良寛七十四歳」の記入は、良寛の年齢記憶に誤りがあったからではないか、という説があるという。

確かにその説は成立しうることで、例えば歴史小説作家・鷲尾雨工の義理の祖母・カネは嘉永元年(一八四八)生まれで、昭和元年の死去近くまで『中央公論』を読み、少しも呆《ぼ》けていなかったが、行年七十八歳(数え年)のはずなのに、本人は八十一歳と言っていたという。そのように、昔の人がたびたびの改元で数え年の数え方が攪乱《かくらん》されて、実際より多い年齢を自分の年齢として信じていた人はかなり多かったと想像される。良寛もその一人だったとすれば、ここに記された「七十四歳」が示寂前年の文政十三年(一八一六)でもおかしくはない。

ただ、良寛は「人の生けるや直し」を貫いた人だから、若い遍澄に話す機会があれば、自分のその時々の年齢を正しく伝えていたことだろう。それから考えると、今、死の近きを自覚した良寛が、むしろ意図的に「七十四歳」と記入したと理解したい。もちろん、遍澄はその「七十四歳」の記入を見て「確か、今年は七十三歳（または七十二歳）のはずだが…」と思うはずである。そのギャップに良寛の年齢記入意図があったのだろう。自分は「七十四歳」で旅立つことを自覚して今を生きている、あなたも自分の最期までの期間を見つめながら、死の瞬間まで精進に生きよ、と発信するつもりだったのではないか。そのため、良寛は風雅を目的の年齢記入法（その目的なら「よはひ七十四」、「七十四翁」等と記す）をとらず、自分の行年を過去帳に書くような体裁の、即物的な年齢の記入の仕方をしたのだろう。

以前、「國仙の与えた印可の偈」の項目で、死に近い國仙が良寛に与えた印可の偈に「到處壁間午睡閑」と書いたのは、「壁間」の語に良寛の一生涯を暗示したのではないかと記したが、それは、自分が一生を懸けてやってきた重要事を相手に伝えて自分同様の努力を期待するとき、そこに、自然と自分の来し方行く末と相手の人生すべてを表す雰囲気の漂うのが当然だと思うからである。そうだとすれば、國仙の与えた印可の偈の「壁間」の語に、死を覚悟している國仙の思いと良寛の一生の終わる時までの意が覗《うかが》えるのは当たり前ということになる。禅修行で研ぎ澄ました良寛の感性はそれを感得し、國仙が自分に向けて発信してくれたと同様の仕方で、良寛は自分の死までの期間を投影しつつ、自分に「かくあるべし」と求め続けてきた生きようを遍澄に伝えようとしたのではなかろうか。この賛を書いた時の良寛は、余命の短かさを自覚していたと想像されるからである。

『はちすの露』に「よはひ七十四歳」とあるから良寛の行年は七十四だ、という見方もあるらしい。しかし、貞心尼の場合は、禅門修行における自己の疑問点克服のために良寛の示唆を仰ぐことが中心であり、わざわざは良寛の年齢を知る必要性を感じなかったに違いない。『はちすの露』執筆が終わる時点になって初めて行年記入の必要性に気付いたのであろう。『はちすの露』の年齢記入の文字が本文よりやや大きく、書体も多少異なっている点からみても、誰かに問い合わせて書き込んだという気がする。

では、誰に尋ねたか。例えば、共に良寛の示寂を看取った遍澄、あるいは、良寛示寂の年の秋に「良寛禅師碑銘並序」を書いた證聴だろう。遍澄からはどんな答えが返っただろうか。右に想定したように、良寛が遍澄に自分の年齢を語ったことがあれば、「頂相の落款の年齢からいうと七十五歳となるが、以前、師から聞いていたところからすると七十四歳のはず」と返答があっただろう。一方、證聴からは、良寛が國仙について正式に得度出家したのは二十二歳と聞いたこと、尋ねた時点での法臘からすると示寂の年は五十三年に相当することを根拠として、「七十四歳のはず」と返答されただろう。

貞心尼がどちらに問い合わせ、どちらからの返答によって記したのかは不明だが、こうして『はちすの露』の「よはひ七十四歳」は補入されたのだろう。貞心尼が證聴の記録を尊重していたことは、『良寛道人遺稿』刊行前、蔵雲からの「良寛禅師碑銘並序」に関する問い合わせに、「證ちやう主はたび〳〵良寛禪師のもとへ参られ候へば　直説承はりて碑文にかゝれたる物ならむとぞんじまゐらせ候」（『浄業餘事』収載の蔵雲宛書簡の一部。省略体の「まゐらせ候」は元の文字に替えた）と書き送っていることでもはっきりしている。この信用度の高さからすると、貞心尼は證聴の答えによって書いた可能性が高いことになる。

最後に、取って付けたように記すのだが、もし万一、賛に「行《ゆ》く秋《あき》の…」の書いてある軸が贋作だとしたら、良寛の肖像を画く絵師と、山菜入れの籠を藜の実入れへと見方に変更を加えて人々の過酷さを表す和歌を創作した歌人と、良寛の筆致を完璧に再現することができる書家が組んだはずである。自分一人での偽物作りなら、もっと簡便に金儲《かねもう》けにつなげられようものを、最低でも三人、確実な遂行にはそれ以上の人数が組んで、あれこれ良寛の生活状況を想定して相談し、その上で儲けようとしたことになる。まったく物好きの人たちの暇つぶしとしか言いようがない。

——が、瞬時に閃《ひらめ》く良寛の頭脳がそうと知ったら、「ねせもの」とだけでは終わらずに、どんな言葉が発せられることになるのだろうか…。

五「ねせもの」

（書簡の前半部分を省略）

一　良寛筆去年頃

十方世界無外道

といふ懸額壹枚、二枚ならば一絲《ママ》ともいふべきもの餘人手《よじんのて》に御座候《ござそうろう》。是は愚禪様の忍の字の額か、又は貳珠《ママ》酒一升位にて御手に入可申候間《いりもうすべくそうろうあいだ》、御望《おのぞ》みならば来春早々被仰越可被下候《おおせこされくださるべくそうろう》。遅く相成候《あいなりそうらい》ては、外《ほか》へ参り可申哉《もうすべきか》と存候間此段申上候《ぞんじそうろうあいだこのだんもうしあげそうろう》。此外《このほか》はもはや良寛師《りょうかんしは》御手に入る事難澁と奉存候《なんじゅうぞんじたてまつりそうろう》（以下略）

頓首不一

十二月十五日　　花笑

鈴木牧之雅君

（相馬御風『良寛を語る』〈博文館〉所載「良寛の書に關する貴重な一文獻」二四六～二四七頁。ルビ、傍記は引用者）

長い間、良寛の墨蹟を入手したいと願っていた鈴木牧之は、文政十三年（一八三〇）十二月、俳諧の友であった義諦（旧・南蒲原郡栄町福島新田の徳誓寺の僧）に島崎の木村家まで出向いてもらって、ついに良寛に揮毫してもらうのだが（この一件については、次の項目を参照）、それより以前に、義諦に良寛墨蹟の出物が見付かったら知らせてほしいと頼んでおいたらしい。義諦は、木村家で良寛に牧之のための揮毫を頼み、その結果について牧之に報告する書簡を書いているが、その後半に、右に掲出した一項目を加えているので、それは分かる(右の文中、「一絲《ママ》」は「一銖」、「貳珠《ママ》」は「貳銖」の誤読または誤記だろう。なお、ここで省略したこの書簡の前半主要部分、宛名左の追而書《おつてがき》〈詞書付きの発句二句〉は、次の項目「大沼をななめになして」に掲出。「花笑」は義諦の雅号)。

義諦は牧之からの依頼に対してどれほど熱心に、どの程度広く探したのかは分からないが、この文面に「此外《このほか》はもはや良寛師《りようかんしは》御手に入る事難渋《なんじゆう》と奉存候《ぞんじたてまつりそうろう》」とあることは、良寛揮毫《きごう》の出物がほとんど無かった様子を想像させる。その「餘人」は、義諦が良寛墨蹟所持の「餘人」の意向を受けて、牧之の持っている愚禅の額との交換を言うのだから、その「餘人」は収集趣味の人の可能性も高い。そんな状況からすると、あちこちの骨董商や美術商の扱うものの中に良寛の墨蹟は無かったことになる。そうすると、贋物こそ骨董商や美術商の扱うものの中にありがちなのだから、良寛の贋物も無かったことになる。

義諦は、牧之に依頼されていた良寛揮毫の売り物の探索について、木村家で話題にしたらしく、木村元右衛門が良寛賛の牧之の絵と短冊二枚を届けた際の書簡(十二月十一日付〈旧来は「七日」と誤読〉。糸魚川市歴史民俗資料館所蔵。なお、文政十三年は十二月十日改元、十一日からは天保元年)に次のような段落が存在する。

> 乍憚《はばかりながら》以為《おもえらく》、良寛様御筆杯《おんふでなど》と／賣物《うりもの》御座《ござ》候《そうろう》とも、容易に御もとめ／被遊《あそばさる》間敷《まじく》候《そうろう》。已《すで》に此間中《このあいだじゆう》、与板／山田様より寒山拾得の讃と／唐紙《とうし》壱枚に私共もしりて居候《おりそうろう》／詩《し》[注1]、／右二枚良寛様と御染筆と《衍カ》／申《もうす》うりもの御座《ござ》候《そうら》え共《ども》、相わかり／不申候《もうさずそうろう》哉《や》。態《わざわざ》与《と》飛脚を以《もつて》御聞合《おききあわせ》／被成候所《なされそうろうところ》、良寛様御披見、何《いずれ》をも／ねせものと被《おおせ》仰遣候間《つかわされそうろうあいだ》、乍憚《はばかりながら》／此段《このだん》御《ご》挹察《ゆうさつ》之《の》上、御求可被遊候《おもとめあそばさるべくそうろう》。(以下略。句読点、傍注、ルビは引用者。／は改行符号。注1…行頭にある「詩」の下は行末まで余白。この余白には二枚のマクリの漢詩の初句を確認して書き込む予定だったらしい。)

右の二通の書簡はどちらも天保元年(一八三〇)十二月のものだということを押さえた上で、良寛が言ったという「ねせもの」を考えてみたい。山田家からの問い合わせは、未表装のマクリ二枚(表装してあれば「二幅」とか「二面」とかと言うはず)の真筆か偽筆かについて、「この二枚、良寛様の御染筆と申す売り物がございますけれども、〈良寛様は〉分かりませんでしょうか」というものだった。良寛が「分かる」と言えば本物、「分からない」と言えば偽筆ということになる。良寛が「分かる」と言ったら、それは本物なのだから買おう、と山田家では考えていたのだろう。

しかし、良寛は「分かる」「分からない」で返答せず、「(二枚とも)ねせもの」と答えた。この良寛の反応は、「筆意の転換」の項目で述べてきた良寛の書に対する姿勢からすると、一つには、良寛が親しくしている山田家に対して、自分の真心が入っていないものを所持してもらいたくなかったからであり、もう一つには、かつて自分の書をほしいと言ってくれた人に、心の通じ合いの証として持っていてもらったものが売却され、自分との心の通じ合いが破棄されたと感じたからでもある。自分の書いたものが売り物にされたと知った良寛の鋭敏な心は、自分自身が売られたような感覚にさえとらわれたかも知れない。

この山田家からの問いかけに答える際の良寛の様子を木村元右衛門は見ていたはずである。良寛の顔には、親しい山田家からまだ自分の書がどういうものか分かってもらっていないという失望感、売り物にした家に対しても同様の失望感、自分自身のそれを伝え得なかった悲嘆、そういうものが渾然《こんぜん》として表れていただろう。その悲しんでいる良寛を見てとった元右衛門は、良寛が「ねせもの」と言った判断の仕方を理解し、良寛の出物を探している牧之に書簡を記す際、その良寛の対応を書き送ったのである。「此段《このだん》御《ご》揖察《ゆうさつ》之《の》上《うえ》、御《お》求《もとめ》可被遊《あそばさるべく》候《そうろう》」の部分は「〈良寛様の書いたものが欲しくて買い求めると、それが良寛様の真筆であっても、いったん売りに出された物は、どれも偽物と良寛様はおっしゃいます〉そのことを御承知の上、お買い求めください」の意であって「贋物だった」と言っているわけではない。したがって、この書簡中に「ねせもの」の語が存在することから、良寛の生前、既に多くの偽筆が売買されていたと読み取るのは、良寛の偽筆が多く出回った大正末から昭和初期以降の状況を押し当てて見た、誤った見方に違いない。

良寛が「ねせもの」と言った心理は、特別の人に特別の思いを込めて渡したものを廃棄されたなら、誰にも起こる。今では著名な画家のマーク・ロスコがまだあまり知られていなかった頃、絵を友人にやったという。何年か経つ間にロスコの絵には高値がつくようになった。やがてそれを知った友人は、貰《もら》ったロスコの絵を売ろうとした。そのことを耳にしたロスコは、絵をやった友人の家に出かけていって、友人の見ている前でその絵を切り裂いたという。その後、ロスコとその友人の関係がどうなったのかについては分からないが、良寛が自分の書を売った家に行かなくなったことだけは推測できる。良寛がその家を思っている真心は売られてしまったのだから。

蛇足を一つ加えることにしたい。それは、漢詩や和歌を書き、子供と遊んでいる馬鹿坊主という「名声」が最も広まったはずの良寛の最晩年、その時の良寛の書いたものの値段がいくらだったのか、という点についてである。右の義諦の書簡には、売ってくれそうな「餘人《よじん》」の所持する良寛の書は懸額に入っているもので大きくないから、本当は「二枚なら一銖」というところなのだろうが、欲しいと言って買うのだから、「貳銖と酒一升位」でなら手に入るだろう、とある。半銖(便宜上の言い方だが)のものを二銖で買うと声を出すのだから、時価の四倍で買い受けることになる。

その二銖を当時の米価で米に置き換え、その分量の米を現在買うとするといくらになるかという計算の仕方で考えてみる。右の義諦の書簡の年は天保元年(一八三〇)十二月で、その年の米一石の価格(『日本史総覧』Ⅳ、六〇七頁)は江戸で一・一七両(一両は十六銖)、安かった信濃で〇・八四両である。しかし、その前後の年には〇・七四両程度のこともあるので、ここではおよその目安として一石(一石は一五〇kgに相当)を一両の場合と〇・八両の場合と、二つのモデルで計算してみる。

米一石が一両の場合

▽一五〇kgが十六銖だから一銖で九・三七五kg、二銖だと一八・七五kgを買える。

▽現在の米価(白米)を一〇kg五千円とすると、右の一八・七五kgは九千三百七十五円である。

▽半折がその五倍の大きさとして、右の値段を単純に五倍にすると、四万六千八百七十五円

米一石が〇・八両の場合

▽〇・八両は一二・八銖であるから、一五〇kgを一二・八銖で買うことになる。すると、一銖で一一・七一八七五kg、二銖で二三・四三七五kgを買える。

▽現在の米価(白米)を一〇kg五千円とすると、右の二三・四三七五kgは一万一千七百十九円である。

▽半折がその五倍の大きさとして、右の値段を単純に五倍にすると、五万八千五百九十四円。

これは希望して買うのだから四倍にし、米の値段もかなり高値に見積もっての試算である。高いとみるか安いとみるかはいろいろだろうが、この値段は、果たして偽物書きが暗躍するような高値と言えるだろうか。良寛がまだ存命中だから、手に入れたい者は良寛に書いてもらう方が良いに決まっているし、出所の不明な偽物くさいものなどは、欲しい人はまず敬遠する。偽物書きでも何でもして、少額でも金が欲しいというような底辺の人々は文字をよくは知らない人々でもあったから、偽物を書いて収入にしたくともできなかっただろう。

詩歌に親しみ、文字も書けたのは僧侶か医者か名主レベルの人々であって、その人々が良寛を外護し、また、その階層の人々が良寛の書を得たいと思ったのだから、托鉢に来た良寛に書いて貰えばそれで事は済むはずである。だから、良寛の在世中は、大した収入にもならぬ良寛の偽物書きなどに手を染める者はほとんど出てこなかったのではないか。なお、良寛示寂後は、遺墨が大事に扱われる方向にあったらしく、示寂後二十二年の嘉永六年(一八五三)、鈴

木文臺は「天上大風」の識語に「奸商黠估《かんしようかつこして》、騙人財貨《ひとのざいかをだまし》、玉石混糅《ぎよくせきこんじゆうす》」（「ずるい商人が悪賢い商売をして人の財貨をだまし取り、玉と石が入り交じる状態になっている」の意）と記し、偽物の存在を暗示している。

値段についてだが、吉江梅寿氏「良寛の偽物について」（『良寛雑話集』〈下〉新月社）には、「先頃物故されし分水町名誉町民であった山宮浮石老が、私に話された。私の若い頃、明治の初め頃は書画も安く、良寛さんのもの一軸一円で求められた。その頃は地蔵堂町にいくらもあった。何本も求めたとの話。」とある。米価は明治五年に一俵（六〇kg）八〇銭、十年には一円三十四銭、二十五年には二円二十八銭と上がってゆくが、明治の初め頃なら「良寛さんのもの一軸一円」は、白米で最高に見積もって六〇kg分、今の金額では三万円ということになろうか。偽物書きがいたとしても大儲《おおもう》けできる状況とは言えないように思う。偽物が広く多量に出回ったのはその後のことではなかろうか。

六　「大沼をななめになして」

大沼《おほ》を　ななめになして　帯解《と》いて　虱《（しらみ）》をとりし　ことを忘《わす》らじ（二一六）

駒形覐《さとし》氏「江戸行きと成年式」（『高志路』一七三号）によると、幕末には中魚沼地方を中心に「江戸行き」といって、ひと冬、若者が連れだって自主的に江戸に出て働き、春耕の前に帰郷するという風習があった。この習わしを経験して初めて一人前の男として認められたのだという。その「江戸行き」の帰路のものと思われる通行手形が、二〇〇九年秋、群馬県のとある古書店の目録に出ていた。偶然、その文書の写真に目が行ったわけは、その頃、この「大沼を…」の短歌の理解しがたさが気になっていたからである。

その文書は次のように記されていて、猿ヶ京の関所宛のものだった（／は改行符号）。

差上申手形之事《さしあげもうすてがたのこと》

一　此者拾七人《このものじゅうしちにん》　越後國《えちごのくに》大沼郡《おおぬまごおり》千屋村《ちやむら》迠《まで》／罷越候《まかりこしそうろう》ニ付《つき》／御関所《おんせきしょ》無相違《そういなく》御通《おとおし》被遊《あそばされ》可被下《くださるべく》候《そうろう》様《よう》ニ偏《ひとえに》／奉願上候《ねがいあげたてまつりそうろう》　依而如件《よりてくだんのごとし》

江戸中橋南槇町

家主 伊兵衛 印

文政二卯年三月七日

猿ケ經《ママ》

御関所御役人衆中様

この通行手形は、その「江戸行き」の十七人が千屋村(正しくは「千谷村」か)に帰る際のもので、若者たちが住所を「オオヌマゴオリノチヤムラ」と言い、それを家主が「大沼郡千屋村」と漢字で書いて渡したものであることは確かである。したがって、良寛の生きた時代に「魚沼《うおぬま》」を「おおぬま」(旧仮名遣いでは「おほぬま」)と言う人が魚沼でも一般的だった。良寛の和歌の場合も同様で、やってきた魚沼の人が自分の居住地を「オオヌマ」と言い、良寛がその発音どおりに「おおぬま」と仮名で書き、良寛の遺墨を見た人が漢字の「大沼」を当てて記録したため、今の形の和歌として伝わったのであろうと推測される。「魚沼」とは別な漢字「大沼」を当てられても何の違和感も与えなかったのは、「ななめになして」にも一因がある。目に見える状況を表す「斜めになして」という言い方が接続していたからである。

「ななめ」には「斜め」という名詞もあるが、「ななめなり」という形容動詞もある。形容動詞の「ななめなり」の方は、もともとは「いい加減」「ひととおり」という意味の「なのめなり」という言葉であって、それが中世に音韻変化して「ななめなり」となり、さらに、漢字で「斜」の文字を当てる風が一般化して、江戸時代には名詞の「斜め」と混同して用いられるようにもなった語である。万葉集をさえ読んだ良寛のことだから、名詞の「斜め」と古語の「なのめなり」の別はわきまえていて、草仮名で「な乃《の》めになして」と書いたのに、遺墨中の「乃」を後人が読み誤って「な々《な》めになして」と理解した可能性もある。しかし、良寛自身がシャレっ気を発揮して、「大沼」なら「斜め」の方が面白いと「大沼を斜めになして」にした可能性はさらに大きかろう。

突然、一度も会ったことのない人が「オオヌマの誰それと申しますが…」と言って揮毫《きごう》を依頼したら、良寛はどうするだろうか。依頼に応ずべき必然性をまったく感じず、拒絶するに違いない。その拒絶の意志が強ければ強いほど、持ち前のセンス(禅修行者特有の、普通人にとっては意外と思えるほどに飛躍した発想)が大きな振幅で作動して、来訪意図拒絶の意思を表わそうとするだろう。それが魚沼の人無視の虱取りの行為だったのではないか。ただ、良寛が我が思いの赴くままに一連の行動をした場合、その行為を完遂した後には冷静に今の行動を見つめる目が戻ってくる。そうすると、変人、奇人としての自分だけが伝わり、伝えようとした拒絶の意図もその理由も、ともに相手に伝わっていないことに気付くはずで、その結果、反省の意味を込めた「忘らじ」に繋《つな》げざるを得なくなる。おそらく良寛は、自分の拒絶の仕方を振り返り、我が身に積もった法の塵をなんとかしなければならない、と思ったのではなかろうか。

こう考えてくると、この和歌で良寛が表現したのは「〈揮毫してほしいとやってきた初対面の〉魚沼の人をいい加減に扱って、〈自分はそれを拒絶する意味で〉帯を解いて〈着物の〉虱を取った〈のだが、それでは自分が変人と見られるだけで拒絶の意図も相手に伝わらず、意味のないことだった。だから〉、そのことを忘れまい」というものだったことになる。この和歌が贈答歌でも風雅の経験を詠んだのでもないことは明らかだから、おそらく良寛自身の身の処し方に関する心覚えの作に違いなく、それをメモしていたため、意図に反して残ってしまったのであろう。

ところで、「大沼をななめになして」が「魚沼の人をいい加減に扱って」だとすると、いい加減に扱われた魚沼の人とはいったい誰だろうという疑問が湧いてくる。良寛の生家が魚沼に親戚があったという資料は諸家の提示するものの中には存在しない。とすると、良寛と魚沼の人との繋がりは最晩年の鈴木牧之のみということになる。谷川敏朗氏「乙子神社境内の碑に見られる良寛漢詩」(『轉萬理』第三十七号)に「石打の文人で科学者だった黒田玄鶴は、文化文政期に良寛を訪ねた。しかし、良寛は留守で会うことができなかった。そこで漢詩一首を詠んで思慕の情を示している」とあるので、黒田玄鶴が後日、再訪した可能性が無いわけではないのだが。

鈴木牧之は塩沢に住んで越後縮みの仲買いを業とし、一代のうちに家産を三倍にしたと言われるほど仕事に熱心だった。父・牧水が子供の牧之に示した教訓は、「諸芸の司は身上持」だが「我が好たる風流一ッを業の余力に弄〔ぶ〕こそいみじき」(「屏風名寄帖　為児孫自序」宮榮二他編『鈴木牧之全集』下巻、中央公論社、二八一頁)というもので、それに従って生活した牧之は、俳諧を中心にして書、画、漢詩、和歌など、広くたしなむ一方、父同様に著名人の書画を収集していた。しかし、良寛の墨蹟を入手したいという願望だけは、拠《よ》ってくるところが少し違っていた可能性がある。それは、牧之の母の兄に、二十二歳年長の曹洞宗の僧・重雲全鼎がいたからである。

樋口學氏『忘れえぬ地域の先覚者　敬仰　全鼎和尚』(私家版)によれば、全鼎は現・南魚沼市姥嶋の種村幸右衛門の嫡男に生まれ、安永九年(一七八〇)からは寳林寺(南魚沼市舞子)十二世として九年間住持し、次いで寛政元年(一七八九)頃からは天昌寺(南魚沼市思川)に転じ、文化四年(一八〇七)の生家の屋敷脇の隠寮完成頃までの約十八年ほどは、同寺の十四世住職であったという。その後は、思川での退隠生活を経て文化十三年(一八一六)二月に生家屋敷脇の隠寮に移り、文政七年(一八二四)、七十七歳で示寂した。この間、白山宮旧跡の再興、鎌倉沢川橋掛の合力、鎮守諏訪神社への向拝寄附、村童の教育等に尽力した。

この身近な禅僧のもたらす良き影響が、牧之の若い頃から少しずつその心に蓄積されてきていたのだろう、文政三年(一八二〇)からの全鼎最晩年の足かけ五年間は、毎年正月の初めに姥島に隠居中の全鼎を訪ねることを恒例とした。

もっとも、この時期には牧之の母方の祖母が姥嶋に在世中だったからでもあるのだが(「永代記録帖」『鈴木牧之全集』下巻、四五～五六頁)。この文政三年(一八二〇)からの足かけ五年間を良寛に当てはめると、乙子神社草庵時代の後半に相当する。おそらくこの時期には、良寛の風評は南魚沼にも漂い渡っていたはずであるから、全鼎の耳にも入っていたと想像される。

牧之の「夜職草《よなべぐさ》」地の巻(宮前掲書上巻、四八〇～四八一頁)によると、全鼎は十七、八歳の頃、北国めぐりの修行に出、途中の上方《かみがた》で得た雪舟の達磨の絵に賛を得たいと金沢の大乗寺を訪い、追い返されること六度、ついに七日目にして目的を果たした。大乗寺の大禅師が全鼎を呼び入れ、法問に対して大衆を驚かすほどにとうとうとなした全鼎の答えを嘉《よみ》し、その問答を達磨の絵の賛として書いてくれたのだという。この経験は全鼎の生涯を貫く禅的財産として残っていたに違いないが、自分のその若い頃の一途《いちず》さと同様の一途さを、相当に年高いはずの良寛が今もなお持ち続けており、しかも、少しの揺るぎさえも無く堅持しているらしいことを噂《うわさ》に聞いて、全鼎は大きな畏敬と深い共感の念を禁じ得なかったのではなかろうか。

樋口學氏の前出書によると、全鼎は自身を「土瓶《どびん》」と称していたという。自分は、自分の戒名が示す銅製の鼎などという立派な存在ではなく、粗末で壊れやすく、しかも小さな器の土瓶だと深く知り、自分の言動の戒めともしていたのだろう。この認識が深ければ深いほど良寛の噂が流れてくると精神の内奥が共振を起こし、良寛の真面目《しん》を感じていたはずである。だから、もし牧之が名士の書蹟収集の関連で良寛を話題にすることがあれば、全鼎は自分の感ずる良寛の偉さを語り、財産が豊かになった者ほどその心の持ちようを見習うべきだ、と語っていたに違いない。

おそらくそんな経過が二人の間にあって、全鼎示寂の後四、五年、良き伯父だった全鼎の教えに副《そ》って生きるためにも、伯父が偉いと言った良寛の墨蹟を得たい――その思いが牧之の心中に強まっていったのではなかろうか。

そこで、牧之は、まず良寛宛に手紙を書いたらしい。その書簡は伝存していないようだが、『鈴木牧之全集』上巻「秋月蓊俳諧歌」の項に、次の二首が収載されていることでそれは知れる。

良寛大とこの筆を乞ふとて文の端し書に
おとにきくたかしのはまの友千鳥足形みせよ我とふらくを
かく迄に浮世の事を捨なからおしむといふハ筆の事かも
（前出書、五五六頁）

この「端し書」の付け加えで分かるのは、それが良寛にもたらす印象とか、自作の二首から滲《にじ》み出ているものとかについて、牧之がまったく無頓着だった、ということである。おそらく、牧之の心の奥には、家業繁栄や地域文化理解の深さが誘発する自信、そこから生ずる気位の高さがあったのであろう。

牧之の「端し書」を具体的に見れば、詞書ではさすがに敬意を示して「大とこ」（大徳）に「筆を乞ふ」と記してはいるものの、一首目では、自分が依頼する者の立場にあることを無視して面識の無い良寛を気易く「友」呼ばわりし、対等の立場で「書いてほしい、私が訪うから」と詠んでいる。二首目では、良寛が他からの揮毫依頼に安易には応じないことを聞き知っていて、それを否定気味に揶揄《やゆ》して「おしむ」（「捨て惜しんでいる」すなわち「まだ執着している」の意）と詠みだしている。それだけではなく、この「端し書」を記す行為そのものが、和歌を詠む程度の力は自分にもあるのだ（自分はあなたと対等だ）、と示すことになる点にも無反省であった。そんな自負心に満ちた依頼状を受け取った者は、たとえ良寛でなくとも、その差出人が訪ねてきた場合に決して喜んで応接はしない。目の前に現れた当人が、今度は辞を低くして鄭重に依頼したとしても。たとえ、あれは戯《ざ》れ歌だったのだと申し開きしたとしても。

当時、塩沢からは長岡あたりまでが日帰りできる範囲だったらしい。だから良寛の墨蹟入手の願望が心中に強まれば、経済面からも、旅程的にも、容易に国上にも島崎にも出向くことは可能だった。ただ、牧之の資料の中に良寛に面会したという記録は無い。ただ一つ、会ったことを想像させるのは木村元右衛門が牧之宛に記した書簡（糸魚川市歴史民俗資料館所蔵）である。この書簡は、これまで活字化された諸資料では文政十三年（一八三〇）の「十二月七日」付とされていたが、冨澤信明氏は「『焚くほどは風が持て来る落葉哉』は良寛の辞世の句である」（『良寛だより』一二七号）の論考で、「文中に『昨八日』とあるから『十一日』が正しいと判る」とされた。書簡原本の筆致、字形を見ても「七」では不自然である。

　この十二月十一日付の書簡には、「兼而《かねて》御存知《ごぞんじ》之通《のとおり》之《の》御方故《おかたゆえ》」と良寛について記してある箇所がある。良寛の「一向あいそもなき躰《てい》」を表現した部分での、この「兼御存知之通」の文言は、「かねてお聞きのとおり」などとした場合と比較すると、もっとはっきりと「前もってあなたが直接御存知のとおり」と言っている口吻《こうふん》である。おそらく牧之は、木村家の斡旋《あっせん》によって良寛の書蹟を手に入れたい旨、最初に木村家に手紙で依頼したとき、それ以前に、直接、良寛に頼んだときは、その諾否はおろか、その場にいることさえ完全に無視されたような、そんな状況だったと書き送っていたのだろう。牧之の伝えたそうした内容を踏まえなければ、木村元右衛門が「兼而《かねて》御存知《ごぞんじ》之通《のとおり》」とは書けないのではないか。そう辿《たど》ってくると、この「兼而《かねて》御存知《ごぞんじ》」の表すことこそ、冒頭の和歌の場面だと見えてくる。しかも、良寛から受けた印象が近づきがたいほどに異常なものだったことは、再度の揮毫依頼の折にまず木村家に頼み、次に友人の義諦に頼んでいることにも表れている。

　実際に良寛を訪ねた牧之がどんな様子だったのかについては、他には痕跡すらも存在しない。ただそれが、後にも記すように文政十二、三年（一八二九、一八三〇）の頃とすると、全鼎和尚が自分を「土瓶」と認識したようには、牧之は自己を保持できていなかった可能性が高い。と言うのは、この頃、既に瀧澤馬琴の著作に名前が幾度か出され、『北越雪譜』出版へも動き出した後であったから、自然と「自分は魚沼第一の文化人だ」という臭さも態度の中に浮かんでいたはずで、その種のことを最も慎むべきこととした良寛が、虱取り行為をもって願い出を拒絶したということだろう。

　冒頭の和歌からは離れてゆくが、この和歌の場面を端緒として、やがて牧之の願いが叶《かな》えられる経緯には、良寛の思いがほの見えて実に興味深いので、続けて以下に記してゆきたい。

　右に一部分を引用した木村元右衛門の牧之宛書簡の冒頭は、

朶雲《だうん》難有《ありがたく》奉拝見《はいけんたてまつり》候《そうろう》　如尊命《そんめいのごときは》未《いまだ》不得尊意《そんいをえず》候得共《そうらえども》　益《ますます》御機嫌条《ごきげんのじょう》　奉恐悦《きょうえつしたてまつり》候《そうろう》　随而《つづいて》被爲入御念《ごねんをいれなされ》　遠《とおき》
處《ところ》種々《しゅじゅ》御恵投《ごけいとう》被下置《くだしおかるる》何寄之重寳《なによりのじゅうほう》ありがたく拝受《はいじゅ》仕《つかまつり》候《そうろう》　併《あわせて》御厚志之御儀《ごこうしのおんぎ》　奉恐入《おそれいりたてまつり》候《そうろう》　今度《このたび》福嶋尊衲《ふくじまのそんのう》よ
り萬事《ばんじ》御通達之御儀《ごつうたつのおんぎ》　委細《いさい》承之《これをうけたまわり》　奉恐入《おそれいりたてまつり》候《そうろう》

とあって、牧之の依頼を受けた元右衛門がまだ良寛に頼めないでいるうちに、牧之から「何寄之重寳《なによりのじゅうほう》」の贈り物があり、さらにこの度は、牧之の意を受けた「福嶋尊衲《ふくじまのそんのう》」が良寛に依頼することになった様がうかがえる。

　この文面によって牧之の動きを想像すれば、おそらく冒頭の和歌の場面を経験して後、逆に良寛墨蹟入手の思いがいっそう強まって木村家に斡旋を依頼し、やがて木村家の困惑を想定して、今回、「福嶋尊衲」に自作の山水画を托したのであろう。元右衛門の書簡の中程には「福嶋尊衲」の依頼から良寛揮毫までを、

御頼之寛師御染筆《おたのみのかんしごせんぴつ》は　此間中《このあいだちゅう》福嶋尊衲《ふくじまのそんのう》　私宅《わたくしたく》ニ御滞留《ごたいりゅう》　昨八日《さくようか》御願被成《おねがいなされ》候處《そうろうところ》　御自畫之讃《おんじがのさん》短冊二枚《たんざくにまい》御染筆《ごせんぴつ》
被下置候《くだしおかれそうろう》
（以上、木村元右衛門の書簡中のルビと一時アキは引用者）

と記してあって、遂に牧之の希望は叶えられたのだった。

既に幾度も引用した「福嶋尊衲」は義諦という。義諦は相馬御風氏『良寛百考』(厚生閣)の「僧義諦の良寛追憶記」によって、長い間、長岡市福島にあった西誓寺如實庵の僧とされてきたが、藤田正夫氏「沙門義諦を追って」(『良寛』四十四号)によって、旧・南蒲原郡栄町福島新田一六九〇の浄土真宗本願寺派徳誓寺の僧・義諦と判明した。義諦は同寺十三代恵教の二男で、長男・利寛の早世後も寺は継がなかったという。

この僧と牧之との関係は、御風氏が義諦の「良寛追憶記」(御風氏の付けた仮題か)を牧之の遺品の中に見付けているのだから、牧之が義諦の書いたものを手に入れ得る親しい間柄だったことだけははっきりしている。しかも義諦は、良寛と和歌の唱和をしたことのある僧でもあった。この「良寛追憶記」の冒頭には「いにしとし、われ良寛師とまじはりふかゝりき」とあり、次いで「あたら月日をあだにくらすうきよの人」のことを語り合っているうちに、良寛から「なら崎の森のからすの…」の和歌が詠みかけられ、それに義諦が「世の中は偽りおほきものながら　かくばかりとは思はざりしに」と返歌した、とある。さらに、そのやりとりを初めとして、短いながら唱和のあった様が記録されている。ここに記された「まじはりふかゝりき」の程度は不明だが、ともかく良寛の方から見て、病気の自分を見舞ってくれることが自然な人だったのだろう。

相馬御風氏は『良寛を語る』(博文館)に論考「良寛の書に関する貴重な一文献」(二四六〜二四八頁)を掲げ、そこに「鈴木牧之に宛てた花笑といふ人の(略)手紙の寫し」全文を載せている。この書簡は、時候の挨拶に続けて、

陳者《のぶれば》先達《せんだつて》は御馳走に参仕合《まいりしあわせに》奉存候《ぞんじたてまつりそうろう》。少子《しょうし》無為法務《ほうむをなすことなく》仕候《つかまつりそうろう》。帰郷後《ききようご》不閑暇《ひまあらず》、此程《このほど》漸《ようや》く島崎《しまざき》え罷越《まかりこし》、両三夜《りようさんや》かけにて機嫌《きげん》相調《あいととのい》、良寛禅師《りようかんぜんじ》御染筆《ごせんぴつ》出来《しゆつたい》仕候《つかまつりそうろう》。唐紙《とうし》の分《ぶん》不出来《できず》、御返書《ごへんしよ》も筆六ケ敷《ふでむつかしく》候間《そうろうあいだ》、私《わたくし》より宜敷《よろしく》と申《もう》され候事《そうろうこと》に候《そうろう》。乍去《さりながら》、宜敷時分《よろしきじぶん》故《ゆえ》、此程《これほど》も出来《しゆつたい》仕候《つかまつりそうろう》。寛師《かんし》も先々月頃より病気にて、老人の事ゆへ、来陽頃《らいようころ》は皆々案じ候折《そうろうおり》からに候《そうら》へば、所詮《しよせん》染筆杯《など》は不思寄《おもいよらず》と、人々申され候間《そうろうあいだ》、少子《しようし》も案《あん》じながら来《きたり》

候處《そうろうところ》、貴君の御念力相届《ごねんりきあいとどき》候《そうろう》哉《や》、少子《しょうし》も同前大慶《どうぜんにたいけい》仕《つかまつり》候《そうろう》。（以下略。ルビは引用者）

十二月十五日

花笑

鈴木牧之雅君

三國山を九月頃のぼりて霜月かへるとて

ゆくは楽しかへるは雪のしろ小袖

水仙も威ありてたけき夜寒かな

とある。差出人「花笑」は「福嶋尊衲」と同一人（牧之宛来簡目録たる「雲井乃鴈」『鈴木牧之全集』下巻、三九三頁下段の「花笑」の項に「蒲原郡福島　如實庵」とあるのによる）である。つまり、義諦は俳号を「花笑」といい、俳句に趣味の深かった牧之の俳友であって、義諦と良寛との唱和のことも牧之は聞いていたと想像される。

牧之は依頼に当たって義諦を自宅へ招いて一席設けたらしく、そのことに対して義諦は書簡の中で「先達《せんだつて》は御馳走に参仕合《まいりしあわせに》奉存《ぞんじたてまつり》候《そうろう》」と述べている。この依頼の席は、「帰郷後不閑暇《ききょうごひまあらず》、此程《このほど》漸《ようや》く島崎《しまざき》え罷越《まかりこし》」と書かれているから、書簡の端書《はしが》きで他出したとある文政十三年（一八三〇）の九～十一月の前だったことになる。それが木村家に依頼して数ヶ月待った後のこととすれば、最初に掲出した「大沼を」の和歌の場面は木村家への依頼のさらに前のはずだから、文政十三年（一八三〇）なら晩春、文政十二年（一八二九）なら夏となる。

さて、義諦の言葉によって良寛が牧之の揮毫依頼を聞いたとき、以前、自分を訪ねてきたあの魚沼の人が、あの時の無惨な無視にも耐えて、今、再びこうして義諦を介して依頼してきている、そのうえ今度は、あの時のようにただ自分の満足のためだけに揮毫を求めるのではなく、静かに会話を求めるごとくに自分から山水画を描き、そこに賛を求めているではないか、そう思ったに違いない。見ると、賛を求める絵は、明るく晴れた日の続くかつての修行地・玉島のごとく、左上部の遠い岬から右へ山が重なって、それは右手前から突き出て画面右半分を占める峨々たる半島に連なる意の海の風景で、その景を俯瞰《ふかん》して包む広々とした明るい空気と同時に、描いている牧之の心の清明さが伝わってくるものだった。

一見して良寛は画に親しみを感じつつ、牧之がかつての自分の拒絶行為を素直に受け入れた上で、改めて依頼してきていることを感じ取ったのではなかったか。そして、こうまでするのだから、自分の書いたものを何時までも身近に置いて大事に扱ってくれる人だ、と考えただろう。以前の拒絶の罪滅ぼしという気持ちも持ったかも知れない。ともかく牧之の真っ直ぐな心を感じたから、良寛は衰えた自分の体力の範囲内で希望に副おうとした。

書くと決めた良寛は揮毫の準備にかかり、賛をすべき絵の内容と、これまでの関わりを含めた良寛自身の心境を共に言い表す言葉として、「壮年曽遊佳妙地《そうねんかつてあそぶかみようのち》　老来頻動遍舟興《ろうらいしきりにうごくへんしゆうのきよう》」に至りついた。末尾の「遍舟」は「扁舟」の書き替えであって、呉王・夫差を破って会稽の恥を雪《すす》いだ范蠡《はんれい》が、扁舟に乗って五湖に入り、退隠して高踏の生活をしたという説を踏まえたものであろう。ともかく良寛は、牧之のことを思いつつ、あなたの描いたこの佳妙の景は、五湖にも自分の来し方にもつながり、願っている生き方をする場所にもふさわしい、と牧之に伝えうる対句を創作した。こうして「両三夜《りようさんや》かけにて機嫌相調《きげんあいととのい》」、ようやく揮毫することとなったのである。

なお前出の花笑の牧之宛書簡には「唐紙《とうし》の分不出来《ぶんできず》、御返書《ごへんしょ》も筆六ヶ敷《ふでむつかしく》候《そうろう》間《あいだ》、私《わたくし》より宜敷《よろしく》と申《もう》され候事《そうろうこと》に候《そうろう》」とあり、疲れきった良寛は牧之宛に書簡をしたためる意図は持ちながらも、体力面でも思考面でも面倒と感じて省略した様が記されている。確かに、伝存する牧之の山水画の賛を見ると、良寛一流の神韻縹渺《しんいんひようびよう》たる楷書ではあるが、書いた線のほとんどが、手の震えでデコデコしてかつての滑らかさを欠いている。もはや、良寛にはこれが限界で、唐紙への揮毫には、応じたくとも応じ得ない身体状況だったのである。

木村元右衛門の書簡を見ると、前に引用の「御自畫之讃《おんじがのさん》 短冊《たんざく》二枚《にまい》御染筆《ごせんぴつ》被下置《くだしおかれ》候《そうろう》」に続けて「たんさく一枚は〇秋ひよりせんはす、めの羽音哉（「ん」の右脇に〇印を付して三センチほどの線を右下の余白に引き出し、「此家落」とある。「家」は「字」の書き誤りで、「ん」が脱落している、との追記） 乍憚《はばかりながら》相《あい》わかりかね候様《そうろうさま》ニ奉存候《ぞんじたてまつりそうろう》 儘《まま》申上候《もうしあげそうろう》」とある。これは、木村元右衛門が良寛揮毫の短冊一枚に脱字があるのを気にしつつ、「脱字はあるが書き直しを頼むことは我々にはもう不可能」と言ったのだろう。その言葉からは、良寛の痛々しい衰弱を汲み取ることもできる。

なお、元右衛門の書簡の「たんさく一枚は」という言い方は、「同じ俳句を書いた短冊が二枚あって、その一枚は」の意と見られるから、木村家からは二枚とも牧之の許《もと》に届けられたのであろう。なぜ二枚だったのか？　如何に良寛の書蹟を渇望していたとはいえ、自画に賛を入れてもらった上に、最初から異なる作品を二枚の短冊に揮毫してくれるよう病の良寛に求めることは、いかにも非常識である（御風氏は、前出『良寛を語る』二四八頁に「鈴木家には二枚ある筈の短冊が一枚しかなかった。それには『秋びより千羽雀の羽音かな』の句が書いてあつた」としておられる）。おそらく、良寛に自分と義諦に書き与えることを願い出、良寛もそれを諒《りょう》として二枚したため、義諦が牧之に好みの方を選ばせるために、木村元右衛門に二枚とも送り届けるよう依頼したのだろう。こう考えてくると、牧之が良寛に真心で願い出、それを理解した良寛も真心で答え、二人の関係がそうなるよう義諦が真心で支えたということになろう。もちろん、二枚の短冊を受け取った牧之は、そのうちの一枚を義諦に届けたのは確かだろう。

牧之の画に書き入れる賛の対句に心を凝らした良寛が、短冊に何の配慮もなく自作句を書いて済ますわけがない。良寛が「秋びより」の句を書いたについては、それによる牧之への発信があるはずである。それは何か。義諦が携えてきた牧之の山水画、義諦によって伝えられた牧之の依頼の言葉、義諦がそれを補うように展開したであろう自分と牧之の繋がりのあれこれ（その話柄の一つには、牧之の魚沼文化発掘と紹介の努力などもあっただろう）、そういうことの総体が、じっと聞く良寛の心の中の「オオヌマノヒト」のイメージを払拭し、今、新たに誠実な文化人のイメージを醸成させたのではなかったか。そして、その「誠実な文化人」への我が覚醒を、千羽雀の飛び立つ羽音が自身にもたらした覚醒に托《たく》して伝えようとしたのに違いない。

牧之に対する認識の覚醒だけでなく、自身に向けた新たな決意も、この「秋びより…」の揮毫には含まれていたとみられる。良寛の詩歌が自身の指針、生きよう確認の手段として作られた、という基本からこの短冊の揮毫を考えると、良寛は、今年の夏（あるいは昨年の夏か）、それまで無関係であった魚沼の人に初めて会い、時を経た今、その人の求めに応じて賛を書き、短冊を書く、そして、その人は自分の知人の友人でもあったと牧之とのことを振り返っただろう。その時、かつて「秋びより…」の句を作った場面で直覚した因縁の理《ことわり》を、この一件にも再び実感したに違いない。そして、因縁によるこの世の姿を再確認し、この因縁に副って生きる日々を旅立つまで求め続けよう、と我が覚悟を新たにした——そのことを「秋びより…」揮毫に秘かに籠めたのではなかろうか。

七　仮名戒語

『良寛墨蹟大観』第六巻（中央公論美術出版）収載の仮名戒語は、木村家の子供「おかの」と周蔵に宛てたと判明している二種を除くと残りは一〇種、さらに、大島花束氏『良寛全集』（新元社）所載の仮名戒語に七種（九種から右と同様に二種を除外）がある。この両書のものを照合すると、一つを除いて他はすべてがそれぞれ別の戒語だと分かる。その他にさらに、古澤清三郎氏「新資料『良寛の戒語』（一）、（前承）」（『良寛だより』第十八・二十号）で紹介されたものがあって、それもまた右の十七種とは異なるから、十八種は間違いなく存在した（『良寛墨蹟大観』第六巻の「一四、戒語『おだやかならぬ』」の解説文には「二十編以上に及ぶ」とある）。

『良寛墨蹟大観』所載の戒語と大島氏『良寛全集』所載の戒語の照合という最初の段階で、『良寛墨蹟大観』所載の釈文に「一七、戒語『ことばのおほき』」（これ以後、『良寛墨蹟大観』第六巻に十種掲載されている戒語の一つを指す場合、釈文の表題中から、番号だけを用いて「一七」等と記す）と題するものと、大島氏『良寛全集』五二八～五三〇頁にあるもの（題に「戒語」、末尾に「以上良寛筆」とある）を比べてみて、その違い方におかしな点のあるのに気がついた。『良寛墨蹟大観』収載戒語一七の各項目に付した番号で言うと、どちらも四〇番までは同じ順番で、その後、『良寛全集』の戒語では四二、四四、四六、四八、五〇、五二、五四、五六と偶数番を拾い、五七で一度『良寛墨蹟大観』の項目順に一体化し、その後は奇数番を拾って四一、四三、四五、四七、四九、五一、五三、五五と進んで五八から再度『大観』の項目順と同一となる。『良寛全集』のも良寛筆だとすると、乙子神社草庵時代（『良寛墨蹟大観』の一七はその頃のものと推測されている）に良寛がこの書き換えをすべき必然性が見出せない。これは大島氏の齟齬《そご》による現象だろう。

この奇妙な点の存在で、大島氏『良寛全集』所載の戒語を考察範囲から除外した。良寛の書きとめた項目の順番に軽重の意識が見えるかも知れないとの前提に立つと、「書きとめればそれでよい」式の記録は意味がない。古澤氏発見のものも、何種かの戒語から集積された可能性を無しとはし得ない。そこで、資料の範囲は狭くなるが、順番に信頼の置ける『良寛墨蹟大観』所載の戒語に資料範囲を限定し、まず、同書所載の十種の中にある項目の異同を比較してみることにした。貞心尼『はちすの露』所載の戒語も古澤氏発見のものと同様の不安要素はあるが、最晩年の良寛戒語に密接に繋《つな》がっているとみられるから、そこを仮に良寛の最終点として、それ以前に書かれたものであろうところの十種の戒語を見渡してみることにしたのである。

その作業結果は付表二、三として本書の末尾に出したが、この作業をやりながら気付いたことは、『はちすの露』の戒語では、①連想で並ぶ項目が存在すること――四の「はなしのながき」の次に「とはずがたり」、「かうしやくのながき」とあり、二二の「こと〴〵しくものいふ」の次に「いかつがましく物いふ」、三五の「酒にいひてことはりいふ」の次に「はらだてる時ことはりをいふ」、（付表二のA表最上段左端に記載の「補注」どおりなら）「さきにゐたる人にことはりをいふ」、四六の「さしたる事もなきをこまぐ〳〵といふ」の次に「見ることときく事ひとつ〳〵いふ」、六六の「ゐなかもの、江戸こと葉」の次に「都こと葉などおぼえてしたりがほにいふ」、七六の「さとりくきさはなし」の次に「学者くさきはなし」「茶人くさきはなし」「風雅くさきはなし」とあるのを指す——、②内容的重出の項目（三と六一、一〇と八九、一四と七二、二三と五九の四回）が存在すること、の二点である。これらの現象は、紙に書いた原本からの書き写しでは生じないから、このことは、晩年の良寛が相当多数の項目になったはずの戒語の一群を頭に置いて生きていたことを表していることになる。

では、戒語は何時《いつ》から蓄積されれのか。良寛が八、九歳だった頃、父親の以南は「父母を睨む者は、鰈《かれい》となる可し」（西郡久吾『北越偉人　沙門良寛全傳』目黒書店、二八四頁）と言った。その以南のことだから、良寛に「人のふり見て我がふり直せ」と言っていただろうということは容易に想像できる。だから一つには、良寛は子供の頃から、他人の「ふり」から我が「ふり」がどうあらねばならぬかを見て取る習慣を身に付け、帰郷後も早くから、人のあらゆる様子に目を配っていたことは想像に難くない。

もう一つは、三峰館修学以来、蓄積した『論語』の章句からも来ているに違いない。島崎時代の『論語』書き抜き中の言葉に関するものに、八八章「古語に『言おうとして言わない』というのは、実行が言葉に及ばぬのを恥じることだ」（「 」内は章句の大意。以下も同じ）、九〇章「言葉を少なくしてまず実行せよ」、一五六章「喪の人の側では、食は形ばかりにし、歌は歌わない」、二三六章「近隣の人にはぽつりぽつりと話して、言語障害かと思われるほどだ」、二五八章「「言葉の傷は修理できぬ」と誦する南容に姪《めい》を娶《めと》せた」、三五九章「その立場でなければ、傍らから口出ししない」、三六一章「君子は言葉が行いより立派なのを恥じる」、三六三章「子貢が他を評したら、孔子は「子貢は賢だ。自分にはその暇がない」と言った」、四〇五章「上べの言葉はその人の人格を台無《だいな》しにする」、四五八章「他人の欠点を人前で言うことを憎む」の十項目があり、これらと繋がる項目が『はちすの露』所載の戒語中にも存するから、『論語』から発生した可能性もある。

ただ、良寛の戒語の場合、これら二つの要素のどちらか一方が核となったのではなく、両々相まって、良寛の経験の中から少しずつ抽出されたと見るべきだろう。しかも『論語』等から出たものなら、帰郷当初から戒語が編まれてよいことになるし、重要な幾項目かは、少なくとも現存する十一種の戒語すべてに入っていて当然でもある。だが、項目の一覧表を作ってみると、すべての戒語遺墨に共通して存在する項目は無い。この「すべての戒語遺墨に共通して存在する項目は無い」という事実は、むしろ、良寛の戒語蓄積開始は帰郷直後からではなく、ある期間を経た後に始まったことを示す、ということになろう。

おそらく、帰郷後十年ほどはもっぱら乞食行を中心とした修行に生き、その生活の中での世人の言行不一致が、「人のふり見て我がふり直」す式に良寛に我が身を振り返らせたのであり、その結果として、徐々に戒語が編まれるにいたった、というのが実態ではなかろうか。次の漢詩もそんな状況を示している。

我見世間人《われせけんひとをみるに》
箇箇《ここ》　例　若　斯《おおむねかくのごとし》
凡言取次出《およそげんはしゆじにいだし》
顧　行　全　参差《おこないをかえりみればまつたくしんしたり》
当言行相背《げんこうあいそむくにあたりては》
禍咎帰於誰《かきゆうたれにかきせん》
是時　仍　切　歯《このときすなわちせつしするも》
咄嗟八刻遅《とつさはつこくおそし》（二九〇）

この漢詩で言うところの「取次出《しゅじにいだし》」は、次々とやたらに物を言うことだろうから、そんなところから、後には常に第一に上げられてくる「ことばのおほき」よりも、まず「かしましくものいふ」（または「くちのはやき」）のほうが早く取り上げられて、少数項目の戒語がスタートしたのではないか。もちろんそれは、「人のふり見て我がふり直せ」の言葉どおり、良寛自身に向けたものだったのは当然である。

少数項目の最初の戒語ができた時点は、資料に残ることだけに副って言えば、おそらく仙桂和尚の真実相に気付いて以後、仙桂のように人としてのより広い妥当性を求め、一個の人間として生きるにはどうあらねばならぬかを考え、自分にとってのそれが庶民に心を寄せて生きること、むしろ自分も庶民になりきることこそ進むべき道だと気付いた後に、そのように我が姿勢を保持するものとして、幾項目かの戒語を人々との関係において抽出した、ということだろう。良寛の「戒語」が帰郷直後からのものではないということは、『はちすの露』記載の戒語だけに存する「子どものこしゃくなる」（四九）の事実が、帰郷後間もなくに、乞食行のあり方に工夫を加えた頃のことと見られる漢詩、

乞食《こつじき》

十字街頭《じゅうじがいとう》乞食《じきをこい》了《おわり》
八幡宮《はちまんぐう》辺《へん》方《まさに》徘徊《はいかいす》
児童《じどう》相見《あいみて》共《ともに》相語《あいかたる》
去年《きよねんの》痴僧《ちそう》今《いま》又《また》来《きたると》（五六）

の結句に窺《うかが》えるということによっても示されている（戒語が帰郷直後からなら、別の戒語にもこの項が存するはず）。

さて、『良寛墨蹟大観』に記載された各戒語の解説文では、一四が乙子神社時代前半、一八が乙子神社時代後半、一七、二一は乙子神社時代、一九、二〇、二五は島崎時代とあって、これらの筆跡はすべて乙子神社時代以降となっている。このことは、戒語の蓄積されはじめた時期を暗示するものであろうか。

吉江梅寿氏「戒語九十ヶ条」(同編『良寛雑話集』〈上〉新月社、一九三〜一九五頁)にはもっと具体的に、

最近、東京NHKテレビ企画部の山本氏が、写真技師二人つれて来宅、良寛の戒語九十ヶ条の中にある『すべて言葉をしみじみいふべし』と、良寛自身の書いたものが何処にあるか聞かせてくれと言われました。(略)そして、NHKが撮影したいという『しみじみいふべし』という一ヶ条は、大越家のものだけに載っていて、外にありません。(略)赤塚の漢方医で学者で能筆だった中原元譲が、ある日、五合庵を訪ねると、良寛和尚は留守でした。室の中を見まわしますと、机の下や机の側に、丸めた紙が沢山ありました。何を書いたのだろうかと、しわをのばして開いてみると、戒め言葉が沢山書いてあります。どうせ丸めてあるのだから、貰っていこうと思って持ち帰り、表具してみると、六十六ヶ条だったわけです。元譲は、後で、和尚に右の始末をお話して、家宝にしようと思って、自分の雅号の釣雪堂《ちようせつ》という印章を押しました。

後で、元譲が大越家の世話になった時、その御礼に大越家に贈ったものが、全部ではないが、この六十六ヶ条であります。

とある。これによれば『良寛墨蹟大観』第六巻収載の仮名戒語の一七(この遺墨だけに、『しみじみいふべし』と誤られる項目「すべてことばはおしみ〱いふべし云々」がある)は、五合庵での系列のものということになる。大越家のものが「(全部ではないが、この)六十六ヶ条」というのだから、それよりも前には六十六ヶ条よりもっと少項目数の戒語があったは

ずで、それは五合庵時代もある程度さかのぼった時点から存在したことになる。

右にも上げた「子どものこしゃくなる」の項目の存在は、戒語の蓄積方法も示している。すなわち、この言葉は良寛自らの行為や言葉の内容、発し方を表していない。子供の行うこしゃくな行為や子供の発するこしゃくな言葉を咎《とが》めだてするな、と自分に言っているのである。『はちすの露』の戒語「わかひもの、むだばなし」(五三)、一八の「かなのわろきはてまでいふ」(六六)、もまた同様である。実際に見聞したことを大もとにして「我がふり」を正し、あるいは他人のその行為や言葉を咎めだてせずに正しく賢明に対応せよ、と自分に求めてゆく――そんなポイントをいろいろな機会に集めていったのであろう。その際、戒語として一項目とすべき場面に遭遇したとき、良寛は必ずマイナスイメージに支配された。そのマイナスイメージで括った言葉が、多くの戒語の冒頭にある「おだやかならぬ」「こゝろせまく」「こゝろよからぬ」「つゝしむべき」「にくき」「みゝだちて」「うるさき」なのだろう。

付表二、三の作成で分かったことの一つは、一五の全十五項目が二〇の八十七項目中にすべて含まれ、しかも、その二〇が持つ項目分布の特徴は、一四、一六〜一九、二五の六種の戒語遺墨にも存在するということである。ここで言う特徴とは、『はちすの露』所載戒語の一から四七の項目までに各戒語の主要部分が包含され、『はちすの露』所載戒語の四八から九〇の項目では各戒語の項目の分布密度がまばらになることを指す。その分布を詳しく見ると、『はちすの露』所載戒語の一から四七番までに集中していると見られる各戒語の主要部分は、順番は不揃《ふぞろ》いだが、過半が各戒語の前半に所属する傾向を持つ。このことは、前にも記したとおり、伝存する戒語が原本からの書き写しによるものではないこと、主要部分をおおまかな順番でいつも頭の中に置き、それを書いていたことを意味する。

次には、付表三をみると、一五、二一、二二、二五の戒語では『はちすの露』所載戒語の一から四七番に該当する項目の割合が他より少ない。そのうえ、二一、二二、二五では『はちすの露』の一〜四七番に該当する項目が、各戒語において前半に位置するという割合いも五〇%以下となる。この三種の戒語が示している他との隔たりは、最晩年の戒語との隔たりを意味する。その点から推測すれば、この三種の戒語系列が良寛の頭にあったときに、それに再検討を加えるべき何らかの経験があって、一四～二〇の系列にリニューアルされたことになる。

三つめは、各戒語に固有の項目に関わることなので、まず、各戒語に固有の項目数を左表に示す。

左表から、全項目数が五〇以上で、一〇％以上がその戒語に固有の項目のものを拾うと、『はちすの露』、一四、一八、二〇、二一が抜き出される。このように、各戒語に多くの固有の項目が存在する理由は、例えば二〇に「良寛書」とあることでも明らかなとおり、我が戒語を持ちたいと希望してくれた人に対して、一人の友人として、日頃、気付いていたことを忠告する意味で、その人用の特別な項目をさりげなく加えているためである（各戒語に固有の項目が多く存在するからといって、良寛の中にある言動の規範が揺れていたからではない）。このように、良寛のさりげなく特別な項目を差し挟んでいる行為を、人々に対する禅僧としての導きや教化、あるいは、良寛流の説法の仕方などとする見方がある。そう判断することは可能かも知れぬが、それは、良寛を「禅僧」の範囲に押し込めてしまう見方であって、例えば、孔子の言を鏡として自分の言動を映し見た良寛の姿とは、その生きる方向性において矛盾を生じてしまう。したがって、良寛を矛盾無しに理解するには、良寛はその後半生において、「禅僧としてどう生きるべきか」よりも広く、「一人の人間としてどう生きるか」という視点を持って生きた、と見なければならないことになる。

戒語の別	重出を除外した全項目数	各戒語固有の項目数	固有の項目数の占める割合
『はちすの露』	八十六	十一	一三％
一四	五十一	十一	二二％
一五	十四	〇	〇％
一六	六十八	一	一％
一七	六十一	四	六％
一八	六十八	八	一一％
一九	二十四	二	八％
二〇	七十九	十五	一九％
二一	五十二	十一	二一％
二三	十六	二	一三％
二五	二十五	一	四％

付表作成で分かった第四点は、良寛の戒めのポイントは一つ一つの具体的行動に直結するものとして存在する、ということである。秋艸道人が生きる姿勢のすべてを包括する規準として四項目の「学規」を掲げた方式を、良寛はとらない。それは、良寛の生活の仕方が秋艸道人よりももっと庶民の生活に直結していて、対応すべき状況が多様であり、庶民配慮の感性がきわめて繊細だったためだろうが、もしかすると、「人の生けるや直し」を具体的行動に当てはめるとどうなるか、という視点が良寛にあった結果なのかも知れない(孔子の弟子対応法にならった可能性もある)。

さて、福田(茶縁)真由美氏は「大愚良寛『仮名戒語』について」(『東海佛教』第四十二輯)という論文で、大島花束氏『良寛全集』所載の仮名戒語を底本とし、『「ことば」に関する『仮名戒語』』の項目を立てて、木村家の「おかの」と周蔵に宛てた二種を除く七種全四三九項目を分類され、

(一)	多言閑語に関する戒語	全四十八ヶ条
(二)	話し方に関する戒語	全四十六ヶ条
(三)	己我に固執する言語に関する戒語	全四十三ヶ条
(四)	自己を虚飾する言語に関する戒語	全二十三ヶ条
(五)	子供を誑す言語に関する戒語	全十五ヶ条
(六)	巧言・虚偽の言語に関する戒語	全五十四ヶ条
(七)	嘲弄する言語などに関する戒語	全二十八ヶ条
(八)	神仏を軽んじる言語などに関する戒語	全十九ヶ条

と示しておられる。次いで、氏は(一)から(八)それぞれが道元の説示と『論語』に基づくことを示した上で、それを根底

から支えているのは「愛語」であって、「良寛の『仮名戒語』を実践することは、つまり道元禅師の『愛語』を心掛けていることとなり、また道元禅師の『愛語』を心掛けていることが、虚飾な言語、粗暴な言語などを戒めた『仮名戒語』を実践することとなる。それゆえに道元禅師の『愛語』と良寛の『仮名戒語』とは一如であるということができるであろう」としておられる。さらに氏は、「布施・愛語・利行・同事という四種の菩薩行も発心・修行・菩提・涅槃と同様に終わりなき行持の道環である。（略）愛語を行持することが、布施・利行・同事を行持することである。（だから、良寛が）『愛語』を謹書したということは四摂法の巻全体を謹書した、すなわち愛語の謹書は『正法眼蔵』《ママ》「菩提薩埵四摂法」《ママ》巻そのものである、とみるのが良寛の真意ではあるまいか」（六二頁。括弧内の補入は引用者）とされ、「条文の数だけ常に厳しく良寛が自らを戒め、自己反省し、自己を徹底究明するという『行持』を行じきった良寛の相を窺いうるものであろう。また同時に、それが大愚良寛の『教化』のあり方とも見てとれる」（六二頁）と記しておられる。晩年の良寛を禅僧として捉《とら》えると、確かにこの福田氏の見方となる。それゆえ、良寛の禅僧の側面に関してはその見方に賛同する。

ただ、「賛同する」とは言っても、良寛の姿勢は、道元とは基本的に相違するということも指摘しなければならない。道元の言う「まづ慈愛の心をおこし、顧愛の言語をほどこすなり。おほよそ暴悪の言語なきなり」（六十巻本『正法眼蔵』第二十八「菩提薩埵四摂法」。水野弥穂子校注『正法眼蔵』〈四〉岩波文庫、四二三頁）の「慈愛」の語に内在する上下、尊卑の尺度は、良寛の実践、仮名戒語の中には存在しない。――例えば親子の関係の中で、親が子を思い、子が親を思う場合を比較すると、親が子供に「慈愛」の心で接する、とは言っても、子供が親に「慈愛」の心で接する、とは言わない。このことでも、「慈悲」はもちろん、「慈愛」にも上下、尊卑の尺度が内在していることが分かろう。――

もし良寛が道元の言う「慈愛」で仮名戒語を書いているのなら、「りよぐはいとがめ」（慮外咎め。一七の五三番、二一の四三番、二二の一三番）や「さとりくさき話」（『はちすの露』七六番、一七の六九番）こそ、むしろ、人々に丁寧にやさしく教えてやるべきことであって、戒語には入れるはずのないことである。それなのに、人々の教化のために禅僧として行わなければならないはずのことを、逆に、やってはいけないこととして仮名戒語に入れてあるということは、良寛が道元の示す修行内容をそのまま実行するのではなく、その方式だけを身につけたうえで換骨奪胎し、あらゆる人々が践《ふ》み行える道を手探りして、まず良寛自身がその道を生きようとしていた、と言えるのではないか。

『はちすの露』所載の戒語八五番「くはの口きく」も良寛の生き方を示している。最前、良寛の戒語が五合庵期にさかのぼる可能性について述べたが、その引用文中に、中原元譲が五合庵から持ち帰った良寛筆の戒語を、世話になった大越家に御礼に贈ったとあった。谷川敏朗氏『良寛の愛語・戒語』(考古堂書店)によると、良寛自筆の戒語が無くなった中原元譲は、その後、「沙門良寛戒語、栗翁書」(「栗翁」は中原元譲の別号)と記した半截六枚の戒語を書写して所持した。それは『はちすの露』掲記のものから三項目脱落したのみで順番もほぼ同一のものである。これを谷川氏の翻字で見ると、中に「うはの口きく」の一項目がある。しかし、『はちすの露』掲記の項目では、「くは」の「く」と「きく」の「く」はまったく同じ草仮名の「久」——他項目に使用の草仮名「久」とは小異がある——であって、上のを「う」、下のを「く」と区別することには問題がある。やはり、貞心尼が良寛筆を読み取って、その読み取ったとおりに書いた「くは」を尊重すべきだろう。御風氏『大愚良寛』の渡邊秀英氏校注版三三九頁に、「くは」は「桑門《そうもん》」の「桑」で、和歌世界ではそれを「くは《桑》のかど《門》」と言う旨の注記がある。和歌をよくした貞心尼宛ての戒語だから、良寛は「くは《桑》のかど《門》」を省略して「くは」とだけ言ったのであろう。

おそらく、ある時、良寛がどこかで顔見知りの僧に会って話をしていると、その僧侶がいかにも僧らしい口ぶりで話すのが気になった。以来、良寛は、庶民の中に庶民として生きる自分は、あんなに僧侶臭い話しぶりではいけない、と自分を戒めてきた。そして、弟子の貞心尼のために戒語を書くにあたって、「あなたも、自身の進むべき道を深く知り、僧侶を突き抜けた状態を早く獲得してほしい」と願ってこの一項目を入れたのだろう。貞心尼にこの一項目を示したということは、最晩年の良寛が少なくとも「禅僧」から脱却しようとしていたことを示すことになる。「人の生けるや直し」を柱として生きた良寛は、自分の発した言葉が、外見上、理想の姿になってさえいればそれでよいのだ、などとは決して考えなかったはずであり、しかも、自分にできていることしか他には示さなかったはずだからである。

なお、言わずもがなのことだが、もし、我々が、話すことについての第一の留意点は何か、と尋ねられたら、誰しも自らの反省を込めて「嘘《うそ》をつかないこと」と答えるだろう。しかし、良寛の戒語にその項目は無い。その「良寛の戒語に『嘘をつかないこと』は無い」という点こそ、仮名戒語の最重要ポイントと言うべきことなのだろう。良寛は、戒語をまとめはじめた五合庵時代には、既に「人の生けるや直し」に徹しており、戒語に「嘘をつかないこと」を入れる必要を感じなかったのである。

八　「曲《マガリ》」という字《あざな》

けふも又　君まさはやと　おもふかな　たちかへるへき　むかしならねと

（良寛維宝堂編『木村家伝来 良寛墨宝』二玄社、二〇三頁の墨蹟）

この墨蹟は木村家蔵の二曲張り交ぜ屏風にあるもので、縦二〇・五cm、横二二・六cmの料紙に四行で書かれている。料紙の左端は巾四cm余の余白になっており、その下方に、一筆書きに近い描線で、身の丈約五cmの僧形が書かれている。この和歌に署名は無いが、内容をみると、良寛にきわめて親密な思いを懐いていた人が良寛示寂後一定の期間を経て詠んだものであるから、屏風中の他の何点かの墨蹟同様、良寛示寂後三年目に良寛の墓が建てられた際に集まったうちの誰かの墨蹟と推測される。しかも、木村家によって保存されるほどに近隣では名の知れた人のはずと考えると、この墨蹟の書き手は「阿部定珍らしい」という原田勘平氏説（『墨美』二二〇号「解説」）に落ちついてしまう。そこで、ここでは「けふも又…」の墨蹟の主は阿部定珍と断定して、以下、考えてゆくことにしたい。

この遺墨での最重要ポイントは、左下に一筆書きに近い描線で描かれた僧の姿である。「けふも又…」の和歌からすると、その僧は間違いなく良寛である。では、定珍は良寛の生前、画家が良寛を描いていたことを知らずにいて、自分が良寛の真の姿を残さなければならないと思ったのだろうか。その思いから良寛を描くなら正確でありたいという思いが見える描き方になるはずだし、第一、人々によって墓石に「禅師」と刻まれるまでになった良寛を、素人が無様《ぶざま》に描いて残すことは、良寛に失礼にあたる、と思うのではないか。したがって、この一筆書きに近い良寛像は、「良寛の像」を残すためのものではなく、定珍がきわめて私的に、自分の思いを満たすためだけに描いたもの、ということになる。おそらくは、定珍が「けふも又　君まさはや」、「むかし」のようにと思った時、ふっと描きたくなって描いてしまった、という良寛像なのだろう。そんな時に、他人に絵を描いてやったことのあるほどの力量を持つ人ならば、想い描いた良寛をそのまま絵にすることもできるだろうが、自分はそれほどの能力は持たぬと知る者は、何処《どこ》かで見て知っている良寛像の中から一番簡単なものを思い出し、それを真似《まね》して描いてみるものだろう。定珍の思い出せる簡単な絵像が良寛の自筆だと知っていたら、定珍も安心してそれを真似ることができるだろう。定珍にとって、それに該当したのが遺墨の左下に描かれた一筆書きのような良寛の像だったのではないか。

この定珍が描いた良寛像と特徴のきわめて近い、一筆書きのような良寛像が一つだけある。それは、「國仙の与えた印可の偈」の項に「一筆書きのような自画像に『是此《これはこれ》誰《たれぞ》大日本國《だいにつぽんこく》國山《こくせん》眞子《しんし》沙門良寛』（「仙」を脱字して「山」を右に書き加えてある。大切な師匠の名を一文字落したことで意識に混乱を生じ、「仙」を書き加えるつもりで「山」としてしまったものか。不審。『良寛墨蹟大観』第六巻、中央公論美術出版、九一頁）と賛を記した作が存在する」と記してきた、その自画像である。この良寛自画像と定珍描き入れ良寛像との間には、大まかに言うと、次のような共通点と相違点がある。

① ともに左向きで、左横から描写した姿になっている。

② この自画像から、杖と裙子《くんず》の裾の描線を除外すると、ほぼ定珍筆の良寛像となる。

③ 賛のある自画像の描線は、頭部(Cを書く要領で○を描いて左横顔とする)に続けて身体の前部分(左肩から褊衫の左袖を描いて左腋《ひだりわき》まで上げる)を描き、左腋からの身体の前部分は、左腋から下へ向かって上半身、下半身と別々の線で描いてある。うなじの後ろから背中を描いた線は、腰と臀部《でんぶ》を表現して後ろの裾へと続く。そこに、褊衫《へんさん》と裙子の裾を表す三本の横線が加えられ、履き物が下に書き加えてある。

それに対し、定珍筆では、墨の濃さからすると、まず、うなじの襟から身体の後ろ側を下まで描き、そのまま続けて法衣全体の裾の線を後ろから前まで行く。次に、うなじの襟から身体の前部分を褊衫の左袖下端まで描き、そこまで行く前に線がかすれたので、新たに左腋から描き起こして褊衫左袖の身ごろに近い方の線を描き加え、その後に、かすれて描ききっていなかった部分まで上に上がってゆく。頭部(左横顔)と履物《はきもの》は、胴体部分を描いた後に、細い線で描き加えてある。

④ 賛のある自画像の耳の位置に、耳かどうか判然としないC形の線(左耳を左側から見ているのだから、耳なら「コ」形でなければならない)があるが、定珍筆では、はっきりC形の耳としてある。

これらの特徴は、定珍が賛のある良寛自画像を見ながら描いたものではなく、定珍の記憶の中に賛のある良寛自画像があって、それを和歌を書いた時に思い出しながら描いたものだ、ということを示している。

では、なぜ定珍の記憶の中に賛のある良寛自画像があったのか。定珍がどこかの家で見せてもらった良寛像を記憶していた、という可能性も無しとはしないが、その場合、C形の耳の線まで記憶している可能性はきわめて低い。それよりむしろ、良寛自画像が阿部家にあって、定珍が若い時分から、丁寧に、かつ、繰り返し見てきていた、と考えるほうが、左袖の渇筆を補うやり方にも、耳の描き方にも合致する。そこで、賛のある良寛自画像が阿部家で描かれる場合を考えると、次のような可能性が想定できる。

ア 良寛が帰郷後数年以内に定珍の父親の代の阿部家へ托鉢に行き、主から半折の紙を出されて「自分も漢詩の勉強をしている。あんたは漢詩を作って書いて壁に貼っているそうだが、ここに書いてみせてほしい。それから、出雲崎の橘屋の生まれだと聞くが、本当にそうなのかね？」と言われたとすると、俗縁を切って雲水修行にかけていた当時の良寛なら、実の父母のことは言わず、「自分は師・國仙の子だ」と言うことはあり得よう。それを出された半折に書けば、漢詩を書く代わりにもなる、と考えて実行する可能性がある。

イ 五合庵に住むようになって以後、何かと世話してもらっている阿部家で、いきなり半折が出された時、書く予定無しで托鉢に来ていたために自作を書く気にもなれず、書くにふさわしいものも思い付かずにいて、かといって、書かないでもいられない、という状態になった良寛が、窮余の一策として思いついたのが自分の立場を表明するこの画賛幅の構成だった、という可能性がある。その時、突然のことで心の動揺が大きくて、つい師の名前の部分で脱字してしまい、そのことでさらに気が動転して、誤った文字で補ってしまった、ということかも知れない。

ウ 「山」の記入者は、右のように、良寛であることもある。が、良寛の書いたものが和歌や漢詩ではなく、しかも、脱字もあったことから、この賛のある良寛自画賛に阿部家の主人(定珍の父親)は重きを置いておらず、ずっと後になって、早川家で「良寛の書いたものがほしい」と言っているのを聞いて、この自画賛を出してやる気になった。そのとき、親切のつもりで、自分が「こくせん」と聞き覚えていた、その「せん」を、うろ覚えのままに「山」

と書き加えて渡してやった、という可能性もある。書き込んだ主人に、自分の書き加え行為をためらう気持ちもあって、その心理が、「山」の書き位置のやや離れ加減のところに表れ出た、と見ることができる。

そんな状況のいずれかがあって、阿部家の定珍の親の手から、後に早川家に渡ったものとすると、渡る以前に定珍は、毎年の虫干しの折、いつもその一風変わった誰にも描けそうな人物画像を見ており、おそらく、早い頃からその画像が時折やってくる良寛の描いた自画像だ、と知っていたのではないか。さらにその後何年も見る機会を重ねたために、一筆書きのような良寛自画像が記憶に残ったのではないか。

良寛自画像そのものが早川家に渡った後も、良寛自画像の形は記憶に残り、その形が良寛本人の体つきの特徴をよく表していたので、定珍が良寛を思い出すときには、いつも、その賛のある良寛自画像もなつかしく思い出していたのだろう。そんな経験が背後にあって、なつかしく記憶しているその良寛自画像を、冒頭の和歌の後に描くことになったのだろう。

定珍の描いた僧も、それを描くための定珍の記憶の中の僧の絵も良寛のはずだが、「是此《これはこれ》誰《たれぞ》…」の賛のある半折の画像が、確かに良寛像であることは、そこに良寛の賛があるという一事からも証明可能である。何故かというと、良寛以外の人が良寛に賛を求めるために良寛を描くなら、頭部を〇で描くような粗雑な扱いはできない。相手を粗雑に描くことは、賛を依頼する相手を見下してしまうことになるからである。一方、良寛が自分を描いて示す場合にはどうなるか。自分を実際以上に立派に描くことは自分の立派さを誇ることになるから、それははばかられる。だから、自分の姿は必要以上に粗雑に、しかも、外から見える最大の特徴(見てくれの悪さ)だけは逃さずに描くことになる。

したがって、今、ここに取り上げている「是此《これはこれ》 誰《たれぞ》…」の賛のある半折の自画像は、正に後者の特徴を示すものであるから、そこに描かれたところの、頭部が普通の人より極端に身体の前方に出ているという身体的特徴は、良寛が自分の認識によって自分の身体の特徴を描いたものだ、ということになる。ただし、良寛の自画像であっても、正面から描いた場合には、この身体的特徴は見えてこないし、他人（絵師）が描く場合には補正を加えて目立たなくすることにもなるはずである。そうすると、この身体的特徴は、自画像で自分を横から見て描いた姿の時のみに表れ出るもの、ということになる。ただし、その画面構成の自画像で、その特徴の無いものが一点だけある。三峰館時代に止宿していた中村家所蔵のもので、「こひしくば…」の和歌が賛として描かれているものがそれである（『良寛墨蹟大観』第四巻、七六頁、不思議なことに、前の七五頁にもほぼ同一の自画賛の作がある）。この自画像は右半身を描いているが、右に記した身体的特徴は存在しない。思うに、良寛にとって、中村家は布子《ぬのこ》の綿の抜き取りを依頼するほどに親しい関係であったから、我が身体的特徴の表現などにはこだわらずにいられた、その結果なのかも知れないし、良寛が後半生になると、精神的に完全に他者の不具にこだわらずに生きうる次元になっていて、他とは異なる自身の身体的特徴にも無頓着となり、それが自画像にも反映したのかも知れない。「人の生けるや直し」に徹する良寛が、我が身体的特徴をわざわざ隠すことはあり得ることではない。そこには良寛の独自の考えの存在が考えられねばならない。

その視点に立って遺墨中の自画像に当たると、「四月朱明節…」の賛があって菅《すげ》の花を持つ絵像（『良寛墨蹟大観』第二巻、六六七頁。谷川敏朗氏『良寛の旅』恒文社、一三八頁には、この良寛像は笈ヶ島の平原家主人が描いた、とある）や、「衣を人に…」の賛があって白衣の後ろ姿を描いた絵像（『同』第六巻、四五〇頁）は、首が前に出ていると見える。良寛が絵を描くことに慣れていなかったゆえ、としてしまうなら別だが、以上から素直に考えれば、賛のある半折の自画像に存在するところの、〇で描いた頭部が普通の人より極端に身体の前に出ている姿は、実は、良寛の外見上の最大の特徴だった、ということになる。

ここまで、回り遠い辿《たど》り方ながら、良寛に普通人とは異なる身体的特徴が存在していたことを論証してきた。

この「首が前に出ているという身体的特徴」を指すと見られるものに、貞心尼の記録「曲《マガリ》」がある。この記述は、藏雲が『良寛道人遺稿』編纂にあたって、貞心尼に以南のことを尋ねてきた、その返書の中にあるもの（「浄業餘事」に収載）で、その返書の一節には「號は大愚　名は良寛　字曲《マガリ》」とある。この記述部分は、貞心尼が伝記資料として藏雲宛に記した何項目かのうちの一つとしてあるのだから、良寛本人が昔語りの中で実際に「（俺の）あざなは、まがりだった」と話したのであり、それが貞心尼の判断では、良寛にとってプラスになるはずのこと、と理解される話しぶりだったことを表している。すなわち、貞心尼の理解での「まがり」は、

A　中国で、男子が成年後に実名のほかにつける別名

B　日本で、学者、文人の実名以外の名

のどちらかのはず、ということになる。「あざなは、まがり」と言う場合の「あざな」が、はっきり「あだな」だと理解されていたのなら、伝記資料として藏雲宛に書き送りはしないだろう。

一般に、良寛は悟った禅僧、しかも、いろいろな分野に並はずれた才能を持った人とされるので、ひたすら敬い、ひたすら讃歎する人は、「良寛の字《あざな》」というと、右のA、Bのどちらかと考える。したがって、研究者が『老子』、『荘子』、『論語』等の典籍にその出どころを求めたくなるのは当然なのだが、実は、その本当の大もとは「頭部が普通の人より極端に前に出ている姿」から出た渾名《あだな》だったのではなかろうか。

良寛の幼少期において、頭部が普通の人より前に出ているという特徴は、周囲の子供たちの、何の遠慮も配慮も無い無邪気さにさらされたら、たちまち注目されてしまうだろう。その結果、榮藏に対するあらゆる差別や嘲笑を表す渾名として、一見すれば誰にも分かるその身体的特徴の「まがり」が当てられてゆくことは、誰にも想像できることだろう。もし、寺子屋での榮藏が群を抜く成績だったなら、その好成績がかえって仲間のやっかみを呼びやすく、仲

間は榮藏の身体的マイナス点を言い立てることで、無意識的に自分たちの優位性を保とうとし、心の平衡を得ようとしたことだろう。

そうした幼少期の渾名の「まがり」は、子供の口からやがては出雲崎の大人の間にも知られるところとなっていったのではないか。圓通寺でも、我が道を行く良寛は、先輩の修行僧からは「変わっている」と見られて同様の対応をされ、自然発生的にここでも「まがり」の渾名が付いたかも知れない。さらにまた、良寛が住職としてではなく、一《いち》雲水として帰郷した後には、「へそ曲がり」の意味も付加されて、出雲崎の町中では改めて「まがり」と囁《ささや》かれた可能性もある。こう見てくると、「まがり」という渾名は、良寛にとっては、忘れようとしても忘れさせてもらえないものだった可能性が高い。

人は誰でも晩年になって、今の自分の有りように一定の存在意義を感ずると、それが若い時分の何から発してきているかを考えてしまう。そして、そのひと続きの経験を周囲の若者に語って、若者がそれを参考にして自分のようには右往左往せずに進んでいってほしい、と願いやすい。そんな時、今の自分を「これで良し」と肯定する気分になっていたとすると、若い頃の苦々しい経験についてまで「知られては困る」というこだわりが無くなっていって、「あのことは、むしろ、自分にとってはかけがえのない、意味あることだった」と話すことにもなってゆく。——良寛が貞心尼に現在の自分の生き方を語る場合にも同様の心理になっていて、今の自分になってくる一連の経験の中の一つとして、渾名の「曲《マガリ》」のことを何かの話題の中で話したのではないか。もちろん、その時の良寛の意図は、あくまでも渾名としての「曲《マガリ》」のつもりであって、「自分のあざなは『曲《マガリ》』で、その頃は気付かなかったが、その後に振り返つてみると、『曲《マガリ》』は『老子』にも、『荘子』にも、『論語』にも出てくる、実に意味の深いものだった」と言ったのに違いない。ところが、これを聞いた貞心尼は、良寛尊崇のあまり、それを誰かが付けてくれたもの、良寛の「成人後の別名」と理解したのだろう。

こうして、良寛の語った「渾名が偶然持っていた意味」ということを、貞心尼が「意味深い字《あざな》」（右に記したAまたはBのどちらかの意味）と誤解したために、書き残されることになったと推測される。ちなみに、『広辞苑』の「あざな」の項には、③として「あだな」がある。

九　物品恵与の依頼状と盗み食いと

ハイ今日は雑炊の味噌一かき下され度候《たくそうろう》　ハイサヤウナラ

（玉木禮吉『良寛全集』良寛會、二六六頁）

仮名戒語を頭に置いて人と接した良寛が、たとえ味噌一かきであっても、誰かを差し向けて無心するのは、「人の生けるや直し」にはそぐわないことと見える。それどころか、そんな軽い無心だけでなく、盗み食いの話までも残している。これはいったいなぜだろう。こうした、良寛にとって都合の悪そうなことこそ、実は良寛の正しい思考に発しているはずで、これらを「融通無碍《ゆうずうむげ》」を隠れ蓑として理解を放棄してはいけない。

谷川敏朗氏編『良寛の書簡集』（恒文社）に収載された書簡によって、良寛が何処《どこ》の家に何を求めたかについて、良寛表記のまま拾い出すと次表のようになる（括弧内は引用者の補入）。

宛　先	ほしいもの（または要望）	『良寛の書簡集』の書簡番号
由之	さゞいのからのふた	一二、一三、一四
外山家（妹・むらの嫁ぎ先）	冬衣	二九
	せんだく（の依頼）	三一

阿部家	梅干	五〇
〃	味噌(の交換依頼)	五一、五二、五六、五八
〃	朱墨や朱唐紙	六七
〃	朱墨と下駄の緒と筆	六九
〃	油	七一
解良家	大豆一斗、ぬのこ、よよひん	一一〇
木村家	袷の洗濯	一一三
〃	袷	一一四
〃	綿入	一一五
〃	ぬのこ、もめん衣	一一六
山田家	わすれ草の種	一五〇
〃	こ金の水	一五七
中村家	布子の綿抜き取り(の依頼)	一七九
斎藤伊右衛門(旧・分水町中島)	米	一八八
	油一徳利	一九一
荒木忠右衛門	みの茶よきを百文	二〇五
菓子屋三十郎	白雪羔	二一八
富取守静	万能功	二二八
宛名不明	もめん二たん墨染になし(て)	二四四
〃	雑炊の味噌一かき	二六三、二六四
維馨尼	油一とくり	二六七

実際に良寛の求めた物は他にもあったのだろうが、右の範囲内で見てみると、手間のかかる衣類の世話は自分の妹か、主婦の他に女手が何人かずついる家に依頼していることは、そんな点に見てとれる。では、良寛はなぜ自分からそんな依頼をしたのか、それは、良寛を思っていろいろと食料その他の物を届けてくれている家では、届ける物が今の良寛にどれ程必要な物か分からないままに届けている。本当に良寛を思っている人の場合、むしろ、良寛から必要な物が示され、それを叶《かな》えてやることができるなら、物を届ける側の精神的充実度はより大きなものとなるはずである。良寛はそれらの家々を度々訪ねてみて、自分との関係において、その家がそうした精神的充実度の高かるべきことを望んでいると感得でき、しかも、経済的にも人手の上でも、さしたる混乱をきたさないで済むと思われる場合にのみ、依頼したらしい。良寛にしてみると、自分自身の存在することが、どうしてもそれらの家々に迷惑をかけるのだから、それらの家々に最小の負担で最大の精神的充実度を持ってもらうほうがより正しい道だと判断したに違いない。そして、そのように依頼行動を起こした上で、それにふさわしいお礼の行為を捧げれば、「人の生けるや直し」に副《そ》う結果ともなる、そう考えたのだろう。この一見すると度を超した迷惑とも見える度々の依頼も、これらの家々と良寛との間に良好な関係が保持されていたという一事をもってすれば、それぞれの家にとっては、迷惑どころか、むしろ、一種好ましいことだったことが理解される。僧侶や医者、名主レベルの人々には、そういう依頼の仕方が心を結びあうきっかけ、結びつきを強める方途となったのである。

しかし、良寛が本来的に目指したこの世での生き方は、名主レベルの家々の庇護を受け、その家の人々に感謝しつつ生きる、ということではなく、夜明けから暗くなるまで田畑で働き、夜なべにも励んでやっと生きている「普通の農民(あるいは町人)と広く繋がってともに生きる」ことだっただろう。それは、可能な限りの低いレベルで「知足」の実現を図っていた良寛の生活そのものが証明していることである。だから、自分が乞食行をする昼間は必ず留守の家、托鉢に応じられぬような貧しい家の門戸をどのようにして叩き、自分が心を寄せて生きようとしている者だと分かってもらうにはどうすればいいのか、と常に考えていたのではなかろうか。そして、乞食行の持つ一側面、すなわち、少なくても良い、その家が困らない範囲での施しを受けることによって、それを受ける自分が感謝の念をもってその家の下方に我が心を置き、心の支えになれる機会のあったときには可能な限りの報謝をしよう、そう考えていたのではないか。

良寛の後半生、その書が求められ、その名が「馬鹿坊主」として広まった時代には、どこの家にも自家製味噌があって、その少量の減り目なぞは、ごく貧しい家であっても飢えに直接は繋がらない。そこに気付いた良寛が、右の乞食行の持つ一側面を実現する方策として試みたことが、冒頭のごく少量の味噌の無心依頼だったのではないか。庵に遊びに来た子供の話した家の様子からその家のことを思いやった良寛が、何か支えになってやりたいと考え、その家の扉を叩くべく子供に持たせた無心状だったのだろう。書簡の中に書かれた「ハイ今日は…ハイサヤウナラ」はそんな状況を示している。

このように、近隣の家々と望ましい関係を構築しようとする良寛の考え、行為の選択の根底には、乞食行をする僧とそれを迎える人の双方にあるべき理想的な心の有りようや、四国巡礼で知った巡礼者とお接待の人の心の有りよう、帰郷直後に郷本で懐いた感謝の繋がりの経験もあっただろう。さらにその奥底には、自分も実感している親子間、兄弟間での心の通じ合いの大切さということもあっただろう（「常哀れみの心持し」の項を参照）。これらそれぞれの立場の人々の相互の関係が緊密になればなるほど、互いに相手の困難を救ってやろうという思いも深くなってゆくから、頼ることに節度がある場合なら、頼る者も頼られる者もともに心の充実を感ずることができる。――そんな人間関係が広がってゆくことを目指して、良寛は後半生を生きていたのに違いない。

では、良寛の盗み食いのほうはどうか。管見に入ったものは次のとおりである。

① 宮田喜代司「中の家（長谷川家）で朝飯やられたことは、桶屋長六の家でよく話されたそうです。何分一つしかない水桶を、長六が修繕しないものだから炊事ができず、隣近所の台所を荒し廻ったらしい。庵の隣早川新右エ門の家は勿論裏にある桑原富五郎の家や、大矢甚右エ門、早川八十八の家などは、ご自分の家の如く、自由に出這入りしていたそうです。そこで長六へ頼んだ水桶が余り長くできないので、さすがの良寛さま困ったとみえ、毎日居催促したそうですが、そんなことに動く長六ではない、見兼ねた細君のおきのさんが「おまいさん、良寛さんのものだけでも、今日直してあげなさいよ」と傍からいうと、長六は仕事場に山と積んだ修繕ものを見て、苦笑したのみでした。其の時の作品です「おまい思えば仕事の邪魔だ、かけるかんなも手につかぬ」という盆歌を書いて与えられたのは、これは長六の心持ちを揶揄されたものでしょう。長六夫婦は字が読めないから、それを表具して茶の間に掛けてたそうです。（以下略。『晩年の良寛』新潟県三島郡和島村、七頁。島崎で）

② 当時の村人は妙な乞食坊主だと思って、良寛をよく理解していなかったようだ。良寛の方はまた黙ってのこのこ人の家へ上りこみ、台所の飯びつを引っぱり出して、中の飯を食べる事がよくあったという。（谷川敏朗『良寛の生涯と逸話』野島出版、三〇四頁。旧・岩室村上和納で）

③ 禪師は徒跣・泥足のまゝ直に人家の庖厨に入り、飯櫃より飯攫出して食ひ靦然たる奇癖ありきといへり。（西郡久吾『北越偉人　沙門良寛全傳』目黒書店、二七三頁。何処《どこ》でのことかは不明）

①だけは良寛の盗み食いの理由が分かる。ここで良寛が隣近所の台所を荒し廻ったのは、自分が悪評にまみれることを覚悟して長六に仕事をさせるためだったのである。良寛にその考えのあったことは、良寛が隣近所を荒らし回って朝飯を食べたことを、自身で桶屋長六の家で話したということにも示されている。やがて長六は良寛の書を表具して掛けたというのだから、良寛の意図は長六に通じたのだろう。

②と③の場合には、どんな理由があったのかがまったく分からない。『論語』と仮名戒語を頭に置いた良寛のことだから、そう行動させるべき何かがあったけれども伝わらないだけなのかも知れない。

だが、西郡氏が「奇癖ありき」とする雰囲気は、氏が何カ所かで同様の逸話に出会ったことを示しているとみえる。この「感じ」が正しいものとすると、その各場面に、当然そうすべき正当な理由があったものかどうか。――一般には、良寛の言動が良識では説明困難になったとき、前にも記したように、しばしば「良寛は融通無碍《ゆうずうむげ》だったから」としてしまう。その行為が良寛自身にも関係者にも適切で、誰にも都合が良くなる言動なら、それは確かに融通無碍だが、家族の次の食事のための飯を留守家に入り込んで食することは、どう見ても迷惑行為であって、融通無碍の行いとは言えない。良寛は融通無碍の境地を目指して修行もし、『論語』も読み、自分のための戒語も持ったのだろうが、最晩年まで自己点検を止め得なかったという事実は、融通無碍にはついに至り着けなかったことを意味している。――

もしかすると、良寛は、人間存在の大もとである「命をつなぐこと」においてだけは孔子の弟子・宰予の、いわゆる合理主義に振れることがあって、自分を完全に御することは自身の「知足」をもってしてもなし得なかったのかも知れない。良寛とて自然の中の一個の生命体、生身の人間だったのだから。

〈付表一〉
良寛遺墨による法華偈頌の比較

一　この表は、『良寛墨蹟大觀』第六巻仏語篇（中央公論美術出版）所載の法華偈頌を比較したものであり、この表における各遺墨の表題も、同書「釈文」篇の表題をそのまま使用した。

二　各遺墨の記すところの、法華経の同一巻の偈頌一つ一つについて、

ア　偈頌に使用された語とその偈頌の主意に関する大まかな異同の検討。

イ　推敲によって改められた語句、偈頌の記載位置の点検。

を行って、継承関係があるか無いか、ほぼ同一か否かを探り、ほぼ同一と判断されるものについては同じ行に配列し、関係が薄いと判断されるものについてはそれぞれ別行に配置した。なお、一一七の「法華転」には①、一一六の「法華讃」には②の符号を付して、語や主意に関する対応関係の略記の際には、その符号を用いた。

三　右に掲載されている法華偈頌のうち、「四六、画賛『慣棄西方安養界』」と「一〇六、偈頌『生今日我亦礼拝』」とは、他の一連の偈頌が示す前後関係中に組み込めるポイントを見出せぬために、また、「二八〇、法華賛『授記品』」は、字形や見せ消ち、点画の形状までも「一一五、偈頌『法華賛』」の最終見開き部分（一七六頁下段の写真）と酷似していて透写物と見えるために、いずれもこの比較対象範囲から除外した。

四　記された偈頌には、各遺墨ごとに漢数字による通し番号を付した。ただし、一二〇、二七九では算用数字とした。

五　「釈文」の番号一一〇、一一一、一二〇、の各遺墨間には、重複する部分がないゆえ、これらを四段目の欄にまとめて記した。

六　二七九の偈頌は一一七の前段階とみられるので、一一七の上段に置いた。

七　各偈頌は最初の二文字と末尾の二文字を記し、中間には～符号を置いてその部分を省略した。

八　ある遺墨に存する偈頌を他の遺墨のものと比較し、語句や主意のおおまかな相違状況を（）内に記した。その際の柱としては、「一一六、偈頌『法華讃』②」に記載の偈頌を用いた。

九　遺墨中の法華経各巻名等は、見やすくするためにゴシック体とし、当該遺墨中に、他の遺墨に出る偈頌と同方向の主意の偈頌が存しない場合は、「―」符号を入れた。

一一六、偈頌「法華讃」②	一一〇、偈頌「**属累品**」・一一一、偈頌「**陀羅尼品**」・一二〇、偈頌「**薬王菩薩本事品**」（この欄については、偈頌の存在箇所のみを記載。―符号は省略）	一一五、偈頌「法華賛」	一一七、偈頌「法華転」①	二七九、法華偈「**妙法蓮華経序品第一**」
開口		**開口**	**開口**	
一　開口～法華（①と②は、語に小異は		一　開口～法華（これと①、②を	一　開口～法華	―

付表一

序品
―
―
―
―
―
―
二七九１白毫～到来（起、承句の推蔽案「或発心或修行瞿曇白毫凡幾枚」を採ると、①とほぼ同一となる）
二七九２一箇～相体（②と照合すると、語に小異あるのみだが、推敲案「為主為伴」「引弄」を採ると①と同一となる）
―
―
―
方便品
―
―
―

序
―
―
二　幾多～中央
―
―
三　山河～九垓
四　或発～到来
五　一箇～如声
六　古仏～華転
―
七　風冷～若斯
―
方便
―
八　各人～席仁

照合すると、それぞれ語に小異は存するが、主意は三首とも同じ）
序品
二　如是～故紙
三　白毫～上春
―
―
―
―
―
四　文殊～如声（これと②は、語に小異はあるが、主意は同じ）
―
―
―
方便品
―
五　度生～席児

あるが、主意は同じ）
序品
―
―
二　即此～量義
三　夜半～無痕
四　馬頭～錯惹（この前半は象徴的表現だが、①では大局把握の表現）
―
五　一箇～如声（①と②は、語に小異はあるが、主意は同じ）
六　古仏～華転（①と②は、語に小異はあるが、主意は同じ）
―
七　日朝～光瑞
方便品
八　人々～出定
九　度生～席子

｜
二七九４如是～糟糠
（①②とは語の小異のみだが、比喩は①と同一。①に近い）
二七九３十方～曳尾
（②よりも①との相違が少ない。この一首は余白への書き込み）
｜
｜
｜
二七九５聞一～法華
（①②とは語の小異あるのみ。この一首は余白への書き込み）
｜
｜
｜
｜
譬喩品
（以下、遺失）

一〇　已非～難思
九　如是～糟糠
一一　十方～曳尾
｜
｜
｜
一二　会三～法華
一三　開一～腸裏
一四　渓声～法儀
｜
｜
｜
譬喩

（これと②は、語に小異はあるが、主は同じ）
｜
六　性相～糟糠
（比喩と表現は②と相違。主意は同一。①に近い）
七　十方～熟柿
（これと②は、後半に相違多し。比喩も①②とは相違あり。対応の偈無しとすべきか）
｜
｜
｜
｜
｜
｜
八　諸法～作仏
｜
｜
譬喩品

（②の前半は世尊側から見た表現だが、①では退席者側から見た表現。主意は同一）
一〇　是非～若問
（②の後半は自身の言葉での表現だが、①の後半では経句を使用）
一一　如是～陸沈
（②の比喩と表現は①と相違。主意は同一）
一二　十方～曳尾
（①と②は、語に小異はあるが、主意は同じ）
一三　諸仏～誰辺
一四　諸方～成霜
一五　騰々～二三
一六　以三～法華
（①と②は、語に小異はあるが、主意は同じ）
一七　開一～人腸
（①と②は、語に小異はあるが、主意は同じ）
｜
｜
一八　乃至～一帀
譬喩品
一九　若坐～因循

①	②	③
｜	九　昔時～葫蘆（前半は②二一と似るが、主意は相違）	｜
一六　作者～馳奔	｜	二〇　作者～那辺（①と②は、語に小異はあるが、主意は同じ）
一七　昔日～風流	一〇　昔時～風流（②よりも①に近い）	二一　昔時～閑秋（②とは、後半、語の相違多し。主意は同一）
一五　三界～誰家	｜	二二　千古～誰家（①と②は、一句目が相違。他に語の小異あり。主意は同じ）
｜	一一　昔時～未休	｜
信解	**信解品**	**信解品**
一八　従昔～能体	｜	｜
一九　従邑～傳人	｜	｜
｜	｜	二三　自従～作人
二〇　手把～経営	｜	二四　手把～於此（後半、②と語の相違多し。主意にもズレあり）
二一　或山～外人	｜	｜
｜	｜	二五　他時～垢衣
｜	｜	二六　或軟～茅茨
｜	一二　捨父～日功	｜
薬草喩	**薬草喩品**	**薬草喩品**
二二　密雲～馨香	一三　密雲～気春（①二二と語は相違するが、主意はほぼ同一）	｜
｜	｜	二七　習風～樹春
授記	**授記品**	**授記品**
二三　授説～東家	｜	｜

｜
｜
化城喩
二四　十劫～閑看
｜
二五　過於～這般
｜
二六　険道～還轡
｜
二七　為於～道衆
｜
｜
｜
五百弟子
二八　半千～作仏
｜
二九　窮子～酒縁
（②と語や句数に相違がある。主意は同方向。ただし、経の内容のみを言う）
｜
｜
授学無学人記

一四　声聞～山前
｜
化城喩品
｜
｜
｜
｜
一五　大通～瓜大
（これと②は、語に小異はあるが、主意は同じ）
｜
一六　目前～生涯
五百弟子授《ママ》記品
一七　半千～与竜
（①と照合すると第一、三句目はほぼ同じだが、主意にはズレがある）
｜
｜
｜
｜
学無学人記品（「授」脱落）

二八　眼華～根馳
｜
化城喩品
二九　十劫～閑看
（①と②は、語に小異はあるが、主意は同じ）
三〇　過於～如然
（①と②は、語に小異はあるが、主意は同じ）
｜
三一　現前～得妙
｜
三二　大通～瓜大
｜
三三　二儀～請看
三四　河《ママ》怕～月程
五百弟子授記品
｜
三五　鼻孔～款呈
三六　憶得～周旋
（①とは主意は同方向だが、内容は良寛の人生に密着。本田家本「草堂詩集」収載の漢詩）
三七　恒河～那色
三八　此珠～旋功
学無学人記品（「授」脱落）

三〇　—　空王～疎親
三一　—　先者～中趣
—
—
法師
三二　若読～香華
三三　空為～子児
—
—
見宝塔
三四　十方～遼空
三五　無中～其時
提婆達多
三六　妻子～逡巡
三七　昔日～聚人
—
—
—
三八　劫説～嘆嗟

一八　—　空王～（多聞）
（この偈頌の後半から遺失）

三九　空王～向秦
四〇　空王～与迅
（①と②は、語に小異はあるが、主意は同じ）
—
四一　空王～榜様
四二　我法～衆生
法師品
—
四三　空為～子児
（①と②は、語に小異はあるが、主意は同じ）
四四　荊棘～双眉
四五　梅檀～玉声
見宝塔品
四六　十方～羅鵠
（①と②は、語に小異はあるが、主意は同じ）
四七　無中～其時
（①と②は、語に小異はあるが、主意は同じ）
提婆達多品
四八　捐捨～逡巡
（前半二句が①と相違。主意はほぼ同じ）
四九　昔日～聚人
（①と②は、語に小異はあるが、主意は同じ）
五〇　曽以～挿觜
五一　牛頭～胡盧
五二　尽恒～閑聞
五三　劫説～歎嗟
（①と②は、語に小異は

三九　一果～容髪
四〇　相好～垢境
―
四一　竜女～雁啼

勧持

四二　獅子～何思
―

安楽行

四三　三世～与願
―
四四　衲僧～行仁
四五　雖然～受遅
―

従地涌出

四六　従地～問端
四七　乃往～将来

如来寿量

―
四八　日可～能見

あるが、主意は同じ）
五四　一果～手脚
（①と②は、語に小異はあるが、主意は同じ）
五五　相好～垢郷
五六　樵子～月情
五七　千里～去来
（①と②の前半二句はほぼ共通だが、句数が異なり、主意にズレもある。不対応とすべきか）

勧持品

―
五八　出屈～流通
五九　一切～眼涙

安楽行品

六〇　文章～与行
（前半二句は①と相違。主意は同じ）
六一　霊山～奈何
六二　誰道～行師
六三　霜夜～相伝
（①と②は、語の違いも多いが、主意は同じ）

従地涌出品

六四　好箇～問端
（①と②は第一、二句が逆構成。主意は同じ）
六五　乃往～将来
（①と②は、語に小異はあるが、主意は同じ）

如来寿量品

六六　伽耶～於其
六七　日可～易視
（①と②は、語に小異は

四九　有時～寿量
五〇　為度～尋常

分別功徳
五一　一念～値遇

随喜功徳
五二　有経～細説

法師功徳
五三　灯籠～清新

常不軽菩薩
五四　天上～拝時
五五　但行～同参
五六　朝行～一人

如来神力
五七　爾時～復然

嘱累
五八　年老～遅疑

嘱累品

あるが、主意は同じ）

六八　或己～朝海
六九　言道～種法
七〇　劫火～波瀾
七一　之子～大千

分別功徳品
七二　従佗～外馳

随喜功徳品
七三　有経～細叙
（①と②は、語に小異はあるが、主意は同じ）

法師功徳品
七四　眼八～口打
七五　鼻八～弄精
七六　身八～少功

常不軽菩薩品
七七　謗法～一期
七八　此土～拝時
（①と②は、語に小異はあるが、主意は同じ）
七九　朝行～一人
（①と②は同一詩）
八〇　遠見～在耳
八一　或投～誰浄
八二　斯人～至惇

如来神力品
八三　衆宝～持人

嘱累品
八四　年老～遅疑

—	一一〇　山自〜東西（これと②は、語に小異はあるが、主意は同じ）	八五　山自〜東西（後半二句に①と②の相違多し。ただし主意は同じ）
薬王菩薩	**薬王菩薩本事品**	**薬王菩薩本事品**
—	—	八六　我今〜草鞋
五九　曽参〜人咄	一二〇1曽参〜是誰（語の相違は①より②との差のほうが少ない。主意は同じ）	八七　曽参〜誰咄（①と②は、語に小異はあるが、主意は同じ）
妙音菩薩	**妙音菩薩品**	**妙音菩薩品**
—	—	八八　菩薩〜千蓮
六〇　曽奉〜戯参	一二〇2曽奉〜游戯（語の相違は①より②との差のほうが少ない。主意は同じ）	八九　曽供〜戯参（①と②は、語に小異はあるが、主意は同じ）
観世音菩薩普門	**観世音菩薩普門品**	**観世音菩薩普門品**
—	一二〇3一心〜凱歌	—
六一　慣捨〜世仁	—	九〇　慣捨〜世仁（①と②は、語に小異はあるが、主意は同じ。本田家本「草堂詩集」所載の漢詩）
—	—	九一　月随〜十二
—	一二〇4長者〜亡子（これと②は、語に小異はあるが、主意は同じ）	九二　長者〜亡子
—	—	九三　真観〜宝陀
—	—	九四　妙音〜世音
六二　風定〜悠々	一二〇5風定〜力咄（これと②は同一詩）	九五　風定〜力咄（①と②は、語に小異はあるが、主意は同じ。本田家本「草堂詩集」所載

陀羅尼
六三　二種～遵行
六四　凡聖～七分
妙荘厳王本事
—
—
六五　転禍～書紳
普賢菩薩勧発
六六　幾回～神力
（次は最初の「開口」に対応する内容ゆえ、擱筆の偈頌に相当する）
六七　孟夏～疏嬾
—

陀羅尼品
—
一一一　各受～七分
（これと②は、語に小異はあるが、主意は同じ）

の漢詩）
陀羅尼品
九六　二種～奉行
（①と②は、語に小異はあるが、主意は同じ）
九七　銅頭～七分
（①と②は、語に小異はあるが、主意は同じ）
妙荘厳王本事品
九八　履水～道場
九九　子為～何委
一〇〇　転禍～書紳
（①と②は、語に小異はあるが、主意は同じ）
普賢菩薩勧発品
一〇一　幾回～人力
（①と②は、語に小異はあるが、主意は同じ）
—
闍《ママ》筆
一〇二　我作～仏地

〈付表 二〉
『はちすの露』所載の戒語と
『良寛墨蹟大観』収載の戒語（一〇種）に記された項目の一覧表

一　『はちすの露』所載の戒語と、『良寛墨蹟大観』第六巻所載の良寛の戒語十種（同書の釈文番号一四〜二二と二五。以下この番号を使用）とによってこの表を作成した。

二　最晩年の『はちすの露』所載戒語を軸として最上段に置き、その各項目の下に、十種の各戒語中の同内容項目を配列した。同内容の項目が無い場合は「……」を記入した。

三　『はちすの露』所載の戒語を含めた全十一種それぞれにおいて、冒頭からの当該項目の位置が分かるように、項目ごとに番号を付した。

四　戒語遺墨のそれぞれにおける全項目数、および、内容的重出の項目番号と重出回数は、表の右端に記した戒語遺墨の名前（同書の釈文での表題）に続けて記した。

五　当該戒語遺墨より上の欄（例えば、「当該戒語」を『一六、戒語「こゝろよからぬ」』とすると、『はちすの露』とその下段にある戒語一四と戒語一五のすべてを指す）には出てこず、当該戒語になって初めて出てきた項目は、その欄の末尾に掲出した（項目番号順に配列）。

六　当該遺墨の後に出てくる遺墨を点検し、当該遺墨のみに記されている項目を抜き出して、表の左端に項目番号順に再掲出した。

七　以上のやり方で作成した表は下図の形をしているので、これをここに収載するために横線で二分割し、上半分をA表、下半分をB表とした。

八　B表において、A表と各項目の行の間隔を揃えるために、また、そこがどの項目の行なのかを簡単に知り得るように、B表の最上段には、A表の最上段をそのまま再掲出した。

九　B表の最上段（『はちすの露』の欄）で、『はちすの露』九〇項目の後の一〜五二は一四の戒語に、その後の二〜一四は一五の戒語に、それに続く一四〜六七は一六の戒語に、さらに次の三一〜六三は一七の戒語に、そのまた後の一一〜七二は一八の戒語に、それぞれ上からたどってきて新しく出てきた項目である。それらも、A表に存在する行間隔どおりに配列した。

一〇　各項目の掲出にあたっては、一部に括弧内に補入したり区切りの空白を加除したりして意味把握の便を図った他は、第六巻「釈文」の翻字に依拠した。

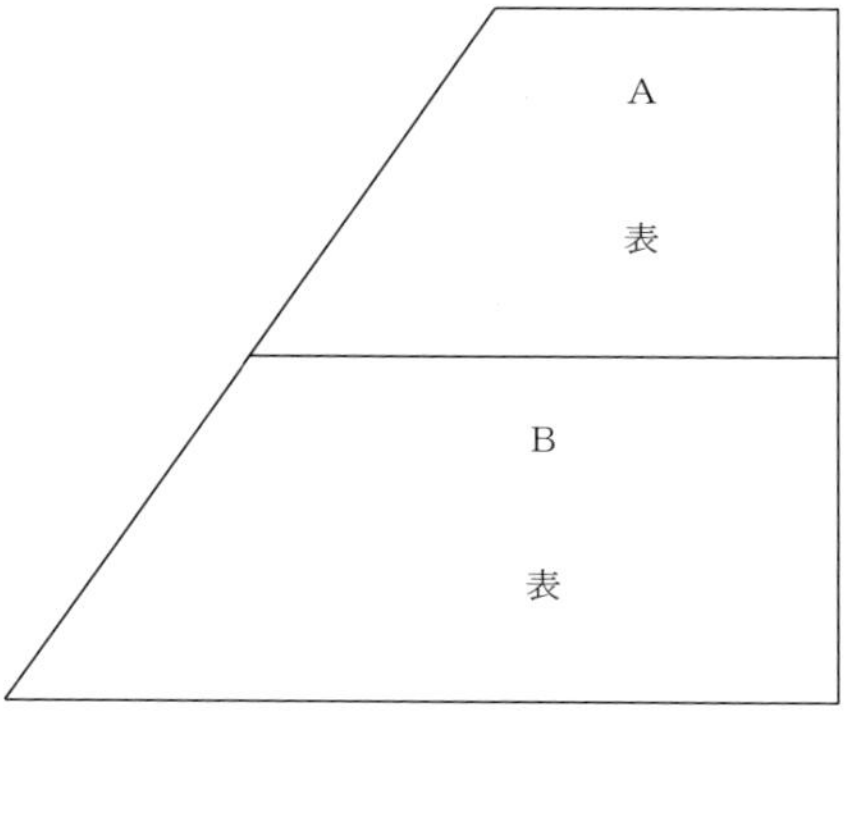

A表

戒語	概要					
『はちすの露』所載の戒語	全九十項目のうち、内容的重出は三と六一、一〇と八九、一四と七二、二三と五九の四回。実質項目数は八十六。	一　こと葉のおほき	二　物いひのきはどき	三　くちのはやき 六一　いきもつきあはせず物いふ	四　はなしのながき	
一四、戒語「おだやかならぬ」	「おだやかならぬは」で一から六、「うるさきは」で七から二九、「きのどくなものは」で三〇から五二をくくってある。全五十二項目のうち、内容的重出は、一二と一三（言い替えか）の一回。実質項目数は五十一。 前出書には「筆跡からみて、乙子神社居住時代前半の書であろう」とある。	七　ことばのおほき	……	……	……	
一五、戒語「こゝろせまく」	全十五項目を「こゝろせまくおもはるゝものは」の題でくくってある。内容的重出は八と一〇の一回。実質項目数は十四。	……	……	一五　かしましくものいふ	……	
一六、戒語「こゝろよからぬ」	全七十三項目を「こゝろよからぬものは」の題でくくってある。内容的重出は二三と七三、三六と五二と七一（三重出）、九と四六、四〇と五一の計四回。実質項目数は六十八。 末尾に「良寛書」とあり。	一　ことばのおほき	五六　きはどくものいふ	四　かしましくものいふ	二三　すぢなきながばなし	七三　はてしなきながばなし
一七、戒語「ことばのおほき」	全六十四項目のうち内容的重出は三七と四五、五四と五九、一五と三三の三回。実質項目数は六十一。 前出書には「乙子神社居住時代の書であろう」とある。	一　ことばのおほき	五五　きはどくものいふ	四　かしましくものいふ	二六　よしなきながばなし	
一八、戒語「ことばのおほき」	全七十二項目のうち内容的重出は二六と四五、三四と四四、五と七〇、八と七一の四回。実質項目数は六十八。 前出書には「乙子神社居住時代の後半に書かれたものと思われる」とある。	一　ことばのおほき	二二　きはどきこと	二六　か（し）ましくものいふ	四五　くちのはやき ……	

―ここに458頁のB表部分が接続する―

五　とはずがたり	……	……	五　とはずがたり	四　とはずがたり	……
六　かうしやくのながき	一五　講釈のながき	……	……	……	……
七　さしでくち	……	……	二　さしでぐち	五　さしでぐち	……
八　つゐでなきはなし	……	……	……	……	五六　ときならぬはなし
九　手がらばなし	四六　てがらばなし	……	三五　てがらばなし	三六　てがらばなし	三一　てがらばなし
一〇　じまんばなし	四七　じまんばなし	……	三六　じまむばなし	三七　じまんばなし	……
			五二　わが事をしひていひきかさんとする	四五　わがことをしひて人にいひきかさんとする	
八九　おれがかうした〈			七一　〈おれがかうした		
一一　公事のはなし	三　くじのはなし	……	……	……	二九　くじのはなし
一二　いさかひばなし	二　騒重（注：動の誤り）のはなし	……	一五　けんくわのはなし	二二　けんくはのはなし	三〇　いさかひのはなし
一三　ふしぎばなし	四　ふしぎのはなし	……	二四　ふしぎばなし	二八　ふしぎばなし	五五　ふしぎばなし
一四　物いひのはてしなき	五一　はなしのあいをきらさぬやうにものいふ	……	……	……	四二　ものいひのはてしなき
七二　あいだのきれぬやうに物いふ					
一五　公ぎのさた	……	……	一六　こうぎのうはさ	二三　こうぎのうはさ	二八　こうぎのさた
一六　へらずぐち	……	……	八　へらずぐち	七　へらずぐち	……
一七　人の物いひきらぬうちにものいふ	四九　人のものいひきらぬうちに　ものいふ	三　人のものいひきらぬうちにものいふ	九　人のものいひきらぬうちにものいふ	九　人のものいひきらぬ中にものいふ	二　人のものいひはてぬにものいふ
			四六　人のことをきゝとげずにいふ		
一八　子どもをたらす	四一　こどもをちやうしすぐる	七　おさなきものをたらかしてなぐさむ	二一　こどもをたらかす	二四　こどもをたらかす	三九　こどもをたらかしすかして興ずる

—ここに459頁のB表部分が接続する—

付表二

一九　こと葉のたがふ	三〇　ことばのたがふ	……	七　ひやうりぐち	八　ひやうりぐち	二　ことのたがふ
二〇　たやすくやくそくする	……	……	四八　たやすくやくそくする	五四　たやすくやくそくする	六八　よくやくそくする
				五九　たやすくやくそくする　たがふもと也	
二一　よく心えぬ事を人にをしゆる	三二　よくもしらぬことを　人におしふる	一　しらぬみちの事いふ	五八　しらぬ道の事をしつたげにいふ	六一　たしかにもしらぬことを人におしふる	五八　よくもしらぬ事を人にかたる
二二　こと〳〵しくものいふ	……	……	三〇　こと〳〵しく物いふ	一六　こと〳〵しく物いふ	五四　こと〳〵しく物いふ
二三　いかつがましく物いふ	二七　しひごと	……	……	……	……
五九　おしのつよき					
二四　ひきごとのおほき	一二　ひきごとのおほき	……	……	……	三六　ひきごとのおほき
	一三　たとへごとのかさなる				
二五　ことはりの過たる	……	……	……	……	三七　ことはりのはりたる
二六　あの人にいひてよきことをこの人にいふ	……	……	五〇　この人にいふべきをあの人にいふ	五七　この人にいふべきことをあの人にいふ	……
二七　その事のはたさぬうちにこの事をいふ	五〇　その事をいひもはてぬに　このことをいふ	……	四九　この事すまぬうちにかの事いふ	五六　このことのすまぬ中にかのことをいふ	一八　すゑとげぬこと
二八　へつらふ事	……	……	六四　人にへつらふ事	五二　人にへつらふこと	……

―ここに460頁のB表部分が接続する―

二九 人のはなしのじやまする	……	……	……	……	……
三〇 あなどる事	……	……	六五 人をあなどる事	……	三四 をろかなる人をあなどること 四四 よの中に人なしげにものいふ
三一 しめやかなる座にて心なく物いふ	……	四 ときところにあはぬことば	一〇 ときところにあはぬことば	一〇 時ところにあはぬこと	……
三二 人のかくす事をあからさまにいふ	……	……	二〇 人のかくすことをあからさまにいふ	一七 人のかくすことをあからさまにいふ	六 人のかくすこと
三三 こと〳〵に人のあいさつきかうとする	二五 ものいふて 人のおもてをまもりて あいさつをまつ	……	……	三二 人のへんじをきかふとするはむつかし	……
三四 顔を見つめて物いふ	二二 人のおもてを見てものいふ	……	四一 人のかほいろをみつめてものいふ	……	六三 人のかほを見てものいふ
三五 酒にいひてことはりいふ	……	六 ゐうてことわりいふ	一二 ゐうてことわりいふ	一二 よふてことはりをいふ	……
三六 はらだてる時ことはりをいふ	……	……	二八 はらたち［な］がら人にことわりいふ	一四 はらたちながらことはりをいふ	……
三七 さきにゐたる人にことはりをいふ	……	……	……	……	……
三八 はやまり過たる	……	……	三 はやこと	二 はやこと	五 はやこと 七〇 はやまること
三九 しんせつらしく物いふ	……	……	五五 しんせつげにものいふ	五八 しんせつげに物いふ うらみのもと也	四六 いらぬせはやく
四〇 おのが氏すじや	四〇 おのがうじのよ	……	……	……	一五 おのがうじのよ

—ここに461頁のB表部分が接続する—

付表二

うのたかきを人にかたる	きをかたる				きをかたる
四一　人のことをきゝとらずあいさつする	三四　人のいふことをきゝとどけずしてあいさつする	……	一九　人のことをよくもきゝわけずにこたへする	二〇　人のことをよくもきゝわけずにこたへする	六七　人のことをよくきかずしてこたへする
四二　おしはかりの事を眞事になしていふ	……	……	四二　おしはかりにものいふ	……	八　おしはかりごと 七一　まことらしくものいふ
四三　あしきとしりながらいひとをす	……	……	三七　そでもなきことゝしりながらいひとうす	三八　そでもなきことゝしりながらいひとふす	四七　まけおしみ
四四　こと葉とがめ	……	……	二六　人のことばをわらふ	……	……
四五　ものしりがほにいふ	四三　見識めきたるはなし	……	四五　ものしりがほのはなし	四四　ものしりがほのはなし	五一　こざかしくものいふ
四六　さしたる事もなきをこま〲といふ	一〇　ものいひのくどき	……	二九　いさゝかなることをいひたてる	一五　いさゝかなことをいひたてる	二三　くどきこと
四七　見る事きく事ひとつ〲いふ	二一　ひとつ〲かぞへたてゝものいふ	……	……	三三　むだごと 三四　あとからさきまでいふはむつかしいりようのところばかりぬいてあらませにいふべし	六一　ひとつ〲かぞへたてゝいふ
四八　説法の上手下手	……	……	……	……	四九　せつぽふのじや[う]づへたいふ
四九　役人のよしあし	……	……	……	……	五〇　やく人のよしあしいふ
五〇　よく物のかうしやくをしたがる	……	……	……	……	……
五一　子どものこしやくなる	……	……	……	……	……
五二　老人のくどき	二八　くりごと	……	……	……	……
五三　わかひものゝむだばなし	……	……	……	……	……

―ここに462頁のB表部分が接続する―

五四 じかたばなし	……	……	……	……	一七 じかたばなし
五五 くびをねぢてりくつをいふ	……	……	……	……	……
五六 こはいろ	四二 説法僧のこはいろ	……	……	……	……
五七 ひきごとのたがふ	三七 引ごとのたがふ	……	……	……	六五 ひきごとのたがふ
五八 口をすぼめて物いふ	……	……	……	……	……
六〇 めづらしきはなしのかさなる	一九 めづらしきはなしも あまりかさなる	……	……	……	二七 めづらしきはなしのかさなる
六二 品に似合ぬはなし	……	……	……	六四 其人にさうおうせぬことはいはぬがよし	……
六三 このんでから言葉をつかふ	……	……	三二 からことばをこのみてつかふ	二七 からことばを好みてつかふ	六二 からことばをよしとおもひていふ
六四 人のことはりを聞とらずしておのがことはりを言とをす	三三 人のいふことはきゝもいれずわがいふことばかりいふ	……	三四 おのがいぢをいひとほす	四六 人のことをきゝはけずにいふ	……
六五 くちまね	……	……	……	……	一六 くちまね
六六 ゐなかもの丶江戸こと葉	……	……	……	……	……
六七 都こと葉などおぼえてしたりがほにいふ	……	……	……	……	……
六八 よくしらぬ事をはゞかりなくいふ	……	……	……	六二 しらぬこともしつたげにものいふ	……
六九 ねいりたる人をあはたゞしくおこす	……	……	……	……	四三 ねひりたる人をあはたゞしくおこす

—ここに463頁のB表部分が接続する—

付表二

七〇 聞とりばなし	……	……	七〇 きゝとりばなし	……	……
七一 人にあふてつがふよくとりつくろふていふ	……	……	六 ことぐる	六 ことぐる	四八 こゝろにもなきことをいふ
七三 わざとむざうさげにいふ	……	……	……	……	……
七四 説法者の弁をおぼえてあるひはそういたしました所でなげきかなしむ	……	……	……	……	……
七五 貴人にたいしてあういたしまする	……	……	一八 人をうやまひすぐる	一九 人をうやまひすぐる	……
七六 さとりくさきはなし	……	……	六九 さとりくさきはなし	……	……
七七 学者くさきはなし	四四 はかせめきたるはなし	……	六八 がくしあくさきはなし	……	……
七八 茶人くさきはなし	……	……	……	……	……
七九 風雅くさきはなし	四五 風雅めきたるはなし	……	……	……	……
八〇 くはの口きく	……	……	……	……	……
八一 さしてもなき事をろんずる	……	……	……	……	四一 よしなきろん
八二 ふしもなき事にふしをたつる	……	……	……	……	五三 事もなきにふしだてゝものいふ
八三 人のきりやうのあるなし	三五 人の器量のありなしをとふ	……	……	……	……
八四 あくびとともにねん佛	……	……	五四 あくびとゝもに念仏する	……	……
八五 さいはひのかさなりたる時、物多くもらふとき、有がたき事といふ	……	……	……	……	……
八六 人に物くれぬさきになに〳〵やら	……	一二 人にものくれぬさきにそのことい	六一 人にものくれぬさきにいつくれよ	……	……

—ここに464頁のB表部分が接続する—

ふといふ		ふ	うといふ		
八七　くれてのち人にその事をかたる	……	一三　人にものくれてのちそのことといふ	六二　くれてのちその事を人にかたる	……	……
八八　あういたしました、かう致しました、ました〳〵のあまりかさなる	……	……	……	……	……
九〇　はなであしらう	……	……	七二　はなであしらふ	……	……
『はちすの露』所載の戒語のみに記されているものは、左記の一一項目	一　いくさのはなし	……	……	……	……
	五　あやしきはなし	……	……	……	……
	六　あらかじめものゝよしあしいふ	……	……	……	……
	八　ことばあらそひ	……	……	……	……
	九　よしなきあげつらひ	……	……	……	……
	一一　つけごとのおほき	……	……	四九　そへごと	……
三七　さきにゐたる人にことはりをいふ	一四　おとしばなしのながき	……	……	……	一四　おとしばなしのながき
五〇　よく物のかうしやくをしたがる	一六　こざかしくものいふ	……	……	……	……
五一　子どものこしやくなる	一七　かたおどけ	……	一三　かたおどけ	一八　かたおどけ	九　かたおどけ
五三　わかひもの丶むだばなし					
六七　都こと葉などおぼえてしたりがほにいふ	一八　興なきおどけ	……	……	……	一二　興なきおどけ
	二〇　かへらぬ事をいつまでもいふ	……	三三　かへらぬことをくど〳〵くどく	三五　かへらぬことをくど〳〵くどく	……
七三　わざとむざうさげにいふ	二三　酒のみのことばのみだれがはしき	……	……	……	……
七四　説法者の弁をおぼえてあるひはそういたしました所でなげきかなしむ	二四　いろ〳〵のわけいふて人にものくるゝ	……	……	……	……

—ここに465頁のB表部分が接続する—

七八　茶人くさきはなし
八〇　くはの口きく
八五　さいはひのかさなりたる時、物多くもらふとき、有がたき事といふ
八八　あういたしました、かう致しました、ました〳〵のあまりかさなる

〈補注〉

三七の「さきにゑたる人にことはりをいふ」について、西郡氏の翻字では「さきに居たる人にことわりをいふ」だが、「き」は貞心尼の文字が「遣」の草仮名と見えることからすると、これは「さけ（酒）」で、「ゑ」の後に「ひ」の脱落を想定すべき項目だろう。もし、そうなら、この項目は戒語十五の五「さかゑひにことわりいふ」と同内容となる。

二六　かたこと	……	……	四　かたこと	……
二九　かげごと	……	……	一〇　かげごといふてよくは其人にむかひて	……
三一　はなをふごめかして　世の中に人なしげにものいふ	……	……	……	……
三六　文のおしへやうのわろき	……	……	……	……
三八　給事のものゝいふことをきかぬ	……	……	……	……
三九　使の人のことばをおとす	……	……	……	……
四八　はなしにとうどりのおほき	……	……	……	……
五二　おどけのかふぢたる	……	……	……	……
	二　人にこゝろへだてゝものいふ	……	……	……
	五　さかゑひにことわりいふ	一一　さかゑひにことわりいふ	一一　さかよひにことはりをいふ	……
一四、戒語「おだやかならぬ」のみに記載のものは、左記の一一項目	八　人をおだてゝなぐさむ	五七　人をおだてゝなぐさむ	……	……
	一〇　人をおだてゝなぐさむ			
五　あやしきはなし	九　目なきものをなぶりてなぐさむ	……	……	四〇　目なき人を興ずる
六　あらかじめものゝよしあしいふ	一一　かるはづみにものいふ	……	……	……
九　よしなきあげつらひ	一四　しもべをつかふにことばのあらけなき	……	……	三五　しもべをつかふにことばのあらき
一六　こざかしくものいふ		一四　でいりのはなし	二一　でいりのはなし	……
二三　酒のみのことば		一七　しもべのさた	……	……

—ここに466頁のB表部分が接続する—

の　みだれがはしき
二四　いろ〳〵のわけいふて人にものくる〻
三一　はなをふごめかして　世の中に人なしげにものいふ
三六　文のおしへやうのわろき
三八　給事のもの〻いふことをきかぬ
三九　使の人のことばをおとす
四八　はなしにとうどりのおほき

一五、戒語「こ〻ろせまく」のみに記載のものは、無し

二二　こどもにちゐをつける	二五　こどもにちゐをつくる	……
二五　人のざんぞ	三〇　人のざんぞ	……
二七　はらだてる人にことわりいふ	一三　はらだてる人にことはりをいふ	……
三一　いふてせむなきこと	二九　いふてせんなきこと	……
三八　み〻にたつこと	三九　み〻にたつこと	……
四〇　人のかほを見ずしてものいふ	四一　人のけしきをみずしてものいふ	六四　人のいろをみずしていふ
五一　人のけしきを見ずしてものいふ		
四三　人をつかふにことばのおほき	四〇　人をつかうにことばのおほき　又よくいひきかさぬ	……
四四　人のねてからのおほばなし	四二　人のねてからの大ばなし	……
四七　さはりになること	五〇　さはりになること	六九　もの〻さはりになること
五三　神仏のことかろ〳〵しくさたする	四七　神仏のことはかろ〳〵しくさたすべからず	……
三九　人のいやがること	四〇　人のいやがること	一〇　人のいやがるおどけ
五九　うれへある人のかたはらに歌うたふ	……	……

―ここに467頁のB表部分が接続する―

付表二

六〇　断食のかたはらにくひのみのはなし	：	：
六三　あやまちをかざる	：	：
六六　ことばにたくみのある	：	：
六七　にくきこゝろをもちて人をしかる	：	：
	三一　さしてようなきことはいひすてにすべし	：
	四三　こごとくる	：
	五一　人にさかふこと	：
	五三　りよぐはいとがめ	：
一六、戒語「こゝろよからぬ」のみに記載のものは、左記の一項目	六三　すべてことばはおしみ〳〵いふべし　いひたらぬことは又つぎてもいふべし　いふたことはふたゝびかへらず　ことばのすぐるはあいそなし	：
六六　ことばにたくみのある		
		一一　いやしきおどけ
		一三　口上のながき
		一八　ねだんづけ
	一七、戒語「ことばのおほき」のみに記載のものは、左記の四項目	一九　はやりことば
		二〇　くちをみゝにつけてさゝやく
		二一　たまげたげにものいふ
	三一　さしてようなき	二五　はなしのあひを

—ここに 468 頁の B 表部分が接続する—

ことはいひすてに
すべし
四三　こごとくる
五一　人にさかふこと
六三　すべてことばは
おしみ〲いふべ
し　いひたらぬこ
とは又つぎてもい
ふべし　いふたこ
とはふたゝびかへ
らず　ことばのす
ぐるはあいそなし

きる
三二　たかき人をない
がしろに（後半は
三三として分離）
三三　いやしき人をか
ろしめること
三八　興じすぎたるこ
と
五二　人の中をへだつ
ること
五七　かみほとけのみ
まへにてみだりご
といふ
五九　人のあしき事を
よろこんでいふ
六六　かなのわろきは
てまでいふ
七二　かほをまもりて
あいさつをまつ

一八、戒語「ことばのおほき」のみに記載のものは、左記の八項目

一一　いやしきおどけ
二〇　くちをみゝにつけてさゝやく
二一　たまげたげにものいふ
二五　はなしのあひを

—ここに469頁のB表部分が接続する—

付表二

B表

（B表の内容は次頁以降にあり）

きる
三二　たかき人をないがしろに（後半は三三として分離）
三八　興じすぎたること
五七　かみほとけのみまへにてみだりごといふ
七二　かほをまもりてあいさつをまつ

—ここに470頁のB表部分が接続する—

『はちすの露』所載の戒語		一　こと葉のおほき	二　物いひのきはどき	三　くちのはやき	四　はなしのなかき
一九、戒語「するとげぬこと」	全二十六項目のうち内容的重出は九と一七と二〇（三重出）が一回。実質項目数は二十四。 前出書には「この遺墨は、島崎居住時代であろう」とある。	……	……	……	……
二〇、戒語「つゝしむべきもの」	「つゝしむべきものは」で一から八〇、「こどものなくときに」で八一から八四、「よしなきものは」で八五から八七をくくってある。全八十七項目のうち、内容的重出は五と六（言い替えか）、二五と五〇、五五と六一と六九（三重出）、五九と六七、九と一四、一七と三二、一八と三八の七回。実質項目数は七十九。末尾に「良寛書」とあり。 前出書には「この遺墨は、島崎居住時代であろう」とある。	一　ことばのおほき事	……	五　はやことば 六　かしましくものいふ	二七　すぢなきながばなし 六六　はなしのながき事
二一、戒語「にくきもの」	「にくきものは」で一から四四、「くちは」で四五から五〇、「いやしげなものは」で五一から五八をくくってある。全五十八項目のうち内容的重出は一二と一四、一五と四四、四七と四八（言い替えか）、八と一〇、三一と四一、五四と五五（言い替えか）の六回。実質項目数は五十二。 前出書には「乙子神社居住時代の筆と思われる」とある	……	……	二九　くちのはやき	……
二二、戒語「ねだんづけ」	全十七項目のうち内容的重出は八と九（言い替えか）の一回。実質項目数は十六。	……	……	……	……
二五、戒語「ものいふに」	「ものいふにおほかたみゝだちてきこゆるものは」で一から一一、「おだやかならぬものは」で一二から一六、「うるさきものは」で一七から二六をくくってある。全二十六項目のうち内容的重出は二と五の一回。実質項目数は二十五。 前出書には「島崎居住時代であろう」とある。	一七　ことばのおほき	一　きは〳〵しくものいふ	四　あはただしくものいふ	……

五　とはずがたり	……	一一　とはずがたり	……	……	……
六　かうしやくのながき	……	……	……	……	二六　講釈のながき
七　さしでくち	……	二　さしでぐち	四五　さしでぐち	……	……
八　つゐでなきはなし	三　まにあひばなし	四〇　ついでなきはなし	三六　よそごといふ	……	……
九　手がらばなし	五　てがらばなし	三六　てがらばなし	……	……	……
一〇　じまんばなし	四　じまんばなし	三五　じまむばなし	……	……	……
八九　おれがかうした〈					
一一　公事のはなし	……	……	……	……	一四　くじのはなし
一二　いさかひばなし	……	二四　けむくわのはなし	……	……	一三　いさかひのはなし
一三　ふしぎばなし	……	三〇　ふしぎばなし	……	……	一五　不思議のはなし
一四　物いひのはてしなき	九　ものいひのはてしなき	三九　ものいひのはてしなき	三四　くちきらず	……	……
七二　あいだのきれぬやうに物いふ	一七　あいだをきらすまじとものいふ				
	二〇　あいだのきれぬよふにものいふ				
一五　公ぎのさた	……	二一　かうぎのさた	一九　おかみのさたする	……	……
一六　へらずぐち	……	三　へらずぐち	二二　へらずぐち	三　へらずぐち	……
一七　人の物いひきらぬうちにものいふ	……	四　人のものいひきらぬうちにものいふ	……	……	……
一八　子どもをたらす	……	二五　こどもをたらかす	……	……	……
		五〇　おさなきものをたらかす			

一九　こと葉のたがふ	一二　二枚舌つかふ	一〇　ひやうりぐち	二三　ひやうりぐち	‥‥	‥‥
二〇　たやすくやくそくする	一三　みだりにやくそくする	五五　みだりにやくそくすること 六一　たやすくやくそくする 六九　こゝろやすげにやくそくする	‥‥	‥‥	‥‥
二一　よく心えぬ事を人にをしゆる	‥‥	五九　しらぬみちの事いふ 六七　よくこゝろえぬことを人におしふる	‥‥	‥‥	‥‥
二二　こと〳〵しくものいふ	‥‥	一六　こと〳〵しくものいふ	‥‥	‥‥	二　こと〳〵しくものいふ 五　けたゝましくものいふ
二三　いかつがましく物いふ 五九　おしのつよき	‥‥	六八　おしのつよきこといふ	二六　あばれぐち 二四　つのりぐち	‥‥	七　おしつけたげにものいふ
二四　ひきことのおほき	‥‥	‥‥	‥‥	‥‥	二四　ひきごとのおほき
二五　ことはりの過たる	六　ことはりのながき(右に並記して)すぎたる	八〇　まろ（う）どのかたぢぎする	‥‥	‥‥	‥‥
二六　あの人にいひてよきことをこの人にいふ	‥‥	‥‥	‥‥	‥‥	‥‥
二七　その事のはたさぬうちにこの事をいふ	一　すへとげぬことをいふ	‥‥	‥‥	‥‥	‥‥
二八　へつらふ事	‥‥	七五　人にへつろふ事	一三　人にへつらふこといふ	‥‥	‥‥

付表二

二九　人のはなしのじやまする	……	四一　人のはなしのぢやまする	三九　はなしのこしをる	……	……
三〇　あなどる事	……	七四　人をあなどる事	一二　人を見かぎりた（る）こといふ 一四　人をあなどることいふ	……	……
三一　しめやかなる座にて心なく物いふ	……	九　ときところにあはぬはなし 一四　ときところにあはぬはなし	四九　しめやかにものがたりするなかへきてこゝろなくものいふ	……	……
三二　人のかくす事をあからさまにいふ	……	……	三　人のかくすことをいふ	……	……
三三　こと〳〵に人のあいさつきかうとする	……	……	……	……	……
三四　顔を見つめて物いふ	二　人の面をまぼりてゐらひをまつさしてのことなきは　なにとなくいひすてにすべきに	四四　かほをみつめてものいふ	……	……	……
三五　酒にいひてことはりいふ	……	八　ゐうてことわりいふ	……	……	……
三六　はらだてる時ことはりをいふ	……	一五　はらたち（な）がら人にことわりいふ	……	……	……
三七　さきにゐたる人にことはりをいふ	……	……	……	……	……
三八　はやまり過たる	……	……	三五　ゆきすぎたこといふ	……	……
三九　しんせつらしく物いふ	……	五八　人に逢てしんせつげにものいふ	……	……	……
四〇　おのが氏すじや	二六　おのがうじのよ	……	……	……	……

うのたかきを人にかたる	きをかたる				
四一　人のことをきゝとらずあいさつする	一一　人のいふことをよくもきゝとらずしてゐらひする	一九　人のことをよくきゝわけずにこたへる	……	……	……
四二　おしはかりの事を眞事になしていふ	……	四六　おしはかりにものいふ	……	……	……
四三　あしきとしりながらいひとをす	……	……	……	……	……
四四　こと葉とがめ	……	……	一五　人のことばをもどく 四四　ことばとがめ	……	……
四五　ものしりがほにいふ	……	……	……	……	……
四六　さしたる事もなきをこま〳〵といふ	……	一七　いさゝかなることをいひたてる 三二　むだごと	四二　いさゝかなことをいひたつる 二七　むだぐち	一六　むだごと	……
四七　見る事きく事ひとつ〳〵いふ	……	……	……	……	一九　ひとつ〳〵にかぞへたてゝものいふ
四八　説法の上手下手	……	……	……	……	……
四九　役人のよしあし	……	……	……	……	……
五〇　よく物のかうしやくをしたがる	……	……	……	……	……
五一　子どものこしやくなる	……	……	……	……	……
五二　老人のくどき	……	……	……	……	……
五三　わかひもの丶むだばなし	……	……	……	……	……

付表二

五四　じかたばなし	……	……	五二　じかたばなし	……	……
五五　くびをねぢてりくつをいふ	……	……	五八　くびねじて理屈いふ	……	……
五六　こはいろ	……	……	……	……	……
五七　ひきことのたがふ	……	……	……	……	……
五八　口をすぼめて物いふ	二一　口をとがらしてものいふ　口をすぼめて	……	四七　くちとがらしてものいふ 四八　くちすぼめてものいふ	……	……
六〇　めづらしきはなしのかさなる	……	……	……	……	……
六二　品に似合ぬはなし	……	四九　身におうせぬ事いふ	……	……	……
六三　このんでから言葉をつかふ	……	二九　からことばをこのみてつかふ	……	一一　からことばつかふ	九　このみて唐ぶみのことばつかふ
六四　人のことはりを聞とらずしておのがことはりを言とをす	一〇　おのがいふことはいひとふし人のいふことはきゝもいれず　ことばをいひつくす	……	……	八　人のことはりをたてぬ 九　おのが理をいひつのる	……
六五　くちまね	……	……	四六　くちまね	五　くちまね	……
六六　ゐなかものゝ江戸こと葉	……	二八　ゐなかものゝ江どことば	……	……	一一　ところにゐて他国のことばつかふ
六七　都こと葉などおぼえてしたりかほにいふ	……	……	……	……	……
六八　よくしらぬ事をはゞかりなくいふ	……	……	……	……	……
六九　ねいりたる人をあはたゞしくおこす	……	六四　人をあはたゞしくおこす	……	七　ねいりたるひとをあはたゞしくおこす	……

七〇 聞とりばなし	‥	‥	‥	‥	‥
七一 人にあふてつがふよくとりつくろふていふ	二四 心にもなき事をいふ	一二 ことぐる	三二 くちがしこき	‥	‥
七三 わざとむざうさげにいふ	‥	‥	‥	‥	‥
七四 説法者の弁をおぼえてあるひはそういたしました所でなげきかなしむ	‥	‥	‥	‥	‥
七五 貴人にたいしてあういたしまする	‥	二〇 人をうやまひすぐる	‥	‥	‥
七六 さとりくさきはなし	‥	‥	‥	‥	‥
七七 学者くさきはなし	‥	四三 がくしやくさきはなし	‥	‥	‥
七八 茶人くさきはなし	‥	‥	‥	‥	‥
七九 風雅くさきはなし	‥	‥	‥	‥	‥
八〇 くはの口きく	‥	‥	‥	‥	‥
八一 さしてもなき事をろんずる	‥	‥	‥	‥	‥
八二 ふしもなき事にふしをたつる	‥	‥	‥	‥	八 ふしだて〻ものいふ
八三 人のきりやうのあるなし	‥	七〇 人のきりやうのあるなしいふ	‥	‥	‥
八四 あくひとともにねん佛	‥	七一 あくびながらの念佛	‥	‥	‥
八五 さいはひのかさなりたる時、物多くもらふとき、有がたき事といふ	‥	‥	‥	‥	‥
八六 人に物くれぬさきになに〳〵やら	一四 人にものくれぬさきにいつくれや	五七 人にものくれぬさきにそのことい	‥	‥	‥

ふといふ	うといふ	ふ			
八七 くれてのち人にその事をかたる	一六 くれて後人にかたる	五六 人にものくれてのちその事いふ	……	……	……
八八 あういたしました、かう致しました、ました〳〵のあまりかさなる	……	……	……	……	……
九〇 はなであしらう	……	……	三八 はなであいさつする	……	……
一 いくさのはなし	……	……	……	……	一二 いくさのはなし
五 あやしきはなし	……	……	……	……	……
六 あらかじめものゝよしあしいふ	……	……	……	……	……
八 ことばあらそひ	……	……	……	一二 ことばあらそひ	一八 ことばあらそひ
九 よしなきあげつらひ	……	……	……	……	……
一一 つけごとのおほき	……	……	……	……	二三 つけごとのおほき
一四 おとしばなしのながき	八 おとしばなしのながき	……	……	……	二三 おとしばなしのながき
一六 こざかしくものいふ	……	……	……	……	……
一七 かたおどけ	……	一八 かたおどけ	八 人をおどろかすおどけいふ	一四 かたおどけ	二一 かたおどけ
		三八 かたおどけ	一〇 人まどはしのこといふ		
一八 興なきおどけ	……	……	……	……	二〇 興なきおどけ
二〇 かへらぬ事をいつまでもいふ	……	……	……	……	……
二三 酒のみのことばのみだれがはしき	……	……	……	……	……
二四 いろ〳〵のわけいふて人にものくるゝ	……	……	……	……	……

二六 かたこと	……	……	……	……	……
二九 かげごと	……	……	……	……	……
三一 はなをふごめかして 世の中に人なしげにものいふ	……	……	……	……	……
三六 文のおしへやうのわろき	……	……	……	……	……
三八 給事のものゝいふことをきかぬ	……	……	……	……	……
三九 使の人のことばをおとす	……	……	……	……	……
四八 はなしにとうどりのおほき	……	……	……	……	……
五二 おどけのかふぢたる	二三 たはけ過なる	……	三一 くちだはごと 四一 おどけのこふじたる	……	……
二 人にこゝろへだてゝものいふ	……	六二 あまりしら〳〵しくものいふ	……	……	三 あて〳〵しくものいふ
五 さかゑひにことわりいふ	……	七 酔る人にことはりいふ	……	……	……
八 人をおだてゝなぐさむ	……	五一 人をおだてゝなぐさむ	……	……	……
一〇 人をおだてゝなぐさむ					
九 目なきものをなぶりてなぐさむ	……	五二 目なきものをなぶりてなぐさむ	……	……	……
一一 かるはづみにものいふ	……	五四 かるはづみにものいふ	……	……	……
一四 しもべをつかふにことばのあらけなき	……	五〇 しもべをつかふにことばのあらけなき	……	……	……
一四 でいりのはなし	……	二三 でいりのはなし	……	……	……
一七 しもべのさた	……	二二 しもべのうはさ	二一 しもべのさたす	……	……

付表二

二二　こどもにちゑをつける	……	二六　こどもにちゑをつける	る ……	……	……
二五　人のざんぞ	……	三一　人のざむぞ	二五　だめぐち 二八　わるくち	……	……
二七　はらだてる人にことわりいふ	……	……	……	……	……
三一　いふてせむなきこと	……	三七　いふてせんなきはなし	……	……	……
三八　みゝにたつこと	……	……	……	……	……
四〇　人のかほを見ずしてものいふ	……	一三　人のかほいろを見ずしてものいふ	……	……	……
五一　人のけしきを見ずしてものいふ					
四三　人をつかふにことばのおほき	……	……	……	……	……
四四　人のねてからのおほばなし	……	……	……	……	……
四七　さはりになること	……	……	……	……	……
五三　神仏のことかろ〴〵しくさたする	……	……	……	……	……
三九　人のいやがること	……	……	四　人にきずつくることいふ	……	……
			五　人のいやがることいふ		
			六　人にはぢかゝす事いふ		
			七　人のこまることいふ		
五九　うれへある人のかたはらに歌うたふ	……	三三　うれへある人のかたはらに歌うたふ	……	……	……

六〇 断食のかたはらにくひのみのはなし	……	六五 断食の人のかたはらにくひのみのはなし	……	……	……
六三 あやまちをかざる	……	七三 あやまちをかざる	……	……	……
六六 ことばにたくみのある	……	……	……	……	……
六七 にくきこゝろをもちて人をしかる	……	七六 にくきこゝろをもちて人をしかる	……	……	……
三一 さしてようなきことはいひすてにすべし	……	……	……	……	……
四三 こごとくる	……	……	……	……	……
五一 人にさかふこと	……	……	……	……	……
五三 りよぐはいとがめ	……	……	四三 りよぐはいとがめ	一三 りよぐはいとがめ	……
六三 すべてことばはおしみ〳〵いふべし いひたらぬことは又つぎてもいふべし いふたことはふたゝびかへらず ことばのすぐるはあいそなし	……	……	……	……	……
一一 いやしきおどけ	……	……	……	……	……
一三 口上のながき	七 口上のながき	……	……	……	二五 口上のながき
一八 ねだんづけ	……	……	五四 ねだんづけ	一 ねだんづけ	……
			五五 ものゝたかいやすいいふ		
一九 はやりことば	……	……	五一 はやりことば	二 はやりことば	……
二〇 くちをみゝにつけてさゝやく	……	……	……	……	……
二一 たまげたげにものいふ	……	……	……	……	六 たまげたげにものいふ
二五 はなしのあひを	……	……	……	……	……

付表二

きる				
三二　たかき人をないがしろに（後半は三三として分離）	……	……	……	……
三三　いやしき人をかろしめること	……	六〇　かたゐになさけなくものいふ事	……	……
三八　興じすぎたること	……	……	……	……
五二　人の中をへだつること	一八　人の中あしくすることをいふ	……	一　人の中をへだつることいふ	……
五七　かみほとけのみまへにてみだりごといふ	……	……	……	……
五九　人のあしき事をよろこんでいふ	二五　人のおちどをいふ	……	……	……
六六　かなのわろきはてまでいふ	……	……	五三　かなのわろき	……
七二　かほをまもりてあいさつをまつ	……	……	……	……
	一五　ことのあるをばのぞく	……	……	……
	一九　唐詞を好　歌ものがたりの詞もおのがえてばかりいふ	……	一七　おのがえてにかけていふ	……
	二二　おこがましき話	……	……	……
		三四　ねつかぬ人のかたはらにはなしする	……	……
	一九、戒語「すゑとげぬこと」のみに記載のものは、左記の二項目	四五　むかひてほむる	……	……
		四七　やくそくのたがふ	……	……
		四八　無理な人にことはりいふ	……	……
		六三　病人に對してな	……	……

	がばなしする			
一九　唐詞を好　歌ものがたりの詞もおのがえてばかりいふ	七二　挓鉢のありなしいふ事	……	……	……
	七七　聴法の坐にものいふ	……	……	……
二二　おこがましき話	七八　布施のおほいすく（ない）をいふ事	……	……	……
	七九　読経の坐にものいふ	……	……	……
	八一　たがしたといふ	……	……	……
	八二　きうすうるといふ	……	……	……
	八三　かんせといふ	……	……	……
	八四　くはしかふてくるゝといふ	……	……	……
	八五　あすは雨がふるといひ雨だといふ	……	……	一六　あら（か）じめものゝ吉凶をいふ
	八六　なぞ〳〵の心なき	……	……	……
	八七　仙人のはなし	……	……	……
	二〇、戒語「つゝしむべきもの」のみに記載のものは、左記の一五項目	二　人にものおしへするによそごといふ	……	……
		九　人をそねむことをいふ	……	……
		一一　人にはらたゝすことといふ	……	……
		一六　理を非にまぐることいふ	……	……
		一八　ことおこす事いふ	一〇　せんなきあらそひ	……
	三四　ねつかぬ人のかたはらにはなしする	二〇　まぎらかしごといふ	……	……
	四五　むかひてほむる	三〇　くちぎゝ	……	……

三七　にげごといふ
四〇　おのがあしきことを人にぬりつくる
五〇　はからひすぎたことといふ
五六　うりものをなぶりがひにする

四七　やくそくのたがふ
四八　無理な人にことはりいふ
六三　病人に對してながばなしする
七二　托鉢のありなしいふ事
七七　聴法の坐にものいふ
七八　布施のおほいすく（ない）をいふ事
七九　読経の坐にものいふ
八一　たがしたといふ
八二　きうすうるといふ
八三　かんせといふ
八四　くはしかふてくるゝといふ
八六　なぞ〳〵の心なき
八七　仙人のはなし

三三　くちごたへ
三七　にげごといふ
四〇　おのがあしきことを人にぬりつくる
五〇　はからひすぎたことといふ
五六　うりものをなぶりがひにする
五七　まけろといふ

二一、戒語「にくきもの」のみに記載のものは、左記の一一項目

二　人にものおしへするによそごといふ
九　人をそねむことをいふ
一一　人にはらたゝすことといふ
一六　理を非にまぐることといふ
二〇　まぎらかしごといふ
三〇　くちぎゝ
三三　くちごたへ

《上に続く》

：
：
：
：
：
六　ものをかふにねぎりておかぬ
四　ときともなふわらふ
一七　いひかけ

二二、戒語「ねだんづけ」のみに記載のものは、左記の二項目

四　ときともなふわらふ
一七　いひかけ

：
：
：
：
：
：
：
：
一〇　このみてやまとぶみのことばつかふ

二五、戒語「ものいふに」のみに記載のものは、左記の一項目

一〇　このみてやまとぶみのことばつかふ

〈付表 三〉『はちすの露』所載戒語中の項目一～四七に該当する各戒語遺墨中の項目数

戒語遺墨の番号	①全項目数	②重複項目数	③実質項目数（①-②）	④当該戒語固有の項目数	⑤他のどれかに共通して存する項目の数（③-④）	⑥『はちすの露』所載の一～四七に該当する各戒語遺墨中の項目数（墨中の項目番号を掲出してあるものの総数。重複の一方を数から除外）（右の括弧内は⑥の⑤に対する割合を%で記入）	⑦各戒語遺墨の前半に存在する項目数（⑧において項目に傍線を付したものの数）（右の括弧内は⑦の⑥に対する割合を%で記入）	⑧『はちすの露』所載の項目一～四七に該当する各戒語遺墨中での項目の番号（掲出順は〈付表二〉による。傍線の項目は、
一四	五二	一	五一	一一	四〇	二一（五三）	一〇（四八）	七 一五 四六 四七 三
一五	一五	一	一四	〇	一四	六（四三）	五（八三）	一五 三 七 一 四
一六	七三	五	六八	一	六七	三五（五二）	二一（六〇）	一 五六 四 ・二三 ・七三
一七	六四	三	六一	四	五七	三三（五八）	二〇（六一）	一 五五 三 二六 四
一八	七二	四	六八	八	六〇	三一（五二）	一六（五二）	一 二二 ・二六 ・四五 五六
一九	二六	二	二四	二	二二	一一（四八）	九（八二）	三 五 四 九 一二
二〇	八七	八	七九	一五	六四	三六（五六）	二〇（五六）	一 ・五 ・六 二七 六六
二一	五八	六	五二	一一	四一	一七（四一）	八（四七）	二九 四五 三六 三四 一九
二二	一七	一	一六	二	一四	二（一四）	一（五〇）	三 一六
二五	二六	一	二五	一	二四	一〇（四二）	三（三〇）	一七 一 四 二六 一四

各戒語の前半に存在するもの。・印は重複マーク）
｜二 ｜四 四九 四一 三〇 三二 二七 ｜・一二 ・一三 五〇 ｜二五 ｜二三 四〇 三四 四三 ｜一〇 ｜二一
｜六
｜五 ｜二 三五 三六 ｜一五 ｜二四 ｜一六 ｜八 ｜・九 ・四六 ｜二一 ｜七 四八 五八 ｜三〇 五〇 四九 六四 六五 ｜一〇 ｜二〇 四一 ｜二二 ｜二八 ｜三 五五 ｜一九 四二 三七 ｜二六 四五 ｜二九
｜五 三六 三七 ｜二三 ｜二八 ｜三三 ｜七 ｜九 ｜二四 ｜八 ・五四 ・五九 六一 ｜一六 五七 五六 五二 ｜一〇 ｜一七 三三 ｜一二 ｜一四 ｜二 五八 ｜二〇 三八 四四 ｜・一五 ・三三 三四
｜三一 ｜二九 ｜三〇 五五 四二 ｜二八 ｜二四 三九 ｜二 六八 五八 五四 三六 三七 ｜一八 ｜・三四 ・四四 ｜六 六三 ｜・五 ・七〇 四六 ｜一五 六七 ｜・八 ・七一 四七 五一 ｜二三 六一
一三 ｜六 ｜一 ｜二 二六 ｜一一
｜一一 ｜二 四〇 ｜三六 ｜三五 ｜二四 ｜三〇 三九 ｜二一 ｜三 ｜四 ｜二五 五〇 ｜一〇 五五 六一 六九 五九 六七 ｜一六 八〇 七五 四一 七四 ｜・九 ・一四 四四 ｜八 ｜一五 五八 ｜一九 四六 ｜・一七 ・三二
｜三二 ｜三三 ｜二六 ｜一三 三九 ｜・一四 ・一二 四九 ｜三 三五 ・四四 ｜・一五 四二 二七
一三 一五 ｜・二 ・五 二四 一九

参考文献一覧

1　多数の論考、書籍のうち、本文中に特定箇所を引用したり、触れたりしたものに限定した。
2　引用した論文等の収載されている書籍には発行元と刊行年を、雑誌、会報等には巻号と刊行年を記した。
3　辞書類(古辞書を含む)は、参考文献の扱いをしなかった。
4　書籍における著、編、訳等の区別を省略した。
5　配列は氏名(敬称略)による五十音順である。

會津八一『南京新唱』(春陽堂、一九二四年)
飯塚久利「橘物語」(帆刈喜久男「飯塚久利『橘物語』の翻字と現代語訳」『新津郷土誌』十五号、一九九七年に依拠)
石田貞吉『良寛　その全貌と原像』(塙書房、一九七五年)
磯部欣三『良寛の母　おのぶ』(恒文社、一九八六年)
伊丹末雄「良寛妻帯論の進展—新資料に立脚して」一〜四(『良寛だより』第十六〜十八・二十・二十一号、一九八二〜一九八三年)
伊丹末雄「家系の影響『良寛妻帯論の進展』補説」(『良寛だより』第二十二・二十三号、一九八三・一九八四年)
伊丹末雄「山本家過去帳『良寛妻帯論の進展』再補説」(『良寛だより』第三十〜三十二号　一九八五、一九八六年)
井上義衍「略歴」(同『良寛和尚　法華讃』第三版、義衍提唱録刊行会、二〇〇六年)
上杉篤興(渡辺秀英解説)『木端集』(象山社、一九八九年)
上杉涓潤「貞心雑考」(中村昭三『貞心尼考』一九九五年、私家版に依拠)
魚沼良寛会『魚沼の貞心尼と良寛さま』(全国良寛会魚沼大会実行委員会、二〇〇七年)
内山知也『良寛詩　草堂集貫華』(春秋社、一九九四年)
内山知也「師弟の間　良寛と貞心」(『良寛だより』第六十九号、一九九五年)
大木金平『郷土史概論』(一九二二年、私家版)
大島花束『良寛全集』(新元社、一九五八年)
大島晃『大而宗龍伝』第二版(考古堂書店、二〇一〇年)
大関文仲「良寛禅師伝」(冨澤信明「大関文仲『良寛禅師伝』の全て」『おくやまのしょう』第三十六号、二〇一一年に依拠)
太田悌藏『寒山詩』(岩波文庫、一九三四年)

大場南北「遍澄法師伝」(同『良寛ノート』中山書房、一九七四年)
岡千仞『新潟游乗』(谷川敏朗編著『良寛全集』別巻1 良寛 伝記・年譜・文献目録、野島出版、一九八一年に依拠)
岡元勝美「良寛禅師みうたの一考証」(同『良寛争香』恒文社、一九八四年)
岡山県曹洞宗青年会『良寛の師　大忍国仙禅師傳』(同会、一九八二年)
奥田正造『宗龍和尚遺稿』上、下(大而宗龍禅師顕彰会〈復刊〉、二〇〇八年)
月江禅隆「補陀山大泉寺世代記」(「大泉寺」編集委員会『補陀山大泉寺』同寺、二〇〇〇年に依拠)
勝小吉「夢酔独言」(勝部真長『夢酔独言 他(東洋文庫)』平凡社、一九六九年に依拠)
加藤僖一他『良寛墨蹟大観』第一～六巻(中央公論美術出版、一九九二～一九九四年)
加藤僖一『良寛と貞心尼』(考古堂書店、一九七九年)
加藤僖一『阿部家伝来 良寛墨宝』(二玄社、二〇〇七年)
加藤僖一「新発見も含む『幻の書』良寛の関西紀行」(『良寛』第二十一号、一九九二年)
加藤僖一「十日町市祇園寺蔵　国仙と良寛の墨蹟」(『良寛だより』一〇九号、二〇〇五年)
金谷治『荘子』第一～四冊(岩波文庫、一九七一～一九八三年)
川内芳夫『良寛と荘子』(考古堂書店、二〇〇二年)
蒲原宏「良寛の旅日記」(『日本医事新報』第二二七二号、一九六七年十一月十一日付)
義諦「良寛追憶記」(相馬御風『良寛百考』厚生閣、一九三五年に依拠)
黒田紀也「良寛と自然体」(『越佐研究』第三十八～四十集、一九七七～一九八〇年)
小島正芳『良寛の書の世界』(恒文社、一九八七年)
小島正芳「『あかほ』の天神の森」(『轉萬理』第二十五号、一九八九年)
小島正芳「良寛と出雲崎」(一)(『良寛だより』第七十号、一九九五年)
小林安治「以南の俳友以水について」(『越佐研究』第三十八集、一九七七年)
駒形覐「江戸行きと成年式」(『高志路』一七三号、一九五七年)
坂口五峰『北越詩話』上(目黒書店、一九一八年)
坂本幸男『法華経』上、中、下(岩波文庫、一九六二～一九六七年)
佐藤吉太郎『良寛の父　橘以南』(出雲崎史談会〈復刊〉、一九八一年)
佐藤吉太郎『出雲崎編年史』上巻(良寛記念館、一九七二年)

證聴「良寛禅師碑銘並序」（山本哲成・宮榮二「新発見の『良寛禅師碑銘並序』」『越佐研究』第三十八集、一九七七年に依拠）
心寶「摩訶止観難字音義」（未刊行、一四〇七年〈応永十四〉成立、西教寺正教蔵文庫蔵本）
菅江真澄「来目路濃橋」（内田武志他『菅江真澄全集』第一巻日記Ⅰ、未来社、一九七一年）
須佐晋長「良寛傳記上の諸問題」（『国文学　解釈と鑑賞』二十巻三号、一九五五年）
鈴木文臺「阿部家巻子巻三巻頭識語」（加藤僖一『阿部家伝来良寛墨宝』二玄社、二〇〇七年に依拠）
鈴木牧之「秋月蓊俳諧歌」（宮榮二他『鈴木牧之全集』上巻、中央公論社、一九八三年）
鈴木牧之「夜職草」地の巻（宮榮二他『鈴木牧之全集』上巻、中央公論社、一九八三年）
鈴木牧之「永代記録帖」（宮榮二他『鈴木牧之全集』下巻、中央公論社、一九八三年）
鈴木牧之「屏風名寄帖　為児孫自序」（宮榮二他『鈴木牧之全集』下巻、中央公論社、一九八三年）
鈴木牧之「雲井乃鴈」（宮榮二他『鈴木牧之全集』下巻、中央公論社、一九八三年）
関口真大『摩訶止観』上、下（岩波文庫、一九六六年）
總持寺蔵『住山記―總持禅寺開山以来住持之次第―』（同寺、二〇一一年）
曹洞宗全書刊行会『曹洞宗全書』大系譜一、二（同会、一九七六～一九七七年）
相馬御風『大愚良寛』（春陽堂、一九一八年）
相馬御風『良寛と蕩児　その他』（實業之日本社、一九三〇年）
相馬御風『良寛百考』（厚生閣、一九三五年）
相馬御風『良寛と貞心』（六藝社、一九三八年）
相馬御風『良寛を語る』（博文館、一九四一年）
相馬御風『大愚良寛』（〈渡邊秀英校注第二版〉考古堂書店、一九七四年）
相馬御風「僧義諦の良寛追憶記」（同『良寛百考』厚生閣、一九三五年）
相馬御風「良寛と酒」（同『良寛を語る』博文館、一九四一年）
相馬御風「良寛の書に関する貴重な一文献」（同『良寛を語る』博文館、一九四一年）
高木一夫『沙門良寛』（短歌新聞社、一九七三年）
高楠順次郎『大正新脩大蔵経』第四十六巻（大正一切経刊行会、一九二七年）
高橋庄次『良寛伝記考説』（春秋社、一九九八年）
橘崑崙『北越奇談』（永寿堂、一九一一年〈文化八〉）

田中圭一『良寛　その出家の実相』(三一書房、一九八六年)
田中圭一『良寛の実像』(ゾーオン社、一九九四年)
谷川敏朗『良寛の生涯と逸話』(野島出版、一九七五年)
谷川敏朗『良寛全集』別巻1 良寛伝記・年譜・文献目録(野島出版、一九八一年)
谷川敏朗『良寛の旅』(恒文社、一九八五年)
谷川敏朗『良寛の書簡集』(恒文社、一九八八年)
谷川敏朗『校注 良寛全歌集』(春秋社、一九九六年)
谷川敏朗『校注 良寛全詩集』(春秋社、一九九八年)
谷川敏朗『校注 良寛全句集』(春秋社、二〇〇〇年)
谷川敏朗『良寛の愛語・戒語』(考古堂書店、二〇〇二年)
谷川敏朗『良寛文献総目録』(象山社、二〇〇二年)
谷川敏朗「良寛の伝記における一考察」(宮栄二他『良寛の世界—没後一五〇年記念論集』大修館書店、一九八〇年)
谷川敏朗「乙子神社境内の碑に見られる良寛漢詩」(『轉萬理』第三十七号、一九九三年)
谷川敏朗「良寛とぬすびと」(『轉萬理』第三十八号、一九九四年)
谷川敏朗「前号『橘屋過去帳』についての論考を拝見して」(『良寛』第四十八号、二〇〇五年)
玉木康一「郷土に息づく良寛の逸話(一)良寛の出家と町角に残る噂話」(『轉萬理』第四十七号、一九九九年)
玉木康一「郷土に息づく良寛の逸話(十一)雑合汁の『み』を断つ良寛」(『轉萬理』第五十二号、二〇〇一年)
玉木康一「郷土に息づく良寛の逸話(十三)若い後家さんと良寛」(『轉萬理』第五十四号、二〇〇二年)
玉木禮吉『良寛全集』(良寛會、一九一八年)
湛然「止観輔行傳弘決」(高楠順次郎『大正新脩大蔵経』第四十六巻、大正一切経刊行会、一九二七年に依拠)
智顗『摩訶止観』(関口真大『摩訶止観』上、下、岩波文庫　一九六六年)
津田さち子「良寛と西行—良寛は西行のどこに惹かれたか—」(『良寛』第四十六号、二〇〇四年)
貞心尼「はちすの露」(加藤僖一『良寛と貞心尼』考古堂書店、一九七九年に依拠)
貞心尼「もしほ草」(相馬御風『良寛百考』厚生閣、一九三五年に依拠)
道元『正法眼蔵』(水野弥穂子『正法眼蔵』〈一〉〜〈四〉、岩波文庫、一九九三年)
東郷豊治『良寛全集』上巻(東京創元社、一九五九年)

東郷豊治『新修 良寛』（東京創元社、一九七〇年）
冨澤信明「良寛 故郷に還る 円通寺から五合庵へ」（『良寛』四十八号、二〇〇五年）
冨澤信明「良寛の母の名はやはり秀だった」（『良寛』第五十号、二〇〇六年）
冨澤信明「良寛の出家前妻帯の口碑は事実だった」（『良寛だより』第一一三号、二〇〇六年）
冨澤信明「おのぶと新次郎はいつ離縁したのか 良寛の父は以南に他ならない」（『良寛だより』第一一七号、二〇〇七年）
冨澤信明「良寛は宗龍といつどこで相見したのか」（『轉萬理』第六十四号、二〇〇七年）
冨澤信明「以南は養父新左衛門の再従兄弟である」（『良寛だより』第一一九号、二〇〇八年）
冨澤信明「良寛が宗龍と相見した観音院の由来の真実」（『おくやまのしょう』第三十三号、二〇〇八年）
冨澤信明「少年栄蔵 三峰館から円通寺へ」（『良寛だより』第一二〇号、二〇〇八年）
冨澤信明「良寛の出奔から参禅そして出家への道」『新発田郷土誌』第三十六号、二〇〇八年）
冨澤信明「加茂中澤家の平治郎は出雲崎橘屋へ養子に入り中興の祖左門良胤となった」（『加茂郷土誌』第三十号、二〇〇八年）
冨澤信明「『焚くほどは風が持て来る落葉哉』は良寛の辞世の句である」（『良寛だより』一二七号、二〇一〇年）
冨澤信明「大関文仲『良寛禅師伝』の全て」（『おくやまのしょう』第三十六号、二〇一一年）
中井正一「スポーツの美的要素」（『京都帝国大学新聞』一九三〇年五年五月五日・二十一日・六月五日付）
長島豊太郎『古辞書綜合索引』（日本古典全集刊行会、一九五八年）
中村昭三『貞心尼考』（一九九五年、私家版）
中村宗一『良寛の法華転・法華讃の偈』（誠信書房、一九八七年）
中村藤八「浄業餘事」（柏崎市立図書館蔵）
新潟県寺院名鑑刊行会『新潟県寺院名鑑』（同会、一九八三年）
新潟県曹洞宗青年会『曹洞宗新潟県寺院歴住世代名鑑』（同会、一九八九年）
西郡久吾『北越偉人 沙門良寛全傳』（目黒書店、一九一四年）
能仁晃道『乞食桃水逸話選』（禅文化研究所、二〇〇一年）
野瀬市郎「良寛和尚片影」（『隣人之友』改巻五号〈八月号〉、一九三三年）
長谷川洋三『良寛禅師の真実相』（名著刊行会、一九九二年）
長谷川洋三『良寛禅師の悟境と風光』（大法輪閣、一九九七年）
林武『林甕雄本良寛禅師歌集』（新潮社、一九七七年）

原田勘平「解説」(『墨美』二二〇号、一九七二年)
樋口學『―忘れえぬ地域の先覚者―　敬仰　全鼎和尚』(二〇一〇年、私家版)
平田義夫『「逝く秋の」歌について」(『随筆集　続新潟百人選集』新潟内外新聞社、一九七三年)
平松真一「義提尼を手がかりに良寛空白期間の謎を解く(その一、二)」(『良寛だより』第一一九・一二〇号、二〇〇八年)
平松真一「良寛鉢叩き説 良寛空白期間の謎を解く(その三、四)」(『良寛だより』第一二一・一二二号、二〇〇八年)
平松真一「良寛鉢叩き説 長嘯子から芭蕉、良寛そして露風へ(最終章)」(『良寛だより』第一二三号、二〇〇九年)
福田(茶縁)真由美「大愚良寛『仮名戒語』について」(『東海佛教』第四十二輯、一九九七年)
藤田正夫「沙門義諦を追って」(『良寛』四十四号、二〇〇三年)
古澤清三郎「新資料『良寛の戒語』(一)、(前承)」(『良寛だより』第十八・二十号、一九八二・一九八三年)
帆刈喜久男「飯塚久利『橘物語』の翻字と現代語訳」(『新津郷土誌』十五号、一九九七年)
堀桃坡『良寛と貞心尼の遺稿』(日本文芸社、一九六二年)
前川丈雲『天眞佛』(佐藤吉太郎『良寛の父 橘以南』出雲崎史談会〈復刊〉、一九八一年に依拠)
町田廣文「宗龍僧団と全國・國仙僧団の交流」(同『大而宗龍禅師の生涯と行跡』大而宗龍禅師顕彰会、二〇〇六年)
町田廣文「宗龍禅師と良寛さまの相見」(同『大而宗龍禅師の生涯と行跡』大而宗龍禅師顕彰会、二〇〇六年)
町田廣文「弟子達の活躍」(同『大而宗龍禅師の生涯と行跡』大而宗龍禅師顕彰会、二〇〇六年)
町田廣文「宗龍禅師ものがたり　宗龍禅師の法嗣者(法を嗣いだ僧侶)」(廣見寺『寺報』第五十四号、二〇一二年)
松澤佐五重「大森子陽とその周辺」(宮榮二『良寛研究論集』象山社、一九八五年)
松澤佐五重「良寛と中村権右エ門」(『轉萬理』第二十四号、一九八八年)
松澤佐五重「地蔵堂の旧家、中村家について」(『良寛だより』八十二号、一九九八年)
松島北渚「事実文編拾遺」(谷川敏朗『良寛全集』別巻1 良寛 伝記・年譜・文献目録、野島出版、一九八一年に依拠)
松原啓作「小出の貞心尼」(『伝え遺志したいもの』第二集、小出町老人クラブ連合会、一九七七年)
松原弘明『貞心尼と良寛さま　不思議な雨編』(小出郷新聞社、二〇〇七年)
松本市壽「高野山の山本家墓とさみつ坂をたずねて」(『良寛だより』六十七号、一九九五年)
松本市壽「秋の野十二首　花に漂う女性の気配」〈良寛の詩歌 その心のひだを読む 第二部―一五〉(『新潟日報』二〇〇七年十月二十五日付)
水野弥穂子『正法眼蔵』(一)～(四)(岩波文庫、一九九三年)
宮榮二『良寛墨蹟探訪』(象山社、一九八三年)

宮榮二『良寛研究論集』(象山社、一九八五年)
宮榮二「良寛相見の師大而宗竜禅師について」(『越佐研究』第三十八集、一九七七年)
宮榮二「逸話拾い」(『轉萬理』第二号、一九七九年)
宮榮二「貞心尼と良寛」(『越佐研究』第四十集、一九八〇年)
美杉村史編集委員会『美杉村史』下巻(同村、一九八一年)
宮崎市定『現代語訳 論語』(岩波現代文庫、二〇〇〇年)
面山瑞方『前総持桃水和尚傳賛』(能仁晃道『乞食桃水逸話選』禅文化研究所、二〇〇一年に依拠)
森田子龍『墨美』第二一三、二二〇号(墨美社、一九七一、一九七二年)
森脇正之『聖良寛と玉島　倉敷文庫5』(倉敷市文化連盟、一九七九年)
矢吹活禅「良寛禪師小伝私考(二、三、四)」(『互尊』第二十九・三十・三十一号、一九五六年)
矢吹活禅「大忍国仙禅師傳」(岡山県曹洞宗青年会『良寛の師　大忍国仙禅師傳』同会、一九八二年)
山本哲成、宮榮二「新発見の『良寛禅師碑銘並序』」(『越佐研究』第三十八集、一九七七年)
吉江梅寿「戒語九十ヶ条」(同『良寛雑話集』上、新月社、一九七三年)
吉江梅寿「逸話のかずかず」(同『良寛雑話集』下、新月社、一九七三年)
吉川彰準「良寛伝記の諸問題」(同『良寛雑話集』下、新月社、一九七三年)
吉川彰準「良寛の享年説考」(『良寛だより』三十一号、一九八六年)
良寛維宝堂『木村家伝来 良寛墨宝』(二玄社、二〇〇五年)
和島村役場産業振興課『晩年の良寛』(同村、一九八〇年)
渡邊信平・河本昭二「—良寛の猿ヶ京関所通行手形に関する一考察—」(『良寛だより』第一〇三号、二〇〇四年)
渡邊信平・河本昭二「国仙和尚の秘められた苦悩—新たに発見された資料により、後住・玄透和尚と良寛の真実に迫る」(『良寛』第五十号、二〇〇六年)
渡辺秀英『良寛出家考』(考古堂書店、一九七四年)
渡辺秀英『良寛詩集』(木耳社、一九七四年)
渡辺秀英『木端集』(象山社、一九八九年)
『讀賣新聞』記事「妻がいた!　良寛さん」(二〇〇六年九月十七日付)

おわりに

私が良寛について気付いたことをメモしはじめたのは、今から二十年あまり前のことで、最近の数年間は、それを再検討しつつ一項目ごとに取りまとめることに時を費やしてきた。こうした手探りと取りまとめの途中では、これまでの良寛研究諸家の業績にたくさんの恩恵を受けた。中でも、各研究者が独自に発掘された文書類を引用させていただいた場合が多い。ここに良寛作品を引用させていただいた書籍の編著者・谷川敏朗氏をはじめ、言葉には尽くせぬ学恩を受けた多くの良寛研究家に対し、深甚の感謝を捧げることとしたい。

とりわけ、取りまとめの作業中、「せめてここが分かると良いのだが…」と思ったことについて、お教えくださったお二人のご恩は、ここに特記しないでは済ますことができない。

そのお一方《ひとかた》は、秩父市にある廣見寺のご住職・町田廣文師である。二〇一一年九月初旬、私と荊妻が埼玉に行ったついでに大而宗龍の大業の一つ、石経蔵拝観に出かけた時、偶然、墓地の方からおいでになったご住職にその場所をお教え願うことになったのだが、そのことがきっかけで拝観後には招じ入れていただくこととなり、ご住職からお話をうかがうことができた。「大而宗龍禅師顕彰会」代表のご住職は、ご専門のお立場から、私の当面の関心事にもお心をお寄せくださり、ご自身の研究成果が収載された資料や、同顕彰会刊行の宗龍研究基礎資料を幾種類もご恵与くださった。また、ご家族の皆さまにもいろいろとご芳情たまわり、ありがたくも恐縮にも思いながら辞去したのだった。賜った資料によって、宗龍と國仙との親密な関係も、良寛と宗龍の関係も、容易に理解できた。良寛研究の分野における大而宗龍関連の新知見が、もし、本書にあるとするならば、それはすべて町田廣文師のご業績と、新情報ご教示によってその後もお導きくださった師のご厚情の賜物である。そのことをここに明らかにするとともに、改めて深く感謝申し上げたいと思う。

もうお一方は、同年の十二月にご引見くださった長岡市にある香林寺のご住職・槇道信師である。その何年か前に、香林寺境内の枝垂れ桜の巨木の由来をお教え願ったことがあったが、その件ではお礼もせずに過ごしてしまい、ずっと恥じ入る思いを抱き続けてきた。その香林寺ご住職に恥を忍んで再度願い出ることになったのは、香安寺七世・蘭谷萬秀の住持期間が香安寺所蔵資料に記されているかも知れない、その記録の有無を、是非知りたいと思ったからである。「良寛の考察に中途半端はいけない」という強い思いがあって、その思いと、大桜の一件以来の恥じ入る思いとが心中にせめぎ合う中での願い出であった。香安寺の本寺が香林寺と知り、資料閲覧に関して、是非、お引き回しいただきたかったからである。

お会いくださったご住職は、私の過去の失礼など意に介しておられぬようなご様子で、穏やかに私の願いのすじをお聞き取りくださり、「香安寺資料に当たるまでもなく、香林寺過去帳中に萬秀の香安寺晋山記録がある」と、その晋山年の書き入れをお示しくださった。この時にお教えいただいたことはそれだけでなく、私には皆無だった曹洞宗の基礎知識、良寛を考える上で参看すべき書籍、良寛をめぐるご見解など、広きにわたる内容で、誠にありがたかった。この時のご住職の温情に満ちたご対応のお陰によって、私は救われた気持ちになることもできた。そのご配慮への感謝もそえて、ここに、度重なった格別のご高配に、深く感謝とお礼の気持ちを表することとしたい。

良寛についてまとめようとした初めの頃は、資料を安直に孫引きで済まそうとした。しかし、自分の性分のせいだろうか、それをするたびにかならず心にもやもやが残った。それ以来、私の中には「良寛の考察には、中途半端はいけない」という思いが生じ、こんどは、その思いを全うしようとして可能な限り原本にあたり、そこから自分の頭で考える道をとることになった。そのために、糸魚川歴史民俗資料館には相馬御風氏収集の貴重資料の複写を願い出ることになったし、柏崎市立図書館にも貞心尼関係貴重資料の閲覧を願い出ることになった。どちらの館におかれても、こうした私の願い出理由を真摯に受け取って許可してくださり、おかげで私は願いをかなえることができた。また、最近のことだが、現在は柏崎市の常福寺蔵となっている良寛肖像幅の拝観を同寺に願い出た折には、ご住職・牧禪一師の特別なご許可によって、絵像と由之賛を詳しく知ることができた。さらに、良寛、貞心尼の研究家で小出郷新聞社社長・松原弘明氏に魚沼市での貞心尼と画家・松原雪堂に関するご教示を願い出た際には、「ある論文には、かつてほぼ同時代に魚沼市内に住んだ二人の「貞心尼」のことがすべて孝室貞心のこととして記されているから、そこを区別して記述するように」とのありがたいご注意をたまわることもできた。刊行の作業に関連しては、國仙の印可の偈をご所蔵の木村家、および、それを収載した『木村家伝来 良寛墨宝』の版元・二玄社から、収載写真の転載を許可していただいた。これらのことは、いずれも「良寛研究のためならば…」と温情をもってご対応くださった各位のご配慮によることで、ただただ感謝の誠を捧げたいと思う。

なお、それまでのメモ書きを取りまとめるために、重点的に良寛を考えてきた五、六年ほどの間、資料の探索と他図書館からの書籍借り出し手続き等で、新潟県立図書館調査相談係にはたびたびお助けいただいた。私が自分なりに「これで自分の思いつく限りの調べをした」という清明な感じを持てているのは、そのお助けによることだった。また、本書が世に出ることになったのは、ひとえに高志書院代表・濱久年氏の特別のご決断とお計らいによることであり、編集段階でも示唆に富んだご助言をいただいた。これらのことについても、ここに記して深く感謝いたしたい。

次に、今回の刊行に至るまでのことについて触れておきたい。最初に良寛について作成した冊子は、二〇一二年の『良寛試解』だった。これはまだ一種の下書きで、個人的思いの強すぎるものだった。そこで、その内容を再検討、加除添削して、翌年、『良寛探究』の冊子名で作り直した。しかし、その私家版は、多項目の訂正表を付けざるをえず、不満足の気分だけが残ってしまった。そこで、それらの点も含めて二度目の訂正を試み、そこに、その後の数項目を加えて新たに取りまとめをした。——こんな経過があって、良寛が自分の生き方をいちずに探究した、その内実を表すつもりのこの一冊が存在することになったのである。したがって、もし、今後、私見を批判の対象に取り上げてくださる場合には、この『良寛の探究』を対象としていただきたい。もし、この一書中に、そのような扱いをしていただける点があるなら、多少なりとも良寛の真面目《しん》を明らかにしたいと考えてきた私としては、望外の幸せである。

これまで、心の隅にはいつも「良寛の生き方はどうだったのか」という問題があって楽しめたのだが、そんな中で、ある疑問を解消しうるような筋道が見えたとき、それを家で話すことが多かった。そんなときに荊妻・正子は私の考えを聞いた後、しばしば「普通の人は…」と反応した。荊妻がどんなつもりでそう反応したのか、深くは分からないが、この「普通の人は…」という反応が、一再ならず手探りし直すきっかけになった。ここに、長い間の日常の支えの労を多として、末尾に付記する所以である。

二〇一五年三月三〇日

塩浦 林也

人名索引

ア　本文中に別名，雅号，通称等でも掲出する必要のあった同一人の所在を，すべてまとめて通行のフルネームの項目に記し，それを五十音順に配列した。なお，僧名は呉音によった。

イ　本文の記述には用いたが，紙幅の都合でこの索引に含めなかった人名は，次の①～⑦である。①本書の目次にある項目を本文中に引いた場合の，当該項目中の人名，および「榮藏」「良寛」。②引用した書籍・論文の執筆者名とその表題中の人名。③学説の提唱者名。④逸話伝承者名。⑤資料の所蔵者名。⑥法脈略図(90 頁)中の僧名。⑦ある状況を説明するための引用例に出る人名。

ウ　本文中に記してある別名，雅号，通称等からも，→符号によって当該人名の所在箇所を知りうるようにした。

エ　全所在頁を掲げた項目においては，本文中に記した別名や雅号等を〈 〉内に記した。ただし，通称等が通行のフルネームの一部をなしている場合には記入を省略した。

オ　この索引に出ている人名を識別できるようにするために，( )内に説明を記したものもある。

ア行

カ行

サ行

ナ行

ハ行

マ行

ヤ行

ラ行

【著者略歴】
塩浦林也(しおうら・りんや)
1941年、新潟県柏崎市生まれ。
1966年3月、新潟大学人文学部人文科学科を卒業。同年4月より新潟県内の高校に奉職し、2001年3月、定年退職。元・全国良寛会会員。専攻：日本語学

主な著書
『鷲尾雨工の生涯』(恒文社　1991年)
『良寛用語索引　歌語・詩語・俳語』(笠間書院　1996年)
『會津八一用語索引―歌語・俳語―』(高志書院　2007年)

主な論文
「『雑々集』諸本の関連性について」(『新潟大学国文学会誌』22号　1979年)
「学位論文の経緯」(『會津八一』野島出版　1979年)
「會津八一の初期短歌における俳句的傾向について」(『新潟大学国文学会誌』30号　1987年)

〈現住所〉　新潟市江南区城山2-5-4

良寛の探究

2015年5月15日第1刷発行

著　者　塩浦林也
発行者　濱　久年
発行所　高志書院

〒101-0051 東京都千代田区神田神保町2-28-201
TEL03(5275)5591　FAX03(5275)5592
振替口座　00140-5-170436
http://www.koshi-s.jp

印刷・製本／亜細亜印刷株式会社
Printed in Japan ISBN978-4-86215-147-6